主编 叶朗 刘勇强 顾春芳

百年红学经典论著辑要 [第一辑]

吴世昌卷

吴令华 编

时代出版传媒股份有限公司
安徽教育出版社

图书在版编目（CIP）数据

百年红学经典论著辑要.第一辑.吴世昌卷／叶朗主编.—合肥：安徽教育出版社，2020.12
ISBN 978-7-5336-9269-8

Ⅰ.①百… Ⅱ.①叶… Ⅲ.①《红楼梦》研究—文集
Ⅳ.①I207.411-53

中国版本图书馆CIP数据核字（2020）第258394号

百年红学经典论著辑要(第一辑)·吴世昌卷
BAINIAN HONGXUE JINGDIAN LUNZHU JIYAO DI-YI JI WU SHICHANG JUAN

出 版 人	费世平
策划编辑	钱　江
责任编辑	钱　江　江　舟　宣思思
装帧设计	袁　泉
技术编辑	陈善军
出版发行	时代出版传媒股份有限公司　安徽教育出版社
地　　址	合肥市经开区繁华大道西路398号　邮编：230601
网　　址	http://www.ahep.com.cn
营销电话	(0551)63683012,63683013
排　　版	安徽时代华印出版服务有限责任公司
印　　刷	安徽新华印刷股份有限公司
开　　本	700×1000　1/16
印　　张	39
字　　数	520千字
版　　次	2020年12月第1版　2020年12月第1次印刷
定　　价	136.00元

（如发现印装质量问题，影响阅读，请与本社营销部联系调换）

1	总序 / 叶朗	
3	本卷导读 / 张庆善	

辑一　红楼梦探源

3	序　｜　亚瑟·韦利	
5	导言	
9	第一章　《红楼梦》研究的历史背景	

第一卷　抄本探源

21	第二章　脂砚斋评注在两个抄本中的情况	
30	第三章　脂残本的年代和情况	
35	第四章　脂京本的构成及其底本	
46	第五章　脂残本和脂京本的底本中的其他问题	
57	附录一　脂残本和脂京本中所有朱批的比较（附表四、五、六）	

第二卷　评者探源

65	第六章　脂砚斋、畸笏叟及其他评者	
84	第七章　曹棠村小序的发现	
114	第八章　脂砚斋与作者及本书之关系	
126	第九章　脂砚斋是谁	

第三卷　作者探源

146	第十章　作者的生卒年	
157	第十一章（上）　作者的家世及其生活	

180 第十一章（下） 诗人曹霑

第四卷 本书探源

185 第十二章 "大观园"的原址

192 第十三章 后三十回中作者的未完稿和佚文

207 第十四章 曹霑写此书的原定计划

214 第十五章 后半部书中故事探源

236 第十六章 前八十回中的若干问题

258 附录二 《红楼梦》的一个早期稿本

第五卷 续书探源

264 第十七章 高鹗在前八十回中的修改

299 第十八章 后四十回的作者问题

315 第十九章 后四十回的评价

339 附录三 有关高鹗续作的其他问题

348 第二十章 提要和结论

381 书目甲 《红楼梦》的西文译本及论著

388 书目乙 本书使用的中文书籍

392 编后附记 ｜ 吴令华

辑二 论文

397 我怎样写《红楼梦探源》

418 《红楼梦》原稿后半部若干情节的推测
　　——试论书中人物命名的意义和故事的关系

461　曹雪芹与《红楼梦》的创作
472　综论曹雪芹卒年问题
499　宁荣两府"不过是个屠宰场而已"吗？
　　　——论《红楼梦》英译本的"出版说明"
507　论明义所见《红楼梦》初稿
527　《石头记疏证》小引
538　《红楼梦》后半部的"狱神庙"
546　红楼碎墨
552　调查香山健锐营正白旗老屋题诗报告
559　与钱锺书书（节录）

附录

561　吴世昌的治学道路及贡献 / 刘扬忠

总　序

任何一门学术的研究，都要继承前辈学者的研究成果，这种成果表现为历史上积累下来的思想资料。这就是冯友兰先生说的"接着讲"。红学研究也不例外。红学之所以形成，就是因为一代又一代的研究《红楼梦》的学者，留下了无数珍贵的思想资料，后来的学者必须研究这些资料，才能将红学研究推向新的历史阶段。

我们在《红楼梦》研究的过程中发现，各类著述的版本杂多，使用起来不很方便，便萌生了编辑一套工具书的想法。但是因为百年来红学研究的论著卷帙浩繁，以我们有限的时间和精力，无法做到面面俱到。我与北京大学中文系刘勇强教授、北京大学艺术学院顾春芳教授商议后决定，整理编辑出版一套《百年红学经典论著辑要》，这样既能够方便红学学者的学术研究，也能突出百年红学研究的代表性论著，对红学研究有所推动。

2018年，我们正式启动了《百年红学经典论著辑要》的编辑工作。未料，这一工作困难很多，最费周折的就是原典的版权问题，幸有安徽教育出版社的大力支持、项目编辑的多方联络、原典著作权人的鼎力相助，这套书才能顺利出版。我们计划这套红学论著辑要分辑陆续编刊，使红学经典的阶段性、代表性得到尽可能全面的呈现。

我们聘请了多位红学专家为每本书撰写了导言,以方便读者尽快明了该书的好处和特色。这套书的编撰得到了来自红学界许多学者的关心和支持,在此我谨代表编写组,对所有关心这套书的编辑和出版的学者以及安徽教育出版社致以衷心的感谢。

叶　朗

2020年10月于燕南园

本卷导读

张庆善

吴世昌(1908—1986),浙江海宁人,毕业于燕京大学,先后任教于中山大学、中央大学等高校。1947年,应聘赴英国牛津大学讲学,后任剑桥大学博士学位校外考试委员、伦敦大学中国委员会执行委员。1962年回国后,先后任中国科学院哲学社会科学部文学研究所研究员、《史学集刊》编委、中国社科院文学研究所学术委员会委员、国务院学位委员会第一届学科评议组成员。著有《红楼梦探源》《中国文化与现代化问题》《诗词论丛》《诗词新话》《文史杂谈》《红楼梦探源外编》等。

吴世昌先生一生著述丰富,博学多才,刘扬忠先生在《吴世昌的治学道路及贡献》一文中,用四句话概括了吴世昌先生的学术成就:为文学史研究建立牢固的基础;多方面的大胆探索;探本求源的《红楼梦》研究工作;唯真唯实的词学研究。这个概括是很准确很全面的。刘扬忠先生又说:"吴世昌的文史研究,面广、意新,成果多,但其中实绩较彰、较显个性而且影响也较大的,仍当推'红学'与词学二项。"的确如此。1961年,英国牛津大学出版社出版了吴世昌先生用英文写的《红楼梦探源》,这是20世纪《红楼梦》研究中的重要著作,尤其在西方社会中的《红楼梦》研究者中有很大影响,因为在这之前英语世界还没有这样有分量的研究《红楼梦》的专著。吴世昌先生的《红楼梦》研究,体现了中西文化的互动交流,如果要问中国学者中把《红楼梦》推向英语世界谁做出的贡献大,当然首先要提杨宪益、戴乃迭先生的英译本《红楼梦》，但我认为也不能不提吴世昌先生，他用英文写成的《红楼梦探源》，对《红楼梦》走向世界的作用不可低估。1980年，他又出版了《红楼梦探源外编》，收录了他从1962年至1979年间发表的红学论文。这两部著作，奠定了吴世昌先生在红学史上的地位。

吴世昌先生对《红楼梦》的评价，从一开始就着眼于把《红楼梦》放到世界文学的坐标上，特别是与莎士比亚作品的对比中来研究。他说："中国的《红楼梦》，大致相当于英国的莎士比亚。但莎翁作品在英国一向被尊为文学宝典，是学校中主要课本，而《红楼梦》则在近年以前，常被中国道学先生认为'闲书'，不宜给学生看的，虽然道学先生们自己，往往躲起来偷看。莎翁和曹雪芹在他们的作品中都创造了四百多个人物，但莎翁的人物，分配在三十多个剧本中，而且许多王、侯、侍从、男女仆人，性格大致相类；在不同的剧本中'跑龙套'的人物，原不必有多大区别。而曹雪芹的四百多个人物，却严密地组织在一个大单位中，各人的面目、性格、身份、语言，都不相同；不可互易，也不能弄错。这部小说，即使放在全世界最伟大的十部名著之中，也会突出地站在前面。"（《我怎样写〈红楼梦探源〉》，见《红楼梦探源外编》，上海古籍出版社1980年12月版）吴世昌先生看《红楼梦》所具有的世界视野，对于我们具有极大的启示意义，这当然与吴先生曾长期在英国教学，对莎士比亚和世界文学比较了解有密切的关系。而把《红楼梦》放到世界文学史的坐标上进行比较研究，对科学地评价《红楼梦》的成就和艺术地位，对《红楼梦》走向世界，无疑具有重要的意义。

正如吴世昌先生第一部研究《红楼梦》的专著书名所标明的那样，他的《红楼梦》研究是从《红楼梦》的"探源"开始，并贯穿了他的《红楼梦》研究的全部历程，也是他研究《红楼梦》的主要内容和主要成就。

《红楼梦探源》是吴世昌先生第一部重要的红学专著，主要是考证，吴老认为在《红楼梦》研究中首先要弄清楚若干基本问题。是哪些基本问题呢？

我写这书,本来不是批评《红楼梦》的文学价值,所以谈不到什么理论观点。也不是研究此书的"微言大义"或社会问题。这些当然都是非常重要、值得郑重研究的。……但我觉得在研究这些问题之前,尚须先弄清楚若干基本问题:例如,在全书一百二十回中,那一部分是曹氏的作品,那一部分是高氏续作? 在曹氏作品中,那些部分是他的真正原作,那些部分曾经高氏删改? 在高氏续作中,有无曹氏原稿材料在内? 如果不把这些问题弄清楚,则在批评曹雪芹思想时,会把高鹗的思想算在他的账上,在研究曹氏的文艺造就时,也会把经高鹗删改的结果,归诸雪芹。如果不先弄清楚脂砚斋是男是女,他和曹家关系如何,便不能确定他的数千条评语有何价值。在研究他的评语时,如果不能鉴定那些评语出于脂砚斋之手,那些是别人写的,也就无法判断这些评语有多少价值,对于了解曹雪芹的身世和《红楼梦》成书过程有何帮助。在鉴定了脂评以后,如果不能区别各期评语的写作年份,也就不能看出某些评语和作者生活及小说内容有何关系。——但是,尤其重要的,尤其基本的,是判断分析几个重要抄本的年代。这是过去中国经学大师对于校勘学和考证学上最注意的初步基本问题。不把这个基础打得正确坚实,则修造在这基础上的上层建筑,是很容易东倒西歪、甚至于垮下来的。(《我怎样写〈红楼梦探源〉》)

除以上所说的几个方面的问题以外,吴世昌先生要"探源"的还包括考察《红楼梦》成书的过程。他说:

作者在第一回中自己说:"曹雪芹于悼红轩中披阅十载,增删五次。"这十载在他的生命中占那一段时间? 在未删改以前,这部书的初稿是什么情形? 在历次的增删中,主要故事有无改变? 文字细节如何更动? ……作者既说"披阅十载,增删五次",显然他的初稿已成全书,才能"披阅";他所"增删"的,也应该是指全书而言。然则何以《石头记》只有八十回抄本?(七十八回本至第八十回止,但其中缺第六十四、六十七两回。)如果初稿已有全书后半部的故事,这些故事内容是怎样的?其中主要人物,如黛玉、宝玉、宝钗、王熙凤等,如何下场?是否和现存高氏所补后四十回内容相符?如有不同,其差异若何?(《我怎样写〈红楼梦探源〉》)

吴老所要"探源"的无疑都是《红楼梦》研究的重要问题,他认为这些都是研究《红楼梦》的奠基工作,他把这些"奠基工作"分为五个步骤,次序是:(一)抄本探源;(二)评者探源;(三)作者探源;(四)本书探源;(五)续书探源。我们发现一些红学前辈似乎都与吴世昌先生一样,在他们走进红学世界时,都对这些基本的红学问题极为关注,这可能与这些前辈的生活时代和知识结构、学术传承等有着密切的关系。吴世昌先生六十年前写《红楼梦探源》时,这些都是需要搞清楚的重要问题,今天也还是需要搞清楚的重要问题。吴老认为不搞清楚这些问题,就不可能真正认识和评价《红楼梦》。遗憾的是,直到今天这些重要问题也没有完全搞清楚,甚至一些研究《红楼梦》的人,并没有深刻地认识到搞清楚这些问题对认识《红楼梦》的重要意义。譬如一些研究《红楼梦》思想与艺术的文章,根本就不管前八十回与后四十回的关系问题,把前八十回与后四十回当作一样的进行论述评价。其实,即使你认为一百二十回都是曹雪芹写的,那么如何解释前八十回与后四十回那么多的矛盾呢?又如何解释前八十回与后四十回艺术风格、文字水平的差异呢?如果不能解释清楚这些问题,你对《红楼梦》一百二十回的整体评价,就会有许多问题。正如吴世昌先生所说:"只有知道了雪芹全部原稿的内容——那怕只是一个大概,我们才算看见了他的思想的全部,而不是把三分之二(八十回)的雪芹思想,三分之一(四十回)的高鹗思想混在一起,当作雪芹的全部思想,张冠李戴,叫他代人受过或无功受禄。"(《我怎样写〈红楼梦探源〉》)这些就是吴世昌先生研究《红楼梦》的出发点和初衷,也正是他红学成就的主要方面。

吴世昌先生关于《红楼梦》的研究涉及很多重要的红学话题,诸如:脂砚斋是谁?"棠村序文"的发现、曹雪芹的家世、曹雪芹的生卒年、《红楼梦》的成书、关于后四十回、八十回后原稿情节的推测、《红楼梦》版本研究等等。

吴世昌先生对《红楼梦》的成书研究非常重视,他有一个观点,认为曹雪芹虽然在原来的计划中把贾家从极盛写到家败人散,但《红楼梦》不是曹雪芹的自传和曹家的真实故事,《红楼梦》是小说而不是曹氏家传或历史。他认为:"贾宝玉并不是作者自己的写照,而是以其叔父脂砚斋为模特儿。因为脂砚斋在他的批语中屡次公开承认'批书人'即书中宝玉,我们也有许多证据,知道有关贾宝玉的许多故事的素材,其发生的时间远在曹雪芹生前七八年。而这些素材,有极大可能是脂砚斋记录下来供给作者的。"(《曹雪芹与〈红楼梦〉的创作》,见《红楼梦探源外编》)并认为"《石头记》前二十多回中有些回可能原出于脂砚斋的初稿,其中还有些夹文夹白的写法,未经雪芹删净。例如在脂残本第十六回前有一段棠村的小序说:'借省亲事写南巡,出脱心中多少忆昔感今。'康熙最后一次南巡在一七〇七,即雪芹生前八年,他当然不能'忆'南巡之'昔',故此文必为脂砚所写"(《曹雪芹与〈红楼梦〉的创作》)。这恐怕是最早的"二书合成说",当然,这与前些年一些学者提出的"二书合成说"的具体含义是不同的。吴世昌先生根据"雪芹旧有风月宝鉴之书,乃其弟棠村序也。今棠村已逝,余睹新怀旧,故仍因之"的批语,得出这样几个结论:(1)孔梅溪实即曹雪芹的弟弟曹棠村;(2)脂砚斋为了纪念他,特保存了他为《风月宝鉴》"旧"稿所写的一些序。吴世昌认为,《风月宝鉴》是曹雪芹的"旧"稿,《石头记》或《金陵十二钗》则是"新"稿。曹雪芹在"增删五次"的创作过程中,有五个不同的稿本,其最初的《石头记》中,则有一部分是脂砚斋所写的素材,因脂砚斋自己即是贾宝玉幼时的模特儿,所以脂砚斋坚持要把曹雪芹最后改定的本子仍名为《石头记》。吴世昌先生注意到"康熙南巡"对《红楼梦》创作的影响,这无疑是正确的。但认为曹雪芹没有亲身经历康熙南巡,因而这一段只能是脂砚斋所写,则未免太坐实了。由曹雪芹的前辈提供素材是极可能的,但不一定是"二书"。曹雪芹没有亲身经历康熙南巡,未必就写不出元春省亲。康熙南巡在曹家的历史上是一件影响深远的大事,曹家"兴"在南巡,"败"也在南巡,这对曹雪芹创作《红楼梦》具有重要影响,他未经历不等于不知道。敦诚诗"衡门僻巷愁今雨,废馆颓楼梦旧家"(《赠曹雪芹》),敦敏诗"秦淮旧梦人犹在"(《芹圃曹君霑别来已一载余矣……因呼酒话旧事,感成长句》)、"燕市哭歌悲遇合,秦淮风月忆繁华"(《赠芹圃》),无不透露出江南曹家的繁华兴盛及其衰落在曹雪芹的心中有着刻骨铭心的记忆,这也是他创作《红楼梦》的主要动因。

吴世昌先生《论明义所见〈红楼梦〉初稿》是一篇很重要的文章,他通过对明义《题红楼梦》二十首诗的分析,对《红楼梦》成书提出了许多重要的观点,这也是吴世昌先生红学的重要成果之一。吴先生认为在明义的二十首诗中所透露的初稿内容固然重要,它所未说的而今本所有的重要情节,在研究《红楼梦》成书过程中更有意义。吴世昌先生发现"今本《石头记》二十三回以前的故事,明义的诗一句也没有触及"(《论明义所见〈红楼梦〉初稿》),由此他认为,明义所见是一个比较简略的初稿,书名《红楼梦》,元妃省亲、秦可卿之死、王熙凤弄权贪贿、愚弄贾瑞、刘姥姥进大观园、贾宝玉梦游太虚幻境等等重要情节,即今本《石头记》二十三回以前的故事都没有。而明义的二十首诗竟没有一首涉及荣国府,一开始就是从大观园说起,由此断定,明义看到的是一个比较早的稿子。

吴世昌先生对明义的第十九首诗极为关注,认为在这二十首诗中,这一首是最重要的。明义的第十九首诗是:

莫问金姻与玉缘,聚如春梦散如烟。
石归山下无灵气,总(纵)是能言亦枉然。

吴先生为什么认为这一首诗是最重要的呢？他说："第一，它说明雪芹给明义的《红楼梦》钞本已把全书写完，青埂峰下的顽石已回到原处，故事已经结束；第二，诗中藏'石'、'能言'三字，用《左传》昭公八年传'石言于晋魏榆'的典故，暗示这是一部批评政治的书。"（《论明义所见〈红楼梦〉初稿》）从明义这首诗的内容，推断出他已经看到了《红楼梦》的结尾，这应该说是可信的。但从全部二十首诗看，明义看到的《红楼梦》极像是一个简本，今本有的许多重要情节，似乎都没有，这又很令人费解。因为明义《题红楼梦》诗的创作时间，很可能在曹雪芹逝世前的一二年或再晚（见蔡义江《红楼梦诗词曲赋鉴赏》），这个时候《红楼梦》已经是"披阅十载，增删五次"了，而明义所见的《红楼梦》极可能和永忠一样来自敦诚、敦敏的幼叔墨香，这个时候他们从墨香那里借到的怎么能是一个"比较简略的初稿"呢？当然，什么都是"可能"的。至于说《红楼梦》是"批评政治的"，这也没有错。准确地说，《红楼梦》不能算是一部政治历史小说，但其中确实有对"政治"的批评和讽刺。

吴世昌先生还是《红楼梦》"探佚"的"先驱者"，不过吴老并没有使用"探佚"的提法，而是说"推测"，这是值得注意的。他的《〈红楼梦〉原稿后半部若干情节的推测——试论书中人物命名的意义和故事的关系》与《〈红楼梦〉后半部的"狱神庙"》两篇重要的文章，充分显示出吴老深厚的学术功底和严谨的治学态度，他的"推测"对后来的"探佚"有很大的影响。

譬如关于"狱神庙"的故事，这是《红楼梦》后半部中的重要情节，有五条脂批提到了狱神庙。什么是"狱神庙"？有的说"狱神庙"即"岳神庙"，"狱"应是"嶽"的误写。吴世昌先生不同意"狱神庙"即"岳神庙"的说法，他认为"狱神庙"起源甚古，而《后汉书·范滂传》中即说到狱吏使囚徒祭狱神皋陶的制度。他认为：（一）清代狱神庙即在监中，在南方一般称为"萧王殿"，因为庙中所供奉的塑像是萧何，俗呼"萧王老爷"；（二）狱神庙里关的犯人大都是死囚；（三）女犯的监狱在里面，但进去时也要经过萧王殿，然后从殿侧进去，这是有意让女犯也看看殿中"鬼判"、"十殿"刑狱的残酷形象,施加威吓。他认为《红楼梦》后半部中,能用"五六稿"叙述狱神庙的情节,让平日里锦衣玉食的贾宝玉、作威作福的王熙凤,乃至强取豪夺的贾赦,也去尝尝身为狱神庙囚徒的滋味,这种对比,非大手笔而又身历其境、洞察世故者是写不出来的。他认为狱神庙的故事,发生在贾家被"抄没"以后,已应"树倒猢狲散"谶语。我不能确定,吴世昌先生是不是第一个考证出"狱神庙"即"萧王殿"的,但一定是比较早的考证出的,且有相当的说服力。

再譬如对宝钗名字及其结局的分析,在红学界影响很大。吴老指出:"宝钗之名,凡是熟悉中国古典文学中有关这个名称的含义者,大概一见就会想到这不是个好兆。这二字最早见于东汉秦嘉《赠妇诗》:'宝钗好耀首,明镜可鉴形。'原诗序文说:'其妻徐淑,寝疾还家,不获面别,赠诗云尔。'从此,诗人常用'钗'为分离的象征。"(《〈红楼梦〉原稿后半部若干情节的推测——试论书中人物命名的意义和故事的关系》,见《红楼梦探源外编》)吴先生通过对古代诗词典故的分析,充分论证了作者是用"宝钗"来象征生离死别,宝钗在后半部中因宝玉出家而被遗弃。吴先生通过对宝钗名字的分析,而推测出宝钗的结局,得到了学术界广泛的赞誉。

如果说吴世昌先生对"宝钗"的解读得到了广泛的赞誉,那么,他对"玉在椟中求善价,钗于奁内待时飞"的解读,虽然极具"独创色彩",但也极具争议性。《红楼梦》第一回写到穷儒贾雨村寄寓庙中,一日甄士隐在家中请贾雨村喝酒,怀才不遇的贾雨村高吟一联:"玉在椟中求善价,钗于奁内待时飞。"而贾雨村表字时飞。对此人们猜测纷纷,不外乎这一联是隐寓贾宝玉与薛宝钗的关系,还是隐寓贾雨村与薛宝钗的关系。可以说很难说清楚。吴世昌先生的观点则认为:"这两句联语都是双关语。就字面看,'时飞'是他自己的表字。这句末二字隐藏他的字,显而易见,不须多说。其次,这两句首字为'玉'与'钗',以钗名者只宝钗一人,以玉名者则至少有三人,即宝玉、黛玉、妙玉。上句可能指三玉中的任何一人,下句则只能指宝钗。但下句又有'时飞',即雨村。'钗于奁内待时飞',岂不是说,宝钗所期待的正是像时飞一样的达官贵人?换句话说,在宝玉出家以后,宝钗最后的归宿,岂不是嫁了贾时飞?"他认为:"从全书故事的完整性来看,宝钗最后嫁给雨村,不但极有可能,而且几乎断不可少。再从全书结构和故事组织的严密性来看,香菱的结局必然要与她父亲甄士隐的故友贾雨村有关。而雨村之所以能最后见到香菱,也只有通过他与宝钗结合的关系,才有可能。"(《〈红楼梦〉原稿后半部若干情节的推测——试论书中人物命名的意义和故事的关系》)

坦率地说,尽管人们围绕薛宝钗的评价争论很大,很多人非常不喜欢薛宝钗,但要说薛宝钗最后与贾雨村结合,恐怕认可的人不会很多。吴老也意识到他的观点不会得到广大读者的肯定,说,"有些读者一定会不同意,认为故事这样发展,未免太杀风景,曹雪芹不会把宝钗写得如此不堪"(同上)。我也属于吴老所说的"有些读者"中的一个,我也认为曹雪芹决不会如此写薛宝钗的。但当我们认真地研究吴老的具体分析,你就会发现吴世昌先生决不是随意地下结论,而是有着详实的论证,你即使不接受他的观点,你也会从他的论辨中得到启发。吴世昌先生主要是从人物的思想性格和全书的故事结构来论证的,他认为作为皇商家走出来的薛宝钗是个重实际而不尚理想,精通世故而又"随分从时"的人,她与贾雨村虽然处境不同,但他们在思想上、在感情上却有许多共同之处。"所以若就思想性格而论,宝钗配雨村远远比配宝玉更为合适。"(同上)他还认为,贾家"运败"之后,宝钗嫁作贾雨村之妾更符合"作者的原定计划"。吴老说:"这些设想的情节,不仅在全书结构的完整性上有其必要,而且在美学上有其重要的悲剧价值。因为这样的故事发展包括双重的对比:一个是雨村从贫贱到富贵对比着宝钗的从富贵到'运败',另一个是娇杏的从婢女到贵夫人对比着英莲(香菱)的从小姐到婢妾,以至夭亡。这两个强烈的对比,不但有助于全书结构的完整,也增加了《红楼梦》全部悲剧的壮美感。由于宝钗再嫁为雨村之妾,使香菱又见到她幼时家中的侍女而现在已成宝钗的主母的娇杏,这也增添了在封建社会中人们在生活上的无情讽刺与沧桑梦幻之感。"（同上）吴先生还指出，这种主仆易位、人事沧桑的写法，以前小说中也有过，如《金瓶梅》中的春梅与吴月娘，《古今小说·蒋兴哥重会珍珠衫》中也有类似的情节。怎么样，你是否被吴世昌先生说服了呢？

吴老对《红楼梦》早期抄本的"名称"也是愤愤不平，他认为称之为"甲戌本""己卯本"等等都不科学，他说甲戌本是一个过录本，并不是脂砚斋的手批本，在这个过录本上明明有脂砚斋乾隆甲午（1774）八月的批语，怎么能叫作甲戌（1754）本呢？而庚辰本原底本中即有乾隆丁亥（1767）的评语，怎么能叫作庚辰（1760）本呢？他尖锐地指出："这种时代错误，不合科学的说法，使《红楼梦》考证在近三十年中，长久停留在粗疏幼稚的阶段，无法走上科学的道路。胡博士所定的这两个名称颇有催眠作用，近人许多考据文字，都盲目地沿用'甲戌'本、'庚辰'本这些名称，使读者在看到原抄本之前，已造成了'先入为主'的成见，这是任何科学性的研究所不该有的。"（《我怎样写〈红楼梦探源〉》）应该说，无论是吴老的出发点还是担忧，都是很有道理的，从中可见吴老治学的严谨和执着。

吴世昌先生在研究《红楼梦》的艺术特色时，提出了"诗意说"，也是非常重要的观点。他说："仅就曹雪芹怎样继承前人的文化遗产，加以独出心裁的新配合和再创造而论，他不但古为今用，乃至洋为中用，而尤其突出的是诗为文用：因为他往往用前人的诗、词、韵文中的材料，巧妙地点化为书中的情节，使故事本身充满了诗的意境、诗的气氛、诗的情味。"并指出："《红楼梦》中散文往往有诗意，故事往往有诗意，即在于雪芹运用前人诗材为素材，再在上面用别的诗加以雕绘。'绘事后素'，而雪芹采用的'素'和'绘'既来自前人之诗，化旧诗为新的散文，故其所传者是诗的精神，而不仅仅是指大观园中姑娘们的逢场作戏的吟咏。"（《〈石头记疏证〉小引》，见《吴世昌全集（第九卷）·红楼碎墨》，河北教育出版社 2003 年 1 月版）脂评中也说："余所谓此书之妙，皆从诗词句中泛出者，皆系此等笔墨也。试问观者，此非'隔花人远天涯近'乎。"对《红楼梦》作者有传诗之意的理解，吴世昌先生无疑具有更开阔的视野、更细腻的感受，也是符合《红楼梦》的叙述艺术特点的。今天许多研究者已经发现《红楼梦》的叙述艺术，有诗的意境，而吴先生早在四十年前就有如此精细的分析，可见吴老的艺术感觉真是非同寻常。

吴世昌先生在红学上取得了很大的成就，他的许多观点和研究方法，都对红学的发展产生了积极影响。吴世昌先生还是一位耿直、博学且很有个性的学者，他的"直言"在红学界可谓是绝无仅有的。他的"直言"从不为个人争名利，而是出于公心，出于正直，出于良知，出于对红学事业的期盼和追求。这里我们不妨看看他的《对〈红楼梦〉研究的几点意见》［见《吴世昌全集（第九卷）·红楼碎墨》］：

一、考证完全必要，反对考证是懒汉思想。考证目的在求真。清人已懂得科学考证，我们不能退步。材料整理要严谨。

同时，要承认《红楼梦》是小说，不是历史。

对作者的考证（如关于爷爷的爷爷）要适可而止（有些材料并不可靠）。

二、版本名称要重新统一，不应再沿用胡适旧称。此问题与各本年代有关，易造成误解。

三、《红楼梦》研究最容易，也最需要避易就难。

除诗歌外，全书还有颇多难懂难解部分，又暗用典。虽用白话写成，文字流畅易懂，但文义却不容易全懂真懂。

要论大题目，不要搞琐碎问题，捡了芝麻，忘了西瓜，只见树木不见森林。

研究者自己的基础要广大，曹雪芹博极群书，我们要努力学得作者的才学。

四、要研究《红楼梦》，不要吃红楼饭……要讲学术道德。

（一）要服从真理，不要看风使舵，以长官意志为指导方针。也不迷信权威、电脑等。批评不避亲贵。敢于反对父、兄、师长错误之说，敢于放弃或修改自己的错误的旧说。

（二）要争鸣，拿出证据来，以理服人，又要自己服善，不护短。要承认对方的优点、真理。要有风度、有雅量。别人误说，也不足政治上纲。

（三）要合作，不要拉山头，抢材料，垄断材料，隐瞒材料。

（四）引用别人的话、前人的书，必须注明出处，查对原书，否则便是"掠美"，或代人受过。古书辞典亦有错。

……

吴老以上的"几点意见"，是后人根据吴老两个发言的提纲整理的，大约写于1980年，至今已经过去四十年了。今天我们再看吴老的"几点意见"，就像昨天开会时听他发言一样，还是那样铿锵有力，还是那样有很强的针对性。一位令人敬佩的红学前辈对红学发展的殷切期待，溢于言表，令我辈感慨万千。

吴世昌先生逝世后，很多友人在怀念先生时，常用这样一些词语评价吴先生：一位真正的学者，一位正直的学者，一位秉性耿直、胸无城府、胸怀坦荡的学者，一位敢于直言、敢作诤言的学者，一位坦率、天真、十足书生气的学者。"文如其人"，这句话对吴世昌先生来说是再合适不过了。我很荣幸认识吴世昌先生，那时我负责中国红楼梦学会秘书处的具体工作，常常接待各位前辈，也曾去吴先生家里接他参加活动。我认识的吴先生就是这样一位吴先生。

最后谨以冯其庸先生《哭吴世昌先生》一诗作为本文的结束，并向吴世昌先生表达崇高的敬意和深深的怀念：

传来噩耗忒心惊，梦幻迷离怕是真。
忽忆春前同语笑，照人肝胆即先生。

辑一

红楼梦探源

序

　　吴世昌先生嘱我为《红楼梦探源》写一小序。我是《红楼梦》的一名读者,四十年来,每读是书,常有感于其成书的种种问题不可得解。吴先生此编对很多问题作了透彻系统的研究。我至爱这部18世纪的中国小说,但对中国学界近三十年论红之作涉猎未广。吴先生此书解决了我多年所望解决的问题,在明白和剀切两方面,较之我读过的其他论著,我认为都远擅胜场。比如,"脂砚斋"究属何许人也?《红楼梦》脱稿不久,他就加以评注,透出成书的许多消息。吴先生提出坚实的论据,证明脂砚是著者的叔父。再如,书未完稿而作者谢世,我自然想多多知道一些续著与原著的关系。我认为吴先生在这方面也得出了有价值的新结论。

　　吴先生此书之所以弥足珍贵,是因为时下在中国流行的,乃是对艺术作品与社会环境的关系的研究。研究这种关系自有其价值,何况过去全然忽略了这个领域。但是,其他领域,诸如作者生平与作品的关系,作者的生活经验升华进入作品的过程等,也自有其研究的天地。吴先生这部著作,通过爬罗剔抉的劳作,达到明白晓畅的结论,是后一学派的典型。

前八十回和后四十回语言的统一,引起学界广泛关注。吴先生断定这种统一实出于二人之笔,正与拙见相合。高本汉在《远东古物博物馆馆刊》第二十四期上撰文说:除非他俩来自中国同一地区,否则不可思议。其实他俩并非高本汉所说的"老乡":曹霑来自南京,高鹗来自满洲。他们所以使用大体统一的语言,显然基于他们同属归化满旗的上层汉人这一事实。纯净高雅的北京话,是他们共同隶属的社会环境所使用的共同语言。高本汉说他俩非得拿出"闻所未闻的机灵劲儿"才能驾驭这一类型的口语,则未见佐证。说实在的,倘若曹霑和高鹗舍此而改用别的语言,反倒"神"了。

亚瑟·韦利*

---

* 亚瑟·韦利(Arthur Waley 1889—1966),英国著名诗人,翻译家,汉学权威。翻译过许多中国诗,多次出版译诗等。剑桥大学荣誉院士,不列颠学院院士,1956年被授予勋爵。

又:此序及导言均为魏旸译。——编者注。

导　言

　　发现曹霑小说的两部18世纪手抄本的消息,是在1927年和1933年公布的。两部抄本上都有脂砚斋的评语。第一部十六回,第二部七十八回,都以《石头记》为题,亦即《红楼梦》的旧名。到了1954年,这两部抄本以及其他抄本上的评语才辑录成书,出版了。至于七十八回抄本的影印,则是1955年的事。这些出版物使我确立了工作目标,作为第一步,先把一些基础性的问题彻底研究清楚,如抄本的来源和年代,抄本上的评语和注解,这些评注的写作时间和评注者,等等,以此作为进一步研究的基地。为了在七十八回本和至今尚未公之于众的十六回本*之间进行对照,我不得不用《脂砚斋红楼梦辑评》以及来自其他方面的资料,自行重构十六回抄本的面貌。我的这一阶段的工作,记在本书前三卷中,计十一章,完稿于1956年。

---

*　译者附言:这篇导言写于1960年4月。一年后,即1961年,胡适博士收藏的十六回残本脂评《石头记》开始在台湾和香港发行。

一组问题的解决，常常引起另一组材料所不及的新问题，同时也为解决诸如原著和续作，作者和续者等悬而未决的老问题带来了新的启发。这使我认识到，除非对《红楼梦》进行全面的研究，否则，其中任何一个部分都不可能得到满意的结论。这就必须占有目前可能得到的一切资料，进行详尽的和综合的研究。好在1954至1956年中国进行关于《红楼梦》问题讨论之后，出版了许多曹霑友人和同时代人的著作，而且大多是首次刊行。很多朋友帮我搜集到了必要的资料，其中有中国学术刊物上新发表的有关论文，使我得以在1957—1958年继续进行后两卷的写作。根据1958年后得到的新资料，我增写了《附录三》，并在1959年对前三卷做了一些修改。

在西方大学里，《红楼梦》一直是讲授现代汉语的重要教科书。因为它有较多的西方语种的新译本在陆续出版，也因为它在西方同在亚洲一样很快为越来越多的人所爱读，它无疑会取代某些古汉语课程而成为中国文学的主要教材。可惜迄今还没有对它进行全面系统的研究。希望我的尝试性的工作在目前能多少填补一点空白。不过，既然想要解决一系列的复杂问题，有时就难免讨论得详细周密一些，否则无从得出明白的结论。本书最后一章是各卷的提要和总结，供查阅之用。我希望这些提要对于准备继续研究《红楼梦》的学者也能有点用处，而不是多余的。

在研究过程中，我不得不澄清一些错误的概念，它们屡屡出现在讨论《红楼梦》问题的流行出版物中。看来，这些错误的概念恰好是影响研究者得出正确结论的主要障碍。例如，前面提到的那两部手抄本，一直被称为"甲戌（1754）本"和"庚辰（1760）本"。我不用这种容易误导的名称，径直称之为"甲本"、"丙本"，*因为他们显然是甲戌、庚辰年之后很久的过录本。"甲戌本"、"庚辰本"的叫法始创于胡适博士，其实，在"甲戌（1754）

---

* 译者附言："甲本"、"丙本"是作者在英文本中为英语读者设计的"V1"、"V3"的中文译名。考虑到用"甲"、"丙"等天干名称仍易引起误解，作者后来把"甲戌本"称为"脂残本"，把"庚辰本"称为"脂京本"。因此，在翻译正文时，一律采用作者晚年审定的文本名称。

本"的底本上标着"甲午(1774)",而"庚辰(1760)本"有四种不同的底本,其中记下的最后年份却是"丁亥(1767)"。这些不合史实的标签由有"历史癖"的学者加以传播,对尔后的研究工作起了一种催眠似的作用。1950年以来,发现了更多的早年抄本,引起了公众的注意,但也仿此补贴上了标签,如"己卯(1759)本"、"甲辰(1784)本"、"己酉(1789)稿"等。较为严肃的论文把它们称为"某某年本的过录本",但是,即使如此小心翼翼,仍难避免误导,因为连胡博士"甲戌本"的底本也不应断为甲戌,同样,"庚辰本"的四种底本也不应一概断为"庚辰"。不太仔细的人一谈到"甲戌本",自然而然地往甲戌年(1754)上去想,这样,在涉及与抄本年代有关的其他多种问题上,很容易顺着这条思路滑下去而不能自持。无怪乎直到1957年,仍有学者把"甲辰(1784)删改本"当作高鹗1791年"全"书前八十回的底本或"蓝本"。其实所谓"甲辰本",是一部并未注明年份的抄本,只在序言中有"甲辰"字样而已。至于稿上所标的删改,可能是辛亥(1791)之后加在这个抄本之上的,也可能是甲辰之后加在这个抄本据以过录的底本之上的。

抄本中的大量评语也一直使人迷惑不解。除非查明这些评语作者的身份,他们与小说作者的关系以及各组评语实属何人何时所写,否则我们就无法读懂它们,它们也不会向我们提供有用的信息,帮助我们了解小说写作的计划、过程和背景。比如把评者脂砚斋错误地混同于作者曹霑,就长期堵塞了对评语进行深入探讨的道路。其后果之一是,没有一位红学家认识到,在许多回的正文之前,有作者之弟棠村所撰小序的存在,而在许多早期抄本中,这类回前小序本来是分明可见的。作者原稿的后半部分早已遗失,其中的故事与续书迥然不同,但它们却是了解作者的思想体系和他对小说的整体构思的唯一资料。然而,要对佚文中的这些故事进行钩沉,仍然只能依靠对评语的正确解释。

所有这些问题都和考证有关。对陶醉于故事情节的读者来说,也许没有太大兴趣。但是,一部伟大的作品的价值,不仅在于动人的情节,而且在于时代脉搏的揭示,在于由作者博大广阔的视野和思想所激发出来的升华的力量。因此,认真考察作者生活的环境,特别是认真研究作者本来的意图和小说宏伟的结构,是必不可少的。本书对作者本意和小说结构进行了一些钩沉,它们和现在流行的"全"本《红楼梦》很不相同,后者是在乾隆朝文字狱的政治压力下,由另一位作者高鹗加以删削、增续和编纂而成的。对于译本的读者来说,了解这一点很有必要,因为西方语种的任何译本必然以高鹗的"全"本为依据,尽管译文本身不一定全。*

吴世昌

远东图书馆

牛津大学

1960 年 4 月

---

* 译者附言:以上译文,约占英文本《导言》篇幅的三分之一。其余三分之二,分别为《凡例》和《鸣谢》,译文从略。其中《凡例》共八节,即:一、编次和参考;二、典故;三、翻译;四、汉字;五、年代;六、称谓;七、译音;八、缩写。

第一章 《红楼梦》①研究的历史背景

《红楼梦》是中国人最爱读的一部古典小说。从乾隆年间到现在,从它的八十回未完稿传抄本到现在的影印本②和校注本,已经有七十多种不同的抄本和刊本。③ 近十年来,尤其在1954年展开了《红楼梦》问题的大辩论以后,有许多重要的专著、论文和总集出版:从思想方面的讨论批

---

① 此书向有许多异名:(1)红楼梦,(2)石头记,(3)金陵十二钗,(4)风月宝鉴,(5)情僧录,(6)金玉缘,(7)大观琐录。这些异名有些代表此书早期的稿本,有些指后来的版本。现在最通行的书名是(1),即一百二十回本(包括高鹗续作的后四十回)。其次是(2),即高氏补作以前的本子,只有曹雪芹原作八十回。(3)和(5)是原稿早期的书名,后来没有用。(4)是别人给早期稿本的题名,也没有被采用。(6)和(7)是1868年以后上海某些刊本的"代名",因是年江苏总督丁日昌把它列为禁书,出版者用这些"代名"来避免官厅的耳目。自《红楼梦》成为定名后,以上这些异名都已废用,只有《石头记》,因抄本关系,偶尔还用在研究论文方面。
《红楼梦》的作者曹霑,字梦阮,号雪芹、芹圃、芹溪居士,通称曹雪芹。其生卒年及平生行谊,本书另有专章论述。
② 专指1955年北京文学古籍刊行社出版的影印《脂砚斋重评石头记》。此书在下文简称"影印本"(亦即"影京本",参见本书页18"编注"——编者)。胡适藏十六回残抄本,1961年影印,以下简称"影残本"。
③ 一粟编《红楼梦书录》(以下简称《书录》)著录抄本、刊本共七十二种,至1954年10月止。此后各校注本未计算在内。其重要者有1957年北京人民文学出版社刊本二册,有校记及注,1958年俞平伯编《红楼梦八十回校本》(以下简称《校本》)四册,其第三册为《校字记》,第四册为后四十回。

判到作者的家世,甚至其亲友的世系,都有详细的研究。①

在西方,早在1842年即有人翻译和介绍此书,1892年有人试图全译。② 1901年出版的英文《中国文学史》,作者翟理斯对于儒家五经的介绍,只有二十页,而对于《红楼梦》一书,却有三十页的讨论和提要,虽然他那时还不知道这部小说的作者是谁。

第一节 过去对于此书的研究

在1954年《红楼梦》问题大辩论③以前,对于这部小说的研究大约可分为四个时期:

第一期——从作者的时代(18世纪中叶)到1791年(乾隆五十六年辛亥)。这时期的前八十回原稿传抄本,全部是曹雪芹的作品,并附有脂砚斋的评注,多至三千余条。这些评注几乎全部是脂砚斋所写,只有极少数几条是别人的。评注年代可考者,从甲戌(1754)以前到甲午(1774),前后继续达二十多年。在乾隆辛亥(1791)以前,所有本子,大概都是《脂砚斋重评石头记》或从脂本出来的传抄本。因为脂砚确切知道作者的生平及其家庭背景,了解此书的原有计划,又看过未失去以前的作者手稿,④所以他的评语深切翔实,透露出许多有关作者本人、家世和此书成书经过的消息。可是从1791至1792年程伟元的一百二十回本《红楼梦》⑤刊行以后的一百多年,实际上停止了八十回抄本的流传。我们必须记得,雪芹

---

① 参看周汝昌著《红楼梦新证》(1953年棠棣出版社本,以下简称《新证》),吴恩裕著《有关曹雪芹八种》(1958年,以下简称《八种》)。周书筚路蓝缕,草创此书,虽有一些错误论断(见下文),但其收集材料之功,洵不可没。本书著者从周著得到许多帮助,特此志谢。
② 关于西文(英、俄、法、德、意)中《红楼梦》的译文和论著书目,本书英文本附有西文书目,收译文十七种,论著廿二种。
③ 关于此次辩论,参看《红楼梦问题讨论集》(以下简称《讨论集》)一至四集。北京作家出版社,1955。
④ 有一部分原稿在脂砚评阅时已失去,参看本书第五章第一节及有关注。
⑤ 所谓"程甲本",1791年印,1792年发行。同年又印行"程乙本"。

的朋友和同时人所见到、谈到、评到的《红楼梦》,都是指八十回的原本,不是现在的一百二十回本。

第二期——从1792年开始,但到何时为止,却难于肯定,也许可定为19世纪末。程氏刊行百二十回本后,此书供应数量突增,又加各地不断翻刊,使广大的读者立刻认识它是中国历来最伟大的一部小说。它的流传之广,为过去任何小说所未及。可是扩大了的读者群,似乎并不知道有雪芹八十回原本这回事,而那些抄本,从前在庙市售至数十金的,①也逐渐在市场上消失。此一时期《红楼梦》的爱好者,最感兴趣的是书中故事的现实主义的描写,人物性格——尤其是女性——的铸造与分析,而尤其重要的,是一反传统小说的布局。他们对于此书的赞美——常常用诗词的方式——是一致的,只有一些头脑冬烘的道学先生是例外,那些人板起一本正经的脸,并不问这书的真正价值,却特别关心恋爱故事对于年轻人的影响。② 在19世纪后半叶,北京流行的《京师竹枝词》中竟有"开谈不说红楼梦,纵读诗书也枉然"的口号,③其受人爱好可以想见。现在所说"红学"这个名词,也在1875年左右在北京文人中出现。从18世纪末年起,许多崇拜此书的作家,用一种很别致的方法来对此书表示关心或称赞,他们连续不断地写了大量的"仿制",每一本的宗旨是要成为《红楼梦》的后半部,什么红楼"后梦"、"复梦"、"圆梦"、"再梦"、"幻梦"层出不穷。为了对于宝玉和黛玉的同情,这些作家们都想改变书中悲剧的结局,使宝玉和黛玉在他们各种各样的"梦"中团圆。可是这些续作,都经不起时间的考验,现在大都不见了。但是,虽然19世纪的读者对《红楼梦》有极大的兴趣(也许是正因为太大的兴趣),却很少人去研究此书作者的生平。有的批评家对他本人毫无所知,有的甚至不知道此书的作者是谁。因为

---

① 见程甲本,程伟元序。
② 例如毛庆臻《一亭杂记》:"乾隆八旬盛典后,京板《红楼梦》流行江浙……其书较《金瓶梅》愈奇愈热,巧于不露,士大夫爱玩鼓掌。传入闺阁,毫无避忌。作俑者曹雪芹,汉军举人也……然人阴界者,每传地狱治雪芹甚苦。"原书未见,据《新证》页532引。
③ 杨懋建《京尘杂录》卷四,《梦华琐簿》,页34,据《新证》页528引。

对于作者的漠不关心，自不免对于这本书的背景也茫然无所知。越到后来，这书受读者的欢迎越广泛，研究本书作者和背景的人越少。因为那时认识《红楼梦》作者并且知道他在什么情况之下写这书的那些朋友都已死去，连他们的集子，其中偶尔记录雪芹事迹的，也逐渐被人忘记。就这样，第二期以《红楼梦》的突然畅销开始，以忘记它的作者终止。这以后，有些人提出许多说法，试图追踪书中背景或大旨，①但这些说法既难令人相信，也不受人们的重视。

　　第三期的特点是关于《红楼梦》书中大旨的新说法的出现。在19世纪的末期，对于清政府的不满（恰好《红楼梦》中所写的又偏偏是一个"满式"大家庭的衰落），结合了一般中国人的民族革命思想的兴趣，产生了这样一派的看法：正如同《儒林外史》是对于作者同时人的讽刺，所以《红楼梦》是18世纪一部反满的政治小说。这派的主要代表是蔡元培，他相信书中许多人物和故事是影射乾隆时代许多文人的生活，因此费了许多劳力去找出他所认为是被影射的历史人物。②但这第三期的猜谜式研究并没有继续好久，胡适在1922年印出了他的《红楼梦考证》以后，这一派的说法便很少有人相信了。胡适虽然驳斥了猜谜式的"影射说"，但又代之以"自然主义"的"自传说"。他虽然对此书做了许多"考证"，但未弄清考证学上最根本的年代基础，以致许多结论（尤其是关于抄本的年代）陷入谬误，③造成后来对于《红楼梦》研究无数的困难，增加了许多不必要的混乱。

　　从1922年到1954年大辩论以前，周汝昌的《红楼梦新证》的印行（1953）也许可称为历史上的第四期。在此期中有些《红楼梦》的旧抄本和作者朋友们的著作为少数"红学家"——例如胡适和俞平伯所知。这些所

---

① 参看蒋瑞藻《小说考证》页157～164,556～557。
② 蔡元培(1867—1940)《石头记索隐》页6、14、15、22、25、32等，上海商务印书馆，1935年第十二版。
③ 例如他的十六回残抄本中，明明有乾隆"甲午(1774)八月"的日期，他却硬说是"甲戌(1754)本"。评者脂砚斋在1774年还活着，其时雪芹已死二十年，胡适却说评者即是作者。这些问题，下文要仔细讨论。

谓"珍秘材料"的占有,使他们被别人尊为这门学问的"权威"。胡适在他的"考证"里痛驳蔡元培的"影射说",称之为"笨谜",并且,由于顾颉刚和俞平伯二人替他找来的材料,发现了这书的作者是曹寅的孙子曹雪芹,是正白旗的汉军旗人,他大概生于1712年(康熙五十一年),这是一部"自传性"的小说,写于1765年左右,但他不久死去,书未完稿,后四十回为高鹗续作,成书于1791年程甲本印行之前不久。①

关于研究《红楼梦》的初步工作应该首先考证"作者之姓名与其著书之年月",最先是王国维先生提出来的。② 胡适对于前辈学者,如王梦阮、蔡元培诸人,找着他们的错,攻击不遗余力,但他考证《红楼梦》作者及著书年月等问题,走的是王国维最先提出的路子,而他在《红楼梦考证》的末段说:"以上是我对于《红楼梦》的'著者'和'本子'两个问题的答案。我觉得我们做《红楼梦》的考证,只能在这两个问题上着手。"——他只字不提王国维,仿佛这是他的创见。

说到《红楼梦》的作者和前后两部分的本子,当然也不是胡适的新发现,虽在传播曹雪芹家世和反对"影射说"方面,他有一定的功绩,但他自夸他的"科学的考证方法",于是造成一种印象,似乎他是第一个发现《红楼梦》作者的人。其实,除了他自己引证的袁枚的不甚正确的《随园诗话》③以外,有许多毫不含糊的材料,说到《红楼梦》及其作者。可是在他写《考证》时似乎都没有看到。现在略举如下:

(一)李放《八旗画录》:"曹霑,号雪芹……工诗画,为荔轩(曹寅号)通政文孙。所著《红楼梦》小说,称古今平话第一。"下引敦敏诗。(《云在山房丛书》后编卷中)

(二)蒋瑞藻《小说考证》引《能静居笔记》:"曹雪芹《红楼梦》,高庙(乾隆)末年,和坤呈以上……高庙阅而然之。"(《拾遗》页五五六,1957年上

---

① 胡适《红楼梦考证》(以后简称《考证》),亚东图书馆版《红楼梦》页1~94。
② 见王氏《红楼梦评论》末段:"而红楼梦自足为我国美术上之惟一大著述,则其作者之姓名与其著书之年月,固当为惟一考证之题目……"
③ 《随园诗话》卷二:"其(曹楝亭)子雪芹撰《红楼梦》一部备记风月繁华之盛。"

海版)

（三）恩华《八旗艺文编目》："《红楼梦》一百二十回，汉军曹霑著。高鹗补。曹霑字雪芹，又字芹圃，曹寅孙。"（子部页四八）①

（四）邓之诚《骨董琐记》引满族文人西清著《桦叶述闻》卷八："《红楼梦》始出，家置一编。皆曰此曹雪芹书；而曹雪芹何许人，不尽知也。雪芹名霑，汉军也。"（卷八页十）

可见，要说明《红楼梦》的两部分为曹雪芹和高鹗所作，并不是什么了不起的大发现。按《桦叶述闻》后文还引了敦敏、敦诚有关雪芹的诗句，敦敏"燕市哭歌悲遇合，秦淮风月忆繁华"与《懋斋诗钞》（1955年文学古籍社影印北京图书馆藏本）稿本原诗相同，但与后来铁保收入《熙朝雅颂集》（1805）的改本不同，可见作者西清所据材料很可靠。邓先生的《骨董琐记》是当时常见的书，胡适在别处也曾征引，但在"考证"《红楼梦》作者时，他却没有引。

在1927年有一个收藏家要出让一部残抄本《脂砚斋重评石头记》，有人要卖给胡适，他"以为'重评'的《石头记》大概是没有价值的，所以当时竟没有回信。不久，新月书店的广告出来了"，胡适这才"出了重价把此书买了"。② 新月书店的广告说什么，胡适没有说，我在海外也找不到。但新月是出版商，并非贩卖旧书的铺子，它的广告当然是预告重印此书的出版消息，预约发行。* 这个稿本如果给新月印出来，便不成秘本，大家都可以研究了。所以先以为"没有价值"的本子，一见广告要印行，他便不惜"重价把此书买了"。从此以后三十多年，这抄本变成了红学权威绩溪胡氏的"枕中鸿宝"。

这个《脂砚斋重评石头记》的残本共十六回（一～八，十三～十六，廿五～廿八）。胡适在他的《考证红楼梦的新材料》一文中，竟说他的"脂本

---

① 原书未见，据《新证》页447引。
② 《胡适文存》（以下简称《文存》）三集，页565。
* 编者附记：据胡适后来在《跋乾隆甲戌脂砚斋重评石头记影印本》（1961年）中解释，乃是胡适友人开办新月书店的广告。

抄于甲戌(1754)"①,又说:"我看了一遍,深信此本是海内最古的《石头记》抄本。"②从此以后,这个本子便一直错误地被称为"甲戌本"。他虽没有说脂砚斋是不是就在这个本子上写他的评注,但在"脂本抄于甲戌"的下文,接着说"其重评有年月可考者,有第一回(抄本页十)之'丁亥春'(1767),有上文已引之'甲午八月'(1774)"。现在的问题是:这个本子上的评语是不是出于脂砚亲笔?③ 如果是的,则其年代很容易确定;如果不是,那就不能把抄录年代提到此本最初收藏者所写的日期之前,也就不能说这是"海内最古的抄本"。因为即使在那时,有正书局用以石印的那个戚蓼生序本,④由于它只有最初的一些脂评,也许更要"古"些。这个十六回脂评残本的年代问题,只要影印出来,便可解决。但直至 1961 年 2 月,⑤它依然是胡博士的"枕中鸿宝",没有见天日。他那篇文字,目的在给读者一个含糊的印象:这是脂砚亲笔的评本。

在 1933 年胡适又发表了一篇《跋乾隆庚辰本脂砚斋重评石头记抄本》⑥,由原书之巨和脂评之多,反衬出胡适那篇文字可惊的贫乏。可是在那里,他也居然透露出一个消息:原来这个七十八回的抄本,和他的一向夸为"甲戌本"的十六回残本,都是过录脂评本的抄本。(而它们的底本,又是作者原稿的抄本。)另外,他又发现了评者"脂砚斋即是曹雪芹自己","'脂砚'只是那块爱吃胭脂的顽石","'脂砚斋评本'即是指那原有作

---

① 《文存》三集卷五,页 573:6(页码分点后的数为行数,下同)。
② 同上,页 565:5。
③ 胡适在此文中,说到脂本的"原底本"(页 586:6),但他又相信"原底本"的"许多评注全是作者自注的口气"(页 588),暗示他所谓"原底本"是指作者原稿,所以他的"甲戌本"是脂砚亲笔评注的本子。《红楼梦》的英文译者王际真,便在引言中说:"这是 1754 年脂砚斋手抄本。"(见 1929 年王译本引言页 IX X)
④ 即有正本,由北京人民文学出版社在 1958 年加以标点,重印为《红楼梦八十回校本》的第一、二册。
⑤ 即拙著英文本 On the Red Chamber Dream 出版之日。同年夏,脂残影印本在香港发行。
⑥ 见《胡适论学近著》(以后简称《近著》)页 403~415,上海商务印书馆 1934 年版。此抄本原为徐星署藏,今在北京大学图书馆,由北京文学古籍刊行社影印,1955 年出版。以下称为"脂丙本"(即"脂京本"——编者)。

者评注的底本,不是指那些有丁亥甲午评语的本子"①。他先用"自传说"把曹雪芹和贾宝玉等同起来,又用"爱吃胭脂的顽石说"把脂砚斋变成了曹雪芹。这条公式看来既方便,又可信,也很动人;无奈就是这位"脂砚斋"在他的"海内最古的'甲戌本'"第一回中,用朱笔写着这样的评语:

> 壬午除夕,书未成,芹为泪尽而逝。余尝哭芹,泪亦待尽。……今而后唯愿造化主再出一芹一脂,是书何幸,余二人亦得太快遂心于九泉矣。甲午(1774)八月泪笔②

这个记雪芹逝世的"壬午除夕",是胡适据以考订雪芹生卒年的主要论据,③他的许多别的考据也是依此卒年而来的。他居然这样容易用"脂砚即曹雪芹"这支矛,来刺破他的一切考据的盾。似乎他在 1933 年见了"庚辰"本,就忘记了自己在 1928 年根据"甲戌"本所写的大作。因为当他贡献这个新的"大胆的结论"(不是"假设")的时候,并没有"小心的"在"海内最古抄本"中"求证",而且也没有说明他这个矛盾应该如何解决。

近年关于《红楼梦》问题的讨论是由于俞平伯的《红楼梦研究》(以下简称《研究》)、《红楼梦简论》和周汝昌的《红楼梦新证》这几本书所引起的。俞先生在《研究》一书中认为《红楼梦》不过是一部曹雪芹"感叹自己身世"的书(页 105),它是为"情场忏悔而作的"(页 107、124),它"是为十二钗作本传的"(页 110)。俞先生又试图解决《红楼梦》的地点问题(页 129~139)、曹著后半部原稿中许多女子的结局问题(页 140~172),但没有得出明确可信的结论。在思想方面的辩论中,对于俞氏主要的批评是,

---

① 《近著》,页 408~409。但此"甲午"评语中明明说"一芹一脂",若依胡说,这条不是脂评,又是谁的评语?
② 《文存》三集,页 569。俞平伯《脂砚斋红楼梦辑评》,1955 年上海版(以下简称《辑评》)页 41。"何幸"误抄作"何本",俞平伯改为"何幸",是也,由此可证十六回残本脂评传抄误字,决非脂砚亲笔评本。胡适引上文时故意不引下一段,因为如引此段,不免露出错误马脚来,他就不能夸为"海内最古的抄本"了。
③ 其实他的考据以及别人相信他这个考据的种种说法是错的,说详后。

他完全忽视了《红楼梦》在社会和政治方面的意义：如作者用现实主义的作风所描写的他自己所属的封建阶级，他对于贵族家庭的无情的暴露和厌恶，对于不合理的社会制度的反抗，和他最后对于这个腐朽阶级，用出走的方式，与之断绝关系。俞先生对于书中女主角林黛玉和别的女子的性格，用真假的说法，加以歪曲的解释（如"两峰对峙双水分流，各极其妙莫能相下"，页112），对于琐细的故事加以繁琐的考据（如怡红院群芳开夜宴图说，页227～244），因而忽视重要的问题。这些批评①大多数是有其道理的，它们只不过说明了明显的事实。只是有些批评者的态度，其实可以不必那样过火。② 至于对周汝昌《红楼梦新证》一书的类似的批评，却有些不大公平，或不切本题。因为周先生的《新证》，主要贡献在于收集曹雪芹的家世和当时人的史料，并不是一部文艺批评的著作。假使说他不该写这样一本书，因为书中没有谈到某些重要问题，那就像批评一个桥梁建筑师，说他没有建造足够的工厂。如果要批评周书，应该检查他的材料是否正确、可靠、有用、相关；评判他对于这些材料的处理、解释和应用是否合乎科学的辩证法，这些材料和解释对于《红楼梦》的了解和研究有无帮助，③凡是根据这些观点来批评周氏之书，都是比较正确的。

第二节 脂砚斋评抄本五种

俞先生在研究《红楼梦》时，曾收集各抄本及有正本中的脂砚斋评语编为一集，即1954年出版的《脂砚斋红楼梦辑评》（以下简称《辑评》），所辑脂评根据下列五种本子：

---

① 见《讨论集》。
② 例如有一位批评者甚至于牵涉到俞氏先人的《春在堂全书》（见《讨论集》）。在人民内部的学术讨论中，这种态度是欠严肃的。这并不是说《春在堂全书》不可批评。但批评者用它来奚落俞先生，这是不对的。又有人说他霸占珍秘材料，也是没有的事。如上文所述，霸占材料的是胡适，不是俞先生。相反的，俞先生对脂评有流通传播之功。
③ 李希凡和蓝翎二位对于《新证》的批评者有很好的批评，对于《新证》本书也有适当的估价。见其所著文（《讨论集》二集，页255）。

(一)脂评甲本①　过录乾隆"甲戌"(1754)②《脂砚斋重评石头记》残抄本十六回(1~8,13~16,25~28),刘铨福旧藏,1927年归胡适。

(二)脂评乙本　过录乾隆"己卯"(1759)"脂砚斋凡四阅评过"③残抄本三十八回(1~20,31~40,61~63,65~66,68~70)。

(三)脂评丙本　过录乾隆"庚辰"(1760)"脂砚斋凡四阅评过"残抄本七十八回(1~63,65~66,68~80,所缺64、67二回经抄补),北京大学图书馆藏,北京文学古籍刊行社1955年影印。

(四)脂评丁本　过录"乾隆甲辰(1784)梦觉主人序"本八十回全抄本。解放后在山西发现,亦称山西抄本,文化部藏。

(五)脂评戊本　有正书局1912、1920、1927年石印戚蓼生(1732—1792)序本八十回。俞明震(1860—1918)旧藏。其正文即俞平伯校订的《红楼梦八十回校本》的底本。*

俞氏所定这五个本子的次序,他大概以为是按时代排列的。其实"甲戌""庚辰"这些表明年份的干支名称,根本不能表示那些本子的年代。用作本子的名称,只能迷惑读者,使他们误信某一本子即为其干支年份的抄本(说详下)。在校辑这些脂评的过程中,俞先生说:"(二)(四)(五)都在我手边,(一)我现在有的是近人将那本脂评过录在己卯本上的,(三)藏西郊北京大学,我有它的照片。"(《辑评》页8)上列五本中,最重要的是"脂甲(残)"和"脂丙(京)"。"脂甲(残)"虽只残存十六回,但它在行间和眉端有许多朱评,有的还记录了写评时的年月。"脂丙(京)"本的重要是很显

---

① 这里所称"脂评甲本"及下文所称"脂评乙本""脂评丙本"等,只是沿用俞氏提到这些本子时所用的次序,"甲"字并非"甲戌"的简略,下同。参看下面的注。

② 过去一般用胡适的定名"甲戌"本,这是错误的。这个"脂评甲本"所过录的底本,也不一定即是"甲戌"年的稿本。即使称脂评甲本为"过录甲戌本",也不一定是正确的。现姑用此名,暂加引号,以资区别。(余详后文)下面称脂评丙本为"过录庚辰本",理由同上。

③ 原书未见。据与脂评丙本比较,其原题应如此。参看《辑评》页8。

* 编注:关于各种脂评本的定名,作者经过慎重考虑,在以后文稿中,不再用任何数字或序数作代名,以避免误会。故(一)改称为脂残本,(二)改称为脂配本,(三)改称为脂京本,(四)改为脂晋本,(五)称有正本或脂戚本。为求统一,本书下文一律改用新名。参看作者《残本脂评〈石头记〉的底本及其年代》的"引言"及有关的注。

然的,因它不仅是五种脂评抄本中最长的一部,①而且评语最多,从十二至廿八回,又有不少后加的朱批,其中有许多记录了年月和评者的签名。"脂残"和"脂京"二本中的朱批并不全同,可见它们的来源是两个不同的脂砚斋的底本。其余"脂乙(配)"、"脂丁(晋)"、"脂戊(戚)"三本,虽然有脂砚斋早期的评语,用墨笔双行小字抄在正文之中,但在传抄过程中曾受删削,其存者又大都与"脂残"、"脂京"两本的双行墨评相同(其不同者,只是一些不关重要的误字)。在"脂戚"中,另有一些附加的评语和诗词,但似乎出于后人之笔。② 那些作者对于雪芹及其身世并无所知,所以这些附加材料在研究上无甚价值,有时反而眩惑读者,引起混乱。

在《红楼梦》问题的讨论中,俞先生曾主张将以前胡适所视为奇货可居的"脂评","打算流通它,以备公众的参考"③,现在这个提议已经实现,读者大众自应感谢俞先生的校辑工作。有了这样丰富的、由作者传下来的材料,我们本可据以研究曹雪芹写作《红楼梦》的原来计划和结构,以及他本意准备怎样完成它的后半部。可是,脂京本的影印和《辑评》的刊布所提出的新问题,比它们所能解决的旧问题更多。最重要的是:

(一)这些抄本的底本的情况是怎样的?

(二)这些抄本和它们的底本的时代应该怎样确定?

(三)脂砚斋是谁?他和雪芹有无亲属关系?那个署名畸笏老人的评者和脂砚斋是一个人还是两个人?

(四)脂砚的意见怎样影响作者?影响到什么程度?

(五)从脂评中,可以推见作者原稿的内容到什么程度?

从最后一点,我们也许可以探测许多久未解决的老问题。例如:(一)作者原稿的失去部分的内容是怎样的?(二)他全书原来的布局和书末的收场是怎样的?(三)高鹗为了他自己的后四十回,怎样改变曹著的前半

---

① 脂晋本虽比它多两回,但评语已大量被删,正文亦经删改。
② 有正石印本前四十回的眉批均为有正主人狄葆贤(平子)所加。其 1920 年本卷五里封面并有广告征求批评。见一粟《书录》页 13。
③ 《讨论集》二集,页 324。

部内容？（四）最后，把可能复原的曹著后半部内容比较高著后四十回，可以看出二人在思想上如何不同？由此我们可以对前八十回和后四十回作出比较正确的评价，对曹雪芹和高鹗的思想和文学造诣加以鉴别，不至于在批评时把二人的思想混同起来。别的有关《红楼梦》本身及其作者的各种问题，以前未经解决的，在本书中也将加以考察。下文关于《红楼梦》正文及脂评的必要的校订，将限于"脂残"、"脂京"两本，①因为其他各本未经影印，手头现有的重印材料似不足据以校订。比较八十回曹著原文及高氏删改后（程乙本）的前八十回，也将以影印的"脂残"、"脂京"两本为根据。

---

① 本书英文本出版后半年，脂残本影印出版。但此影残本恐一时不易见到，故在下文征引时并用俞氏《辑评》及影残本。

第一卷　抄本探源

第二章　脂砚斋评注在两个抄本中的情况

要考察脂评抄本,似乎应该把脂残本放在前,脂京本放在后。但我们不妨把这次序倒过来。因为第一,脂京本早在1955年即已影印出版,传布较广。脂残本在1961年才影印,且其中脂评早在1954年已包括在《辑评》之内,读者虽不见影残本,仍可知其脂评内容。其次,脂京本在所有现存抄本中,保存评语最多,脂残本的评语较少,故就评注与正文的关系而论,脂京本能给读者一个全面性的较好的展览。脂残本中的评注往往写在眉端、行间和回前、回末,这些情况与脂京本全同,故由脂京本即可推知脂残本的情形。第三,脂残本的评语,并不早于脂京本(详下文),所以没有必要非要先讨论脂残本不可。

从下面所要说到的脂京本和脂残本的情形,我们希望能大致理解它们的底本是怎么样的,尤其是脂砚斋所用以写评注的本子。

第一节　脂京本中的各种评语(附表一、二)

脂京本中评注用朱、墨二色，写在不同的位置。墨笔评语可分三种：

(一)双行小字评注　专评某句或某段，抄时插在正文中，和其他经籍中的注疏一样安排。见以下五十八回：12～26，33～58，60～63，65，66，70～80。

(二)所谓"总评"①　常对各回中某些故事加以评赞或解释，写在回前的附页上。见以下十八回：17，21②，24，27～32，36～38，41～42，46，48，49，75。

(三)回末评语　用大字写在正文后面的空白地位，或另加的附页上。见于下列五回：20～22，31，47。

朱笔评语也有三种不同的位置：

(四)眉批　显系后来加添的，评论书中个别故事或人物。见于下列十七回：12～28。

(五)夹评　也是后加的，写在正文行间，评论正文中某句某段。见于下列十七回：12～28。

(六)总批　评论各回中的主要故事，写在回末正文后的空白地位，见于下列六回：12、13③、14、23～25。

墨色评注是此本各部分的抄书人和正文一起抄录的。④ 正文和评注的字迹相同，但不很好，常有错字，注文尤多讹误。各部分抄录的时期，显

---

① 其实这些大都不是"总评"，说详后文。因以前讨论脂评问题者，都称为"总评"，暂时姑用此名。
② 在中装影印本(脂砚斋重评石头记)即"影京本"中，此另页(459～460)订在第二卷第二十回末，正确的位置应放在第三卷第二十一回前。
③ 在影京本卷二第十一回之前，页240，但所评者实为第十三回中故事。俞先生了解此点，故将此评录在第十三回前。参见《辑评》，页204。
④ 此脂京本抄者不止一人，可由其不同的笔迹知之。

然有先后。朱笔评语①的抄者,书法较好,也可能是此本的收藏者自己抄的。下面要依次论述这六种不同的评注。

在双行小字评语中,有些在句末署"脂砚"(或"脂研")②,"脂砚斋"③,"脂砚斋再笔"或仅作"再笔"④,从评语内容和抄录情形来看,可知这些都是脂砚斋第一、第二两期的评注,作于甲戌(1754)之前和甲戌这一年。⑤这些双行评注只有一小部分署名,这也许是因为脂砚斋本来没有全署,如行间朱评即大都不署名,也许是经抄者删去或遗漏,例如有正本即将脂评署名全部删去。据此,可知双行评注中"再笔"之少,并不表示除了两三条外,其余全是脂砚斋第一期的评语。实际情况,恐怕倒是这样:除了一两处外,脂砚从来就懒得写明"再笔",这是因为他的评语在原底本上本来都是写在行间、眉端,到"再评"时,已很少空间容他署名了。后来他又在原评较少的各回中续写第三、第四、第五期的评语,也从不注明"三评"、"四评",等等,虽然在后来的评语中,他也常常说到"余前批"、"前批"、"余言"、"余批"。⑥

在各回中脂评的分布是极不平均的,只要一看俞氏《辑评》,从第十二到廿六这十五回中,五个脂评本的评语占二四九页,⑦从第三十三到五十八这廿六回中的评语,却只占七十五页,⑧在若干回中,每回只有一条

---

① 在影京本页 590 的两条眉批,页 603 的一条眉批是墨笔,但字迹与朱笔同,知为一人所抄。
② 同上,页 323,324,329,330,330,335,335,340,340,341,346,346,411,413,413,426,426,540,1141,1188,1224,1239,每一页码代表一条,共廿二条。
③ 影京本,页 428,1054,1066,1110,1112,1127,1141,1145 共八条。
④ 同上,页 499,595。
⑤ 脂残本第一回文说:"至脂砚斋甲戌抄阅再评,仍用《石头记》。"见影残本总页 9 下。
⑥ 影京本,页 476,492,558,562,594,612,622,643。又《辑评》,页 57~58 引脂残本第二回评语,总页 22 下。
⑦ 《辑评》,页 192~440。
⑧ 同上,页 475~549。

短评。①

双行小字的评注从第三十三回起突然减少,而在别回中竟全无。② 这是由于抄书人的删削,还是缺评的几回是从别的底本抄来的呢?这问题在下面要充分论到。在这里只能说,脂砚原来的评语,也许比后面各回的情形所暗示的要多些。在某些回中,抄胥奉雇主之命,把双行小字删去,例如第六十六回首页右下角,另一人的笔迹写着一条指示:"以后小字删去。"③这也许是经济的打算,因为抄这样一部大书是费钱的。④ 有的遗漏是由于抄胥的疏忽,或不愿抄太小的字,⑤或不认得底本中的小字草书。⑥

回前的所谓"总评"和回末后加的批语,都没有日期或署名,只有两条例外。一条在第二十二回后:"此回未成而芹逝矣,叹叹!丁亥(1767)夏,畸笏叟。"(页513)另一条在第七十五回前附页:"乾隆二十一年五月初七日(1756年6月4日)对清。缺中秋诗,俟雪芹。"(页1799)

朱评的字体、大小、位置、写法,各有不同,但不论楷书、行书、草书,风格一致,显然是出于一人之手。此人练过字,写得有功力,但似乎学识很差,也不大认得原稿中的草书,常有可笑的错字。有的错得令人乍看时不

---

① 影京本,三十三回,页764;三十四回,页782;五十四回,页1266;六十一回,页1433。不仅脂京本如此,有正本四十回后,除六十四回两条外,全无双行评;脂晋本自三十八至八十回,除六十四回一条外,全无评。俞先生以为这二本中的第六十四回乃后来抄配,而其配本则为带"原评的稿子"。参看《辑评》页29～30。
② 即一至十一,廿七至三十二,五十九,六十八至六十九各回,六十四、六十七两回原缺。
③ 见1955年文学古籍刊行社影印本。事实上六十三回中全部的,六十五、六十六回中一部分的双行小字评注,虽已抄下,却又用笔勾销。见影印本页1492,1507,1511,1515,1518,1521,1570,1583,1590。因六十六回回首的指示,抄胥把六十八、六十九两回中双行小字全删,七十回中除三条(页1670,1678)外全删。
④ 参看程伟元1791年序:"好事者每传抄一部,置庙市中,昂其值,得数十金。"则抄价当亦不小。
⑤ 比较《辑评》中所录各本评语,往往详略互见,此有彼无或此无彼有。
⑥ 除因误认草书而抄错者外,抄胥有时老老实实把不认得的字不抄,留着空白,如页596所留空白,后来为另一人(书的主人?)用抄眉批的朱笔补上,计双行十三字。

知所云。例如把"前处"错成"树处"(页381),"绛芸轩"误为"峰芒轩"①(页416),"正文标目曰"错成"标昌"(页444),"寥寥"误作"聊聊"(页491),甚至连纪年的干支都会写错,把"壬午季春"弄成"王文季春"(页308)。假使不是这些古怪的错误,读者可能会误认这些字迹很好的朱评出于脂砚亲笔,因而把脂京本当作脂砚自用的评本。在这一意义上,上述的讹字和脂残本中有无年月署名这些事实,倒是促成我们判断"脂残"、"脂京"的底本情况的绝好标准。

朱评中最重要的是眉批,因为其中大部分有年月或署名,或二者兼有,其年份可知者,列表如下:

表一 脂京本中朱笔眉批年月表

页数\回数\年份	己卯(1759)	壬午(1762)	乙酉(1765)	丁亥(1767)
十二		262*		
十四		291,304△,304*		
十五		308,311,311,314,319,320		
十六		324,343*		337**
十七		352*,357,359,363,381*,390,398,401		

---

① 《辑评》页304,改"峰"为"峯",又注(锋)字,并以"芒"字断句,"轩"字属下句。世昌按,俞氏所改断句皆误。原文为"袭卿有意微露绛芸轩中隐事也"。参看影京本页447,行间朱评:"虽谑语,亦少露怡红细事。"

(续表)

十八				399
十九		433		430＊＊,438＊＊
二十	444,448,450,452,453,457	443△,447		444＊＊,446＊,455＊＊
二十一	473,476,478	466,470＊,473,476,478		477＊＊,478＊
二十二	489,506	489		488＊＊,492,494＊＊,497＊＊,497＊
二十三	518,527,530	520,525		528＊＊
二十四	544♯,548	547		536＊＊,556＊＊
二十五	577	564＊,570＊,584	575△	585＊＊
二十六	(590)	588,600＊,602＊,603		(590＊＊),(603＊＊),(604＊＊),606＊＊
二十七	614,622,624	615		622＊,624＊＊,627＊＊
二十八	635,638,640	645,647,653		638＊＊
总计	二十四条	四十三条	一条	二十六条
附记	内墨笔一条，加括号。加♯者署"脂砚"。	加＊者署"畸笏"，加△者署"畸笏老人"。	加△者署"畸笏老人"。	内墨笔三条，加括号。加＊者署"畸笏"。加＊＊者署"畸笏叟"。

上面己卯年评语，除页544的一条署"冬夜，脂砚"外，均未署名。壬

午年四十三条评语中有十条署"畸笏",两条署"畸笏老人"。乙酉年一条署"畸笏老人"。丁亥年二十六条中有二十四条署名,其中四条署"畸笏",二十条署"畸笏叟"。此外,另有十一条署"畸笏",但无年月,可定为乙酉年所批。另外二条,一署梅溪,一署松斋。剩下的朱笔眉批,共六十四条,均无年月署名;但就其内容、词句、作风看来,无疑出于同一批者手笔。(见表二)

表二 脂京本不记年月朱笔眉批表

回数	页数(每一页码代表一条,两页相连者亦为一条。加＊者署名畸笏,加()者为梅溪,加[ ]者为松斋)	小计
十二	259＊,261,261,262,262,264,266＊,266,266,268	2+8
十三	274,274,(275),[275],276,276,276,277,279,283～284,288	2+9
十四	290,290,293,299,301,302,302～303	7
十五	312,318,319	3
十六	325,326,328～329,335＊,340,341,345,345,346,346～347	1+9
十七	359＊,363,364＊,370,372,373,376	2+5
十八	380＊,385～386,387,387,398,399＊,405	2+5
十九	411,416	2
二十一	466＊,466,482＊	2+1
二十二	491～492,503,510	3
二十五	567,574～575	2
二十六	598,599,599	3
二十七	612＊,615,615,626,627＊,628	2+4
二十八	633～634,639,644	3
总计		13+64

行间朱评,除第十六回页 342 的一条署"脂砚斋"外,均未署名,这是因为行间空隙有限,所评又专指个别的字句,容不下署名。附在回末的朱笔总批,除第十三回末页 288 有"壬午春"三字外,均无年月署名。

除了脂砚(或脂砚斋)和畸笏(或畸笏老人,畸笏叟)外,由同一抄者用朱笔记录的,评语有下款的只有"梅溪"和"松斋"二人。"梅溪",又见于第一回正文,作"东鲁孔梅溪",他曾提议以"风月宝鉴"作为书名。梅溪和松斋显然是作者的亲友,他们似乎对于此书的背景知道得很清楚。

此外还有一些七零八落的墨笔眉批,大概是脂京本的收藏者或读者后加的。有二十条署名"鉴堂",九条署名"绮园"。也有不署名的批者在眉批中反对朱笔批者的意见。在十九回末,有一批者署名"玉蓝坡",显系满洲人。这些后加的墨笔批语,字迹互异,也和朱笔批语的抄录者笔迹不同,应该绝对分开,不能和八十回本传抄时就有的墨评和朱评混在一起。这些后加的批语,和作者身世、原书计划及内容背景毫不相关。我们只须知道这个本子上有过这些批语就是了,它们没有供我们研究的价值。

第二节　脂残本中的评语

脂砚斋评注在脂残本中分布抄录的情形,我们很难正确地加以说明。胡适在《考证红楼梦的新材料》一文中曾举一些例子,但并没有全面叙述。俞氏《辑评》前面所附"红楼梦旧抄各本所存批注略表"中,有关其他各本,均详填"双行夹注"、"双行批注"、"眉批"、"夹批"、"起首总批"等等,但对于脂残本有评各回,只填"批注"、"总批"、"回末总批",却并未说明所谓"批注"是在行间或眉端或别的地方。这是因为他所据以过录这些批注的脂配本,并不是从脂残本直接抄下来的。这些评语过录在脂配本上,其所录地位不一定与它们原在脂残本上的地位相同;而且也未必全部过录下来。① 但在《辑评》里面,俞先生也偶尔注明有些评语在脂残本中的位置。② 在"凡例"第五条,他也说明"但眉批仍书甲戌眉批"。凡《辑评》所录脂残本批注,俞先生说"眉批"或"在回目下"者,大概在脂配本中就是这样过录的。可是,有的评语在胡适文中明说是"眉评"或"夹评"的,③在《辑评》中却又并不注明。俞先生也没有说某些评语是朱笔或墨笔写的。在胡适文中则常提"朱评"、"朱笔题"。④

至于脂残本中有无双行小字评注,也从来没有人提起过。但胡适常用"评注"这个名称,⑤似乎指插入正文的小字评注,有如脂京本中的双行小字注。可是他讲到"护官符"时说,"每句下皆有详注",接着又说:"这四条注也都用朱笔写在夹缝,与别的评注一样抄写。"⑥可见他所谓"评注"或"详注",并不是双行小字插入正文中的评语,实际上是朱笔的行间夹评。⑦ 在目前,我们只能假定脂残本中的评语,都是用朱笔写在①眉端,②行间,③回前或回末。此外在第一回前有四条"凡例"或"旨义",是用墨笔连正文一起抄录,字迹大小与正文相同,但低二格抄写。脂残本中所有评语,据胡适一文及《辑评》所录,似乎除两条外,均无年月,亦未署名。有年月的两条,一为"丁亥(1767)春",一为"甲午(1774)八月"。⑧

---

① 例如胡适文中提到"第十六回前有'总评',其一条云:'借省亲事写南巡,出脱心中多少忆感今!'"(《文存》三集,页574)"第四回门子对贾雨村说的'护官符'口号,每句下皆有评注",并录原注(同上,页588～589)。但《辑评》页234及页99均未抄录。
② 见页40,41,44,45,47～53,56等,注明"眉批";页217,注明"在回目下"。
③ 参看《文存》三集,页572,576～577,比较《辑评》,页214,206,208,209。
④ 《文存》三集,页569,572,574,575,577。
⑤ 如《文存》三集,页586～590。
⑥ 《文存》三集,页589。胡适又说这些注是作者自己写的,则完全是猜测。说详后文。
⑦ 周汝昌先生说:"因'甲戌'本连双行夹注也一齐用了朱笔,又多不作夹注而写在行旁。"(《新证》页539)按这二句有语病,既云"连双行夹注",又云"不作夹注",若"不作夹注",又何以知其为"双行夹注"? (他未说有否见脂残本,但似乎知道此本评语均作朱笔。)应该指出:凡各本中双行小字插入正文的评语,是抄录的结果。脂砚最初拿作者的稿本或誊清本在上面写评,都是用朱笔写在眉端或行间,回前或回末。这个问题在下文分析了脂残、脂京二本的原底本后,就可以更加清楚。
⑧ 见《文存》三集,页573,《辑评》,页64,41。

第三章　脂残本的年代和情况*

第一节　脂残本的年代及其底本

脂残本的年代和底本(下文简称"脂残底本"),比起脂京本和它的底本来,较为简单,因脂残本显得是从一个底本过录来的。上章所提到的两个年月,即"丁亥(1767)春"和"甲午(1774)八月",多少使我们知道一些它的底本年代。脂残底本又是从一个有脂评的抄本转录过来,但只过录了正文,却把评注删了。但何以知"脂残底本的底本"原有评注?因为脂残底本虽是白文,却有一条脂砚早期的评注,在"脂残底本的底本"中误入正文。所以脂残底本虽然只过录正文,却无意中把这条脂评当作正文过录下来。① 但如果假定脂残底本是脂砚亲笔写评的一个本子,则我们可以

---

* 编注:著者写本书英文本时尚未见到脂残刊印本。归国后写的《残本脂评〈石头记〉的底本及其年代》,对原来的分析有补充修正。参见《红楼梦探源外编》。

① 据《辑评》页210,脂残本第十三回记可卿之丧的吊客,在"忠靖侯史鼎的夫人来了"一句之后,有"伏史湘云"四字,这当然是评语。此四字在脂京本中也误作正文。可见"脂残"、"脂京"的两个底本同一来源,因此亦可见脂残底本的过录,也在1754(甲戌)之后——即脂砚"重评"誊清以后。

说,1774(甲午)大概是脂砚在这个本子上评注的最后一年——事实上这比脂京本中许多年月最晚(1767,丁亥夏)的评语,还要晚七年。因此脂残本不可能早于1774(甲午)年,也许要晚得多;但不能晚于1863年——即刘铨福得到这个本子的那一年。①

另一个问题,是脂砚在脂残底本上写评,最早是哪一年?在这里,1767这年份并不能作为依据,因为他可能早于此时就在这个本子上写评,但未署年月;也可能远在1767之后,把早年的评注誊在这个白文本上。要探究这问题,只有把脂残、脂京两个本子中的朱评比较研究以后,才有头绪。② 此时不妨先考察它的正文的年代。

脂残本第一回正文,在"满纸荒唐言"一诗之后,比别的本子多这么一句:"至脂砚斋甲戌(1754)抄阅再评,仍用《石头记》。"③这句话很可能被误认为是脂评窜入正文,但其实它是在正文的楔子中,紧接着上文

> 空空道人听如此说,思忖半晌,将这《石头记》再检阅一遍……遂易名为情僧,改《石头记》为《情僧录》。东鲁孔梅溪则题曰《风月宝鉴》。后因曹雪芹于悼红轩中披阅十载,增删五次,纂成目录,分出章回,则题曰《金陵十二钗》。并题一绝云……

一段而来。"仍用"二字,乃指这书一度被改为《情僧录》等别的名称,而此八十回本仍用原名《石头记》,作者必须有个交代,故脂本中此句,实为正文无疑。④ 据此则"甲戌"只可认为在作者漫长的写作和修改过程中的一年。而脂残底本既为作者在1754年改定稿的一个抄本(说详下节),便不能定为1754(甲戌)本。脂残本又是脂残底本的抄本,我们无论怎样爱好古籍,也不能把它定为"甲戌"本。

---

① 参看《文存》三集,页568。
② 参看本书第五章第一节。
③ 《文存》三集,页569。
④ 《辑评》页41不录此句,可见俞先生亦认为此句非评语。

第二节　脂残本的底本探源

如欲建立脂评残本在1774年以后，1786年以前过录时的客观情形，必先确定它的底本在1774年以前在脂砚斋中，经脂砚手批时，是什么样的一个本子。脂残本既从一个底本抄来，则其书名"脂砚斋重评石头记"当然也是原底本所有。因此，我们首先要弄清楚，原题中"重评"二字是什么意思。我们知道，作者的1754年改定本，亦即脂残底本正文所据的原底本，已经脂砚评过两次，其书名《石头记》亦为脂砚重新确定。可见这个1754年稿本已经是"重评本"。但是，既然如此，则脂残底本的抄胥，应该在抄正文时，把脂砚这两期的评注，用墨笔抄成双行小字，夹在所评的正文下面，正如同"脂配"、"脂京"、"脂戚"各本的双行小字评注一样。假使，如我们现在所知，脂残底本中的所有评注，均用朱笔写在眉端或夹在行间，①那就很清楚地指明：当脂残底本被过录时，抄书人并没有一起抄下脂砚最早两期的评注；虽然当他抄书题时，依然照录"脂砚斋重评石头记"这个与内容不符的书名。这两期的评注，是脂砚斋自己辛辛苦苦用朱笔誊在脂残底本上；并且他用这个本子继续写他的以后各期评注，一直写到1774（甲午）年。关于这些客观情形，我们看他在脂残本第二回中一条关于甄家娇杏的眉批，很抱歉地解说他的评语重复情形，②便可更清楚：

　　余批重出。余阅此书，偶有所得，即笔录之，非从首至尾阅过，复从首加批者，故偶有复处。且诸公之批自是诸公眼界，脂斋之批亦有脂斋取乐处。后每一阅，亦必有一语半言，重加批评于侧，故又有前后照应之说等批。

---

① 其在回前、回末者不属此范畴。
② 见《辑评》页57～58。所谓重复，指前一条批"娇杏买线"云："……非近日小说中满纸红拂紫烟之比。"因为在第一回中已有一条眉批："最恨近之小说中，满纸红拂紫烟。"（同上，页50。）

这条眉批可以帮助说明下列事实:第一,原来脂砚最早的两期评注,在早期抄本中,是用墨笔缩成双行小字,夹入正文中的。所以在这样的抄本中行间仍有空隙,使他"后每一阅",仍旧能够用朱笔"重加批评于侧",①或加在眉端——例如这条长评即是眉批,因为行间已被那条"重出"之批占了,写不下,只好写到眉端。其次,正因为他的评注是一律用朱笔写的,所以他的评本称为"脂砚斋"本,其实无非是说用"红笔"写的评本而已。至于他的砚上的原料是朱砂或真是胭脂,则不得而知。再从作者第一回楔子中所说的"至脂砚斋甲戌抄阅再评"云云,可见脂砚斋写评的本子不止一个,例如在脂残底本以前,尚有他头两期手评的本子。② 上文所引脂砚眉批中说明批语"重出"现象,也暗示他各期评注写在不同的本子上,否则每次重阅时不会不看到自己上一次的评语。第三,这条批语有力地驳斥了胡适的两种谬说:其一,是说脂残本第二回中"护官符"下"四条注都是作者原书所有的",因此结论到"这些原有的评注之中,至少有一部分是作者自己作的"。③ 其二,是他后来所谓脂砚斋即作者自己。④

因为脂残本到廿八回止,胡适就说:"也许其时(指上文'乾隆十八九年'——1753、1754)已成的部分止有这二十八回。"果真如此,他的"甲戌"本的价值更要大增了。但由上引眉批,可见脂砚在评时至少已看到此书的大部分,虽然不一定每回都已经作者最后修整。如果还要找证据,则有脂砚在第一回中评甄士隐与贾雨村交友一段:

又夹写士隐实是翰林文苑,非守钱虏也,直灌入"慕雅女雅集苦

---

① 关于脂砚原有朱评,过录时用双行小字并入所评文句之下,将下面的正文隔断这一事实,最好的证据是第七回中评"只见薛宝钗穿着家常衣服"一句。在脂残本中,此句评语为:"总用双岐(歧)岔路之笔,令人估料不到之文,'家常爱着旧衣裳'是也。"但在脂戚本中,却因误把此评并在所评之句的前面,前两句仿佛还配得上,末句引诗便成为张冠李戴,评不对句,只好索性把它删去。(见《辑评》,页145)
② 脂残底本决非脂砚头两次手评本,否则正文中不该有这句话。因为作者预先不会知道某年脂砚会"再评",原稿中不可能有此话。
③ 《文存》三集,页589。
④ 《近著》,页408。

吟诗"一回。①

这里所引的是第四十八回回目,"慕雅女"即指士隐的女儿英莲,后来被薛蟠从拐子那里抢去为妾,改名香菱。可见脂砚在评第一回时,早已读过第四十八回。脂残本第五回评晴雯册子上的题词,说"恰极之至,'病补金雀裘'回中与此合看"②,这是指第五十二回。并且作者在第一回开始明明说"披阅十载,增删五次",足以说明雪芹开始写此书,至少在 1754 年以前十年。而在 1754 年时,脂砚已写过两期的评语。则作者始创此书,当在 1743 年或 1742 年(乾隆七年或八年)。这"十载"之期,在脂残本第一回前所附七律,也加以证明。其末联云:

字字看来皆是血,十年辛苦不寻常。③

总结本章:此本显然是作者 1754 年修正稿的一个抄本。当原稿正文过录为脂残底本时,脂砚头两期的评注并未一起抄入,所以他得以仍用朱笔重行誊入。他以后用此本来续写评语,直到 1774 年或更后。脂残底本因此保存了 1754 年以前和以后的大部分评注,但它不是脂砚用以写评的唯一本子,而是最后一个本子。当过录脂残底本时,作者已大体上完成了八十回的《石头记》。

脂残本是脂残底本的逼真的过录本,正文墨笔,评注朱笔,抄得和它的底本一模一样。不像别的早期抄本,这位脂残本的抄者并没有把朱笔缩成双行小字,插入正文中间。这个过录本的年代,是在 1774 年之后,1863 年之前。在此本过录时,它的底本可能已残缺。

---

① 见《辑评》,页 49。
② 同前,页 117。
③ 同前,页 34。此诗作者当于后文讨论及之。

第四章　脂京本的构成及其底本

如果把脂残本称为"甲戌(1754)本"是年代错误的说法,则把脂京本称为"庚辰(1760)本"势必引起更多的误会。① 脂京本是在不同的时间用若干底本拼凑起来的合抄本。就其底本中可考的年代而论,除了二、三两册中的"朱笔"评有许多条注明年月者外(己卯冬,壬午春、夏,乙酉,丁亥夏,即 1759,1762,1765,1767),在第三册二十二回后附页上有一条附记说:"此回未成而芹逝矣,叹叹! 丁亥夏,畸笏叟",因为这附记是用墨笔同正文一起抄下,看笔迹知是一人所抄,可见是原在墨书的底本内,抄录的时间在过录朱评之前。据此则此第三册的年代决不能早于 1767 年。在后四册(五、六、七、八)的题页上,每页"石头记"题名之下,写着"庚辰秋月定本",这是此本首先被胡适称为"庚辰本"的原因。但从上述事实看来,庚辰(1760)这年份既不能用于此书全部,便没有理由可以把全书称为"庚辰"本。

不但后四册书题上"庚辰秋月定本"这签条很有问题,连每一册题页

---

① 称此本为"庚辰本",始见于胡适为此本所写的跋文,见《近著》页 403。以后许多红学家未加深考,沿用此名。

上,在书名"石头记"题下"脂砚斋凡四阅评过"一行小字签注,也是从另一个不相干的底本上抄袭来硬加上去的。因为第一,如此条系正文底本所原有,则既称"四阅评过",何以第一册中的前十回,第二册中的第十一回,全无评注?① 这十一回,分明是从一个连一次也没有"评过"的白文本抄来的。第二,全书各回的首页,在回目右上方均有书题:"脂砚斋重评石头记卷之□",可见此书原名为"重评"本,不是"四阅评"本。第三,若以书中可考的评语而论,则又不止四次:除甲戌以前及甲戌"再笔"的两次评语外,尚有"己卯"、"壬午"、"乙酉"、"丁亥"这些年份,又有"乾隆二十一年(丙子,1756)五月初七日对清"的日期。可见脂砚至少"评""阅"了七次,把它称为"四阅评过"的本子,也是不对的。故知"四阅评过"的签条是后来加上去的。大概构成此书的一个底本上有此签条,书主人(或书店老板)又见其中确有后加的评语,遂使抄胥在每一册上加上"四阅评过"一语,以增加此书身价。②

第一节　构成脂京本的各种底本

从脂残本,我们知道在18世纪的《石头记》抄本中,前二十八回独多朱笔评注,但脂京本的前十一回却全是白文,无一句评语。这暗示此书主人所能找到的一个脂评本,缺前十一回,只好用一个无评的白文来抄配。我们现在把这前十一回的底本称为"脂京本的底本之壹",简称"脂京底壹"。从字迹判断,这十一回和以后各回乃一人一时所抄。"脂京底壹"的年代不易确定,但把这十一回和别的本子中的同回比起来,则可看出下列许多特点,足以证明这十一回的底本是无评的早期抄本之一。

(一)同第一回一样,第二回前面也有一篇近乎"引言"的短文,文笔与

---

① 第二册题页后面(影京本,页240)的朱评指第十三回中秦可卿之死。因为在第十三回末的空白不够,所以移在题页后面,不能误为第十一回的评语。
② 我疑心这类抄本,当时书贾用以出租。因庙市中抄本每部"昂其值至数十金",是一般人所买不起的。

第一回首段相同,但比第一回首段更像序文。① 这篇"小序"长三百六十一字,末附一首隐括全回的标题诗:

  一局输赢料不真,香销茶尽尚逡巡。欲知目下兴衰兆,须问傍观冷眼人。②

这篇小序和七绝,抄得和正文的格式大小完全一样,而又出现在并无评注的一个底本之中,可知决非脂砚的"评语"。③ 据目前所知,除脂残本外,别本第二回有此小序和题诗的似只有脂戚本。④

(二)第三、第五、第八、第九各回的回目和后来的"程本"不同,其中第三、第八两回全异,第五、第九两回回目首句全异,次句一部分不同。这很可注意。因第十一回以后的所有回目,只有第十四、二十五、四十一、七十四各回稍有不同,别的各回大体上同后来的"程本"。⑤

(三)第五、六、七、八各回之末有诗联一副,或隐括本回内容,或暗示本回中隐去的故事或后文的伏线。⑥ 从第十一回以后,只有第十三、二十一、二十三各回后有诗联,第十七回前有五绝一首,二十三回以后,即无诗联或诗。⑦

这些情况都表示"脂京底壹"是一个较早的本子。

在第二部分,即从第十二至二十六回,上述六种朱、墨二色的评注都

---

① 关于这个问题,详第七章。
② 末两句套苏轼《戒杀》诗:"欲知世上刀兵劫,且听屠门夜半声。"但用得很适当。
③ 胡适把它称为"总评"(《文存》三集,页590～591),意谓脂砚所批,是大错的。说详后。《辑评》不录此段,可见俞先生亦以为这不是脂评。
④ 见《文存》三集,页590～591。《辑评》未说各本有此序否。今按脂残本第二回前有此小序,用墨笔大字,但比正文低一格,文字与脂京本全同。
⑤ 除了没有回目的第十八、十九、八十这三回和失去的六十四、六十七两回。
⑥ 例如第五回末:"一场幽梦同谁近,千古情人独我痴(知)。"(按"情人"指可卿,秦氏册子及红楼梦曲子均可证。"痴"为"知"字之误,否则成了宝玉以"千古情人"自居。且下句为上句之答,故末字为"知"。)第六回末诗联云:"得意浓时是(戚本作'易',义较胜)救济,受恩深处胜亲朋。"第二句伏后文刘姥姥感恩救巧姐事。
⑦ 此外唯戚本第六十四回末有一联:"只为同枝贪色欲,致教连理起干戈。"见《校本》页725。

齐备。① 从第十二回起,双行小字评注的突然大量出现,显示抄者用了另外一个底本——脂砚斋"重评"本。这个脂京本的底本之贰,我们把它简称为"脂京底贰"。在这里,脂砚的头两期评注,都被缩成小字,用双行插入正文之间。这个底本是①脂配本、②部分的脂京本和③脂戚本的共同祖本;因为所有脂京本中的双行小字评注,脂配本②和脂戚本③中都有,而且也都抄成双行小字。三本评注的文字稍有出入;但可注意的倒不是那些小异,而是它们的大同。脂京本中的双行小字评语,在脂残本的同回中也都有;④但在后者中则用朱笔写在眉端、行间,或在正文中预留的空间,以便用朱色笔插入。同样是头两期的脂评,在脂残本则为朱笔眉批,等等,在其余各本则为墨笔双行小字。可见脂砚评此书,开始即用朱笔写在眉端、行间,以后也一直如此。只有在评本誊清时,才把评注抄成双行小字。但仍有藏书家为了要存真,把底本中的朱评仍用朱笔录在原有地位。所以朱墨之分,就评语内容而论无关大旨,只有在辨别这些评语的分期、判断各期的年月、分析某一抄本的不同底本和考察各抄本年代这些问题上,有它的决定性的意义。

从第二十七回到三十二回,双行小字的评注又完全都不见了。也许可以认为这六回也是从一个无评的底本,例如"脂京底壹"抄来的。可是这六回在每回之前都有一张附页,抄着一些"总评",在第三十一回之末,又另有一附页,所抄评语是指回末一段湘云拾得金麒麟的故事,虽用墨笔

---

① 参看本书第二章第一节。
② 见《辑评》,页192~342。第二十一回后,脂配本缺。
③ 同上,页192~419。按《辑评》体例,所录评语凡只标明"庚辰"者,指脂京本双行小字各条。但有许多条虽标明"庚辰",却不见于脂配本或戚本。经查对脂京影印本后,方知皆为俞氏疏失。凡脂配、脂戚所无者,在脂京本中实为朱笔眉批或行间批语。依俞氏体例,应标作"庚辰眉批"或"庚辰夹批"。这些疏失,列举于下:(第一号码为《辑评》页码,括弧中号码为脂京影印本页码):211(283),220(298)二条,236(326),338(452),410(568),410(569),412(574)二条,413(574),434(600),438(606),439(606)三条。
④ 参看《辑评》页204~253,406~439,即脂残本第十三至十六回,二十五至二十六回。

大字抄写，却不是什么"总评"。① 其次，不但这六回无双行小字评语，即以下的第三十三、三十四回，每回也只有一条短评，第三十五回也只有一短一长两条评语。复次，在脂配本（即所谓"己卯"本）中，第三十一至三十二回②也无评语，第三十三、三十四回，各只一条，第三十五回只一短一长两条，情形也正相同。戚本也是如此：即自二十七回至三十二回无双行评语，以下三回只一两条评语。由此看来，这六回无双行小字评注，显然与前十一回完全无评的情况不同。因其他各脂评本前十一回均有评语，只有脂京本是例外。而这六回则各本皆无评，非此本独缺。因此，我们认为这六回虽无双行小字评注，仍是"脂京底贰"的一部分。其所以无评的原因，是最初的一个底本上，脂砚尚未在这几回中写评，或已写在别处，尚未誊入那个底本。而传世各脂砚评本却偏偏都是从那个底本辗转过录而来，以致全都缺这六回之评。* 又，鉴于第二十七、二十八两回中朱笔夹评及眉批之多，及此本和脂残本中这两回中朱评之互有详略，此有彼无情况，可知后加的朱笔脂评均从别处抄来。

在未能提出反证之前，我们不妨暂时假定脂京本中第十二回到四十回是一个来源，即"脂京底贰"；其年代则为1767（丁亥）以后。③

但是，为什么这一部分底本的下限是第四十回？这是因为在后半部四册（第四十一回到八十回）的题页上，有"庚辰秋月定本"一个副标题，而在前半部的四册上没有，这正表示从第四十一回起是另外一个来源，亦即"脂京本的底本之叁"，我们简称之为"脂京底叁"。从这个底本上抄下来的年月"庚辰秋月"是有根据的。因为在第七十五回前的附页（页1799）

---

① 评语说："后数十回若兰在射圃所佩之麒麟，正此麒麟也……"可见此评应作双行小字，夹在回末正文"你瞧瞧是这个不是"之下，评语"正此麒麟也"，即指此句。（参看影京本，页732~733）

② 此残本原缺正文第二十一至三十回。

* 编注：关于此六回无评的原因，著者在《论〈脂砚斋重评石头记〉（七十八回本）的构成、年代和评语》一文中估计这六回在甲戌（1754）后又经雪芹改写，故原评语已不适用。此六回旧稿经改写之证有四，详见《红楼梦探源外编》。

③ 参看本章第一段及第二章表一。

上,有一条和正文同时抄下来的附记说:"乾隆二十一年(丙子)五月初七日(1756年6月4日)对清,缺中秋诗,俟雪芹。"从"对清"到"定本",相隔四年,完全可信。同页另一附记透露出一个消息,使我们知道作者在那时尚未"纂成"这一回的回目,脂砚暂时提出"□□□","开夜宴","发悲音","□□□","赏中秋","得佳谶"这些字句,后来被采用,编成"开夜宴异兆发悲音,赏中秋新词得佳谶"这一联,就作为这个"定本"第七十五回的回目。这两条简短的附记,提供了好几点重要事实:第一,虽然在1754年脂砚已"再评"此书,但迟至1756年,雪芹还没有完全写成第七十五回以后的某些回,有的还在修改加工,有的回目还没有编好——事实上,直到1760(庚辰)年成为"定本"时,八十回的回目还是空着。第二,脂砚和作者,经常保持密切合作,他不但帮作者对清抄本,并且提醒他书中未完部分,还帮着他想回目。第三,从丙子到庚辰(1756—1760)。整整过了四年,才把这个抄本——"脂京底叁"——算作"定本"。因为在这期间,脂砚还在等作者的继续修改,或者在等亲友借阅者把迷失了的稿子找回来。①所以在1756年把第七十五回抄上"脂京底叁","对清"之后,又等了几年,这个本子的全部才算"定本",实在是很自然的情况。最后,我们目前最需要注意的,就是这个"脂京底叁",又是从脂砚自用的一个稿本抄下来的。因为如果"脂京底叁"本身即是脂砚自用的本子,则其中的朱笔评语或笔记,在过录到脂京本时,也必用朱笔抄在相当于原来位置,正如同第十三回前的朱笔总评(即移录在十一回前,见影京本,页240),第二十二回末写在眉端的朱笔附记("此后破失俟再补",页510),对其他各回用朱笔过录的眉批或"总评"一样。这个"脂京底叁",很不幸,只有其中的三十八回抄入脂京本。② 虽然它比"脂京底贰"至少要早七年,而且是"定本",可是脂京本的书主人宁可用"脂京底贰"来抄第四十一回以前的部分。这也许

---

① 作者原稿被借阅者"迷失",在脂评中曾屡次提到。参看影京本,页444,510,590,604眉批。《辑评》页332,426,436。
② 即第四十一回至六十三回,六十五至六十六回,六十八至八十回。影京本的第六十四,六十七两回,是用脂配本补足。

因为那时"脂京底叁"只剩下了这三十八回，或者因为"脂京底贰"是"最新"的本子，其中包括脂砚最近的评注。

脂京本从第四十一回以后，其底本来源和前面的二十九回（即从第十二回到四十回）不同，已如上述。但也许有人要问：除了后四册上有"庚辰秋月定本"这行小字外，还有什么证据？其实第二十二回末附页上的年月"丁亥（1767）夏"便是很好的证据。因为这条笔记是抄胥用墨笔与正文同时过录，可知在底本中已是如此。也就清楚地证明：第二十二回和同一部分的其他各回的底本，是丁亥（1767）年以后才抄的。

但是尤其重要的是正文中的内证：即在第四十回和第四十一回之前，有一条素不为人注意的分界线。我们知道旧小说每回之末，常来一下"惊人之笔"，故事正有了新发展，便戛然而止，"欲知后事如何（或'端的'），且听下回分解"。在第四十回末了，刘姥姥的酒令正哄得众人大笑的时候，"只听得外面乱嚷"①，但第四十一回开始时，大家依然行令喝酒，再不提起外面的"乱嚷"。这个小矛盾的造成，只有一个可能的解释：在1756以前的稿本中，这两回中间谈笑喝酒本不间断；但在较后的稿本中，作者觉得这样行令喝酒太单调，要插入一个小小的惊人故事，暂时改变一下气氛，但第四十一回既抄自庚辰（1760）年所"定"的旧本（即"底叁"），改本中的"乱嚷"也就无法交代，没有下文。这个未改前的"庚辰秋月定本"似乎是后来许多本子的共同祖先，所以直到现在，各本皆如此，始终没有人知道"外面乱嚷"些什么。②

第二节　脂京本中朱评的底本探源

上文既将各种墨笔抄写的正文与评注的底本说明，现在可以进一步

---

① 人民文学出版社 1957 年据程乙本，回末多了两句："不知何事，且听下回分解。"
② 关于第四十一回以后为另一底本来源，还有一个证据，即戚本从四十一回起即无双行小字评注（只有六十四回有一条）。参看《辑评》页 25～28，页 501 以下。

讨论朱评的来源。脂京本的书主人(不论其为收藏家或书贾),既已从"脂京底壹"(第一至十一回)、"脂京底贰"(第十二至四十回)、"脂京底叁"(第四十一至八十回)抄成了这部三位一体的配合本后,又发现了一个十七回(第十二至廿八回)的残本,眉端行间,写满了朱笔的评语。这个本子——脂京本的底本之肆(以下简称"脂京底肆"),保存了比他所见到的任何本子更多的评语,为了要收集最大数量的脂评,并且力求保存原状,他把这些朱评①仔仔细细照原样抄入他的本子——自然也用朱笔。② 在脂京本的各个底本中,据我们所能追迹的,只有"脂京底肆"可能是脂砚亲自手批的一个残本。朱评最早年份为己卯(1759),最晚为丁亥(1767),可知"脂京底肆"在脂砚手中大约有十年。但当这些朱评过录到脂京本时,已残缺得只剩下十七回了。可知它的过录时间,远在1767年之后。

也许有人要疑心这些朱评可能原在"脂京底贰"上面,和墨笔的正文与双行小字同时抄下来的。不合这个可能性的最明显的理由是:如果这些评注原在"脂京底贰",则当初过录脂京本的时候,早已像别的脂评一样用墨笔过录,如第十七、二十一、二十四、二十七各回前的"总评",或第二十、二十一、二十二各回末的评语。这当然只是一个消极的理由。证明这些朱评不在"脂京底贰"最有力的是正文中的许多内证:

(一)第十四回(影京本页302)评可卿之丧,有一条朱笔眉批说:"'兆年不易之朝,永治太平之国',奇甚!妙甚!"评中所引骈句,是可卿灵前铭旌的原文。可是在脂京本同页上的正文,却只说"前面铭旌上大书:'奉天洪建兆年不易之朝,诰封一等宁国公冢孙妇……",并没有"永治太平之国"这一句。③ 因此,可以证明上述朱笔眉批原在另一个本子上,在那个

---

① 除了那些已经抄成双行小字或回前、回末的评语。
② 只有四条眉批是用墨笔抄的(见影京本第廿六回,页590,603,604),但书法与朱笔完全一致。
③ 这篇铭旌前两句在程乙本中已被高鹗删去(见人民文学本《红楼梦》页138)。把曹著原文带着讽刺意味的夸张口气取消,是不应该的。脂砚的评语,也显然是表示讽刺。

本子的正文中,这两句铭词是全的,所以和"脂京底贰"的正文不同。①

(二)第二十六回(页596)正文"贾芸回来找红玉,不在话下"下面有一条双行评语,墨笔的小字只有"至此一顿,狡猾之至"八字,留下一段空白,却被后人用朱笔补上"原非书中正文之人,写来闰(润)色耳"二句。可以证明在"脂京底贰"中,这条评语下半段或系原缺,留着空白,或系草书,墨笔的抄胥认不得,才留下空白。但幸而在另一本子(即"脂京底肆")中,有这一条评语,且是朱笔写的,所以过录朱评的人就顺手加抄在上面,弥补了空白的难堪。

(三)与上例相类而尤其显著的证据,是第十六回关于元春省亲的一条评语。脂京本(页335)正文"如今又说省亲,到底是怎么个原故"下面,有一条墨笔双行小字评注"补近日之事,启下回之"九个大字,文义当然未完,其中最后的五个字写作小字一行,留下左边一半空白。紧接这未完的句子,在"之"字下另一人用朱笔在行间补抄"大观园一篇大文,千头万绪……此是避难法"等六十三字。此条评语全文共七十二字,在脂戚本中原是一整条,而在脂残本中也分为两段。在脂配本中,则只有前九字,下面的六十三字全缺。② 就脂京本中这条分成两色的评语看来,可知第一段不全的双行墨笔评注九字,是"脂京底贰"原有的,这是一个来源。其余补足此评的六十三字行间朱笔,是另一个来源,即"脂京底肆"。③

上列内证以外,我们更有实物的证据,来证明脂京本中朱笔眉批及行间夹评不但是后来补抄上去的,而且补抄的时间可能极后。因为补抄时全书已经装订好,而且装订前在每页折叠时里面已衬了纸。读者们即使看不到现藏北大图书馆的脂京本原书,但就影印本考察,原文衬纸的迹象

---

① 俞先生也正确地指出,这条眉批是从另一本子上抄来的(《辑评》,页222)。但他似未觉察所有朱评,均属另一底本。因此他说:"夹批眉批,有些系底本原附,有些后来从别处过录来的。"(同上,页15)他没有具体指明哪一个"底本",又何以知其"系底本原附"?
② 见《辑评》,页244。
③ 脂配本此评缺下六十三字,可见其来源同"脂京底贰"。戚本此评为一整条,可见其来源同"脂京底肆"。脂残本此评也分为两段,则其底本未必较戚本的底本更早。

是明显的。抄者把另一底本上的朱评过录到这个本子上时,许多眉批的每行第一字,超出了书页,一部分写到天地头较长的衬纸上面。① 当此本影印时拆散来照相,只照得书页,却没有照衬纸,因此有些眉批,每行的第一字只照了下面的大部分,其余超出在衬纸上端的一小部分就看不到。试看影京本第二十回页448,第二十二回页506,第二十三回页518,第二十四回页546,第二十五回页577,第二十六回页590、603——尤其是页506、518、546、590,这种情形非常清楚。有了这样明白的实物证据,我们决不能认为朱评和墨本的正文与评注来自同一底本,也不能武断地加以区别,说有些眉批"系底本原附,有些后来从别处过录来的"。

如果把这个八十回本《脂砚斋重评石头记》的第一部分,即第一回至十一回,称为"脂京第一分";把它的第二部分,即第十二回至四十回,称为"脂京第二分";把它的第三部分,即第四十一回至八十回(除去所缺六十四、六十七两回),称为"脂京第三分";又用括号表示只算朱评、不计正文的十二至廿八回,把这些朱评称为"脂京第四分";把后来抄配的部分,即第六十四、六十七两回,称为"脂京第五分";用横分线表示线上者为线下底本的"分子",而以底本为"分母";则"脂京本"的正文和评注的构成,可以用算式总括如下:

$$脂京本 = \overbrace{\frac{脂京第一分}{脂京底壹} + \frac{脂京第二分}{脂京底贰} + \frac{(脂京第四分)}{(脂京底肆)}}^{前四十回} + \overbrace{\frac{脂京第三分}{脂京底叁} + \frac{脂京第五分}{脂配本}}^{后四十回}$$

或:

---

① 北京旧书业善于修整古籍、手稿、抄本,如纸张薄脆或年久易破,便在折页内衬纸装订,所衬之纸常较原页略长。但装订新书或新抄本,除非原纸极薄,不必衬纸。脂京本可能用薄纸影抄,初装时已衬纸。(但从第四十二回中间起,各行字数不一,又不像影抄。)也可能初装时不衬纸,后因借阅(或租阅)者多,纸已磨损,恐其易破,重装时才衬纸。如此则过录朱评在重装后,为期更晚。究竟如何,希望见到北大藏本者加以考察判断。

$$\text{脂京本} = \underbrace{\frac{1\sim11\text{回}}{\text{脂京底壹}} + \frac{12\sim40\text{回}}{\text{脂京底贰}} + \frac{(12\sim28\text{回})}{(\text{脂京底肆})}}_{\text{前四十回}} + \underbrace{\frac{41\sim80\text{回，少}64\text{、}67\text{回}}{\text{脂京底叁}} + \frac{64\text{、}67\text{回}}{\text{脂配本}}}_{\text{后四十回}}$$

第五章　脂残本和脂京本的底本中的其他问题

第一节　脂砚经常写评的两个本子

现有脂残本共十六回，各回均有朱评。其前八回因脂京本无评，无从比较。剩下的八回（即第十三至十六回，第二十五至二十八回），脂京本也有朱评，二者可以比较，从而看出脂残底本和"脂京底肆"之间的关系。脂京本中的双行小字评注，大体上脂残本都有，由此可见脂砚在1754年和1754年以前所写的头两期评注都已过录在脂残底本之中。脂京本这八回中有许多朱评，都与脂残本同回的朱评相同。但脂京本中另有许多朱评，却为脂残本所无；脂残本中也有许多朱评，为脂京本所无。脂京本这八回中抄自"脂京底肆"的朱评，共五百零二条，其中一百五十四条可以在脂残本找到，但有四十一条文字稍异；①脂京本中其余的三百四十八条，为脂残本所无。②另一方面，脂残本这八回中从脂残底本过录来的二百

---

① 参看附录一，表四。
② 参看附录一，表五。

八十六条评注,①除去脂京也有的一百五十四条以外,其中一百三十二条不见于脂京。② 从这些事实,我们可以知道虽然"脂残底本"和"脂京底肆"都是在脂砚斋里用朱笔写上评注,但它们分明是两个不同的底本。但它们却有一个极可注意的共同特点,即两本的朱评,都到二十八回为止。照通常分卷装订的办法,如因有的册子散失,则剩下的册子,其残存回数,应该止于第二十五回或三十回,不该止于第二十八回。现在这二个本子中的朱评,都到二十八回为止,决不会是偶然的巧合,必须有一个解释。并且"脂京底肆"朱评中最后的年月是丁亥夏(1767),而"脂残底本"的两个年份,一是丁亥,一是甲午(1774),也很可注意。甲午又是脂残底本中最后的年份。尤可注意者,脂评中有三处记录失稿,③都在雪芹死后的丁亥夏。这一年借阅者特别多,遗失稿子也最多。因此,我们不妨推想:大概就在这年夏天之后,脂砚忽然又找不到他所常用的前二十八回,即"脂京底肆",只好用另外一个白文的誊清本,即"脂残底本"来续写他以后源源不断的评注。但他发现他以前的评注,在别的本子或札记本中可查,④也就过录在这个"脂残底本"上。可是另外有许多评注(例如在上述八回中的三百四十八条和别的无法计入的),他记不得或找不到了,因此没有过录到"脂残底本"中。至于其他见于"脂残底本"(后来抄入脂残本)而为"脂京底肆"所无的一百三十二条,则是他在丁亥(1767)和甲午(1774)之间写的。可是,这样一个假设,还得有更充分的证据,才能成立。

---

① 脂残本有六回(第十三至十六回,第二十五至二十六回)朱评,和脂京本中的双行小字评注相同(见《辑评》页 204～254,406～433,参看附录一)。这些朱评,都不计算在内。
② 参看本书附录一,表六。
③ 脂砚所用本子分回散装,可从其记失稿一事见之,一则曰:"狱神庙回有茜雪红玉一大回文字,惜迷失无稿。"(影京本页 590)此为遗失一回。再则曰:"惜卫若兰射圃文字迷失无稿。"(页 604)这大概也是一回或不到一回。三则曰:"袭人正文标目曰'花袭人有始有终',余只见有一次誊清时与'狱神庙慰宝玉'等五六稿被借阅者迷失。"(页 444)这是指一起遗失的未装订的誊清稿。
④ 例如上述八回(第十三至十六,廿五至廿八回)中的一五四条,和第十七至廿四回中的许多脂京所有而无法与脂残对勘的,和脂残所有而不见于脂京的第一至十一回评语。

脂砚在重新抄录他自己以前所写的评语时,他有时修改了些字句,①有时把早期的某一些评注归并在一起,删去了年月和署名。例如脂京本第二十六回(影京本页590)有两条眉批,一条是己卯(1759)冬,评红玉"身在怡红,不能遂志";一条是丁亥(1767)夏,署名"畸笏叟",指茜雪红玉在狱神庙及此稿之失。但此两条在脂残本并成一条,并删年月和署名。②同回(页603~604)另有两条眉批,一评倪二、湘莲、玉菡、紫英等"侠文",一指失去了的"卫若兰射圃文字",均有"丁亥夏"及"畸笏叟"署名,分在两页。但在脂残本中,这两条又并成一整条,并无年月署名,又移在回末作"总批"。③脂京本第二十七回(页623~624)有一条长达六十八字的眉批,列举作者八种描写方法,末附年月"己卯冬夜"。在脂残本却没有下半段二十九字和年月。④诸如此类的例子,都证明"脂京底肆"比"脂残底本"年代较早,也较完善。

这个"脂京底肆",在1767(丁亥)年以后,似乎被脂京本的书主人找到了,但可惜在前二十八回中,只剩下了十七回(第十二至廿八回)。这十七回中的五百零二条朱评,有四百九十八条用朱笔,四条用墨笔,过录在脂京本中。我们不知道"脂残底本"原有多少回,也不知在过录到脂残本时尚剩多少回,只知道脂残底本的前二十八回中,仅有十六回(第一至八,十三至十六,二十五至二十八回)的正文和脂评,现在还保存在脂残本中。

第二节　脂砚所用过的各种本子

在这里有一个很有趣的问题:脂砚共用过多少此书的抄本? 为什么他要用这么多本子? 要充分解答这个问题的后半,必须待我们把脂砚与

---

① 例如上述八回中的四十一条,详见附录一,表四。
② 参看《文存》三集,页604。《辑评》页424、426,分隶两页,乃从脂京本为主。
③ 参看《文存》三集,页602~603,《辑评》页436。
④ 参看《辑评》页452。俞氏也删末廿九字和年月,注"(甲戌同)"。想必录自脂残,未核对脂京。

作者的关系弄清楚了以后。至于这问题的前半,我们只知道他在1754(甲戌)年以前写第一期评注,在1754那年写第二期评注时,至少有一个,可能有两个抄本。此外,还有从1759(己卯)到1767(丁亥)继续用朱笔写评的一个本子,即"脂京底肆",和从1767到1774(甲午)用朱笔写评的那个本子,即"脂残底本"。

除了上述三个或四个底本以外,还有一个"脂京底贰"的底本。从脂京本,我们知道在那个底本中,有一条"暂记":年份是丁亥夏,署名"畸笏叟",是写在第二十二回的附页上的。这条"暂记宝钗制谜",即以"更香"为谜底的七律一首:"朝罢谁携两袖烟,琴边衾里总无缘……"但后来各本都以此诗归之黛玉。"脂晋"还有一条评注说:"此黛玉一生愁绪之意。"①在"脂京底贰",此诗尚未写入正文。评者显然是在作者生前知道有此七律,所以用另页附记在第二十二回之后。从脂京本,我们又知道它的这一部分的底本正文未写完。第二十二回未有朱笔眉批:"此后破失,俟再补。"②可见脂砚以前曾补过雪芹别的部分的稿子。而这个"俟再补"的"脂京底贰",也被保存在脂砚斋中。又从第七十五回前附页(影京本,页1799)所记1756年那条笔记,③可知这一部分的底本,即"脂京底叁",放在脂砚斋中至少有五年,即自1756年6月4日"对清"至1760年成为"四阅评过"的"定本"。

综上所述,我们知道从1754年以前脂砚初评《石头记》,到1774(甲午)年八月,评者"泪亦待尽"之年,在脂砚斋中的抄本至少有五个,可能有六个:

(一)1754(甲戌)年以前用的可能另一个本子　　初评本

(二)1754年用的本子　　重评本

(三)1760(庚辰)年以前用的本子,即"脂京底叁"的底本　　"重评

---

① 《辑评》,页380~381。
② 见影京本,页510。这条眉批《辑评》未录。
③ 参看本书第四章第一节。

本",1756(丙子)年"对清"本,即"庚辰定本"

(四)1767(丁亥)年以前用的本子,即"脂京底贰"的底本 ——"重评本",过录时已有"丁亥夏"附记

(五)1767年以前用的本子,即"脂京底肆"的底本 ——"重评本",又有自己卯(1759)至丁亥(1767)各期朱评

(六)1774(甲戌)年以前用的本子,即"脂残底本" ——重评本,又有丁亥至甲午的各期朱评

这位脂砚先生,在他的书斋里和泪研脂,带愁写恨,前后二十余年,用了这许多本子,似乎有点儿奇怪,可这倒也许是实情。因作者的原稿也曾屡次修改,抄本也常在亲友之间传阅。现在传世的四个抄本和有正石印的戚序本,都是1791年程刊百二十回本以前的通行本子,在当时都称为"脂砚斋重评本"。可见脂砚在当时,不但是《石头记》的校对者、评注者,而且不啻是它的出版者、发行者。雪芹晚年生活困难,有时甚至"全家食粥"。脂砚年龄比他大,很可能帮他经管这些事,把卖《石头记》的钱补贴他的用费。明末文人(如李贽、陈继儒、金人瑞等)评点小说的风气,清初大概还流行。《石头记》在未刊之前即有评注,自然有它的广告意义,可以提高它的价值。

第三节 脂砚斋中各种抄本的情况

闲话少说,我们且回到脂砚斋中,看看那里的抄本是什么情形。从脂京本,我们可以看出在脂砚手中的"脂京底贰"的底本,还没有经作者最后加工,其情况如下:

(一)第十七、十八、十九三回尚未分回。它们是极长的一篇稿子,只有第十七回前一个回目。这三回中,第十九回和前面的两回已暂时分

开,①但仍无回目,第十七和十八两回的分界,戚本和后来的高本又不同。② 脂京本第十七回前的附页(页349)有一条墨笔附记:"此回宜分二回方妥。"似为脂砚向作者提出的建议,但他也没有建议分回后第十八回的回目。我们读了这一大回,虽然觉得它长得异乎寻常,但文势连贯,其实是不可分割的一个整篇。现有第十八回回目,其上句与十七回回目下句文义重复,其下句又与第十七回回目的上句重复,可见作者写此大篇文字,本来一气呵成,原意作为一回。

(二)第十九回(页409)由于"脂京底贰"的损坏,在两行中缺二十八字,包括写了又涂去的三字。

(三)第二十二回未完。据脂砚说,因原稿"破失"。现行百二十回本多一页,显系高氏补缀,而又删去原有惜春一诗谜。"破失"的部分,也许比高鹗所补要长得多。

(四)第二十八回(页650)有五行空白,这又似由于它的底本在过录时已损坏。但现行各本中所补一段却似作者原文,从别的抄本中补入。

脂京本的第三部分,即自第四十一回至完,反映其来源"脂京底叁"的情况如下:

(五)第六十四回、六十七回全缺。关于第六十七回问题,早已有人注意。还在1792年,后四十回作者高鹗及百二十回本的排印者程伟元在他们的引言中已说"此有彼无,题同文异。"③俞氏曾以有正本对百二十回本,发现两本之间文字出入甚多。④ 在现存的五个来自1791年以前的本子中,第六十七回均无脂评,可见这一回是雪芹所写最后诸回之一,在1756年脂砚对清前八十回时,第六十七回尚未誊清。

(六)第七十五回在作者原稿中尚无回目。"脂京底叁"的该回回目是

---

① 影京本,页407。
② 据《辑评》页276注据有正本分回,第十七回止于影京本页376第6行。据人民文学版《红楼梦》,第十七回止于影京本页381第10行。
③ 见亚东1927年本,《书录》,页26;《考证》,页57。
④ 参看《研究》(1953年上海版),页87~96。

脂砚在 1756 年建议,后经采用补足。

(七)在 1757 年对清全稿时,第八十回尚无回目,直到 1760 年此本成为"庚辰秋月定本"而誊清时,这回的回目还是空着。①

第四节　历次脂评的年月(附表三)

根据现存各抄本中的脂评,我们可以推定在它们的各原底本中脂砚所写的历次评注和每次的年月。

我们已知脂砚的"重评"是在甲戌(1754),②则其"初评"必在甲戌之前。脂京本后四册,在每册的目录页上写着"脂砚斋凡四阅评过,庚辰(1760)秋月定本"。因此,我们知道他的"三阅评过"必在 1754 年至 1760 年之间。脂京本从第二十至二十八回的朱笔眉批中,有二十四条系年"己卯(1759)冬",但只有一条署名"脂砚",余二十三条均无款识。③ 由此可见他的"四阅"之评,实写于 1759—1760 年之冬,自此时到"庚辰秋月",他没有写评,可知"己卯冬"一期评语即是他的"四阅"之评。但他没有说何时写"三阅"之评。脂京本中别的评语系年月者为"壬午(1762)季春"、"乙酉(1765)"、"丁亥(1767)夏",而署名则为"畸笏"、"畸笏老人"、"畸笏叟"。④ 此三期评语,可视为第五期、第六期、第七期。在脂残本第一回中有一条朱评,虽未署名,却把他的名字"脂"写在评内,并系年月为"甲午(1774)八月"。这一条可能属于他最后一期评注,但不一定是第八期。因为脂残本中有许多评注为脂京本所无者,可能即分期写于丁亥到甲午之间这七年中。

---

① 按有正 1912 年重印抄本《石头记》第八十回回目作:"懦弱迎春肠回九曲,姣怯香菱病入膏肓。"(见《书录》,页 23)与高本及 1789 年舒元炜序本不同。

② 见本书第二章第一节。

③ 参看影京本,第二十回六条,第二十一回三条,第二十二回两条,第二十三回三条,第二十四回两条,第二十五回一条,第二十六回一条,第二十七回三条,第二十八回三条,均为己卯。署"脂砚"一条见第二十四回页 544。

④ 关于"畸笏"是谁这问题,详下第六章。

脂砚最初两期专评某句、某段、某事之语，在各脂评本中已由抄写人用墨笔缩成双行小字，插入正文之中。在脂残本中，所有脂评虽仍用朱笔录出，但在过录正文时，有时也预先留下一段空白，以便嵌入朱笔的双行小字。① 但在脂砚自己的"工作本子"上，则头两期评语原用朱笔写在行间，贴近所评的某句、某段或某事的旁边。只要看在别的脂评本中的双行小字评注在脂残本中仍多写在行间夹缝或眉端，②即可证实此点。由此可知，脂砚当初写评时，即有意使脂评本誊清时，其评语应作双行小字录于所评正文之下，一如中国其他评注古籍。大多数的脂评本在过录时都是这样，连脂残本的正文在第六回后还替评语留下空白。

在"脂京底肆"，也和脂残底本一样，其头两期的评语都用朱笔写于行间夹缝。当脂砚用"脂京底肆"再写他的第三、第四、第五……各期评语时，他自然仍旧先在行间夹缝贴近所评的某句、某段找剩下的空隙。待至无空可写；或所评为一大段文字，其中某些字句先已评过；或所评为占整页篇幅的大篇故事：他就只得把朱笔移至眉端，而且仍有余地可以写上年月和署名。所以我们在脂京本所见年月，都是己卯冬、壬午春、乙酉和丁亥夏(1759、1762、1765、1767)。但行间夹缝空隙太小，写不下年月或署名，③这也可以解释为什么在脂京本中早年的行间朱评，除了一条以外，均无署名。④ 今按他的头两期评语写于甲戌(1754)以前和甲戌那一年，而他的第四、第五、第六、第七期朱笔眉批分别系有1759、1762、1765、1767各年，则在行间夹缝中的朱评，必写于第四期的眉批之前，而为1754年与1759年之间的第三期评语。又按"脂京底叁"的"对清"工作于1756

---

① 俞平伯《燕郊集·脂砚斋评〈石头记〉残本跋》："第六回以后，往往于抄写时将墨笔先留一段空白，预备填入朱批。"原书未见，见《书录》页5引。
② 至少第六回以前如此。又俞氏《辑评》，页21～24表中，凡脂残本行间夹评，亦笔统指为"批注"，而脂京本中双行小字则称为"双行批注"。今对两本中共有评注之八回(第十三至十六，二十五至二十八回)，知脂残本之"批注"，实同脂京本之"双行批注"，则脂残本中之行间夹评，在他本中必有若干已缩为双行小字。
③ 所以凡在脂京本有年月和署名的眉批，在脂残本作行间夹评而无年月署名。
④ 见影京本第十六回，页342，署"脂砚斋"。这签名也可证实凡行间夹评，均属1760年"定本"以前的早期评语。

年6月4日(乾隆二十一年五月初七日)告成,①则此第三期评语约当写于是年春间。关于此点尚有一旁证,即脂砚前四期(尤其是第二期)评语不常署名,即使署名也必用"脂砚"或"脂砚斋",而不像第五期(1762)起改用"畸笏"、"畸笏老人"等名。而在第三期行间朱评中只有一条署名,所署仍为"脂砚斋",由此可知脂砚在"对清"《脂砚斋重评石头记》以前,其评语即用脂砚斋或脂砚,在"对清"以后始改用"畸笏"诸名。

脂砚在"定本"前后各期评语,现可综括如下表:

表三* 脂砚各期评注年份表

期数	年份	本子	评注情况	署名及年月
第一期	1754以前	一切脂评本	"脂残":行间,双行朱评。其他各本:双行小字墨评。	偶署"脂砚","脂砚斋"。
第二期	1754(甲戌)			"脂砚斋再笔",或"再笔"。
第三期	1756(丙子)	"脂京":第十二至廿八回,七十五回。"脂残"	"脂京":行间朱评,回前附页,墨笔"对清"札记。"脂残":行间朱评(?)	"脂京":一条署名"脂砚斋"。"对清"日期:乾隆二十一年五月初七日。
第四期	1759(己卯)	"脂京":第二十至廿八回。"脂残"	"脂京":朱笔眉批(内有一条墨笔)。	"脂京":一条署名"脂砚",各条均为"己卯冬"。

---

① 参看影京本,页1799。

* 编注:著者在自译稿中增加了表一、表二及表七,故本书较原英文本中的各表序均依次后推。

(续表)

第五期	1762(壬午)	"脂京":十二至廿八回。"脂残"	"脂京":朱笔眉批。	"脂京":署"畸笏",偶作"畸笏老人"。年月:"壬午春","季春","孟夏","九月"。
第六期	1765(乙酉)	"脂京":第廿五回	朱笔眉批。	一条署"畸笏老人","乙酉冬"。
第七期	1767(丁亥)	"脂京":第十六回,十八至廿八回。"脂残":第一回	"脂京":朱笔眉批(有三条墨笔),第二十二回后墨笔附记。	"脂京":署"畸笏","畸笏叟"。年月:丁亥春、夏。
最后一期	1774(甲午)	"脂残":第一回	朱笔眉批。	评文内有"脂"字。年月:"甲午八月"。

由上文,我们可得有关作者原稿及脂砚评注的结论如下:第一,除第六十七回,及可能除第六十四回外,在1756年6月以前,即"脂京底叁"经脂砚"对清"以前,作者已全部完成前八十回。由此可测知在脂残本第一回中作者所谓"至脂砚斋甲戌抄阅再评,仍用《石头记》"云云,实指前八十回全部,其中只有一两回仍在修改中。八十回以后,作者亦有成稿若干,后被散失。因此,若说"甲戌以前的本子没有八十回之多,也许止有二十八回,也许止有四十回"①,是完全不能维持的。

第二,脂砚开始评注工作,远在甲戌(1754)以前,并且一直继续到甲午(1774),共用了五六个抄本,在己卯(1759)写完第四期评注以后,他在庚辰(1760)年"发行"了一个"四阅评过"的"定本"八十回,但在此"定本"

---

① 《文存》三集,页569,601。

中,仍只有头两期的评注被缩为双行小字,插入正文之中(例如"脂京底叁")。虽然丁亥(1767)这年份记在脂京本第二十二回回末的附页上,可以证明"脂京底叁"誊清时脂砚已写完1767年的第七期评语,但他的丙子(1756)年以后的评语(即自第三期至第七期评语)却并未誊入"脂京底贰",还得后来从"脂京底肆"用朱笔誊在脂京本的行间眉端。在脂残本,虽然在第一回引言的正文中已说到"甲戌抄阅再评",但所有评语,包括第一、二两期到第七期,都是用朱笔后来誊上去的。第三期以后的脂评似乎从未用墨笔小字插入正文,这大概是因为现存各抄本誊清时都根据"重评本",而前六回的脂残底本竟可能只有正文而无评。幸而脂砚把他以后各期的评语抄入"脂京底肆",把他前后各期评语抄入"脂残底本";但当脂京和脂残过录时,那两个底本即已残缺不全。我们几乎可以肯定地说,即使在当时,有许多在第二十八回以下的后期脂评,也早已散失了。

附录一　脂残本和脂京本中所有朱批的比较（附表四、五、六）

比较脂残、脂京两抄本中的脂评，可以帮助我们了解两本中的若干问题。上文已说到脂京本中双行小字评注，其中与脂残本回数相当（即第十三至十六回，二十五至二十六回）的六回，在脂残本中也有。脂京本此六回中双行小字评注共一百八十二条，① 其中一百七十五条用朱笔抄于行间或插入抄正文时预留的空白中（即俞氏在《辑评》中但云"甲戌"，未加别的说明者），其余的七条，显系过录时遗漏。② 这些双行小字评，代表脂砚所写迄1754年止的头两期评语。至于脂残、脂京两本中后来所加评语，用朱笔写在行间和眉端的，只有一部分相同，余者各异。比较脂京本中与脂残本相当的八回（第十三至十六，二十五至二十八回）其中后加的朱评，发现脂京中有半数朱评为脂残所无，脂残中有四分之一朱评不见于脂京。

---

① 第十三回，廿一条；第十四回，八条；第十五回，三十八条；第十六回，五十七条；第廿五回，廿九条；第廿六回，廿九条。
② 《辑评》页227，第三条；页254，第一、五、六条；页255，第一条；页418，第七条；页427，第五条。俞氏在页254自注："此回以下（己卯、有正同）诸条，疑'甲戌'本俱有之。"按所缺各条当系将脂残本评语过录至脂配本时遗漏，《辑评》据脂配移录，遂有此缺。

如加详述，势必繁琐，故不如列表于后，以便研究者查核。

下列三表，系据《辑评》所录脂残、脂京的朱评部分，其页数即指《辑评》。所列各条之页数，其原评均与影印本《重评石头记》逐条查对，并查对《文存》三集《考证红楼梦的新材料》一文，结果发现《辑评》中有相当数目的错误，如不指出，则下列各表必显得不正确。兹列举如下：

（一）许多行间朱评，在《辑评》中仅标"庚辰"。依俞氏自定体例，"庚辰"指墨书的双行小字，插入正文之中。此类错误共十五条。①

（二）《辑评》页211第九条标"庚辰"，但此条为朱笔眉批，见影京本页283。

（三）《辑评》页453第七条，标为"庚辰夹批"，其实为眉批，见原书页626。

（四）《辑评》页434第五条"写粗豪无心人毕肖"标为"庚辰"；又页457第三条"一大篇葬花吟……"标为"庚辰眉批"。按原书无此两条。影京本页601全页无双行小字评，当系录自脂残本。

（五）《辑评》页218第三条"惯起波澜……"标为"庚辰夹批"；页227第四条"所谓源远水则浊……"标为"庚辰眉批"，实则两条均为墨书双行小字评，分见影印本页295,314。

（六）《考证红楼梦的新材料》一文说："第六回、第十三回、十四回、十五回、十六回，每回之前皆有'总评'，戚本皆不曾收入。"（页591）并引第十六回前"总评"："借省亲事写南巡，出脱心中多少忆昔感今！"（页574）《辑评》只记录第六回的"回目后批"，第十四回的"开始眉批"，第十五回的"开始总批"，其余均未录。连上文"借省亲事写南巡"这样重要的批语，竟也漏掉。

（七）《新材料》一文又说："第六回、二十五回、二十六回、二十七回、二十八回，每回之后皆有'总批'多条。"（页591）《辑评》只收录第六回、二十五回、二十六回回末"总批"。

---

① 参看本书第四章。

（八）《辑评》页419末条"丁亥夏，畸笏叟"说到后半部"悬崖撒手文字"，录自脂京本页585朱笔眉批。此条在脂残本少一"能"字，宝玉作"玉兄"，无年月及签名（见《文存》页605）。但《辑评》未说"甲戌"也有此条。

（九）影京本页643在第7行右边有一朱笔独字评语"句"，《辑评》未录。

这些和别的疏漏，例如把两三条的评语并成一条，在编制下列各表时，均已改正。当然，脂残本影印出来，将可以补充或修改《辑评》所收材料，则下列三表自必重新修正。

除了上文所举遗漏外，尚有与下表有关的几点需要说明。在记录脂残本评语时，俞氏把有些标明为"眉批"①，其余则仅标"甲戌"二字，未注明评语在页上何处。但标明"甲戌"的评语中，有许多在胡适文中说明见"眉评"或"夹评"，②许多这样的"甲戌"评语和仅标"庚辰"的评语（即脂京本中墨书双行小字）并列。但下列各表既然并不包括脂京本中双行小字墨评，则与之并列的脂残本中此类评语亦自不能计算在内。但《辑评》把二者并列，也并不表示在脂残本中这些评语也是墨书双行小字。脂残本中评语所写的地位，不必和脂京本相同或相当。就《辑评》所录材料而论，至少在脂残本中有八条"眉批"，在脂京本中是行间夹评，文字亦稍有出入；③脂残本第十四回回目下两条评语，和第二十六回回末一条评语，在脂京本中都是眉批。④ 胡适文中所说"一句之傍"的朱评（即行间夹评），在脂京本中是墨书双行小字。⑤ 在《辑评》中，凡脂残本的评语与脂京本的眉批或双行夹评相同者，仅注明"（甲戌同）"。又凡脂晋、脂戚两本前几

---

① 除"眉批"外，另有页211第二条标明"甲戌夹批"，按《辑评》页21～24的表中，第一排"甲戌残本"中无"夹批"或"眉批"之目。
② 参校《辑评》页206第三条，页208第五条，页209第六条，页451第二条，《文存》页576～577，604。
③ 这些文字稍异的评语并列，在《辑评》中见页214第一至二条，页414第六至七条，页416第二至三条，页416第七至八条，页422第二至三条，页437第三至四条，页438第三至四条，页442第六至七条。
④ 见《辑评》页217第三至四条，页222第二条，页436第五至六条。
⑤ 参校《文存》页574，《辑评》页246第七条，影京本页338第一行。

回中双行小字评语与脂残相同者,则注明"(甲戌)"或"(甲戌眉批)"。可知在《辑评》中未标明"甲戌眉批"者,大都为行间夹评,或为填在预留于正文空白中的朱评。

表四 脂残本和脂京本在相应八回中共有之朱评

回数	《辑评》页数及(该页朱评条数)	总数
第十三回	205(5);206(1);211(1)a; 212(1)*;214(1)*	7+2*=9
第十四回	215(1);216(3);217(1)*;219(1)*, 220(1)*b;221(1);222(1)	6+3*=9
第十五回	225(1)*;226(1)*	2*=2
第十六回	237~8(1)*;238(1)*;238~239(1)*; 244(1);248(1)*;249(1)*;250(3); 251(1);253(1)	6+5*=11
第廿五回	410(1),(2)b;411(3);412(3),(2)b;413(1)*,(2); 414(2),(1)*;415(4);416(1),(2)*;417(5); 418(1);419(1)*,(1)c;420(1),(1)*	28+6*=34
第廿六回	422(1)*;423(1);424(1);425(1);426(1);428(2)*, (1);429(2)*;431(1),(1);432~433(1);433(2); 434(1)b,(1);435(3);436(2)*;437(1)*; 438(2)*,(1)b;439(3)b	18+11*=29
第廿七回	441(1);442(2),(1)*;443(2),(1)*;444(1); 445(3);449(2);450(1);451(1);452(1)*,(2); 454(4);454~455(1)*;455(1)*,(1)c	19+6*=25
第廿八回	456(1);456~457(1)*;457(1),(1)*;458(5);459(1)*, (1);460(1),(1)*;461(2);462(6);463(1); 464(2);465(3);466(4),(1)*; 467(1)*,(1);469(1)	29+6*=35
总计		113+41*=154

说明:括号内是该页上评语的条数。有＊者系两个抄本措词不同者。脂残本略去款识者不计入措词不同者内。

a 为眉批,《辑评》错录为"庚辰";b 为行间夹评,错录为"庚辰";c 为脂残本有,《辑评》失录,参见《文存》页 605。

表五　八回中脂京本有而脂残本同回所缺之朱评

回数	《辑评》页数(脂京本页数):该页朱评条数	总数
第十三回	204(240)a:2＊＊;205(273):1;206(276):2＊,2;207(276):1＊,1,(277):2,1＊,208(277):1,(278):1;209(279):1＊,2;210(280):1;211(282):1,(283):1＊;212(284):2,(285):3;213(285):2,(286):2;214(288):1＊,1＊＊	21＋7＊＋3＊＊=31
第十四回	215(289):2;216(290):2,(291):1＊,(292):1;217(292):1,(294):2;218(294):1,(295):5,(296):1;219(296):1,(297):3;220(298):5;221(299):2,(300):1,(301):1＊,222(302):1＊,(304):2＊,(305):2＊＊	27＋5＊＋2＊＊=34
第十五回	223(308):1＊;224(308):1,(309):3,(310):2,(311):1;225(311):2＊,1;226(311):1,(312):1＊,2;227(313):1＊;230(318):1＊,3;231(318):1,(319):2＊,(320):3;232(320):1＊,1	19＋9＊=28
第十六回	234(323):2,(324):1;235(324):1,1＊,(325):2,1＊;236(326):3,1＊;237(327):1,(328):1;238(328):2,(329):2;239(330):2;241(331):2,(332):2;242(333):2,(334):3;243(335):1＊;244~245(335~337):1＊,(336):1,(337):2;246(337):2,(338):1;247(338):7;248(339):7;249(340):1＊,(341):1＊,1;250(341):3;251(342):1,(343):2;252(344):1,(345):1＊;253(345):1;254(346):3,1＊	58＋9＊=67

(续表)

第廿五回	406(562):1;407(563):1;408(564):1∗;409(566):1,(567):1∗;410(570):1∗;411(572):1;412(572):2;413(574):1;414(575):1,1∗,(576):1;415(576):1,(577):1,1∗;417(580):1;418(582):1,(583):3;419(583):1,(584):1∗,(585):1∗b;420(584):1,(585):1,1∗	19+7∗+1∗∗=27
第廿六回	422(588):2,1∗;423(588):3,(589):3;424(589):3,(590):1;425(590):6,(591):1;426(591):1;427(592):1;428(593):2;429(593):1,(594):2;430(594):1,(595):1,(596):1;431(597):3;432(598):2;433(599):1∗,(600):1∗;434(600):2,(601):2;435(602):3,(603):1;436(603):3,(604):1;437(604):3,(605):1;438(606):1;439(607):1	52+3∗=55
第廿七回	441(611):2;442(612):3;443(612):1∗,(613):3,(614):1;444(614):1∗,(615):1∗,4;445(615):1∗,1,(616):3;446(616):1,(617):5;447(618):5,(619):1;448(619):1,(620):1;449(620):2,(621):3;450(622):3;451 622):3,2∗,(623):1;452(623):4,(624):1;453(624):1∗2,(625):2,(626):1∗c,1;454(627):2;455(628):1∗	55+9∗=64
第廿八回	456(634):1;457(634):2;458(635):2;459(635):1,(636):4;460(636):4,(637):1;461(637):6;462(638):2;463(638):2∗,1,(639):4;464(641):2,(642):2;465(642):1,(643):1d;466(645):1;467(647):2;469(653):1∗,(654):2	39+3∗=42
总计		290+52∗+6∗∗=348

说明:圆括号中数字系脂京本页码,冒号后数字系《辑评》中行间夹评的条数。有∗者为眉批,有∗∗者为回前、回后的"总批"。

a. 这条"总批"抄录在脂京本第二分册目录页背面,本应放在第十三回前(页

272)。

b. 本页另有一眉批,脂残本有,但未录于《辑评》,故未计入。参见本附录开始所列第八条。

c.《辑评》误为"夹批"。

d.《辑评》未录,参见本附录开始所列第九条。

表六　八回中脂残本有而脂京本同回所缺之朱评

回数	《辑评》页数及(该页朱评条数)	总数
第十三回	206(1)＊a;206～207(1);207(1);208(1),(1)b;209(1)b,(1);210(1);211(1)c;212(3);213(1);214(1)＊＊,(1)＊	12+2＊+1＊＊=15
第十四回	215(2)＊;216(1);217(1);221(1)	3+2＊=5
第十五回	223(1)＊＊;224(1);230(1)	2+1＊＊=3
第十六回	234(1)＊＊d;236(1);239(1)＊;240(1);241(2);242(1);244(1)＊;246(1)	6+2＊+1＊＊=9
第廿五回	408(3);409(1);410(1);411(1)＊,(2);412(2)＊,(1);413(1);414(1);416(1),(1)＊;418(1);419(1);420(3)＊＊;421(1)＊＊	13+4＊+4＊＊=21
第廿六回	422(1);426(2);427(1);429(2)＊;430(1);431(1);432(2);433(2);434(1)e;435(2);436(1);437(2);438(3);439(1),(2)＊＊	20+2＊+2＊＊=24
第廿七回	441(3)＊＊;442(1);444(1);446(1),(1)＊;447(3);448(6);449(1);450(4),(1)f;451(1)b;452(1);453(1);454(1)	22+1＊+3＊＊=26
第廿八回	456(1)＊＊;457(1)e,(2);465(3);466(2);467(1);468(7),(1)＊;469(5);470(5),(1)＊	26+2＊+1＊＊=29
总计		104+15＊+13＊＊=132

说明:括号内为朱评条数。有＊者为眉批,有＊＊者为回前、回后"总批"。此表

和前表"总批"中,有些条非脂砚所作。这一问题将在第七章中讨论。

  a.《辑评》注明"甲戌",参见本附录表四前末段注②。

  b. 胡适指为"夹批",参见本附录表四前末段注②。

  c.《辑评》注"夹批"。

  d.《辑评》未录,但胡适曾提到,见《文存》页 574;本附录开始所列第六条。

  e.《辑评》误作"庚辰",它必出自脂残本,参见本附录开始所列第四条。

  f. 此为脂残本中朱评,《辑评》误作"庚辰"。

第二卷 评者探源

第六章 脂砚斋、畸笏叟及其他评者

第二章中,我们说到二个评者的笔名:脂砚斋和畸笏叟。前者常见于各脂评本双行小字墨评之末,后者则见于脂京本朱笔眉批之后。在前几章分析各抄本的来源底本、年代种种复杂问题时,为避免更复杂的纠纷,我们把畸笏看作脂砚的另一笔名。现在既已把有关抄本的问题讨论过了,则脂砚和畸笏是一是二,必须彻底弄清楚,否则有许多重要问题均无法处理。

当1928年《脂砚斋重评石头记》残本十六回(即脂残本)第一次发现,引起注意和讨论以后,并没有人怀疑这本中的评语(除了注明是"松斋"和"梅溪"的两条外)不是脂砚斋所写。这一看法大体上原没有错;并且,既然有两条署别人的名字,则不署名的评语,既在脂评本中,当然是脂砚斋之评无疑。换言之,评者脂砚既不肯掩没松斋和梅溪二人之评,则如果更有他人之评在这本子中,他也自必标明,断无掠美之理。脂残本中所有评语,虽在每条之末未署脂砚之名,①但第一回有一条朱笔眉批,评"满纸荒唐言,②一把辛酸泪,都云作者痴,谁解其中味"一诗,在评语中却包含评者自己的名字:

> 能解者方有辛酸之泪,哭成此书。壬午除夕书未成,芹为泪尽而逝。余尝哭芹,泪亦待尽。每意觅青埂峰,再问石兄,〔奈〕余不遇獭(癞)头和尚何!怅怅!
>
> 今而后惟愿造化主再出一芹一脂,是书何本(幸),余二人亦大快遂心于九泉矣。
>
> 甲午(1774)八月泪笔。③

此评写于作者卒后十年多,评者"泪亦待尽",所评为书中"第一首标题诗"④可能是脂砚最后的一条评语。在这个本子中,所有不署名的评语,无疑都是脂砚之"泪",不是别人之泪。另外一条评语说"脂斋之批亦有脂斋取乐处",已引在第三章第二节。

第一节　脂砚斋即是畸笏叟

可是,自从发现了脂京本以后,有一种新的情况出来了:在墨书的双行小字评注之末,署名有"脂砚"、"脂砚斋",在无数的朱笔眉批下,署名又有"畸笏"、"畸笏老人"、"畸笏叟"。胡适和俞氏都相信畸笏是另外一个评

---

① 《辑评》在脂京第十六回中记录十一条有"脂砚"署名的评语。下说"(甲戌同)",仿佛脂残本中这些评语也同样有此署名。但实则并不如此。因俞氏对脂京有年月而脂残无年月的同条评语,往往不加注明,但云"(甲戌同)"。参见《辑评》页251,419,424,454,458等。
② 此处"言"字当作"故事"解。明末冯梦龙新编故事,即名《醒世恒"言"》、《喻世明"言"》等。
③ 见影残本,页9下,10上;《辑评》,页41。"壬午除夕"年份有误,说详第十章第一节。抄本中误字依俞氏订正。"是书何幸"前,似脱一"则"字。
④ 此亦脂评中语,见《辑评》同页。

者。① 但如果详细审察"脂残"、"脂京"两本的评语,便可看出署名畸笏的那些眉批,不论在风格、文体、字句、语调、情感等各方面,都和脂砚的评语完全一致;②并且畸笏对于作者的生平行谊、家庭背景、原书计划,其了解的深切,又完全和脂砚相同。畸笏对于书中人物的称呼,如"颦儿"、"袭卿"、"阿凤"、"石兄",也全部和脂砚评语所用的相同。似乎不可能有这样的各种条件同时辐凑的巧合:有两个评者,一名脂砚,一名畸笏,和作者有同样的亲属关系,和书中一些人物的模特儿有同样亲切的关系和了解,对于作者私人生活有同样的熟悉和同情,在同一长时间内同评《石头记》,评语用同样的风格、文体、字句、语调,来表达同样的思想和情绪。根据上述一些理由,周汝昌先生曾指出:畸笏叟是脂砚斋的另一笔名。③(在这里,我们还可以指出许多尤可注意的事实:畸笏对于本书的关切,例如修补残稿,"对清定本",记录作者预拟而未写入正文的诗谜,代拟回目,提醒作者未写的中秋诗,这一系列使《石头记》成为"定本"的"编辑"工作,他也和那位"泪亦待尽"的脂砚一样努力。)周氏又因为双行小字墨评中有许多署名"脂砚"或"脂砚斋",而在脂京本中他也找到两条朱笔眉批署名"畸笏"并有年月,因此他说,这些评语"皆是这位畸笏论及脂砚的批……皆系一人前后自注说明"④。周先生由此推断脂、畸为一人,完全是对的,虽然还有别的更好的例证他没有举。可是俞平伯先生拒绝相信此说,他说:"既有两个名字,我们并没有什么证据看得出他们是一个人。"⑤这似乎一个人不许前后用两个笔名,用了便成"二人"。而"证据",周先生虽然找出了不少,俞先生却不屑看,便说道:"我们并没有什么证据。"这种"不承认主义"其实并不能解决问题。可是这一问题和作者的生活家世,和《红楼梦》的原来计划、写作过程都有密切的关系,我们不能随手扔开,必须继续探讨。

---

① 参看《近著》,页 409;《辑评》,页 12~13。
② 比较上引脂砚评语和本书第二章第一节所引:"此回未成而芹逝矣,叹叹!丁亥夏,畸笏叟。"
③ 《新证》,页 544。
④ 同上,页 545。所引例见影京本,页 380~381,622。
⑤ 《辑评》,页 13。

本来,除了胡适所谓"至少有一部分《评语》是作者自己作的"①之外,在脂京本未发现以前,从没有人说过脂残本中那些未署名的评语不是脂砚斋作的。从上文所引包含"脂"字的评语,我们也没有理由说其余的评语不是同一人所写。除周先生所举的以外,另外还有许多例子,只要把它们看懂了,便可以证明畸笏即是脂砚,决不可能是另外一个人。

(一)脂残本第二十五回有一条评语,透露出作者后半部的计划:"叹不得见玉兄'悬崖撒手'文字为恨。"②此即指宝玉后来出家事。这是《脂砚斋重评石头记》中的"脂笔"眉批。从来没有人怀疑过这不是脂砚斋的话。但在脂京本中这条"脂笔"眉批,全文为:"叹不能得见宝玉'悬崖撒于(手)'文字为恨。丁亥(1767)夏,畸笏叟。"③

(二)脂残本第二十六回红玉(小红)与佳蕙对话一段上有一条很长的朱笔眉批:

> 红玉一腔委曲怨愤,系身在怡红,不能遂志,看官勿错认为芸儿害相思也。狱神庙红玉、茜雪一大回文字,惜迷失无稿。④

这当然也是脂砚斋之评。但在脂京本中,这是相隔八年的两条评语,文字大体相同,只是第一条有"己卯(1759)冬"年月,第二条"茜雪"在前,"红玉"在后,末了多"叹叹!丁亥夏,畸笏叟"八字,两条都是墨笔眉批。⑤

(三)脂残本第二十六回末有一条"总评"说:

> 前回倪二、紫英、湘莲、玉菡四样侠文,皆得传真写照之笔,惜卫

---

① 见《文存》,页587。胡适后来又说脂砚即作者,那就取消了他自己说的一部分是曹雪芹所作,一部分是脂砚所作的话。
② 影残本第二十五回,页16下;《文存》,页605。
③ 影京本,页585。
④ 影残本,第二十六回,页3上;参看《辑评》,页424,426。
⑤ 影京本,页590。

若兰"射圃"文字迷失无稿,叹叹!①

但在脂京本,这又是两条眉批,分在两页,其第一条说:"写倪二、英(漏'紫'字)、湘莲、玉菡侠文,皆各得传真写照之笔。丁亥夏,畸笏叟。"其第二条文字全同,但末了又多"丁亥夏,畸笏叟"六字。这两条也是用墨笔过录的。②

上举三例,共五条评语,在脂残本都是未署名的,但从来没有人否认其为脂砚评语;而在脂京本,则都署畸笏叟,且有不同年月,只有第二例的第一条未署名,那是因为己卯年的评语多不署名,如署名则应为"脂砚"。③

(四)脂京本第十六回关于秦钟之病有一条朱笔眉批,说:

> 偏于极热闹处,写出大不得意之文,却无丝毫缠(牵)强,且有许多令人笑不了,哭不了,叹不了,悔不了,唯以大白酬我作者。壬午(1762)季春,畸笏

脂残本亦有此条,但无年月署名。④

(五)脂京本第二十六回薛蟠把唐寅读作"庚黄",有一条朱笔眉批:

> 闲事顺笔,将骂死不学之纨袴。壬午雨窗,畸笏。

脂残本也有此条,但没有年月署名。⑤

---

① 影残本该回页15下;《辑评》,页436。
② 影京本,页603,604。
③ 见本书第五章第四节。
④ 参见影京本,页343。影残本第十六回,页15上,朱笔眉批。"极"作"大",无"出"字,"缠强"作"挥强"。《辑评》,页251。
⑤ 影京本,页602;影残本该回页11下,朱笔眉批,无"将"字,末了多"叹叹"二字。《辑评》页435。

(六)脂京本第二十六回,晴雯和碧痕拌嘴,迁怒宝钗,有一条朱笔眉批:

> 晴雯遗(迁)怒是常事耳。写〔于〕钗、颦二卿身上,与踢袭人之文,令人于何处设想着笔。丁亥夏,畸笏叟

此条在脂残本移在回末作"总评",无年月,不署名。"写"作"写于","袭人"下多"打平儿"三字。①

(七)脂京本第二十七回宝玉兜了落花到埋香冢一节,有朱笔眉批:

> 不因见落花,宝玉如何突至埋香冢?不至埋香冢,如何写"葬花吟"?《石头记》无闲文闲字正此。丁亥夏,畸笏叟。

脂残本也有此条,但移在回后作为"总评"。又删去末句"石头记无闲文闲字正此"及署名、年月,"如何写"前多一"又"字。②

(八)脂残本同回朱笔眉批黛玉《葬花词》:

> 开生面,立新场,是书多多矣,惟此回处(更)生更新。非颦儿断无是佳吟,非石兄断无是情聆。难为了作者了,故留数字以慰之。

这分明是写给作者看的。在残本的底本上写此条时,他尚未采用"畸笏"一名。但此条在脂京本中,大意相同而语气大殊,变成完全写给读者看的了:

---

① 影京本,页 606;影残本该回页 15 下,16 上。《辑评》,页 438。俞氏并未说明此条在回末作为总评。

② 影京本,页 627;影残本该回页 13 下;《辑评》,页 454。俞氏云:"甲戌无款。"但未云有无年月,亦未注明此条在残本并非朱笔眉批而为回末墨笔"总评"。

开生面,立新场,是书不止《红楼梦》一回,惟是回更生更新。且读去非阿颦无是且(佳)吟,非石兄断无是(疑缺"情聆"二字)。章法行文,愧杀古今小说家也。畸笏①(加重点者为异文)

畸笏这笔名最多用于"壬午春"的眉批中。脂京本这条显然是把前引之评在壬午春改写的,②而脂残本中这一条却是从脂砚另一底本中抄下。我们没有理由认为这两条大同小异的眉批的评者不是一人,也不能说改写者不是脂砚自己。上文已引许多在脂残本不署名的评语,在脂京本中原来都有署名的;也可以说:在"脂京底肆"本未署名的评语,过录到脂残本时,把署名、年月甚至评文中的"叹叹"都删去了。

像这样的例子,我们还可以找到许多。但上举八例已经足够说明二者是一人。假使如胡、俞二先生所说,畸笏是另外一个评者,③那么脂砚一定会在脂残本中记录"畸笏"这名字在畸笏的评语之下,正如同在脂残和脂京中都记录了松斋和梅溪两个名字。如果说脂砚在脂残底本和"脂京底肆"中连松斋和梅溪的两条孤零零的短评,他尚且不惮烦地分别记下他们的名字,而在题作《脂砚斋重评石头记》的脂残底本中,反而把数百条畸笏的重要评语一律删去原名,占为己有,这样的假设是很武断的,也是厚诬古人的。在从前,只有文人把自己的东西题上古人的名字,以博读者的重视,却没有小说家或评者把别人的作品明目张胆地占为己有。直到现在,我们还不知道脂砚斋究竟是谁,正为这问题未能解决而感到麻烦呢。

如果我们还不相信脂砚斋就是畸笏叟,下面的证据可以澄清一切疑惑。在脂京本中1767(丁亥)年的二十六条评语中,有二十条署名"畸笏

---

① 影残本该回页12上;影京本,页627;《辑评》,页455。俞氏所录"甲戌"评语,多加"不止红楼梦一回"一句,原无。下文误字及校正处均未注明。亦未校出"庚辰"本漏字。此处所录悉依原本,标点亦与《辑评》略异。
② 这是假定脂砚写给作者看的评语,年份较早。
③ 《近著》,页407;《辑评》,页13。

叟",四条署名"畸笏"。那未署名的两条,一条在第十八回(影京本,页399),完全是因为已写到眉端的边沿,再也写不下,连年月都挤到正文下面去了;另外一条在第二十二回,虽在评语末了无年月署名,但二者实已包括在评语之中。为了与所评的内容有关的理由,评者在这条里不自称为"畸笏叟"而自称为"朽物"。毫无疑问,这"朽物"即是同一年写其余二十四条的"畸笏叟"。在前一页,有一条朱笔眉批写到本页,是评贾母命凤姐点戏一事:

凤姐点戏,脂砚执笔事,今知者聊聊(寥寥),矣(奚)不怨(悲)夫!①

在这条之后,同一页另一条朱笔眉批说:

前批书(知)者聊聊(寥寥),今丁亥夏,只剩朽物一枚,宁不痛乎!

在这里,"朽物"畸笏叟明白承认"前批"中的脂砚就是他自己,②这是一条有结论性的证据。

总结上文,可知脂砚在初期写评时,署名只用"脂砚"或"脂砚斋",此可从脂京本双行小字墨评见之。但在过录至脂残本或其底本时,即被删去。他在甲戌再评中即不甚署名,或只写"再笔"。在己卯(1759)一期评语中,二十四条中只有一条署脂砚。在壬午(1762)一期中,他放弃"脂砚"这一笔名,改用"畸笏"。在此期四十三条评语中,十二条用"畸笏",只有两条用"畸笏老人"。在乙酉(1765)这一期他续用"畸笏老人",丁亥(1767)以后,自称"畸笏叟"。③ 在他晚年,在评末记年月及署名的习惯比

---

① 影京本,页491~492;《辑评》,页366。《辑评》仅录改正之文,今照录原文,并补脱字。
② 周汝昌先生亦引此条,但解释稍有不同,兹不赘述。见《新证》,页546。
③ 详见本书第二章表一、二,凡未记年月而署"畸笏"者,大都为1762年所写。

前期较为认真。但这些评语在过录到"脂残"时,往往被删去年月款识,短评则被简化归并,甚至被移到回前或回末作"总评",以致不易见到一些原评的本来面目。在这方面,残本的缺点是很严重的,这对于迷信残本为"世间最古"的"甲戌本"者,实在是一个讽刺。

第二节 脂砚斋不是"史湘云"

周汝昌先生在证明了脂砚斋即畸笏叟以后,更进一步以求证明脂砚斋即史湘云。但在这方面,他没有较好的理由使人信服。

以前有人见过一个所谓"旧时真本",据说在那个本子中宝玉后来穷困,在宝钗死后,他便和史湘云结婚。① 周先生据甲午(1774)年一条评语,"唯愿造化主再出一芹一脂……余二人亦大快遂心于九泉矣"云云,及其他类似评语,足以看出作者和评者关系异常密切,感情也极深厚;又见书中宝玉的私生活,评者知道得很详细,而宝玉又被认为即作者自己,因此,周先生认为,只有作者的妻子,才能在评语中有如此亲切的情意、伤感的笔调和详尽的了解。又从他对于曹家及其亲戚的家庭背景的详细研究,周先生认为脂评中有许多要点,除非在懂得了史湘云家庭背景和她的历史以后,是不能明白的。② 他苦心研究的结果,似乎都与他的结论相符合,只可惜小说中的故事,未必都与作者的家世和实际生活事事吻合。但这里主要的困难是:怎么史湘云可以自称"叟"? 周先生用脂评中常用的口气说:"那也无非是故作狡狯,瞒蔽阅者而已。"③我想,史湘云大概不会是法国的乔治·桑、英国的乔治·艾立脱的先驱者。如果她真要"故作狡狯,瞒蔽阅者",她尽可以仿李易安的方法,自称"居士",或照大观园诗社中的老例,任何"君"、"客"、"友"之类名称均可,何必硬用"叟"字?并且,

---

① 详见本书第十三章第一节。
② 详见《新证》,页 550~564。
③ 见《新证》,页 564。

封建时代官吏用的那块朝板——"笏",不论怎样"畸",女人毕竟是用不上的。所以即使没有"叟"字,"畸笏"也只能是男人用的别号或笔名。可是周先生很客观,除了列举各种理由以证明他的论点外,他又举一些读者提出的反对理由,让读者自下评判。这个态度非常公正,大可帮助学术讨论。

他所举的四条反对理由,我们只讨论最后的一条,①因为这一条包含一个有力的反证,而他的解释又不足以令人信服。此条在第十八回评龄官不肯演"游园惊梦"。脂砚详述当时优伶的性格后,接着说:

> 余历梨园子弟广矣,各各皆然。亦曾与惯养梨园诸世家兄弟谈议及此……今阅《石头记》……与余三十年前目睹身亲之人现形于纸上……然非领略过乃事,迷陷过乃情,即观此,茫然嚼蜡,亦不知其神妙也。②

在那时的社会中,决没有任何女子——更不必说良家妇女——会自夸"历梨园子弟广矣","领略过乃事,迷陷过乃情",又和"惯养梨园诸世家兄弟谈议及此"。虽然据周先生说,当时豪富之家自备戏班的情形是有的,但脂评说的是"梨园子弟",指男伶,又和"世家子弟"谈优伶,这决不是女子的事。在第二十四回醉金刚倪二遇贾芸一段,有一条类似的朱笔眉批说:

> 余卅年来得遇金刚之样人不少,不及金刚者亦不少。惜书上不便历历注上芳讳,是余不是心事也。壬午孟夏。③

---

① 见《新证》,页564~565,其余的三条理由是:①第十七回宝玉避贾政不及,脂评以为"作者形容余幼年往事"(详见影京本,页353)。②第八回写买办钱华路遇宝玉,夸他写的斗方,脂评谓"余亦受过此骗"(参看《辑评》,页162)。③第七回宝玉派人探问宝钗,脂评谓"余观'才从学里来'几句,忽追思昔日形景"(《辑评》页153遗漏此条)。

② 影京本,页403。

③ 影京本,页546~547。

这决不是"忠靖侯史鼎府上的湘云小姐"①的口气。史湘云这样有文化教养的女子,怎么会和醉金刚,乃至不如醉金刚的流氓,有过"三十年"打交道的经验,而且把他们的绰号称为"芳讳"? 我们还可以列举别的证据,以否定周先生的说法。例如脂砚常在评中称书中女子为"卿",如"袭卿"、"颦卿"、"宝卿"、"探卿"等等,"卿"字通常是男子对女子之称,②不是女子间的互称。脂京本第二十二回,史湘云说一个女伶生得像林黛玉,署名畸笏叟的朱笔眉批说:

湘云探春二卿,正"事无不可对人言"芳性。

史湘云评她自己的故事,怎么会自己呼自己为"卿"?③ 第十八回林黛玉暗中替宝玉作诗,朱笔眉批说:

纸团送迭(递),系应〔试〕童生秘诀,代(黛)卿自何处学得? 一笑。丁亥春(影京本,页399)

这又是评者自道经验。因为在唐代武周以后,太平天国以前,中国历史上是没有女子应童生之试的。史湘云不可能有此经验。

周先生所列举的,用以证明脂砚斋即史湘云的理由,这里不能一一评论,因为那些理由都建立在他的一个大前提上,即《红楼梦》小说是作者生活的描述。但有些证据,直接引自脂评,却不能忽视。周先生从第五回红楼梦曲子《乐中悲》指湘云的两句"襁褓中父母叹双亡,纵居那绮罗丛谁知

---

① 忠靖侯史鼎之名见第十三回,影京本,页282。脂评"伏史湘云"四字误入正文,脂残本此评为"史小姐湘云消息也"。参看《辑评》,页211。
② "卿"字本由"公卿"一诗而来,古代帝王用以称臣下。《世说新语》中王安丰之妻称安丰为"卿"(卷三之二,页37下,《四部丛刊》本)是仅见的例子,所以要特别著录。
③ 见影京本,页494。又戚本第五回红楼梦曲子《乐中悲》(指湘云)"好一似霁月光风耀玉堂"句下,评云:"堪与湘卿作照。"

娇养",挑出下面的脂评:"意真辞切,过来人见之不免失声。"便说:"请问这过来人是谁呢?"意思是说:当然是湘云指自己。但下文关于凤姐的曲子,脂评又说"过来人睹此,不免放声一哭",周先生却说:"非必又执定……此'过来人'即非凤姐不可也。"①用这样的双重标准来解释意义完全相同的脂评,决不能使人信服。周先生所举脂评中最重要的证据,是脂京本第二十六回评宝玉见贾芸一段,一条行间朱笔夹评说:

> 这是等芸哥看,故作款式……玉兄若见此批,必云:"老货:他处处不放松,可恨可恨!"回思将余比作钗颦等,乃一知已,余何幸也。一笑。(影京本,页593~594)

周先生在征引此评后,下的断语如下:"要注意这条批的重要性:一、明言与钗颦等相比,断乎非女性不合;二、且亦可知其人实即与钗颦同流,而非次等的人物,这真是一条铁证据!"②

但其实这样的比拟不能算是好证据,我们试读下引另一条早期脂评,便可以知道这块"铁"很容易熔化:

> 又写茗烟素日之乖觉可人,且衬出宝玉直似一个守礼待嫁的女儿一般。其素日脂香粉气,不待写而全现出矣。今看此回,直欲将宝玉当作一个极轻俊羞怯的女儿,看茗烟则极乖觉可人之丫环(鬟)也。③

可见脂砚在评中把一个人比另一人,所比二人不必同性;而周先生常说的许多脂评的"口气"像女子,实不足以决定评者的性别。何况在所有

---

① 《新证》,页553~554,555。
② 同上,页551~552。
③ 影京本,第四十三回,页1002;《辑评》,页509。

脂评中,毕竟"口气"像男子的要多出好几倍。

可是,周先生的"脂湘一人论"的最大阻碍是脂砚的年龄,而这一问题却从没有人研究过。我们后面要说到,他比雪芹要大十多岁,而湘云却比宝玉小两岁。① 因此,绝对不可能证明脂砚即史湘云。在未论脂砚的年龄之前,我们姑且用周先生自定的雪芹年表来对勘一下。雪芹生年,照周先生考定是雍正二年(1724),②他是书中宝玉的模特儿。评者"史湘云",照书中年龄,比宝玉小两岁,所以在壬午(1762)年,她只有三十六岁,怎么可以自称"畸笏叟"?事实上脂砚在甲戌(1754)重评之前好几年,已"令"雪芹删改秦可卿之死的故事,③而在这条评中已自称"老朽",若依周先生的"年表"推算,在1754年评者"史湘云"才二十八岁,早两年只二十六岁,这样一个少妇,怎么自称"老朽"?

其次,说"史湘云是宝玉继妻"这一假定,是周先生用以证明"脂湘一人"的一大串假设之中最弱的一环。这位评者曾见过作者原稿中最后部分,他在早期评语中,提到宝玉"悬崖撒手"以后,清楚而肯定地说:"若他人得宝钗之妻,麝月之婢,岂能弃而为僧哉!"④则宝玉出家时妻是宝钗,不是湘云。故事中的宝玉不可能像葫芦庵的小沙弥一样,出了家又还俗,再与湘云结婚。可见宝玉并没有第二个妻子,所谓"旧时真本"的话,全无根据。

在这里,还有一个问题需要弄清楚的,是胡博士所谓脂残本中许多未署名的评注是作者自己写的。我们绝对没有任何证据,可以证明作者曹雪芹写过什么评注。胡适说这话的唯一理由是他所谓的"口气"。他随手捡出第一回"无材补天,幻形入世"二句上的评语"八字便是作者一生惭

---

① 关于脂砚的年龄,参看本书第八章第一节。关于曹雪芹的年龄,看第十章第一节,第三节;第十一章(上)第二节。
② 《新证》,页172。
③ 见《辑评》,页214,录自脂残本第十三回末总批及眉批。今传世各脂本关于可卿之死大致相同,其删改远在甲戌以前。
④ 影京本第二十一回,页472,双行小字墨评。此评亦见于脂戚本,见《辑评》,页353。

恨",便武断地说:"这样的话当然是作者自己说的。"①胡适这话,又是先假定此书为作者自传,故"无材补天"的石头即作者自己。姑不论书中主人公宝玉或其前身"石头"另有模特儿,非曹雪芹自己写照,即使假定石头即"作者",胡适的话也毫无理由。例如说:如果在这本旧书店上买来的《胡适文存》三集中,已经有人在胡适这句话的旁边加一条评注道:"十三字便是作者一生的实验主义",有没有人会认为这样的话"当然是胡适自己加的评注"?② 在脂评中有胡适所谓那样"口气"的例子倒不少,有许多还记着年月和评者的署名,有的年月还是在作者卒后!③ 脂砚斋在第四十九回的一条长评中,斩钉截铁地说:作者即使在正文中,也从不对书中人物故事作一句任何评注:

> 我批此书,竟得一秘诀以告诸公……妙在此书从不肯自下评注,云"此人系何等人"。只借书中人闲评一二语,故不得有未密之缝,被看书者指出。真狡猾之笔耳。④

由这条脂评看来,胡适所说的第四回"护官符"下面的四条评注,"都用朱笔写在夹缝",是"作者自己作的",⑤完全是他自己的猜想。

在这一问题上,俞平伯先生受胡适的影响似乎很深。他在《辑评》中

---

① 《文存》三集,页589～590。
② 胡适对于自己的"实验主义"很自负,曹雪芹不会对于自己的"惭恨"那样自负,所以有胡适头脑的考据家应该更有理由相信这是"胡适自加的评注"。
③ 例如脂残本评注录于《辑评》者:第三回,页85,95;第四回,页101,103;第五回,页108,110,115,120,121,122,126;第七回,页156;第八回,页178,179等。影京本:第十四回,页304∗;第十五回,页311∗∗;第十六回,页328;第十七回,页363∗∗,370;第二十回,页457∗∗;第二十二回,页488∗∗(丁亥,雪芹死后),489∗∗;第二十七回,页615,622∗∗;第二十八回,页645∗∗;第四十八回,页1110等。 ∗表示署名,∗∗表示有年月。
④ 影京本,页1142。这是第一期评语,未署名,但此条以前两条(页1141),以后一条(页1145)均署名"脂砚斋"。此条因抄书人没有计算好双行小字的排列空间,抄到末了,双行中的第二行没有预留空间可以署名。
⑤ 《文存》,页589。

把上述"护官符"下的脂评完全删去,大概他认定这是"作者自己作的"。《辑评》的"引言"还说:

> 脂砚是否即曹雪芹的化名我不敢说,有一点确定的,即所谓真的脂评,有作者的手笔在内。(页13)

他虽然没有说出用什么标准来判断脂评的"真""伪",可是已经"确定"了"真的脂评"中有非脂砚的"手笔"。这样的逻辑很难令人理解。他引了脂京本第二十六回一条双行小字评注下再加双行批的例子(影京本,页595)。这条再加的双行批说:"此批被作者俪过了。""俪"是杜撰的简笔字,无人认得。俞氏把"俪"字读成"偏"字,因此说:"正文下面的双行批,名为脂批,并非脂批,实系作者所批,而下面的再双行注,才是真的脂批。"(页13～14)其实这完全是他自己的缠夹。再双行批是因为那里只剩下一个字的空间,不能不缩小到再双行才写得下。原双行批是墨书,是脂砚早期评语,这再双行是后添的朱笔,是从另一底本("脂京底肆")抄入。因为写不下,把"瞒"字或"骗"字简缩讹成"俪"字。脂评在别处说"观者试看此批,然后谓余不谬"。① "此系未见'抄没'、'狱神庙'诸事,故有是批"。② 其他脂砚在评语常引到或说到他的"余批"、"前批"、"余前批"、"余前评"、"余言"凡十四见,③又在批语中说"作者瞒蔽"、"被作者愚弄"、"瞒过世人"、"瞒不过批者"、"几被作者瞒过"、"作者又欲瞒过中人"、"作者欲瞒看官"、"到底哄那一个"、"看官勿被作者瞒过"、"作者亦为圆谎了"

---

① 影京本,页499,双行墨评;《辑评》,页371。
② 影京本,页622,朱笔眉评;《辑评》,页451。
③ 《辑评》,页58,94,141,172(以上录自脂残本),217,310,356,366,373,404,430,465,534,537(以上录自脂京本,分别见页294,421,476～477,492,501,558,594)。

等语,凡十七见。① 脂砚又说:"后每一阅,亦必有一语半言,重加批评于侧。"② 由此可见脂评中说"此批"、"前批"、"作者瞒过"、"愚弄"等,是脂砚的常用之语,决不能据此即硬说前批"实系作者所批","下面的……才是真的脂批"。其实俞先生所举的再双行的例子,正是"重加批评于侧"。俞先生研究了五个脂评本中的评语,并加移录,却没有找到脂评的语汇规律,依然相信胡适的旧说,以为有些评语是雪芹的"自赞",这是很令人遗憾的。

第三节 松斋是白潢的孙子白筠

我们现在可以问一下:脂评中说到的"诸公之批"究竟是指谁?对这问题可能有两种回答:第一,自明末金人瑞(圣叹)、陈继儒(眉公)诸人开了评小说之风,清初大概也有人继续此类工作。脂砚可能认为这样一部伟大的作品,自然也有人要评,也许他知道当时另外有读者也在评此书。第二,脂砚确实知道他的朋友(也是作者的朋友)看了这部书,偶尔加以评论,而有些评语,如松斋和梅溪的,他也随时记下来,有的他认为不重要的评语,没有记下。

松斋的评语并见于脂残本和脂京本。第十三回秦可卿死时托梦于王熙凤,要她"于荣时筹划下将来衰时的世业",劝她在"祖茔附近,多置田庄房舍地亩,以备祭祀供给之费。……将家塾亦设于此……便是有了罪,凡物可入官,这祭祀产业连官也不入的。便败落下来,子孙回家读书务农,也有个退步"。在这段上面有一则朱笔眉批说:"语语见道,字字伤心,读此一段,几不知此身为何物矣。松斋。"看来松斋是作者的朋友,并且深知曹家的盛衰。在这段下面,是可卿最后念的两句诗:

---

① 《辑评》,页 40,90,92,95,108,110,113,156(以上录自脂残本,其中页 90 的一条录自戚本),334,337,356,376,415,459,460,463(以上录自影京本,分别见页 446,450,474,504,578,635,636,640)。
② 《辑评》,页 58,录自脂残本第二回。

三春去后诸芳尽，各自须寻各自门。①

这上面有一条署名"梅溪"的朱笔眉批："不必看完，见此二句，即欲堕泪。"脂砚在记录此批后，紧接着在次页眉端加一句："可从此批。"下文说到可卿生前孝顺长辈，和睦亲密，"怜贫惜贱，慈老爱幼"，死后大家悲痛。这上面的朱笔眉批说："松斋云：好笔力，此方是文字佳处。"脂砚录存别人的批语，只有这三条。别的评语当然也还有，但那些是"诸公眼界"，脂砚未必同意，或者不"可从此批"，因此没有录下。

松斋是谁？从来没有人认真查考过。俞先生提供的意见："松斋或即脂斋，从松脂联想的。也可能是另一位。有正本第四十一回总评为一诗，下署立松轩，不知即松斋否？"②只是随便猜一猜而已。其实俞先生的推测是受了胡适的暗示，他说："松斋似是他的表字，脂砚斋是他的别号。"③很难想象一个人的别号和表字为什么并用"斋"字，难道他的词汇竟这样贫乏？而尤其可怪的，他竟抄了自己的批语却又说"松斋云"。这样的"假设"，确实是很"大胆"，可是他并没有"小心的求证"。而其实，若要"求证"以否定这荒唐的假设也并不是什么难事。我们知道敦诚（1734—1792）是雪芹的好友，他有许多诗写赠雪芹，而他的那篇《潞河游记》描写松斋的残破园亭，很可以帮助我们了解松斋对曹家衰败的同情。这篇游记就在胡适自己早就买到的敦诚《四松堂集》里，④他却没有看见下面的这一条记载：

---

① 影京本，页275。"三春"指元春以下的迎春、探春、惜春。
② 《辑评》，页12。
③ 《文存》三集，页572~573。
④ 胡适早在1922年即买到《四松堂集》抄本（见《跋红楼梦考证》）。但他一直没有影印或排印出来供别人研究。这里所据为1955年北京大学古籍刊行社影印嘉庆元年丙辰（1796）纪昀序本。

潞河游记

游者凯亭（自注：傅雯）、墨翁、松斋（自注：白筠）、子明、贻谋暨予也。……松斋在白园，余往寻之……墨翁往约松斋……墨翁、松斋亦至。斫脍击鲜，极兴所至，叫嚣之声，与欸乃相杂。松斋固邀饮其园亭，遂偕东下。酒舍渔庄，晚景如绘。松斋欲观凯亭壁画，因再入天将寺。虽刹那间，余觉有今昔之感。抵松斋园亭，乃其先相国白公（自注：潢）之别墅也。楼台瓦砾，池沼荆榛，唯松数十株，尚苍然挺秀于荒冈残石间，其下为老圃矣。凭吊久之……①

白松斋是白潢的后人，他和敦敏、敦诚兄弟辈分略同。从白潢的生卒年及敦诚文中的语气看来，松斋当是白潢的孙子。白家是汉军镶白旗人。松斋自己也是属于一个衰落的世家。他的祖父白潢在雍正三年（1725）告老后，被劾削去了一切官衔。他眼看他祖父的一个大花园弄得"楼台瓦砾，池沼荆榛"。曹家的衰落，自然也使他想起自己的不幸。他自己的荒园中所剩下的，不是什么"祭田"，而是"老圃"。因此他读了《红楼梦》中可卿托梦之语，不免觉得"语语见道，字字伤心"。松斋很早就读到《石头记》的稿本，他的评语又为脂砚所采用，可知他也是雪芹和脂砚的朋友。目前我们关于曹雪芹的材料还是太少，如果能发现白家的文献，也许可以得到一些有关雪芹生活的记载和研究《红楼梦》的资料。

本章所建立的事实如下：

（一）脂砚斋和畸笏叟是同一评者的两个笔名。"畸笏"一名，始用于1762年（乾隆二十七年壬午），以后续用，或作"畸笏老人"，或作"畸笏

---

① 原书卷四，页6～7（新页码215～217）。潞河即今通州。关于白潢（1660—1737）事迹见《清史稿》卷二九五，页8；《国朝耆献类征》卷十五，页21。其生年见查慎行《敬业堂诗续集》卷一，页15。关于此游，还可参看敦敏《懋斋诗钞》（以后简称《懋斋》）页113，诗题："同敬亭（按即敦诚）、贻谋、大川载酒游潞水，时三月五日也，分韵得'东'字。"当即指此次之游。但原诗未录，留空白三行，知其诗当为七律。按敦敏诗编年，此诗为甲申（1764）作。

叟"。

(二)脂砚斋比曹雪芹大了十多岁,不可能把他认为即书中宝玉的"续妻史湘云"。据脂评,在雪芹原稿下文,宝玉出家时,其妻仍为薛宝钗,并无续妻。

(三)在各种抄本的脂评中,毫无根据可以证明其中有些评语出于作者之笔。

(四)另一评者松斋,即白潢的孙子白筠,是雪芹和敦诚的朋友,也是《红楼梦》早年稿本的读者之一。

第七章　曹棠村小序的发现[*]

上章第三节说到脂京本第十三回有一条评语,署名"梅溪",似乎他也是脂本《石头记》评者之一。实则此名见于第一回正文,各本皆有。在"楔子"的末段,谈到《红楼梦》早期各种异名时说:"东鲁孔梅溪则题曰《风月宝鉴》。"在这句上面,脂残本有一条朱笔眉批:

> 雪芹旧有《风月宝鉴》之书,乃其弟棠村序也。今棠村已逝,余睹"新"怀"旧",故仍因之。[①]

脂砚的评语太简练,初看很易忽略其命意所在。他所谓"仍因之"的"之",自然是指上文"棠村序也"的"序"。但据我所知,过去研究此书的专家,尚未有人查考或发现脂砚所"仍因"的棠村序文在哪里。顾颉刚先生以为在十三回写评语的梅溪,即第一回所说题名《风月宝鉴》的"东鲁孔梅

---

[*]　编注:在本书英文本中,本章序列为第六章第四节,题"曹棠村和他的序文"。作者自译本书时扩为一章。故以后的第七、八、九、十章依次后推为第八、九、十、十一章(上)。
[①]　参看《辑评》,页40。此条亦见脂晋本。

溪"。胡适据此正确地认定"此即雪芹之弟棠村",并谓"《风月宝鉴》乃是雪芹作《红楼梦》的初稿"。① 胡适是最先看到这条脂评的人,并占有这个残本三十多年,但他始终没有懂得"睹新怀旧"这一句中"新"和"旧"的意义,更没有理解脂砚所"仍因"的是什么。其实"因"是"因袭"、"因革"之"因",意即"保存"。② "仍因"是"仍旧保存"。胡适因为没有看懂"因"字,所以也不知道"之"字即指"旧"稿中的棠村序文。这条脂评清楚地指明:雪芹的一个早期稿本,经他的兄弟棠村题作《风月宝鉴》,又为此本写了序文。这是雪芹"旧有"之书,亦即脂砚所"怀"的"旧"本;至于甲戌(1754)或更早几年的改订本,则是脂砚所"睹"的"新"本。这个"新本",当脂砚斋在甲戌年"抄阅再评"时,坚持仍用《石头记》之名。③

第一节 棠村序文被埋没的原因

上文所引脂砚这条评语中,"序"字用得很含糊。中国古书中的序,普通是每书一篇,所序为全书。但如《尚书》和《毛诗》,则书中每篇每首有一篇小序。棠村可能只为《风月宝鉴》全书写一篇总序,也可能为每回写一篇小序。

在通行的《红楼梦》本子中,第一回正文之前有一页左右的一大段文字,即"此开卷第一回也",至"提醒阅者之意"。这一段文字给一般读者的印象大致是这样的:(一)这是作者自己写的;(二)这是全书的引言。其实这是一种错觉。但也正是由于这一错觉,使这一段文字直到现在得以保

---

① 见《文存》三集,页571。按《风月宝鉴》乃雪芹旧稿之一,是否"初稿"则未可臆断。明义所见《红楼梦》稿本,或较《风月宝鉴》更早。参看本书附录二及其他有关章节。
② "因袭"是"保存续用"旧的制度之类。"因革"即"沿革":"因"是"因袭"、"沿用","革"即"改革"。参看明人《杂剧三集·中郎女》第一出:"章程制度,因者因,创者创,已略略可观。"这里"因"即沿用旧章,"创"为创立新制。脂砚在别处评语中也借"因"字为"沿用"之意。如脂残本第二回评元春"选入宫中作女史去了"一语云:"因汉以前例,妙。"(影残本,总页32上;《辑评》,页68。)
③ 脂残本第一回"满纸荒唐言"诗后正文,见影残本,总页9下。

存在后来一切本子中。此文究竟是否为雪芹所作,实有辨析的必要。

《红楼梦》正文是在这一段文字以后开始的:"看官!你道此书从何而起?说来虽近荒唐,细玩颇有趣味。却说那女娲氏……"①接着是"石头"生前身后的一篇神话故事,其中说到"石头"的历史,即记在这女娲氏剩下来的石头上面。在这一篇神话的"楔子"以后,才真正"言归正传",开始叙述"石"上所书的人间的故事:从苏州的甄(真)家,绕到都中的贾(假)家。所以这部小说真正的"引言"或"楔子",实即那篇神话。在这"引言"或"楔子"中作者借"石头"的话,大胆批评了当时流行的"野史"、"风月笔墨"(色情描写)和"千部共出一套"的"才子佳人书"。最后说到"曹雪芹于悼红轩中披阅十载,增删五次,纂成目录,分出章回"的"《石头记》缘起"。脂砚把这篇神话正式称为"楔子"②,这是非常正确的。现在让我们看:作者在第一回开始既写了一篇神话故事的"引言"(或"楔子"),在这"引言"之前又写了一篇"此开卷第一回也"的引言,这种情况是非常奇怪的。

如果根据一般读者的印象,说前面的第一篇"引言"是全书的"总序"或"总引",也与它的内容不符。此文实专为第一回而作,中间虽引作者之言,述著书之由,但首段与末段则完全是第一回回目联语的"解题"。唯末段在通行本中已被删节,所以看不出解题原意。试读八十回本中原文,便很清楚:

> 此开卷(脂残本作"此书开卷",衍"书"字)第一回也。作者自云:"因曾历过一番'梦''幻'之后,故将真事隐去,而借'通灵'之说(脂残本脱此五字),撰此《石头记》一书也。"故曰"甄士隐云云"(脂残本作"故曰甄士隐梦幻识通灵",为回目首句原文,未加删节)。但书中所记,何事何人,

---

① 这是程乙本改后之文。脂京本原文如下:"列位看官,你道此书从何而来?说起根由,虽近荒唐,细按则深有趣味。待下将此来历注明,方使阅者了然不惑。……"影京本,页10,《校本》据有正本同。
② 《辑评》,页40,录自脂残本第一回:"若云雪芹披阅增删,然则开卷至此,这一篇楔子又系谁撰?足见作者之笔狡猾之甚……"又脂京本第五十四回前附页:"首回楔子内云古今小说千部共成一套云云……"见影京本,页1259。

(脂残本无"何人",下作"又因何而撰是书哉?")自又(脂残本无"又")云:"今风尘碌碌,一事无成……又何妨用(脂残本作"何为不用")假语村言敷演出一段故事来,以悦人之耳目哉?"(脂京本无此句,下作"亦可使闺阁昭传,复可悦世之目,破人愁闷,不亦宜乎!")故曰"贾雨村云云"(脂残本作"故曰'风尘怀闺秀'"。脂京本至此句断,无下文),乃是第一回题纲正义也。开卷即云"风尘怀闺秀",则知作者本意原为记述当日闺友闺情,并非怨世骂时之书矣。虽一时有涉于世态,然亦不得不叙者,但非其本旨耳。阅者切记之。①

此回中凡用"梦"用"幻"等字,是提醒阅者眼目,亦是此书立意本旨。②

此文前段引号内的"梦"、"幻"、"通灵"、"甄士隐",正是解释第一回回目首句"甄士隐梦幻识通灵"。后段中"贾雨村"和"风尘怀闺秀"是回目下句,尤为明显。前段和后段都是着重说明"开卷""第一回",正表示此文专为第一回而写,是回目的解题,不是全书的"总序"。

这篇文字在"故曰贾雨村云云"下面,程乙本无"乃是第一回题纲正义也"及以下八句,紧接"更于篇中兼用'梦''幻'等字","兼寓提醒读者之意"二句,作为结束。在脂京本中,"贾雨村云云"以下虽亦被删,但下文却是提行另起,作为另一段,文字也不同(引见上)。脂京本特别指出此回,正表示并非全书用"梦"、"幻"等字,只是第一回如此。可见此篇前面较长

---

① 本文引《校本》所据有正本,并用脂残、脂京两本对校。通行本全文至"贾雨村云云"为止,尽删"乃是第一回题纲正义也"及以下各句。实则"贾雨村云云"应连下文"乃是第一回题纲正义也"为一整句。俞《校本》在"贾雨村云云"断句,下句从"乃是"开头,句无主语,殊不可通。又按脂残本引回目第二句作"风尘怀闺秀",略去上文"贾雨村";脂京本引此句作"贾雨村云云",略去下五字,代以"云云"。上段引回目首句,脂残引全文,未删节,他本均作"甄士隐云云",略去下五字,代以"云云"。此犹今人节文,代以……但若此文为作者原文,不应在早期抄本中即被任意删节如此。及程乙本将"故曰贾雨村云云"下文全部删去,读者便不易看出这仅是第一回解题的序文了。

② 此为脂京本末段,另行起。脂残、有正本并无,下接七律一首。程乙本有此一段,但改"此回中"为"更于篇中",并删去末句。详见下文。

的一大段只为解释第一回回目"联语",即所谓"第一回题纲正义"。其所以要转述作者著书之由,乃是要替他辩护,此非"怨世骂时"之书——其实正是怨世骂时之书。后面较短的一部分是一种"读法指南",也说明此小序只为"此回"而写,并非全书的"总序"或"总引"。

其次是此篇的作者问题。以前研究《红楼梦》的人,大概都以为此文是曹雪芹自己写的。例如高鹗删一切脂评、题诗及许多回前的所谓"总评",而独不删此文,当然以为此是作者原文。胡适的《红楼梦考证》引此文"作者自云"至"以告天下"一大段,郑重其事地结论道:"这话说的何等明白!《红楼梦》明明是一部'将真事隐去'的自叙的书。"①俞平伯先生在"论作者的态度"一章中说:"雪芹自序的话,我们再不信,那么还有什么较可信的证据?"又引此篇中"更于书中间用'梦''幻'等字,都是此书本旨,兼寓提醒阅者之意",以为雪芹自序之证。② 他的《辑评》不辑此文,也认为这当然是作者自写的第一回正文的一部分,且各本皆有,自无需再录。其实问题并不如此简单。一般人判断此文作者,大抵以"语气"为标准。因为文中有作者用第一身称代名词的自白,如"其行止见识皆出于我之上"、"不可因我之不肖"、"未妨我之襟怀笔墨"等语,遂深信此篇为雪芹原文。其实这是莫须有的误会。如将此文仔细标点,则其中凡用第一身称代名词的字句,都应该在引号之内。如上文所引,此文第二句即是转述作者之语:"作者自云"。下面"自又云"以后,第一身称代名词才出现,这当然是别人引述作者之言,如何能把整篇文字当作是雪芹自己写的? 只因过去的抄本照例不加标点,后来的印本虽加标点而在引述语前后仍不加引号,③遂令读者误会,这是毫不足怪的。早期抄本的读者既把此篇误认为作者自写,有的抄本(如脂残的底本)又把它和"凡例"条下的"红楼梦旨

---

① 《文存》一集,卷三,页218～219。重点原有。
② 《研究》,页105,107。俞氏所引为高鹗改后的本子。
③ 解放以前的通行本,如商务本只断句,亚东本在此文中转引作者之语,均不加引号,胡适引脂残异文,亦不加引号(《文存》三集,页581～582)。1957年,北京人民文学出版社本在"自己又云"后加引号,但文末引号,应移至"不亦宜乎"之后。

义"并在一起抄录。但开首第一句"此开卷第一回也"又不像总摄全书之语,因见前几条"凡例",都用"是书"或"此书"开头,便也添上个"书"字,成为"此书开卷……",遂给读者一个错觉,以为这篇文字也是"凡例"之一部分。① 在别的抄本(例如"脂京底壹"和脂戚本的底本)中,这篇东西和前三条凡例并不抄在一起,只附在第一回之前,又把"凡例"删去,因此后人便以为这就是全书的"总引"。

其实过去的抄本虽照例不加标点,但在格式方面,凡与原本较近的本子,却也有个区别:例如脂残本把这篇文字低两格抄写,以示和正文不同。脂京本在第二十四回、第二十七、二十八、二十九各回回前附页上各段文字,也低两格抄写,足见"脂京底贰"的格式,是与此一致的。但有的本子(如"脂京底壹")把此文与第一回正文抄得一样,后来的印本尤其如此,再不低格,遂使读者觉得它与正文没有什么不同,更加强了"这是作者自序"的错觉。

再就内容而论,我们应该指出:第一,这一篇不是白话,而是浅近的文言文。第二,此文在脂残本、脂京本、脂戚本和程乙本之间文字出入很大,末段繁简不同,可见曾经多次修改——而且这些修改远在高鹗续作之前。第三,此文作者对读者用些教导的口气,如云"是提醒阅者眼目"、"阅者切记之",均直呼"阅者",不用"看官"。可见是另一人口气,评者的口气。文中又为作者辩护说:"虽一时有涉于世态……但非其本旨耳。"也可证明是另一人口气。关于"阅者"和"看官"的区别,看似无关宏旨,却是一个重要的分歧点。只要多看几条评语,便可找出一条规律:在脂本中凡作者直接对读者说话,一律严格遵守"说话人"的传统礼貌,称读者为"看官"、"列位看官"或"观者诸公",②从来不直呼"阅者"。但评者却只称"阅者"或"观者";③只有偶尔连带指及作者时,才称"看官",如"作者欲瞒看官"、"瞒着

---

① 例如胡适说这一段"虽可说是第一回的'总评',其实是全书的'旨义',故紧接'凡例'之后,同样低格抄写"(《文存》三集,页 581)。
② 例如影京本,页 10,386,387 等。
③ 同上,页 268,277,316,346,381,382,442,447,449,455 等。

看官"之类。① 又如"立意"、"本旨"、"题纲正义"、"本意"等，都是在评语中常见的字眼，而在全书正文中从不出现这些字眼。并且，这篇文字之后的那首七律"浮生着甚苦奔忙"，脂砚知道不是作者的诗。因为在"楔子"末了那首五绝"满纸荒唐言"上面，脂砚的评语说："此是第一首标题诗。"②可见前此的七律非作者原书所有，是别人后加上去的"评诗"或"题咏"。

综上各项证据，至少可得这样一个初步结论：第一回前面的"此开卷第一回也"一段文字及七律，并不是雪芹写的，也不是全书的"总序"或"引言"。过去误认为这是雪芹的文字，埋没了此文的真正作者。

第二回正文之前，各抄本也有一篇文字，共三百六十一字。在脂京本中，第一回末正文与第二回的故事完全衔接，并无"欲知后事如何，且听下回分解"的套语。但在这两回衔接的故事中间，即第二回正文之前，有一篇墨笔楷书，抄得和正文一样的一页半文字和一首七绝，把故事隔断。此文俞氏《辑评》及《八十回校本》均未著录，故全抄如下：

> 此回亦非正文本旨，只在"冷子兴"一人，即俗谓"冷中出热"、"无中生有"也。其"演说荣〔国〕府"一篇者，盖因族大人多，若从作者笔下一一叙出，尽一、二回不能得明，则成何文字。故借用冷子兴（原误作"冷字"）一人，略出其大（原误作"文"，据脂残校正）半，使阅者心中已有一荣府隐隐在心，然后用黛玉、宝钗等两三次皴染，则耀然于心中眼中矣。此即画家"三染法"也。
>
> 未写荣府正人，先写外戚，是由远及近，由小至大也。若使先叙出荣府，然后一一叙及外戚，又一一至朋友，至奴仆，其死板（原误作

---

① 影京本，页 441,444,450,453,474,590 等。
② 见《辑评》，页 41，辑自脂残、脂晋两本。若前一首七律为雪芹所作，则此五绝应为"第二首"标题诗。

"反",脂残不误)拮据之笔,岂作"十二钗"人手中之物也?今先写外戚者,正是写荣国一府也。故又怕闲文赘累,开笔即写贾夫人已死,是特使黛玉入荣府之速也。

通灵宝玉于士隐梦中一出,今又于子兴口中一出,阅者已洞然矣。然后于黛玉、宝钗二人目中极精极细一描,则是文章锁合(原误作"何",据脂残校)处,盖不肯一笔直下,有若放闸之水,然信之爆,使其精华一泄而无余也。究竟此玉原应出自钗、黛目中,方有照应,今预从子兴口中说出,实虽写而却未写,观其后文可知。

此一回则是虚敲旁击之文,笔则是反逆隐曲之笔。①

此文一开始作法与第一回的那一篇完全一样,也用"此回"冒头,也说到"本旨",接着解释回目中第二句"冷子兴演说荣国府",又说明先写荣国府"外戚"贾夫人之死,"是特使黛玉入荣府之速",也是解题性质。可以说与第一回前"引言"是姐妹篇。

这篇"引言"亦见于脂戚本,胡适也含糊地称它为"总评"。②《辑评》根本不"辑",大概俞氏认为这是作者自己的文字。在高氏改订的程甲本和程乙本中,则一并删去。可见程伟元和高鹗都认为第一回之前的"引言"大概是作者自己写的,而第二回之前的则决不出于作者之手。其实这篇"引言"和第一回的"引言",都是一种写给读者看的"解题"或"指南"。我们应该注意:在脂残本的前几回中脂砚的评语最密,有许多篇幅几乎每句有评;但这两篇"引言",虽然和正文一样用大字抄写,③却没有脂砚的只字评语。很显然,脂砚知道这些都不是作者的文字。这两篇"引言"其实是棠村的"序"文,原来是为雪芹的"旧稿"写的。这"旧"稿棠村命名为

---

① 影京本,页33~34。文后所附七绝,见本章第五节。影残本此序第二段开始衍三十八字,可知为其底本之两行,其余与影京本全同。唯影京本偶有误字,不可通处,已为后人臆改。
② 《文存》,页590~591。
③ 在脂京本中这两篇抄得和正文完全一样,并未低格。在脂残本则第一回序文低二格,第二回序文低一格抄写。

《风月宝鉴》。脂砚为纪念"已逝"的棠村,所以把他的"序"文仍旧保存("仍因")在雪芹的"新"稿中。这"新"稿已经脂砚评过,并定名为《石头记》,所以他觉得有必要在评语中加以说明,免得后人误认为是作者的文字或他的评语。但不幸脂砚没有在他的评本中每回之前标明"棠村序"一类字样,以致误会依然难免。① 过去的许多"红学家"都没有理解脂砚这条评语,因此也没有发现棠村的序文。脂砚并未在棠村每篇序文之下标明,这不能怪他,因为棠村写序文原未署名;脂砚自己写评,也没有署真姓名;甚至雪芹自己也没有署作者之名,只在"楔子"的下段含糊地带上一笔:"曹雪芹于悼红轩中披阅十载……"脂砚盖以为这是曹氏家内之事,②无需铺张其事。后因棠村逝世,才在评中顺便说到,以示不敢埋没序文作者之名。可是他的评语流传不广,见到的人也没有认真注意,到底把棠村埋没了,甚至于二百年来没有人认出他的序文。

第二节 脂评本中所存小序情况

脂本《石头记》中第一、第二两回正文前的短文既为棠村之序,我们自然进一步要问:以后各回有无序文,如有则保存情况如何?棠村究竟写了多少序文,现在能发现多少?关于这些问题,可以把脂残、脂京、脂戚三本中的所谓"脂评"——尤其是回前和回后的所谓"总评",加以梳剔整理,以求解答。

(一)脂残本* 就我们现在所知,除第一、第二两回的小序并见于脂残、

---

① 胡适以为这些是"总评",他说:"原本不但有评,还有许多回有总评。写在每回正文之前,与这第一回的序例相像,大概也是作者自己作的。"(《文存》,页590)俞氏因此不将第二回前的"引言"辑录。周氏《新证》则引上述脂评后,以为"这是脂砚说明所以保留《风月宝鉴》一名的原故"(页51)。今按《风月宝鉴》一名,脂砚早已取消,改用《石头记》,故有脂评《石头记》而无脂评《风月宝鉴》。脂砚所保留者,非棠村所定的书名,乃其所写的"序"和"题诗"。
② 脂砚为曹家人,说见下章。
* 编者附言:著者在自译稿此段旁注"此下须据影印本重写"。参看下注。改写后之文,请阅《残本脂评〈石头记〉的底本及其年代》、《〈风月宝鉴〉的棠村序文钩沉与研究》、《论〈石头记〉中的棠村序文——答伊藤漱平助教授》等文。

脂京、脂戚三本外,在脂残本的十六回中还有五回之前也都有所谓"总评":即第六回和第十三回至第十六回。这些所谓"总评",都是墨笔楷书,抄得和正文一样大,但比正文低一格,与第一回的凡例相像,而凡例则低二格。可见它们原来就和正文一起抄在脂残本的底本中,这些都是棠村序文。但是在回前、回后的"总评"中,夹杂一些本来是脂砚在另一本中的朱笔眉批、墨笔的双行小字评注,①详见下表。据此,可知在脂残本中,事实上还保存棠村小序至少七篇:即第一、第二、第六、第十三、第十四、第十五、第十六各回。再加考察,则知第二十七回之前、第二十八回之后的所谓"总批"、"总评",也是棠村序文;而第二十五、第二十六两回的序文,则在过录正文时没有预先抄在回前,只好由过录者仍用墨笔楷书抄在回后。② 如此则脂残本所存棠村小序共十一篇,即第一、第二、第六、第十三至十六、第二十五至二十八各回。(此残本仅存十六回,而后八回每回均有序文,可以约略推知棠村当时写序之勤,亦可见此八回自《风月宝鉴》"旧"稿改成《石头记》新稿,变动不大。)

(二)脂京本除第一、第二两回序文已如上述外,脂京本从第十二回起,有更多的序文为脂砚所保存,虽在前人著述中它们一律被误认为"总评"或"总批"。在"脂京底贰"中,似乎没有保存第十二、第十三、第十四、第二十三、第二十五各回的小序,因此在过录这几回到脂京本时,各回正文前都没有序,也没有后加的附页。但幸而它们都保存在脂砚的"工作本"(即"脂京底肆")中,后来把此本的朱评过录到脂京本时,即也用朱笔把这五回小序同时抄入。但因这五回的正文之前没有空白篇幅可抄,只好把第十二、第十四、第二十三、第二十五各回的小序,抄在回末的空白纸上;而第十三回的小序则抄在第二册的目录页后面,即第十一回正文之前

---

① 在残本影印以前,我的英文本《探源》只好根据俞氏《辑评》及《胡适文存》三集之文钩沉棠序。而《辑评》所记颇有讹误,最显著者如第二十七、二十八回回末"总评",俞氏则误为"回首总批"。残本中有以眉批为"总评"者,俞氏亦未注明。

② 据《辑评》,页420～421,第二十五回"总批"共四段,其中三段为棠村序文,六十六字(另一段"通灵玉除邪……"为脂评,被删并增益);页439,第二十六回"总批"一段,六十一字。脂残本中这种把小序遗漏和补抄的情况,在脂京和戚本中也有。

一页。① 这些后来补抄的小序和脂评,虽然都用朱笔过录,却有显著的不同,即序文的字抄得比评语大些。脂京本中另有十六回的小序(即第十七回、第二十四回、第二十七至三十一回、第三十六至三十八回、第四十一回、第四十二回、第四十六回、第四十八回、第四十九回、第五十四回),都抄在各回之前的附页上,墨笔楷书,与正文完全一样。② 这些都是棠村的序文而非脂砚的评语,可以从第十七回前附页的过录情况证之:这页上的序文共三十八字,后附本回题诗,抄得和正文一样,但题诗下面的评语,却抄成双行小字,和正文中所夹的脂评完全一样。③ 可见"脂京底贰"的抄书人清楚地知道序文和评语抄时应分别处理,不可混杂不分。第二十回的序文在抄正文时遗漏,但后来补抄在回末,也是墨笔楷书。

准此,脂京本中有二十四回保存棠村的小序或其残文,即第一、第二、第十二至十四、第十七、第二十、第二十三至二十五、第二十七至三十一、第三十六至三十八、第四十一、第四十二、第四十六、第四十八、第四十九、第五十四各回。其中第十二至十四、第二十三、第二十五各回则因底本来源不同,故用朱笔补抄在正文之后或他处。如用有正本及脂残本现存各回序文来对勘,可知脂京本中第一、第十四、第二十五、第二十七、第二十八各回的序文都不全。④

(三)脂戚本即有正印本。此本所存棠村序文,情况比较复杂。因有

---

① 见影京本,第十二回,页271,一段,九十八字;第十三回,抄在页240,两段,七十九字,五言绝句一首;第十四回,页305,两段,五十一字;第二十三回,页531,一段,六十四字;第二十五回,页585,一段,二十六字。此段在脂京本中为小序残文,因在脂残本中另有三段六十六字,故此序全文应为四段,九十二字。参看《辑评》,页202,204,222,388~389,420~421。
② 但回前附页上所抄的,不一定全是棠村序文,例如第廿一回前附页(影京本,页459~460)所录长评,无疑为脂评,其文体与棠村小序绝异(参看第九章第二节)。又如第七十五回前附页"暂记"之文,亦为脂砚文字,因其中所记"乾隆丙子"(1756)已在棠村死后若干年。
③ 参看影京本,页359;《辑评》,页256。这篇小序连诗和评语并见于脂配本和脂戚本。在脂戚本由有正书局印行时,评语仍为双行小字。
④ 例如第一回序文前的四条"凡例",约四百字及七律一首,即为脂京本所无。又在第十四、第二十五、第二十七、第二十八各回序文中所缺字数为二十四,六十六,八十八,三十一。其他序文见于脂残本而为脂京本所无者,为第十五至十六回,及第廿六回。参看《辑评》,页33,215,420~421,441,456,223,439;《文存》三集,页590~591。

正主人石印此本时，往往随意增删或改动字句。有些序文被割裂，分印在回前和回后。① 有些序文全部移在回末。② 其中有一部分的改动，大概在有正原有的戚序底本中即已如此。盖因原在《风月宝鉴》中某些回的序文，到了《石头记》中变成了别回的序，不得不移动，以致引起混乱。另外一些改动，却是因为有正主人误认序文为"总评"，而在《石头记》中某些回没有或太少评语，他以为把大段的"总评"分配在回前、回后，可以使这"评本"看起来更像样。有正本又有许多后人加添的评语，错杂在割裂后的序文之中，使情形更为杂乱。有些后添的部分，也许为戚蓼生所加，也许为有正主人狄葆贤或他的朋友所加。③ 这些后添的"总评"，形式往往是不自然的骈文，内容充满了佛教和道教的虚无主义和头巾气极重的儒家教条，④与其所评各回内容和脂评棠序都不相干。只要把有正本这些总评和保存在脂残、脂京两本中许多原有序文略一比较，便可看出很大的不同。所以二者很容易区别。在文体、字句、思想方面，棠村都自成风格。他的小序原意是作为一种"读者指南"而写的，所以各段开始往往是："此回……"、"此回文字……"、"首回……今题……"、"此文……前回……"、"题曰"一类提纲摘要或解题的字眼。⑤ 在文中又常有"前回"、"后回"、

---

① 例如第三十七回的序文在脂京本共有三段一〇四字，在戚本只有首段放在回前，后两段移在回末。在印书时，有正书局又把后两段移在第三十八回之前，作为该回"总评"，参看《辑评》页480，490。
② 例如第二十八回序文在脂京本中是回前附页，但在有正本则误作"总评"印在回末。(参看《文存》三集，页603)第三十六回序文同此情形。(参看《辑评》，页478)
③ 从有正本戚蓼生序文看来，他的文才很好，文学欣赏力也不低。有正本中许多肤浅的评语、拙劣的诗词，大概多半是书局主人的"贡献"。
④ 例如第一回末(《辑评》，页56，下同)，第八回末(180)，第十二回末(202)，第十三回末(214)，第十八回末(296)，第十九回末(329)，第二十二回末(381)，第二十三回末(389)，第三十三回末(475)，第三十四回末(476)，第五十八回末(549)，第七十三回末(575)各条总评。作为示例，姑引第二十三回末一段如下："诗童才女，添大观之颜色；埋花听曲，写灵慧之幽闲。妒妇主谋，愚夫听命；恶仆殷勤，淫词邪邪。开楞严之密语，阐法戒之真宗。以撞心之言，与石头讲道，悲夫！"这种文字，实在令人恶心。
⑤ 计每段用"此回"开始者共26次，用"此文"开始者共8次。第三十八回、第四十八回、第五十四回均为解题。

"后数十回"、"通部书"①一些前后照应的文句,都透示他曾见雪芹旧稿的全部。棠村的见解虽然有时也不见得高明,但他的序文倒也实事求是,或指书中主要情节、后文布局,或论各回大旨要点、前后伏线、描写技巧,等等;不说废话,不跑野马;偶尔谈到教训,也不至酸腐,发些牢骚,却没有做作。因此在有正本许多杂乱的"总评"中,仍不难发现其中有若干为脂残、脂京两本所无的棠村小序。试比较上文所引第一、第二两回的序文和前注所引有正本第二十三回"总批",便可看出二者之间毫无相同之处。在有正本中后添的评语即使夹杂在割裂了的原序之中,经仔细考察后仍不难区别。试看第七十六回前面的一段:

> 此回着笔最难:不叙中秋夜宴则漏,叙夜宴则又与上元相犯;不叙诸人酬和则俗,叙酬和又与起社相犯。诸人在贾政前吟诗,诸人各自为一席,又非礼。既叙夜宴,再叙酬和,不漏不俗,更不相犯。云行月移,水流花放,别有机括,深宜玩索。

如比较脂京本中的棠村序文,便可知前面一大段像是序文,末了那四句不伦不类,与上文全不相干的骈文是后添的蛇足。尤可注意者,这段后添的文字是四句十六字,所用比喻,又无非是"云"、"水"移动等字样。②在脂残、脂京两本所录序文和评语中,绝无这些隔靴搔痒、比喻失当的废话。可知这些骈文尾巴都是有正主人拖上去的,他大概以为这些尾巴很美,可以使他的"国初抄本"增光生色。

从有正本每回前后杂乱的"总评"中鉴别棠村序文或其残文,我的取舍标准是宁缺毋滥。凡稍涉可疑的文字,一概不取。有许多回前"总评",初看很像序文,可是略一考察,就可看出并非棠村所作。例如今本第七十

---

① 例如脂京本第廿八回前附页(631),廿九回前附页(661),卅七回前附页(837)。括号内为《辑评》页码。
② 这位评者专喜写这类自以为漂亮而其实毫无意义的滥调,如第三十三回末的"总批"末段说:"蒙头花柳,谁解春光? 跳出樊笼,一场笑话。"也是四句十六字。(《辑评》,页475)

四回前的一段，很易使人误认为是序文，但文中说到第七十一回和第七十三回中的故事，而这些回数均指修改后的《石头记》分回，不是棠村所序的《风月宝鉴》"旧"稿，则除非此文已被后人改过，决不可能为棠村所作。又如第七十五回、第七十八回的分回也有问题（说详后），则有正本中第七十五回前后的"总评"也非棠村原序。

有正本中所存棠村序文或其残文，经初步分析整理后，共得三十四篇：即第一回、第二回、第六回、第十七回、第二十回、第二十四回、第二十七至三十一回、第三十六回、第三十七回、第三十九回、第四十回、第五十至五十三回、第五十五回、第五十六回、第五十九至六十一回、第六十四回、第六十五回、第六十九回、第七十一至七十三回、第七十六至七十八回、第八十回。*

（四）脂配本，即所谓"己卯本"。据俞氏《辑评》，脂京、脂残所存序文，同见于脂配本者共八篇，即第一、第六、第十七、第二十、第三十一、第三十六至三十八各回。①

总结上文，四本所录序文合计共七十七篇，其中许多篇是四本共有的，但互有长短不同，除去重复，现存棠村各回小序凡四十九篇。②

第三节　从棠村序文看雪芹"旧"稿

棠村在雪芹"旧"稿中一共写了多少小序，是否《风月宝鉴》一百回中③每回都有序，现在当然已无法知道。但就各种迹象看来，现已发现的四十多篇一定不会是他所写的全部，理由如下：

（一）雪芹把他的"旧"稿改成《石头记》，全书至少当有一百一十回或

---

* 编者附言：著者在英文本中论及有正本保存棠序情况一段旁自批："今按四十回后之总评皆后人新加，此段应改正。"在其以后的专论中，有正本第四十回后的棠序只保留了第六十四回一篇。见《〈风月宝鉴〉的棠村序文钩沉与研究》。

① 见《辑评》页131、256、342、473、474、478、480、491。参见本书表七。
② 参看本章前面的两个编者附言。
③ 《风月宝鉴》原约有百回，说详下。

一百二十回。今本八十回,可能只占旧稿六七十回。第八十回以后的稿子既早已失去,则旧稿中第六七十回以下的小序,自亦随之亡佚。

(二)在今本八十回的范围之内,有许多小序一定已被删去或节略。因改后的有些故事已与写序时的"旧"稿不同,则必有若干《风月宝鉴》的"旧"序已不适用于《石头记》的"新"内容,使脂砚无法"仍因之",只好割爱。例如脂京本第二十二回之前,加了附页,但只有一条书题:"脂砚斋重评《石头记》",其余全是空白。我们知道,回前附页本为抄小序而加的,这里有附页而无文字,则必原有小序,抄时因某种原因而删去。

(三)各抄本辗转过录时,很有可能随时被抄书人把序文删去或遗漏。也可能先抄时据正文本,原无评语序文,后来又据较全的本子补抄序文,但仍未补足。① 即使在现有的若干脂本中,各回序文往往此有彼无。(参看表七)在早期的许多抄本中,第一回的序文之所以能保存下来,是极偶然的,只因序中转述作者之言,用了许多第一身称代名词,而古本向无标点引号,遂被误认为作者自写的引言而没有删去。但即此第一回序文在各本中仍有或多或少的删节。

(四)脂残本仅有残剩的十六回,即第一至八回、第十三至十六回、第二十五至二十八回。可是在这残本中,前八回有三篇,后八回每回都有一篇序文。在脂京本中,也有许多回数连续的每回都有序文,如第二十三至二十五回、第二十七至三十一回、第三十六至三十八回,有正本中如第五十至五十三回、第五十九至六十一回、第七十一至七十三回、第七十六至七十八回,也都是连续的每回都有一篇序文,或其残文。

上述(一)(二)(三)各点,说明棠村为《风月宝鉴》所写序文,不论为数若干,决不可能全部保存于脂评《石头记》八十回抄本中。第(四)点说明一种可能,即棠村在死前已经完成了为《风月宝鉴》每回写一篇小序的工

---

① 如脂京本第一至十一回全无评,自第三至十一回全无序,其底本("脂京底壹")即如此。又如第十七回、第二十四回、第二十七至三十一回、第三十六至三十八回等各回回前皆有附页补抄序文。但第二十二回前虽加了附页,并在上题了书名(影印本,页485),准备要补抄序文,可是始终没有补上。这都是原底本("脂京底贰")如此。

作,有的也许很短,只像笔记,①那些短札或仅为初稿,尚待补充组织。较长的几篇,②则是定稿。如果这个推论不错,则今本《石头记》中各回所附序文,正可作为一种标志,用以测知雪芹初稿中"旧"有的是哪几回,并可帮助我们了解作者当年修改旧稿的过程和大致情形。

首先,我们可以说,凡是脂本中连续好几回每回都有序文的,则其旧稿改动程度不大,或竟未经改动,至少可说这几回的分合与旧稿相同。关于这些回内容上大致无问题,只有在回数的次序上,当然要比旧稿的次序推后些。

其次,我们还要知道:今本回数比旧稿推后几回?这要看某回序文的内容与所序故事在今本第几回中,方可推定。但也只限于序文中说到回数的那些回,别回仍难确定。例如脂京本第四十二回之前的附页(影印本,页959)上所录序文说:"今书至三十八回时,已过三分之一有余,故写是回。"可知这本来是第三十九回的序文,在脂本中因内容关系,只好装在第四十二回之前;则在前四十一回中,新稿比旧稿扩充了三回。从"三十八回已过三分之一"一语,又可知棠村所见的《风月宝鉴》至少当有百回。这篇序文也很短,只有五十九字,可能原序还要长些,但因其中有些话与改后《石头记》中的故事不同,已不再适用,遂为脂砚删去,也未可知。

又如脂京本第四十七回与第四十八回之间附页上的小序,其内容也可注意。序文第一段说:

> 题曰"柳湘莲走他乡",必谓写湘莲如何走。今却不写,反细写阿呆兄之游艺了心。却(?)湘莲之分内走者,而不细写其走,反写阿呆不应走而写其走,文牵(章)岐(歧)路,令人不识者如此。

按理这附页在第四十八回之前,应为本回之序,而"柳湘莲走他乡"则

---

① 如脂京本第十七回,第三十回,第三十六回等回回前附页所录。
② 例如第一回,第二回,第三十八,第四十一各回。

是第四十七回之回目题文,阿呆兄薛蟠之走,则又分明在今本第四十八回之中。而且脂京本第四十七回回目下句作"冷郎君惧祸走他乡",不作"柳湘莲……",其他各本亦如此。由于这些小矛盾,我们可以看出:当棠村为雪芹"旧"稿写这篇序时,这两回并未分回。其回目是"柳湘莲……走他乡",不是"冷郎君……",并且这是回目中的上句,不是下句,故棠村引作"题曰",后因《石头记》"新"稿扩充,这一回析而为二,遂把原在本回回目的上句,改成上一回回目的下句,文字也稍加整理,便成了现在各本的情形。

在这里不妨提到一个看来绝不重要,因此素不为人注意的问题,即在脂京本中,每回的回数与回目之前,有一行顶格抄写的书题卷次:"脂砚斋重评石头记卷之。"但卷数照例空着不抄,有时连"卷之"二字也省去。其实这行书题卷次既在各回的前面第一行,则一回即一卷,回数应与卷次相同,何以有回数而不抄卷次?又凡在回前所加,抄录棠村"序文"的附页上,也必有一行书题:"脂砚斋重评石头记"。此行抄得比序文高一格或两格,但连"卷之"二字也省去,且无回数。由此可见原有序文的"旧"底本(即《风月宝鉴》)其卷次回数,与今本《石头记》的回数很不同,故抄时只好一律从略,而仅留标题遗迹。尤可注意者,别的附页上的序文照例从每页的右面抄至左面;如序短不足一面则空白部分自在左半。但这第四十八回前的附页上,既没有"脂砚斋重评石头记"一行标题,而序文又抄在左边的最后四行,右边(即前面)却留着约六行的空白。*这是什么缘故?唯一可能的解释是:这篇小序只抄了后小半,前面的大半篇五行,连书题回次一行,已因与改本的故事及回次不同而删去。又如第二十二回前的附页上,除了一行书名标题外,全页是空白,可知原本是有序文的,因后来已不适用,只好割爱。据此回回末附页脂评说:"此回未成而芹逝矣,叹叹。丁亥(1767)夏,畸笏叟"(影印本,页513),使我们知道这第二十二回是雪芹

---

* 编者附言:此处所说情形在 1955 年初印本,而 1975 年人民文学出版社重印本将此棠序残文自左半移至右半页,不但失去本来面目,且不能表示原应有标题行之痕迹。

生前最后修改的各回之一。

与上文所举第四十八回前序文类似的例子是有正本第七十六回的序文,说到"中秋夜宴""诸人酬和""在贾政前吟诗"(引文见前第二节)诸事。但这些事都在今本第七十五回的最后几页中;而同回前面的三分之二以上是记中秋前夜贾珍在宁府聚赌及祠堂叹声。我们可以想象:在"旧"稿中,上一回只叙至贾珍聚赌及祠堂叹声为止。今本第七十五回的最后几页(即中秋夜贾母在园中赏月,贾政讲笑话等事),所记均为次日之事,与今本第七十六回黛玉、湘云月下联句是一整回。但可能在"旧"稿中联句诗尚未写入,或初稿之诗较短,故篇幅相当。且贾母赏月与黛、云联句,同在一园之内,同为一夕之事,原不必也不应割裂,将一部分故事并入贾珍上夜在宁府聚赌之一回中。后因联句诗又有妙玉参加,篇幅太长,遂将贾母赏月,"诸人酬和"之事,分割出来,并入上回。结果是这一回原有回目不再适用,直到乾隆二十一年(1756)五月还是空着。脂砚在"对清"时才建议"开夜宴"、"发悲音"一些字句,后来即用作今本第七十五回的回目。①

由此可见,棠村序文的发现,不但可以把它们和脂评区分出来,并且由于确知这些序文写于甲戌(1754)以前的《风月宝鉴》旧稿,因而把它们的内容与今本《石头记》比较之后,使我们更清楚地了解雪芹写作此书的过程。如果像过去的"红学家"一样,把棠村小序误认为脂砚总评,则至少有若干疑难无法解释。例如,脂砚既为《石头记》再三写评,为什么会把《石头记》的回数都弄不清楚? 如为一时之误,何以誊清时放在各回前的附页上,还不改正? 何以某回的"总评",会评到上一回或下一回的故事上去? 今既知其为棠村旧序,则一切疑难皆涣然冰释了。

第四节　棠村小序在研究上的价值

过去学者研究脂评,有一最大困难,即各本中的评语数量太多,种类

---

① 影京本第七十五回前附页,页 1799。

庞杂，又不易分辨何者为脂砚所写，何者为他人作品，以致产生许多猜想。① 甚至于说所有评论都是作者曹雪芹自己写的，②仿佛雪芹也学会了"美国生活方式"，会做"自我广告"。我想这是对他极大的侮辱。对于脂砚斋的评价，有时也不免犯同样的错误。例如上文所引第四十二回的小序说：

> 钗、玉名虽二个，人却一身。……故写是回，使二人合而为一。请看黛玉逝后宝钗之文字，便知余言不谬矣。

曾有人以为此即脂评，以其与今本《红楼梦》内容不符，故认为脂评无甚研究价值。若此果为脂评，则其见解殊可疑。今既知此为棠村小序之文，而其所述为《风月宝鉴》之旧文，则又当别论。棠村对文学的理解和欣赏力不如脂砚，他的序文中常有不成熟或不合作者原意的意见，③远没有脂砚的了解透彻。从本书内容及脂砚的无数评语看来，"钗、黛合一"之说是全无根据的。棠村所见"黛玉逝后宝钗之文字"，也许原在雪芹旧稿之中，但那段文字是否如棠村所了解"钗、玉名虽二个，人却一身"，却大是问题。且雪芹既不满意他的"旧"稿而改为《石头记》，则旧稿纵有此话，也不能代表《红楼梦》作者的意见。这条序文，至多只能说明：棠村知道在雪芹写作过程中，曾一度对某一故事怎样处理。但这故事不必即为改后的《石头记》所有，更不能认为这是作者最后的意见。

---

① 例如俞氏在《辑评》"引言"（页13）中说"脂砚斋是谁？畸笏叟是谁？……既有两个名字，我们并没有什么证据看得出他们是一个人。"（按脂砚、畸笏为一人，证据已见第六章第一节。）又说："所谓真的脂评，有作者的手笔在内。"（此说亦非，见上章。）又说："松斋或即脂斋，从松脂联想的。……有正本第四十一回，总评为一诗，下署'立松轩'，不知即松斋否？"（页12）
② 见《近著》，页408。参看本书第一章第一节："在1933年胡适……"一段。
③ 例如第一回序文中转述作者之语，把"贾雨村"解释为"假语村言"。实则"甄士隐"既为"真事隐"而非"真事隐藏"，则"贾雨村"原意为"假语存"，不必增一"言"字以曲解"村"字。"真事隐"与"假语存"为对文，用以代入第一回回目，则"真事隐梦幻识通灵，假语存风尘怀闺秀"，若下句作"假语村言风尘怀闺秀"，尚成何文理？

又如残本第六回回末一条"总评"说："借刘妪入阿凤正文,送宫花写'金''玉'初聚为引,作者真笔似游龙,变幻难测……"若此条真是脂砚总评,则殊不可解。因刘姥姥进荣府,周瑞家的送宫花,宝玉到梨香院访宝钗,互看金锁佩玉之事在《石头记》中分属于第六、第七、第八的三回中,而此条兼述三事,可证非今本脂评,乃旧稿《风月宝鉴》中棠村序文。这三个故事在"旧"稿中是一回,后扩充至三回。

因此,我们对于棠村小序本身的估价,不能太高。这些小序的发现,只有在研究《红楼梦》早期的历史上有些帮助,与文学批评毫无关系。如果我们把它们当作文学理论,作为讨论《红楼梦》思想的材料,就会引入歧途。小序的作用,只能帮助我们了解一些较专门的问题：

(一)研究雪芹著作过程,即《红楼梦》一书在1754年以前的情况；

(二)推知作者"新""旧"稿的异同,测定今本《石头记》中所存旧稿部分；

(三)比较各抄本成分,帮助了解其年代；

(四)区别脂砚评语,更正确地估价脂评。

关于(一),我们可以从序文推知《风月宝鉴》约有一百回,其分回起讫与今本不同。亦可推想今抄本《石头记》第十七、十八回不分回,当是《风月宝鉴》原来如此。又在"旧"稿中第六、七回不分回(或第六、七、八回)。又如旧稿之前三十八回,相当于今本之前四十一回。关于(二),我们至少可以假定有小序的四十九回,是旧稿原文,未经改动或改动不多。关于(三),以比例而论,脂残本十六回中有十一回保存小序,约为68.7%。脂京七十八回中只有二十五回有序,比例最小。戚本从第五十回后,很少脂评,而都保存了十九篇小序。我们既知序文写于脂砚甲戌重评之前,则戚本这一部分之底本必早于"脂京底叁"。关于(四),如果小序、脂评二者混杂不分,则有许多要靠脂评解决的问题,如雪芹与脂砚年龄的比较、八十回后原本《红楼梦》的内容等将不能获得正确的结论。当然,对小序的发掘刚刚开始,在应用时仍须慎重,例如八十回中无序的三十一回,可能有些回原来有序,以后失去了。有序的四十九回,也许曾经大量改动分配。至于雪芹几次改稿的情形,尚须从书中内证及脂评对勘比较,在下文第四卷第十二章将有较详的论述。

第五节　序文后的题诗(附表七)

最后,附带说一下序文后面的题诗,这些诗的作者和它们与雪芹"旧"稿的关系。

在上述四个本子中,许多序后有诗,有正所印戚序本,题诗尤多,甚至在回末也有诗。有正本的诗,并非全为原抄本所有,具详下文。但经与脂残、脂京对勘,知其中有些诗确在戚蓼生旧藏的脂评本内。我们现在先要确定,哪些诗是雪芹所作？其次,那些不能确定为雪芹的诗,是谁的作品？就脂残、脂京而论,可能性最大的当然是脂砚和棠村。但脂砚有时也在诗下加评语,有的他也明白指出是雪芹之诗。有时原抄本所没有的,他写完了评,随笔添上。照这些情形看,他似乎不是这些诗的作者。别的旧小说中的题诗,如为作者自作,照例在每回回目之后,正文之前。而在抄本《石头记》中,这些诗都紧接在棠村序文之后,有的附在另页,与正文脱离(如脂京本)。因此,如果在脂砚与棠村二人之间,我们必须选择一人,则似乎这些诗为序文的作者所作,可能性要大些。就某些诗的本身而论,有时也透露出诗的内容与所题本回的故事不尽相符,可以推知原诗本为未改前的《风月宝鉴》某回而写,则可定为棠村所作。反过来说,既知其为题"旧"稿之诗,则其内容亦可帮助我们了解一些雪芹"旧"稿的情形。兹就各本所存之诗,分别简述如下：

脂残本中存诗共五首。第一回紧接序文之后有一首七律：

> 浮生着甚苦奔忙,盛席华筵终散场,悲喜千般同幻渺,古今一梦尽荒唐。谩言红袖啼痕重,更有情痴抱恨长。字字看来皆是血,十年

辛苦不寻常。

上文已说到：脂砚在评第一回正文中"满纸荒唐言"一诗时，已指明这首七律不是雪芹的诗。但即使没有这条脂评，只须看这诗中不但分指男女主角，且称颂作者的"十年辛苦"，显然不是作者自己的话。第二回序文之后、正文之前的七绝，有"诗云"二字冒头：

一局输赢料不真，香销茶尽尚逡巡。欲知目下兴衰兆，须问傍观冷眼人。

在脂残本中，脂砚的评语说明此诗为雪芹所作。①

第六回序文之后、正文之前的五绝，有"题曰"冒头：

朝叩富儿门，富儿犹未足。虽无千金酬，嗟彼胜骨肉。

此诗第二句文义不明，与下文也不相连属，若作为绝句，亦不合律。又在脂配本中则不在正文之前，系录在另一纸上，夹入书中，可知非作者原有。②

第七回前的七绝，也有"题曰"二字，诗云：

十二花容色最新，不知谁是惜花人。相逢若问名何氏，家住江南姓本秦。

---

① 影残本，总页 22 上，朱笔夹评："只此一诗便妙极。此等才情，自是雪芹平生所长。"参看影京本页 34。此诗及脂评，俞氏《辑评》均未收。
② 《辑评》，页 131。有正本亦录此诗。但有正本前面的七绝是后加的，非脂本所原有。周氏《新证》(页 650)据有正加诗末句"银灯挑尽泪漫漫"，以为乃脂砚所作，因以证脂砚为女性，实为大误。且此句乃套《长恨歌》"孤灯挑尽未成眠"，岂能证唐明皇亦为女性？又安知唐宫所用，不是"银灯"是瓦灯？

也在回目之后,正文之前。①

第八回正文前的七绝,也有"题曰"冒头:

> 古鼎新烹凤髓香,那堪翠斝贮琼浆,莫言绮縠无风韵,试看金娃对玉郎。②

此诗可能为脂砚所作。第三句中"绮縠"为"绮笏"之谐音,否则全句即不可解。此谓"畸笏"当年颇有风韵,故金娃(宝钗)愿对玉郎(宝玉)。这个"对"字作"匹配"解。脂评每用谐声字解释书中人名,故在此诗中用"绮縠"谐"畸笏"。

脂残本现存五诗之中,除第二回及第八回前二诗外,余三首可能为棠村所作。

脂京本中除第二回前之诗同见于脂残本外,另有第十三回、第十七回前二诗。十三回前的五绝,在"脂京底贰"中没有与正文同抄,是后来连序文一起用朱笔从"脂京底肆"上补抄在第二册目录页的后面。诗曰:

> 一步行来错,回头已百年。古今《风月鉴》,多少泣黄泉。③

这当然是题"旧"稿《风月宝鉴》中一回之诗。"一步行错"指可卿失足,后来自缢之事。若说此诗亦可能为雪芹自作或脂砚补题,则须知在《石头记》中,雪芹因脂砚之劝,已改去可卿失足自缢的原文,此诗若是作者"旧"稿中文字,自不宜再录。想必出棠村手笔,脂砚伤棠村之逝,故将此诗连"旧"序一并录存。第十七回前附页上的五绝:

---

① 《辑评》,页144,以此诗为"甲戌眉批",当系衍有正本而误。
② 《辑评》,页160。
③ 影京本,页240;《辑评》,页204。

豪华虽足羡,离别却难堪。博得虚名在,谁人识苦甘。

有脂砚评语:"好诗全是讽刺……"①可定为雪芹原作。因脂砚照例不在棠村的序文或题诗上加评。据此,可知棠村题诗在脂京本中只保存第十三回前一首五绝,还是后来补抄上去的。事实上,如以脂残及有正本对勘,则可知在脂京本的三个墨笔底本中,所有棠村题诗都已被删去。

脂戚本——即有正石印本——所保存的棠村题诗,除并见于脂残、脂京两本,已如上文所述者②外,多出了三首:即第四回、第五回和第五十四回前的七绝。至于第四回回前的二诗,其前一首七律,乃有正印时所加。③后面一首绝句说:

请君着眼"护官符",把笔悲伤说世途。作者泪痕同我泪,燕山仍旧窦公无。④

既云"作者……同我……",则此诗当然非雪芹所作。

第五回前的七绝,也用"题曰"冒头:

春困葳蕤拥绣衾,恍随仙子别红尘。问谁幻入华胥境?千古风

---

① 影京本,页349;《辑评》,页256。此诗亦见于脂配本及戚本。脂评在脂京本及戚本中皆为双行小字,与正文中评语相同,且与正文同用墨笔,为同一抄胥所过录,可知此评写于脂砚第一、二期评语时期,即在1754年以前。
② 即第一回、第六回、第七回。
③ 此诗恶劣不通,首联云:"阴阳交结变无伦,幻境生时即是真。"全诗与本回内容毫无关系,可谓"文思缠夹语无伦"!
④ 《辑评》,页96。按"燕山"一典,似用窦宪破匈奴,班固为作燕然山勒石铭文之事。此书第一回"楔子"称其故事记于"石头",著书地点又是北京(燕山),故用此典,语意双关,但不甚切。若以雪芹比班固,则诗中之窦公当为曹氏先世之曾有边功者,今曹氏衰落,更无如窦公其人者,故有第三句之悲叹。(编者附言:著者后来在《辑评》此诗上有眉批说"亦可能非棠村作"。)

流造孽人！①

此诗深责可卿，大概原来也是未改之前《风月宝鉴》中的文字。
第五十四回前一首七绝：

> 积德于今到子孙，都中旺族首吾门。可怜立业英雄辈，遗脉谁知祖父恩。②

是针对"除夕祭宗祠，元宵开夜宴"一回而言。但此回今在第五十三回，则可知原诗所题的回数，与今本不同。这又是从《风月宝鉴》改编为《石头记》时分回互异，以致引起错乱。既知此诗原是为"旧"稿所题，则必为棠村作品。诗中所谓"祖父恩"，正指曹寅。寅于棠村为祖辈，于脂砚为伯叔辈，亦可证此为棠村之诗而非脂砚所作。

综上所述，脂戚本中所存棠村题诗，除与脂残、脂京重复三首外，多出

---

① 见《校本》，页 45。《研究》，页 197 亦提到此诗，但《辑评》却不录，只录有正本所添的一首不全的《一剪梅》，其首三句是专驳此诗的："万种豪华原是'幻'，何尝'造孽'？何是'风流'？"
② 《辑评》，页 539。按曹家迁北京后，雍正十三年（1735）乾隆即位，即加优恤，有诰命追赠其先世（见《新证》，页 422～423 引），故首句云"积德……到子孙"，次句"都中"实指南京，但书中故事既以"长安"为背景，则题诗自应照称"都中"，以求一致。脂残本第四回"护官符""贾不假"条下注云："宁国、荣国二公之后，共二十（原作十二，误）房，除宁、荣亲派八房在都外，现住原籍者十二房。"（影残本，总页 53 下）曹氏原为旺族，但 1715 年曹颙死后，曹寅嫡系即断，唯曹頫承继为织造，乾隆即位后，又得内务府职位，故曰"首吾门"。参看下文第十章第二节。

三首，共计六首。①

总结上文，棠村题诗现存于脂残本者三首，在第一、第六、第七各回之前；存于脂京本者一首，在第十三回前；存于脂戚本而为有正本杂于后加的诗词之间者六首，即在第一、第四、第五、第六、第七、第五十四各回之前；脂配本亦有第六回一首。除去重复，三本共有七首：即第一、第四至第七、第十三、第五十四各回。*

---

① 有正本中另添了许多诗词，有的平仄舛错：如第二十一回七绝（《辑评》，页 363，下同）："不惜恩爱为良人……俗子妒妇浑可笑……"第四十回前七绝（499）："两宴不觉已深秋，惜春只如画春游。"第四十二回前七绝（503）："见得古人原立意，不正心身总莫论。"第四十三回前七绝（505）："了与不了在心头，迷却原来难自由。"第六十四回末七绝（557）："父母者于子女间，莫失教训说前缘。"这些劣诗，真是"浑可笑"。有的词文残缺：如第五回前之《一剪梅》（108）缺末三句；第二十回（330）、第二十二回（364）、第七十九回（602）前面各词为《西江月》，每首只作成半首，而其中又有平仄韵脚错误；第二十八回末（470）为《菩萨蛮》上半，但平仄韵脚不合；第四十四回（511）前的半首《南歌子》，平仄又误；第四十七回（521）前之《点绛唇》平仄韵脚俱误。有正印时故意删去词调名，使读者不便查对，以掩其舛错不全。这些诗词大都恶劣不堪，甚至文义不通。除上文已引者外，他如第二回末（70）七绝"何妨黛玉泪淋淋"，第三回前（71）、第十回前（189）、第十一回前（191）、第十七回末（275）的七绝，均庸俗不堪。第三十六回前（478）七绝云："划蔷亦自非容易，解得臣忠子也良。"龄官画"蔷"怎能"解得臣忠子也良"？真是冬烘到不知所云。这些劣诗似出一人之手，其思想内容之肤浅贫乏是一致的，例如第六、第八、第十、第十一、第十二、第十三各回共有六首七绝，却有五首只在一个"幻"字上做文章："总是幻情无了处"、"幻情浓处故多嗟"、"新样幻情欲收拾"、"幻梦无端换境生"、"幻中梦里语惊人"。又如第二十六回前一首曲子，末两句说："真真假假事甚疑，哭向花林月底"，同回末了又是一曲子，末句说："罔多疑，空向花枝哭月底"，显系一人所作，而其人之思想贫乏可见。平伯先生为了求备存真，把有正本中一切评语诗词都辑入，供给研究者许多材料，这是我们应该感谢的。但如果这些有正后添的评语诗词给人一种错觉，以为是脂砚的作品，因此认为脂砚的程度不过如此，那就很不幸。

* 编者附言：《〈风月宝鉴〉的棠村序文钩沉与研究》一文中未专门讨论棠村题诗问题，残本第一回后的诗亦未录，但在辑录第六、第十一，以及第十七回的序文之后随录了题诗。又著者在编制下表时尚未见到影残本，仅据《辑评》及胡适文中提到情况，故有些回的段数、字数过录情况与实际有出入。

表七 各脂本《石头记》中所见《风月宝鉴》中棠村小序表

今本回数	各个脂本	《辑评》及(影京本)页码	段数:字数	过录情况
一	各本皆有	(9～10)	贰:339a,诗	回前
二	脂残 脂京 脂戚	(33～34)	壹:361b	同
六	脂残 脂戚 脂配	131	壹:80,诗	同
十二	脂京	202(271)	壹:98	回后
十三	脂残c 脂京	204(240)	贰:80,诗	参看d
十四	脂残c 脂京	222(305)	贰:51	回后
十五	脂残c	223	壹:53	回前
十六	脂残c	574w	17……x	同
十七	脂京 脂戚 脂配	256(349)	壹:38	同
二十	脂京 脂戚 脂配	342(457～458)	贰:156	回后
二三	脂京	388～389(531)	壹:64	同
二四	脂京 脂戚	390(533)	壹:58	回前
二五	脂残 脂京	420～421(585)	肆:92	回后
二六	脂残	439	壹:61	同
二七	脂残 脂京 脂戚	441(609)	肆:132e	回前
二八	脂残 脂京 脂戚	456(631)	叁:89	回前又回后f
二九	脂京 脂戚	471(661)	贰:67	回前
三十	脂京 脂戚	472(689)	叁:48	同
三一	脂京 脂戚 脂配	473(711)	贰:56	同
三六	脂京 脂戚 脂配	478(815)	壹:47	同
三七	脂京 脂戚g 脂配h	480(837)	叁:104	同
三八	脂京 脂配	491(867)	壹:92	同
三九	脂戚	498	壹:71	回后
四十	脂戚	500	壹:36	同
四一	脂京	501(937)	壹:112	回前
四二	脂京	503(959)	壹:59	同

(续表)

四六	脂京	518(1055)	贰:41	同
四八	脂京	522(1105)	贰:84	同
四九	脂京	525(1129)	壹:13	同
五十	脂戚	527	壹:73	同
五一	脂戚	530,531i;	肆:242	回前又回后
五二	脂戚	534~535	叁:148s	回后
五三	脂戚	536,537~538	叁:275	回前又回后
五四	脂京	539(1259)	壹:83,诗j	回前
五五	脂戚	541	壹:24	同
五六	脂戚	543	壹:34	同
五九	脂戚	550	壹:54s	同
六十	脂戚	551	壹:57	同
六一	脂戚	553	壹:67s	同
六四	脂戚	557	壹:97	同
六五	脂戚	558	贰:116	同
六九	脂戚	563	壹:83s	同
七一	脂戚	566	壹:24	同
七二	脂戚	568	壹:57	同
七三	脂戚	571	壹:71	同
七六	脂戚	587	壹:90sk	同
七七	脂戚	591	壹:54	同
七八	脂戚	595	壹:71	同
八十	脂戚	606	壹:30	同

说明:各本序文重出多寡不等者,在计算段数、字数时,以最长者为准,其分段互见各本者,以合成一篇后计算。

a 序文及字数各本互异,脂残、脂戚两本中最后七十字不见于脂京;脂京中最后一段二十五字不见于脂残及脂戚。序末七律仅见于脂残。

b 《辑评》未收,参看《文存》三集,页590~591。

c 《文存》三集,页591。

d 因十三回无空可抄,录于第十一回前。

e 脂京、脂戚只有首段四十四字。

f 按《文存》页603,在脂残、脂戚中此"总评"在第二十八回末。脂京则在回前附页。《辑评》作"回前总评'庚辰'(甲戌、有正同)"。

g 在脂戚中首二段误置于第三十八回前,参看《辑评》按语。

h 脂配只有首二段六十七字。

i 此页上三段应置于页530第一段之前。此为有正本拆散序文,分置回前、回后之例。

j 此诗在脂戚中在第五十四回前,而无序,实为第五十三回作,误置于此。

k 此段末十六字四句骈文为有正后添。其他类似窜入之文,常在段末。

s 文字似经篡改。

w 《文存》三集中页码。

x 胡适只引十七字。

总结:曹雪芹的弟弟棠村(即"东鲁孔梅溪")曾为《红楼梦》的"旧"稿《风月宝鉴》写了许多小序,可能是每回一篇。现已从四个脂本《石头记》中发现了四十九篇。其在脂残和脂京中者,过去被认为是作者写或脂砚的"总评",现在看来是棠村小序无疑。就脂残本而论,脂砚在第一回中的评语"雪芹旧有《风月宝鉴》之书,乃其弟棠村序也"云云,是最确切明白的证据。就脂京本而论,所有在各回前附页上的文字,都是用墨笔楷书抄得与正文完全一样,其唯一不同的是比正文低二格。这正与脂残本中第一、第二各回序抄得低二格或一格是同一"版式"。在百二十回本《红楼梦》中,只有第一回的小序,因久被误认为作者的"引言",所以还保存在后来一切刊本之中,但已经高鹗删改。旧小说由于话本的传统,每回之前常有题诗。棠村也替雪芹在许多回前写了题诗。这些小序或题诗,既为"旧"稿而写,自在脂砚评《石头记》之前。序文内容,如说到"前后照应"、"后文伏线"等等,又和后来的脂评有相似之处。可能脂砚受了棠村的暗示,才开始写评。小序是每回的解题或读者"指南",意在扼要说明其内容;脂评则选择书中主要段落或文句,详细批注。正如《汉书》是班彪、班固、班昭一家三人的集体合作,连评带序的《石头记》,也可说是曹家三人的合作结果。

棠村在"小序"中所表现的思想,有时显然与作者原意和脂评都不符。作者不愿意采用棠村所定《风月宝鉴》作为书名,可见其主旨不在"风月"故事。我们不可把棠序和脂评中的思想混同,棠序只能帮助我们了解作者成书的过程,分析新旧稿本的异同,不能作为批评《红楼梦》的根据。

第八章　脂砚斋与作者及本书之关系

脂砚与作者的关系,向来就有许多猜测,①但到现在为止,尚无可靠的论证。读者从脂评所得印象,觉得他一定是与作者很亲近的,可能是曹家的人。但我们最好先从脂评中提出有关事实的材料,再看这些事实对于这问题有无帮助。

第一节　脂砚的年龄和他在曹家的地位

脂砚在他的壬午年(1762)写的评语中,自称"老人"②;此时雪芹四十多岁,所以他比作者要年长好多。他的确实年龄无法知道,但从他的评语中,可以推得一个约数。第十六回赵嬷嬷说起"江南甄③家"在(康熙)南巡时,"接驾四次","银子成了土泥"。脂评说:"极力一写,非夸也,可想而

---

① 例如裕瑞(即思元斋,1771—1838)《枣窗闲笔》页 21~22;刘铨福跋脂残本(影残本,总页 246 上);胡适在 1927 年《考证红楼梦的新材料》一文中,说脂砚"大概是雪芹的嫡堂弟兄或从堂弟兄"。(《文存》,页 572)
② 影京本第十四回,页 304,朱笔眉批。
③ "甄家"即"真家",指曹家真事。

知。"下文说:"凭是世上所有的,没有不是堆山塞海的,'罪过可惜'四个字,竟雇(顾)不得了。"脂砚又说:"真有是事,经过,见过。"① 康熙六次南巡,有四次在南京以曹寅的江宁织造府为行宫,是大家知道的事,最后一次即在四十六年丁亥(1707),曹寅在织造任内接驾,② 后五年,寅卒。脂砚亲见接驾时,年龄当不大,可能十岁左右,如小于十岁,就不会记得,更不会判断上一辈花钱是否浪费如泥土。依此推算,则在 1762 年(乾隆二十七年壬午)他已六十五岁。又如假定他见第六次南巡时为十三岁,则到 1762 年已六十八岁。无论如何,他那时很有资格自称"畸笏老人"。③ 他在 1707 年既在南京见曹寅接驾,则极可能是曹家的人。

在评语中,脂砚常称作者为"雪芹"或"芹",可见他是作者的长辈或年长的人。有一条评语说到一个"南汉先生",很可注意。第十六回说贾政"奉旨入朝陛见"未回,"贾母正心神不定,在大堂廊下伫立",脂砚在行间朱评中说:

> 慈母爱子写尽。"回廊下伫立"与"日暮倚庐仍怅望"对景,余掩卷而泣。

在这条评语的眉端,他又加了一条朱批,解说此评:

> "日暮倚庐仍怅望",南汉先生句也。④

这句诗是当时所谓儿子思母的老套语,因为"日暮倚庐"(或"倚闾"或"倚门")是当时一个熟烂典故。⑤ 例如黄景仁(仲则,1749—1783)在陕西

---

① 影京本,第十六回,页 338,行间朱评。
② 见《新证》,页 315~359 所引各书。
③ 这条证据否定周汝昌所谓脂砚即宝玉之表妹史湘云,参看本书第六章第二节。
④ 影京本,页 325。据上条评语引文,则正文应作"在大堂回廊下伫立"。
⑤ 见《战国策·齐策》六:"女(汝)朝出而晚来,则吾倚门而望;女暮出而不还,则吾倚闾而望。""倚庐"当作"倚闾",因"倚庐"是丧居之庐,见《仪礼·既夕礼》及《礼·丧服大记》。

的《别老母》诗说:"惨惨柴门风雪夜,此时有子不如无。"①这样平常的一句诗,似乎用不着评注,但对于脂砚,这是他所记亲属的诗句,而且可与小说中所描写的景况互相印证,并暗示读者,雪芹是把这句诗的内容写入了小说,即他在另外一条评语中所谓"传诗之意"。脂砚把小说中的句子与时人诗句并列对比,意味着把小说中的"贾政"与"南汉先生"对比,把贾母与南汉之母对比。如以贾政比宝玉之父,则南汉当为雪芹之父。在这里,我们也许有必要考察一下作者在小说中人物命名的方法。

我们知道雪芹之父为曹頫,②宝玉之父为贾政,而"贾"为"假"之同音字,"贾"字之形,又像"曹"字。但未有人指出为什么作者用"政"字代"頫"字。按刘熙的《释名·释首饰》:"俛,平直貌也。"平直即"正","俛"、"頫"、"俯"是同字异体。"正"、"政"在古代也是同字异体。但因贾政之兄贾赦,从兄贾敬、贾敷等其名皆从"攴"旁(即所谓"反文"),故"政"字亦必须用同样的偏旁。贾政字存周,似乎暗射曹頫之字为南汉。汉水正在西周之南(周本来是地名),而"周南"、"召南"为《诗经》之首二卷,是西周的典型性文化遗产。贾政在小说中,比起烧丹好道因而致死的贾敬(第六十三回),强索画扇、陷人下狱、又要母亲侍女为妾的贾赦(第四十八、四十六回)来,要算"正直"或"平直"多了。他又是"自幼酷喜读书……原欲为科甲出身的",所以"存周"之名,很可能自"南汉"引申而来,正如"政"字自"平直也"的"頫"字引申。在脂砚数千条评语中,说到曹家亲属的真名的,只有"雪芹",他兄弟"棠村"和"南汉先生"三人。

贾政是贾府的"老爷",人人都敬而畏之,尤其怕他的是宝玉。宝玉的唯一保护者是贾母。第二十三回元春命姐妹们搬入大观园,宝玉也可以住在园中,正"喜的无可无不可",突然"老爷"叫他去。宝玉听了,"好似打了个焦雷,登时扫去兴头,脸上转了颜色,便拉着贾母,扭的好似扭股儿

---

① 见《两当轩诗集》。
② 近有人说雪芹为曹頫之妻马氏之遗腹子,但此说不可靠。雪芹若为遗腹子,则除非马氏再嫁,不应有弟棠村。曹氏世家,马氏不应有子(雪芹)而再嫁。曹頫卒后,曹頫继为织造十余年,其家尤富贵,更不应许頫妻再嫁。

糖,杀死〔也〕不敢去"。脂砚评此段说:"余亦惊骇,况宝玉乎? 回思十二三时,亦曾有是病来。想时不再至,不禁泪下。"①这不像脂砚也怕他父亲的故事,如同别人一样,他似乎也怕这个"老爷"。但评中最后一句,很可注意,宝玉怕父亲,为什么脂砚要"泪下"? 从"时不再至"一句看,自然是他读到此处,回想到什么人,这个人死了,不能再活,才伤心。又一段叙宝玉"滚在王夫人怀里。王夫人便用手满身满脸去摩挲抚弄他",脂评说:"普天下幼年丧母者齐来一哭。"②稍后说宝玉病后,贾母王夫人熬米汤与他吃,又有类似的一条评语:"昊天罔极之恩,如何得报? 哭杀幼而丧父母者。"③但在小说中,这几段都没有说宝玉丧父母,迄原稿八十回止,也没有宝玉幼时丧父母的任何迹象,可见评者只是自悲幼丧父母,见了小说,因联想而伤心罢了。脂砚斋是曹家的一个什么人,幼丧父母,每次见书中宝玉怕父亲,受母爱的故事,他不禁要伤心。记着这些情形,对于解决"脂砚是谁"这问题,也许有点帮助。

第二节　脂砚所知道的作者生平事迹

脂砚斋在评语中说到,有些《红楼梦》中的人物,他确切知道,且曾亲自接触,例如"凤姐点戏,脂砚执笔"之类。这些当然都是曹家的人。"王熙凤"是精明能干、口齿伶俐的当家人,可是在另一方面,她是书中最阴险刻薄、贪财自私、泼辣狠毒的女人。她在馒头庵经老尼净虚的手,受了三千两银子的贿赂,拆散一对青年的婚姻,当时她曾对老尼说:"你是素日知道我的,从来不信什么是阴司地狱报应的。"在这段对话上脂砚简洁地评道:"批书人深知卿有是心,叹叹!"④第二十三回叙金钏儿和宝玉调情,脂

---

① 影京本,第二十三回,页519,行间朱评。
② 同上,第二十五回,页564,双行小字墨评。
③ 同上,页585,行间朱评。
④ 同上,第十五回,页318,行间朱评。

砚说:"有是事,有是人。"①第二十八回宝玉逗他母亲说:"太太倒不胡涂,都是叫金刚菩萨支使胡涂了。"脂砚说:"是语甚对。余幼时所闻之语合符,哀哉伤哉!"下文宝玉说:"我老子再不为这个捶我的。"脂评又说:"此言亦不假。"②第二十五回马道婆要向贾母骗佛灯油钱,说"促狭鬼"暗中伤害富贵人家孩子,脂评说:"一段无伦无理,信口开河的混话,却句句都是耳闻目睹者,非杜撰而有。作者与余,实实经过。"③

在小说的中部,大多数的故事大概是作者创造的,其中有许多回脂评极少,则其原因当系那些回中并无事实背景,脂砚与作者之间缺乏共同经验,无可评述。事实上脂砚也有这样的说明。第七十一回谈到江南甄家有一条评语说:"好一提'甄'事,盖'真'事欲显,假事将尽。"④可知第七十一回以前的许多回是作者的创造,七十一回以后,作者又把一些脂砚所熟悉的曹家旧事组织在小说之中。例如第六十三回贾蓉调戏尤家的丫头:"丫头们忙推他,恨的骂短命鬼儿:你一般有老婆丫头,只和我们闹!知道的说是顽——"脂评切断此话说:"此语余亦亲闻者,非编有也。"⑤有一次贾琏向鸳鸯偷借贾母的金银器皿,当了一千银子来补贴家用,后来这消息漏出去,才知道其实贾母知道此事,故意装聋作哑,脂砚在这段下面评道:"前文云:'一想,不若私是(自)拿出',贾母其(岂)睡梦中之人矣(欤)?盖此等事,作者曾经,批者曾经,实系一写往是(事),非特造出,故弄新笔。"⑥在七十五回中秋夜宴时,酒令击鼓传花到宝玉时,他在贾政前怕受批评,不敢讲笑话,脂评说:"实写旧日往事。"⑦第七十七回王夫人令宝玉等下一年搬出大观园,脂评云:"此亦此(是)余旧日目睹亲问(闻),作者身

---

① 影京本,页520,行间朱评。
② 同上,第二十八回,页638,行间朱评。
③ 同上,页568,行间朱评。
④ 同上,页1707,双行小字墨评。"真"字抄者误作"直"字。
⑤ 同上,页1521,双行小字墨评。
⑥ 同上,第七十四回,页1768,双行小字墨评。
⑦ 同上,页1827,双行小字墨评。

历之现成文字,非搜(捏)造而成者。"①

另有许多评语,虽然没有像上举各例说得明白,可是也清楚指明书中故事是作者身历之事,为脂砚所素知。例如:

(一)第八回贾母送给秦钟一个金魁星,脂评眉批说:"作者今尚记金魁星之事乎? 抚今思昔,肠断心摧!"②

(二)第三十八回记林黛玉吃了蟹之后要酒喝,"宝玉……便命将那合欢花浸的酒烫一壶来",脂砚说:"伤哉! 作者犹记矮舫前以合欢花酿酒乎? 屈指二十年矣!"③

(三)第二十八回薛蟠请宝玉、冯紫英等在家饮酒,宝玉行酒令,用大海喝酒,脂京本有脂砚一条朱笔眉批说:"大海饮酒,西堂产九台灵芝日也。批书至此,宁不悲乎? 壬午重阳日(1762年10月25日)。"脂残本也有此批:"谁曾经过? 叹叹,西堂故事也。"④

此外,如今本第四十六回记贾赦想讨鸳鸯为妾,邢夫人先去和鸳鸯说,被她拒绝。回前棠村小序说:"此回亦有本而笔,非泛泛之笔也。"⑤

上举各条评语中尤可注意者为第三条中说到的"西堂",其地实为南京织造府花园的一部分,为雪芹祖父曹寅宴息之所,其园曰"西园",其池曰"西池"。曹寅诗题有:"西园种柳述感"、"中秋西堂待月,寄怀子猷及诸同人"、"松茨四兄远过西池……"⑥。施瑮在诗注中称曹寅为西堂公,并谓"楝亭、西堂,皆(织造)署中斋名"。⑦ 在追念曹寅的诗中,施瑮有"廿年

---

① 影京本,页1874,双行小字墨评。
② 《辑评》,页178,录自脂残第八回。
③ 影京本,页878,双行小字墨评。
④ 合看影京本,页647;《辑评》,页476。俞氏将此两条分系二句之后,殊误。脂砚眉批统指一段,不必单指一句。
⑤ 见影京本附页1055,按小序谓"此回亦有本"云云,则此回以前故事,必另有小序先称为"有本",故此回称"亦有本"。但今前几回序已失去,其事可能指今本四十四回凤姐泼醋。
⑥ 《楝亭诗钞》,卷二,页11,诗题"西园种柳述感",页17,诗题"松茨四兄远过西池……";卷四,诗题"中秋西堂待月,寄怀子猷及诸同人"。见《新证》,页159引。
⑦ 《隋村先生遗集》,卷六,页4;《新证》,页383引。

'树倒'西堂闭"之句,亦有自注:"西堂,署中斋名。"①曹寅在南京织造任内时,是他家全盛时期。康熙五十一年(1712)寅卒,为曹家衰落的开始。雪芹生于曹寅卒后好几年,未能见其祖父在西堂中的文士雅集,寅子颙继任织造至 1715 年(康熙五十四年),颙卒后即由曹頫继任。至雍正六年(1728)頫被免职抄家,曹家遂移住北京。在曹頫任内(1715—1728),脂砚和雪芹都在南京,他们的生活当仍优裕,也不断听到家人追述当年曹寅和他的朋友在西堂的文酒盛会。在第二回中雨村说到石头城中的荣、宁两府的"后一带花园子里",脂砚在评语中自问自答说:"'后'字何不直用'西'字?恐先生堕泪,故不敢用'西'字。"②在评语中被简称为"先生"而又指曹家的人,只有"南汉先生"③,即作者的父亲曹頫。他在织造任内,继续住在曹寅的西堂十三年(1715—1728)之久,才被免职。由此条评语,可知在 1740 年至 1750 年作者写此回时,曹頫尚在世。小说中叙薛蟠请客,一说到"大海饮酒",立刻使脂砚回忆当年西堂盛况,不胜今昔之感,又引起了"悲叹"。

第三节　脂砚对于本书的关切

上文所举(一)、(二)、(三)例脂砚评语,我们应注意,都是在作者生前时写,而且无疑是写给作者看的。这一点在说明作者与脂砚的关系上,十分重要。书中还有许多别的评语,显然不是对读者,而是对作者写的。此类例子多不胜举,但只要几条便足够说明这一点。如第七回末焦大醉骂"那里承望到如今生下这些畜生来",脂砚用无可奈何的口气批道:"不如意事常八九,可与人言无二三。"紧接这两句成语,他又加上一句:"以(上)二句批是假,聊慰石兄。"④第十九回宝玉答应袭人,再不说疯疯癫癫的话

---

① 《隋村先生遗集》,卷六,页 16;《新证》,页 159 引。
② 《辑评》,页 64,录自脂残本第二回。
③ 参看本章第一节。
④ 《辑评》,页 158,录自脂残本第七回朱笔眉批。在此评中,脂砚无意中认作者为宝玉。

了,脂评说:"'只说今日一次,'呵呵,玉兄玉兄! 你到底哄的那一个?"①宝玉的痴想之一,是认为"山川日月之精秀,只钟于女儿","男子不过是些渣滓浊沫而已","只是父亲、叔伯、兄弟中,因孔子——是亘古第一人——说下的,'不可忤慢',只得要听他这句话"。脂砚批道:"听了这一个人之话,岂是呆子! 由你自己说罢,我把你作极乖的人看。"②此条上句显然评宝玉,下句则以作者为书中人,直接对他说话。同页有朱笔眉批说:"又用讳人语瞒着看官。己卯冬夜。"亦对作者而言。在残本中,脂砚评黛玉葬花诗说:

开生面,立新场,是书多多矣,不止红楼梦一回(指第五回),唯是回更生更新。且读去非阿颦无是佳吟,非石兄断无情聆。难为了作者,故留数语慰之。③

则此评乃慰作者而写,而评中"石兄"与"作者"为二人。但在脂京本中下段说"非阿颦无是佳吟,非石兄断无是章法行文,愧杀古今小说家也。畸笏"④,则又分明以"石兄"为作者。

有时脂砚在他的评语中和作者开玩笑。有一次宝玉至贾母屋中找黛玉,途中被王熙凤叫了替她记账,啰唆不完,宝玉道:"老太太叫我呢,有话等我回来罢。"脂评说:"非也,'林妹妹叫我呢'。一笑。"⑤有时脂砚的评语是写给他自己和作者的亲友看的。第二十回凤姐教训赵姨娘和贾环,脂评说:"余为(谓)宝玉肯效凤姐一点余风,亦可继荣、宁之盛。诸公当为(谓)如何?"⑥这些"诸公",当然不是"列位看官",他们是梅溪、松斋之流,

---

① 影京本,页428,行间朱评。
② 同上,页450,行间朱评。
③ 《辑评》,页455。
④ 影京本,页627。脂京本署名"畸笏",又为脂砚即畸笏之一证。
⑤ 同上,第二十八回,页643。此评亦见脂残,参看《辑评》,页465。另外一条与作者开玩笑的评语,已见上文第六章第二节,引宝玉见贾芸段脂评,页76。
⑥ 《辑评》,页339。

深知曹家背景,可以和脂砚讨论此书中的人物。

脂砚也偶尔对作者摆出一副长辈的神气。例如他批评第五回中描写警幻仙子那一篇仿《洛神赋》的文章,说:"此赋则不见长,然亦不可无此也。"①这样的批语如在以前塾师批改的窗课,今日报上刊载的书评中出现,也许是客观的看法,但我们如果知道脂砚是受作者之托请他批评的,则评者的语调未免显得老气横秋。

何以见得脂砚是受了委托而评此书?下面的例子是最好的说明。第二十一回宝玉和袭人闹别扭,酒后看了《庄子·胠箧》篇,仿庄子的文体续了一段:"焚花散麝,而闺阁始人含其劝(劝)矣,戕宝钗之仙姿,灰(毁)黛玉之灵窍,丧减(灭?)情意,而闺阁之美恶始相类矣⋯⋯"在这一段文字下面,脂砚在甲戌(1754)以前已有一条短评:"直似庄老,奇甚怪甚。"②在此段文字的眉端又加了一条己卯(1759)冬夜的朱批,接着在下页的眉端,脂砚又抄了赵香梗先生《秋树根偶谭》内一首诗,讽刺兖州郡守某人改杜甫祠堂为他自己的祠堂。赵诗戏改杜甫的《茅屋为秋风所破歌》。在诗后脂砚加了几句说明:

> 壬午(1762)九月,因索书甚迫,姑志于此(指上文引赵香梗诗),非批《石头记》也。为续《庄子》数句,真是"打破胭脂阵,坐透红粉关",另开生面之文,无可评处。(影京本,页474～476)

很显然,壬午九月向脂砚"索书甚迫"的正是作者。从这条说明,可知作者与脂砚保持经常接触,每当几回写完或改完以后,作者就交给脂砚批评。这一次脂砚智穷,想不出适当评语,拖延了好久没有把稿子还给作者。被作者追急了,他就从赵香梗的随笔中抄了一首戏改杜甫的歪诗,来

---

① 《辑评》,页115。
② 影京本,页473,墨笔双行小字。凡小字皆甲戌以前之第一或第二期评语,参看本书第二章第一节"在双行小字评语中"一段。

陪衬宝玉戏改《庄子》的奇文,算是对比。

俞平伯先生在辑录这批语时,不了解此种情况,因此说:"此批与本书无涉,疑作者自为。"(《辑评》,页355)我们很难想象,作者为什么要"自为"此批,而且又是谁向作者"索书甚迫",逼得他只好抄上这条批语?并且如果照俞先生向来的以佛教观念"演色空"的说法,则"打破胭脂阵,坐透红粉关",不正是"演色空"的具体的说明吗?事实上,脂砚在说明中虽用抱歉的口气,这条批语却是宝玉仿《庄子》一段文字很好的注脚。俞先生似乎仍未放弃胡适的"有些评语是作者自己写的"之说。这种说法,只能塞住研究脂评的道路。

另外一些证据,可以证明作者不但经常请脂砚批评他的书,并且对他的批评很重视,有时竟接受脂砚的批评而修改初稿。改写秦可卿之死,系依脂砚的劝告,这是在1928年发现脂残本即已周知的事实。脂残本第十三回的一条批语说:

> 秦可卿淫丧天香楼,作者用史笔也(意谓实录)。老朽因有魂托凤姐贾家后事二件,嫡(的)是安富尊荣坐享人能想得到处,其事虽未漏,其言其意则令人悲切感服。姑赦之,因命芹溪删去。①

又有一条眉批说:"此回只十页,因删去天香楼一节,少却四五页也。"在脂京本第十三回末有一条壬午(1762)春的朱评说:"通回将可卿如何死故隐去,是大发慈悲心也,叹叹!"②其实照改后之文,可卿死因是久病,说得很明白,并未"隐去"。至于是谁"大发慈悲心",脂砚却在此评中"故隐去"了。脂砚先不讳言他"命芹溪删去",后来却又不愿"观者诸公"知道作者是因他的劝告而删改。脂残本中之评,显系从一早期评本过录,在脂京

---

① 参看《辑评》,页214;《文存》,页577〜579。此段改文与第五回十二钗画册中末页"后面又画着高楼大厦,有一美人悬梁自缢"之图及诗矛盾。又可卿临死魂托凤姐后事,亦改后之文,与原稿不同。说详后第十六章第四节。
② 影京本,页288;《辑评》,页214。

本中,已不复见旧本故事及删改原委。如无脂残本,则我们将永远无法知道脂砚在历次删改中所起的作用。记着此点,我们可以假定:可能在此书变成"庚辰(1760)定本"之前,其中尚有其他次要的部分,作者因受脂砚的劝告而删改。脂砚的意见在思想上、在美学上不一定处处高明——例如改可卿之死,显然削弱了作者暴露封建贵族社会的丑恶——但不可否认《红楼梦》一书演变成今日的本子,他的意见也起了一定的作用。

我们现在可以回看一下宝玉仿《庄子》文的脂批。由上述情况,可见得向评者"索书甚迫"者,正是作者。他把稿子送给脂砚请予批评,而评者未能及时交还。脂砚被催,为免使作者失望,只好匆匆抄一段别人的诗,加上说明,聊以塞责。

从脂砚的另外一条评语,我们知道雪芹最早的计划是要写一部传奇,这一条是评宝玉在第二十二回中"悟惮机"以后填的一首《寄生草》曲子:"无我原非你,从他不解伊,肆行无碍凭来去……"脂评说:"看此一曲,试思作者当日发愿不作此书,却立意要作传奇,则又不知有如何词曲矣。"①看此评口气,似乎是专写给作者的亲友们看的,且假定他们都知道雪芹本来是要写传奇的。这其实也不足为奇。雪芹的祖父曹寅不但是一个戏曲的提倡者和鉴赏家,而且是个传奇作家;而雪芹据说是颇有祖风的。曹寅于康熙三十一年(1692)在苏州织造任内游浙,在船上,用五天写了一部《北红拂记》,"归授家伶演之"。当时著名的史学家和剧作家尤侗(1618—1704)见此演奏,并为剧本写了"题记"②。曹寅还写了别的传奇,如《续琵琶记》,现存三十五出。③ 雪芹原想继承曹寅的作曲家风,是很自然的。可能他曾开始写一部传奇。从《红楼梦》本书的富于戏剧性和书中对话的生动多彩,自必与曹氏上百年爱好戏剧的家风有关。第五回中的《红楼梦》曲子十四支,比起清初传奇中的曲子来,毫无逊色。可惜我们不知道

---

① 影京本,页502,双行小字墨评,知为甲戌或以前旧评。
② 参看尤侗《艮斋倦稿》卷九,页16,《题北红拂记》;《新证》,页270~271引。
③ 卢前《读曲小识》卷三,详列各出曲调,见《新证》,页276~284引。参看萧奭《永宪录》续编,页390~391,北京中华书局1959年版。

是谁劝他放弃了写传奇的计划,改成后来的长篇小说。

关于脂砚,我们到现在为止,只知道他是曹家的人,先在南京,后来移居北京;在乾隆壬午(1762)时他已六十多岁,即他比雪芹要大十多岁;他很熟悉书中许多故事的背景,其中某一些故事他和雪芹都亲身经历过;雪芹常请他批评这书的初稿,在修改时雪芹有时要采纳他的意见。但我们还不知道脂砚究竟是谁。在下一章中,我希望能比较正确地推定雪芹和脂砚的亲属关系。

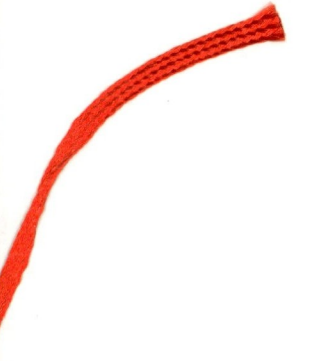

第九章　脂砚斋是谁

自从《脂砚斋重评石头记》发现以后,对于"脂砚斋是谁"这一问题曾有许多揣测。胡适先以为他"是曹雪芹很亲的族人……他大概是雪芹的嫡堂兄弟或从堂兄弟——也许是曹颙或曹頫的儿子"①。但他并未提供充分证据。可是,他在1933年见到了脂京本(即他所谓"庚辰本")以后,自己取消了这一说法,荒谬地把脂砚认为即是曹雪芹。② 周汝昌把脂砚认为即雪芹"续妻史湘云",其误已见上文第六章第二节所辨。上述三种说法其误各不同,但皆从"自传说"这一错误前提而来。今欲试求解答这一问题,所据材料自不免有若干来自《红楼梦》本书及脂砚评语;但在选择及解释此种材料时,必须不为"自传说"所蔽,始能破除成见,作冷静的、客观的考察。有些脂评,在未了解其背景之前,往往可作不同的解释,因此不能为凭;又如以评语的"口气"、"语调"为"证据",来支持某些先入之见,则其理论不免成为逻辑上的丐辞,其结论当然也不可靠。在本章下文考察这一问题时,凡遇脂评或本书中的材料,只有那些绝不含糊的内证而又

---

① 《文存》,页572。
② 《近著》,页408。

可以用外证加以证实或支持者,方才采用,然后加以分析,定其年代,联系外证,印证史实,求得结论。

第一节　脂砚和"元春"之间的亲属关系

在小说中宝玉的大姐元春早年以才德被选入宫中,后来晋位贾"妃",但她死得年轻。在元春省亲一回中,提到宝玉三四岁时,她曾教他认字、读书。"其名分虽系姊弟,其情状有如母子。"①脂砚在行间朱批中说:

> 批书人领至(到)此教;故批至此,竟放声大哭:俺先姊先(仙)逝太早,不然,余何得为废人耶!②

这一条评者的坦白自供,其重要性是无须夸张的。初看此批,如依"自传"说,似乎这书中的元春,在曹家是雪芹和脂砚二人的大姊。但如再比较其他批语,则可知脂、芹二人决非兄弟。他们如为弟兄,则第一,脂砚在另一条批语中说到雪芹之弟棠村时,不会说"乃其弟棠村序也",他只需说"吾弟棠村"或"棠村弟"即可。称"其弟"——他的弟弟,即明非脂砚之弟,雪芹之弟既非脂砚之弟,则芹、脂二人即非兄弟。其次,脂砚在提到雪芹之父(南汉先生)时,如果南汉也是他的父亲,他不会说"南汉先生",如果他还活着,势必称为"家严"或"家父",如已亡故,则必称为"先严"或"先君",正如称"元春"为"先姊"。

但不论"元春"的真名是什么,这位贵夫人实在是脂砚的"先姊";又从另一事实看,脂砚既比雪芹大了十多岁,而"元春"在家时,又比脂砚大得可以教他读书,则她又比脂砚长了几岁,所以她的年龄比起雪芹来,要大

---

① 影京本,第十七、十八不分回,页387。高本第十八回改称"虽为姊弟,有如母子",删去"名分"、"情状"等字。见《红楼梦》(1957年人民文学出版社本,下同)上,页176。
② 影京本,页387;参看《辑评》,页283。

到二十多岁。因此书中提到元春和宝玉,原文说:"其名分虽系姊弟,其情状有如母子。"假使元春和宝玉果为姊弟,为什么不说"身份"而说"名分"?因此看这条脂砚的自白,"元春"实为他的长姊,但不必为作者的长姊。

元春得皇恩特许,回家省亲,在贾家的历史上,是一件最光荣的大事。大观园为此而建造。脂砚批这件大事说:"非经历过,如何写得出?壬午春。"①元春对贾政说:"今虽富贵已极,然骨肉各方,终无意趣。"②脂砚在行间加朱评说:"此语犹在耳。"③后来宝玉进来,元春"携手揽于怀内,又抚其头颈笑道:'比先前竟长了好些',一语未终,泪如雨下"。脂砚批道:"作书人将批书人哭坏了!"④凡这些和类似的评语,都显示曹家必有一女遣嫁皇族,其事决非完全虚构。但近来学者在清朝档案或史料中,却找不到任何迹象,可以证实在康、雍、乾三朝诸皇妃中,有姓曹的妃子。但在另一方面,我们知道曹寅有两个女儿都嫁与北京的郡王。他的长女于康熙四十五年八月送到北京,在十月二十六日(1706 年 11 月 30 日)嫁与镶红旗的讷尔苏郡王为妃。⑤ 同年十二月初五日(1707 年 1 月 8 日),做了讷尔苏郡王岳父的曹寅,曾蒙康熙赐宴。⑥ 他的次女于康熙四十八年(1709)被送至北京嫁与某侍卫,亦为王子。⑦ 元春在书中称"妃","妃"字可指比皇后低一级之妃,也可指郡王之正配。脂砚评中所说到的"先姊",当然是曹寅的二女之一,但可信为长女,即讷尔苏之正配。实际上她是雪芹的姑母,所以即使在小说中,"元春"和"宝玉"只是名义上是"姊弟"。(其实在小说中宝玉并无亲姐妹,元春还活着的时候,宝玉有一次对黛玉

---

① 影京本,页 390,朱笔眉批;《辑评》,页 284。
② 同上,页 391。按原作"骨肉各方,然终无意趣",疑"然"字应在前。
③ 同上,页 391。按此评夹在第七、第八两行之间,《辑评》(页 285~286)录在第八行贾政之语"岂意得征凤鸾之瑞"一句下,显误。我在英文本中亦误以此评为批贾政语。今按贾政那些文绉绉、酸溜溜的套语,非真情话,殊无意义;脂砚所闻,乃元春之悲切语。
④ 同上,页 392,行间朱评。
⑤ 讷尔苏,生年不详,康熙四十年(1701)袭平郡王。雍正四年(1726)王爵被夺,予其子福彭承袭。乾隆五年(1740)卒。见《清史稿》卷一六二。
⑥ 见曹寅康熙四十五年八月初四日及十二月初五日两次奏折。《新证》,页 94 引。
⑦ 见曹寅康熙四十八年二月初八日(1709 年 3 月 18 日)奏折。《新证》,页 96 引。参看《永宪录续编》,页 390:"寅字子清……二女皆为王妃。"

说:"我又没个亲兄弟亲姊妹,虽然有两个(指贾环与探春),你难道不知道是和我隔母的?我也和你是(似)的独出。"①但是曹寅的两个女儿,出嫁都在雪芹生前,所以她们婚前在家里的时候,不可能教过雪芹认字读书。这也可以证明"自传说"是无稽之谈,全不适用。如以"宝玉"为作者,则"元春"在进宫之前教过"宝玉"便不可能,且非事实。如果说曹寅之女曾教过脂砚,并且他们是"姊弟",则与史实相符。作者显然是把脂砚之事写在宝玉的故事中,所以脂砚自供说"批书人领到此教",他没说"批书人也领到此教"。他在这条批语中告诉读者:并不是雪芹领到此教;被"元春""抚其头颈"的,也不是雪芹而是脂砚,所以脂砚读到这段描写,情不自禁地批道:"作书人将批书人哭坏了。"在批书时,脂砚知道一般读者往往会把作者误作书中的宝玉,所以他觉得有必要在这关键性的一回中,透露一些真相。

第二节　脂砚是"贾宝玉"的主要模特儿

关于"元春省亲",我们还可以再加阐述。在小说中,此事从头至尾,不过一天,作者用大气力描写"贾家"这一次富贵荣华的大场面,目的只在反映康熙南巡时曹家在南京织造府邸接驾的殊荣。棠村在第十六回前的小序中说:"借省亲事写南巡,出脱多少忆昔感今!"②这是一句非常可异的话。康熙南巡六次,最后一次是四十六年丁亥(1707),在雪芹生前好几年,因此作者不可能"忆"起任何一次南巡的盛况,更不必说如何描写这些繁华景象。但这省亲故事,在书中的确写出了一次帝王出游的大场面,连几个月前把荣、宁二府改造成"行宫"的工程都一笔不苟地写下来。这篇精细真实的描写,作者是谁?不免令人疑心,至少其中有一部分材料,出

---

① 影京本,第二十八回,页635;《红楼梦》,页281。
② 此条为胡适首先引用(《文存》,页574),以为是脂砚的"总评"。但他没考虑到康熙南巡时均在雪芹生前,作者对此事不可能"忆"。俞氏在《辑评》中遗漏此条,可见脂残本评语过录至脂配本时,多所遗漏。此条不见于脂京。

于某个躬逢其盛事者之手。果尔,则必为脂砚所记。脂砚比雪芹年长,又见过曹家往日的光荣,当然比雪芹更有"忆昔感今"之痛,这是很可以理解的。在另一条评语中,脂砚说:"大观园用'省亲'事出题,是大关键事。方见大手笔行文之立意。"①这是说在技巧上,如果没有大观园,即无法容纳以后的许多人物的活动;但若毫无理由便建造一所"大观园",又不自然。曹家既有接驾之事,为接驾而修盖"行宫",借此行宫,作为"大观园",则既可容以后书中人物之活动,又可反映曹家在南京的光荣。但又不好直接写南巡接驾之事,所以书中要"借"一个"省亲"故事,才有借口建此"大观园"。因此,这"省亲"是书中大关键事。

但在另一方面,由上引各条脂评(如"元春"抚"宝玉"头颈等),可知曹寅之女嫁为讷尔苏王妃之后,大概也曾回南京省过亲。当然,她回娘家的情景,决不会如书中描写的那样豪华。从这里,我们更可看出作者用"融合"的手法,把一个故事移接到另一个上面去。事实上,这种移花接木的手法,正是批者所谓大手笔的"立意",这正是告诉读者,不要假定书中所写都是曹家生活的真实事件。

这种移花接木的手法,在小说的写作上当然是很普通的,鲁迅先生自述他的创作经验时说:

>   所写的事迹,大抵有一点见过或听到过的缘由,但决不全用这事实,只是采取一端,加以改造,或生发开去,到足以几乎完全发表我的意思为止。人物的模特儿也一样,没有专用过一个人:往往嘴在浙江,脸在北京,衣服在山西,是一个拼凑起来的脚色。②

鲁迅先生所谓"拼凑起来的脚色",是自谦,也是实情。从上引脂评和棠村序文,我们也可以看出雪芹创作的方法:书中的主角不必即是作者自

---

① 影京本,第十六回,页335,朱笔眉批,署名"畸笏";《辑评》,页243。
② 《鲁迅论文学》:"我怎样做起小说来",页145,人民文学出版社,北京1959年版。

己；关于主角的一部分故事，可以是脂砚或别人的"缘由"，经作者加以"改造"融合而成；①相隔数十年的"昔"事、"今"事，可以归并融合起来，写成一个故事。

有许多脂评的"语气"，先使胡适误认为脂砚即作者自己，后使周汝昌误认为脂砚是宝玉（亦即作者）的"续妻史湘云"。我们既已知道作者在创作过程中用"移接"的手法，则许多似乎令人迷惑的评语，便都很容易解释了。书中的故事既有许多与脂砚有关，则他在批书时，如遇见写到他自己的轶事时，足以引起今昔之感者，其评语自不免偶尔说到他自己的经验。例如：

（一）第二回贾雨村在山中看见智通寺门旁的破对联："身后有余忘缩手，眼前无路想回头。"脂砚批道："先为宁、荣诸人当头一喝，却是为余一喝！"据此，则脂砚在"宁、荣诸人"中，似乎是一个重要的角色。但此批的意义犹不止此。联中"回头"是从禅语中"苦海无边，回头是岸"一语而来，此语脂砚在别处也引用。② "岸"指佛教的净土，虽在此联中，"回头"二字别有所指，但既用在佛寺门旁，与原意自不相远。在书中开始时即用此联，又与作者原稿的末回宝玉"悬崖撒手"（出家）③故事遥相呼应。可是脂砚在上文的批语中说这"当头一喝，却是为余一喝"，宝玉的模特儿中的"脂砚成分"，在这里隐约可见。

（二）第三回林黛玉初到贾府那一天，宝玉偏到"庙里还愿去"了，王夫人和她谈了许多宝玉的顽皮性格。脂砚的眉批说：

不（未）写黛玉眼中之宝玉，却先写黛玉心中已毕（早）有一宝玉矣，幻妙之至。只（自）冷子兴口中之后，余已极思欲一见，及今尚未

---

① 《红楼梦》中有甄（真）、贾（假）宝玉，分在南京和北京，亦可暗示雪芹在创作过程中，兼运用几个模特儿，加以融合分化的手法。
② 影京本第十二回，页262，朱笔眉批："苦海无边，回头是岸，若个能'回头'也？叹叹！壬午（1762）春，畸笏。"参见《辑评》，页194。
③ 影京本，第二十五回，页585，朱笔眉批。

得见,狡猾之至。①

(三)后来宝玉和黛玉初次相见,书中第一次把宝玉的容貌从黛玉眼中仔细描写,看他"面若中秋之月,色若春晓之花"。脂评说:

> 此非套"满月"(世昌按:指《佛本行经》中"佛面如满月"旧典),盖人生有面扁而青白色者,则皆可谓之秋月也。用"满月"者不知其意。"少年色嫩不坚牢",以及"非夭即贫"之语,余犹在心。今阅至此,放声一哭!②

由此可知书中所写宝玉容貌,必为脂砚幼时容貌。故别人对此容貌的奚落话,他永远记得。如以此批与前引元春省亲时批语

> 批书人领至此教,故批至此,竟放声大哭,俺先姊先(仙)逝太早,不然,余何得为废人耶!

对看,我们便了解为什么脂砚偶然记起别人对他的讥刺"非夭即贫",就不免伤感。

(四)第九回宝玉有一天早上去家塾上学,"忽想起未辞黛玉",这样一句很平常的叙述,似乎用不着什么批语,却引起了脂砚的心事:"妙极,何顿挫之至!余已忘却,至此心神一畅。一丝不走。"③如果宝玉是作者,为什么偶尔说到他对黛玉表示一下最普通的礼貌,会使脂砚"心神一畅",而

---

① 《辑评》,页87,引自脂残,有正本略同。括弧中字,著者所校。
② 《辑评》,页89,引自脂残,有正本同。"牢",脂残作"劳",笔误。原文见影京本,页72,《红楼梦》,页30。周氏《新证》,页560引此评说:"这是脂砚痛哭雪芹之第三例",则以为书中所写宝玉乃雪芹幼时容貌。《枣窗随笔》页23所记雪芹形貌:"其人身胖,头广而色黑",知与《红楼梦》所写不同,周又解释道:"书中极称'宝玉'肤色之白,而此曰'色黑',当系中年败落后之形容。"(页452)
③ 《辑评》,页182,引自有正本。原文见影京本,页206;《红楼梦》,页92。

且他对此事的回忆,"一丝不走"?从这条和上引各条的批语看来,不仅仅是脂批的"语气"像书中的"主角",竟是批者毫不含糊而坦率地自己承认:他是书中主角的模特儿。

(五)第二十一回宝玉和袭人怄气以后,喝了酒读《庄子》外篇《胠箧》,续了一段脂评说:

> "趁着酒兴,不禁而续",是作者自站地步处。谓余何人耶,敢续《庄子》?然奇极怪极之笔,从何设想,怎不令人叫绝!己卯(1759)冬夜①

这一条初看似不好懂。原来"续庄子"是作者雪芹"自站地步"的"奇极怪极之笔",而却把这"续文"的"著作权"送给宝玉。宝玉的模特儿既为"批书人"脂砚,这使他觉得很不敢当。所以在眉批中说:"谓余何人耶,敢续《庄子》?"这是脂砚觉得"不敢当"的谦辞,意谓作者把他描写得才学太好了,所以赶紧声明,这是"作者自站地步处",与我这个宝玉的模特儿无涉。

(六)第二十二回:宝钗生日,贾母命凤姐点戏。脂评说:"凤姐点戏,脂砚执笔事,今知者寥寥,矣不怨(悲)夫!"②宝钗生日做戏,并无外客,这一故事中所记述在场之人全是女眷,只有宝玉一个是男的。在场为凤姐执笔的既为脂砚,这当然是故事中的宝玉。在这条眉批的后面,又有一条朱批说:"前批书(知)者聊聊(寥寥),今丁亥(1767)夏,只剩朽物一枚,宁不痛乎?"这条批于雪芹死后三年多,不但知道为凤姐执笔之事者"寥寥",连懂得那条批语的,也只有他一个了。

(七)第四十八回:香菱梦中作诗,脂评说:"一部大书起是梦。……今

---

① 影京本,页472~473,朱笔眉批。"作者"之"作"误抄为"非"。参见《辑评》,页353。
② 影京本,页491~492,朱笔眉批。"寥寥"误抄作"聊聊","矣不怨夫"疑当作"宁不悲夫"。参看《辑评》,页366。

作诗也是梦。一并《风月宝鉴》亦从梦中所有。故'红楼','梦'也。余今批评,亦在'梦'中,特为'梦'中之人,特作此一大梦也。脂砚斋。"①脂砚是书中最主要人物的模特儿,从这条署名的评语中,也可证实。

(八)脂京本第二十一回回前附页有一条很长的评文,并附七律一首。在诗前说:"有客题《红楼梦》一律,失其姓氏,惟见其诗意骇警,故录于斯:自执金矛又执戈,自相戕戮自张罗。茜纱公子情无限,脂砚先生恨几多?是幻是真空历遍,闲风闲月枉吟哦。情机转得情天破,'情不情'兮奈我何!"诗后接着说:"凡是书题者不可'不以'此为绝调。诗句警拔,且深知拟书底里,惜乎失石(名)矣。"②其实此诗分明为脂砚自作。这里的问题是:为什么这位脂砚斋主人要有这么多的"恨"? 而尤其值得注意的是,他自认"历遍"了书中的"真"和"幻"。他是谁? 末句说:"'情不情'兮奈我何!"这一句中的"情不情",是作者失去了的原稿末回"警幻情榜"③中对宝玉的考语。脂残本第八回有一条评语说:"按警幻情榜,宝玉系'情不情'。"④脂京本第十九回有一长评,末了说:"后观情榜评曰:宝玉'情不情',黛玉'情情'。此二评自在评'痴'之上。"⑤"情不情"既指宝玉,而此诗作者却说警幻的评语"奈我何",则作诗者明白自认即宝玉的模特儿。诗中把"茜纱公子"和"脂砚先生"一"情"一"恨",并列在第二联,而"茜纱公子"既为宝玉,⑥"情不情"亦指宝玉,脂砚又在诗中自认是"情不情",则"脂砚先生"即为"茜纱公子"的模特儿,更无可疑。诗后的评语说这诗是题《红楼梦》的"绝调","诗意骇警","且深知拟书底里"。其实"知拟书底里"最深切者莫如脂砚自己。他在诗中说"自执金矛又执戈,自相戕戮自

---

① 影京本,页1127,双行小字墨评;《辑评》,页524。按原文"余今批评"之"余"不误,俞氏误读为"奈"字。
② 影京线装本附于第二十回后,页459。文中缺字误字,著者所校。参看《辑评》页343。
③ 脂评在他处引警幻情榜,见影京本第十七、十八回,页381,朱笔眉批云:"至末回警幻情榜,方知正、副、再副及三、四副芳讳。壬午季春,畸笏。"
④ 《辑评》,页177引,"情榜"之"榜"字误作"讲"。
⑤ 影京本,页421,双行小字墨评。
⑥ 参看第七十九回黛玉改《芙蓉女儿诔》文:"茜纱窗下,公子多情。"影京本,页1933;《红楼梦》,页890。

张罗",正是指曹家衰败的原因,①亦即第七十四回探春所谓"可知这样大族人家,……必须先从家里自杀自灭起来,才能一败涂地"②。这也正是评中所指的"拟书底里"。

上述八项从脂评中找出来的内证,都从正面证明脂砚是书中宝玉的主要模特儿,绝无丝毫可疑之处。我想,除非现在还有"自传说"的信徒,大概不会再有人怀疑脂砚是不是宝玉的模特儿。但我们也不妨看看有无反面的证据,否定宝玉是作者为自己写照这一说法。按理说,脂砚既已屡次用第一身称代名词来自认是书中主角,他不必再反复细述作者非宝玉。但反面的证据还是有的,例如第五回红楼梦曲子的引子"开辟鸿蒙"才唱了一句,警幻便说:"……若非个中人,不知其中之妙。"脂砚在"个中人"三字下批道:

三字要紧。不知谁是"个中人"。宝玉即个中人乎?然则石头亦个中人乎?作者亦系个中人乎?观者亦个中人乎?

在这里评者把宝玉、石头、作者分别另提。在"谁为情种"一句下他又自批自答道:

非作者为谁?余又曰:亦非作者,乃"石头"耳!③

在这里脂砚明确而肯定地说,石头与作者为二人。书中主角的前生"石头",亦非作者。换句话说:作者既非石头,即非宝玉的"模特儿"。"自传说"至此,可以全部宣告破产。

---

① 由此二句,可知曹家之败,可能系族中不肖子弟向雍正告密隐事,如允禟留在曹家的金狮子之类。
② 影京本,页1784;《红楼梦》,页829。
③ 影残本,总页74上(《辑评》,页123)。刘铨福在这条朱评下批道:"石头即作者耳",可见迷信"自传说"者往往看朱成碧。

脂评中类似上述评者自认的例子尚多,很容易使那些没有思想准备的读者误认为是作者自己的"评注",而"自传说"的先入之见,又帮了很大的忙,使那些人的脑筋更加糊涂。但我们如果知道了书中主角的塑造,大部分用脂砚为模特儿,便可解释为什么评者对于书中宝玉的生活,知道得这样清楚;为什么这些评语,一方面被胡适和俞平伯先生这样容易误认为是作者自己的评注,在另一方面又被周汝昌先生误认为是宝玉的"继妻史湘云"所写。①

知宝玉之模特儿为脂砚,便可理解为什么评者对此书如此关切,如此有兴趣,甚至如此伤感,手批此书前后至二十余年(1754以前—1774)之久。在甲午(1774)那年他已八十多岁,在评第一回"都云作者痴,谁解其中味"一诗时,老泪纵横地说"今而后唯愿造化再出一芹一脂,是书何本(幸),余二人亦大快遂心于九泉矣!"②他虔诚地希望在读者之中,有人能了解:他的生命和作者的生命,都寄托在这部书中,才算"能解其中味",否则"是书"便不"幸",他和雪芹,也不能"大快遂心于九泉"了。

脂砚原来是作者之叔,所以他的口气有时颇有点倚卖卖老,自称"老朽",呼作者为"雪芹"或简称"芹"。他的批语时时露出长辈的神气。他可以说"此赋则不见长,然亦不可无者也"③,他可以"命芹溪删去"原稿中三分之一的文字,④以致剩下的残缺故事与第五回警幻画册和曲子中的原有计划不符。这都不是平辈的"从堂弟兄"或"作者的继妻"说话的口气。⑤

《红楼梦》的批者"为作者之叔","书中宝玉乃雪芹叔辈"这两个消息,

---

① 周氏引脂评中许多例子,证明脂砚深知宝玉在怡红院中的生活细节,因此结论到非宝玉之继妻史湘云不能详知院中细事,但湘云到贾家的次数不多,去时多与姊妹们在一起,到怡红院的次数更少,并不如周氏所想象的详知宝玉的生活细节。
② 《辑评》,页41,录自脂残。参看本书第六章。
③ 《辑评》,页115,录自脂残第五回,评描写警幻仙子的骈赋。
④ 《辑评》,页214,录自脂残第十三回,述可卿死事。
⑤ 现在的女子可以对她的爱人直呼其名,"命"他做事。这在18世纪夫权极重的时代是不可能的。只要看王熙凤那样能干泼辣的女子,也从不直呼贾琏之名,要称他"琏二爷",在开玩笑时,称他"国舅老爷"(第十六回)。

是裕瑞(1771—1838)首先透露的。雪芹的好友明义(我斋)和明琳,都是裕瑞的舅父,①雪芹曾把《红楼梦》稿本送给明义看,明义题了二十首诗。②雪芹有一次在明琳的"养石轩"高声谈笑,敦敏有诗记其事。③ 裕瑞的消息既从其舅父处得来,应可信为真实。他在《枣窗闲笔》中说:

> 曾见抄本卷额,本本有其叔脂研斋之批语,引其当年事甚确。(页21~22)

裕瑞又说:

> 闻其所谓宝玉者,尚系指其叔辈某人,非自己写照也。所谓元、迎、探、惜者,隐寓"元应叹息"四字,皆诸姑辈也。(页25)

应该注意的是裕瑞虽说脂砚斋是作者之叔,宝玉亦为其叔辈,但他并没有把脂砚斋认为即是书中的宝玉。这是非常重要的一点。由此可知,他的消息完全是另一来源,并不是像我们那样,从仔细研究脂评以后得出的结论。④ 他的消息来源,据他自己说是"闻前辈姻戚有与之(作者)交好者"(页23),即其舅父明义、明琳等人。他也知道,普通读者会误认此书是"自传性",所以他着重地说:"所谓宝玉者……非自己写照也。"裕瑞是最早提到脂砚斋评此书的一个人,并指出后四十回为高鹗续作,"迥非一色,谁不了然?"(页28)又说:"此四十回,全以前八十回中人名事务苟且敷衍,若单单看去,颇似一色笔墨,细考其用意不佳……嚼蜡无味……和尚送通灵玉来,口口声声要一万两银子,刺刺不休……甚觉贫俗可厌。黛

---

① 裕瑞之母为富文之女。明琳又为敦敏、敦诚兄弟的朋友。参看孙楷第《中国通俗小说书目》,页125,1959年北京版;吴恩裕《有关曹雪芹八种》,页118。
② 见《绿烟琐窗集》,页107~111。
③ 《懋斋诗钞》,页39~40。是诗作于乾隆庚辰(1760)秋,参看本书第十一章(上)第四节。
④ 裕瑞对脂评毫无研究,时有误说,如云"《风月宝鉴》……不知为何人之笔"(页21),脂砚"易其名曰《红楼梦》"(页22)。但不能因此说连他得自姻戚的话也不可靠。

玉屡写病已垂危不起,随后同众而出,数回一辙。妙玉走火入魔,潇湘馆鬼哭等处,皆大杀风景。结束贾雨村归结《红楼梦》,愈蛇足无谓。"(页13~14,15,18~19)这些批评也大都中肯,可见他对《红楼梦》正文曾研究过一番,也颇有些文学欣赏力。

周汝昌先生对于裕瑞批评后四十回的意见,无保留地表示同意,认为"眼光犀利,论调正确"。但因为要证明"自传说"中雪芹即宝玉,所以对裕瑞所说书中主角为雪芹叔辈,元、迎、探、惜四春为其诸姑辈等"关于雪芹家事掌故",认为"捕风捉影,倒有一大半靠不住"。又说他所得的传"闻","本身便是荒谬绝伦的大谎,实实要不得。因此思元斋(裕瑞)的推论说脂砚是'其叔',也是一钱不值的鬼话而已!""并非真有所本,纯粹乃是妄说。"[1]周氏对裕瑞这样痛骂,是很奇怪的。他为什么要撒雪芹的"大谎",造"鬼话"? 至于传闻之辞,除非有客观证据,加以否认,也不能说全不可靠。其实裕瑞所知雪芹家掌故,乃"闻"诸其舅明义等,倒是真有所本。他如果没有看过脂评,如何会知道现在脂残本第二回的批注中"元迎探惜"为"原应叹息"的谐音?[2] 周氏既承认这一条(此见脂批,非妄说),接下去又说:"但若看过脂批,这类鬼话,仍是不值一笑。"[3]这样的逻辑,殊难令人信服。在另一方面,裕瑞所"闻"关于雪芹别的掌故,如他的"身胖头广","善谈吐",爱喝"南酒",等等,周氏都认为可信,[4]只有关于书中宝玉,"尚系指其叔辈某人"这一说,因与"自传说"矛盾,周氏遂痛予驳斥。这种治学方法和判断力,实大有可商。

从上文第一节所说,曹寅长女嫁讷尔苏郡王为妃,书中元春也称"妃",而脂砚又自己承认"元妃"未嫁前曾教过他书,则元春等姐妹为雪芹诸姑辈之说,毫无可疑。但小说毕竟是小说,作者在创造过程中自可用选择、提炼、增减、融合、分化等艺术技巧,重新塑造,不必拘泥某一模特儿必

---

[1] 《新证》,页 548~549。
[2] 《辑评》,页 68。
[3] 《新证》,页 578。
[4] 同上,页 452。

为书中某人，只是大致如此而已。雪芹是否有"诸姑辈"四人，她们是否可以一一印证书中四"春"；黛玉、宝钗是否为脂砚的姑表姨、表姊妹，对于这些问题，将来如有可靠材料，或可增加我们对于《红楼梦》成书的了解，否则我们不须妄加猜测。因此种猜测往往会钻入牛角尖里，无补于《红楼梦》研究，对于此书思想方面的探讨和美学上的欣赏，更无关系。

雪芹在写作此书时，脑中常有脂砚这人作为塑造主角的模特儿，也可以从"宝玉"和"元春"之间年龄差别这一点上看出来。据雪芹原稿，第二回中冷子兴演说荣国府情形，他说元春是大年初一生的，"第二年"，便生了宝玉。① 在元春进宫多年后回家省亲时，追述她未入宫前教宝玉读书，又说"其情状有如母子"②，则二人年龄相差决不止一岁多。很显然，在写第二回时，雪芹脑中所想到的是曹寅长女和脂砚（两个模特儿素材）之间的年龄之差，在"省亲"一回中，他所想到的是他所创造的"元春"和"宝玉"（有他自己成分在内）之间的年龄之差。这个小矛盾，只有在早期脂评本中存在，经高鹗修改过的后出刊本中，宝玉的生年改迟了"十几年"，便不再有矛盾了。

第三节　脂砚是曹家什么人——他的真名

我们下一步的工作是要找出作者的这位叔叔，老是躲在他的脂砚斋中批书，却不让读者知道他的真姓名的，究竟是谁？他既是作者的叔辈，当然比作者的父亲年轻，但他可能是雪芹之父的亲弟，也可能是堂弟。曹寅有一首诗题说"辛卯（1711）三月二十六日，闻珍儿殇，书此忍恸，兼示四侄，寄西轩诸友三首。"③这珍儿当是曹寅次子，因其长子曹颙于次年（康

---

① 影京本，页43；影残本，总页28下。如果此说是真情，则元春与宝玉只差一岁半。但小说中故事原不必与生活中真实情况相符。并且脂评中没有证实此点，故不必深究。
② 同上，第十七、十八回，页387。
③ 《楝亭诗钞》别集卷四，页8。《新证》页47引，有异文。按是年春曹寅在南京织造任内，"珍儿"之殇，他仅由"闻"而知，似乎他不死在南京织造府寓所，可能即死在他北京姊姊（讷尔苏王妃）家中。若然，则书中元春与诸弟之亲密可知。

熙五十一年,1712)曹寅死后继为织造,①现在所知,曹寅只此二子,因曹颙于1715年病故,曹寅一房即无子可继。及雪芹之父,曹宣之子曹𫖯,过继为曹寅之子,才承袭南京织造之任,②所以脂砚不可能是曹寅之子。

曹寅的孪生弟曹宣有四子,但我们只知道其中三人的名字:曹𫖯,即作者之父;曹颀,即曹寅诗中所指的"三侄";③竹磵,即曹寅诗中所指的"四侄"。上文所引曹寅"……兼示四侄……"诗共三首,其二云:"予仲多遗息,成才在四三,承家望犹子,努力作奇男。"《楝亭诗钞》卷六又有《和竹磵侄上巳韵》。这位"四侄"能作诗,他的伯父还居然与他唱和,"三侄"能画梅,他的伯父为他题诗,所以曹寅诗中说"成才在四三"。周汝昌先生说,"知此四侄……当是能画的曹颀的挨肩弟弟"④。其说甚是。曹寅既常常说到他的三侄、四侄,可见曹宣有四子,其中有一个不知其名,也不知是老大或老二,也许幼年亡故,无法追迹。这个四侄也不知其名,只知其字或号是"竹磵"。我们知道曹家这一辈的名字,如颙、颀、𫖯都从"页"字旁,则"竹磵"之名,亦必从"页"。鉴于曹家二代的名和字,皆从《书》《诗》成语而来,如寅字子清,出《舜典》"夙夜惟寅,直哉惟清";宣字子猷,出《大雅·桑柔》"秉心宣犹(即猷),考慎其相"⑤;颙字见《小雅·六月》"其大有颙",《大雅·卷阿》"颙颙卬卬……岂弟君子,四方为纲";颀字见《齐风·猗嗟》"颀而长兮";唯"𫖯"为"俯"若"俛"之或体。则竹磵之名亦当出于《诗经》。但"磵"字不见于经籍,始见于《玉篇》,据《正字通》乃"涧"之或体。据我寡陋所知,清初把此字用于文学者有史谨的《西山精舍》诗:"磵

---

① 参看《新证》,页48,384~385。
② 详见本书第十一章(上)第一节。
③ 《楝亭诗钞》卷五有诗题:"喜三侄颀能画长干为题四绝句"。杨钟羲《雪桥诗话》三集卷四,页19引四首之三,并云:"曹子清(寅)弟兄式好,有思仲轩诗……盖托物比兴,有望于竹村而悲筠石也。侄颀善画梅,能为长干……子猷(宣)故善画,喜其能世其业也。"(并见《新证》,页47引)
④ 《新证》,页47。
⑤ 此两条系周氏考出,见《新证》,页66,特此致谢。

户蜂留蜜,松巢鹤堕翎。"①竹磵之"磵",既为"涧"字或体,则《卫风·考槃》是其出处无疑。诗云"考槃在涧,硕人之宽"。则竹磵当名"硕",正与颙、频、颀排行相同。

周氏据《八旗满洲氏族通谱》,知曹寅有一堂兄荃,另有远房侄儿"曹天佑,现任州同",周氏以为天佑为荃之子。但周氏又以《红楼梦》第二回冷子兴的话比附曹氏家谱,以为"天佑",尚有一兄"某"②则全无佐证。实则《氏族谱》只说天佑为曹氏始祖曹锡远之玄孙,是否即为荃之子,亦无从证实。只要看颙、频诸人皆单名,而天佑复名,可知与曹寅这一房已很远。

周氏在其所建造的曹氏世系表中,把曹颙列为曹宣"三子"中最幼之子。这是因为除了曹寅常说的"三侄"、"四侄"(即颀与竹磵)以外,他又把假想中的曹荃的"二子"硬算作曹寅的"大侄"、"二侄",因此曹频便被挤成最小的"五侄"。③ 我们即使假定曹荃有二子,这种排列方法也大有可疑。因为周氏此表,根据两项先入之见的假设,但二者皆不能证实。第一项假设是:凡曹寅之侄,不论近房远房,排成一队,以年相次,曹寅便按次称他们为"大侄"、"二侄"……"五侄"。第二项假设是:根据"自传说",从冷子兴口中比附出来的曹荃"二子",年龄都比曹宣的儿子大。第一项假设,即使照周氏办法,以小说中人物为比附标准,也是不对的。例如贾政的亲侄贾琏,住在贾政家中替他管家,还是"琏二爷",并不因为他比宝玉大,而升为"琏大爷"。贾政自己的次子宝玉,也是"宝二爷",并不因为上有贾琏而降为"宝三爷"。可见即使是亲兄弟的孩子们,也没有排成一队,以年相次。第二项假设,可能性更小,因为谁也不知道曹荃有几个儿子,和他们年龄的大小。④

---

① 见周亮工《书影》卷七,页 185 引,北京中华书局 1958 年版。
② 《新证》,页 43,46,54。
③ 同上,页 48~50,55。
④ 按《氏族谱》,天佑既"现任州同",显然不与曹寅同住南京。"州同"是"某某州同知"的省称,是州的佐贰官。州是府与县中间的一个行政单位,州同既为外州小官,天佑如何会与曹颙、曹颀等一起排行?

周氏把曹𫖯算作宣之幼子的另一理由,是因为曹颙死后曹𫖯继任织造,在谢恩折中有"伏蒙万岁……特命奴才承袭父兄职衔,管理江宁织造"等语,①因此断定𫖯比颙小。但我们即使认为𫖯比颙小,也没有佐证可以断定𫖯也比顾和竹磵小。其实奏折中的话,并不能作为判断曹𫖯年龄次序的依据。第一,曹颙承袭织造一职,是因为他是前任曹寅的儿子,织造既历代为曹氏世职,则颙之继任乃当然之事,并不因为他比曹𫖯年长才袭职。𫖯之继任,是因为颙死后曹寅绝嗣,康熙命𫖯承继曹寅为嗣子,故仍以"曹寅之子"的资格袭职。奏折中说"承袭父兄职衔",实际上是康熙上谕中原文。其实曹寅既非其父,曹颙亦非亲兄,只因命他承继袭职的上谕中如此说,他如何能改?② 其次,从实际方面看,曹颙死时只二十二岁,江宁织造之职,相当于南京全市所有丝织厂的总经理,极为繁重,自曹寅时即亏空甚多,康熙要在曹寅的侄儿中选一人继袭,似不会选一个年纪最小的来负此重任。照中国旧例,如果某人死后绝嗣,要在他的弟弟的儿子中选一个承嗣,则其弟之长子有优先承继之权。曹顾和竹磵(硕?)既被曹寅称为"三侄"和"四侄",则曹𫖯显然是他的"大侄"或"二侄"。如果曹𫖯是书中贾政的模特儿,则他并不是诗人或画家,③只是一个严厉方正的官僚。但曹𫖯的三弟很早就会画,四弟竹磵,曾与伯父唱和,二人均被曹寅赞为"多才"。

我们现在可以回到脂砚斋来,他不可能是曹天佑,因为第一,天佑好好的在外州做州同,没有理由要和远房伯叔待在一起,经历他的"是幻是真",吟哦他的"闲风闲月"。其次,即使他们幼时曾住在南京,他的远房堂姊也不会对他特别关心,自幼教他认字读书,他也不会直称堂姊为"先姊",甚至于他之"成为废人",要由这位堂姊的"仙逝太早"负责。脂砚也

---

① 《新证》,页 404 引康熙五十四年三月初七日曹𫖯折,参看同书,页 48〜50。
② 按传统的说法,"为后人者为之子",见霍光奏请废昌邑王语,见《汉书》卷六十八《霍光传》。
③ 脂砚在第十六回评语中所引的"南汉先生"之句,并不能证他为诗人。贾政自己承认"我自幼于……题咏上就平平"。影京本,第十七回,页 352;《红楼梦》,页 160。

不可能是曹寅之子,因为寅死时只有一子曹颙,在康熙五十四年(1715)已去世。因此,脂砚必为曹宣诸子之一,曹宣于康熙四十四年(1705)早死,其子女由曹寅抚养,所以他们和曹寅的子女,都是自家姊妹兄弟。① 这是说,脂砚是雪芹的父亲之弟,他可以是寅之三侄曹颀,也可以是寅的四侄曹硕(?),字竹磵。这两个假定,都与上列两点相符:第一,他在评语中常用绘画技术来比书中描写手法,而且对诗词也有相当修养。曹颀和竹磵的"多才",曹寅在"辛卯(1711)三月"的诗中,曾加称赞。第二,从脂砚的评语中,我们知道他可能生于康熙三十六年(1697)或早几年,否则他不会看到康熙四十六年(1707)的末次南巡。② 这一生年的考定,和曹寅辛卯诗中所谓"努力作奇男"年龄大致相符:即在1711年,他大约已十五六岁。如再年轻些,大约不会作诗,即使能做些有孩子气的诗,他的伯父也不会和他的韵。

  我们现在不妨推测一下:如果曹寅的四侄竹磵,名"硕",那么他即是脂砚。因为:首先,"硕"字从"石"从"页","页"为颙、颀、频各名的共同偏旁,也指出他们都是同辈,在《红楼梦》前部,宝玉的主要模特儿是曹硕(即脂砚斋),所以在第一回中,书中主角原来是一块"石头";第五回《红楼梦引子》曲中的"情种"不是作者,而是"石头"。正是脂砚自己,坚持要称此书为"石头记"。其实,"砚"字从"石"、从"见",在篆文中,"页"、"见"二字颇为相似。"脂砚"之"脂",无疑是从宝玉前生在太虚幻境中的道号"赤瑕宫神瑛侍者"③暗示而来,因为胭脂是红色,正与赤瑕相应。可见在"脂砚"这一笔名中,包含着他的真名"硕",也暗示着书中主角"前生"的道号。曹竹磵十四五岁即能作上巳诗,其伯父曾和他的韵,也和小说中宝玉十三四岁即能作诗,大致相符。

---

① 参看《新证》,页61~64。
② 参看本书第八章第一节。
③ 影京本,页16,脂残本同。脂砚给"瑕"字的注解说:"按瑕字,本注玉小赤也,又玉有病也,以此命名恰极。"影残本,总页10下眉批。(《辑评》,页44)高鹗改"瑕"为"霞",大失原意,且极不必要。

现在可以提出一个问题：书中宝玉既为贾母和她丈夫贾代善的嫡孙，又是荣国公的嫡派重孙，"就同当日国公爷一个稿子"①怎么他的模特儿"曹硕"，其实并非曹寅嫡孙？这个问题，当然是先假定"小说中的故事，乃曹家真实生活"，才提出来的。可是即使如此提出，其实脂砚在评语中也已作了答复。第二回中冷子兴说到宝玉出生的故事，有一条评语说："正是宁、荣二处支谱。"②初看此评，似与书中宝玉出生及其在荣府地位完全不符。但我们如果知道，在这里评者脑中又是指宝玉的模特儿（即他自己）在曹家背景中的地位，则此评便完全可以理解。他在这条评语中告诉读者：他不是曹寅的嫡孙，实是曹宣之子、曹寅之侄，所以书中主角的出生，应该算在"支谱"之内。

总结：在本章中，我们试图整理出缠夹已久的作者和评者的关系，并考定书中若干人物的模特儿是曹家什么人。这一工作，因发现了作者在创造人物时所用"移植法"，和在组织故事时所用的"融合法"，才有可能。掌握了这两种方法的规律，使许多对于书中人物和故事极有关系而又似乎难于理解的评语，都能正确地解释其真义所在，从而建立下列若干事实：

（一）元春省亲的故事，是以康熙四十六年（1707）末次南巡，经南京时驻跸曹家织造府这一大事为背景，而加以改造的。

（二）曹寅长女于康熙四十五年冬嫁于平郡王讷尔苏为妃，作者用她作为贾"妃"元春的模特儿。脂砚在评中称她为"俺先姊"。

（三）少年时代的主角宝玉，作者以脂砚为模特儿。这是由脂砚在评中用第一身称代名词的自认所证明。如"为余一喝"，"余犹在心"，"余已忘即，至此……一丝不走"，"谓余何人耶，敢续《庄子》"，"凤姐点戏，脂砚执笔"，"余今批评，亦在'梦'中"，"情不情兮奈我何"，等等。

---

① 影京本，第二十九回，页671；《红楼梦》，页299。
② 《辑评》，页66，录自脂晋本。正文见影京本，页43；《红楼梦》，页17。

（四）脂砚真名，似应是曹硕，字竹磵，为曹宣第四子，乃雪芹之叔。雪芹好友明义和明琳是裕瑞的舅父。裕瑞在《枣窗闲笔》中说：脂砚为雪芹"叔辈"，元春等为其"诸姑辈"，其消息来自他的"前辈姻戚与之交好者"，即其舅父明义和明琳，故确实可信。

第三卷　作者探源

第十章　作者的生卒年

第一节　雪芹的卒年问题

雪芹的生年,到现在还没有人确切知道,但对于他的卒年,却有许多说法。胡适在1922年得到敦诚(1733—1791)的《四松堂集》的一个抄本,他在集中找到敦诚一首挽曹雪芹诗,系年甲申(1764),原诗如下:

四十年华付杳冥,哀旌一片阿谁铭?孤儿渺漠魂应逐(自注:前数月,伊子殇,因感伤成疾),新妇飘零目岂瞑!牛鬼遗文悲李贺,鹿车荷锸葬刘伶。故人唯有青山泪,絮酒生刍上旧坰。①

诗中"四十年华"一语,意义含糊,可以解成"年只四十",也可以说是"四十几岁",胡适以为四十不必是整数,雪芹卒时大概是四十五或不足此数。② 1928 年,他又在脂残本中发现一条评语说:"壬午除夕(1763 年 2 月 12 日)书未成,芹为泪尽而逝。"末有"甲午(1774)八月泪笔"字样。于是胡适改变他的旧说,把雪芹卒年定为"壬午除夕",并假定雪芹"死时年四十五,生时大概在康熙五十六年(1717)"③。胡适定此生年,使雪芹在南京住至十二岁左右,能见其父曹𬱖在织造任内时曹家盛况。有些人同意他所定的雪芹卒年,但对其所定生年,则多表怀疑。④

解放以来,雪芹友人的一些集子陆续影印刊布,其中有敦敏(1728—1796 以后)、敦诚兄弟的诗文集。二人为英王阿济格后裔,与雪芹交往甚密。敦敏在癸未(1763)有一首五律,题为《小诗代简寄曹雪芹》,是约他在"上巳前三日,相劳醉碧茵"。其时为 1763 年 4 月 12 日。⑤ 集中另一诗,题为"河干集饮题壁,兼吊雪芹",可定为甲申(1764)。据此二诗,及上述敦诚吊雪芹诗,周汝昌先生断定雪芹卒于癸未除夕(1764 年 2 月 1 日)而非壬午除夕。脂砚之批写于甲午(1774)八月,已在雪芹卒后十年多。卒于"除夕",当然容易记得,也不会错,但以干支纪年上推,便不简单,容易致误。脂砚显然算错了一年。周氏所定雪芹卒年⑥是正确的。我们还须记得,脂砚此时已八十多岁,记忆力大概也不太好了。

---

① 原诗不见于影印刊本《四松堂集》,胡适引自其新得抄本。吴恩裕《有关曹雪芹八种》(以下简称《八种》)页 5 引此诗,列入《四松堂诗钞》。又在《鹪鹩庵杂诗》页 17,另有挽雪芹诗二首,一首即此诗,而第一、三、四、七、八各句均有差异。第二首云:"开箧犹存冰雪文,故交零落散如云,三年下第曾怜我,一病无医竟负君……"原诗在集中页 53。
② 《考证》,页 84。
③ 《文存》三集,页 569~557。
④ 如《清代名人传略》(英文),页 737,即以雪芹卒于 1763 年 2 月 12 日,但无生年。
⑤ 原诗见《懋斋诗钞》,页 92,"上巳"为旧历三月三日。是诗周氏定为癸未(《新证》,页 167),今按其说可信。
⑥ 《新证》,页 168。

当 1928 年胡适把雪芹卒年从甲申移到"壬午除夕",他也见到敦诚的诗与脂评不符。但他解释道:"敦诚的挽诗作于一年以后,故编在甲申年,怪不得诗中有'絮酒生刍上旧坰'的话了。"①他把末了"旧坰"二字,视为当然等于"旧墓"。胡适平生痛恨律诗,常把律诗和"八股、小脚、鸦片"相提并论,而敦诚的诗却偏偏是七律,因此他没有去弄懂这句诗的意义。

我们先看这末句二字。"旧"字当然毫无疑义,但"坰"决不能解为"坟墓"。它只有一个意义:即《尔雅》"释地"所释:"林外谓之坰。"《鲁颂·駉》"在坰之野"正是此义。"旧坰"只能说是"郊外那个老地方"。因为雪芹住在郊外,死在郊外。如果他恰好也葬在那里,并不能证明他的"墓"和那块地方一样"旧"。②

这句诗的关键在"絮酒"、"生刍"两个典故。二语俱见《后汉书》卷五十三"徐穉传"。李贤注《后汉书》引谢承《后汉书》说:

> 穉(96—168)诸公所辟,虽不就,有死丧负笈赴吊。常于家预炙鸡一只,以一两绵絮渍酒中,暴干,以裹鸡。径到所起冢隧外,以水渍绵,使有酒气。斗米饭,白茅为藉。以鸡置前,酹酒毕,留谒(名刺)则(即)去,不见丧主。

本传正文说:

> 及(郭)林宗有母忧,穉往吊之,置生刍一束于庐前而去。众怪,不知其故。林宗曰:"此必南州高士徐孺子也。诗不云乎:'生刍一束,其人如玉'?我无德以堪之。"

---

① 《文存》三集,页 570。
② 参见《红楼梦问题讨论集》二集,页 186。王瑶先生在其文中提到曾次亮先生曾同样地指出:"坰'字只可当'郊野'讲,并没有'坟墓'的意思。"注明曾氏之文原载 1954 年 4 月 26 日《光明日报》。但王氏未言曾文中对雪芹卒年作何结论。曾氏原文未见。(在《综论曹雪芹卒年问题》的"跋文"中,作者提及曾氏以天文及气象学证据,证明懋斋诗确作于癸未。——编者附注)

观此二事,"絮酒"、"生刍"都是在初丧赴吊时的典故,决不是墓已变"旧"的吊唁。"絮酒"、"斗饭"放在"冢燧外",其时墓道尚未填土,故可见"燧"。"生刍"置于"庐前",庐正指丧庐。徐穉不会等郭林宗的母亲死了一年多才去吊丧。敦诚诗中的"旧坰"只是指雪芹生前和他常会见的郊外那个老地方而已。只要把原句看懂了,就不会误解这是雪芹死后一年多才做的挽诗。在情理上,也没有人等朋友死了一年多才去挽他。

再从诗中第三句自注,我们知道敦诚在甲申(1764)写这挽诗的数月前,雪芹还活着。后因他儿子夭折,才"感伤成疾"。怎么"数月前"才得病的雪芹,在"一年余"以前已经死了?胡适这种"病在数月前,死在一年前"的方法,恐怕连爱因斯坦也算不明白!由敦诚这条自注,更可断定雪芹卒时决在癸未除夕。从雪芹得病到他卒后埋葬,敦诚写此挽诗,为时总共不过数月。假使他的病绵延了数月之久,则此诗竟是甲申新春所作,去雪芹之死可能不过几天。①

敦诚这首挽诗很重要,其中还包含一些消息,向来很少人注意到。即如第六句"鹿车荷锸葬刘伶",似未有人正确了解其原意。刘伶是晋代善饮的诗人,常携一壶酒,乘鹿车到处游历,令其仆"荷锸"相随,对他说:"死便埋我。"②刘伶与雪芹有许多相像的品格:二人都反对儒家哲学,厌恶官僚生活,都有爱好道家自由生活的倾向,坚决反抗他们所处时代中传统的、不合理的封建社会制度,特别是所谓礼教。二人都爱喝酒,反对庸俗思想,他们的诗文在其时代中都很突出。敦诚这联诗中上句"牛鬼遗文悲李贺"指雪芹,下句则指他自己,在这里他记录了一件事实:

---

① 此文写后见吴恩裕先生《〈四松堂集〉外诗辑跋》引敦诚原诗初稿异文,第二句为"晓风昨日拂铭旌"。吴氏据此说:"可见敦诚的挽诗是雪芹癸未除夕死后过了年甲申送葬时所作,距雪芹死期是极近的了。那么,流传的'挽曹雪芹'诗在《四松堂诗钞》中标明是'甲申'年第一首诗,决不是无理由的。"(《八种》,页31)其说与我所考不谋而合。

② 《刘伶传》,见《晋书》卷四十九。

跟在鹿车后面扛着锹,(我)葬了一个"刘伶"。

这是说:埋葬这位善饮的诗人(雪芹)的,正是这首挽歌的作者(敦诚)。当然,他不必亲自扛着锹去挖土。他是生活比较优裕的宗室,又是很能了解和敬爱雪芹的好友。雪芹病时无力延医,已使他深感"竟负君"之痛,①雪芹死后只剩下一个寡妇,葬费比医药费大,更是问题。他在挽诗中用刘伶命仆"荷锸"的典故,乃自谦为雪芹之仆。盖雪芹身后萧条,由敦诚、敦敏兄弟营葬,②他不欲明言其事,但也要在诗中表示他与雪芹是生死之交,恰好雪芹也以嗜酒知名,刘伶的典故用在这儿正合适。胡适得到《四松堂集》的抄本最早,首先看到此诗,却对此句熟视无睹,不著一语。周氏在讨论雪芹卒年时引此句,接着说"则雪芹之逝,可能为除夕纵酒狂饮而猝亡"③,也无根据。敦诚明明说他因子殇而伤感成疾,病中无医而卒。周氏因诗中说到刘伶,遂有此联想,但谁知道刘伶死于哪一天,是否"狂饮而猝亡"?

第二节　雪芹的年龄

雪芹的卒年考定以后,他的生年可以从他的年龄而定。但除非我们把敦诚的"四十年华"认定为"四十岁",否则似无法知道他卒时究竟是几岁。周氏对于曹氏家世,曾费极大劳力,铺陈有关材料,④但他论到雪芹年龄,则只能把敦诚诗句从字面呆看,认定雪芹卒时"年四十岁",⑤并逆

---

① 《八种》所引敦诚挽诗二。
② 敦诚在此诗第二句提出一个没有回答的问题:"哀旌一片阿谁铭?"下联即说他子死妻寡。其实回答即在"鹿车"一句。因"铭哀旌"正是葬礼的一部分,谁为他营葬,即为他"铭哀旌"。此挽诗可作雪芹丧葬的史料。
③ 《新证》,页436。
④ 同上,第六章,页206~457。
⑤ 同上,页434~435。

推其生年为雍正二年(1724)。① 应该指出,在诗中表示数字,夸张或少说实为修辞上常有之事,原不足怪,而律诗由于平仄字数的限制,尤难正确表达数字——因为诗究竟不是算学方程式。② 在以雪芹比李贺(年二十八)那一句中,敦诚在着重表示雪芹死时很年轻,所以如果他把雪芹年龄说得少些,也可理解。但他并未故意把雪芹年龄说小,因"四十年华"可指四十多岁。③ 如果我们接受周氏所定雪芹生年,则其难解的成分将较可信的成分更多。

第一,我们知道在甲戌(1754)以前,脂砚第一次评《石头记》时,作者已在"楔子"中说,他"于悼红轩中披阅十载,增删五次"④。如依周氏所订生年,则雪芹开始写此书时,尚在二十岁以前。⑤ 这在极聪慧早熟的作家,虽非全不可能,但极不平常。尤其是像《红楼梦》这样的著作,作者若非博极群书,对古典文学有深厚的修养,很难写出如此伟大成熟的作品。二十上下的青年,可以写出感情丰富、文字俊美的诗句,但要二十以前就如此饱学,即使能"一目十行",毕竟还受时间上的相当限制。

---

① 《新证》,页416。
② 在讨论雪芹生卒年一章(《新证》第五章,页167~203)中,周氏说:"假如雪芹真个活了四十五岁,敦诚为什么不写成'四五年华付杳冥'而非作'四十'不可呢? 事实上,不但'四五',除去'四三'平仄不调外,从'四一'到'四九'敦诚都可以写,而他单单要写'四十',足见不是无故。这是不能推诿为'举成数而言之'的。"他没有想到在中国旧诗词中,两个数字并列在一起,并不是十进的排列,上数代表"十"位,下数代表"个"位;而是上下二数相乘。例如《紫钗记》第四出说"二八年华"、"三五婵娟"是说十六或十五岁,决不是二十八岁或三十五岁。"三五明月夜"是说十五晚上,决不可能是指某月的"三十五日"。如果敦诚说"四五年华",那只能算"二十岁",不能如周氏所希望,指"四十五岁"。为欲表示几十几,则"十"字不可少。例为段成式诗:"三十六鳞充使时,数番犹得裹相思。"宋元宪用同一典故,却说"私书一纸离怀苦,望断波中六六鳞。"清人用此者,如黄叔琳送孙文博诗云:"可能裁得相思锦,六六红鳞寄莫迟。"可说"三十六",也可说"六六",但不可说"三六",因为"三六"便成"十八",不是"三十六"。相传宋江在李师师家所填《念奴娇》有"六六雁行连八九,只待金鸡消息"之句,以六六加八九,合成一百零八人。
③ 清初学者似有把死者年龄说得小些的风气,例如敦诚卒时年五十八,但纪昀在《四松堂集》序中,说他"甫五旬余而奄化。"
④ 第一回故事前文,各本皆同。
⑤ 《新证》,页426谓"雪芹始草《红楼》"在1745年。按以甲戌(1754)上推十年为1744,若生于1724,则1744为二十岁。

第二，第三十八回黛玉吃了螃蟹后要烧酒喝，脂砚在评中问作者道："伤哉！作者犹记矮颇舫前以合欢花酿酒乎？屈指二十年矣！"①这是一条双行小字墨评，与脂京本正文同抄，是脂砚的"初评"或"再评"。如为"初评"，则在甲戌以前；如为"再评"，则在甲戌(1754)。依此上推二十年为 1734 年或者更早几年。若依周氏所拟生年(1724)，则作者彼时仅十岁或七八岁。② 十岁以下的孩子，似乎不会酿酒，即使会，也是儿戏，这酒大概也不会用在宴会中。照周氏年表，此事发生在 1736 年(乾隆元年)，时雪芹年十三岁。③ 但我们无法相信周氏年表，因其所定年份与脂评不符。

第三，第十三回秦可卿死时警告王熙凤，说到那句"树倒猢狲散"的俗语，④此段眉端朱批说："'树到猢狲散'之语，全(今)犹在耳，屈指卅五年矣。哀哉！伤哉！宁不痛杀！"秦氏此语是曹家的"典故"，因为这是曹寅爱说的"口头禅"，是他西堂中的座客常常听到的。施瑮的《隋村先生遗集》卷六页 16 有《病中杂赋》，其第八首末二句云："廿年树倒西堂闭，不待西州⑤泪万行。"自注云："曹楝亭公时拈佛语对座客云'树倒猢狲散'，今忆斯言，车轮腹转。以瑮受公知最深也。楝亭、西堂，皆署中斋名。"⑥曹寅这句"口头禅"后来竟成谶语：雍正五年(1727)曹頫免职，"树倒"；次年被抄家，"猢狲散"了。但雪芹当然不可能从他祖父那儿听到这话(曹寅死时他还没有生)，一定是后来别人喧传此话，他才听到的。脂砚也曾听到别人转述此话，而且他知道雪芹也听到此话，因为这条批语，不是写给不知道曹家这个典故的"读者诸公"看，而是给熟悉这个典故的作者及其亲友看的。这条朱笔眉批，壬午(1762)年所写，⑦依此上推"三十五年"为雍

---

① 影京本，页 878。参看本书第八章第二节。
② 1754 以后各期脂评中间相隔年数如下：1754～1756～1759～1762～1765～1767～……1774。参看本书第五章表三。
③ 周氏以小说逐回比附想象中的雪芹平生事迹，致有此表。见《新证》，页 182,189。
④ 影京本，页 274。
⑤ 《晋书·谢安传》记安死后羊昙醉后误经西州门(安病舆所经)而恸哭的故事。
⑥ 《新证》，页 393 引。
⑦ 脂京本第十二回至第十五回的朱笔眉批，大多数有"壬午"年月，其无年月者，年份较早，即己卯(1759)所写。

正五年(1727),即曹氏被抄家的上一年,实即前几个月。依周氏说雪芹生于雍正二年(1724),则脂砚所记"三十五年前"(即 1727)时雪芹才三岁,如何会懂得其中的意义?即使假定此批写于丁亥年(1767),即脂京本中所有朱批的最后一年,雪芹也只八九岁,仍不可能了解这句深于世故、竟成恶谶的禅语。今按曹家抄没虽在雍正六年(1728),但曹頫免织造任,则在上年(1727)冬。① 是年三月,曹家的至亲苏州织造李煦因胤禩事再下诏狱。② 而曹家与胤禟有来往。胤禩、胤禟都因与雍正(胤禛)争过皇位,为其死敌。可见曹頫免职的诏书到时,曹家已知大祸将临,马上要像曹寅常说的"树倒猢狲散"了。脂砚、雪芹和别人悚然听到这句禅宗的谶语,正在雍正五年(1727),与壬午(1762)脂评所谓"屈指卅五年矣",完全符合。此时雪芹当已十岁以上,才能深知此语所含的惨痛意义。

因此,不论从书中作者的自白"披阅十载"(从 1754 年上推),或从脂砚的批语推算,雪芹的生年决不可能是雍正二年(1724)。如果除此以外,再没有关于他生年的材料,我们也许只好就此搁起这个问题。幸而雪芹的另一朋友张宜泉的《春柳堂诗稿》重印以后,提供了一些新的证据。张宜泉也是汉军旗人,集中有四诗与雪芹有关:

(一)《怀曹芹溪》(页 21 上)

(二)《和曹雪芹西郊信步憩废寺原韵》(页 46)

(三)《题芹溪居士》(页 47 上)

(四)《伤芹溪居士》(同上)

在(三)题下自注云:"姓曹,名霑,字孟阮,号芹溪居士,其人工诗善画。"在(四)题下注云:"其人素性放达,好饮,又善诗画,年未五旬而卒。"据后一条注,上述种种疑难都得到了解答。虽然我们仍未知雪芹的确切年龄,但如假定他卒时是四十八岁或四十九岁——即他生于康熙五十四年或五十五年(1715 或 1716),当不甚远。当他父亲曹頫于雍正五年冬被

---

① 《永宪录》续编,页 390,中华书局 1959 年版。
② 同上,页 352。

免督理江南织造之职，次年(1728)被抄家籍产时，他是十二三岁（旧算十三四岁），此后曹家族中的许多人，包括脂砚和雪芹，都移住北京。

这个推定的雪芹生年，和敦敏在乾隆辛巳(1761)的七律《赠芹圃》大致相符。此诗亦见于铁保编的《熙朝雅颂集》，其中第三联云：

燕市狂歌悲遇合，秦淮残梦忆繁华。①

在敦敏早年的抄本《懋斋诗钞》中，"狂歌"作"哭歌"，"残梦"作"风月"。雪芹在南京时尚只十三四岁，"风月"二字当然不妥，所以后来的集子中改成"残梦"。但如依周氏之说，雪芹生于1724年，他离开南京时只有四岁多，如何能记得"繁华残梦"，或欣赏"秦淮风月"？作为雪芹密切的诗友，敦敏不会连雪芹的年龄、他几岁到北京，都不知道。

此外，我们还可以从他另一诗友的集子中找到同样的证据。满洲诗人明义是乾隆的侍卫明琳、明瑞(？—1768)诸人的兄弟，他的姑母是乾隆第一个皇后。他的《绿烟琐窗集》中，有《题红楼梦》七绝二十首，题下注云：

曹子雪芹，出所撰《红楼梦》一部，备记风月繁华之盛。盖其先人为江宁织府。其所谓大观园者，即今随园故址。惜其书未传，世鲜知者，余见其抄本焉。（页107）

---

① 见《考证》页32引，与《懋斋诗钞》五、七句稍异。此诗在《懋斋》中眉端批"选抄"二字，可见异文乃选时所改。按《懋斋》为残抄本，吴恩裕云："《熙朝雅颂集》收了敦敏将近三十首诗（二十九首？二十九首半？），其中竟有二十五首是《诗钞》中没有的。（《八种》，页50）可见敦敏另有全部诗集，《懋斋》所存，殆不及四分之一。比较《懋斋》及《熙朝》两本文字，自以经过修改的后者为佳。如上举一联改后，文义与平仄均较妥善。

诗中用"燕市狂歌"以荆轲、高渐离比雪芹。末联云："新愁旧恨知多少，一醉酕醄白眼斜。"用阮籍故事，可见雪芹愤世嫉俗的情绪。胡适在作《考证》时早见此诗，却说："《红楼梦》只是老老实实地描写一个'坐吃山空''树倒猢狲散'的自然趋势……是一部自然主义的杰作。"

这条注文的重要性有两层：一、作者同时人确定小说的背景是南京织造府的花园，①虽然在小说中，作者给读者的印象是故事背景在北京。很可惜，由于把作者的生年弄错了，周氏费了许多冤枉时间，苦心考订大观园在北京的什么地方。② 二、雪芹在南京住到一定年龄，可以使他后来记得当时的繁华盛况。这是说：他不可能生于1724年，在四岁时便离开了南京。

第三节　雪芹的生年

照我们所推定，雪芹应生于康熙五十四年（1715）或五十五年，则脂砚在上引两条批中所指发生于二十年前及三十五年前之事，均若合符节：如此则"以合欢花酿酒"在雍正十二年（1734），其时雪芹为十九或十八岁。他和脂砚听到"树倒猢狲散"之语，即曹𫖯免职那一年，他是十二岁或十一岁，在一个早慧的孩子，很能了解这一个生动的比喻的含义——尤其是次年即发生抄家的大变故，以及此后族人散走，家景萧条的景况，在他以后的生活中留下了深刻的印象，更使他记住这句不祥的谶语。

乾隆在1735年即位后，雍正和他的诸兄弟及其僚友之间的仇恨自然停止。曹家一度起复，③曹𫖯起官为内务府员外郎。④ 雪芹此时为二十岁或十九岁，其爱情经验，大概在此时或略后才有。在小说中，作者把这些爱情故事，融合在他所创造的主角的生活中，把这生活配置于繁华的南京时代，因此熟悉他的朋友，常在赠诗中把"风月"、"繁华"和"秦淮旧梦"相提并论。他在北京的生活虽然穷苦，但精神很好。回忆中在南京的少年时代，即所谓金陵甄（真）家，和他在北京的困苦生活成为明显的对比，激

---

① 参看本书第十二章。
② 《新证》，页145～157。
③ 见雍正十三年九月初三日（1735年10月18日）乾隆的丝织诰命，为周氏在旧燕大图书馆中发现。《新证》，页422～423引全文。
④ 此由脂评证实，见影残本总页28上，《辑评》页66，在正文"赐了这政老爷一个主事之衔……现已升了员外郎了"下评云："嫡真实事，非妄拟（拟）也。"参见《新证》，页424。

发他写成这部伟大的人间悲剧。他开始写作,大致在二十九或二十八岁,即乾隆九年(1744),*而前八十回的稿子,则在1754年(甲戌)已大体完成。在下章中,我们对于他的生年是1715年或1716年这个问题,将做进一步探求。

---

* 编注:此点著者以后有修正,见《残本脂评〈石头记〉的底本及其年代》。

第十一章(上) 作者的家世及其生活

目前有关雪芹家世及其生活的资料不多,且很散漫。《红楼梦》本身,因其中有些故事取材于作者的家庭背景,所以其中多少有些线索,可以窥测他的早年生活状况。但此书毕竟是小说,既将"真事隐"去,所记只是"贾"(假)事。因此这些线索,除非和脂评及其他有关材料联系起来对看,否则往往不但靠不住,且易引入迷途。如想在小说中探求事实,必须极端谨慎。周汝昌先生因认为"曹雪芹的小说原是当年表写"[1],虽费了许多力气,苦心对照小说中的故事和他想象中的作者生平事迹,[2]同时又把作者的生年弄错了十来年,其说遂多不可信,但他所收集的到曹頫时为止的有关曹家史料,[3]却极有价值。在这方面,周氏之功洵不可没。在下文,我们首先简述新近发现的有关曹家的史料;其次,根据上文所定他的生卒年,联系曹氏家世背景,追迹作者的幼年生活;最后,再从脂评及雪芹友人的作品中所能觅得的材料,略叙作者晚年的生活概况。

---

[1] 《新证》,页203。
[2] 同上,页172~202。
[3] 同上,页205~424。

第一节　曹家的历史背景

雪芹的承继祖父曹寅,是诗人、传奇作家、善本书的收藏家和刊布者;在当时江南许多文人中,他是一个领袖。他继他的父亲曹玺先后为苏州及江宁织造①凡二十二年(1690—1712)。曹寅十五岁时侍康熙读书,次年选授侍卫,②终生为康熙所信任。他为人公正,可从其救江苏知府陈鹏年一事见之。康熙乙酉(1705)第五次南巡,江苏总督满人阿山想借此狠狠地剥削一次人民,要在丁税和粮税上加收百分之三。别人都不敢反对,只有知府陈鹏年坚决抗议,他说南巡费用既说由帝室开支,便不该向人民榨取。阿山和康熙的太子胤礽恨他,便借一个罪名定他"弃市"(在闹市斩首)。因为陈鹏年曾把南京南市楼妓院改建为学校,就诬以"改建南市楼宣讲圣谕,大不敬"的重罪。曹寅本来和陈鹏年不对,听见此事他却为陈辩护,说"陈鹏年居官廉,民以故爱之"。他向康熙叩头至流血,康熙才答应不杀陈鹏年。③ 曹寅和康熙的第九子胤禟(1683—1726)来往。雍正即位(1723)后,因以前与胤禟有争位之仇,把他逮捕,逐出皇族,改名塞思黑(满语"猪猡"),并株连与胤禟有关系之人。曹家之败显然与此颇有关系。④ 雪芹当然深知他家衰败原因,他对于当时封建宫廷内部倾轧,牵连无辜的丑史,不必说是鄙夷而痛恶的。

曹家败亡的另一原因,可能由他们亲戚的牵连。曹寅妻李氏,为苏州

---

① 此职全名为"督理苏州织造"或"督理江宁织造",简称"织造",相当于苏州或南京全市丝织厂的总经理。但另领官衔,如曹寅为郎中,李煦为大理寺卿,曹頫则仅为主事。
② 参看《新证》,页214~216。
③ 陈鹏年(1664—1725)字北溟,湘潭人。康熙辛未(1691)进士,官至河道总督,著有《道荣堂文集》六卷,《沧州诗集》十卷,《历仕政略》、《河工条约》各一卷。关于其被诬及曹寅营救事,见《耆献类征》卷一六四,页18 宋和《陈鹏年传》;钱仪吉《碑传集》卷七十五"河臣"上,页15 余廷灿《陈恪勤公鹏年行状》;同上,页25 曹一士《光禄大夫……陈公神道碑》。俱见《新证》页335~337引。陈鹏年事亦见《湖南文征》卷三十二,《湘潭县志》(光绪十三年重修)卷八。
④ 参见曹頫继任隋赫德雍正六年七月三日(1728年8月8日)奏折,内述调查塞思黑所铸金狮子存于曹頫织造府事,《新证》页420引。

织造李煦之妹。① 煦于雍正五年（1727）因"馈阿其那（满语'恶狗'，指胤禩）侍婢事觉，再下诏狱"②。上年，曹寅之婿"平郡王讷尔苏罪废，以子福彭袭"③。《红楼梦》第四回贾雨村的门子所说"护官符"中的四大家族："这四家皆连络有亲，一损皆损，一荣皆荣。"可知李煦、讷尔苏之罪，也连累曹家。正未必如胡适所谓"坐吃山空"、"树倒猢狲散"的"自然主义"的下场。

曹寅有孪生弟曹宣（1658—1705?）④，也是一个诗人兼画家，兄弟友爱颇笃。宣卒后即由寅照顾他的孩子，其中之一即曹𫖯。寅于康熙五十一年（1712）死后，由其子颙（字连生）继任织造。颙于五十四年（1715）又卒，时年廿一。曹家因四次接南巡之驾，亏空甚大。颙死，曹寅更无他子，则其世袭织造之职无人继任，财源断绝，势必破产。康熙因命将宣子曹𫖯承嗣曹寅一房，俾得继任织造。⑤ 这样，曹𫖯变成了曹寅的法定的嗣子，𫖯子曹霑（雪芹）即为曹寅法定的孙子。⑥

近年有一种说法，以为雪芹是曹颙妻马氏的遗腹子，则应为曹寅的嫡孙。但此说只是一种揣测，并无确证。俞平伯先生亦赞成此说。在《红楼梦八十回抄本》的序言中，他认为："若说'雪芹'是曹颙的儿子，可能性要大些。"（页一）又在注六中说：

　　曹𫖯在康熙五十四年奏折上自称"黄口无知"……可见那时曹𫖯

---

① 康熙五十四年（1715）曹𫖯《代母陈情折》："奴才母李氏"，"奴才母舅李煦"。同年李煦折："臣妹曹寅之妻李氏。"《新证》，页 45 引。
② 《永宪录》续编，页 352。
③ 同上，页 308。
④ 宣字子猷，号筠石。在故书中常误作曹宜。参看《新证》，页 58～68。
⑤ 参看李煦康熙五十四年正月十八日（1715 年 2 月 11 日）奏折；曹𫖯同年三月七日奏折。《新证》，页 403～404 引。
⑥ 前人误以雪芹为曹寅嫡孙。发现曹寅和雪芹的过继关系，曹宣为寅孪生弟的为周汝昌先生主要成绩（《新证》，页 57～68）。周氏所举各事甚确，唯尚有漏举者，如《新证》页 250 引王鸿绪《横云山人集》卷十四，页 5"曹荔轩楝亭图"诗，有"哲嗣双凤举"、"元方秤命出"，均可为证。盖有元方必有季方（见《世说新语·德行》），可见当时均知曹寅有弟宣也。

的年纪的确很轻……雪芹即使……生于雍正初元,距康熙五十七年不过三年,其为曹频的儿子已不大可能。如说他活到近五十,可能性自然更小了。

今按:(一)康熙五十七年(1718)至雍正元年(1723)共五年,非"三年"。俞先生算错了。(二)如上所述,曹频是曹宣长子或次子。至于曹宣的三子、四子,曹寅在康熙五十一年(1712)诗中已说他们能诗、能画,与寅唱和,则至少已有十四五岁。① 可知他们的哥哥曹频至少已十六七岁。至颙死时(1715),又过了四年,曹频已二十左右。(三)奏折中所谓"黄口无知",仅为谦辞,无法据以计算年龄。曹寅于康熙五十一年(1712)三月初九日奏报任内财务,自称:"臣自黄口,充任犬马……况两淮事务重大……急欲将钱粮清楚,脱离此地。"②曹寅始任苏州织造在康熙二十九年(1690)时已三十三岁。虽然他在十六岁时已任侍卫,但此折专论财务,自应从初任织造,才经手财务开始,则三十多岁犹可自谦"黄口"。又曹颙于十九岁任织造,其谢恩折中亦自称"包衣下贱,年幼无知"③。大概对一个年长的皇帝,把自己说得小些,只表示谦卑,不足据为估计年龄的标准。

但雪芹非曹颙遗腹子之最强证据,见于脂评。脂砚明明说雪芹有弟棠村,序其"旧"稿《风月宝鉴》(见第七章)。遗腹子的母亲除非再嫁,不能使遗腹子有弟。颙死后频继任织造,曹氏仍是有钱的体面人家,前任织造的寡妻无再嫁之理。即使马氏再嫁生子,依当时习惯,也不能算作雪芹之弟。

曹家虽然因祖上寄住辽阳,变成旗人,但入关以后,由于中国文化的陶冶,不但汉化甚深,且在下意识中,时露反满情绪。吴恩裕先生《考稗小记》中引曹寅《咏红述事》五言排律一首,其诗体裁仿温(庭筠)李(商隐),

---

① 参看本书第九章第三节。
② 《新证》,页383引。
③ 同上,页396引。

似无足重视,但其中有两句:"弹筝银甲染,刺背□□圆。"吴氏说:"诗中□□处原系缺字。此诗题目及内容均大可推敲。在第二、第三版诗集中,此诗竟被删却,尤非无故。"①其故维何?吴氏未言。诗中缺字,以文义及平仄求之,当为"铁针"或"金针"一类字眼,并非险韵难下之字,以曹寅之诗才,亦断不至想不出适当的字眼来补上;则其所以缺,显然是故意的。此句盖用传说中岳母为岳飞在背上刺"精忠报国"故事。则此诗在二、三版被删却,自然是乾隆大兴文字狱以后之故。② 吴氏所辑雪芹好友敦诚的《鹪鹩庵杂诗》中尚有"岳少保"一首:

> 拐子军残虏气颓,书生叩马不教回。千载遗恨黄龙府,未与诸军痛饮来!③

满族文人热爱中国的情绪,与汉人完全一致,甚至称他们自己的祖先,侵略中原的女真民族为"虏",以岳飞之未能"痛饮黄龙府"为恨,可见我们祖国文化中的忠义之气入人之深,有非过去浅见者流所能想象者。以曹寅而论,他一生为康熙服务,虽似安享富贵,但也未尝不隐怀危惧,惴栗不安。他有一首七律:

> 惆怅江关白发生,断云零雁各凄清。称心岁月荒唐过,垂老文章忧患成。礼法世难拘阮籍,穷愁天欲厚虞卿。纵横捭阖人间世,只此

---

① 《八种》,页91~92。原诗在《楝亭诗钞》别集卷一,页15~16。
② 如徐述夔以《游仙诗》"明朝期振翮,一举去清都"二句,父子戮尸,孙子充黑龙江。曹寅诗"银甲染(朱)",可以曲解为准备替明朝(朱姓)反清;岳飞故事,更是鼓励反侵略的民族精神。此诗下文为"莲匣鱼肠跃,龙沙汗马盘","鱼肠"是吴公子阖闾用以刺吴王僚之剑(见《越绝书》)。"龙沙"是班超所到的西域地名。"汗马"暗指汗血马,故隐"红"字。汉武帝时李广利破大宛得汗血马。二事亦指汉人的民族精神,且都与御外侮有关。
③ 见《八种》,页19。

能消万古情。①

他平日生活优裕，又颇得康熙信任，而集中竟有这样的诗，颇为突出。沈德潜选《清诗别裁》，在曹寅千余首诗中只录此首及另一首五古，似有深意。雪芹后来自号梦阮，他的友人也说他"步兵白眼向人斜"，"狂于阮步兵"②，也以穷愁著书而终其一生，由此可见曹寅的流风余韵，对他颇有影响。

据上文所考定雪芹年代，曹家于雍正六年（1728）移住北京时，他已十二岁或十三岁（旧算十三岁或十四岁）。曹家被雍正下令抄没家产时，似乎曹𬱖及其家人事前已将家中细软、书籍等转移他处。甚至此举为地方当局所知，但未加干涉。事实上，前年苏州织造胡凤翚获罪抄家，胡与妻妾自缢，③上年李煦又下狱，④曹𬱖即预知大事不妙，但在明令抄家以前转移动产，并不违法，地方官亦无从干涉。曹𬱖的继任人隋赫德在雍正六年报告曹氏抄家经过的奏折中列举曹家的财产如下：

> 细查其房屋并家人：住房十三处，共计四百八十三间；地八处，共计十九顷零六十七亩；家人大小男女共一百十四口；余则桌、椅、床、机、旧衣、零星等件及当票百余张外，并无别项，与总督⑤所查册内仿佛。⑥

我们读此清单，不免诧异。曹寅于康熙四十四年（1705）三月十九日

---

① 见《清诗别裁》卷二十，页69，原题为《读洪昉思〈稗畦〉行卷感赠一首，兼寄赵秋谷宫赞》。此诗虽为洪昇文字而作，但既是"感赠"，又兼寄友人，实为自抒怀抱，非寻常泛泛应酬的题跋可比。
② 见《八种》，页4，9。
③ 《永宪录》卷四，页265～266。
④ 同上，页352。
⑤ 按当时江苏总督范时绎，为云贵总督范承勋子，时绎乾隆时为工部尚书，卒于1741年。
⑥ 《新证》，页419引。

奉旨校刊《全唐诗》，①他自己也刊《音韵五种》、《楝亭十二种》，家藏大量宋刊、精刻、善本图书，何以都不见于清单？② 曹氏几代收藏的古玩、字画以及18世纪初年全世界最精美的锦缎、丝绣、纱罗（如脂京本第五十三回的"慧绣"③、四十四回的"软烟罗"、"霞影纱"）都到哪儿去了？怎么清单内只有些"旧衣零星等件"？我们知道曹家在京亲戚中有平郡王福彭（讷尔苏之长子，1726年袭爵）等，在抄家前必先得到情报，预将珍物运京。隋赫德与总督范时绎，大概也知道曹家并无大罪，不过是雍正对胤禛旧人的私仇，故其执行此抄家诏令，并不严格。据说雍正后来听说抄家结果，"止银数两，钱数千，质票值千金而已，上闻之恻然"④。雍正显然被曹𫖯和范时绎遮掩过去了。

隋赫德的奏折中又说："曹𫖯家属，蒙恩谕少留房屋，以资养赡。今其家属不久回京，奴才应将其在京房屋人口酌量拨给。"可见曹家回京住下后，不但其书籍、细软仍为其所有，未经抄没，且有一些房屋奴仆，可以出租及治产，仍可维持生活，比一般平民富裕。对于了解雪芹身世，这是应该记得的要点。否则他在十三四岁随家到京，以后几年中不可能获得那样渊博的学识和贵族社会中的丰富经验。同时他的两个姑母都是王妃，至少有一个表叔（昌龄）是尚书的儿子。虽然抄了家，大不如前，但生活仍过得去，他的亲戚中还有贵族。从此时（1728）到乾隆即位（1735），曹家起

---

① 见《全唐诗》"进书表"。
② 据震钧《天咫偶闻》卷四，页18，曹寅藏书移至北京内城，其中一部分后归昌龄。其后人售与火神庙书商赵某。又李文藻《南涧文集》卷上，页22，"琉璃厂书肆记"："乾隆乙丑（1769）……夏间从内城买书数十部，每部有'楝亭曹印'，其上又有'长白敷槎氏堇斋昌龄图书记'，盖本曹氏而归于昌龄者。昌龄官至学士，楝亭之甥也。"（《新证》，页371～372引）。李氏所买，当即火神庙赵某书肆之书。昌龄后人在嘉庆时又将一部分藏书售与昭梿（1780—1833），即《啸亭杂录》的作者。《国立北平图书馆馆刊》卷四有"楝亭书目"。又《八旗文经》卷五十七，页10，"作者考"甲："曹寅……甥富槎氏昌龄字堇斋，阁峰（傅鼐，1676—1738）尚书子。"震钧殆不知昌龄为曹寅之甥。据此则曹𫖯将书籍、字画运京后，寄存或售与其姑表兄昌龄。
③ 此段文字在今本中已被高鹗删去。按孔尚任《湖海集》卷五有《昭阳袁娘绣册歌》，雪芹取材或本孔诗。
④ 《永宪录》，页390。

复,正是雪芹二十以前的少年时代,他大概正在饱读他祖父的大量藏书,吟诗、学画——后来以此为生;并且我们可以加上一句:喝酒——有些是他自己酿造的。

第二节 作者的诞生及其命名

上节既将曹氏家世简略说明,现在可以讨论与小说中的某些故事有关的若干问题。此书虽非所谓"自传",但书中主角的故事,有些与作者的身世有关,也无须讳言。其所以命名为"宝玉",书中人"听说",是因为他生下时口中含了一块玉。① 这个荒唐的故事,不会只是无稽之谈而已。在此命名的吉祥字面中,必另有含义为其背景。换言之,在他诞生前后家中必有喜事,因此认为这孩子给一家带来了幸福。我们知道曹颙死后,曹寅更无他子可继任织造,如果康熙不令曹頫过继于寅为嗣子,使袭织造之任,曹家势必破产。在上一章,我们因无确切证据,姑定曹雪芹生于康熙五十四年(1715)或五十五年。如果此"含玉而生"的故事是作者生年的一个线索,则其诞生当在康熙五十四年春天敕令曹頫过继的诏书到南京之时,或早几天,所以全家认为这个孩子带了"宝玉"进门。如果这种想法是"娘们儿"的迷信之谈,我们不妨查考一下那些读书明理的"爷们儿"如何看法。这可以从这孩子的命名的意义上入手。

雪芹名霑,是"沾"的古体字,现在已不大用。霑字本义是被雨所淋湿。但在古代,就有吉庆的意义,是"时雨"、"甘霖"之霑,不是普通浸湿之义。如《小雅·信南山》:"既霑既足,生我百谷。"是表示感谢上天的恩泽。后来此字便作狭义的"恩泽"解,如云:"霑溉后学。"但往往专指皇帝的恩

---

① 这种民间传说,外国也有。英国俗语说某人是个幸运儿,因为他"生时口中含了一把银匙"(born with a silver spoon in his mouth),宝玉所佩之玉,当然是普通的"护身玉",但要他慎重保存,就说"这是你生时口中含玉,是你的命根子",以免失去。黛玉初到贾府,曾问此玉来源。袭人说:"连一家子也不知来历……听得说落草时从他口里掏出来的。"此段在程乙本中已被高鹗删去(比较影京本页79,《红楼梦》页33),这是极不应该的,使原作文字大为减色。

泽。最早的例子是扬雄的《长杨赋》："盖闻圣主之养民也,仁霑而恩洽。"①后来臣下上表谢恩,便用此字。例如唐李邕(678—747)被玄宗任为淄州令,其"谢上表"云:"雨露深仁,霑霈及于萧艾。"②又凡诗文中指及诏书,也用此字,如纪唐夫赠温庭筠诗云:"凤凰诏下虽霑命,鹦鹉才高却累身。"③一个濒于破产而被诏令挽救的父亲,用这个"霑"字作为新生儿的名字,自然十分恰当。如果对于曹霑命名这样的解释不错,则他生于康熙五十四年春,恰巧是他父亲奉诏过继,承袭织造的时候。这孩生下来时真算衔了一块"宝玉"到家!

第三节　作者的亲属与其少年生活

关于作者别的亲属,我们已说到他的弟弟棠村把他的"旧"稿定名为《风月宝鉴》,曾为此稿每回作小序,偶尔也在书中加批,署名"梅溪"。④他有两个姑母,大姑嫁与平郡王讷尔苏为妃,次姑亦嫁为王妃。⑤ 在小说中,主角宝玉有兄"贾珠",婚后早死,有庶母弟"贾环",顽劣不成材,常妒忌仇视宝玉。⑥ 脂砚在评语中说:"盖作者实因鹡鸰之悲,棠棣之威,故撰此闺阁庭帏之传。"⑦这似乎指雪芹有兄或弟早死,但早死者不是棠村,因棠村死时,作者既已完成"旧"稿《风月宝鉴》,当然非因棠村之死,始撰此书。周汝昌先生引此评语,加以解释道:

> 这段话极可注意,鹡鸰便是棠棣,如果所指一人,"悲"和"威"便没法调和而讲不通了。我的解释是:鹡鸰之悲,悲的便是这个棠村弟

---

① 《汉书》卷八十七下,页1。
② 《李北海集》,在《乾坤正气集》内,卷二十一,页3上。
③ 《又玄集》卷下,见《唐人选唐诗十种》页26。
④ 参看本书第七章及第二章第一节末尾。
⑤ 参看本书第九章第一节;《永宪录》,页390。
⑥ 例如第二十五回,用烛油烫伤宝玉;第三十三回,激怒贾政打宝玉。
⑦ 《辑评》页68,录自脂残本第二回。《新证》(页52)引此评,说此为"卷二,页十一背面眉批"。

的早逝,而棠棣之威,恐怕便指的是贾环对他有侵辱逼凌的事情。①

　　周氏误解"威"字为"威吓",故有"侵辱逼凌"之说。实则《小雅·棠棣》原文是:"棠棣之华,鄂不韡韡,凡今之人,莫如兄弟。"次章说:"死丧之威,兄弟孔怀。"三章说:"鹡鸰在原,兄弟急难。"《左传》昭公七年八月引此诗二、三章,杜预(222—284)注曰:"威,畏也。言有死丧,则兄弟宜相怀思。""威"字既非"侵辱逼凌"之意,便不能拉扯到什么"贾环……的事上"去,更谈不到"雪芹盖深感于兄弟间的恩怨"(周氏语)。因此在未有确证以前,我们不如认为"贾环"是作者创造的人物,未必曹家真有其人。周氏"人物考"中所定:"弟某,颊庶出第三子——即《红楼梦》里面的贾环,贾政妾赵姨娘所生。"(页51)并无任何依据。至于棠村,似乎有相当才学,且与雪芹友爱,自非书中"贾环"之类。雪芹在北京写小说时,棠村还活着。据甲戌(1754)脂评,"今棠村已逝",则其卒年当在甲戌前不久。

　　关于脂评所谓作者有"鹡鸰之悲,棠棣之威",另外还有两条批语,似可证实雪芹确另有一兄或弟早年死去。第二回叙"贾珠"时,有眉批云:"稍有可望者便死去,叹叹!"②第二十三回:"贾政一举目见宝玉站在跟前,神彩飘逸,秀色夺人……忽又想起贾珠来。"行间朱批说:"批至此,几乎失声哭出。"③作者的这位死去的弟兄,脂砚对他似亦颇有感情,且认为他"有望"。

　　书中每写王夫人疼爱宝玉时,脂砚常有伤感的批语,如:"普天下幼年丧母者齐来一哭!""昊天罔极之恩,如何得报!哭杀幼而丧父母者。""未丧母者来细玩,既丧母者来痛哭!"④这可能有两种解释:一、脂砚自己早年丧母,故有此伤感。二、雪芹幼而丧母,脂砚对他深表同情。雪芹之父

---

① 《新证》,页52。
② 见《新证》,页52,引自脂残,《辑评》未录此条。
③ 影京本,页520;《辑评》,页383。
④ 分别见影京本第二十五回,页564,585;第三十三回,页764。《辑评》,页408,420,475。

曹頫,字南汉,脂砚称他为南汉先生。① 当乾隆十几年(大约 1750 年前后)雪芹正写此书时,他还活着。所以书中说到"后一带花园子里",脂砚说:"'后'字何不直用'西'字?恐先生堕泪,故不敢用'西'字。"②因为用"西"字,曹頫见了会想起南京织造府的"西堂"和"西池",当然要伤心。可见雪芹写此小说时,曹頫还活着。

  曹家搬到北京以后,与在南京时生活状况大不相同:虽然有几门阔亲戚,也有些房产可以过活;但一则,从一个历尽荣华富贵的大族,变成了家败人散的破落户;再则雍正为争位之仇,痛恨胤禩,而曹頫为"金狮子"事与胤禩有旧,曹家到北京等于就近监视,自必惴惴不安;三则那些阔亲戚,见他家败落了,自不免对他们冷淡奚落,第一回楔子中所谓"历尽离合悲欢,炎凉世态"③自是作者痛切的经验。雪芹初到北京时只十四岁(实为十三足岁),未预家事。曹頫既受此重大打击,深知在雍正一朝,他难再起,自然只有逼儿子读书上进,且时时举其祖父曹寅为榜样,说他当年如何有名,才学怎样好等话,作为鼓励。但曹寅既因系康熙亲信,才能世袭织造。而此后情势大异,如欲再兴家业,只有希望雪芹从"举业"的正途出身。曹寅的大量藏书既已移至北京,雪芹才得广泛浏览,"杂学旁收"。他当然也知道他祖父的才名;但读书稍多,发现他祖父也并不是从举业正途出身,倒是一个潇洒的文人,能诗能酒,爱好戏剧词曲,收藏古书字画,所交又大都是当时的文人学者,如邓汉仪、尤侗(1618—1704)、朱彝尊(1629—1709)、阎若璩(1636—1704)、洪昇(1646—1704)、查慎行(1650—1727)。阎、洪诸人连举人也没有考上。曹寅在两淮盐使任内,曾"疏贷内府金百万、有不能偿者请豁免,商立祠以祀之"。④ 在织造任内,也设法减

---

① 影京本第十六回,页 325,朱笔眉批;《辑评》,页 235。
② 《辑评》,页 64,引自脂残第二回。
③ 影残本,页 7 上;影京本,页 12;《校本》,页 3。在程乙本中,此句已被删去,参看《红楼梦》页 2。
④ 《同治上江两县志》卷二十一"名宦",页 31。《新证》,页 339 引。

轻一些对于机工、织户的剥削。① 为陈鹏年事，不惜忤太子胤礽、江苏总督满人阿山，以营救一个平日和他不合，然而清廉爱民的汉人知府。曹寅这些事迹，雪芹当然很向往。但如果他想成为他祖父的"肖孙"，倒不是走做八股考举人的路，而是倾向于文学艺术方面。并且曹寅虽任要职，却有"礼法世难拘阮籍"的通脱思想，自称"西堂扫花行者"的潇洒风度。② 这些都与《红楼梦》前八十回中反理学、反八股、反礼教，爱美、爱率真、爱自由的思想有一些渊源。

雪芹发现了他的祖父，也仰慕他祖父的风度品格。可是他祖父的时代已一去不返。举业是他所不屑的。但不从举业出身，曹家的祖业再也不能复兴。这是一个矛盾。他要思考这矛盾的根源，寻找出路。关于他如何解决这矛盾，我们将在下文论他作品时再说。这里所要指出的是，他在青年时代，由于复兴家业的需要，逼他做举业，才使他发生痛恨八股文的思想；由于厌恶举业，才专力于纯文学（如诗、词、戏曲、小说）的研究，奠定了他后来文艺创作的基础。③ 在这以前，他当然不会没矛盾，譬如家里要他做八股文，准备考举人，他却要吟诗、作画、看小说。这是非常现实的一个矛盾，后来也突出地表现在他的小说中。此外，他所写的恋爱悲剧也可能有他个人的经验融会在故事之中。果尔，则他不但有事业上的矛盾（举业或创作），也有婚姻上的矛盾。他死前不久才有一子，身后所遗为"新妇"，似乎他的前妻无子或结婚很晚。

雍正十三年（1735）秋乾隆即位后，九月初三日诰命追封曹振彦（曹寅

---

① 见张伯行《祭织造曹荔轩文》，《正谊堂集》卷二十三，页 16。此文又说他"凡所陈奏，有直无隐……罹文网者获矜全"。则康熙时已有文网，而曹寅曾营救被祸之人。张伯行在祭文中敢指出此事，也算是有胆量的。又康熙五十一年八月二十七日江西巡抚郎廷极折，也称寅死后，江浙机户、车户、丝商、匠役等均颂寅善政。《新证》，页 388～389 引。
② 杨钟羲《雪桥诗话》续集卷三，页 56。《新证》，页 380 引。
③ 俞平伯先生以为宝玉即雪芹，又以为他"幼年失学"，"以致失学而被摧残"（《研究》，页 117～118）。今既知宝玉之模特儿为脂砚而非雪芹，此说自不能成立。脂砚（竹磵）十四五岁已能诗，其伯父曹寅且与之唱和，亦未为失学。雪芹之饱学，由《红楼梦》本书即可作证。即以宝玉而论，其诗词才学，虽贾政亦不能不承认。若以宝玉为失学，其所失者仅为八股举业。

的祖父)为资政大夫,曹頫起复为内务府员外郎。① 其时雪芹二十岁,为国子监贡生(详后),如他要习举业,正当其时。但他没有考举人,后来便在专教满族子弟的右翼宗学任助教一类的职务(详下)。按理说,曹家起复以后,生活应该过得去,但不知何故,当雪芹移住西郊著书时,景况甚为萧条。南京曹家在雍正六年被抄后,隋赫德还替他们在北京留下些房产,以为生活之资。雪芹在西单附近教书时,当然仍住在城内。但在乾隆二十年(1755)以后,敦敏、敦诚诗中说到他,都说他在西郊结庐著书。这可能是他父亲失业或死了,生活困难,遂把城内房产卖了,住到乡下。也可能再度被抄家,剩下的财产又被没收。《石头记》后半部失去的原稿中有"抄没"、"狱神庙"诸事五六回,②其惨况似乎更甚于南京抄家,因彼时曹氏还许留房屋,也未被捕下狱。在高氏所补后四十回中有锦衣卫抄家一回(第一百零五回),描写较真实,似非亲见其事者不能悬想虚拟。可能高氏得有原稿残文,插入其所补文字中。按雪芹原稿,"抄检"共有两次:第七十四回"抄检大观园",在故事中只能当作"演习",这也许倒是以南京抄家为素材。③ 其后抄没下狱,则可能发生于北京。但不论原因为何,雪芹后来穷了,放弃城内住屋,移住西郊,则是事实。

第四节　从他朋友诗中所见到的曹霑

关于雪芹后半生的身世,我们有比较直接可凭的材料,但因大都来自同时人的诗中,不免十分零碎。诗中说到雪芹,多半反映作诗者对于他的印象,而不是记录他的行事。所以我们所得到的,也只是对他的品格方面

---

① 见本书第十章第三节第二段。
② 影京本第二十回,页444,朱笔眉批;第二十六回,页590,眉批。
③ "抄检大观园"后,第七十五回开始即云:"甄家犯了罪,现今抄没了家事,调取进京治罪。"(影京本,页1801)南京甄家即书中所"隐"曹家在南京"真"事。第七十一回贾母问起屏风,凤姐提到"江南甄家";脂评云:"好一提甄事。盖'真'事欲显,假事将尽。"(影印本,页1707。"真"字误抄作"直"字。)

的描写,却很少说到他的具体生活。在讨论雪芹出生卒年的问题时,我们曾引敦敏、敦诚、张宜泉的诗,请他去喝酒,或记录他的丧葬,等等,可以约略想见他的生活片断。乾隆丁丑(1757)敦诚随其父在长城喜峰口税关任职,写了一首七言古诗给他,原诗如下:

寄怀曹雪芹(霑)

少陵昔赠曹将军,曾曰魏武之子孙。君又无乃将军后,于今环堵蓬蒿屯。扬州旧梦久已觉(雪芹曾随其先祖寅织造之任),且著临邛犊鼻裈。爱君诗笔有奇气,直追昌谷破篱樊。当时虎门数晨夕,西窗剪烛风雨昏。接䍦倒着容君傲,高谈雄辩虱手扪。① 感时思君不相见,蓟门落日松亭樽(时余在喜峰口)。劝君莫弹食客铗,②劝君莫叩富儿门。残杯冷炙有德色,不如著书黄叶村。

此诗首四句赞雪芹善画而叹其穷困。杜甫《丹青引赠曹将军霸》说:"将军魏武之子孙,于今为庶为清门。"末了又说:"穷途反遭俗眼白,世上未有如公贫。""扬州旧梦",敦诚自注说雪芹随其先人在织造之任,仅指其少年时在南京曾见繁华,与杜牧诗中所谓"十年一觉"无关。下句用司马相如在成都酒店门口洗碗的故事,大概只为"裈"字韵脚(因为"十三元"的韵脚不好押),未必有所指,不必拉扯到是否与"寡妇史湘云"结婚这些枝节上去。李贺诗格调奇峭,声色冷艳,敦诚评雪芹诗追李贺而不为李贺所拘束,有其奇气而无其鬼气。说到雪芹的实际生活是"虎门"一联,曾有各种不同说法。周汝昌先生据蔡邕《劝学篇》"周之师氏居虎门,今之祭酒也"一语,以为可指国子监;又谓"虎贲氏"即"侍卫之类的勇士",所以"虎门"又可以指侍卫值班守卫的宫门,则不足为据。他又因此结论到敦诚

---

① "西窗剪烛"用李商隐《夜雨寄北(一作"寄内")》诗。"倒着接䍦"(晋时头巾)用《晋书》卷四十三山简(253—312)事。"高谈雄辩",杜甫《饮中八仙歌》中语,指焦遂。"扪虱谈天下事,旁若无人",晋时王猛故事,见《晋书》卷一一四。
② 冯谖故事,见《战国策·齐策一》。

"与雪芹同为侍卫在一处的事……其事当在乾隆四、五年(1739、1740)以后。"周氏显然忘记了乾隆五年敦诚才七岁。① 敦敏在《四松堂集》前面所附《敬亭小传》中,按年编次敦诚行事,亦未言其弟曾为侍卫。《小传》中却说他年"十一(1744)入宗学……为师长所期许……乙亥(1755)二十二,宗学岁试,考入优等"。次年"以宗人府笔贴式(翻译官)用,因记名焉。丁丑(1757)二月,随先大人司榷山海,住喜峰口"。可见此诗为敦诚二十四岁时在喜峰口所寄,所谓"虎门数晨夕"实指宗学。据吴恩裕先生引《八旗文经》卷三十六果毅亲王胤礼的《宗学记》说:"念我宗室子弟,尤教育所宜先。特谕立东西二学于禁城之左右……即周官'立学于虎门之外以教国子弟'之义也。"②吴氏并引《四松堂集》中《先妣瓜尔佳氏太夫人行述》中敦诚自述:"乙亥(1755)宗学岁试,钦命射策。诚随伯兄(指敦敏)试于虎门。"及敦敏诗"虎门绛帐遥回首","昔年同虎门,联吟共结社"等句,证虎门为北京西城帘子胡同右翼宗学,③其说不可易。敦诚兄弟与雪芹相识,当始于宗学。敦诚赠雪芹诗又有"司业青钱留客醉"④之语。司业是学中助教一类职务,则雪芹曾在宗学任职无疑。雪芹本为贡生,⑤当然有资格在宗学教书。他在宗学任助教时已年过三十,《红楼梦》初稿即在宗学时所写。宗学的学生"联吟结社","西窗剪烛",他则笑傲其间,"高谈雄辩"。但他年龄比敦诚弟兄大二十岁左右,而他们把他当作平辈朋友,不像师生,我认为这正是他洒脱通达的性格,对权贵则"白眼斜视",傲骨峋嶙,对青年却不分彼此,和易近人。⑥

---

① 本书前三卷于 1956 年写成,后二年见吴恩裕《八种》(页 40),亦指出此点。
② 《八种》,页 40 引。
③ 同上,页 40~44。
④ 见《八种》,页 4。参见《杜少陵集评注》卷三,页 136,《戏简郑广文虔兼呈苏司业源明》:"赖有苏司业,时时乞酒钱。"文学古籍刊行社 1955 年北京版。
⑤ 梁恭宸(1814—?)《劝戒四录》卷四,页 9,斥《红楼梦》为淫书,说曹雪芹"以老贡生槁死牖下,徒抱伯道之嗟。"(《新证》,页 448 引)梁虽生于 19 世纪,但其父章钜(1775—1849)见闻博洽,其说必有所本。
⑥ 他描写宝玉也是一方面最讨厌那些峨冠礼服、为官作宰的"国贼禄蠹"(第三十二回、三十六回),一方面却"连一点刚性都没有,连那些毛丫头的气都受的"(第三十五回)。小厮们"坐着卧着,见了他也不理,他也不责备,因此没人怕他,只管随便,都过的去"(第六十六回)。

敦诚诗末有两句劝他的话,初看似乎和雪芹平日诗酒啸傲的性格不相称,当然,敦诚只是套用杜甫诗中几句自白的现成话:"朝扣富儿门,暮随肥马尘,残杯与冷炙,到处潜悲辛。"①借以比雪芹的才学与境遇,仿佛当年杜老。但我们知道,雪芹在北京原有几个阔亲戚:他的大姑丈讷尔苏在雍正四年(1725)爵位被夺,由其长子福彭袭平郡王,②讷尔苏自己卒于乾隆五年(1740),其大姑母也早已死了,③他的姑表兄福彭卒于乾隆十三年(1748)。④ 他的二姑丈,后来也袭了王爵。得他祖父藏书的昌龄,官至学士,也是他的表伯。如果昌龄不是吞没这批藏书,他该偿付的书价是可观的;如果他付了书价,曹家后人也许不至那样贫困。雪芹大概不会奔走于权贵之门,但这些亲戚的炎凉世态(有如第二回中封肃对他女婿甄士隐的行径),他一定亲历过不少。敦诚所指"富儿"门的"残杯冷炙",大概即是昌龄一流的行径。由末句"不如著书黄叶村",我们知道雪芹此时已经远远躲开那些阔亲戚移住到乡下,去继续写他的《红楼梦》了。

乾隆二十四年(1759),雪芹似乎离开北京有一年多,此可由敦敏在次年秋天的诗题见之:"芹圃曹君(霑)别来已一载余矣,偶过明君琳养石轩,隔院闻高谈声,疑是曹君,急就相访,惊喜意外,因呼酒话旧事,感成长句。"按此时期内敦敏一直在北京,而题中说"别来",说相遇的"惊喜意外",则似雪芹回京后尚未告知敦敏。诗中说"年来聚散","人犹在",也表示敦敏原知其先时他往。全诗如下:

可知野鹤在鸡群,隔院惊呼意倍殷。雅识我惭褚太傅,高谈君是孟参军。秦淮旧梦人犹在,燕市悲歌酒易醺。忽漫相逢频把袂,年来

---

① 《杜少陵集评注》卷一,页43,《奉赠韦左丞丈二十二韵》。
② 《永宪录》卷四,页308,雍正四年(1726)"嗣多罗平郡王讷尔苏罪废,以子福彭袭。福彭,和硕礼亲王代善七世孙"。
③ 参看脂评"俺先姊仙逝太早",又曹寅嫁长女与讷尔苏在康熙四十五年(1706),距此时已五十一年。
④ 《清史稿》卷一六一一,页4859,《皇子世表二》,太祖系载福彭为讷尔苏第一子,"雍正三年袭平郡王,乾隆十三年薨"。

聚散感浮云。①

这首诗在《诗钞》中已用笔勾去，表示不在"选"中，其原因当是：一、首句誉雪芹为鹤，余子为鸡，②似不免招忌；二、此诗第三联与后来《赠芹圃》诗第三联文义重复（详下文）。

敦诚在乾隆辛巳(1761)另有《赠曹芹圃》七律一首：

满径蓬蒿老不华，举家食粥酒长赊。衡门僻巷愁今雨，废馆颓楼梦旧家。司业青钱留客醉，步兵白眼向人斜。阿谁买与猪肝食，日望西山餐暮霞。③

据此诗则雪芹移居乡村后，似来解除宗学职务，其俸（青钱）当极微薄，故虽"留客醉"，酒却是赊来的。首句"满径蓬蒿"，与敦诚前诗"环堵蓬蒿屯"所写似为一处。则雪芹自乾隆丁丑(1757)以前即住乡村，以后直至其死未迁居。④"今雨"是新认识的朋友，⑤可见敦诚这次带了新友去访他，见其景况萧条，有感而赋。这位新客，不知是否张宜泉或明义。当时同去的还有敦敏，也写了一首七律，同题同韵。⑥ 他们带去的朋友大概慕雪芹之名而去访，没想到他住在这么一个荒凉的贫民区，心中十分难过，故敦诚有"衡门僻巷愁今雨"之句，但雪芹还是留他们喝了酒，下句的"废馆颓楼"即前诗的"秦淮旧梦"，亦即《红楼梦》中的背景，也是他祖父时代

---

① 《懋斋诗钞》，页39～40。吴恩裕以为诗中"人犹在"或指书中女子(《八种》页103)，非是。
② 此用《晋书》卷八十九《嵇绍传》事："或谓王戎（竹林七贤之一，时为司徒）曰：'昨于稠人中始见嵇绍，昂昂然如野鹤之在鸡群。'"
③ 此诗不见于《四松堂集》印本。据另外两个本子，均注明辛巳作。《新证》页431引此诗，为《四松堂集》卷上，页15。《八种》页4引此诗："见集三十八页，在'平上闸观水势'一诗后。"
④ 据吴恩裕先生考证，其地为"北京西郊香山下面的镶黄旗营附近"。《八种》，页79。
⑤ 用杜甫诗小序："卧病长安旅次，多雨。寻常车马之客，旧，雨来；今，雨不来。"谓旧客雨时也来，今客则雨时不来。故"今雨"后世用为新交之义。
⑥ 吴氏亦认为敦诚、敦敏联袂往访(《八种》，页79)，但对"今雨"无说。

的南京"旧家",即小说中的"江南甄(真)家"。敦敏的诗说:

> 碧水青山曲径遐,薜萝门巷足烟霞。寻诗人去留僧舍,卖画钱来付酒家。燕市哭歌悲遇合,秦淮风月忆繁华。新愁旧恨知多少,一醉酕醄白眼斜。①

合两诗以观,可见他们兄弟二人所了解的雪芹的"旧梦"、"旧恨",都是他少年时代南京生活的回忆,现在变成了小说中的材料。敦敏诗中的"新愁",指上联的"燕市"一句,当即指上文说到的雪芹在北京所经历的"炎凉世态";"旧恨"指上联的"秦淮"一句,尤为显然。是年冬,敦敏另有一诗,题为《访雪芹不值》:

> 野浦冻云深,柴扉晚烟薄,山村不见人,夕阳寒欲落。②

据此诗及下引张宜泉诗,则吴恩裕氏所考雪芹乡居在香山下镶黄旗营附近为是,而旧说在海淀附近是不对的。因海淀离山尚远,不能说是"山村",且附近亦无"野浦"。

敦敏在乾隆庚辰(1760)重遇雪芹一诗后,接着有一首七绝《题芹圃画石》,其内容倒不像是题画,而是描写画者的品格:

> 傲骨如君世已奇,嶙峋更见此支离③,醉余奋扫如椽笔,写出胸中磈礌时。

末句又是用阮籍(210—263)来比他。因为《世说新语·任诞》中说:

---

① 此为影印《懋斋诗钞》抄本,页 57 原文。此诗后来收入《熙朝雅颂集》,文字稍异:"僧舍"作"僧壁","哭歌"作"狂歌","风月"作"残梦","一醉"作"都付","白眼"作"醉眼"。
② 《懋斋诗钞》,页 60。
③ "支离"是《庄子·人间世》篇中人名。"支离"亦作形容词。

"阮籍胸中磈礧,故须酒浇之。"雪芹好画石,这和他书中主角前生是石头,脂砚常呼宝玉为"石兄"是一致的。愿意买画中顽石的人大概不多,则雪芹即不得常醉。以他的亲戚和交游而论,他的画本可以卖给当时的权贵,但他似乎避之唯恐不及。这可以从下面张宜泉的一首诗看出来:

题芹溪居士 姓曹,名霑,字梦阮,号芹溪居士,其人工诗善画。①
爱将笔墨逞风流,庐结西郊别样幽。门外山川供绘画,堂前花鸟入吟讴。羹调未羡青莲宠,②苑召难忘立本(原刊误作"本立")羞。借问古来谁得似?野心应被白云留。

在这里首联指其小说及工作地点,次联指其画与诗。可注意的是第三联:阎立本(?—673)有一次被唐太宗召至春苑池,要他画水上异禽,别人舒舒服服坐着作诗,他却要爬在地面上画鸟。他深以为耻,一回家便教训他的孩子,不许他们学画。③雪芹大概没有因绘事被乾隆召见,但把此句及前引敦诚、敦敏各诗合观,似乎他也有过类似阎立本那种不愉快的经验。这块"顽石"是宁可贫困,也不愿意损害他的"傲骨"的。宜泉此诗,吴恩裕氏以为即题王冈在壬午年所画"幽篁图"雪芹像。④

张宜泉诗中还有几首有关雪芹的诗,因此时这类材料不多,一并录下,以为参考。但张诗在集中按体裁分类,而不是编年,故颇难定其年月。五律中有《怀曹芹溪》一首(页 21 上),似乎是他上次访雪芹后,答请他去喝酒的:

似历三秋阔,同君一别时,怀人空有梦,见面尚无期。扫径张筵久,封书畀雁迟。何当常聚会,促膝话新诗?

---

① 《春柳堂诗稿》,页 47 上。
② 青莲即李白。相传白醉,玄宗曾为调羹以赐之。
③ 见《旧唐书》卷七十七,本传。
④ 《八种》,页 87。

另有七律《和曹雪芹西郊信步憩废寺原韵》(页 46):

> 君诗曾未等闲吟,破刹今游寄兴深。碑暗定知含雨色,墙隤可见补云阴。蝉鸣荒径遥相唤,蛩唱空厨近自寻。寂寞西郊人到罕,有谁曳杖过烟林。

乾隆壬午(1762)敦诚写一首长诗《佩刀质酒歌》①,其序文云:"秋晓遇芹圃于槐园,风雨淋涔,朝寒袭袂。时主人未出,雪芹酒渴如狂,余因解佩刀沽酒而饮之。雪芹欢甚,作长歌以谢余,余亦作此答之。"槐园是敦敏别墅,在北京内城西南角太平湖侧。② 可知雪芹进城,便住在敦敏家中。这天恰巧敦诚去找其兄,遂相遇于城中。原诗如下:

> 我闻贺鉴湖,不惜金龟掷酒垆,又闻阮遥集,直卸金貂作鲸吸。③ 嗟余本非二子狂,腰间更无黄金珰。秋气酿寒风雨恶,满园榆柳飞苍黄。主人未出童子睡,斝干瓮涩何可当。相逢况是淳于辈,一石差可温枯肠。④ 身外长物亦何有,鸾刀昨夜磨秋霜。且酤满眼作软饱,谁暇齐瓿分低昂?元忠两褥何妨质,孙济缊袍须先尝。我今此刀空作佩,岂是吕虔遗王祥?⑤ 欲耕不能买犗特,⑥杀贼何能临边疆?未若一斗复一斗,令此肝肺生角芒。曹子大笑称快哉,击石作歌声琅琅,知君诗胆昔如铁,堪与刀颖交寒光。我有古剑尚在匣,一条秋水苍波

---

① 《四松堂集》卷一,页 15。
② 敦诚《山月对酒有怀子明先生》诗末自注:"兄家槐园在太平湖侧。"《四松堂集》卷一,页 18 上。杨钟羲《雪桥诗话》正集卷六,页 56;又续集卷六,页 24。《新证》页 434 引。
③ 贺鉴湖,指唐秘书监贺知章(659—744)晚年归山阴。诏以鉴湖剡川一曲赐之。阮遥集,即阮孚,晋元帝时为黄门常侍,因以"金貂换酒"被劾。
④ 淳于髡"一斗亦醉,一石亦醉",事见《史记·滑稽列传》。
⑤ 见《晋书》卷三十三《王祥传》。
⑥ 用《汉书》卷八十九《循吏传》,龚遂劝乡人卖刀剑买牛犗,曰:"何为带牛佩犊?"

凉。君才抑塞倘欲拔，不妨斫地歌王郎。①

次年(1763)春,敦敏有《小诗代简寄曹雪芹》:

> 东风吹杏雨,又早落花辰。好枉故人驾,来看小院春。诗才忆曹植,酒盏愧陈遵②。上巳前三日,相劳醉碧茵。

由这些诗,可以看出敦敏、敦诚与雪芹的友谊,和他们生活的情调。雪芹死后,敦诚有挽诗两首,敦敏和张宜泉各一首。敦诚二诗如下:③

> 四十萧然太瘦生,晓风昨日拂铭旌。肠回故垅孤儿泣(原注:前数月,伊子殇,因感伤成疾),泪迸荒天寡妇声。牛鬼遗文悲李贺,鹿车荷锸葬刘伶。故人欲有生刍吊,何处招魂赋楚蘅?④
>
> 开箧犹存冰雪文,故交零落散如云。三年下第曾怜我,一病无医竟负君。邺下才人应有恨,山阳残笛不堪闻。⑤ 他时瘦马西州路,宿草寒烟对落曛。⑥

从敦诚挽诗第二首,知雪芹后有《红楼梦》未完原稿。敦诚生前既为雪芹诗友,死后又为雪芹营葬,⑦则其遗稿亦可能由他保管。所谓"开

---

① 用杜甫《短歌行赠王郎司直》中语:"王郎酒酣拔剑斫地歌莫哀,我能拔尔抑塞磊落之奇才。"
② 西汉末陈遵好客,留客饮则闭门以客车辖投井中,使不得出,见《汉书》卷九十二《游侠传》。
③ 敦诚诗除一首已常见引用外,吴恩裕先生所辑《集外诗》中多出一首,其第一首亦有异文,可知其初稿原有挽诗两首,后来删一首,改一首。及至敦诚死后,嘉庆初刊《四松堂集》(即今影印本)则两首均被删去,未知何故。兹据吴辑本照录,原诗见《八种》页17,改后第一首则在页5～6。
④ 关于此诗改后异文,参看本书第十章首段。
⑤ 《晋书》卷四十九《向秀传》:秀经山阳旧庐,邻人有吹笛者,发声嘹亮,秀乃作《思旧赋》。
⑥ 关于此诗"三年下第",吴恩裕先生以为敦诚在乾隆二十年即1755年以前曾应试失败。"西州路",用羊昙悼谢安事,见《晋书·谢安传》,吴氏亦有解释,参看《八种》,页32～33。
⑦ 见本书第十章第一节末段。

箧",或即敦诚之箧。脂砚在丁亥(1767)年的评语中屡次说到有"狱神庙慰宝玉等五六稿"、"茜雪红玉大回文字"、"卫若兰射圃文字"、"被借阅者迷失"、"惜迷失无稿"等语,①不知所失之稿是否即雪芹卒后敦诚"开箧"所见的"冰雪文"?脂砚卒于甲午(1774)以后,敦诚卒于乾隆五十六年(1791),其时高鹗续书已成,而所失之稿竟无下落,诚中国文学史上千古恨事。

敦敏有一首题为《河干集饮题壁兼吊雪芹》:

花明两岸柳霏微,到眼风光春欲归。逝水不留诗客杳,登楼空忆酒徒非。河干万木飘残雪,村落千家带远晖。凭吊无端空怅望,寒林萧寺暮鸦飞。

此首以诗而论,命意格调都很好,哀戚而不流于肤浅的伤感,深沉而没有造作的晦涩。*但不知为何(也许是因第二句"春"字平仄不协)没有在眉端标"选"字,是不拟收入刊本的一首。

张宜泉的《伤芹溪居士》,其重要消息为题下自注中"年未五旬而卒"一语,已见前引。原诗如下:

谢草池边晓露香,怀人不见泪成行。"北风图"冷魂难返,"白雪"歌残"梦"正长。琴裹坏囊声漠漠,剑横破匣影铓铓。多情再问藏修地,翠叠空山晚照凉。(页47上)

---

① 影京本第二十回,页444,朱笔眉批;第二十六回,页590,604,墨笔眉批。
* 译者附记:中国旧诗译成西文后,除名作外往往不易见佳。此诗本书著者在英文本(页129)译出上半首,虽不用韵,仍富诗意,可以看出原作感情深挚,兹录于后:
  Flowers have brightened up the two banks, willows are still slender and sparse,
  When the beauty of nature reaches one's eyes, the spring is about over.
  The flowing water never does stay, nor did our poet.
  Climbing up these stairs I in vain recall our drinking companion.

"北风图"当即雪芹为宜泉所画,故在宜泉诗注中两次说到他"善画"。"白雪"则泛指其诗文,用"阳春白雪,和之者寡"一典。但下文"梦"字则有双关意义,既指雪芹之长眠地下,又指其《红楼梦》之曲高和寡,残稿未完。

雪芹卒后,盖由敦敏、敦诚营葬于颐和园西十二里之健锐营,其地离碧云寺约一里。①

脂砚在批语中说:《红楼梦》"书未成,芹为泪尽而逝"。读此书者,无不知其和泪研墨,抱恨构思,非伤心人不能作此。但从其友人诗中,亦可见其平居岁月,也不是愁眉苦脸、毫无风趣的。对于饱经忧患的人。泪与笑之间的距离,本来不远。下文所引裕瑞从他舅父明义、明琳处听来的关于雪芹的轶事,当属可信:

> 闻前辈姻戚有与之交好者〔云〕:"其人……善谈吐,风雅游戏,触境生春。闻其奇谈娓娓然,令人终日不倦,是以其书绝妙尽致。……
> 又闻其尝作戏语云:"若有人欲快睹我书不难。惟日以南酒烧鸭享我,我即为之作书"云。②

雪芹爱喝绍兴酒,大概是他少年时在南京喝惯了的缘故。③

---

① 参看《八种》,页 104,107~109。
② 《枣窗闲笔》,页 23,27~28。
③ 参看第六十三回:宝玉生日,袭人和平儿说了,"已经抬了一坛子好绍兴酒藏在那边了"。

第十一章（下）* 诗人曹霑

这篇短文,是上章的附录。希望通过辑录在这里的材料,使读者在了解小说家曹霑之余,对诗人曹霑也有所了解。既然曹霑在同时代人中以诗人饮誉,他的诗自然要比小说《红楼梦》更能说明他的个性。当然,《红楼梦》中也有大量诗歌,但大多专为书中女性人物所作,主要只能显出作者以十几岁女孩子口吻在诗社中即景吟赋的才华,难以代表他自己的成熟作品。可惜他在诗友中备受推崇的诗作早已荡然无存。《脂砚斋重评石头记》出版以前,我们能读到的,只有敦诚附在他文集后面的笔记里引用的两句:①

> 余昔为白香山《琵琶行》传奇一折,诸君题跋不下几十家。曹雪芹诗末云:
>
> 白傅诗灵应喜甚,

---

* 译者附注:这是《探源》英文本的章节顺序。作者在自译上半部时,在本章前增加了一章,所以在中文译本前后两部分合璧时,出现了两个"第十一章",现分别标为第十一章(上)和(下)。编者附注:自此以下,为魏旸译。

① 见敦诚《四松堂集》,卷五《鹪鹩庵笔麈》页285。

定教蛮素鬼排场。①

亦新奇可诵,曹平生为诗,大类如此。竟坎坷以终!……

敦诚从乾隆朝几十位诗坛领袖的题咏中,独独举出曹霑这两句诗加以称道,是意味深长的。

第一节 清初诗坛概况

为了了解敦诚高度评价曹诗的意义,必须回顾一下清初的诗坛。当时戏曲繁荣,而古典诗歌却在长期陈陈相因中归于衰落。诗人中几乎谁也打不破堆砌典故、袭用滥词这一顽固萎靡的俗套。17世纪,王士禛②倡导改革,试图创建"典、远、谐、丽"的新诗派。"典"是用词典雅,"远"是涵意深远,"谐"是音调和谐,"丽"则是合乎规范的清丽。尽管王士禛自己写了许多蕴藉清婉使人乐于传诵的诗,但18世纪诗人的作品却更深地陷入了晦涩费解的典故和抽象莫名的意会。相形之下,上面引用的两句曹诗更显得清新脱俗、合乎典范而又不落窠臼。它用明白洗练的语言,传达了具体的特定内容。至于蛮素,那是白居易钟爱的两位舞女和歌女的小字,不是什么典故,而敦诚曲子所描写的正好就是一则关于白居易的传奇故事。曹诗所独具的这些特点,我们将在下文讨论他的其他诗句时做进一步说明。

脂评问世,使我们有可能从三千多条评语中札出一些曹诗的散句。小说第一回,贾雨村以为邻居甄家的丫头对他垂青,写了一首诗抒怀。脂砚评道:"这是第一首诗,后文香奁闺情皆不落空。余谓雪芹撰此书亦为传诗之意。"③此评并不恰当。因为贾雨村是作者深恶痛绝的奸险之徒,

---

① "蛮"和"素"分别指白居易的爱婢小蛮和樊素。前者善舞,以杨柳腰著称;后者善歌,以樱桃口著称。
② 王士禛(1634—1711),中国诗坛神韵派的创始人,以别号渔洋行世。
③ 见《辑评》,页50,引自脂残本和脂戚本。

这种俗诗只配刻在梳妆盒之类的东西之上。脂砚以为曹霑将自己的某些诗作收到小说里边来了,但这种说法也不完全属实。其实,正是作者本人,对以往的小说家把自己的劣诗掺入小说进行了批评:"不过作者要写出自己的那两首情诗艳赋来,故假拟出男女二人的姓名,又必傍出一小人其间拨乱,亦如戏中之小丑然,……自相矛盾,大不近情理……"①《红楼梦》中的诗和其他小说里的诗区别在于:第一,曹为小说中不同人物代拟的诗,因人而作,风格迥异,分别反映了书中人物不容混淆的个性,而充斥于其他小说中的诗则几乎*是千篇一律的滥调。第二,曹把自己的诗作导入小说是为了提高书的品位,浑然天成,甚至使读者难以分辨,而别人则是拼凑小说以容纳他们的歪诗。从下文列举的例句中可以看出,曹平素的诗作和他为小说中角色代拟的诗歌差别很大。脂砚在评语中所引的曹诗,都具有上述这第二个特点。

第二节　脂评所引残简零句

脂砚在他的评语中,从各种诗歌中引用了二十多句。有些注明了诗的作者,如元微之、扬公回、左贵嫔等。有些注明了出处,如《楚辞》、《诗经》等,②或只说是"唐诗"、"古诗"。还有一些,虽未加注,仍可辨认。如他在一条评语中引用了杜甫的名句,③在另外几条中引用了虽不出名但可查到出处的古诗。④ 除开这些以外,有九句未注出处的诗,其中至少有几句可相信是脂砚见过的曹霑本人的作品,因评者在一些评语中点明了

---

① 见影京本回一楔子,页13。曹所指的此类小说,可以《好逑传》和《玉娇梨》为代表。
* 译者附注:"几乎"二字,是作者用英语添注在自校本上的。
② 见影京本,第七十八回,页1926~1930。
③ 同上书,第二十五回,页580。杜甫,"语不惊人死不休"。
④ 如:《辑评》页44,引自脂残本,回一。"三生石上旧精魂",是唐代僧人圆观所作;影京本第二十五回,页574,引"闲倚绣房吹柳絮",是李商隐句,其中第四字应为"帘";同上又引了杜甫的"笋根稚子无人见",此句第一字有异文。

某一情景是由某一句诗演化而来。① 下面尝试把这些诗句译成英文,并另页录出原句,倘若其中杂有"古诗",敬请博学君子惠赐出处。

中国诗通常以两句一联的形式出现,单句含义往往不全。可惜在脂砚所引的八处中,倒有七句是单句,译文自难表达完善。而且,这些通过翻译表达出来的意义,无疑也会仅仅由于我们全然不知上下文而受到影响。如果其中有些诗句显得平淡,那是因为在翻译过程中部分地或全部地失去了诗的韵味,只剩下一副由分析而得其大意的骨架。

1. The myriad states [of mind] are all to be viewed as states in dreams.

2. Past events, sad and bleak, are unbearable to hear.

3. The road of this world is hard to travel, [only] money can serve as a horse.

4. In daily life [she] loves to wear old clothes.

5.* Remember: the skull and bones in the green grave, Were once in the red chamber the fair one covering her face with her sleeve.②

6. …the flower-burying girl in the pavilion of the flower grave.

7. Rather let the fragrant souls dissolve under the earth [than]…

8. Without the singing of a single bird the hills appear to be even more quiet.**

也许还需要指出,尽管曹霑学识极为渊博,他在这些诗句中并没有引用任何典故。其中有几句诗分明和被他写入小说的女性有关:第四句讲了薛宝钗的日常生活,第六句与第七句显然与黛玉葬花故事(第二十七~二十八回)有关,这一情节可能纯属作者虚构,是他祖父曹寅的别号"西堂

---

① 如脂京本第二十五回,页 574～575 上的朱笔行间夹评。
* 译者附注:英文本把这一联分成两句,列为第五句和第六句,以下三句分别序为 7、8、9。现据作者自校本将有关序数一并改正。
② 脂砚在评贾瑞遭王熙凤残忍捉弄致死时引了这两句诗。
** 译者附注:英译文最后一字原为 mystic,quiet 是作者在自校本中改定。

扫花行者"启发了他。曹寅死后,其友人吴贯勉有诗悼曰:

  魂游好记西堂路,同觅仙花扫落芬。①

祖父的故事一定给曹霑印象极深,成为他艺术创作灵感的一大源泉。

脂评中引用的曹诗原文如下:
一、万境都如梦境看。(脂残本第一回,见《辑评》页 47。)
二、旧事凄凉不可闻。(脂残本第二回,见《辑评》页 58。)
三、世路难行钱作马。(脂残本第四回,见《辑评》页 101。)
四、家常爱着旧衣裳。(脂残本第七回,见《辑评》页 145。)
五、好知青冢骷髅骨,
  就是红楼掩面人。(脂京本第十二回,见影京本页 269。)
六、葬花亭里埋花人。(脂京本第二十三回,见影京本页 527。)
七、宁使香魂随土化。(脂京本第二十三回,见影京本页 527。)
八、一鸟不鸣山更幽。(脂京本第三十七回,见影京本页 849。)
其他书中引用曹霑的诗句还有:
九、白傅诗灵应喜甚,
  定教蛮素鬼排场。②
十、钟情贵到痴。③

---

① 参看《雪桥诗话》二集卷三,页 36;《新证》,页 380。
② 见敦诚《四松堂集》卷五,《鹪鹩庵笔麈》。参看本书本章首段。
③ 据《新证》,页 450。此句录自赵峨双所作的《忆园听涛录》。(我没有读过赵氏此书,不知周氏所记的作者名和书名是否正确。我觉得,也许作者名为赵峨,书名则为《双忆园听涛录》。)[译者附注:以上括号内文字是作者记在自校本上的,原文是英文。]

第四卷　本书探源

第十二章　"大观园"的原址

第一节　关于原址的争论

在清人说部中,故事的背景常随着情节的发展而转移变换。《红楼梦》则不然,全书始终恪守着地点的同一性这一原则*。主要故事发生在大观园内,而园址何处使得许多红学家为之困惑。这种困惑是由小说本身某些不可调和的矛盾引起的。最初提到宁国府和荣国府时,说是二府相连,建在金陵,贾雨村对古董商冷子兴就是这样讲的;①后来的大观园,则是由两府各划出一部,加上两家后花园,凑在一起,改建而成。② 秦可

---

* 译者附言:这是欧洲古典戏剧创作中的三原则之一,被称为"戏剧中的三一律"。其他两条原则是"时间的同一性"和"情节的同一性"。

① 见影京本,回二,页40~41。
② 同上,回十六,页342。

卿死时,她丈夫贾蓉的头衔是江宁府江宁县监生。① 但是,故事的背景又明明是北京或"都城"。元春省亲,全副仪仗,从皇宫到大观园,只花了几个钟头的工夫。② 一次贾母和儿子怄气,扬言要回南京去。③ 书中关于室内的布置陈设和大观园里花草植被的描写亦令人费解。屋里的炕,糊纸的墙,带纱格子的窗,无疑是北国风光。然而,红梅、桂花、芭蕉、竹子,以及其他一些亚热带植物,是难以在北京户外生长的。④ 苛求的尼姑妙玉用"旧年蠲的雨水"泡茶,⑤也不是北京的讲究。1921年俞平伯先生和顾颉刚先生对这些令人困惑的问题进行了漫长的讨论,最后不得不承认他们为探明"大观园"地点所做的努力没有成功。⑥

后来,他们试图用别的方法探讨这个问题。顾颉刚先生通过研究其他文献中有关此书的消息以及作者的生平事迹,把这场讨论引上了正道,只因资料有限,未能做出正确的结论。他首先否定了袁枚在《随园诗话》中关于大观园即他的随园旧址的说法。"袁枚生于1716年,与雪芹生岁不远。"顾先生论证道:"他说'相隔已百余年矣',可见此老之糊涂!"⑦袁枚把曹的生年弄错了,不能由此断定袁枚所说一切都同样错了。袁枚关于大观园的话,是他看到明义题《红楼梦》人物绝句二十首的自注以后,才补入"诗话"的,可见袁枚其实只是在复述明义的注。⑧ 如顾先生当时能看到《绿烟琐窗集》,当不会对袁枚所说全盘否定。

顾先生进一步论证,他在南京和江苏的地方志——《江宁府志》、《江南通志》、《上元县志》中找不到袁氏随园是曹氏旧业的证据。袁枚于

---

① 见影京本,回十三,页281。在高本中,"江宁府"作"应天府",亦指南京。
② 同上,回十八,页384~385。
③ 同上,回三十三,页766。
④ 元春省亲时在湖中船游,"只见清流一带,势如游龙"(《校本》,页176)。元宵池水不冻,非南方不可。第三十七回起诗号,宝玉说:"这里梧桐芭蕉尽有,或指梧桐芭蕉起个倒好。"(同上,页385)——译者附言:这是作者在自校本上的补注。
⑤ 见影京本,回四十一,页948。
⑥ 参看《研究》,页129~135。
⑦ 同上,页135~136,引自顾先生1921年6月24日的信。
⑧ 参看本书第十章第二节末段。

1745年至1748年任江宁知府,1748年又负责监修地方史《江宁府志》。"买(随)园当然在乾隆十四年(1749)之前",顾先生说,如随园是曹宅旧业,"岂有不入志之理?"而且他于1749年所作的《随园记》中也未提及。因此,顾先生认为,袁枚并不知道随园曾为曹氏所有,"而直等看见了《红楼梦》之后方说大观园即随园"①。在地方志和《随园记》中找不到曹氏姓名丝毫不足为怪。南京的曹家早在1728年获罪,虽1735年在北京蒙赦,似乎也好景不长,写上曹氏姓名不能替这些书"锦上添花"。何况,从曹氏离南京到袁枚买随园,此园曾两度易手:先被曹𫖯的后任隋赫德所占,后又归"吴某"所有。② 袁枚告退,早得出奇,意在保全,不愿卷入时政。他在《随园记》中也许是故意不提曹氏姓名。不管怎么说,1749年时小说尚未完稿,袁枚怎么会知道他的园子已被作者写入小说?直到他在《诗话》中引用明义关于"大观园"的注解时,他仍然没有读过小说,这有以下事实为证:明义在诗中赞美史湘云和林黛玉两位姑娘,袁枚却想当然地以为"当时'红楼'中有某校书,尤艳"③。他把明义两首诗中所咏的《红楼梦》中这两位女主人公误认为"某校书",即"一个高等妓女"。④《红楼梦》这个题目来自警幻的同名仙曲,⑤但袁枚对它的象征意义了不知情,竟把"红楼"当作一座内有众多"校书"的妓馆!俞先生指责袁枚关于"大观园"旧址的说法是"荒唐言",⑥但袁对小说的无知恰可驳倒而不能坐实这一指责。

俞先生赞同顾先生的论点,认为顾已排除了"大观园"位于南京的可能性,从而进一步"积极地证明红楼梦之在北京"。他"借作者底生平,参

---

① 参看《研究》,页135～136,引自顾先生1921年6月24日的信。
② 参看张坚《续同人集》卷一,页1,《赠袁枚诗序》,载1908年上海集成(chi-ch'eng音译)书局出版的《随园三十六种》(The Sui Yuan 36 Works意译)。
③ 见《随园诗话》卷二,页4下;《考证》页19～20,《新证》页447引。
④ "校书"就字面而言是文稿校勘者。唐代著名的诗妓薛涛,曾被韦南康在诗中称为"女校书"。从此,女校书便被用为高等妓女的婉称。
⑤ 见影京本,回五,页119～120。
⑥ 参看《研究》,页135。

合书中所叙述"，来完成这个工作。他的第一个证据是：按他推算，曹霑到北京时才六岁，宝玉在小说中首次出场时已有十一二岁，"则红楼梦开场叙事，已在北京"。第二个证据是：王熙凤说她要早生二三十年就可以见到皇帝南巡；而康熙最后一次南巡在 1707 年，可见小说开始时不会早于 1727，也不会晚于 1737 年，"以平均计算，大约在 1732 年左右，曹氏已早北去"。接下去俞先生又说，"从反面看，却没有确切的保证，可以断定红楼梦是在南方的；袁枚的话是个大谎"。① 俞先生的结论是："《红楼梦》所记的事应当在北京，却掺杂了许多回忆想象的成分，所以有很多江南底风光。"②

第二节 重新估价袁枚之说

俞先生的两个论点都成立不了。首先，顾先生对袁枚的指责缺乏根据，他不知道袁枚只是复述了明义的话。因此，不能排除"大观园"在南京的可能性。其次，俞先生关于曹霑年龄的推算，以许多未经证明的假设为基础，是错误的，由此产生的用以支持他的结论的论据也就没有价值可言。俞先生忘掉了，如果作者真是六岁到北方，他几乎不可能记得多少南京的生活，更不可能把童稚时的经历融入北京"大观园"里的旖旎风光。第三，故事中的许多情节发生在南京，"确切的保证"其实并不少：小说本身提供了这样的证据，③脂砚对许多故事的评语提供了这样的证据，本书前几章提到的曹氏友人敦敏、敦诚和明义的话也提供了这样的证据。④ 说袁枚撒了"大谎"，这个结论似乎未免下得太早。俞先生在推算作者年龄时，为了不致与作者友人诗中提到的南京或"扬州"旧梦相左，做了一些

---

① 见《研究》，页 137～138。
② 见《研究》，页 139。
③ 参看本书第十七章第三节"一个更有趣的例子……"以下三段。
④ 参看本书第八章关于"西堂产灵芝"，关于"西堂与先生"；第九章关于"元春省亲"和"康熙南巡"；第十章关于 1727 年"树倒猢狲散"的谶语，敦敏关于作者"秦淮旧梦"的诗，明义关于大观园的注；第十一章（上），敦诚关于作者"扬州旧梦"的诗。

牵强的尝试;俞先生关于作者所记是北京的事情,但掺杂了他对南京的回忆这一结论,也并不更加坚实。

周先生把曹霑的生年断在1724年,则曹家迁到北京时他才四岁。因此,他也只能把故事背景定在北京,①他甚至成功地发现"大观园"就在北京内城西北角今北京师范大学附近。② 为了证明这一定位正确,他摘出了小说中的一些街名,确认它们与北京的街名相同。③ 这种确认可能是正确的,如果小说真的是曹霑北京生活的写实。但事实却是:作者明确宣布这是一部虚构的小说,他的朋友也把小说称作是他的金陵旧"梦"。④如果我们把它作为一部虚构小说来接受,看来也没有理由可以拒绝,那么,作者当然可以随心所欲地把这一城市的背景放到另一城市之中,也可以把不同的地名列在一起。周先生不应该干的是:在一个地方引用袁枚关于小说的材料时故意删去了其中说到"大观园"的话而不用删节号;⑤而在另一个地方引用袁枚关于"大观园"的陈述时,却又不注明袁文的来源是周在北京图书馆业已发现但其时尚未公开印行的明义诗稿。⑥

"大观园"是不是随园旧址这个问题虽然很有趣,而且在一定程度上也和我们的研究有关,但是,同它究竟位于南京还是北京这个问题一比,就显得不太重要了。对后一问题的答案,部分地有赖于对作者生年的推算,部分地要靠来自他友人著作和脂砚评语中的消息。这都是前面几章中已经讨论和解决了的问题。顾、俞、周三先生提出的论点,年代推算有误,材料考证欠妥,架式虽已摆开,要害尚未击中。我们的推算表明,曹霑在南京生活到十三岁,⑦小说中的某些故事来自他在南京生活的片断,⑧

---

① 参看《新证》第四章《地点问题》,页133~156。
② 同上,页634~636。
③ 《新证》,页138~142。
④ 参看本书第十章第二节后半部和第十一章(上)第四节。
⑤ 参看《新证》,页447。
⑥ 见《新证》页143和页447的注。
⑦ 参看本书第十章第二节,第十一章第一节。
⑧ 参看本章本节此前有关的注。

并不意味着这部小说是作者在"大观园"中生活的记录,也不意味着随园旧址非它莫属。前面已经说过,曹霑在创作中,有时把一个故事移植到另一个上面,有时把相差几十年的几件事镶嵌为一件事。① 对"大观园"地点的考证,自应以作者好友提出的证据为根据,不能靠小说中的情节来推论。根据这个理由,我们有必要再度引用明义《题红楼梦》绝句二十首的注:"曹子雪芹,出所撰《红楼梦》一部,备记风月繁华之盛……其所谓大观园者,即今随园故址。"②这部小说是作者亲自送给明义的。明义又是从谁那里得知"大观园"盛衰变迁的消息的呢?当随园老人在《诗话》中说大观园是随园故址时,也许可以被怀疑为老糊涂吹法螺,但是,那亲自把小说送给明义并告诉他该园消息的作者,总不会糊涂到拿自己的不幸去吹嘘吧。何况,作者的好友敦敏、敦诚,也多次说《红楼梦》是作者的秦淮旧"梦",或"废馆颓楼梦旧家",③总不能说他们的话也是错话或假话吧。

第三节　大观园的"蓝本"

曹頫的江宁织造府 1728 年被他的后任隋赫德接管,这是历史事实。④ 曹寅的著名的"西堂"就在府中,康熙南巡时在此驻跸,成为行宫,⑤它无疑是小说中的"大观园"的蓝本。作者提到此园时,偏偏不说它位于府"西",而说位于府"后"(第二回);脂砚在评语中解释道,作者担心哪怕只提个"西"字,也会使"先生"伤心。⑥ 隋赫德将花园改名"隋园",从主人的姓。不知此园后来归姓吴的主人后是否继续保留这个名称。袁枚得此园,在 1748 年改名"随园",即"随意憩息之园",保留了原名的读音,而赋

---

① 参看本书第九章第二节前三段。
② 同上,第十章第二节末段。
③ 同上,第十一章(上)第四节两引敦诚诗。
④ 同上,第十一章(上)第一节最后两段。
⑤ 同上,第八章第一节首段,第九章第二节首段。
⑥ 同上,第八章第二节末段。

予更合适的含义。① 袁枚在《随园记》中讲得明明白白,此园曾是江宁织造隋公的产业,②从来没有人怀疑过这个陈述的真实性。③ 这就使人很难理解,为什么顾、俞二先生知道曹𬘘和隋赫德是前、后任,还要说曹氏花园不是随园故址。

确认"大观园"是随园故址,并不意味着小说中全部故事都发生在南京。作者在十三岁以前不像能有如此丰富的经历。南京的旧园,在他的"旧梦"中只起到背景的作用,使他在上面画出了复杂的社会和家庭生活的全景。他甚至把这个背景也纳入他成年后的北京生活这一更为宽广的视野之中。因此,"大观园"里的家具陈设是北方型的,但为了保留这一活生生的背景,花草植被仍是长江流域的。至于小说的大环境,则肯定在"都"中,书中有些街名也和北京相同,我们在前面已经指出,作者并不考虑时间顺序,有时把相隔几十年的事件融入另一个故事。同样,他也不拘泥于空间关系,把不同的底片重叠起来,使映像产生相融而不相扰的效果。

---

① 隋赫德的"隋"和"随意憩息"的"随"在一定意义上可以互通。"随"是地名,在湖北省。隋朝的开国之君登基前曾受封为随公。他在公元581年建立的朝代也就以此为名,但他把"随"改为"隋",去掉了下边的"走"字偏旁,他认为这样一改能使隋朝江山永固。
② 见《小仓山房文集》卷十二,页1下。另据陈诒绂《续金陵琐志》之二,页16。在 chih-ho 街附近还有一个旧随园,主人是明朝焦竑(1540—1620)之子、曾在当地任太守的焦润生,清入关后他在云南被杀。这个旧随园在妓院聚集的钓鱼巷之北,更在曹氏织造府之北。也许袁枚会把"红楼"误认为钓鱼巷中的一座房子,但他决不可能把焦润生的随园和隋赫德的织造府混为一谈。(编者按:陈《续金陵琐志》未见。据陈著《金陵园墅志》卷上页20:"随园,江宁焦茂慈太守润生园。……园址当在东冶亭左右。")
③ 见《新证》页419,周先生认为,既然曹𬘘的房屋和仆役都归了隋赫德,则袁枚的随园或亦可能本属曹家所有。

第十三章　后三十回中作者的未完稿和佚文

　　现在我们已经知道,通行一百二十回本的后四十回,出于高鹗之笔。这个所谓"全本",1791 年初刊,1792 年由高鹗和程伟元修订。在脂评曹著的《石头记》即前八十回稿中,故事写到后几回已臻高潮。赫赫贾府露出了败象,大观园内若干居处已荒凉废弃。以宝玉和黛玉为一方,宝钗追求宝玉为另一方的三角恋爱,依然悬在未定之天。这个爱情故事,在高续后四十回中以这样的悲剧收场:贾府的当家人王熙凤,趁黛玉病重,在贾母和宝玉母亲的允准下,设计安排宝玉和宝钗的婚事,却诳宝玉娶的是黛玉。黛玉闻讯,病势益剧,于宝玉成婚的当天夭逝。(第九十六～九十七回)宝玉愤极,终至出家为僧。(第一一九回)高的续书虽也勾画出了贾府没落的主要趋势,终因不少情节与曹霑原定的计划无法协调而损害了全书主题。这种前后矛盾,最刺目的一例是,宝玉出家前,居然应科举考试,赢得了他历来鄙夷不屑并且躲闪唯恐不及的举人头衔。① 高鹗笔下"金陵十二钗"中好几位女子和大观园内其他姑娘的结局,也与小说前半部的

---

① 高鹗本人 1788 年考中举人。参见《考证》,页 61～62。

暗示有所不同。①

在脂砚对前八十回的评语中,也有关于故事结局的提示,因他在写评时已见过原著后三十回的未完稿。这个未完稿中的某些部分,脂砚在世时就散失了。② 下文我们将首先讨论曹霑原稿最后三十回的问题,这最后三十回与前八十回的关系,然后以脂砚斋评语和前八十回伏笔中的线索为先导,探讨这最后三十回特别是最后一回的佚稿。

第一节 所谓"旧时真本"

最早提到《红楼梦》另有一本其结局与高续不同者,是 19 世纪初的《续阅微草堂笔记》。该书把它叫作"旧时真本"。③

> 《红楼梦》一书脍炙人口,吾辈尤喜阅之。然自百回以后,脱枝失节,终非一人手笔。戴君诚夫曾见一旧时真本,八十回之后皆不与今同。荣宁籍没后,皆极萧条,宝钗亦早卒,宝玉无以作家,至沦(原作"论")于击柝之流;史湘云则为乞丐,后乃与宝玉仍成夫妇,故书中回目有"因麒麟伏白首双星"之言也。④ 闻吴润生中丞家尚藏(原作"臧")有其本,惜在京邸时未曾谈及,俟再踏软红,定当叚而阅之,以扩所未见也。

---

① 最清楚的暗示在第五回,宝玉梦见警幻仙子,看了《金陵十二钗》簿册上的诗画,听了《新制红楼梦十二支》曲子,得知这些女儿的下场。见影京本,页 111~116,120~126。暗示还存在于第一回甄士隐对道人《好了歌》的注解(见影京本,页 28~29),和第二十二回的灯谜(同上,页 509~513)中。
② 见影京本,回二十页 443~444,朱笔眉批;回二十二页 510,同上;回二十六页 590,604,墨笔眉批。又,参看本书第四章页 38 注①;第五章第一节首段。
③ 见蒋瑞藻《小说考证》,卷七,页 163。又见《研究》,页 186~187;《新证》,页 556~557。周先生相信,"真本"后半部的情节为曹霑原作。见同书页 558~559。
④ "因麒麟伏白首双星",是第三十一回回目的下联。

这条笔记中主要情节与高续后四十回大不相同。顾颉刚先生认为，这个"真本"的后半部不是作者的未完稿，而是对八十回本的早期补续，出于无名氏之手。俞平伯先生赞成这个观点，说：

> 这大概不错，因为前人——距雪芹年代极近的——如张船山、高兰墅、程伟元、戚蓼生，都说原本《红楼梦》只有八十回。……他们底说话，即使非可全信，也决不是全不可信。他们又何至于联络起来造谣生事呢？①

俞先生正确地赞成顾先生对所谓"旧时真本"的判断。但俞先生提出的论据却无助于这一判断。张、高、程、戚确实说过原本《红楼梦》只有八十回，但不能由此推定凡是他们没有说过的就不存在。高鹗和程伟元密切联手造出了一百二十回本，张船山又是高的妻舅，他们何苦提起可能成为竞争对手的"旧时真本"，从而影响自己的作品呢？高、程二人甚至在各自写的序言中都故意不提脂评的存在，尽管在他们制造的作品中显然存在着脂评的痕迹。② 我们当然不能因此得出结论，说他们没有见过脂评。他们并未将作者的姓名标在书的题页上，我们也不能说他们不知道作者姓名。戚蓼生不是高程一党，但由他作序的有正书局影印本也删掉了脂砚之名，尽管此书评注是脂砚所作。他们并未勾结起来"造谣生事"，但可以肯定，他们全都向读者隐瞒了关于这部小说的某些重要消息。为了证实顾先生的判断，必须对作者原定的计划进行全面考察。

---

① 见《研究》，页188。
② 脂砚在第三十七回，贾芸给宝玉的信后加评"一笑"，高本原样照录。见《红楼梦》回三十七，页380；《研究》，页89～90。又，影印本，回二十一页464，在描写黛玉安睡的文字下，有墨笔双行评语："写黛玉身份严严密密。"高本把"严严密密"四字窜入正文。见《红楼梦》，页206。再，回十七，贾政偕众门客携宝玉同游新建的大观园，在蘅芜院，宝玉指认出许多异草的名目。评者注明，有些名目，出处是左太冲的《吴都赋》和《蜀都赋》。高本把这两篇赋名也窜入了正文。见《红楼梦》，页167。（译者附言：此注最后一例，是作者在自校本中增补的，原文是英文。）

很可惜，写那则"笔记"的人没有见到吴润生收藏的"旧时真本"，无从提供更多的信息。我们不知道这个本子在八十回后还有多少回。显然高鹗的本子一传开，这个"真本"很快就被取代了。不过，就总的故事情节而论，这个"真本"似乎比高鹗的续四十回更接近于曹霑的原计划。"笔记"没有提到"真本"中宝玉后来是否当了和尚。如果没有，也许是曹霑的原稿没有把故事写完——连脂砚也为没有看到宝玉如何"悬崖撒手"而憾恨。① 至于宝玉后来的穷困，则在前八十回的伏线和脂砚的评语中都可得到佐证。② 这个续本的作者，有可能见到过曹霑的某些原稿。

第二节 《风月宝鉴》的分回

我们从脂评中知道，曹霑对全书有一通盘计划，除了现存的八十回外，他还写出了其后的许多回，包括最后一回。③ 脂砚见过，或作者告诉过脂砚，在他评过的八十回以外，后面还有三十回文字。脂砚在第二十一回前一则很长的总评中写道："按此回之文固妙，然未见后三十回犹不见此之妙。"④ 接着，为了同第二十一回中薛宝钗、王熙凤的故事相对照，脂砚提到小说最后部分有两个相关的故事时，引了一联完整的回目：

> 薛宝钗借词含讽谏，
> 王熙凤知命强英雄。⑤

这则评语，由"脂京底贰"的同一誊录者抄出，属于头两期脂评，其年代可系在 1754 年或更早。这联回目和相应的故事，在脂京本或高鹗续四

---

① 见影京本，回二十五，页 585，朱笔眉批，下署丁亥。
② 这一点，后文还要讨论。
③ 见影京本，回十七，页 381，壬午朱笔眉批。
④ 同上，页 459。此页误置于二十回末。
⑤ 这个故事将在下一章讨论。

十回中都没有着落,因此,二者必居其一:要么脂砚写此评时八十回已定稿,他所说的"后三十回"是指作者在八十回后有再写三十回的计划;要么无论全书有多少回,指的是计划中的最后三十回。脂砚在某些评语中没有很强调"三十"这个数字,只笼统说"后数十回",①或"后文"、"后部"。②但脂砚在另外一些评语中说得很明白,全书原定共一百回。他在第二回起首的总评中说:"以百回之大文,先以此回作两大笔以冒之,诚是大观。"③在另一评语中又说:"通灵玉除邪,全部百回只此一见。"④此评语写于"壬午孟夏",可见直到作者去世前不到两年,脂砚还相信全书计划是一百回。因此,他所说的"后三十回",必是一百回中的后三十回,即从七十一回到一百回,而不是八十一回到一百一十回。这可能是因为1754年以前,即脂砚写第二十一回起首的总评以前,全书只完成了七十回,或因为已写成的内容只分为七十回,所以脂砚把此后的部分称为"后三十回"。再者,如脂砚指的是八十回以后的三十回,则全书应是一百一十回。倘真是一百一十回,脂砚却一再宣称全部百回,未免令人感到可笑。

  对棠村小序的研究使我们知道,曹霑原计划的回数和分回情况,都和现存的脂评《石头记》这一"定本"不同,有一篇作于1754年前的小序是这样写的:"今书至三十八回时,已过三分之一有余,故〔作者〕写是回,使……"而这篇录在另纸上的序,却被置于第四十二回正文之前,讲的也是四十二回的事。显然,这里所序的回,即八十回本中的第四十二回,一度被列为第三十九回。⑤ 这种情况,想必反映了作者在早期手稿或《风月

---

① 见影京本,回十九,页414,双行墨笔评语,关于袭人母兄用果品招待宝玉。回三十一,页733,回末墨笔总评,关于卫若兰的金麒麟。又见《辑评》,页303,473。
② 见影京本,回二十一,页472,关于后文宝玉悬崖撒手。回四十五,页1052,关于后文宝钗的生活。又见《辑评》,页353,517。
③ 《辑评》,页57,引自脂戚本,回二。"两大笔"是指女主角林黛玉的家庭背景和贾府的概况。脂戚本中的评语并非都是脂砚所写,但这一条是脂评,因脂京本中也有类似的话。
④ 见影京本,回二十五,页584,朱笔眉批。
⑤ 俞先生正确地指出:在小说初稿中,各回文字长,全书回数少。但他误把早期手稿中的前三十八回当作现存本的头四十二回,其实应换算成第四十一回。他根据这个比例推算出来的数据也有疑点,因为后面各回的篇幅比前面长得多。胡博士认为:"三十八回'已过三分之一而有余',可见原来计划全书只有一百回。"(《近著》,页413)

宝鉴》的回次。前面说过，第十七、十八两回，在脂京本中没有分开，回目也只有一个；脂砚在此回总评中提出篇幅太长，建议分为二回。① 第十九回虽已分出，独立成回，但尚未标出回目。进一步考察脂京本各回长度表明，如略去评语所占的篇幅不计，单算各回正文平均长度：前四分册中的各回平均少于二十页；第五分册中的各回平均二十页左右；第六分册约二十二页；最后两分册约二十五页。② 这样，如果以最后两册的每回平均长度为标准，则头五分册各回短出五分之一，第六分册各回短出八分之一。换言之，脂京本头五十回的长度相当于早期手稿的四十回，③这就是说，按照第六分册中各回篇幅的长度，现存脂京本中的八十回相当于早期手稿的七十回。脂京本第二十六回中有一条早期所写的评语说："看官至此，须掩卷细想上三十回中篇篇句句点红字处……"④此评所涉序数似与前述假设相抵牾，但在脂戚本中，"上三十回"作"上二十回"⑤。可见"三十"只是脂京本抄录者难以数清的笔误之一。如果说这是脂戚本擅作的改动，那也该改为"二十五"才能与所次回数相等，而不应改为"二十"。把脂京本中的二十五回折算成早期手稿中的二十回，正好与我们关于脂京本前五十回长度的分析相合。

也许《风月宝鉴》的实际分回不太分明，也许其中有些部分压根儿没有分回，但以上估算似已足以解释脂砚在考虑"后三十回"时为什么要提到"全书百回"了。全书百回是曹霑的原计划。经过多次修订，前七十回改成了前八十回；而后三十回则未改完，也未成书。如果来得及的话，他

---

① 见影京本，页349。参看本书第五章第三节第一条。
② 参看本书第十三章第四节表8。
③ 脂京本中，前面若干回明显比后面的短。请比较：回十，15页；回十二，12页；回十三，15页；回十四，16页；回十五，16页；回二十三，16页；回三十，16页；回三十二，16页；回三十三，14页。再看后面的例子：回五十七，32页；回六十二，35页；回六十三，37页；回七十四，34页；回七十五，31页；回七十七，34页；回七十八，37页。如作这样的假设，即在作者早期手稿中，前半部中那些篇幅较短的章回曾与其上下回部分地或全部地合在一起，总的回数也比现在少，看来是合乎逻辑的。
④ 见影京本，页592，墨笔双行评语。
⑤ 见《辑评》，页428。

可能会把后三十回浓缩成二十回,凑成一百整数,也可能把后面的部分展开扩充,把全书写成一百二十回。

第三节 《石头记》中的未完部分

最后三十回本身还有许多问题需要处理。首先必须弄清,脂砚作评时曾否见过这三十回的全部或部分。这又引出了另一个更根本问题:曹霑生前到底完成了这三十回中的多少?如他写完了这三十回的全部或某些部分(他显然进行了这方面的工作),那么,为什么各脂评本都没有越出现存八十回的范围?这些问题的答案,仍然只能到脂砚评注和前八十回的伏线中去找。

第五回中的《新制红楼梦十二支》曲子,总结了全书各主要人物的归宿,可见曹霑对全书脉络确实有一个通体完整的构思。其他章回中,也有涉及后文的类似伏线。最明显的是第一回中甄士隐对道人《好了歌》的诠释和第二十二回中众女儿自制灯谜中的谶语。除此以外,还有些不太显眼易被忽视的伏线,但借助于脂评的指点,也可了解故事在后文的发展。我们知道,由其弟棠村作序的《风月宝鉴》是曹霑这部小说的初稿。① 现存的《石头记》既然是重写之作,可见其总体设计必在"增删五次"的第一次之前,时间当早于1750年。在现存的八十回中存在着以下事实:(1)许多回中仍有脱榫或未完成的篇幅;②(2)第十八、十九、七十五、八十回尚缺回目;(3)许多回缺少回末的诗联;③(4)第六十四回和六十七回全缺。由此可以断言,曹霑去世前仍在修改小说的前半部,也许还在重写后半

---

① 参看本书第七章第一段。
② 如影京本中,第十一、三十六、四十一、五十九回各回回首的故事均与前一回不接;页513,第二十二回,脂砚在丁亥即1767年的注中说,作者已于此回定稿前亡故;页1799,第七十五回,脂砚在一条写于乾隆二十一年,即1756年的注中指出回中缺中秋诗,俟曹霑补来。
③ 第五、六、七、八、十三、二十一、二十三回结尾都有一联两句的回末诗。第十七回的回末诗(原文如此。或指回前附页上的诗——编者附注)不是两句而是一首。脂戚本第六十四回末也有一联。参见《红楼梦八十回校本》册二,页725。

部。我们知道,脂京本的底本贰终于第四十回,底本叁始于第四十一回,另有一种早期的印本只包括前四十回。① 从上述各种事实看来,初稿《风月宝鉴》在重写过程中起了详细提纲的作用,发展成《石头记》后才誊清,才加评,先以每册十回的四册形式"发行",后以八册八十回形式发行。第二次"发行"后,作者没有来得及继续改完其余各回交脂砚加评,就逝世了,因而没有作第三次"发行",最后几册并未问世。如果实际情况果如上述,脂砚就不会看到后三十回定稿的全部,他看到的只是其中某些经过修订的章回和旧稿《风月宝鉴》。誊清《石头记》八十回时,《风月宝鉴》"旧"稿后三十回中的有些部分已被改写成"新"版本的后部,②但有些部分尚待展开,其中有些改写稿尚未"发行"就失落了。为了检验上述推断,有必要对脂砚的某些评语做一回顾。

第二十回,讲到丫头茜雪从宝玉屋里出去,脂砚评曰:

茜雪至狱神庙方呈正文。袭人正文标昌:③"花袭人有始有终。"余只见有一次誊清时与狱神庙慰宝玉等五六稿被借阅者迷失,叹叹。丁亥夏 畸笏叟

这个眉批,除了证实上述某些推断外,还提到了小说八十回后的重要故事,有"狱神庙红玉、茜雪一大回文字",④这个故事我们在下文讨论其他评语时还要提到。脂砚所说"五六稿",当是五六"大回文字"。有一点值得注意:脂砚引用了有关袭人故事那一回目中的一句,只有七个字,与八十回中的八字句回目不侔。⑤ 这一异常,只能这样解释:这种七字型回目属于旧稿《风月宝鉴》,尚未改写成与定稿回目一致的句型。

---

① 见《中国通俗小说书目》,页120。
② 关于"新"与"旧",参看本书第七章首段。
③ 此处最后一字被抄错(见影京本,页444)。周先生把"标昌"订正为"标目曰"。见《新证》,页440。
④ 见影京本,回二十六,页590,朱笔眉批。
⑤ 脂砚在另一条评语中又引了后文的一回目,一联两句,各八字。参看本书本章第二节首段。

第十九回宝玉访黛玉,写出了他们互通情愫的最初迹象。脂砚在这回末尾评道:

> 玉生言(香)是要与小恙梨香院对看,愈觉生动活泼。且前以黛玉,后以宝钗,特犯不犯,好看煞。丁亥春　畸笏叟①

丁亥是1767年。我们知道,宝钗从梨香院移居大观园是第二十三回中事,后又搬回梨香院则是第七十五回中事。此评提到的宝钗"小恙",当在八十回后的某一回。脂砚1767年写此评时,该回文字当仍在人间。②

在此以前,脂砚还读过卫若兰"射圃"故事的修改稿,③此稿在作者死后失落。关于这位史湘云未来丈夫的故事以及其他佚稿将在本书第十五章中讨论。

此外,早期手稿中还有一些情节,脂砚见过,但作者从未展开铺陈。其中之一是宝玉绝望的决定——出家。第二十一回讲到宝玉躲进道家思想,脂砚评道:

> 宝玉之情今古无人可比,固矣,然宝玉有情极之毒,亦世人莫忍为者,看至后半部,则洞明矣。此是宝玉三大病也。宝玉有此世人莫忍为之毒,故后文方能"悬崖撒手"一回。若他人得宝钗之妻,麝月之婢,岂能弃而〔为〕僧哉。④

从另一条评语中可以看出,宝玉出家前,家境贫寒已极:"〔宝钗?〕寒冬噎酸齑,〔宝玉〕雪夜围破毡。"⑤此联不全,像是脂砚从某一回目中摘引

---

① 见影京本,回十九,页438,朱笔眉批。
② 这一段为英文本《红楼梦探源》所无,是作者在自校本中增补的,原文是英文。
③ 见影京本,回二十六,页604,署年丁亥,墨笔眉批。
④ 同上,页472,墨笔双行批语;又见《辑评》,页352~353。
⑤ 影京本,回十九,页414。又见《辑评》,页303。

出来的残句。尽管脂砚很清楚宝玉是为何出家的,但在另一则评语中,他说从未见过这一接近尾声处的原稿:

> 叹不能得见宝玉"悬崖撒手"文字为恨。　丁亥(1767)夏畸笏叟①

此评写于作者死后三年半。可能作者生前没有把《石头记》写完。脂砚一定是从旧稿《风月宝鉴》或作者本人那里知道这个结局的。

第四节　警幻"情榜"(附表八)

脂评曾多次提到曹霑未完稿最后一回有一警幻情榜。博学的尼姑妙玉出场时,脂砚在一条早期评语中列出了正册"金陵十二钗"的名单和副册、又副册中几个姑娘的姓名。后来,脂砚在同一页上加了一条眉批:

> 树处引十二钗总未的确,皆系漫拟也。至末回警幻情榜,方知正副再副三四副芳讳。　壬午季春　畸笏②

另有一条评语表明,宝玉也榜上有名:

> 余阅此书亦爱其文字耳,实亦不能评出此二人终是何等人物。后观情榜,评曰:"宝玉情不情,黛玉情情",此二评自在评痴之上,亦

---

① 影京本,回二十五,页585,朱笔眉批;又见《辑评》,页419。在脂残本中,此评没有署名也未系年,其中"宝玉"写作"玉兄"。见《文存》,页605。
② 见影京本,回十七,页381;又见《辑评》,页278。评语第一字"树",当为"前"字之抄误,周氏作了校正。见《新证》,页545。从这条写于壬午年1762年的评语,可以约略推断脂砚见到情榜之前写"前处"评语的大致时间。在第十九回的一条双行夹评里,脂砚也提到了情榜。可见第十七回中"前处"那条评语属于脂砚所写的第一期评语,第十九回的评语则属第二期。曹霑情榜之作,当晚于脂砚的第一期评语而早于第二期评语,约在1754年前。

属囫囵不解,妙甚。①

棠村序文解释宝玉名列情榜的缘由是,因为"宝玉系诸艳之贯"②。脂评中的"情痴",可能是对秦可卿纵情丧生的断语。脂砚在其他一些评语中也提到过情榜或其中的断语。③ 其中之一,评宝玉在起用聪明的丫头红玉问题上犹豫难决,是这样说的:"玉儿每情不情,况有情者乎?"④此处所谓"有情",是指宝玉的大丫头袭人,显然也正是情榜对袭人的断语。而袭人又是宝钗的影子,可见"有情"也是对宝钗的断语。* 这也正如晴雯之于黛玉:晴雯是黛玉的影子,两人同被断为"情情"。

根据第五回《金陵十二钗》簿册和《新制红楼梦十二支》曲中的预言和线索,我们也来尝试对警幻情榜做一番钩沉。宝玉排在榜首,正副五册中的女子则仿照《汉书·古今人表》⑤格式,即:第一行十二钗,由林黛玉领头,依次是薛宝钗,元春,探春,史湘云,妙玉,迎春,惜春,王熙凤,巧姐,李

---

① 见影京本,回十九,页421,双行墨笔评语;又见《辑评》页309～310。所谓"宝玉情不情,黛玉情情",确实费解难译。(译者按:作者在英文本中把"情不情"译为"passionate[Lover] yet without passion at all",把"情情"译为"Lover with pure Love"。)"情不情"和"情情",可用作具体名词或抽象名词,也可用作形容词。一经翻译,必然难以表达原文的含义。
② 见影京本,页349,墨笔过录在第十七回正文前;又见《辑评》,页256。俞先生以脂戚本为根据,认为"宝玉系诸艳之贯"的"贯"应作"冠"。见《研究》,页223～224。"贯",指贯通的脉络;"冠",意谓领袖。改"贯"为"冠",未必得当。
③ 如影京本,回二十二,页506;回二十三,页526;回二十八,页634,636;回三十一,页711。又见《辑评》,页177,引脂残本第八回(其中"情榜"误为"情讲")。
④ 见影京本,回二十五,页561。又《辑评》,页406。"有情"本佛语,但在这里是在"有情人终成眷属"的意义上使用这个概念的。
* 编者附记:关于宝钗的断语,著者在别处还曾推论为"无情",从宝玉生日掣签中得来。见《罗音室学术论著》卷三,页386。
⑤ 此表在《前汉书》卷二十,表中按编史者的道德标准把汉代以前人物分为九类。情榜则根据人物与主人公的伦理关系分册。

纨,秦可卿;第二行,以香菱为首,①其后是宝玉的一些女性亲戚;第三行由宝玉最钟爱的丫头晴雯列第一,其后是袭人②、麝月等。五行共列女子六十名。设横排为行,纵向为列,则每列五人,合一断语。第一列"情情",由第一行的黛玉、第二行的香菱、第三行的晴雯等组成。第二列"有情",以宝钗为首,第二人不详,第三人是第三行的袭人。最后一列,即第十二列,断语是"情痴",③居首的是秦可卿,尤三姐、尤二姐、金钏等属之。④ 我们可以设想第九列的断语是无情,⑤以王熙凤为首,薛蟠妻夏金桂和贾政妾赵姨娘归入这一列。

以情榜作为全书的结尾,体现了作者浑然一体的构思。作者力图通过这个确实宏大的计划,使尘世和彼岸沟通融会,而无损于小说的主要情节和主题思想的现实效果。因此,情榜是对第五回《红楼梦十二支》曲和第一回楔子的补充,赋予它们以更丰富的内蕴。

我们不知道作者在原稿最后一回中是用何种方式来提出这个情榜的。胡博士认为,它大致与《水浒》中的石碣或《儒林外史》中的幽榜相仿佛,因此,他认为,缺了情榜,对小说也无大损失。⑥ 然而,《水浒》中刻有一百单八条好汉名单的石碣,是在他们事业达到巅峰时而不是在收场时

---

① 香菱名列副册第一,这个问题已在警幻仙子的簿册中解决。见影京本,回五,页112。残本第三回脂评也说:"甄英莲(香菱原名)乃付(副)十二钗之首。"见《辑评》,页77。俞先生看了脂京本页380~381的另一条评语后,详细地讨论了这个问题。他认为香菱应列在又副册。(《研究》,页222~223)但俞先生忘了,就在页381的那条评语之上,脂砚在一条署年壬午的朱笔眉批中承认他"前处引十二钗总未的确"。俞先生也未注意他自己转录自脂残本第三回的一条评语。他想使读者相信:曹霑自己在第五回中把警幻簿册写错了;而脂砚后来自认不确的那条评语倒是对的。
② 影京本,回十九,页425。脂评:"袭人……自是又副十二钗中之冠,故不得不补传之。"按,这也是脂砚早期评语,正如上文妙玉出场时那条评语所说,"总未的确。"彼时未见末回情榜。在榜自应以晴雯为首。(译者附言:此注为英文本所无,是作者增补在自校本上的,原文是中文。)
③ 此断语出现在《红楼梦十二支》曲的尾声中:"痴迷的枉送了性命。"见影京本,回五,页125~126。
④ 四人皆因爱情或婚姻变故自杀。
⑤ "无情"这个概念也出现在十二支曲的尾声部分:"无情的分明报应。"见影京本,页125。
⑥ 参看《近著》,页413。

出世的。① 《儒林外史》中的幽榜则是小说的附录,与全书情节发展无关,其真实性也有可疑。② 较为确切的类比是小说《金瓶梅》的最后一回。其时金人大举入侵中国北部,婢女小玉陪着她的主母即小说主人公西门庆的遗孀吴月娘仓皇逃难,南行途中,半夜见高僧普静在佛寺里超度小说中的亡灵,打发他们按照各自的命运转世投生。《红楼梦》原稿在最后一回中,可能有某种类似的处理:宝玉出家后,警幻手持情榜,再度现身,舞台转回到小说开场时那个大荒无稽的仙境。人间俗世形形色色的百态万象,以警幻慧眼观来,自无异于梦幻泡影,而警幻的职司,正如其名所示,告戒世人从幻梦中猛醒。书中人物就这样向他们历劫下凡前的彼岸回归,从而完成"彼岸—此岸—彼岸"的大轮回。③ 至于那块石头,作者早在第一回神话故事里就交代得清清楚楚:他把历劫期间离合悲欢的尘世遭遇镌刻在自己身上。于是乎才有了这部《石头记》。④

表八　脂京本中每回长度一览表⑤

回次	页　序	页数	回次	页　序	页数
1	9～30	19.5	△20	441～457	17.6
2	33～51	18.5	△21	463～482	20
3	55～79	24.3	△22	487～510^d	24

---

① 17世纪40年代后流行的《水浒传》是经过金圣叹评点的,被他删为七十回。此前有一百二十回本,一百十五回本,一百十回本和一百回本,其中有几种至今犹存。见何心《水浒研究》,页22～23,页100～101,上海文艺联合出版社1955年版。

② 《儒林外史》的故事写到万历二十三年(1595)。幽榜则系于万历四十三年(1615),当时小说中的人物已不在人世。见小说第五十五回后附录。根据钱静方《小说丛考》和邓之诚《骨董三记》,此幽榜并非著者原作。见1936年初版,1957年由上海古典文学出版社重刊的孔另境先生的《中国小说史料》,页180～181。杨宪益先生翻译的《儒林外史》英文本(1957年北京版)中,删去了列有幽榜的附录。

③ 作者的朋友明义见到,在早期手稿中,"石头"的确回到了青埂峰下。参看本书,附录二第三段。

④ 见影京本,回一,页11～12。

⑤ 此表已据著者自校本修正。

(续表)

4	83～99	17	△23	515～531	16.2
5	103～129	26.2	△24	535～559	24.4
6	133～153	21	△25	561～585	24
7	157～177	21	△26	587～607	21
8	181～200	19.3	27	611～629	19.5
9	203～219	16.3	28	633～660[d]	27.3
10	223～237[a]	15	29	663～687	24.3
11	241～257	16.6	30	691～707	16.4
△12	259～271[b]	12.5	31	713～732	20
△13	273～288[b]	15.4	32	737～753	16.4
△14	289～305	16.2	△33	755～768[e]	13.7
△15	307～322	15.6	△34	769～790[e]	19.2
△16	323～346	24	△35	791～813[ae]	22.2
△17	351～405[c]	55	△36	817～836	19.5
△18			△37	836～866	27.6
△19	407～439[c]	32.4	△38	869～886	17.7
△39	887～905	18.2	△60	1407～1427[e]	21.1
△40	907～933[a]	26.2	△61	1431～1449[e]	19
△41	939～957	19	△62	1451～1485	34.9
△42	961～983	22.4	△63	1487～1523	36.7
△43	985～1005	21	64	1525～1554[f]	29.1
△44	1007～1028	21.4	△65	1555～1577	22.2
△45	1029～1054	26	△66	1579～1593	15
△46	1057～1081	24.5	67	1595～1623[f]	29
△47	1083～1103	20.7	68	1625～1644[g]	20
△48	1107～1127	20.7	69	1645～1665	21
△49	1131～1152	21.5	△70	1667～1686[ae]	19.6
△50	1153～1180	27.3	△71	1689～1714	26

(续表)

△51	1185~1206	21.5	△72	1715~1737	22
△52	1207~1230	24	△73	1739~1762	24
△53	1231~1256	26	△74	1763~1797	34.4
△54	1261~1285	24.7	△75	1801~1832	31.3
△55	1287~1310	23.5	△76	1833~1859	27
△56	1311~1335	25	△77	1861~1894	34
△57	1337~1368	31.7	△78	1895~1932	37.2
△58	1369~1389[a]	20.3	△79	1933~1948	16
59	1391~1405	14.3	△80	1951~1973[c]	22.2

△——代表此回有双行小字夹评。评语从前数回的占三页至后几回占半行不等。此书每页十行,三百字。回间夹页有墨笔及朱笔评或棠村序文(译者附言:这五个字是著者在自校本上加的)。眉批及行间夹评不占正文,故未标明。

a —— 回末故事与下回回首不接。

b —— 因作者修改致使此回缩短,参见本书第十六章,第四节。

c —— 缺回目。

d —— 作者原稿缺损。

e —— 回中至少有一、二或三条评语。

f —— 脂京本全回缺,从其他底本补,无任何评语,参见本书第十六章第三节末段。

g —— 脂京本丢1642、1643两整页,共五百六十字,因此,此六十八回应为二十二页。

第十四章　曹霑写此书的原定计划

　　曹霑的《红楼梦》中断于八十回，这是中国文学无法弥补的损失，也引起了许多人对作者嗣后计划的猜测。18世纪80年代起，出了许多赓续补亡之作，其中以高鹗所续的四十回最为成功。小说有了高续，才有完整的面目，才得以广泛流传，脍炙人口。但后来脂评《石头记》的出版却使我们借助脂评可以再现曹霑原定的计划，从而得知高续的许多地方与曹霑这一计划不符。

　　除第五回中的《红楼梦》曲子和我们已在第十三章中讨论过的那些线索外，前八十回中还有许多情节，如不与脂评参读，初看似乎只是一些游离的断片，但一经脂评指点，便知这些插曲正和脂砚见过的佚稿中的后文故事遥相呼应。用脂砚的话来说，这部小说就是用这种"千里伏线"*严密地组织起来的。前文出现的故事，看似琐细平常，其实无一"废墨"，都和后文有这样那样的关照。必须充分了解曹霑这种恢宏精致的构思，才能领略这部小说是多么壮丽夺目，其伟大处不亚于最佳的希腊悲剧。高鹗

---

*　译者附言：脂砚曾多次使用"千里伏线"这个概念来形容这部小说的布局。在影京本页733、947和《辑评》页104、132、441等，都可以找到这种评语。

的续作则与前文脱节,不独浪费了自己的笔墨,而且破坏了曹霑设计的脉络,使前八十回的许多情节变得支离芜蔓,无法体现其本初的深意。倘若把曹著的前八十回和高续的后四十回视为一个整体,即使大师如陈寅恪先生,也只能喟叹《红楼梦》在整体结构上甚至不如文康的《儿女英雄传》!①

本章将综述作为全书结局的贾府败亡之由的轮廓。至于书中各个角色在八十回以后的归宿,将在第十五章中讨论。

第一节 "通部书"中之"四大关键"

全书有几大关键,使"风月繁华"的大观园内表面上欢乐幸福的生活急转直下,迭遭大祸,终于导致贾府的败亡。这些关节,曹霑都安排在八十回之后发生,但在高鹗的续四十回中却所存无几,这对我们读者来说真是憾事。小说前半部分的第十八回很要紧,曹霑在这回中精心为后半部埋下了伏线。元妃回府省亲时点过四出折子戏:(1)豪宴,(2)乞巧,(3)仙缘,(4)离魂。这些都是当时流行的剧目,似乎信手点来,漫不经心。但脂砚在评语中破解道:第一出,选自《一捧雪》,"伏贾家之败";第二出,选自《长生殿》,"伏元妃之死";第三出,选自《邯郸梦》,"伏甄宝玉送玉";第四出,选自《牡丹亭》,"伏黛玉之死"。他说,"所点之戏剧伏四事,乃通部书之大过节大关键"②。

对这四出戏,需要做点解释,以便了解它们在小说后文所起的伏线作用。

一、"一捧雪"是一白玉杯的名字。这个稀世之珍受到权门觊觎,致使

---

① 见陈寅恪先生《论再生缘》1951(?)年广州油印本,页 31 上。陈先生做出这一评价是在《脂评石头记》(脂京本)出版之前。编者附注:参阅《罗音室学术论著》第三卷,页 29~30。

② 见影京本,页 402。《一捧雪》是李玉(16 至 17 世纪)的作品。《长生殿》是洪昇(1640—1704)的作品,此剧有杨宪益先生和戴乃迭女士的英译本,1955 年北京出版。《邯郸梦》和《牡丹亭》都是汤显祖(1550—1616)的作品。

其主人莫怀古①身罹大祸。其实,这部戏乃取材于明代将军王忬②的遭遇,王收藏了一幅宋人张择端的名画《清明上河图》,被奸相严嵩之子严世蕃看中夺走,但恶棍汤裱褙向严报告,严所得为赝品。王因此于1559年以贻误军机罪被处决,真实的原因乃是严借机发泄被骗之恨。《红楼梦》中有贾赦霸占穷书生石呆子古画扇的故事。石宁死也不肯放弃扇子,贾赦通过他在当地做官的朋友贾雨村,讹石拖欠官银,将石下狱,把扇子抄将官里,送给贾赦,"那石呆子如今不知是死是活"③。

周汝昌先生正确地指出,此乃贾府终归破败的主要原因之一,而贾雨村也就是这个故事中的恶棍。④ 大概日后陷害石呆子一事败露,贾雨村、贾赦皆因此下狱,所以《好了歌》注中有这样两句:

因嫌纱帽小,致使枷锁扛。

脂砚正在这里加评:"贾赦、雨村一干人。"尽管故事的发展方向不同,但像《一捧雪》中的玉杯毁了莫家(《清明上河图》则毁了王家)一样,画扇最终也给贾府带来了大祸。

二、《乞巧》选自《长生殿》,讲唐明皇和杨贵妃的爱情悲剧。曲中第二十二折《密誓》,是指他们二人七月七日在长生殿山盟海誓,愿生生世世为夫妻。后因贵妃堂兄*杨国忠误国,公元755年安禄山叛乱,贵妃在从长安出逃到四川的途中被缢死。脂评说,此戏伏元妃之死。看来,曹霑原稿中的这一部分,必与高续第九十五回中关于元妃因病早夭的描写完全不同。我们知道,曹霑有一姑母于1706年11月30日嫁给平郡王讷尔苏,⑤

---

① 莫怀古,就字面讲是"不要怀有古董"的意思。
② 见《明史·王忬传》卷二〇四。
③ 见影京本,回四十八,页1115~1116。
④ 见《新证》,页594~595。
* 译者附言:英文本为brother,据著者自校本更正。
⑤ 参见本书第九章第一节。

讷死于 1740 年,①即曹霑之父曹𫖯复职后第五年。② 如小说中的线索可据,曹霑的姑母大约死于 18 世纪 20 年代初,比讷尔苏死得早得多,③看来讷尔苏或其妻之死肯定加速了贾家的没落。④

三、汤显祖的《邯郸梦》是根据唐人沈既济的传奇小说《枕中记》写成的戏曲。有个热衷于仕途的穷书生,姓卢,在邯郸旅舍里遇到道士吕洞宾,当时居停主人正在煮黄粱粥。卢生诉说了人生坎坷,吕给他一个两端有孔的青瓷枕。卢倦极欲睡,见枕孔逐渐变大,便入内,至一贵人家,喜得娇妻,多生贵子,自己登科做官,宦途得意,位至宰相。一度受诬,以叛国罪发配,终因皇恩,遇赦复职,受封为赵国公,寿至八十而薨。于是梦醒,见自己躺在吕洞宾身边,炉上的黄粱粥尚未煮熟。吕告诉他,世间功名利禄也无非一梦。汤显祖这部戏曲的最后一折,题为《合仙》,讲卢生被吕洞宾携至仙境,受仙家点化升天。这个故事,大概与宝玉看破"风月繁华",顿悟人生似梦,接受佛教真谛的故事相似。但与"甄宝玉送玉"之间的联系则难以重构。不过,在原稿佚文中确有玉被"误窃"的故事⑤和凤姐在门前扫雪拾玉的故事。⑥ 高鹗在续作中把失玉写得很神秘(第九十五回),且把还玉的过程更加神秘地说成是一来历不明的和尚所为(第一一五回),显与曹霑原来的构思完全不同。

四、"离魂"是《牡丹亭》第二十折《闹殇》的主题。剧中女主人公杜丽娘因相思而死,林黛玉则因宝玉与宝钗结婚而死。二者相类,自不待言。

既然以上四个戏曲故事伏下了小说后半部发展的线索,是"书"的"大关键",可见这些转折点的发生,必在八十回之后不久。这样,才能留出足

---

① 见《清代名人传》卷二,页 740。
② 参见本书第十章第三节。
③ 参见本书第十六章第四节(一)及有关译注。
④ 关于元春之死,参见本书第十六章第四节(一)(二)。
⑤ 见《辑评》页 178,录自脂残本回八脂评:"塞玉一段又为误窃一回伏线。""塞玉"一事,见影京本页 198。
⑥ 见影京本,回二十三,页 522,墨笔双行评语。

够的篇幅,去写宝玉的婚后生活和其他主要角色的悲剧性下场。①

第二节 贾府的败亡

脂砚用两条评语总结了贾府败亡的根由。其一是对第四回中"护官符"的评语。此符是一张金陵有权势人家的单子,这些家族的成员即使犯了法,地方官也必须特殊回护。单上列了贾、史、王、薛四家,而史是贾母和史湘云的娘家,王是王夫人和王熙凤的娘家,薛是薛宝钗的娘家。脂砚评道:

> 此等人家,岂必欺霸方始成名耶?总因子弟不肖招接匪人,一朝生事则百计营求,父为子隐,群小迎合。虽暂时不罹祸网,而从此放胆,必破家灭族不已。哀哉!②

另一条评语,评的是正文中紧接着的几句表白:"四家皆连络有亲,一损皆损,一荣俱荣,扶持遮饰皆有照应的。"脂砚评道:"早为下半部伏根。"③如是,曹氏原稿后文必有若干处讲到贾府子弟结交匪人致祸,以及其他几家出事对贾府的影响,有些事端的严重,大约到了足以"灭族"的程度。④ 除了贾雨村用奸计夺画扇外,还有其他不少事情也是促使贾家覆亡的原因。如王熙凤受贿三千两银子,害死了一对已经聘定的青年。⑤ 她假丈夫之名,给一位节度使修书,叫他影响他的下属,解除其儿子的婚约。在王熙凤托名修书的文字下面,脂砚评道:"不细。"⑥出手告捷壮了

---

① 在作者早期手稿中,元春之死发生在第八十回之前,但他修改时,把这一情节推延到第八十回以后。参看本书第十六章第四节。
② 《辑评》,页99,录自脂戚本,回四。
③ 同上,页99,录自脂残本、脂晋本。
④ 灭族之祸,不一定坐实贾家。也可能指其他巨富中的某一家。
⑤ 参看本书第八章第二节首段。
⑥ 见影京本,回十五,页322,墨笔双行评语。

王熙凤的胆,她日后越发不择手段地干了许多诸如此类的事。① 在小说后半部,王熙凤的假信想必漏出破绽,罪行败露,殃及贾府。脂砚在评论她受贿三千两时说:"如何消檄,造业者不知,自有知者。"②有一条署名评语还这样说:

  阿凤心机胆量真与雨村是一对乱世之奸雄。后文不必细写其事,则知其生平之作为。回首时无怪乎其惨痛之态③……脂研④

王熙凤的贪婪和贾雨村的奸险使得贾府终被抄家,好多人坐牢,宝玉也未幸免。这些事情的发生,当在宝玉结婚以后,出家之前。

第三节 "落了片白茫茫大地真干净"

最后,每况愈下的贾府连同它的种种罪孽被一场大火烧得干干净净。这可从两条脂评得知。早在第一回甄士隐(真事隐)的女儿元宵被拐的故事中,就有一场火从毗邻的小"葫芦庙"延来,把甄家烧成一片瓦砾。脂砚

---

① 见影京本,回十六,页 324,墨笔双行评语。
② 同上,朱笔行间夹评。
③ "回首",本佛家语,这里用作死的婉辞。袭人在她母亲死后对鸳鸯说:"我也想不到能够看父母回首。"(见影京本,回五十四,页 1265。)高鹗不懂,把它改成"殡殓"。(见《红楼梦》,页 580。)又,参看《儒林外史》亚东版回二十,页 13:"牛先生是个异乡人,今日回首在这里,一些甚么没有。"这是牛布衣死后,他寄寓的庙里的住持在葬礼上说的。
  又,参看《古今小说》卷三十七,《梁武帝累修归极乐》,页 2:"今日拜辞长老回首……闭着眼睛去了。"页 8:"我姊妹二人,今夜与你们别了,各要回首……如何不带挈养娘一同回首?"(译者附言:释"回首"的最后两例,为英文本所无,是作者补注在自校本上的,原文是中文。)
④ 见影京本,回十六,页 324,墨笔双行评语。

评道:"写出南直召祸之实病。"①小说中还有一个荣国府马棚失火的情节,脂砚评道:"一段为后回作引。"②继抄家、籍没、下狱之后,又来了这场大火,贾府大概已所剩无几。接近尾声前,贾家又走了两位姐妹。探春远嫁他乡。早在第二十二回里,脂砚就探春制的灯谜"风筝"评道:"此探远适之谶也。使此人不远去,将来事败,诸子孙不至流散也。悲哉,伤哉!"③在同一页上,脂砚评惜春的灯谜"佛灯"道:"此惜春为尼之谶也。公府千金至缁衣乞食,宁不悲夫?"秦可卿临死时说过:"三春去后诸芳尽,各自须寻各自门。"④又说:"树倒猢狲散。"⑤《红楼梦》曲子最后一支的最后几句,用生动的画面概括了这部大悲剧落幕时的最后场景:

  好一似食尽鸟投林,
  落了片白茫茫大地真干净!⑥

---

① 见《辑评》,页52,录自脂残本回一。南直,即南直隶,是江苏的旧称。(参看《杂剧三集·梦幻缘》,第二出:"第一甲第一名史珏,南直梁州人。"——此条为作者补注,录自自校本。)评语提到的大火无疑是一历史事实,可能发生在南京的某织造厂,也可能是江宁织造官邸起火。但曹的继任者隋赫德在奏报曹氏家的折子[参看本书第十一章(上)第一节后二段]中没有提及财物被焚等情,曹寅的藏书也安然运到北京[见本书第十一章(上)第一节倒二段及注],看来这场火不像起于官邸。也许,曹頫革职的直接原因是这场大火。
② 影京本,回三十九,页900,墨笔双行评语。
③ 同上,页510,同上。
④ 参看本书第六章第三节及有关注。"三春"语带双关,这里指迎春、探春、惜春。
⑤ 参考本书第十章第二节第三点。
⑥ 见影京本,回五,页126,正文。
  脂砚评此句云:"又照着葫芦庙。"(见《辑评》,页127,录自脂残本。)按,葫芦庙烧成白地,则此白茫茫的大地,亦指烧成白地。高鹗以为雪景,乃误解原意。——此注为英文本所无,是作者在自校本上的补注。

第十五章　后半部书中故事探源

探索作者原稿后半部的内容,决非仅为好奇,实为替更全面的批评工作奠下基础,对作者更公平正确地评价。*

书中有十个或十几个关于主要人物的故事,有可能根据前文或评语所提供的伏线进行探索。但这些故事之间的关系已无法追踪。本章试图讨论的,只限于那些无可争议地存在于原稿之中的重要故事。下文将分节勾勒这些故事,并分别冠以独立的标题,其实,在曹霑原稿中,其中有些故事无疑已被组织成为互有联系、互相贯通的长篇故事。把它们分割开来探讨,只是因为原稿中那些重要的联系脉络已经找不到了。

第一节　林黛玉之死

曹霑原稿后半部中,无疑有黛玉之死和宝玉很不情愿地与宝钗成婚的故事。这一点,在《红楼梦》十二支曲的头两支中已经交代清楚了。①

---

* 译者附言:英文本没有这一段。这是作者在自校本上的眉批,原文是中文。
① 见影京本,页120~121,正文。

不清楚的是,黛玉是否像高鹗续补的那样,死在宝玉举行婚礼的同时。从第一回甄士隐对《好了歌》的注解来看,宝玉是在黛玉死后不久结婚的:

> 昨日黄土陇头埋白骨,今宵红绡帐底卧鸳鸯。①

上句讲黛玉之死,下句讲宝玉结婚,两句适成对照,写出了办喜事的悲剧气氛。至于林黛玉泪尽而死的时间,当发生在第八十回之后不久,这从此前几回连续出现的暗示中可证。还泪之说,源于第一回的神话:黛玉的前身绛珠草,得到宝玉的前身石头的灌溉照拂,绛草因此设誓,下世为人要把一生所有的眼泪还他。② 第七十六回姑娘们中秋联句,林的诗句"冷月葬诗魂"是她夭逝的预兆。宝玉钟爱的丫头晴雯是黛玉的影子,晴雯死了,第七十九回中宝玉为她作诔,有些词句,不像祭晴雯,更像悼黛玉,使黛玉不禁移神变色。当时黛玉在咳嗽,脂砚又评,"总为后文伏线"③。紧接着,宝玉的堂姐迎春许配孙某,那个人后来证明是个"中山狼",害死了这位善良的弱女子。迎春离开大观园后,宝玉在她的旧居前徘徊,不胜惆怅,脂砚评曰:"先为对境悼颦儿作引。"④当时已届晚秋。前文讲宝玉春日访黛玉,作者用了"凤尾森森,龙吟细细"⑤一联描写黛玉居处的美丽幽静,脂砚却在这两句下评道:"与后文'落叶萧萧,寒烟漠漠'一对,可伤可叹!"⑥"落叶"一联,显然是脂砚从后文宝玉到黛玉居处凭吊时

---

① 影京本回一,页 29。《辑评》页 54~56 从脂残本录入了脂砚对歌词所作的逐句评语。因俞先生系根据脂配本间接转录,许多评语被误抄在不相干的句子之下。错误如此明显,看来俞先生未做必要的校订。例如,在"如何两鬓又成霜"句下,俞先生过录了"黛玉晴雯一干人"的评语,但这两位姑娘去世时都不满二十岁——晴雯死时才十六岁(见影京本,回七十八,页 1926)。显然,"黛玉晴雯一干人"是对前引"黄土陇头埋白骨"的注脚,而与"两鬓又成霜"相对应的注脚则应是前一条脂评:"宝钗湘云一干人。"王佩璋先生在非难他过去的导师俞先生时利用了这个例子,却贬低了脂评的价值。参看《讨论集》卷一,页 123。
② 见影京本,页 17,正文。
③ 同上,回七十九,页 1935~1936,双行墨笔评语。
④ 同上,页 1938,同上。
⑤ 同上,回二十六,页 597~598。
⑥ 同上。又见《辑评》,页 432。

的写景文字中引来,可见黛玉之死,也同在晚秋时节。

棠村在第四十二回前的序文中提到过"黛玉死后宝钗之文字"①。俞先生把这句话解释为"黛玉逝后宝钗伤感得了不得"②。但这仅是猜测而已。早在第二十二回中,宝玉和黛玉有点误会,黛玉问宝玉:"他(湘云)得罪了我,又与你何干?"脂砚评道:

> 问的却极是,但未必心应。若能如此,将来泪尽夭亡,已化乌有,世间亦无此一部《红楼梦》矣!③

这条评语告诉我们,黛玉死后,这部书并不戛然而止,还有许多故事要说。*"离魂"是"通部书"中承上启下的一个"大关键",既然林死后书里还有许多故事,可见黛玉之死不可能发生在第八十回之后很久。作者不忍叫林姑娘死得太早,但若要这位无辜少女来分担即将降落贾府的种种磨难,想必使作者更受不了。

第二节　王熙凤的下场

在《金陵十二钗》簿册中,王熙凤被画成一只栖于冰山上的雌凤。配画的诗是个谜,其中有一句廋词,若不了解她后来的生活便难以破解。但在高鹗的续作中,并没有写这些故事。④ 那一句诗中的"人木"二字,可合成一个"休"字,意即被离弃。⑤ 其最后一句是:

---

① 影京本,页 959。
② 见《研究》,页 213。
③ 见影京本,页 497,墨笔双行评语。
＊ 译者附言:回二十一脂评:"以及宝玉砸玉,颦儿之泪枯,种种孽障,种种忧忿(忿),皆情之所陷,更何辩哉!"(见影京本,页 468)则黛玉死后,又有宝玉砸玉故事。——这是作者在自校本上的补注,英文本所无。
④ 在高续中,贾母死后,王熙凤在贾府很孤立(回一一○),最后死于妇科病(回一一四)。
⑤ 见影京本,回五,页 115,行 3。脂评说:作者用的是"拆字法"。参看本书本章第二节末尾及有关注。

哭向金陵事更哀。

高鹗根据这一句,拙劣地让王熙凤死前在病榻上不住嘴地胡言乱语,说要"到金陵归入册子去"①。高鹗可能没有注意,也可能没有看懂上一句最后两个字的含义。

《红楼梦》十二支曲中的第九支,写的就是王熙凤,题为《聪明误》:

机关算尽太聪明,反算了卿卿性命。生前心已碎,死后性空灵。家富人宁,终有个家亡人散各奔腾。枉费了意悬悬半世心,好一似荡悠悠三更梦。忽喇喇似大厦倾,昏惨惨似灯将尽。呀,一场欢喜忽悲辛,叹人世,终难定。②

前面提到的那幅画和这支曲,预示了这只雌凤一生的下场。画中的冰山是个关于唐代宰相杨国忠的典故,指一种短暂的、靠不住的权势和气焰。③ 这支曲子是说,王熙凤费尽心机算人,最后反算了自己。高鹗续补时又忽略了曹氏原定计划中的这一情节,安排她在贾府境况依然良好的条件下自然病故。

王熙凤干了许多坏事,害死了好几条人命。除了逼死那对已有婚约的青年以外,她还毒设相思局害死她丈夫的堂弟贾瑞(第十二回)。当她偷听到自己的丈夫跟仆人鲍二的媳妇诅咒她,便闹得天翻地覆,逼得鲍二媳妇自缢(第四十四回)。她丈夫的侧室尤二姐也因不堪受她虐待而寻了短见(第六十九回),这是她所设机关中最狠毒的一个。原来,尤二姐幼年

---

① 见《红楼梦》回一一四,页1260。
② 见影京本,回五,页124。
③ 杨国忠,公元752年任相。有人劝陕郡的张彖去拜谒杨国忠以谋高就,张答:"君辈倚杨右相如泰山,吾以为冰山耳!若皎日既出,君辈得无失所恃乎!"见《资治通鉴》唐天宝十一年。此典也可在一定程度上支持我们前面的假设! 元春之死与贾府败亡密切相关。

曾许配给一个名叫张华的人，但这门亲事早已被尤父退掉。王熙凤知道了这段往事，便派人买通张华，唆使他去告发贾、尤两家，借以羞辱她自己的丈夫贾琏及其妾尤二姐，同时讹诈尤二姐的异母姐尤氏。王得逞后，仍不知足，生怕张华日后泄露真相，又派仆人来旺行贿官府，以莫须有的罪名企图将张华在狱中治死；此计不成，又要来旺负责杀死张华。来旺未从，却向主母谎报，佯称张华已在回家途中被截路的歹徒打死。王熙凤的丈夫后来发现尤二姐死得蹊跷，便立志要报复这害人精。①

王熙凤树敌甚多，其中有一个是她主持秦可卿的盛大丧事时惩罚过的负责迎送亲客的女仆。一天早晨，她迟到了，王熙凤下令打她二十大板，革她一月银米。她被打后，还得向王叩头谢罚。脂砚在此评道："又伏下文，非独为阿凤之威势费此一段笔墨。"②这位女仆后来如何报复，以及她对王熙凤的失势起了多大作用，已难猜度，但看来她一定会叫王为此付出代价。

小说前半部讲到贾琏与厨子的妻子多姑娘有染，多给了他一绺头发，被通房大丫头平儿发现。平儿怕王熙凤泼醋，为了保护贾琏，没有声张。贾琏却瞅平儿不防，将头发抢了过来。脂砚对这件事又评："妙！说使平儿，再不致泄漏。故仍用贾琏抢回，后文遗失后过脉也。"③

这一绺头发和尤二姐之死，势必成为贾琏和王熙凤在八十回以后闹得不可开交的主要原因。④ 但是，不管他们吵得如何，王熙凤所以垮台，主要还是她伪造了那封曾经害死一对无辜青年的假信。她在叔父王子腾帮助下行贿谋害张华的未遂罪行，也肯定使她的案情更加严重。王熙凤的这些罪恶，加上她公公贾赦强占石呆子的画扇，招致官府彻查，终于贾

---

① 见影京本，回六十九，页1663。高鹗删去此段，参看《研究》，页97。
② 见影京本，回十四，页297，墨笔双行夹评。又见《辑评》，页219。
③ 见影京本，回二十一，页480，墨笔双行评语。又见《辑评》，页362，脂戚本为："妙！设使平儿收了，再不致泄漏，故仍用贾琏抢回，后文遗失，方能安插过脉也。"
④ 周先生也指出了围绕着这绺头发的重现和尤二姐之死发生吵闹的可能性，他认为这是造成王熙凤早死的原因。但他没有说明为什么这些争吵会使她死亡。参看《新证》，页600～601。

府被抄,贾赦及其子贾琏,其媳王熙凤,乃至宝玉,①都被拘下狱。也许贾琏很快获释,因为他也是受害者,不是罪犯。②

当他们系狱时,茜雪和红玉赴狱神庙替宝玉和王熙凤做了一些事,对他们的释放可能有所贡献。③ 这是一个复杂而令人感动的故事,曹霑写了五回或六回文字,但原稿在脂砚生前已经迷失。④

王熙凤出狱回家时,"冰山"已经消融。她把叔父王子腾扯进张华一案,娘家也被殃及。⑤ 此时她和贾琏已相互易位。一度惧内的丈夫占了上风,宁要性情和顺的侍妾平儿,也不理那只嫉妒、残忍、专横、但已失去昔日威风的"雌凤"。有一阵,王熙凤的地位下降到与婢妾为伍。最后,被她丈夫,毋宁说是被贾府休掉,不得不"哭向金陵"。离开之前,她还"强"了最后一次"英雄",但已无济于事。脂砚在第二十一回前的总评中,曾把在贾琏与多姑娘事件中王熙凤对平儿的气焰和她后来可耻的奴颜做了对比。这篇评语相当长,不仅讲了小说后半部中王熙凤、平儿和贾琏的故事,也提到了宝钗、袭人和宝玉:

此日(回)"娇嗔箴宝玉,软语救贾琏",后日(回)"薛宝钗借词含讽谏,王熙凤知命强英雄"。今只从二婢说起,后则直指其主。然今日之袭人之宝玉,亦他日之袭人,他日之宝玉也。今日之平儿之贾琏,亦他日之平儿,他日之贾琏也。何今日之玉犹可箴,他日之玉已不可箴耶?今日之琏犹可救,他日之琏已不能(可)救耶。箴与谏无异也,而袭人安在哉?宁不悲乎?救与强无别也,甚矣,今因平儿救。

---

① 脂砚评语中提到茜雪到狱神庙安慰宝玉,可见宝玉也曾下狱。见影京本,回二十,页443~444,朱笔眉批。
② 贾琏曾因没有把画扇弄到手,挨了他父亲贾赦一顿棍打。见影京本,回四十八,页1116,正文。
③ 参看本书第十三章第三节第四段。茜雪和红玉的故事将在第三节中单独讨论。
④ 同上。
⑤ 参看本书第十四章第二节所引"四家皆连络有亲,一损俱损",以及脂砚评语:"早为下半部伏根。"

此日阿凤英气何如是也？他日之强何身微运蹇，展眼〔亦〕何如彼（是）耶。人世之变迁如此，光阴〔倏尔如此〕。①

今日写袭人，后文写宝钗，今日写平儿，后文写阿凤，文是一样情理，景况光阴事却天壤矣。多少眼泪洒出此两回书。②

脂砚说"'救'与'强'无别"，含义不明。当时是平儿救了贾琏，以免他的妻子王熙凤发现他和别的女人的私情。这事发生在贾琏搬出寝室时，因为他女儿大姐儿（后来改名为巧姐）出天花。脂评对此评道："在子嗣艰难化出。"③王熙凤没有子嗣，贾琏常和女人鬼混，王又多疑，嫉恨贾琏和异性有任何来往。王的最后一次"强英雄"，可能是指她忍痛目睹平儿成为贾琏正室，自己则沦为婢妾。因此，第二十一回的"景况光阴"和后回相比，有了"天壤"之别。"人世之变迁倏尔如此"，王熙凤处境大变，彻底失败了。

平儿是一位品行端正、性情极好的女子。在小说前半部里，平儿在贾琏家里，处在一种亦婢亦妾的地位，但王熙凤总不让她接近贾琏。前几回书中也有平儿将成为贾琏正室的暗示。④ 至于王熙凤后来被贬为婢，则从脂评中关于"穿堂门前"便是凤姐"扫雪拾玉之处"⑤一句可知。

脂砚说"他日之琏已不可救耶"，可能是指他在休王熙凤一事上持激烈的态度，连平儿也无法"救"他不走极端。第六十八回中，有三处文字都暗示王熙凤最终被丈夫遗弃。她在买通张华控告贾琏后，大骂为贾琏尤二姐说媒拉纤的贾蓉，以及贾蓉的母亲（即尤二姐的异母姐）。她一把鼻涕一把眼泪大闹宁国府，离奇地编派道："连官场中都知道我利害，吃醋。

---

① "倏尔如此"四字，影京本中缺，见页460。但在脂戚本中保留下来了。见《辑评》，页343。
② 见影京本，页459～460。
③ 同上，回二十一，页475，朱笔行间夹评。
④ 同上，回四十四，页1013，正文，"把平儿扶正了只怕还好些"，鲍二媳妇对贾琏说。又回四十五，页1032，正文，李纨对王熙凤说："给平儿拾鞋（还）不要（呢）！你们两个，只该换一个过子才是。"
⑤ 同上，页522，墨笔双行评语。

如今指名提我，要休我！"她要"请合族中人，大家觌面说个明白，给我休书，我就走路！"①下一页中，又重述了这些话。在小说后半部佚文中，当有这样一些故事：王熙凤因伪造假信和受贿三千两银子，真的被官府提审，真的下了狱，最后也真的被积怨甚深的丈夫休掉，哭着回金陵。在第六十八回中刻画王熙凤这些编派和做作，显然是在为后文那些故事做铺垫，使之具有更鲜明的讽刺意义。正是根据这些情节，《金陵十二钗》簿册把她画成一只雌凤，对她的一生下了这样的断语：

一从二令三人木，哭向金陵事更哀。②

被贬作妾，也许就是被休之前的第一道"令"，但相形之下，逐回娘家当然"更哀"了。

王熙凤回到金陵，不久就死了，也许是横死。因为《好了歌》的注中是这样说的：

正叹他人命不长，那知自己归来丧？③

"命不长"的"他人"，指王熙凤的朋友秦可卿；"归"则指被夫家离弃只得回娘家的王熙凤。

第三节　红玉、茜雪的故事

有两位女子，前面出过场，作者对其中之一且落墨甚多，到将近第八

---

① 影京本，页1637，正文。
② 同上，回五，页115，正文。其中"二令"，也可以说成"冷"字；但"三人木"中的"三"字并非字谜"休"的组成部分，可见不能把"二"当作"冷"的偏旁，而且"冷"的左偏旁也不是"二"字。
　　俞先生也"猜测"王熙凤最后会被丈夫休掉，因为丈夫和婆婆都不喜欢她。见《研究》，页153～154。
③ 同上，回一，页29，正文。

十回时却无影无踪了。第八回,宝玉院里的丫头茜雪,让宝玉的乳母、爱惹是生非的李嬷嬷,喝了为宝玉沏的枫露茶,因此,遭到宝玉训斥。① 第十九回和第二十回,李嬷嬷又到宝玉院里去哭闹,抱怨宝玉为枫露茶把茜雪撵走了。② 第四十六回,贾母的大丫头鸳鸯又提到一次"去了的茜雪"③。从此以后,无论在八十回原稿或高鹗续作中,茜雪的名字再也没有在任何地方出现过。脂砚在第二十回的一条评语中说,茜雪的故事要到"狱神庙"慰宝玉一回方呈正文,但作者原稿已失。④ 在另一段描写晴雯与宝玉谈及李嬷嬷骂袭人一事时,脂砚评道:"一段特为怡红袭人晴雯茜雪三嬛之性情见识身分而写。己卯冬夜。"⑤看来,在曹霑计划中,茜雪是宝玉院里三个最重要的丫头之一。

怡红院里的另一个丫头红玉,又叫小红,或红儿,在前半部的一些章节中起着更加重要的作用。作者在五回书中用大量篇幅⑥来描写这位动人、俏丽、干净、苗条的十六岁的少女,以及她对宝玉侄儿贾芸的暗恋。她是怡红院里一匹黑马,几乎不为主子所知,因为那些好妒的丫头竭力不让她接近宝玉,后来刚被宝玉发现,却因其聪明能干受到王熙凤赏识而被调去使唤。从第二十八回她离开宝玉给王熙凤当差后,再也没有什么关于她的重要消息。⑦

红玉初次出场是在第二十四回末,脂砚在一条总评中说:"红玉在怡红院为诸嬛所掩,亦可谓生不遇时,但看后四章供阿凤驱使可知。"⑧但此后在脂京本前八十回中,只有一回提到红玉供王熙凤驱使。⑨ 其他三回

---

① 影京本,页 197 正文。
② 同上,页 419,443,正文。
③ 同上,页 1066,正文。参看《研究》,页 219~220。
④ 同上,页 443~444,丁亥朱笔眉批。又见《辑评》,页 332。
⑤ 同上,回二十,页 444,朱笔眉批。
⑥ 同上,回二十四,页 550~552,555~557;回二十五,页 561~563;回二十六,页 587~592,596;回二十七,页 614~622;回二十八,页 643。
⑦ 在高氏续作中,她的名字在四回中被提及(回八十八,九十二,一〇一,一一三)。其中,只有一次,贾芸来访王熙凤时,她开口讲了几句话。(见《红楼梦》,页 995~996,997。)
⑧ 见影京本,页 559,红笔;又见《辑评》,页 405。
⑨ 同上,回二十七,页 617~644,正文。

关于红玉的故事，按照曹霑原计划，想必发生在第八十回以后。在同小丫头佳惠的一次长谈中，红玉悲观地说，她们能一起在大观园，也不过三年五载，"千里搭长棚，没有不散的筵席！"针对这整段对话，脂砚在不同的年代写了以下两条评语：

> 红玉一腔委曲怨愤。系身在怡红，不能遂志，看官勿错认为芸儿害相思也。己卯冬。
>
> 狱神庙回有茜雪红玉一大回文字，惜迷失无稿，叹叹！丁亥夏，畸笏叟①

后来红玉得以到王熙凤手下当差，脂砚评道："红玉今日方遂心如意，却为宝玉后（文）伏线。"②对红玉抓住这个机会"向上爬"，脂砚先在己卯年曾写了一条尖刻的评语加以苛责，但八年后，脂砚在紧靠上述评语处重新加评表示歉意："此条未见'抄没'、'狱神庙'诸事，故有是批。丁亥夏，畸笏。"③对红玉心甘情愿离开宝玉去服事王熙凤，脂砚的评论是："且系本心本意，狱神庙回内方见。"④脂砚并在第二十七回前的一条总评中指出，在狱神庙里宝玉大得力于红玉的帮助：

> 凤姐用小红，可知晴雯等埋没其人久矣，无怪（其）有私心私情。且红玉后有宝玉大得力处。此于千里外伏线也。⑤

---

① 见影京本，回二十六，页590，墨笔眉批；又见《辑评》，页424～426。
② 见《辑评》，页448，录自脂残本，回二十七。脂京本中没有这条评语。
③ 见影京本，回二十七，页622，朱笔眉批；又见《辑评》，页451。这条评语以及其他有关原稿迷失的评语都是脂砚在作者死后三年半所写，似乎那些手稿是有人在作者死后向脂砚借走迷失的。
④ 见《辑评》，页451，录自脂残本第二十七回。脂京本中没有这条评语。
⑤ 同上，页441，录自脂残本第二十七回。脂京本中没有这条评语。

红玉跟王熙凤去了,脂砚道:"又了却怡红孽冤,一叹。"①可见红玉在狱神庙之前不再出场正是曹霑计划中事,而在狱神庙那个很长的故事中,红玉将再度为狱中的王熙凤奔走。在讲狱神庙故事的那五回或六回佚稿中,有三回讲红玉为王熙凤出力。② 其他几回讲茜雪慰宝玉和红玉助宝玉的故事。

如今要重构这些故事,真是惹人遐思,但已绝无可能。我们只能凭借想象去感知这些情节该是多么动人:在贾府败亡主人下狱之际,仅有这些可怜的旧婢在竭尽全力为她们的故主奔走!也许在这里需要重提一下第十八回中那条贾府落败的伏线《一捧雪》。③ 那出戏中,莫怀古蒙冤被判死刑,曾经参与仿制新玉杯替代古玉杯的义仆莫成,最后将自己乔装打扮去替代主人赴难。中国文学中这一经典式的"殉义",比《双城记》中昔德尼·卡尔顿的"自我牺牲"早两个世纪。(托尔斯泰认为《双城记》是不符合他关于艺术的严格定义的几部巨著之一。)④红玉和茜雪这两个丫头(或两者之一)为王熙凤和宝玉所做的事,也许与莫成为他主人所做的事有某种类似,当然,不一定非去代受死刑不可。

第四节 巧姐的归宿

王熙凤在主持荣国府家政的鼎盛时期,做了许多坏事,却有一件好事,尽管她的动机无非是一种纡尊降贵,赐恩施惠。有个村妇刘姥姥,是王熙凤祖上的远亲,因女儿、女婿经济窘迫,带着外孙板儿来到贾府。王熙凤善待他们,给了她二十两银子。(第六回)过了些日子,刘携板儿二进贾府,送了些土产来。这一回,她们留在贾府住了几天,临走时,王给了她

---

① 见影京本,回二十八,页643,朱笔行间夹评。
② 参看本段开始引脂评。脂评指出,红玉供王熙凤驱使的文字有四回。她第一次供王驱使的故事已在第二十七回中写出。
③ 参看本书第十四章第一节。
④ 参看《艺术论》章十六。

一百多两银子、丝绸衣裳和其他好些东西。(第三十九至第四十回)当时,王熙凤唯一的女儿大姐又犯病了,刘对王提了点保平安的建议,还应王之请,给女孩取了个名字"巧姐"——孩子是七月初七生的,这名字正合中国的风俗。而且,"巧"还有"巧合"之意,刘姥姥解释道:"日后大了,各人成家立业,或一时有不遂心的事,必然是遇难成祥,逢凶化吉,都从这'巧'字上来。"①

关于刘姥姥两次进贾府,脂砚写了好几条评语,这些评语清楚地表明,他读过小说后半部中刘与巧姐的关系以及巧姐和板儿结亲的故事。第六回开头,刘姥姥一进荣国府,棠村序文*说:"此回借刘妪,都是写阿凤正传,并非泛文;且伏二进三进及巧姐之归着。"②脂评也说:"略有些瓜葛,是数十回后之正脉也。真千里伏线。"③小说讲到,刘姥姥是"红了脸"向王熙凤讨钱的,脂砚评道:"老妪有忍耻之心,故后有招大姐之事。作者并非泛写。"④

刘姥姥二进荣国府时,有一段写板儿和巧姐交换他们正玩着的柚子和佛手。对这个有象征意义的插曲,脂砚加了两条评语:

> 小儿常情,遂成千里伏线。
>
> 柚子即今香圆之属也,与缘通。⑤ 佛手者,正指迷津者也。以小儿之戏,暗透前后通部脉络,隐隐约约,毫无一丝漏泄,岂独为刘姥姥之俚言博笑而有此一大回文字哉!⑥

所有这些评语都指明了一个事实:巧姐最后落脚到刘家的村子,嫁给刘姥姥的外孙板儿。这也完全吻合警幻簿册中透露的曹霑的原定计划。在那本簿册中,巧姐的画紧随在王熙凤的画后面,图上是"一座荒村野店,

---

① 见影京本,回四十二,页 961~964,正文。
* 译者附言:"棠村序文"四字,在英文本中误作"总评",现据作者在自校本上的勘误改正。
② 见《辑评》,页 131,录自脂残本,回六。
③ 同上,页 132,录自脂残本,回六。
④ 同上,页 141,录自脂残本,回六。"招",犹"招亲","招女婿"。
⑤ "缘"与"橼"同音。"缘",通指缘分,特指姻缘。
⑥ 见影京本,回四十一,页 947 墨笔行间夹评;又见《辑评》,页 501~502。

有一美人在那里纺绩"。有诗断曰：

> 事败休云贵，家亡莫论亲。偶因济刘氏，巧得遇恩人。①

《红楼梦》曲子中的第十支，是为巧姐作的。这支咏巧姐的曲也紧接在咏王熙凤的那支曲之后，题目是《留余庆》。

> 留余庆，留余庆，忽遇恩人；幸娘亲，幸娘亲，积得阴功。劝人生，济困扶穷。休似俺那爱银钱忘骨肉的狠舅奸兄！正是乘除加减，上有苍穹。②

《红楼梦》曲子的尾声中有这样两句：

> 有恩的，死里逃生；无情的，分明报应。③

可视为"乘除加减，上有苍穹"的注解。第一句讲到刘姥姥报恩，找到处在水深火热之中的巧姐并救了她。第二句讲王熙凤罪有应得的下场。

这些线索使我们知道，巧姐由于"巧合"，遇到了"恩人"刘姥姥。当时，贾府破落，众叛亲离，更糟的是还有"狠舅"即王熙凤的兄弟，以及"奸兄"，有可能是贾蓉④，财迷心窍，算计巧姐。这一切都发生在她母亲王熙凤死后。巧姐的归宿是荒村野店。不清楚的是，巧姐是在什么地方什么场合巧遇刘姥姥的。

巧姐小时候是荣国府最有权势的女主人的独生女。娇生惯养，搞得

---

① 见影京本，回五，页115，正文。
② 同上，页124。"加减乘除，上有苍穹"是佛家因果报应的比喻语：善有善报，恶有恶报。
③ 同上，回五，页125，正文。
④ 贾蓉在回六、回十二里似乎是王熙凤的心腹，但后因捏合贾琏和尤二姐的婚事，遭王熙凤控告、谩骂和羞辱，事在第六十八回中。

弱不禁风,连饮食习惯都和常人不同。刘姥姥二进荣国府时,巧姐"只因风地里吃了一块糕",便发起烧来。王熙凤问及,那农妇劝她:以后少疼孩子些就好了。① 在甄士隐的《好了歌》注中,有一句说:

择膏粱,谁承望流落在烟花巷!②

这就是她那钱迷心窍的"狠舅"、"奸兄"设计坑害她的结果!那时候,贾蓉必与他结交的匪人沆瀣一气把自己的堂妹卖给一个妓院。早在第四回的一条脂评中就清楚地指出了这一点。③ 可见,巧姐是在"烟花巷"中,"巧遇""恩人"刘姥姥,被刘搭救到刘家,成了板儿的妻子,一似他们儿时玩佛手时所示。这个狠毒母亲的无辜女儿,经历了一个女人所能遭受的最痛苦的磨难,终于到了农村,成为农民的妻子,过着自食其力的诚实正派的生活。高鹗续作中关于巧姐后来嫁给一个中了秀才的富绅之子为妻的故事,显然与曹霑的原计划完全不合。

第五节　史湘云与金麒麟

第三十一回中那个两只金麒麟的故事,引起了对史湘云和宝玉后来关系的种种猜测。第三十一回回目的下联是"因麒麟伏白首双星"。金麒麟的故事,是说史湘云带着丫头翠缕到怡红院访袭人,半路上翠缕拾到一个雄的金麒麟,和史湘云所带的雌麒麟饰坠正好配对。到了怡红院,才知道雄麒麟是宝玉的失物。那是他新近方得到的东西,但没说他是如何得到的。④ 随后,袭人听说湘云业已订婚,向她道喜,湘云红了脸。⑤

---

① 见影京本,回四十二,页963,正文。
② 同上,回一,页29,正文。
③ 参看本书第十四章第二节。
④ 麒麟是一位老道士给宝玉的。见影京本,回二十九,页676,正文。
⑤ 同上,回三十一,页731～732;回三十二,页737,正文。

这时正好黛玉也来看宝玉,碰巧听到了这件事儿,不由得怀疑起宝玉和湘云的感情来。但棠村在第三十一回的序文中说:"金玉姻缘已定,又写一金麒麟,是间色法也,何颦儿为其所惑?"①第三十一回末,有一关于雄麒麟的评注:"后数十回若兰在射圃所佩之麒麟正此麒麟也,提纲伏于此回中。所谓草蛇灰线在千里之外。"②可见金麒麟其实与宝玉并不相干,回目中的"白首双星"指的是卫若兰和史湘云。前八十回正文中,卫若兰的名字只在到宁国府给秦可卿送殡的宾客名单中出现过。③ 但上述评语表明,脂砚读过后文关于卫若兰的故事。在第二十六回的眉批中,脂砚将此前、此后描写有关倪二、冯紫英、柳湘莲、蒋玉菡的几段归于"侠文"④后,紧接着加了一句:"惜卫若兰射圃文字迷失无稿,叹叹!丁亥夏,畸笏叟。"⑤但俞先生反驳道,设若金麒麟是史湘云和她的丈夫卫若兰相聚到白首的象征,显然与第五回警幻簿册中关于史湘云非早卒即守寡的预示相冲突。因此,他"宁认为这回目有语病,八十回的回目本来不尽妥善的"⑥。另有不少人相信,湘云寡后,嫁给宝玉续弦。"旧时真本"首先这样写了,⑦周先生也力持此说,并力图证明湘云就是脂砚斋。⑧ 俞先生指出"白首双星"的回目有毛病,也否定湘云丧夫后嫁给宝玉。

脂砚在评语中从未有过湘云最后将嫁与宝玉之意。第一回《好了歌》中有这样一句:

　　脂正浓,粉正香,如何两鬓又成霜。

---

① 见影京本,页711,用墨笔大字另页过录在回前。最后一字在脂配本和脂戚本中作"惑",脂京本中作"感"。又见《辑评》,页473。
② 同上,页733,墨笔大字另页过录,可能是棠村序文,被误置在回末。
③ 同上,回十四,页303,正文。
④ 这几篇侠文故事,倪二在第二十四回,冯紫英在第二十六回,柳湘莲在第四十七、六十六回。前八十回中没有关于蒋玉菡的侠文,本章随后将另行讨论。
⑤ 见影京本,回二十六,页604,墨笔眉批;又《辑评》,页436。
⑥ 参看《研究》,页215。
⑦ 参看本书第十三章第一节。
⑧ 参看《新证》,页547~564;又,参看本书第六章第二节。

脂评指出,这句讲的是宝钗和湘云。① 因此,俞先生认为:湘云早死的可能性已排除,但宝钗婚后不久死去也不可能,这只是"旧时真本"为了使宝玉得以在出家前与湘云成婚的一种设计。至于湘云的命运,则预示在《红楼梦》曲子第五支《乐中悲》中:

> 厮配得才貌仙郎,博得个地久天长,准折得幼年时坎坷形状。终久是云散高唐,水涸湘江:尘寰中消长数应当,何必枉悲伤!②

在藏着"云"、"湘"二字的对仗中,"高唐",是指《高唐赋》③故事的发生地;"云",指那篇赋中楚王梦见的女神;"散"可能暗示由于丈夫去世或其他原因造成的夫妻分离;"水涸湘江",也许是指她后来穷途潦倒,不一定是死。从这一切"终究是"中,没有理由叫人相信她终究嫁了宝玉。何况,簿册中为湘云配画的诗这样断道:

> 富贵又何为? 襁褓之间父母违;展眼吊斜晖,湘江水逝楚云飞。④

这里,"水逝"、"云飞"与"斜晖"同时呈现,表明她已临近生命的终点,没有也不可能与宝玉有任何进一步的关系。小说结尾,宝玉出家为僧,当时他的妻子仍是宝钗,不是湘云。⑤ 至于一度属于宝玉的金麒麟,后来怎

---

① 参看本书第十五章第一节,关于《好了歌》注的长注。
② 见影京本,回五,页 122,正文。其中倒数第二行的文字,在高本中略有歧异。
③ 据说是屈原的学生宋玉所写。见萧统(501—531)《文选》,卷十九。
④ 见影京本,回五,页 114。
⑤ 同上,回二十一,页 472,墨笔双行评语:"若他人得宝钗之妻,麝月之婢,岂能弃而(为)僧哉!"

样到了卫若兰手里,①在推动卫和湘云的姻缘上又起了什么作用,便无从知晓了。

卫若兰射圃故事之重要,在于它和大观园内那种机锋、精微、纤巧的仕女腔不同,它是虎虎有生气的"侠文"。用棠村的说法,这是作者的"间色之法也",与前文描写女性时采用的工整细腻的风格形成对照。换言之,它反映了作者多方面的才能。第六回首次出现刘姥姥农家生活的场景时,脂砚评道,"珍馐中之齑耳"②:倘把前五回中贵族生活的描写喻为"珍馐",这一段就是珍馐之后足以爽口的"齑"。如果"射圃"一回没有迷失,脂砚评语也许会用"烈酒"来比喻这段文字了。③

第六节 宝玉的婚后生活

宝玉娶的是宝钗,这在第五回《红楼梦》曲子第一支和脂砚许多评语中都已指明。但在曹霑手稿中,在临近小说结尾宝玉出家为僧以前,还有许多故事,我们在探索其他主角的故事时已连带涉及了一部分。宝玉爱黛玉,不爱宝钗,宝钗却巧妙地利用她对他母亲和祖母的影响,小心地笼络他的大丫头兼守望犬袭人,④而聪明地赢得了这场婚事。脂砚在前面的一条评语中说:"……后文成其夫妇时,无可谈旧之情。"⑤至于宝玉不喜欢袭人,这在晴雯被她用恶计撵出园子郁郁而死以后,便明朗化了。⑥宝玉婚后不久,袭人离开贾府,嫁给艺名琪官的伶人蒋玉菡,宝玉是在冯

---

① 乾隆皇六子永瑢(西园?主人)本事诗《宝玉》:"多情诗赠麒麟珮"。(《汇编》,页519)可能宝玉以其麒麟送卫若兰,以后卫与湘云结婚,故曰"伏白首双星"。(这一条是作者在自校本页185上的补注。——译者附言)
② 见《辑评》页132眉批,录自脂残本回六。
③ 射和饮是中国古代社会中紧密相关的礼仪。参看《礼记》第四十六章,《射义》。
④ 如:影京本,回二十一,页467;回三十六,页825~826,827~828,正文。
⑤ 同上,回二十,页453。这条评语被俞先生误认为与第二十七回相关。参看《研究》页213。
⑥ 见影京本,回七十七,页1875~1876,正文。

紫英处和蒋相识的,后来成了好友。① 高鹗续作中,袭人是在宝玉出家为僧后才嫁给蒋的(第一二〇回)。但在曹霑自己的手稿中,袭人离开宝玉时,他仍和宝钗生活在一起。我们不知道这位"忠心耿耿"的婢妾是在什么情况下离开她的太太的。俞先生认为,她是在宝玉潦倒后,在宝玉的允准下嫁给蒋的。② 但此事既然发生在宝钗"讽谏"无效之前,当然也在贾府被抄宝玉下狱之前。因此,没有理由认为贾府是在宝玉婚后陡然破落的。何况在嫁走袭人之前,宝玉早已有把怡红院里的丫头全都放出去之意,可见此事发生在贾府尚称富裕之时。*

宝玉有个心愿,把所有的丫头包括袭人在内都打发回家。一天晚上,袭人病了,别的丫头不在,宝玉给麝月梳头,在这段文字下,有一则脂评:

> 闲上一段儿女口舌,却写麝月一人。有袭人出嫁之后,宝玉宝钗身边还有一人,虽不及袭人周到,亦可免微嫌小敝等患,方不负宝钗之为人也。故袭人出嫁后云,好歹留着麝月一语,宝玉便依从此话。③

事情正是这样。后来宝玉把他家中的女奴全放走了,只留下麝月一人,直到他出家时,她还在他家里。④

脂评提到,后文有一回"薛宝钗借词含讽谏",脂砚说,宝玉不想听"讽谏"时,袭人也不在了。⑤ 这篇评语写在前面讲宝玉还能听得进袭人劝说的那回文字的起首。这一对比的目的在于点明,宝钗当了他的妻子,作用

---

① 见影京本,回二十八,页653~654,正文。
② 参看《研究》,页217~218。
* 译者附注:这一句("何况……之时")为英文本所无,是作者补记在自校本上的,原文是英文。
③ 见影京本,回二十,页447,墨笔双行评语。宝玉有放走院中所有丫头之志,在正文中已经点明。丫头春燕告诉她母亲:宝玉常说,将来我们这些人,他都要全放出去,与本人父母自便呢。(见影京本,回六十,页1408,正文;《红楼梦》,页650。)
④ 同上,回二十一,页472,墨笔双行评语。参看本书第十三章第三节倒二段引。
⑤ 同上,回二十一回,页460。参看本书第十三章第二节;第十五章第二节。

还不如他过去的丫头袭人。脂砚没有透露讽谏的内容。但既然前文袭人劝宝玉是因为他大清早到林黛玉住处去梳洗,①后文宝钗的讽谏就可能与宝玉到黛玉故居凭吊有关:只见"落叶萧萧,寒烟漠漠",黯然销魂。袭人劝宝玉,宝玉遁入道家哲学,仿作了一篇续《庄子》②,反正还是答应要听袭人的话。但后来对宝钗的规劝,他压根儿没理会,也可能那时他已皈依佛教哲学了。

宝玉一生中另一重大事件是贾府被抄家以及他和亲属一同下狱。昔日的丫头茜雪到狱神庙来探慰。设法搭救他们的则是另一旧婢红玉。当时,红玉一定已经嫁给了贾芸即宝玉的侄子和"义子"。③ 脂砚说过,贾芸"此人后来荣府事败,必有一番作为"④。脂砚在另一则评语中还说,在贾芸和他娘舅卜世仁分手之际,作者就埋下了此人可用的伏线。⑤ 这可能是个相当复杂的故事,牵涉到贾芸的邻居侠客头儿醉金刚倪二。贾芸困难时,倪二曾仗义接济过他。⑥ 倪二可能同一些牢头禁子有交情,红玉和茜雪通过他们才得以到狱神庙探慰故主,出力营救,最后使他们获释或潜逃出狱。

宝玉出狱后,袭人和她的丈夫蒋玉菡"供奉玉兄宝卿,得同终始",这是棠村说的。而且"琪官虽系优人",这一报恩行动应归功于他。⑦ 曹霑在手稿中专门写了一回,回目中有一句是"花袭人有始有终"⑧。俞先生认为,"有始有终"是指袭人婚后与宝玉、宝钗关系甚好,两家常来常往。⑨但棠村所说的"供奉玉兄宝卿",决非一般的社会交往活动,评论的重点也不在袭人而在蒋玉菡。宝玉当时已穷途末路,寒冬雪夜只能噎酸齑围破

---

① 见影京本,回二十一,页 464~468,473~474。
② 同上,回二十一,页 471~473;又见本书第八章第三节。
③ 同上,回三十七,页 841,贾芸给宝玉的信。
④ 同上,回二十四,页 546,朱笔行间夹评。
⑤ 同上,页 548,朱笔眉批,下署己卯(1759)冬夜。
⑥ 同上,页 544~546,正文。
⑦ 同上,回二十八,页 631,另纸过录置于本回之前。
⑧ 同上,回二十,页 443~444,朱笔眉批。参看本书第十三章第三节第三段。
⑨ 参看《研究》,页 218。

毡了。① 这里,是宝玉的故人优伶蒋玉菡携妻前来照应和接济宝玉夫妇,而不是往昔的婢妾袭人带丈夫来探望旧主。宝玉如果是潜逃越狱,可能正是蒋玉菡冒着风险加以隐蔽掩护的。② 也许当时蒋玉菡自己也很穷,所以宝玉当然只能嚏酸齑了。③ *因此,脂砚才将蒋玉菡故事称为全书最好的一篇"侠文"之一,把蒋同冯紫英、柳湘莲、卫若兰相提并论。当与宝玉夫妇同住时,蒋必须外出唱戏挣钱"供养"他们,而袭人则留在家中"侍奉"他们。花袭人因此被评为"有始有终"。

这期间还有宝玉失玉的故事。这事被说成是"误窃",说王熙凤在穿堂门前扫雪"拾"得,最后又由甄宝玉"送"了回来。④ 此事当发生在宝玉出狱之后,蒋玉菡和袭人回来"供奉"之前,因为这时王熙凤失宠受辱已沦落到扫雪的地步,脂砚说她是"其星陨落如彼!"** 后文提到王熙凤受辱时,袭人也已离开贾府,而且去向不明。⑤ 令人不解的是,此玉既然已被同府的王熙凤拾得,为什么没有还给宝玉,却要假甄宝玉之手送回?俞先生是这样处理这个问题的:或是凤姐拾玉,或是甄宝玉送玉,而他倾向于第一种。⑥ 但曹霑原稿中的拾玉和送玉,正如脂砚所示是两个前后衔接的情节,而不像俞先生所想,是两种互相排斥的可能。两者之间,只是失落了一个重要的环节罢了。

---

① 参看本书第十三章第三节倒数第二段。
② 蒋玉菡本人曾从亲王府逃出,藏身在东郊紫檀堡。宝玉为此挨了父亲一顿狠打。见影京本,回三十三,页757~759;又见《红楼梦》,页338~339。
③ 后文"寒冬嚏酸齑""雪夜围破毡"这一经过缩略的回目,是脂砚在一则评语中提到的,而这则评语所及之事,是宝玉到袭人家,袭人母兄张罗许多果晶招待,袭人却认为总无宝玉可吃之物。脂砚正是读到这个情节不胜慨叹,才提出要同后文酸齑等节对看。
* 译者附言:以上两句("宝玉如果是潜逃……只能嚏酸齑了")和相应的上两条注②、③,为英文本所无,是作者补记在自校本上的。原文是英文。
④ 参看本书第十四章第一节第三大关键及有关的注,引自《辑评》,页178,影京本,回二十三,页522中的评语。
** 译者附言:据英文本直译。脂砚原文为:"身微远寒如彼。"
⑤ 参看本书本章第二节引自影京本页460的评语及有关注。
⑥ 参看《研究》,页211。

我们从第二回中知道,甄宝玉家住金陵。① 王熙凤被休后,也"哭向金陵"。② 看来,她扫雪得玉后,悄悄地把玉带在身边,回娘家了。我们不知道这玉如何到的甄宝玉手中。但甄宝玉确实来过京城:第七十五回讲得很明白,甄家犯了罪,已被抄没了家事,调取家人进京治罪。③ 当时甄宝玉年岁不大,大概不会牵连进去,因此王熙凤回娘家时,甄宝玉仍留在南京。至于甄宝玉进京和还玉,大概发生在小说快收场时。从失玉到送玉可能经历了相当一段时间。此玉又是宝玉历劫前的原身,玉的复归很可能促使他"顿悟""前生",看破这个给他带来诸多烦恼的尘世。也许这就是汤显祖的《邯郸梦·合仙》之所以被视为"甄宝玉送玉"之"伏线"的来由。④

剩下的问题是宝玉怎样"悬崖撒手",怎样撒下妻子宝钗和丫头麝月出家当和尚。很难将宝玉的"悬崖撒手"同汤剧中卢生追随吕洞宾入道直接相类比,因为第一,我们不知道送玉的背景,第二,甄宝玉非僧非道,只是宝玉的"替身"或"真我"。⑤ 作者的用意大概是,一经"真我"送回失玉,贾宝玉就恢复灵智,识破俗世的污浊,达到彻底的解脱。

以上六节,是在可能限度内对作者原稿中几个主要故事的探讨。从评语透出的消息来看,书中还有其他一些故事或片段,有的不太重要,有的缺少确证,无法连接,诸如博学的尼姑妙玉、丫头诗人香菱、贵妇元春、守节寡妇李纨以及男性角色如贾芸、贾兰、贾环等的结局。有些内容,下文在讨论其他问题时将会涉及。后面还有一些事情,所涉人物难以认明,

---

① 见影京本,回二,页 47~48,正文。
② 参看本书本章第二节末尾引自影京本回五页 115,王熙凤断语。
③ 见影京本,回七十五,页 1801,1087。"甄"家是曹家的背景。作者故意创造这一"戏中戏",用以点明小说的背景。
④ 参看本书第十四章第一节引自影京本回十八页 402 中的脂评。
⑤ 参看第二回中初次提到甄宝玉时的一则脂评:"甄家之宝玉乃上半部不写者,故此处极力表明,以遥照贾家之宝玉。凡写贾宝玉之文,则正为真宝玉传影。"(见《辑评》,页 67~68,录自脂残本。)这里"甄宝玉"的"甄"被误抄为"真"。

如《十独吟》的故事①,结尾处关于"葫芦"的插曲,②已无从探究。俞、周二先生在研究中根据评语中的消息,列举了后半部书中故事的相关点。俞先生在《红楼梦研究》中分列十三个题目加以讨论,其中有些题目连同引文只有数行文字,③但他没有研究这些线索的联系或探讨其中缺失的情节。周先生列举了二十四个独立的要点,每点摘引一些评语,④其中有的是前八十回中的故事,⑤有些是涉及同一故事的线索,⑥有的解释有误,⑦有的不太重要。⑧ 有些更重要的问题,如宝玉出家,袭人嫁蒋玉菡,二婢与狱神庙,周先生认为已有人(俞先生)指出,不再提了。周先生也没有试图运用所列各点进而探究与主要人物互相关联的情节。俞、周二先生从脂砚无数评语中选出这些要目,帮助人们更好地欣赏原作,功绩俱在。我对小说后半部中主要故事的探索,不可能确切地反映作者的原稿的内容,但望本章所探讨的总体方向与作者的原定目标相差不远。

---

① 见《辑评》,页557,录目脂晋本和脂戚本第六十四回中的脂评。
② 同上,页104,录目脂残本第四回。
③ 见该书页209~224。如:(1)8行;(2)4行;(3)5行。
④ 见《新证》,页587~603。
⑤ 如:同上,页588~589 的第(3)、(4)、(5)项。
⑥ 如:同上,页592中的(8)、(9)项;页598~600中的(14)、(15)、(16)项。
⑦ 如:同上,页587的(1)项,又见本书第十七章第四节丙;页593的(12)项,又见本书第十九章第一节页321注④。
⑧ 如:同上,页588,(2);页591,(7);页592,(10);页598,(14);页600,(17);页603,(22)。

第十六章　前八十回中的若干问题

前面已经说过,小说前八十回中,上回结尾与下回起首有好多脱榫之处,有几回尚未写完,有几回残缺不全。① 曹霑原稿中的回数和分回界线与现存前八十回脂评本也有出入。② 从脂评本中还可以看到修改正文和重编主要情节的迹象。显然,作者在 1764 年去世前,虽已大体改定前八十回,接近完成后文的三十回,但尚未最后杀青。我们先从回目和其他有关问题谈起。

第一节　回目、标题诗之类

脂京本的底本壹,是在 1760 年之前抄的。当时作者说已"批阅十载,增删五次,纂成目录,分出章回"③。但脂京本中有些回目仍付阙如,如第

---

① 参看本书第五章第三节。
② 参看本书第十三章第二节。
③ 见影京本,回一,页 15,正文。

十八、十九和八十回。还有一些回目，不同的抄本互有异文，①在脂残本、脂京本、脂戚本和程乙本（1792 年）这四种抄本中，回目不同的至少有三回，即第三、第五、第八回。② 除了程乙本外，其他三种抄本中的回目异义，很难分辨是作者本人还是脂砚做了修改。中国小说的传统模式要求在每回正文之前题诗一首，并在回末照例用"正是"引出一副对联，曹霑无疑也想照此办理，但只有少数几回完成了这样的诗或联。③ 有几回的末尾，标出套语"正是"以后却无联语，光塌塌地十分刺眼。④ 这类缀语，有些存在着事后增补的痕迹，所以第七回的联语没有录入正文，只在另纸上由评者证明"七回卷末有对一付……"⑤，第十三、十七回开首的短诗也是如此。显然，这些对子或诗句是作者写完各回文字以后很久，陆陆续续补写上去的。有些则显然出于棠村之手，如脂残本和脂京本第一、二、十七回的序后诗。*

这些都无关宏旨。倒是有一回目，似乎可以从中看出并非所有回目

---

① 参看本书第四章第一节。俞先生列出脂戚本与高本回目不同的有九回（第五、八、九、十七、二十五、二十七、三十、六十五、八十回，见《研究》，页 80～81），高本与脂京本相比，第三、十四、四十一、七十四回的回目也不相同；还有一些回的回目有一两个字的小出入，即第三十六、三十七、三十九、五十二、五十六、五十七、六十一、七十三、七十九回。

② 俞先生列出了脂残本、脂戚本和程乙本中的回目异文。（见《研究》，页 264～265。）事实上，那些回目在脂京本中也不同于其他三种抄本。例如，这四种抄本中第八回的回目分别为：
　　脂残本：薛宝钗小恙梨香院，贾宝玉大醉绛芸轩
　　脂京本：比通灵金莺微露意，探宝钗黛玉半含酸
　　脂戚本：拦酒兴李奶母讨厌，掷茶杯贾公子生嗔
　　程乙本：贾宝玉奇缘识金锁，薛宝钗巧合认通灵

③ 脂京本中，第一、二、十三、十七回，起首有诗；第五、六、七、八、二十一、二十三回，回末有联。第一回有两首诗：其一见于脂残本，在棠村序文之后、正文之前（见《文存》，页 582，《辑评》页 33），但脂京本没有这首诗。其二在作者自撰的楔子之后（见影京本页 15），各本都保存了这首诗。脂京本第二回的诗，也在序文和正文之间（同上，页 34）。脂残本的评语中多了两首诗，分别在第七回和第八回之前（见《辑评》页 144、160）。第十三回的诗也含在脂评中，是由脂砚连同棠村序文一并录下（这一句是作者补在自校本上的）（影京本页 240），但未抄入正文。第十三回末尾还有一副对子。第六十四回末尾的联语，脂戚本有（见《校本》页 725），其他各本均无。参看本书第四章第一节。

④ 见影京本，回十八，页 405；回十九，页 439；回六十九，页 1666。

⑤ 同上，页 178。

* 编者按：关于第十七回诗的作者，著者后在自译稿中有修正，见本书第七章第五节。

都出自作者手笔,因而也不尽妥帖。第七十五回前有一附页,是脂砚1756年6月4日写的:"缺(宝玉、贾环、贾兰的)'中秋诗',俟雪芹。"脂砚还建议,此回回目中可采用以下词组:

开夜宴……发悲音……
赏中秋……得佳谶……①

后来就有了一联对句,用作第七十五回的回目:

开夜宴异兆发悲音
赏中秋新词得佳谶

上联指贾府祠堂里发出悲叹怪声,与此回情节切合。下联则牛头不对马嘴。因为此回无诗,何来凶谶佳谶?故事虽说了三个男孩在作即景诗,但看来作者已无意为他们捉刀。从1756年至1760年,直到脂京本"定"稿,他一首也没有补上。原因很明白:前文赋诗甚多(后回又有一首诗),如在这里再添三首,太没意思,且其中之一还得是替顽冥不化的贾环代笔写打油诗。仔细阅读便能领会这回的重点在于贾赦的失礼,他说的笑话伤了他的老母亲,败了全家中秋赏月之兴。本回的用意,是预告贾府行将大难临头,也有揭露贾赦恶行,为他日后玷辱家声打下铺垫之意。从第七十一回起,小说开始描写败象,贾府走的是下坡路,后十回中再也无"佳谶"可言。脂京本采用这一回目,似乎表明脂砚比作者本人更急于看到前八十回能以定稿形式快快发行。

---

① 见影京本,页1799。

第二节　上下回之间故事的中断

小说中出现了好几处上下回故事脱榫的断缺，①有些还很显眼。第十回和十一回之间的断缺是因为作者修改了秦可卿之死的故事，这将在后文讨论。其他脱榫处，可能是因为作者手稿的回首或回末部分损坏，如脂京本中的第二十二回；也可能是因脂京各底本的拼接配合造成，因为，如本书第四章所述，脂京本中有些底本完稿较早；有些底本晚出，且有修改。② 第三十五回末讲到黛玉访宝玉，下一回却不再交代。③ 但最大的断缺是在第七十和七十一回之间，由此引出一些值得玩味之点。上一个故事四月放风筝，下一个故事九月贾母八十寿辰，两者之间留下了一大片空白，这也许是作者的安排。④ 因为第七十回标志着大观园全盛期无忧无虑生活的终结，下一回则冒出最早的不祥之兆：两名顶嘴的婆子被捆，两府女主人因此生隙，败了寿庆的兴。这回书还提到了金陵的"甄家"，这在第十六回追叙皇帝南巡时也提到过。脂砚在第七十一回评"甄"这个姓时说："好一提甄事，盖真事欲显，假事将尽。"⑤此评有多方面的重要性：除了再一次有力地否定了胡博士、俞先生、周先生等红学家所持的"自传"说外，还透露了小说背景和写作过程的一些重要情况：首先，它确认了作者在第一回中关于隐去真事，虚构故事的自我表白，也证实了脂砚在前面几条评语中的提示——提到"甄家"时才讲真事，否则便是作者的创作。

其次，小说主体部分的许多故事，比方说从第十七回到七十三回，绝

---

① 上下故事脱榫的各回，已在本书第十三章第四节表 8 中列出。
② 关于第四十与四十一回之间的脱节，请参看本书第四章第一节末段。
③ 俞先生讨论了这一点。请参看《研究》，页 2。
④ 在高本中，这一断缺已插入了一些段落，因而被遮盖了。
⑤ 见影京本，回七十一，页 1707。其中"真事"误抄为"直事"。这一笔误很明显，因为"甄"是"真"的谐音而与"贾"即"假"相反。

《辑评》（页 566）未录此条和页 1703、1706 的两条评语。这一条评语碰巧与"自传"说抵牾。

大多数出于作者的虚构，当然也有作者经历过或听到过的一些零碎片断被编了进去。凡属这类插曲，脂砚便批道："有是事"，"有是人"，"此非作者杜撰而有"等，①如在矮颤舫前以合欢花酿酒，在西堂以大海饮酒，马道婆的胡言乱语，贾蓉的失态等。这并不是说，第十七回以前和第七十三回以后的故事都是曹家生活的实录。这只是说，像抄没家产导致"贾家"破败之类在后文佚稿中的故事，是以作者自己家里发生过的历史事件为基础的。另一方面，元妃省亲虽属虚构，却有一个特殊的历史背景，即康熙南巡时把行宫设在曹寅的金陵织造府。前文已经指出，②把脂京本和脂残本合在一起计算，前二十六回脂砚批了很多评语，时间是第一期和第二期；③第二十七、二十八回只有朱笔评语，可见是后来批注的；进入第二十九回以后，评语数量急剧减少。进一步考察便会发现，从第二十九到三十二回除各回回首的棠村小序，正文竟无任何评语；第三十三、三十四、三十五各回，正文中也只有一两条短评；从第三十六回起，头两期评语数量稍多了一些，但远比不上前二十多回；最后八回（第七十三至八十回）脂评的条数又多了起来，为前数回两倍。④ 在誊录脂京本时，可能自第六十六回以后略去了一些评语不抄，⑤把这种情况考虑在内，前二十八回各回中的评语仍是此后各回评语的三倍或四倍。很自然，比起小说中间部分纯属虚构的故事，⑥脂砚对自己十分熟悉的以作者家庭生活为背景的故事写了更多的评语。

第三，小说后半部，如上一章故事探源所述，是个家败人散的悲剧。作者意欲通过这种描写，揭示曹家衰败的真相。因此，作者这一部分手稿

---

① 参看本书第八章第二节。
② 参看本书第二章第一节。
③ 前两期脂评，在脂京本中以双行小字形式散见于正文中。
④ 在《辑评》中，前二十八回每回平均有 15.6 页评语，从第三十六至七十二回这三十七回中，每回平均只有 2.5 页评语，最后八回的评语平均每回 4.8 页。
⑤ 参看本书第二章第一节。
⑥ 当然不包括作者根据家庭生活而写的故事，以及有诗的各回，如第三十七、三十八、四十五、七十八、七十九回。

的散失,更加令人惋惜;与高鹗假手皇帝使贾府"沐皇恩"以恢复往日的尊荣相对照,反差也更为明显。

脂京本第二十二回末尾的残缺,以及脂砚的附注,①都说明有若干回在作者去世时仍处在未完成状态。这一回的后半部分,讲人观园开夜宴,男男女女大家赋诗制灯谜,给家长贾政猜。这些灯谜,同第五回中的《红楼梦》曲子一样,既要符合制谜者的个性,还应暗示其将来的命运。② 但在脂京本的正文中,只写了贾氏姐妹四人即元春(她制的谜是从宫中送到府里来的)、迎春、探春、惜春的四首诗谜,便突然结束。脂砚在丁亥年写的附注中记下了宝钗的诗谜,并说:"此回未成而芹逝矣。叹叹!"③无疑的,曹霑本意要为在场的每位姑娘写一个谜,但这项工程比写曲子更难,只好放下诗谜继续写故事了。在高鹗的本子中,脂砚注明为宝钗的谜却成了林黛玉的,惜春的谜被删,另制了两首加入正文,一在宝钗名下,一在宝玉名下,湘云、李纨和其他姑娘的仍付阙如。为了过渡到下一回,高鹗在回末让贾母说了一句"明日还是节呢,④该当早些起来",把这次聚会解散了事。这样一来,高本的下一面的开场白是:"话说贾母次日仍领众人过节。"但接下去与"过节"毫不相干,径直讲起别的故事来了。第二十三回开头的这句话,在脂京本以及其他多种抄本中都没有的,加得不是地方,是高鹗为了把此回和他自己加在上回末尾的"明日还是节"云云相承接而插入的过门。⑤

---

① 参看本书第五章第三节(3)。
② 脂砚系在每条谜下的评语指点得很清楚。见影京本,回二十二,页 510~511。
③ 见影京本,页 513。
④ 其实这次聚会已是阴历正月二十二,"节"早已"过"完。
⑤ 脂戚本第二十二回最后一大段文字(见《校本》,页 227)显系出版者有正书局所添。它与高鹗的程甲本完全相同,只有四个字歧异,意思也未变。参看《校本》册三,页 125。《红楼梦》下,"校记",页 11;以及《校本》册一,页 228。

第三节　早期稿本中文字的修改

脂京本前八十回正文,每回都和经高鹗修改后于 1791、1792 年印行的版本略有不同。高的这两种版本,亦称程甲本和程乙本。关于高本问题将在第十七章中专门讨论。本章所说的"早期稿本",指的是经脂砚评过的八十回的各种抄本,其中的修改,或是作者采纳脂砚建议所作,或是稿本所有者誊录时所作。本书第一章提到的五种抄本中,脂配本是个残本,内容只有三十八回,①年代已无人探究。② 脂晋本据说是 1784 年稿本的后来过录本,但评语稀少,不能确定它是早期底本的准确过录本。③ 因此,这两种稿本的文字的可靠性令人怀疑。出自脂戚本的有正本,在重印过程中有某些改动,④但从俞先生把它和高本比较时所引的相关段落来看,⑤脂戚本文字与脂京本基本一致。⑥ 这样,只剩下了两种稿本:脂残本和脂京本。这是迄今犹存最重要的两种稿本。要做任何文字比较,都离不开这两者。可惜现在公众能见到的只有脂京本,能从脂残本得到的材料非常少,只限于胡博士 1927 年的文章和俞先生《辑评》中的引文,以及从脂残本和脂京本的评语中偶尔得出的推断。

脂残本第一回神话故事中,有一段四百多字的文字,描写仙界的石头

---

① 即第一至二十回,三十一至四十回,六十一至六十三回,六十五至六十六回,六十八至七十回。参看《辑评》,页 8。
② 在《辑评》页 8 和影京本《出版说明》页 5 中,脂配本被定为"1759 年",但此说不能成立,正如把脂京本和脂残本分别定为"1760 年"和"1754 年"之不能成立相同。脂配本可能是 1759 年底本的过录本。
③ 本章完稿时,著者读到俞先生的意见。俞认为,丁本(晋本)中的文字,与其说接近于甲本(残本)和丙本(京本),不如说更接近于 1791 年本。参看《校本·序言》页 27,又见本书附录三。
④ 参看《新证》,页 540;《研究》,页 101,注②。
⑤ 参看《研究》,页 86~99。
⑥ 俞先生每当看到脂戚本中有与高本不同的段落,便感到"奇怪",说它们是后来"插进"的。(见《研究》,页 89,94~96)但俞先生所指的这些段落在脂京本全有。因此,没有理由把它们说成是后来"插进"的。

在下凡前央求和尚、道士带他到人间去享一享荣华富贵,于是,巨石被佛法缩成扇坠大小的一块玉。① 此段有六处脂评。② 在评到僧、道二仙关于好事多魔、乐极悲生、人非物换、万境归空一段话时,脂砚说,"四句乃一部之总纲"。但原稿中这很长的一段在其他所有稿本包括脂京本和脂戚本中都被删去了。因脂残本的底本直到1774年仍保存在脂砚手中,因此此段在其他稿本中被删,似不是出自作者或脂砚之手。设若果为作者手删,也是从脂砚所未曾见过的另一抄本中删却。脂残本中第一回的序和正文之间有八行开场诗,在其他各种稿本中也全被略去。③

在第六回中,初次提到刘姥姥的女婿家时,作者直接面向读者,以茶馆说书人身份讲了这样几句:"你道这一家姓甚名谁,又与荣府有甚瓜葛,且听细讲。"④上述最后一句"且听细讲"在脂残本中,是这样说的:"若谓聊可破闷时,待蠢物(即'石头')细细言来。"脂砚在这句下评道:"妙谦,是石头口角。"⑤其实,在脂京本后文中,有好几处也被评为"妙谦"。如第十八回,对新筑大观园在元妃省亲时月夜张灯结彩做了详尽的描写之后,有一大段文字是用这样一句起头的:

> 此时自己回想当初在大荒山中,青埂峰下,那等凄凉寂寞,若不亏癞僧跛道二人携来到此,又安能得见这般世面!

作者接着说,他本想作一篇灯月赋或省亲颂,但转念却收了笔,怕入了别书的俗套。这段话是这样结束的:

> 按此时之景即作一赋一赞也不能形容得尽其妙,即不作赋赞其

---

① 在《文存》页592~593上录有这段文字。《校本》回一,页2~3亦已补入。
② 见《辑评》,页35~36。
③ 参看本书第三章第二节。诗文见《辑评》,页33~34。在根据脂戚本重印的《校本》中,已将此诗插入正文(见回一,页1~2)。
④ 见影京本,页135。
⑤ 见《辑评》,页132。

豪华富丽,观者诸公亦可想而知矣。所以到是省了这功夫纸墨,且说正经的为是。①

脂砚在这里加了两条评语。一条是早期的双行评语,加在这段独白末尾:"自'此时'以下皆石头之语,真是千奇百怪之文。"后来他在一条朱笔眉批中又评道:

忽用石兄自语截住,是何笔力!令人安得不拍案叫绝,是阅历来诸小说中有如此章法乎?

后来有一位局外的读者名叫绮园,却以为"'此时'句以下一段似应作注"。确实,作者这种不同寻常的笔法会使不知用意的人惘然不解,于是早在过录"脂京底壹"时就作了修改:前面所引的第六回中的那段文字就是这样被改动的。

第七十八回中也有类似的插曲:宝玉写诔悼爱婢晴雯,在月夜设灵宣读前,作者突然转向读者,说:"诸君阅至此只当一笑话,看去便可醒倦。"②所有这些道白,就像中国戏曲演出时演员走到舞台边向观众旁白一般,表明作者重视与之有关的故事的重要性,以唤起读者对下文的注意。③ 但在高鹗的本子中,这些道白已被悉数删尽。顺便提一下,秦可卿

---

① 见影京本,页 385~386。
② 同上,页 1925。
③ 这种口气其实是旧时茶馆说书人吸引听众注意的一种技巧,《今古奇观》和《清平山堂话本》中保存着许多这样的形迹。

灵前铭旌,各本互有异文,也是早期稿本中文字变动的又一例证。① *

但早期稿本中最重要的异文出在第六十四和六十七回,脂配本和脂京本没有这两回文字。高鹗续补和编辑成一百二十回本时,在《引言》(1792年)中抱怨说,在他收集到的各种稿本中,"六十七回,此有彼无,题同文异"。俞先生把脂戚本第六十七回文字和高本相校,发现二者出入很大。② 他列出了脂戚本有而被高本删去的四段,以及其他稍有不同的两段。现在脂京本第六十七回是从脂配本中补入的。把脂配本中的这回文字与高本相校,则二者完全相同。但脂配本中本来也没有这两回:即第六十四回和第六十七回,它也是从另一本子也许是晚得多的本子中抄来,③ 这个本子可能和高的程乙本是同一来源。可以说,脂戚本的第六十七回在三者中为最早出,最接近于作者原稿。但俞先生认为程乙本中的某些段落文字较脂戚本为胜,④可能经过作者亲手修改。脂京本第六十四回,与第六十七回出自同一底本,其文字更接近于程甲本而不是程乙本。⑤ 看来,脂配本中这两回文字是根据不同的来源抄配的。

---

① 参看本书第四章第二节。
* 译者附言:著者自校本此处还有三条补充:1.脂残本,回十四,页2上,眉批贴身丫头与男人交语,今无此故事,已删去。此批脂砚在回前总评第一条已回答,可见乃早期原稿中故事。2.从棠村序文可见回次分合变动。参见脂残本,回六,页16上,抄作回末总评,述及三回之事。3.脂残本第十三至十六回均有"诗云"二字而无诗。可证原有诗,已删。参见脂残本,回十三,页1~2本书著者眉批。(全文为:"再按此回及以下三回中每回正文之前,均有'诗云'而皆无诗。第三至五回,第二十五至二十八回共七回前亦无诗,但亦无'诗云'二字。则可知有'诗云'者原来有诗,过录时因故删去,其故维何?即因原题旧稿《风月宝鉴》之诗,已不适用于改后新稿《石头记》,故只好割爱。即如脂京本中第十三回墨本誊录时亦无诗,但有朱评之底本,则尚保存此五绝,遂补录于第二册目录页后空白处。而第十四至十六回之三诗,则已悉被删去,甚为可惜。如能保存即可推知原稿故事之大概,如由脂京本十三回之诗,不独可以确定可卿之死因:'一步行来错',死状:'回头已百年',且知其诗原来为《风月宝鉴》所作,其第三句已点明矣。"——编者补记)又第二条可参看本书第七章第四节。
② 见《文存》,页601;《研究》,页94~96。
③ 见《辑评》,页8。
④ 见《研究》,页95~96。
⑤ 参看影京本,页3,《出版说明》。

第四节　作者自己所删改的若干故事

所有这些本子都是作者"增删五次"以后的原稿的抄本,作者的手稿早已荡然无存,要探索小说中故事修改的轨迹几乎没有可能。幸好,在小说前几回中曾部分透露了作者对小说的总体设计,诸如《好了歌》的注,警幻仙子的簿册,《红楼梦》曲子以及姑娘们的诗谜,虽说采取了谜一般令人费解的形式,毕竟道出了后文故事发展的某些线索。再加上脂砚的评语,它们可以帮助我们了解作者心中最初的构思和后来的修改。下文将根据已有的材料考察三个实例。

一、秦可卿给王熙凤的遗言

在小说主要故事中,改动最明显的当数秦可卿之死。1921 年 6 月 24 日,远在脂残本出现之前很久,顾颉刚先生就在给俞平伯先生的信中提出了这个问题。俞先生从他们二位后来的讨论中得出结论,秦氏是自缢身亡,不是病死在床。① 最重要的论据是第五回中警幻仙册上关于秦氏的画:一座高楼,上有一美人悬梁自尽。1927 年出现的脂残本中,脂砚的评语不但为俞的立论提供了坚实的证据,而且使我们知道,正是应脂砚之命作者才从原稿中删去了部分内容,并改写了整个故事。② 但对这一修改的探讨,到此并未结束。

虽然俞先生和胡博士都详细地讨论过这个问题,但他们两位都没有看到这一修改对其他故事的影响。修改后的故事说,秦可卿死时,托梦给王熙凤,建议趁今日富贵,预留退路,省下钱来,多购祭田房舍,作为合族公产,以经营所得,举办宗族义学,将来即使家道中落,后代子孙仍可读书务农,自食其力。③ 这番良言大为脂砚和松溪赞赏。脂砚在脂残本的一

---

① 俞先生用整整一章讨论这个问题。参看《研究》,页 175～185。
② 参看本书第八章第三节后半引脂评。
③ 见影京本,回十三,页 274～275。

条总评中说:鉴于秦可卿向王熙凤提出这一忠告,他令作者怜赦秦可卿,把她因淫丧身的情节从原稿中删去。① 如此看来,秦可卿遗言倒像本来就是作者原稿的一部分,其实不然。

第一,秦可卿生前,既不长于治家,亦不善于进谏。她待人亲切,心地善良,但在情爱方面并不慎重。《红楼梦》曲中把她说成是"败家的根本","宿孽总因情"。② 无论在这套曲子中还是在警幻仙册的诗画中,都看不出她进忠告的影子。倘若她真有这种明智和远见,也不至于断送自己——就像作者原稿中写的那样了。

第二,秦死时贾府尚未登上富贵的顶点:元春尚未贵为帝妃(第十六回),其父尚未点为学差(第三十七回)。在这种情况下,秦说什么"月满则亏,水满则溢",显然不是时候。这种判断,只应出现在极盛或转衰之际。

第三,作者修改这一故事,不但重写了第十三回从起首到秦死的部分,还重写了第十回和第十一回中详细描写她病情的部分,作为秦病死的张本。③ 秦死时托梦赠言的情节虽与删改后所描写的气氛相符,但若说原稿如此,却无法令人信服。在原稿中,她是私情败露,惊恐自缢。④ 因此,所谓遗言云云,实为重写时所增添,非原稿所得而有。脂砚曾令作者修改秦氏之死的故事,这是真的,但原因决非因为秦氏做了进忠言这件后来加上去的好事。脂砚此举的真实动机,是要掩盖根据曹家实事而写的这一令人恶心的丑闻。

但另一方面,关于"趁今日富贵",留下"退路",使子孙将来还能"读书务农"等,确是小说中心思想的一个重要方面。至于这是秦可卿说给王熙凤听的,还是某人说给另外的人听的,倒无关大局。在作者最初手稿中,这一遗言是为元春设计的,她是位博学的女子,死时向父母托梦,进了忠

---

① 见《辑评》,页214。脂京本中没有这则评语。参看本书第八章第三节后半引脂评。
② 见影京本,回五,页125。"宿孽总因情"的"情"字,与"秦"谐声。
③ 第十二回也有大改。将在下文讨论。
④ 参看本书第八章第三节;参看《研究》,页178~183。

言。《红楼梦》仙曲中,《引子》后的第三首,写的就是元春。① 为了说明我们的观点,值得把它译成英文。*

Sorrow for the Uncertainly of life

While happily enjoying her honour and prosperity,
She was suddenly confronted with the arrival of Death.
With wide - open eyes everything had to be abandoned,
And into the unknown infinitude her youthful soul must vanish.
Looking towards her native place: the road were long, the mountains high.
Hence she had to find and to tell her parents in a dream:
  Your child's life has now gone to the Yellow Spring.
  You must find a retreat and retire there in good time.

  这支曲中最后一句:"须要退步抽身早",概括了忠告的内容,在作者后来手订的修正稿中,这些话转到秦可卿名下,由她去告诉王熙凤。但在作者初稿中,显然是元春亡魂在她母亲梦中进言。试回顾与之有关的作者家庭背景:元春的原型是曹寅的女儿,1706年嫁给讷尔苏。作为亲王的正配,身居京城,她当然熟知宫廷内幕,意识到曹家潜在的危险,何况曹

---

① 见影京本,页121。
* 译者附言:影京本第五回,页121。原文如下:
       恨无常ⓐ
  喜荣华正好,恨无常又到。眼睁睁把万事全抛,荡悠悠把芳魂消耗。望家乡路远山高,ⓑ故向爹娘梦里相寻告:儿命已入黄泉ⓒ,须要退步抽身早。
  ⓐ"无常",佛家语,意指生命无常,即死。
  ⓑ这一句"望家乡路远山高"引出以下有趣的几点。第一,尽管小说的背景在京城,亦即元春所在处,但曹霑写此曲时,心目中仍认为她远离家乡。由此又引出第二点,证实元春的原型是曹寅的女儿,她嫁给了北京的平郡王讷尔苏,而曹家当时在南京。(参看本书第九章第三节)第三,她的死应在1728年曹家迁到北京之前。最后一点,作者心目中明显是把南京的园子作为小说中大观园的原型。(参看本书第十二章第三节)
  ⓒ"黄泉",指冥府。这是一个典故,见《左传·隐公元年》(隐公元年为公元前722年)。

家的肥差又如此惹人垂涎。元春这一遗言,毋宁说是一警告,完全符合她的思想倾向。比方说,她初见大观园内外的富丽堂皇,便"默默叹息奢华过费"。后来在园中游赏时她又清醒地提出批评:"以后不可太奢,此皆过分之极。"经过彻底重写秦可卿之死的故事,作者把元春的遗言转到病死在床的秦氏头上,其实是为脂砚做出修改的建议提供一个说得出口的理由。

然而,在修改后的稿本中,元春之死并没有写入前八十回。这似乎也与作者原计划不符,警幻仙册中,元春那幅画上题了这样一首诗谶:

二十年来辨①是非,榴花开处照宫闱②;三春争及初春好,③虎兔④相逢大梦归。⑤

元春自制的诗谜也不是吉兆。最后两句是:

一声震得人方恐,回首相看已化灰。⑥

这诗的谜底是炮竹,象征她权势的短暂,表明元春的日子已经不多了。

诗中的"二十年"含义不明,可以包含她进宫前的时日,也可单指她在宫中的岁月。若是后者,元妃死时想必将近四十岁了。⑦ 故事中说,宝玉三四岁时,她教宝玉读书,有如母子。则她册封为妃,获准省亲,想必将近

---

① 在脂京本中,"辨"被误抄为"辦(办)"。见影京本,回五,页113。
② "闱"被误抄为"圍"。
③ "三春"通常是指春天的第三个即最后一个月,但这里是个双关谐语指迎春、探春、惜春三姐妹。"初春"当然是作为第一春的元春了。
④ "虎"和"兔"是十二地支中的第三和第四的岁属名称。高鹗认为元春死于阴历虎年的最后一个月,兔年的春天已经开始了。见《红楼梦》,回九十五,页1066。
⑤ "大梦"指"人生"。"归"自大梦,即"死"。
⑥ 见影京本,回二十二,页510。
⑦ 高鹗在续书中写她死时四十三岁。见《红楼梦》,回九十五,页1066。

三十岁了,那时宝玉大约十二三岁年纪。① 但若元春在宫中如此之久而只有一次回家省亲的机会,她大概无法明"辨"贾府发生的各种"是非"。所以,"二十年"想必包括了她进宫前的日子,她教幼弟读书也在其内。她的鼎盛期应从封妃那年算起,根据炮竹诗谜,从册封到薨逝,时间不长。省亲是元春在贾府中地位的最高峰,此后不久即死,初稿中元妃之死的情节不可能拖到八十回以后。但这一故事的主要情节即谏亲赠言一事已转嫁给秦可卿,元春之死的意义便降低了,整个故事也非重写不可。

二、初稿中的元春之死

这里有个很有趣的问题:在作者早期手稿中,元春之死究竟安排在什么地方?既然她的遗言是敦促节俭、力戒骄矜,可见当时贾府已走完了它的全盛时代,元春之死意味着贾府权势开始迅速下降。

贾府经济拮据的最初信号出现在第五十三回,宁府主人贾珍向佃农庄头乌进孝抱怨上交租子太少,说府中这几年入不敷出。② 至第七十二回,景况恶化到荣府的主持者贾琏不得不求贾母的大丫头"偷着运出"老太太的金器去典当,弥补亏空。为了替贾母做寿,宝玉的母亲王夫人张罗了两个月,③同样只得把"后楼上的铜锡家伙"当掉,才把钱凑了起来。为了支付另一笔开支,王熙凤把金钟卖了五百六十两银子。④ 此时贾府声望也大不如前。第七十二回中就讲了太监们到贾府来需索无厌的一些故事。⑤ 假如元妃健在,太监怎敢如此肆无忌惮地向她娘家敲诈?随后,在阖家团圆的传统节日中秋之夜,从祠堂传来了叹息声。⑥ 若元春平安在宫,按照他们的信仰,祖宗何至于如此忧心忡忡。看来,元春之死的故事当以安排在第五十三至七十二回之间的某处最合乎情理。

---

① "一等(见宝玉诗的)势利人"以为当时宝玉年龄如此。见影京本,回二十三,页525。其实,书中从未明白讲过宝玉的年龄,他可能比那些人所说的大两三岁。
② 见影京本,页1238~1240。
③ 同上,页1723~1724。
④ 同上,页1729~1730。
⑤ 同上,页1731~1732。
⑥ 同上,页1821~1822。

第六十三回中,赋闲的宁府主人贾敬,一位虔诚的道教徒,沉溺于长生术,死于过量服用自炼的"金丹"。当时碰巧只有他的儿媳即贾珍①的妻子尤氏一人在家,正如回目所示:"死金丹独艳理亲丧"。这一事件是作者总设计的一个重要部分,因为只有这样,这位孤零零的尤氏才不得不把她继母和两位漂亮的异母妹尤二姐和尤三姐接来协理家务,从而发展成尤二姐嫁给贾琏为侧室,最后被王熙凤逼死的悲剧,事在第六十五和六十九回中。贾敬死时,贾府所有正经主子从贾母、邢夫人、王夫人起,到贾珍、贾蓉、贾琏,等等,统统不在家。其原因,在贾府通过礼部代呈上达天听的奏折中是这样说的:"其(死者贾敬)子珍,其孙蓉,现因国丧,随驾在此,故乞假归殓。"②后来王熙凤申斥贾琏,第一条罪状就是在国丧期间娶尤二姐作二房。

这里出现了问题:所谓国丧,究竟死了谁,闹得非但第四代爵爷贾珍及其子贾蓉,而且上至贾母、王夫人,以及宁、荣二府全体女眷统统都得躬自入朝随祭?人们自然会想,必是皇妃元春死了,才惊动了整个贾府上下。但如回过头去覆按前几回书,便会在第五十八回中发现一段奇文:

> 谁知上回所表的那位老太妃已薨,凡诰命等皆入朝随班,按爵守制,敕谕天下……贾母邢王尤许婆媳祖孙等皆每日入朝随祭,至未正已后方回。在大内偏宫二十一日后,方请灵入先陵,地名曰孝慈县。这陵离都来往得十来日之功,如今请灵至此,还要停放数日,方入地宫,故得一月光景。宁府贾珍夫妻二人,也少不得是要去的,两府无人。因此大家计议,家内无主,少不得又大家计议,便报了"尤氏产育",将她腾挪出来,协理宁荣两处事体。③

---

① 贾珍(Chia Chen)是宁府的老爷、宝玉的堂兄,莫与宝玉的父亲、荣府的贾政(Chia Cheng)相混。
② 见影京本,回六十三,页1518。"殓",意思是"为死者穿衣"。
③ 见影京本,回五十八,页1369~1370;《校本》,页638;《红楼梦》,页632,已被改动。

这段文字,提供了"独艳"尤氏为公公贾敬治丧的理由;但仍有许多矛盾,参读其他回的有关段落就更明显。上回即第五十七回压根儿没提到这位"老太妃"。不管怎么说,第五十五回开首处倒是带了一笔"目下宫中有一位太妃欠安"①。这些都可以说出于疏忽而置之不论。太妃之死要求全体诰命夫人随祭也许好像有点道理。但再读下,贾府一应婆媳祖孙都得每日入朝,她们并不个个都是"诰命"夫人,而是全体成员,不分男女老幼,都得躬与祭典。看来,死者若非贾府亲人,很难说得通。

"老太妃"的安厝闹得贾府忙乱不迭。第五十九回开场,几乎用了两页篇幅,写贾母、王夫人、贾赦夫妇,以及其他人等五鼓入朝的情况。这时离送灵日已不远,仆役们在准备马匹、驮轿和随身用品。由于大多数人不在家,府中采取了特别保安措施:主要大门全关,小厮们坐更打梆子。②这种气氛明摆着在预示将有重大事件发生。但故事突然中断,下文笔锋转到丫头们拌嘴等鸡毛蒜皮的事儿。可以一提的是,这个第五十九回只有 14.3 页,是前八十回篇幅最短的数回之一,与第五十七回(31.7 页)、五十八回(20.3 页)、六十回(21 页)、六十二回(34.9 页)相比,少出六至二十页。③ 似乎题中本应有一大段描写送灵场面和有关情节的文字已从此回初稿中删去了。还可指出一点,在这部脂评《石头记》的最后四十八回中,唯有这第五十九回和六十、六十七、六十八、六十九五回没有双行评语(参看表八)。看来,这五回的原稿已被作者在修订时抽去,致使脂砚原来所写的评语与修改后的内容不再符合,无法录入修改后的稿本。*

还有一个矛盾,存在于那位不知名的太妃之死和贾府发生的事件之间。太妃显系死于三月中旬,因为她的灵柩停厝二十一天后是在清明之

---

① 见影京本,页 1287。高本删去此段。
② 同上,回五十九,页 1391~1392;又见《校本》,页 648~649;《红楼梦》,页 642。
③ 参看本书第十三章第四节表 8。前八十回里篇幅最短的是第十二回,只 12.5 页。
* 译者附言:以上两句("还可指出……无法录入修改后的稿本")为英文本所无,是作者补在自校本上的。原文是英文。

前送到乡间的。① 贾敬之死则在盛夏，②但直到此时，贾府中的贾珍、贾蓉、贾琏等人仍在陵寝淹留，尚未回家。③ 两起丧事之间，显然比上述有关国丧安排中所说的"一月光景"长得多。贾府诸人在下葬后守陵达两三个月之久，说明他们与死者的关系远非一般官宦人家与皇室成员之间的关系可比。然而，这位"老太妃"与贾府非亲非故，与小说中的任何故事都无关联——书里连她的姓名也没提到过。

此外，第五十五回首次提到这位老太妃时，说元宵节时（阴历正月十五），她病了，致使嫔妃不能省亲。④ 这也令人难以置信。元宵倒真是元春省亲一周年（第十八回）。看来，这几句话是想解释，为什么这个专为元春省亲而筑的大观园，她却只来过一次。把这位不知名的"老太妃"如此孟浪地闯入小说的主文，至少是太露斧凿。这位老太妃除了强行使贾家诸人离府一段时间外，不起任何作用。然而，为了打乱贾府上下的正常生活，她从生病到死一个短短的故事却被小心翼翼地分配在四回文字之中。⑤

还有一个与太妃之死有关的情节更令人难以理解。第五十八回讲了一下国丧安排以后，尤氏和王夫人便去商量府里十二名女伶和教习等的遣散事宜。问及这些女孩子愿去愿留时，七人愿意继续留下。诸教习每人给银八两，令其自便。⑥ 也许需要重提一下，这些女孩儿是专为元妃省亲之需从苏州买来唱南昆的，教习也是打那儿请来的。⑦ 从来府到遣散，他们一直在梨香院中排练，⑧有时被元春召进宫中表演，⑨平时在大观园

---

① 见影京本，回五十八，页 1374。清明一般是 4 月 4 日或 5 日。
② 同上，回六十三，页 1515。
③ 同上，页 1516，1519。
④ 同上，页 1287。高本中删掉了这句话。
⑤ 即第五十五、五十八、五十九、六十三回。提到她的文字，大多只有寥寥几行。
⑥ 见影京本，页 1371~1372；《红楼梦》，页 633~634，其中删掉了"教习等"字样。
⑦ 见影京本，回十六，页 339，回十七、十八，页 379~380；《红楼梦》，页 155，172。
⑧ 见影京本，回二十三，页 529~530；回三十，页 704；回四十，页 923~924。《红楼梦》，页 233，315，421。
⑨ 见影京本，回三十六，页 831；《红楼梦》，页 375。

和府中演唱。① 只要元春还在,总还会有回府的机会,还要听戏班演唱,还会召他们进宫。可怪的是,不知名的"老太妃"一死,贾府的戏班就被解散了,甚至毋须征询元春还要不要他们继续侍候。戏班解散以后,不愿离去的女伶被允准同贾府的女孩们同住,最绝色的女伶芳官和宝玉的丫头一起留在怡红院里。这一新情况为他们将来在大观园里的活动铺下了路。可见遣散戏班一定是作者早期稿本中最初布局的一部分,当时肯定知道从此不再需要戏班表演了。

现在只要把元春的名字代入这位不知名的"老太妃",就一通百通了。在作者初稿中,正是元春薨逝,才要求贾府全体成员赴大内偏宫随祭,其中重要成员还须在陵地守丧两三个月,甚至贾敬死了,他们要回家奔丧,还非上奏乞假不可。元春的夭折也说明了她何以再未重游这座专为她营建的大观园,以及府中戏班遣散之由。② 元春册封为妃,才一年多就死了。所以,《红楼梦》曲子里提到了无常的突然来到,而她自制灯谜的谜底则是一束炮竹。③

其实,脂砚早已指明,元春将在初游大观园后不久死去。第十八回,元春在离园前说"倘……天恩仍许归省"句下,脂砚评道:

> 妙极之谶。……只有如此现成一语,便是不再之谶。只看他用一"倘"字便隐讳,自然之至。

很明显,她的谶语,必与她自己的死而决非与某一"老太妃"之死有关。正是她的死,使她从此不能再度省亲了。而且,根据小说后文,那位

---

① 见影京本,回四十,页 924,927~928;回五十四,页 1276~1278。《红楼梦》,页 421,423,585~586。
② 又,第七十七回王夫人要宝玉明年搬出园,此亦表示元妃已死。因宝玉等人园乃元妃之命,若元妃仍在,王夫人此举须待元妃同意也。(译者附言:这一条注是作者补记在自校本上的。原文是中文。)
③ 参看前面关于"可卿遗言"结尾段;见影京本,回二十二,页 510,以及脂砚对灯谜的评语。

"老太妃"死后多年,元春也没有再到大观园里来过。① *

作者改写了秦可卿之死的故事,就必须相应地改写元春之死。但原总体设计中有贾府举家外出的情节,关联到后来尤氏姐妹的悲剧。现在既然别无他法使贾家成员在贾敬死时不在府中,作者只好造出一位"老太妃"来顶替初稿中的"贾妃"。这样一改,当然轻而易举,但也引出了一些矛盾,且使某些段落显得牵强。作者在修改时还必须删繁就简,把"老太妃"之死尽量简化。这种删节,在第五十九回中最刺眼,也许原稿的二分之一被割爱了,其中可能本来包含着一些引人入胜的故事。

而且,作者还得写一个"新的"元春之死的故事。当他把那个"老"故事从第五十八和五十九回中删去时,前八十回各回均已完成。这样,新的故事只能放在第八十回以后,元春之死就这样被推到后边去了。

三、第十二、十三回中故事的删节

脂砚在脂残本第十三回末尾的总评中说,因删去了天香楼②即秦可卿自缢的故事共四五张,此回只十张即二十页了。现存第十三回在脂京本中占十五页半,可见脂残本中每页的字数比脂京本少。③ 这就是说,若把未经删改的第十三回原稿按照脂京本的规格抄录,大约有二十二页或更多的篇幅。一般人会想,删改后的第十三回一定短得异乎寻常。但在前八十回中,篇幅最短的不是第十三回,而是第十二回,它在脂京本中只占十二页半,其中还包括了星星点点约占半页多纸的评语在内。真的,第十二回比十五页有半的经过删削的第十三回短得多。

天香楼故事在第十三回初稿中占三分之一是可以理解的。因为这个故事,非但必须包括秦可卿自缢,还得讲瑞珠、宝珠两个小丫头如何发现她的私情致使她自杀,④讲这一事件如何遮盖平息,以及贾珍的妻子尤氏

---

① 见影京本,回十八,页405,墨笔双行评语。
* 译者附言:这一段文字和注解,为英文本所无,是作者补充在自校本上的。原文是英文。
② 秦可卿自缢处。参见本书第八章第三节。
③ 脂残本每页十二行,每行十八字,共二百一十六字。见《文存》,页568。
④ 参看《研究》,页179~181,183。

为何悻悻恚怼乃至托辞身体不适拒绝参与儿媳的丧事。而且,秦可卿和她公公贾珍的不正当关系①已早在第七回中,老仆焦大在酒后骂街时就揭出了这一丑闻。② 在事情败露和秦氏自杀之前,作者想必在原稿中写过这一事件。脂砚还暗示了丑事的地点。宁府有一建筑,名叫"逗蜂轩",脂砚在楼名下面评道:"轩名可思。"③

既然删改前的第十三回按照脂京本的格式可望达二十二页或更多,若说第十二回的文字并未删改,未免短得异乎寻常。④ 秦氏自缢的情节是在她与贾珍关系被人发现后随即发生的,可见后者必与第十三回紧相衔接,即在第十二回中写出,而决不会出现在数回之前。所以,第十二回篇幅所以如此之短,也是由于作了大删大削,而删削的目的在于避免与经过修改的后回文字相凿枘。

现存的第十二回主要讲了贾瑞调戏王熙凤未遂的故事。王装作多情,却屡设圈套,埋下伏兵,把贾瑞抓了起来,最后要了他的命,这是一个有趣而别致的故事,除了表现王熙凤的狠毒以外,与整个布局中的其他部分没有什么关系。显然像是以独立插曲的面目出现在小说之中。其实,这正是作者揭示全书主题的关键情节之一。贾瑞临死,有道士给他一面名曰"风月宝鉴"的镜子,用反面照,可见一具骷髅立于其中。但贾瑞不听道士警告,照了正面,却见王熙凤在其中微笑招手相邀,便"进了"镜子与凤姐云雨——当然是在荡荡悠悠之中。⑤ 风月背后即是败亡,这一主题是这样重要,以至于作者之弟就以镜名作了书名。⑥ 但用一回书中一名次要人物的游离于其他情节之外的故事来表达全书的主题,似乎有点怪。

然而贾瑞的故事毕竟和秦可卿的故事有其异同之处。这两个人,在初稿中,都因风月之情被对方所害。贾瑞与王熙凤实无所染,秦可卿则真

---

① 这种关系在中国被视为乱伦。
② 见影京本,页 177。
③ 同上,回十三,页 280,墨笔双行评语。
④ 脂京本前二十回的平均篇幅是每回二十页,每页十行三百字。
⑤ 见影京本,回十二,页 269。
⑥ 同上,回一,页 15。参见本书第一章第一节,第七章开始段。

的被卷入了不正常的私情。贾瑞是被王熙凤瞧不起的穷措大,径直落进她的陷阱。秦可卿不然,嫁与巨室,生于安乐,顺从了她公公的引诱。在贾瑞寄灵铁槛寺①一段下,脂砚评道:"先安一开路道之人,以备秦氏仙柩有方也。"②这一段描写的事情,发生在秦可卿自缢之前。脂砚把这两个牺牲品相提并论,是以他们的共同的命运来说明作为小说主题的同一论点。这样,贾瑞的故事,虽在细节上是游离于总体结构以外的一个孤立的片断,但在思想内容上与随即发生的秦可卿的故事相类通,都直接服从于小说的主题。而"风月宝鉴"正是这种类通的最好的象征。

"宝鉴"有两面:正面反映现实,是一美女的影像,因而是虚妄的;反面反映结果,是死亡的标志,是随着时间流逝而必然要来到的。风月之情,不管真如可卿,还是幻如贾瑞,最终都归于毁灭。③ 宝鉴的寓意,对两者都适用,是对贾瑞和秦可卿这风月场中两种典型的冒险者的当头棒喝。所以棠村认为它意味深长,值得作为全书的标题。倘若第十二回只讲了贾瑞这个在全书中并不特别重要的角色的故事,棠村就不至于认为这一孤零零的宝鉴故事宜于用作小说的标题。

迄今提出的问题全都说明了一个事实:在小说这一部分初稿中,包含着两个互相平行又互相区别的故事。一是王熙凤设计害死贾瑞;一是贾珍勾引秦氏,家丑泄漏。④ 第十二回初稿中所描写的,便是反映了镜子正反两面的这两个故事。修改秦可卿之死的情节,导致第十三回初稿简短了三分之一。而修改秦可卿在第十二回中的故事,则使这一回初稿也删掉了大致相等或更多的篇幅。此回于前八十回中篇幅最短,便是明证。

---

① "铁槛"在佛教原意指生死界限,参见影京本,回十五,页 314,脂砚双行评语。
② 同上,回十二,页 270,墨笔双行评语。
③ 脂砚对宝鉴的"两面"是这样评论的:"此书表里皆有喻也。"见影京本,回十二,页 268。
④ 家丑泄漏一节,在第十三回初稿的前半回中,也许写了,也许没有。

附录二　《红楼梦》的一个早期稿本*

我们在讨论作者生年和"大观园"旧址时,曾提及明义题咏《红楼梦》人物绝句二十首。① 明义在自注中提到,曹霑曾亲自送给他这部小说的抄本。② 我们知道,曹霑 1764 年 2 月 1 日去世时③尚未完成对小说的最后修改,可见他送给明义的是某一早期稿本或"简本"。

我们知道,在脂残本第一回楔子末尾是这样写的:"至脂砚斋甲戌(1754)抄阅再评,仍用'石头记'。"④这就是说,小说的原名"石头记"曾一度废置,改用过其他一些名称,⑤至脂砚斋 1754 年评注此书时始复旧名,从 1754 年起这八十回本便以《脂砚斋重评石头记》行世。但据明义此注,他得自作者的本子却题为《红楼梦》。看来,这一几乎没有或根本没有评语的本子,年代当在 1754 年之前。

---

* 编者附记:著者回国后,就此专题写成《论明义所见〈红楼梦〉初稿》,内容有修正补充。
① 参看本书第十章第二节末段,第十二章第二节。
② 见《绿烟琐窗集》,页 107。
③ 见本书第十章第一节。
④ 见本书第三章第一节末段。
⑤ 楔子的正文中说得很明白,书名《石头记》,先被改为《情僧录》,后被改为《风月宝鉴》,等等。见影京本,回一,页 14～15。

明义注中没有说此稿共有多少回,是否已完成。但他在二十首诗中的最后两首中表明,他读到的小说事实上已经完成。第十九首说:

Do not ask whether the matrimonial affinity with "Gold" (i. e. Pao-ch'ai) or with "Jade" (Tai-yü) would remain.
When they were together it was like a spring dream, when they dispersed it was like vanishing smoke.
Having lost its divine spirit the "Stone" (i. e. Pao-yu) has returned to the foot of the mountain,
And even if it could speak it would be all in vain. ①

"石归山下"一般讲的是葬身之处,但这里无疑在指"青埂峰下",按照小说第一回的神话故事,这是那块"石头"前世得遇一僧一道之处。在这早期稿本中,"石头"最后又回到了他被神仙携入尘世前的所在。这一结局,在脂砚所评的八十回本中尚未出现。脂砚在评语中也没有提到过"石头"回到仙山的事。② 这使人们不能不得出这样的结论:这一早期稿本《红楼梦》有些不同的情节,特别在它的结尾部分。

明义在最后一首诗中是用这样的语言来谈论小说的主人公的:

The young girls with rouge-and-powder have gone to unknown destinations;
He should be ashamed 〔when compared with〕 the ancient Shih

---

① 见《绿烟琐窗集》,页111。
　　[译者附言]明义原诗如下:
　　莫问金姻与玉缘,聚如春梦散如烟。石归山下无灵气,总(纵)使能言亦枉然。
② 脂砚多次提到,在作者重新设计但尚未完成的稿子中,小说最后一回将出现警幻"情榜"。由此看来,"石头"最后可能将复归原处。但除了"情榜"之外,脂砚没有提到最后一回的任何情节。

Chi-lun.①*

最后一句诗提到的石崇（季伦，249—300），拥有名园金谷园，②类似于小说中的大观园。他的宠姬绿珠为权贵孙秀所垂涎，石崇拒绝把她交出。当孙秀捏造罪名将石崇下狱时，绿珠坠楼自尽以殉主人。孙秀闻讯，便将石崇杀了。③要是明义这首诗真的有什么言外之义，那就是宝玉后来入狱之由可能比本书第十五章勾勒的复杂得多。也许，诗的最后一句可以另做解释：石崇的宠姬绿珠宁死不离开他的主人，宝玉的侍妾袭人却在主人落难时离开了他，因而本书的主人公在激发婢女的忠诚方面无法与石崇比肩。因为，石崇被捕时，他的姑娘们都依然守在金谷园里，宝玉却眼睁睁地看着"十二钗"中的大多数——离开了大观园。按照曹霑修改后的安排，小说以宝玉出家为僧告终，但是，甚至脂砚也为没有读到主人公"悬崖撒手"那回文字而表示遗憾，也就是说，作者生前并未完成对全书的修改。但在他赠给明义的稿本中却有"石归山下"的情节，显然，这是在 1754 年之前的一个短而全的稿本。

从明义的诗中可以推测，还有另外一些故事也在这部早期稿本中占有一席之地。二十首诗中的第一首是一个引子，介绍了即将在大观园中发生的故事，在脂京本第十七、十八回中可以找到这方面的描写。④ 第二首是总论书中主人公和怡红院里女孩子们的生活。第三首讲纤弱伤感的林黛玉在潇湘馆中的生活，这方面的内容最早出现在小说第二十三回中。第四首写薛宝钗用扇扑蝶，事在第二十七回中。第五首用宝玉送手帕的故事再次描写黛玉还泪，可在第三十四回中找到，但诗中提到的"三尺玉

---

① 见《绿烟琐窗集》，页 111。
* 译者附言：明义诗原文为"青娥红粉归何处，惭愧当年石季伦"。
② 参看吴世昌《魏晋风流与私家园林》，G. M. Boynton（包贵思）译，1935 年发表于 The China Journal of Art and Science（《中国艺术与科学学报》）卷二十三，号 1，页 20。（编者附注：原文已收入《罗音室学术论著》卷一。）
③ 见《晋书》卷三十三《石崇传》，附于其父《石苞传》之后。
④ 自此以下的回次，均指脂京本。

罗"则为小说所无。第六首诗的本事在小说中没有着落,讲某人(大概是宝玉)晚上半醉回家,"错认猧儿唤玉狸",当时有人在他屋里说笑,他悄然走开,独个儿在灯下消遣。这首诗大概是咏初稿中的某个故事,后来修改时被删掉了。下一首即第七首诗重提宝玉在第五回中的梦游太虚,见到的警幻簿册里的图画,接着写他在第二十三回中赋诗的情节。第八首讲一天晚上只有一位丫头独自待在怡红院里,宝玉替她梳头。这个故事可在小说第十九回中找到,但这丫头在小说里是麝月,诗中却是小红。第九首的本事比较复杂,讲宝玉把袭人给他的丝汗巾偷偷换给了蒋玉菡,事见第二十八回。第十首讲的是第二十六回中的一个插曲,黛玉夜访怡红院,丫头们没认出她的声音,没有让她进去。下一首讲宝玉、黛玉吵嘴和宝玉向她赔不是。第十二首写的是宝玉哄丫头玉钏尝为宝玉单做的羹汤,见第三十五回。下一首写的是第六十三回中宝玉的生日宴会。第十四首讲黛玉的病,这是小说经常提到的内容。第十五首说史湘云爽朗洒脱的性格,"不似小家拘束态,笑时偏少默时多"。第十六首讲晴雯的悲剧和宝玉作诔以悼,见第七十八回。第十七首和第十八首总结了黛玉在贾府的生活:从第三回幼年初来时和宝玉同处一室,到第二十七回后来成为谶语的葬花诗,终因没有"返魂香",不能起死回生与宝玉结合。前八十回的《石头记》尚未写到黛玉之死,可证明义得到的本子是一部早年的完稿。①

　　以上十八首和前文讨论过的最后两首自是明义的信笔之作,但他大概从小说中选择了他认为重要的、有意义的故事。这组诗以大观园和园中的女孩子们开场,一直写到小说的结局。如将诗的顺序和诗的本事在现行小说中出现的回次各列一表,就会看到两者并不严格相符。因此,如果明义的诗是按照他所见的稿本中的回次来安排顺序的,则这一早年稿本中的故事编排看来并不与脂评《石头记》完全相同,其总的篇幅可能短于作者重新设计后的修改稿。

---

① 俞先生也认为明义所见的稿本包括了黛玉之死的故事。他举出了第十九首诗的文字为证,但此诗并未明确提到她的死。参看《校本》序言,页30,注23。

明义的第十二首和第十三首诗,分别写了第三十五回和第六十三回中的两个情节,二者之间有个大的缺口。也就是说,从第三十六到六十二回这二十七回中的事情,在明义这二十首诗中都没有涉及。值得注意的是,这二十七回描写了这些仕女们在诗社的主要活动。第三十七回,成立"海棠诗社"首次集会,探春、宝钗、黛玉和宝玉写了六首《咏白海棠诗》,后来史湘云也入了社。下一回中,还是这几位作者,写了十二首《菊花诗》和三首《螃蟹咏》。第四十五回,黛玉作了一首长诗《秋窗风雨夕》。第四十八回讲香菱立志苦吟和林黛玉教她写诗,香菱终于好不容易写成了三首"咏月"诗。第五十回中有十一位女子和宝玉的长篇联句①咏雪,另有四首咏红梅,四首灯谜。下一回继续编灯谜,开场时还有十首《怀古绝句》,每首各隐一物。要作成这些诗并非易事,因为不仅题材和韵脚都是指定的,而且每首诗必须体现其设定作者的个性;还得为小说主角后来的故事埋下伏线。此外,诗的情景也必须在故事的自然发展中出现,不能生拼硬凑。因此,这些诗以及相关的故事,和各回回首的诗、回尾的联一样,都是曹霑在明义读到旧稿后很久才写成的。至于这二十七回中的其他内容,主要是写大观园的日常生活,也有可能是后来增补的。这一早年旧稿虽然包括了小说全部主要故事,但缺乏现在《石头记》八十回本中的细节描写。这些情况说明,明义诗中所以没有涉及第三十六至六十二回中的故事,因为这些故事只出现在作者的修改稿中,为早年的"简本"所无。这样,在他的第十二和第十三首诗之间才出现了那一大片空缺。如果我们重温脂砚在第七十一回中那条"假事将尽"的评语②,就会知道这二十七回都在"假事"之列,是作者在修改时添进去的。这些事实也有助于证实:小说并非自传,亦非作者家庭生活的实录。

---

① "联句"是一种文字游戏,按照指定的题目和韵脚,第一人作第一句,第二人作第二、三句,第三人作第四、五句,余类推。所有韵脚必须在同一韵部中。据《文心雕龙》(6世纪)卷六,这种游戏形式始于《柏梁联句》。《柏梁联句》被认为是公元前108年汉武帝等在柏梁台上所作,但也可能是较晚的作品。

② 见影京本,页1707。参看本书第八章第二节第二段及第十六章第二节第二段。

以《石头记》为名的八十回本,是作者重新设计和扩充后的稿本中的已完成部分。在把旧稿的前三分之二扩充后,根据重新设计后的规模,作者想必认为对后三分之一即大约后三十回也有继续扩充和精雕细刻的必要。他的早逝,使他没有完成这项工作,而且,旧稿中尚未改定的文字,如"抄家"和"狱神庙"等五六回文字,①在18世纪60年代脂砚为小说继续写评时就散失了。

明义的《题红楼梦》绝句二十首进一步证明,曹霑在1754年以前,已经写出了若干种不同的完稿:其中有一部早期完稿被其弟棠村称为《风月宝鉴》。在几种修改稿中,有一部被称为《红楼梦》,即给明义看的那一部。由作者增删五次又由脂砚作评两次的那个稿本,成书于1754年,仍用旧名《石头记》。② 此后九年,直到逝世,作者仍在对后三分之一的书稿进行修改和扩充,使之与前八十回相称。然而,他为这一巨著追求完美的不懈努力,最后却以尚未改定的旧稿的后三分之一全部迷失而告终!

---

① 见影京本,回二十,页443~444,朱笔眉批。
② 参看本书第三章第一节末段;见脂残本,回一,页15;《文存》,页569。

第五卷　续书探源

第十七章　高鹗①在前八十回中的修改*

这部小说现在有两组不同的版本：一组是八十回的脂砚斋评《石头记》本，另一组是一百二十回的《红楼梦》本。属于前一组者在本书中简称"甲本"、"乙本"、"丙本"、"丁本"、"戊本"，②其中前四者是1927年以来所发现的旧抄本，第五本是1911年重印的一个18世纪手抄本，其底本据说已失去。③"丙本"、"戊本"现在都有重印本。④ 属于《红楼梦》一组者都经

---

① 高鹗，字兰墅，满洲铁岭人，隶汉军镶黄旗。他是著名诗人张问陶（1764—1814）的妹夫。他在1788年与张同时中举人。1795年他中进士，1801年在侍读任内为顺天乡试同考官，1809年以刑部给事中出任江南御史。他续作《红楼梦》是在1788—1791年之间，正是程伟元说他"闲且惫矣"的时期。参看俞樾《小浮梅庵闲话》，在《春在堂丛书》四，卷二十五，页29；《考证》，页60～63；《新证》，页456～457；百二十回《红楼梦》程甲本(1791)高序。

* 编者附注：本章前半部分（至"王熙凤弄权"）为著者自译。

② 见本书第一章第二节及有关的注。编者注：上列五种的名称，作者最后改定为脂残本（即十六回残本，旧误称为"甲戌本"），脂配本（旧误称为"己卯本"），脂京本（旧误称为"庚辰本"），脂晋本（旧误称为"甲辰本"），脂戚本（即有正本）。以下均按改称定名。

③ 见《校本》序言，页11。

④ "丙本"的影印本在本书中简称为影京本；"戊本"重印为《红楼梦八十回校本》，简称《校本》。

高鹗修改以后由程伟元于1791年(乾隆五十六年辛亥)和1792年①排印出版。

《红楼梦》的1791年本(程甲本)几乎一出版,程伟元即感到不满意,次年就重新排印一个修改本(程乙本)。② 可是程甲本出版后立即广泛流传开去,成为后来许多重印本的祖本——其中之一就是道光十二年壬辰(1832)王希廉(雪香)的评本。上海亚东图书馆在1921年排印的本子即根据程甲本,③亚东在1927年的重印本则根据修改过的程乙本。最近(1957)北京人民文学出版社的校注本也是根据程乙本而用七种旧本,包括脂京本、脂戚本和程甲本加以校订的。④

第一节 两组不同版本的比较

1957年的校注本既然是作为普及本而印行的,校订者主要注意之点不是八十回的《石头记》和一百二十回的《红楼梦》之间的文字差异,而是程乙本正文中个别文字的印刷错误。⑤ 所以在书末所附的六十四页"校记",并不能帮助我们比较曹雪芹原著与被改后的程乙本之间的差异。在另一方面,俞平伯先生编的《红楼梦八十回校本》第三册,包括六百九十二页的"校字记",乃是主要以戚本为底本而用其余四种抄本来比较的结果。⑥ 所以这是在《石头记》一组版本之间的正文校勘。从这本"校字记"中也不能够侦察出曹氏原著与程乙本之间任何有意义的差异,从而决定

---

① 程甲本虽印于1791年,也到1792年才发行。在韩慕义的《清代名人传记》卷二页738一栏中,程伟元的字(小泉)被误作高鹗的字,高鹗又被误作一百二十回本的发行人。"修订本"的出版又被误作1793年。
② 参看1927年亚东版的程乙本中程、高《红楼梦引言》。
③ 参看亚东1927年版《红楼梦》之胡适序。孔富兰氏的德文节译本即据程甲本。参看1958年伦敦鲁特来奇与凯根保尔版英译本页 XIII。
④ 见原书《出版说明》,页1。
⑤ 同上,页1~3。
⑥ 《校本》序言,页21~22,遇有文字讹误处,俞先生偶而也用脂晋本和程甲、程乙本来校改。

高鹗修改的广度。这样,尽管这两个本子的校对者付出了值得称许的辛勤劳动,可是我们想要比较一下程甲本(1791)以前和以后的此书正文的不同之处,这一工作还得从零开始,重新做起。

在做这一比较时,我们只顾前八十回。高氏既然是后四十回的作者,①他当然可以要修改几次就改几次,只要他认为那样做是应该的。因此,我们就不管在高氏续作部分程甲、程乙两本之间的差异。但是高鹗的讨厌之处是,他不但要修改他自己的早期的稿子,他竟要"改良"雪芹的文章。这是在他和程伟元合写的程乙本引言中坦白承认了的:

> 书中前八十回抄本,各家互异。今广集核勘,准情酌理,补遗订讹。其间或有增损数字处,意在便于披阅,非敢争胜前人也。②

现在看来,除了在上一章已经说到的,雪芹自己在早期稿本中有些修改外,在早期抄本之间确也有许多轻微的不同字句。但从《红楼梦八十回校本》的详尽的"校字记"看来,虽然八十回中这些异文的数量相当多,其实也不过是戚本的抄者无足轻重的一些笔误与漏字。假使高氏和程氏的加工果真不过是像他们所说的那样,这些笔误很容易用正常的校对方法加以改正,可是,高氏所干的,我们下文要指出来,却是更像一个小学教员改正学生的家庭作业,或者一个报刊的编者用他的剪刀浆糊来对付一个和他意见不合的新闻记者的报导。上面"引言"中所谓"其间或有增损数字处",故意说得那么轻描淡写,其实用心叵测。所谓"增",除了被他删节部分需要添上一些陈词滥调以资连接外,实际上增加的文字少得可惊。而被他删除的部分则有的是高鹗不懂得欣赏雪芹的幽默或讽刺文学,有的是高鹗不赞成的说明作者的人生哲学或政治观点的段落。有大量的窜

---

① 参看本书第一章第一节引《八旗艺文编目》。这问题下章将再论及。
② 见原书。出版者程伟元虽也在此"引言"末署名,但实际修改正文的工作是后四十回的作者高鹗做的。前八十回中有许多激烈的删改是为了使这些前面的故事适应高氏所补的后四十回的情节。这是很清楚的。

改把书中主要人物的性格人品改变了,有的则使得对于本书背景的研究成为不可能。

第二节　对于高鹗改动的早期研究

第一个把程甲、程乙两本做过比较的是亚东 1927 年版《红楼梦》的发行人汪原放先生。在他的校勘记中,汪先生把两本中某些相当的段落对比排列以显示程乙本中的更改。据汪氏的统计,对比程甲本原文,程乙本中被改动的字数共有 21506 字,其中 15537 字属于前八十回。① 程乙本中高、程二人合写的《引言》说:

> 因急欲公诸同好,故初印时不及细校,间有纰缪。今复聚集各原本详加校阅,改订无讹,惟识者谅之。

为这些话所误,胡博士与汪先生竟然相信程乙本比他的前身程甲本更好。汪先生依据胡适所藏那个宝贝的程乙本,不惜工本,重新排印了亚东 1927 年版。② 彼时一般人相信高鹗必定在 1792 年(乾隆壬子)得到了一个不同的旧抄本,用它来校改程甲本中的"纰缪文字";很少人怀疑他一再妄改雪芹原文是为了适合他自己的意图。现在我们把汪先生所列举的七对例子③来比较脂京本的正文,可以看出程甲本被窜改得较少,它比程乙本更接近曹霑的原作。

在 1928 年发表的论第一次发现的脂砚斋重评本《石头记》(即脂残本)一文中,胡适指出脂残本第一回中有些段落在高本中被删去了,④另外,他又从脂残本中随便选了五个例子,对比在程甲、程乙两本中已被修

---

① 见原书,页 5～7,10～28。
② 见亚东 1927 年版《红楼梦》胡适序,页 1,3～4。
③ 见原书,页 10～28。
④ 《文存》,页 569,571,579～583。

改的相当部分,用以说明他的"甲戌本"文字胜于任何后来的本子。① 除了文字好坏之外,他似乎并没有认识到残本中幸存的十六回正文与高氏改本差异之大。在1933年他又发表了另一篇论脂京本的文章,②但他没有试图用这个本子的正文去比较高氏的本子。

俞先生曾把脂戚本和高本做了个"大体的比较",从戚本各回中引了二十段文字,在高本中有的已被删去,有的则被改动。③ 他和胡适一样,主要注意的是文字的好坏和故事的细节。但他和胡适不同的是:他并不认为比较接近曹霑原文的戚本的文字一定要比高本好些,这不啻说,高氏改对了。例如在戚本第二十五回中有一段文字,描写宝玉和王熙凤重病时贾家忙乱的情形,在大混乱中呆霸王薛蟠突然以极可笑的姿态出现。正如脂砚在评语中正确地指出:"写呆兄忙是躲烦碎文字法。"又说这是"忙中写闲",作者故意用诙谐的笔墨来减轻当时沉重的、压迫人的气氛。④ 说到高本删去此段时,俞先生反而说高本"文气文情都很贯串,而戚本却平白地插进一段奇文,使我们为之失笑"。他又讥笑评者脂砚斋"别有会心"。⑤ 俞先生遇到戚本原有而被高本删去的文字,反而说是"平白地插进"或"横插"入的"奇文"、"不伦不类的文字"、"前后不接的文字"。⑥

但是胡博士和俞先生都没有试图在文字好坏的问题之外去做进一步的探讨,例如把各脂评本《石头记》中较有意义的段落和高本被删改的这些段落来做系统的比较,借以找出高氏之所以要删改的动机。当高氏在曹霑原著第七十七回中删去一段,以便使死了的丫头柳五儿复活而在高氏续作的一〇九回中大显身手,俞先生揣想"高氏所见各抄本"的七十七

---

① 《文存》,页594~600。
② 《近著》,页403~415,按即《跋乾隆庚辰本脂砚斋重评〈石头记〉抄本》。
③ 《研究》,页87~99。俞氏未说明所根据为程甲本抑程乙本,所引各回是十六、二十二、二十五、三十七、四十二、四十九、五十三、六十三、六十七、六十九、七十、七十五、七十七。
④ 这一段文字亦见于影京本页578~579,这是曹霑原文无疑。
⑤ 《研究》,页89。
⑥ 同上,页89、94、96等。

回中并没有这段柳五儿已死的文字,否则"他或者不会作第一百九回这段文章"①。俞先生对于高鹗在别处删除原文,也同样用"罪疑惟轻"的方式予以开脱。② 高氏的改动,当然不是仅仅如他的"引言"所谓"增损数字","意在便于披阅"。他的文字显然远逊于曹氏原作。但是由于一般相信高鹗只做了一些修饰文字的小改动,所以直到现在,即使在发现了许多从曹氏原著过录来的 18 世纪手抄本以后,还是把他的损之又损的程乙本作为标准的百二十回《红楼梦》的一部分。

从我们现在所知道的有关这些手抄本流传于 1791 年之前这一事实,我们可以有把握地断定:高鹗所收集和见到的底本都是属于《石头记》一组的。现在没有证据说明凡是程乙本所没有的段落乃是由于任何一个高氏所见底本中原本就没有这些段落。③ 至于《石头记》一组各抄本中个别文字因抄手笔误而有些无足轻重的差别,例如脂残本与脂京本之间、脂京本与脂戚本之间的差别,这和高鹗大规模修改的问题很少关系。

下面我们用以比较的本子是《脂砚斋重评石头记》(脂京本)和程乙本《红楼梦》,即最近重印的 1957 年横排本:前者是目前公众所能见得到的最早最全的本子,后者是代表高鹗最后的成绩,也是目前流传最广的本子。

第三节　高鹗对于曹霑文字的"改良"

高鹗在他最后定稿中所作修改,可以分为两类:有关文字方面的和有关内容方面的。换句话说,他行使他的两种权威:不是一个教员改学生的作业,就是一个报纸的编辑改记者的报导。在把全书检查一番之后,高鹗

---

① 《研究》,页 99。说到柳五儿之死的那段文字,戚本和脂京本都有。参看《校本》,页 874;影京本,页 1873。
② 有关论及另一段为戚本所有而高本删去的长文时,俞氏说:"或者高鹗当时所见各抄本,都是没有这一节的,也未可知。"(页 92～93)其实此段亦见于影京本回五十五,页 1251～1252。
③ 参看本书附录三。

删除了下列各项文字：

(1)脂评残本第一回前面的《红楼梦旨文》四条"凡例",八百多字,①以及脂残本、脂京本、脂戚本都有的第二回的棠村小序。②

(2)脂京本第一、第二、第五、第六、第七、第八、第十三、第十七、第二十一、第二十三回的回前题诗或回后诗对,③可能也包括残本中原有的这些题诗和诗对。

(3)曹霑在正文中作为说话的人而表现的气派和风度的插话,诸如上章已经说到的,以及在脂京本、脂残本中别处也有的话。④

如果要把此书作为全部"成品"印行,则上面(1)、(2)两项的删除也许不可避免。反正在旧抄本中,也不是每一回都有题诗或诗对的,而且如果八十回都要前有题诗、后有诗对,要高鹗补齐也是一件难事。但第(3)项的删除则既无必要,也不合理。没有了这些文字,也就失去了许多表示作者愉快活泼的风度,以及作者向读者直接讲话的亲切之感。

丢开了这些他一定认为是多余的"道具"以后,高鹗于是着手"改良"回目联语的文字。俞先生曾把戚本和高本中九回不同的回目联语列成一张对照表,并且用他的观点来评论两者文字的优劣。他的评论认为两本回目文字的差异是由于高氏的改动,戚本回目更接近曹霑原著。⑤ 拿俞氏的表来对比脂京本的回目,我们发现脂京本第三、第五、第八回的回目和戚本、高本这三回回目又不同;戚本第九、第二十五、第二十七回的回目和脂京本这三回全同;而第八十回则在脂京本中根本没有回目。拿脂京本的回目来对比高本,可以看出第十四、第四十一、第七十四回的回目文

---

① 引文见《文存》,页579~580,参看本书第七章第一节。
② 影京本,页33~34。参看本书第七章第一节。此序文亦见于戚本,但在《校本》中已被删除。
③ 参看本书第十六章第一节第一段有关注。
④ 参看本书第十六章第三节第三、四段。影京本,回六,页135;回十八,页385~387。
⑤ 《研究》,页80~86。所列举的回数是第五、八、九、十七、二十五、二十七、三十、六十五、八十。今按脂京本第十七、三十、六十五各回回目同高本。

字出现部分的差异,在另外五回中也有些异文。①

　　高鹗下一步是很不乖巧地改动了原文中的对话。有一些这类的改动无疑是要把书中某些人物造成不同的印象。② 这一问题下文还要讨论。此刻我们只把注意力限于那些似乎只是为了修饰文字而改动的段落上。但是这类的改动在全部前八十回中出现得如此频繁,在这里即使举一小部分例子也是不适宜的。我们只能略举一些作为说明的例子,这些例子取材于第十九回宝玉秘密到袭人家里去看她这一小段情节。

　　大家知道曹霑原著是用地道的北京话写的。高鹗不必要的改动常常透露出他是在努力夸张北京方言。北京话有一个显著的特点是语尾"儿"字:*在某些语词的后面要加"儿",在另一些语词的后面则不加。在改动曹氏原文时,高鹗往往把这个语尾加在作者所不用的地方。曹氏书中如"偷空"、"热闹"、"地方"、"悄悄"、"尽力"、"宝贝"等字眼,通常不附加语尾"儿"字。高鹗武断地把"儿"字加在这些语词后面,使文字读起来非常做作而不自然。③ 上文所举各例,在脂戚本中也没有附加"儿"字。④

　　许多被高鹗改动的字句其实是地道的北京方言,可是他没有看懂。结果是,凡是经他改动的,每一个例子都是他歪曲了作者的原意。试举几个这样的例子:

　　"乍着胆子"(小心翼翼地冒险向前)被他改为"大着胆子"(毫无顾忌地勇往直前)。⑤

　　"岁属"是说一个人的生年的干支所属生肖(如子年肖鼠,亥年肖猪),

---

① 即第三十九、五十二、五十六、五十七、七十三各回。脂京本第三十六、三十七、六十一、七十九各回目中有些异文,显然是由于抄手笔误。参看本书第四章第一节。
② 在高本中,连对话的人都可以互易。例如第七十一回中林之孝家的说的话,变成了贾政之妾赵姨娘的话了。读者可以看影京本页1701,对照《红楼梦》页791。
* 译注:在英文本中所举中文例子,必要时在页底附注了汉字原文,这些底注在中文本中自不必加。因此,译本的底注数字随之减少,读者若查对原文,请注意此点,以免误解。关于此种情形,下文不再注。
③ 这里所引文字,读者可对比影京本和高本二书。下举页数,前之数字指影京本,后指高本《红楼梦》,页数冒号后数字指行数。"偷空"409:1—185:3;"热闹"409:2—185:4;"地方"415:8—187:15;"悄悄"415:9—187:16;"尽力"416:1—187:19;"宝贝"421:9—190:1～2。
④ 参看《校本》(页数:行数)187:4,187:5,189:11,189:12,189:14,192:2。
⑤ 影京本页409:7,对照《红楼梦》页185:9。

被他改为"岁数"。①

"脏"被改为"不干净"。②

袭人的表姐妹们见宝玉进去,"都低了头,羞惭惭的",但高鹗不必要地让她们"羞的脸上通红"。③

袭人要宝玉在她表姐妹面前不要向她表示亲热,对他说:"悄悄的,叫他们听着,什么意思。"高鹗叫她说:"悄悄儿的罢!叫他们听着作什么?"④简直像她在生表姐妹的气了。

曹著原文的"耐烦",是说耐心等待,高鹗删去"烦"字,变成"忍耐"的意思了。⑤

当宝玉听袭人[伪装]说要出去时,"越发怔了"。高鹗把这话改成"越发忙了"。⑥

后来袭人向宝玉提一个假设的问题,说她自己的亲人都在别处,只她一人在贾家,"怎么是个了局"? 这是说,将来结局如何？高鹗改成:"怎么是个了手呢?"变成"怎么完成这件事"了。⑦

当宝玉要回家时,袭人的哥哥花自芳和宝玉的书僮茗烟一起护送。脂京本说:"花、茗二人牵马跟随。"高本删去"花"字,改为"茗烟二人(原文如此)牵马跟随"⑧。

这类例子在被高鹗改的前八十回中多得不胜枚举。他真算"改良"了

---

① 影京本页 410:5,对照《红楼梦》页 185:20。
② 影京本页 413:8,对照《红楼梦》页 186:24,影京抄本写作"臢",高不知此为"脏"的同音假借字,因而索性改为"不干净"。
③ 影京本页 413:9,对照《红楼梦》页 186:26。
④ 影京本页 415:9,对照《红楼梦》页 187:17。
⑤ 影京本页 422:4,对照《红楼梦》页 190:7。
⑥ 影京本页 422:5~6,对照《红楼梦》页 190:8。
⑦ 影京本页 422:7,对照《红楼梦》页 190:10。
⑧ 影京本页 416:8,对照《红楼梦》页 187:26。这一改动不能只把它当作笔误,因为高鹗在别处也做过类似的改动,使得文字变得文理和语法都不通了。参看:例如元春省亲时所修的大观园夜景,脂京本描写园中柳杏诸树"每一株悬灯数盏"(页 386:8),高鹗改为"每一株悬灯万盏"(页 176:2)。又如在第七十八回中,晴雯所喜的"群花之蕊,冰鲛之縠"等物,在高本中竟被称为"四样吃食",参看本书第十七章第四节。

曹雪芹的文章!

  一个更有趣的例子是:高鹗的魔术把轿子变成了车子。当宝玉要离开袭人家时,她叫她哥哥花自芳"去雇一乘小轿或雇一辆小车送宝玉回去"。在高本中这话的前半句"去雇一乘小轿或"被删去了。下面雪芹原文是"花自芳忙去雇了一顶小轿来",但高鹗却命花自芳去雇了一辆车来。① 在脂京本,"轿"字在下文出现了四次,但在高本中每一次都变成了"车"。早先,袭人怪茗烟不该把宝玉带到她家里来时,她说到街上"马轿纷纷的,若有个闪失,也是玩得的?"这句中的"轿"字在高本中也被删去。② 高鹗一定以为,在北京街上,作为一种常用的交通工具,轿子是很少见到的。这一点他是对的。但他忘记了在第十四回中说到秦可卿的丧事,来客中有"十来顶大轿,三四十小轿,连家下大小轿子车辆不下百余十乘"③。很显然,作者是故意再三说到轿子这一交通工具的。访问丫鬟家可能是作者童年亲历之事,他确是坐轿回家的。实际情况是:故事的背景在南京,在那里,多少世纪以来,轿子是街上最常见的交通工具,正如同大观园里的许多草木只能在扬子江流域生长一样。④

  作者透露他早年生活在南方的另一证据是书中常说到"手炉"和"脚炉"。这种炉子有茶壶大小,用黄铜制成,盖上有许多小孔,内焚木炭,上覆草灰。它在南方冬天用得很普遍,因为那里的屋子里没有取暖设备,但在北京却不用它。⑤ 在第九回,当宝玉第一次进家塾上学时,脂京本和戚本都说到袭人关照宝玉说:"脚炉手炉的炭也交出去了,你可着他们(指茗

---

① 影京本页 416,对照《红楼梦》页 187~188。
② 影京本页 413:4,对照《红楼梦》186:19;参看《校本》页 188~190,也重复用"轿"字。又如第五十一回来为晴雯看病的胡医生,要给他"轿马钱",被高鹗删去"轿"字,改为"马钱"。
③ 影京本页 303,《校本》页 141,对照《红楼梦》页 138。
④ 参看本书第十二章第一节。
⑤ 我在 1927 年和一个朋友到北方上学时,他带了手炉脚炉,但从没有机会用它们,因为北方屋子里都有煤炉取暖。参看本书第二十章第七节页 376。

烟等)添。"但在高本中,他又谨慎小心地把"炭"字删去。① 高鹗知道,北京冬天不用木炭取暖。但他没想到,没有木炭,这种炉子是全无用处的。*

高鹗当然意识到,这部小说的一部分背景是在南京,但他恐怕他的删改本的读者会认为:像轿子、木炭这些东西和书中的故事不相称,因为此书大体上是假定以北京为背景的,所以他煞费苦心地删除任何可以显示这类不相称的迹象。假使没有脂京本,那就不可能发现作者细心设置的用以透露他早年南京生活情况的这些巧妙伏线。(作者儿童时代生活在南京这一事实也证实了我们对他生年的考定。)②

文字的改换,不论是无心的或故意的,有时可以改变故事的实质。我们将看到:在元春省亲这故事中,似乎无伤大雅的改动不知不觉地改变了她的与曹霑原意不符的社会地位。

已经指出:小说中元春的模特儿是曹霑的姑妈(曹寅的女儿),她在1706年嫁与讷尔苏郡王,因之她取得"妃"的称号,是一个"王妃"。③ 这一点在本书的下文有明白无误的说明。在宝玉生日怡红院的夜宴中,姑娘们用象牙花名诗签抽签行酒令,探春抽得的签上注云:"得此签者必得贵

---

① 影京本页204:4,《校本》页93:10,对照《红楼梦》页91:13。"手炉"又见于下列各回:第六回王熙凤接见刘姥姥时(影京本页146,《红楼梦》页64);第五十一回袭人去看她母亲病时(影京本页1190,《红楼梦》页545);第五十二回宝玉的雀金裘被手炉的炭火烧了一个洞(影京本页1228,《红楼梦》页564)。

* 译注:高鹗把这句话改为:"脚炉手炉也交出去了,你可逼着他们给你笼上。""笼火"即升火,是用劈柴煤块在煤炉内生火。他不知道南方用的手炉、脚炉不能"笼火",只须把木炭在别处(通常是灶内)烧红了放在里面盖上灰,以后随时添炭就得了。他以为手炉、脚炉可以不用木炭,可以像北京的煤球炉似的"笼火"取暖。

② 参看本书第十章第二节,第十一章(上)。
③ 参看本书第九章第一节。

婿。"别人对她开玩笑说："我们家已有了个王妃,难道你也是王妃不成?"①在这里,元春是明白无误地被指为"王妃"。虽然在小说前半部她被假定为"皇妃",曹霑在元春省亲故事中有多处故意把她写得不过是"王妃"而已。② 在脂京本中,当朝廷准许她省亲时,她被称为"贾妃",这可以是姓贾的皇妃或姓贾的王妃。但高鹗把她改为"贵妃",这就确定她为"皇妃娘娘"了。③ 脂京本说她来到时仪仗队奏着"细乐",但高鹗改为"鼓乐",④比作者原意更为夸张。她所乘的"版舆"在高本中改为"鸾舆"⑤,这是皇后或皇妃的身份所有的特权。当她的亲戚要对她行国礼(叩头)时,她"亦命免过",高本改"命"为"降旨",等等。⑥ 后来元春命宝玉及姐妹们作诗,林黛玉诗的第一句"名园筑何处"只是泛泛的应酬之作,高鹗把全句改为"宸游增悦豫",⑦"宸游"二字只有皇帝才能用。下文薛宝钗和宝玉谈话时指元春为"他",但高本中指她为"贵人"。⑧

约略看一下这些改动,似乎只是文字末节上的修饰。但我们既已知道元春的模特儿是谁,则可知曹霑处理这件大事时着意避免夸张是较为

---

① 见影京本,回六十三,页1497~1498;《校本》,页699;《红楼梦》,页694。在这一段中,两次说"王妃",不说"贵妃"。这一段文字深有含义,因曹寅次女也嫁与一满洲贵族,后来袭封为郡王(参看本书第九章第一节末段)。我们知道,此书中的画册与判词、曲子(五回),戏文(十八回),诗谜(二十二回),酒令(六十三回),词(七十回)都是书中女子在后半部生活的伏线。探春抽得的这一条酒令诗签上的注文尤其像是给她算命。这样看来,可能在曹霑的后半部书中探春嫁与一郡王或公爵,离家很远,像放出去的风筝,"游丝一断浑无力"(第五回警幻仙姑簿子上探春的画册及判词,第二十二回探春的风筝诗谜)。书中元春与探春都嫁与宗室,但与家隔离,也正如曹寅的两个女儿都远嫁北京(1706年、1709年),而当时曹家则在南京,并且如裕瑞所说四"春"都是雪芹的"诸姑辈也"。(《枣窗闲笔》,页25)
② 至于元春之所以需要一个含糊的"皇室"头衔,则是因为否则作者就没有借口建造"大观园",而这园子却正是仿照康熙在南京时驻跸曹寅织造府的行宫而修盖的,如果没有这园子,也就没有足够大的地方来安顿这许多书中人物。作者既不便描写一个皇帝来到贾家,这样一个故事未免太露骨,而且很容易被识破即指曹家。他只好创造一个皇室成员一类人物,以便她的光临可以用皇帝驾到的场面气派来描写而不显的僭越过分。
③ 影京本,回十八,页382:10,对照《红楼梦》,页174:11。比较此头衔,如唐朝的杨贵妃。
④ 影京本,页385:1,对照《红楼梦》,页175:13。
⑤ 影京本,页385:4,对照《红楼梦》,页175:16。
⑥ 影京本,页391:2,对照《红楼梦》,页177:17。
⑦ 影京本,页397:3,对照《红楼梦》,页180:7。
⑧ 影京本,页398:1,对照《红楼梦》,页180:15。

现实的写法。可能他故意留下这些"漏洞"让读者可以认出这位贵妇原来的模特儿。高鹗的擅自修改使她的光临更为夸张,这就不知不觉地改变了她的社会地位,从而妨碍了对这部小说背景的可能的研究。

第四节　高鹗对原著故事的改动

高鹗对于这部小说内容实质的改动是如此之多,以至若要举例,真是俗语所谓"挂一漏万"。并且为了要充分理解任何一个例子的意义,那就需要,第一,把这一例子的曹霑原文和高鹗改本做一详细比较;还要第二,对于与这一例子有关的前面或后面的故事做一些调查研究,以便确定改本对于作者设计的别的部分情节的影响。如果要对高氏全部改动作详尽的研究,势必比本书还要长几倍。我们在这里只能就曹霑书中的突出塑造的几个人物的故事中挑几个例子来讨论。为了这一目的我们挑选的人物是长得最美丽而不幸的丫鬟晴雯,聪明能干而邪恶的战略家王熙凤,书中主人公宝玉,以及他的严厉的父亲贾政。但这些人物的故事几乎贯串全部前八十回,我们的范围只能限制在任意挑选出来的几个情节:甲、晴雯之死;乙、王熙凤的弄权;丙、宝玉在农村中;丁、贾政对他儿子的态度。

甲、晴雯之死

在修改曹霑原作时,高鹗手痒痒地要把书中许多人物重新命名。①这些改动看来似乎并不重要,可是完全没有必要而且还会引入歧途。对于实行这种"正名"主义还不满足,高鹗甚至创造出新的名字来代替原著故事中的人物,因此改变了曹霑原作部分的情节。柳五儿的"复活"以及

---

① 试举几个这类的例子:第三回,袭人原名珍珠,被改为蕊珠(影京本,页77,对照《红楼梦》页32);第八、九回,秦钟之父秦业被改为秦邦业(影京本,页199及以下,对照《红楼梦》页89及以下);第十四回及以下宁国府管家来升被改为赖升(影京本,页289及以下,对照《红楼梦》页132及以下);北静王水溶被改为世荣(影京本,页303及以下,对照《红楼梦》页138及以下);第十六回,太监夏忠被改为夏秉忠(影京本,页324,对照《红楼梦》页148);第七十三回,怡红院丫鬟金星、玻璃被改为春燕、秋纹。(影京本,页1743及以下,对照《红楼梦》页810及以下)。

她和她母亲在七十七回中同去看晴雯的亲戚是下文将要讨论的另一种窜改。我们先在这一回中举一个有趣的例子：晴雯的表兄和他的妻子怎样在高本中被另外两个人所代替。

当宝玉最好的丫鬟晴雯在重病中被宝玉母亲王夫人撵出怡红院时，她被送到她表哥表嫂的屋子里。宝玉独自去看这垂死的姑娘时，她的表嫂乘机勾引他。照高本，晴雯的表哥是一个叫"吴贵"的，他的妻子则简单地称为"那媳妇"或"晴雯的嫂子"。① 这两人在以后的书中再也没有重要情节了。② 但在曹霑原著中，晴雯的姑舅哥哥绰号"多浑虫"，他的妻子是灯姑娘或多姑娘，即在第二十一回中和贾琏（王熙凤的丈夫）相好，还给他留下一绺头发，几乎给这个怕老婆的纨绔子弟造成大祸的人。③ 这个较早的故事与下文情节有关，这是脂砚在评"头发事件"时明白批示的："此段系书中情之瑕疵。写为……'夭风流'宝玉悄看晴雯回作引，伏线千里外之笔也。丁亥夏，畸笏"④在已经失去的曹霑后半部的原稿中，⑤"头发事件"是贾琏王熙凤夫妇吵架的主要原因之一，结果终于离婚。⑥ 在那个故事中，贾琏遗失那绺头发，⑦灯姑娘又得再一次出现，来扮演也许并非次要的角色。把另一对夫妇，"吴贵和他媳妇"，来代替多浑虫和灯姑娘，作为第七十七回中晴雯的亲戚，高鹗使得第二十一回中的故事和这第七十七回中的故事成为两个互不相干的隔离的插曲，而且和曹霑原来计划中的后半部末尾有关贾琏与凤姐吵架的情节也断了联系。高鹗就这样模糊了这两个故事的意义，从而拆除了曹霑组织得很好的结构中的一个部分。这一改动毫无益处，除了很不必要地在书中平添了又一对醉鬼丈夫

---

① 《红楼梦》，页868,870～872。
② 只有在第一〇二回的许多迷信故事中说到吴贵媳妇的死。《红楼梦》，页1141。
③ 影京本页478～480,《红楼梦》页212～213。参看本书第十五章第二节。
④ 影京本，页478，朱笔眉批。周汝昌先生曾注意到这条批语可能指"晴雯的嫂子"的事，但他认为"不好懂"，"也许批者话有语病。"（《新证》，页589）他没有理会到第二十一回的脂评与第七十七回的故事两者似乎不相干，乃是由于高鹗把晴雯表哥表嫂的名字改了。
⑤ 失去原稿中的有些故事，已根据脂评及其他线索重建。见本书，第十五章。
⑥ 参看本书第十五章第二节。
⑦ 参看影京本，页480;7,双行墨评。

和淫荡媳妇,实际上即是多浑虫和灯姑娘的复制品。①

这一章高鹗用了更多的改动来歪曲晴雯和她表嫂的性格。她表嫂尽管是淫荡的,但也还没有高本所描写的那么坏。据脂京本,虽然她对宝玉的突然而强迫的调情使他吃惊,但经宝玉央她别闹,她也就克制了自己。并且从她偷听到的宝玉与晴雯的谈话,她知道他们二人之间其实并没有被人冤枉的那事,她深悔方才的行为,变得颇讲道理。她后悔"错怪了你们",而且对于他和晴雯被人冤枉有不正当关系也觉得难过。她还请宝玉"以后只管来[看晴雯],我也不啰唣你"。宝玉央她好好照顾晴雯以后,还有时间在外间再一次会见晴雯,"依依不舍",直到晴雯以被蒙头,他才离去。②

在高氏的修改本中,"吴贵的媳妇"先是试图讹诈宝玉和她通奸但未成,威吓他说,如果他拒绝了,"我就嚷起来,叫里头太太听见了,我看你怎么样"③。据高鹗的写法,宝玉一直在和这女人挣扎,直到袭人遭派"复活了"的柳五儿和她妈突然来到,给晴雯送衣服。可怜的宝玉这才被这个受惊的媳妇放了。"一直飞走",再也见不着晴雯一面了。④

可是在原著中,柳五儿早已死了,她妈从来没有去看过晴雯;在宝玉慰问晴雯时,袭人也从没有派过任何人给她送衣服。事实上,宝玉好好的离开灯姑娘后,他又一次会见了垂死的晴雯。知道他舍不得离开她,她最后"用被蒙头总不理他",只有这样,宝玉才被迫不情不愿地离开她。这一段使人想起《汉书》中李夫人的故事。在久病之后李夫人拒绝和汉武帝说

---

① 高鹗造出"吴贵"一名一定自以为很聪明,因为这二字是"乌龟"的谐音,其意义相当于英文的"cuckold"。
② 影京本页1886~1887,《校本》页880~881。
③ 《红楼梦》,页871。高鹗忘记了这女人住在大观园外面,园里任何人也不可能听见她屋子里的声音,何况宝玉的母亲是住在荣国府里面。
④ 同上,页871~872,比较影京本页1887~1888。

话,也不让武帝看她的脸,为的是另一个较为不高尚的理由。① 高鹗显然没有懂得这一点,所以删去了这一段全文,以便腾出空间来让柳五儿和她妈来访,从而不让宝玉在晴雯死前第二次看到她。

晴雯的一生是一个悲剧。别的丫鬟不喜欢她,因为她聪明、嘴快;王夫人不喜欢她,因为她长得太好了,像狐狸精似的迷人。从王夫人全知道怡红院日常说话的细节这一事实,②从宝玉苦痛地追问袭人关于晴雯被撵走的原因,③可以明显看出袭人自己就是向宝玉的母亲出卖晴雯的人。这一个妒忌、淫荡、伪善、第一个和宝玉试过"云雨情"(第六回)的"大丫头",早些时候曾向王夫人暗示她的年轻的二爷喜欢跟姑娘们(包括林黛玉)在一起会毁了他"一生的声名品行"(第三十四回),并且建议命他搬出大观园。这一段"好心"的忠告,使这位伪装圣贤的贵夫人感动得竟把这位谋主提升为宝玉事实上的,即使是未结婚的小老婆,④而且把自己的儿子完全托付在她手中。⑤ 自从这次秘密提升以后,袭人变成了王夫人埋伏在大观园的机密情报员。至于王夫人根据袭人的告密而对晴雯的诬蔑要一个"淫妇"来替受冤者洗刷,这样辛辣的讽刺对于身为举人的高鹗是接受不了的,因此这一部分的故事须得加以删改,⑥使那个媳妇显得比淫

---

① 《汉书》卷九十七上《李夫人传》页6。武帝走后,李夫人的姐妹怪她不该固执拒见武帝,她解释道:如果让武帝见了她憔悴的病容,会破坏了他平时对她美貌的印象,他对她的回忆也就不会美好,结果她的兄弟姐妹也不会长久受武帝的爱幸。就晴雯而论,当然愿意宝玉在她身旁多待一会儿,但她害怕宝玉待得太久了会被他父母发觉而受惩罚,所以忍痛蒙被不理他,逼他早些回去。
② 比较影京本页1871～1874,或《校本》页874～875,对照《红楼梦》页864～865。在《红楼梦》中,王夫人说话中包括她得到关于怡红院中私人谈话的情报,这一部分已被删去。
③ 比较影京本1875～1878,或《校本》页875～876,对照《红楼梦》页866～867。在《红楼梦》中,这一段对话被缩短,使得袭人陷害晴雯的罪恶阴谋不太显著。
④ "未结婚的小老婆"(按通常用concubine译"小老婆",但英文此字原意为"同居而未婚的女人")显得意义重复,如果想到concubine这字的拉丁语源学上的意义,也许用"concubine"这字译中文的原为"如夫人"这名称并不恰当,尽管这已是被接受了的通常译法。
⑤ 影京本,回三十四,页778～781。这一段王夫人与袭人的冗长的机密对话,在高本中也被删改,参看《红楼梦》页349～351。
⑥ 高鹗删去了灯姑娘谈话中很长的一段,包括下面的话:"可知天下委屈事也不少。如今我反后悔错怪了你们。"参看影京本页1887:7～8,对照《红楼梦》871。

荡还要坏,而袭人则变得更加"贤惠",派人送衣服给垂死的受害者。

在原著的同一回前面,还有一段简述晴雯过去生活的概要。晴雯当初由管家赖大家买来,贾母见她生得伶俐标致,十分喜爱,这是在拨给宝玉之前。她十岁时,"也不记得家乡父母,①只知有个姑舅哥哥,专能庖宰,也沦落在外,故又求了赖家的,收买进来吃工食"。赖大家的见这个贾母喜爱的小丫头虽然"千伶百俐,嘴尖,为人却倒还不忘旧"。赖大家的受她的感动,顺从了她的意愿,收容了她姑舅哥哥,给他一份差使,又把一个女孩子配给他做媳妇(即灯姑娘)。关于晴雯的这一段记事的重要性,有脂砚斋在"倒还不忘旧"这句下面的批语加以强调:

只此一句,便是晴雯正传。可知晴雯为聪明风流,可无害也。一篇为晴雯写传,是哭晴雯也。非哭晴雯也,乃哭风流也。②

在修改曹霑原著时,高鹗故意删去原文中脂评上面这一句和其他称赞晴雯优点的文字。叙述宝玉探病和他与晴雯谈话部分也被缩短改动。甚至于晴雯临终前微弱的抗议也没有逃脱高鹗的斧削:

回去他们看见了(指红绫袄)要问,不必撒谎,就说是我的。既耽了〔我引诱你的〕虚名,索性如此,也不过是这样……③

晴雯无辜为王夫人所冤屈这一点,更为贾母所证明。王夫人后来向

---

① 这些女孩子被拐时多只有两三岁。她们被控管在拐子家里,等到十岁或更大些时被卖掉。参看脂京本,回一,页15。甄士隐的女儿三岁时被拐,后来卖给了薛蟠。
② 影京本,页1881,双行墨批。此批文字有些错乱,经校正后译出,将"可知无晴雯为聪明风流,可害也"之"无"字移后,改为"可知晴雯为聪明风流,可无害也"。俞氏《辑评》校改为:"可知晴雯为聪明风流可(所)害也。"则须除去二字(无,可),新添一字(所)。脂评意谓晴雯聪明风流,无害其念旧,兼有此诸善,故其死更可悲。
③ 比较影京本页1881、1884~1886,和《红楼梦》页868、869~870。

她婆婆汇报处理晴雯的经过,贾母却说:"但晴雯那丫头,我看她甚好。"①谈了一会之后,贾母说到宝玉和女孩子们的关系:

> ……也从未见过这样的孩子。别的淘气都是应该,只是他这种和丫头们好,更叫人难懂,我为此也耽心。每每的冷眼查看,他只和丫头们玩闹。必是人大心大,知道男女的事了,所以爱亲近他(她)们。及至细细查试,究竟不是为此,岂不奇怪……②

这一段共一百五十字,在高本被全部删去。因为,富有讽刺意味的是,这一位受人尊敬的老太君的深思熟虑的意见,竟和晴雯的嫂子那个"淫妇"的意见相同。

宝玉仿《骚》体③写的《芙蓉女儿诔》,表面上是祭晴雯,实际上是发泄他对于袭人和他母亲的怨恨。这样一篇文章照例是用酒食献祭死者时向着灵位诵读的。宝玉却完全不按传统的规矩:他不用酒食,却备了四样晴雯素日所喜之物作为祭品。据诔文所说,这四样是:群花之蕊,冰鲛之縠,沁芳之泉,枫露之茗。高鹗却把故事的原文改为"又备了晴雯素喜的四样吃食"。但诔文的有关部分却没有改,因此"蕊"、"縠"等物在高鹗的"改良"程乙本中,竟变成"吃食"了。④

在晴雯之死这一颇长的故事中,高鹗的删削对于书中这一重要人物的品格塑造有相当不利的影响。高鹗对于晴雯表嫂故事的改动,破坏了作者这一部分结构的完整性。在悼晴雯之死的《芙蓉女儿诔》中,高鹗改动了四十七处,共六十三字。⑤ 比较原著和高鹗的改本可以看出后者的文笔做作而低劣,不如前者。

---

① 影京本,回七十八,页 1896;《校本》,页 885。
② 影京本,页 1897~1898,《校本》,页 886(有少数异文);对照《红楼梦》,页 877(全部删去)。
③ 参看本书第十六章第三节;第十七章第三节页 271 注③。
④ 影京本回七十八,页 1925,《校本》页 899;对照《红楼梦》页 886~887。
⑤ 影京本回七十八,页 1925~1932,对照《红楼梦》页 887~889。

乙、王熙凤的弄权

《红楼梦》的一个显著特点是，不像大多数现代小说的写法，作者对于书中的大多数人物的性格从来不作直接的褒或贬，①唯一的例外是主人公宝玉。人物性格的描写完全通过故事的细致的叙述或人物自己的对话。因此，任何故事的细节的删除或改动不可避免地会改变当事人的品格，高鹗删去有利于可怜的丫头晴雯的片断最能说明此点。在另一方面，他用同样的手法删去有关王熙凤的一些片断，却使读者对于这个荣府中最有权力的恶毒的人物的印象大为改善。

王熙凤弄权始于秦可卿之丧。当宁国府的老爷贾珍第一次请她在丧子期间协理宁国府时，王夫人是怀疑她这年轻的内侄女能否担当这个重任的。但是这位精明的战略家立即看到：这是一个绝妙的机会给她表现自己的才能，从而建立她的权威。

> 虽然当家妥当(王熙凤自己这样想)，也因未办过婚丧大事，恐人还不伏，巴不得遇见这事。今见贾珍为此一来，他心中早已欢喜。

这一段说明她渴望权势，在高本中全被删除了。② 一旦在宁国府坐稳了交椅，她抓住一个有一天早上迟到的女仆来发施下马威。那个不幸的女人奉命挨打时，在原著中有一段生动的描写：

> 众人听说，又见凤姐眉立，知是恼了，不敢怠慢。拖人的出去拖人，执牌传谕的忙去传谕。那人身不由己。已拖出去挨了二十大板，还要进来叩谢。凤姐道，明日再有误的，打四十，后日的六十，有要挨打的只管误。③

---

① 参看本书第六章第二节页78；影京本，回四十九，页1142，双行墨评。
② 影京本，回十三，页286；《校本》页132，对照《红楼梦》页130。
③ 影京本，回十四，页296。

作为一个放债的人，①王熙凤即使在计算打板子时，也没有忘记利上加利。但挨打的人还要向打者谢恩这种办法当然不是她的新发明。她不过是照抄当时衙门里的老规矩。曹霑所叙述的这种肉体刑罚以后再加精神刑罚，一种大家知道而很少记录的虐政，高鹗是很难喜欢的，在高本中上列文字全被删除。②

秦可卿大出丧，"浩浩荡荡一摆三四里远"的队伍中只有王熙凤带着宝玉和可卿之弟秦钟，要在路旁村庄中打尖歇息。但在她进村以前，"早有家人将众庄汉撵尽"。庄户人家无多屋舍，婆娘无处回避，"只得由他们去了"。那些村姑庄妇，见了凤姐、宝玉、秦钟的人品衣服，"礼数款段，岂有不爱看的"。在高本中，上文引号内的字句全被删除，并且加了一句，说那些村庄妇女见了凤姐等人，"几疑天人下降"！③

秦可卿的棺材暂时停放在铁槛寺。此寺原本也是为了停灵和送灵人口寄居之用而修造的。曹霑原著说：

〔在族人之中，〕有那家业艰难安分的，便住在这里了。有那尚排场有钱势的，只说这里不方便，一定另外——或村庄或尼庵——寻个下处，为事毕宴退之所。即今秦氏之丧，族中诸人皆权在铁槛寺下榻，独有凤姐嫌不方便，因而早遣人来和馒头庵的姑子净虚说了，腾出两间房子来作下处。

在那里她收了三千两银子的贿赂，她的滥用权力害死了一对青年男女。只消轻轻地删去几个字，高鹗很巧妙地改善了凤姐的品德。他先删去"安分的"三字，这就使那些不愿住铁槛寺的人不显得是不安分了。其

---

① 参看影京本，回十六，页331～332。连她丈夫也不许知道她放债攒钱。在高本中，这放债的一段文字也被删改。平儿对凤姐说"奶奶的那利钱银子"被高改为"那项利银"，删去"奶奶的"。参看《红楼梦》，页151～152。
② 《红楼梦》，页135。
③ 影京本回十五，页310～311，对照《红楼梦》页141。

次,他把下文改成这样:

> 即今秦氏之丧,族中诸人,也有在铁槛寺的,也有别寻下处的。凤姐也嫌不方便,因遣人来和馒头庵的姑子静虚说了,腾出几间房来预备。①

但是高鹗在这里犯了和"四样吃食"同样的错误,因为在这个故事中贾家没有任何别的女眷不住在铁槛寺。

在出丧的路上和在馒头庵中,王熙凤不怕麻烦,尽力照顾宝玉。这倒并不是她特别关心这孩子的福利,而是她精于算计,想借此讨好贾母。当她叫宝玉从马上下来,去和她一起乘车时,那是因为"唯恐有个失闪,难见贾母"②。在庵里,宝玉要求多住一天,她随即允许了,因为她盘算:"顺了宝玉的心,贾母听见,岂不欢喜。"③在高本中删去了上文引号内有关贾母的文字,④这一段就给人一个错误的印象:王熙凤对宝玉是真诚爱护的。这样一个印象,即使和高鹗自己在后四十回中的故事也无法调和,因为在宝玉婚事上的肮脏阴谋主要是她策划的。⑤ *

王熙凤通过男仆来旺放债,来旺的妻子又是从王熙凤娘家陪嫁过来的丫头。⑥ 来旺的儿子想讨小丫头彩霞为妻,彩霞和她的父母都不情愿。来旺媳妇来求王熙凤,王便对女孩子的母亲施压。另一位男仆林之孝劝王的丈夫贾琏别管这事,因为大家都知道来旺的儿子不成材。贾琏说,他知道这小子好吃酒:

---

① 《红楼梦》回十五,页143,对照影京本页314。
② 影京本,页309:9。
③ 同上,页321:7。
④ 《红楼梦》,页141:12,146:15。
⑤ 同上,回九十六,页1078~1079。
* 编者附注:自此以下,为魏旸所译。
⑥ 见影京本回七十二,页1727~1729,《红楼梦》页803~804。

林之孝冷笑道："岂只吃酒赌钱，在外头无所不为。我们看他是奶奶的人，也只见一半不见一半罢了。"贾琏道："我竟不知道这些事……"

　　这一段话，连同这个故事的其他细节，在高本中被删得干干净净。① 女孩子的母亲最后迫于王熙凤之命还是把女儿许给了那个无赖。被删掉的段落，不仅暴露了这些"王熙凤的人"的无法无天，暴露了来旺儿子的真实秉性，也暴露了其他仆役对他们这位"奶奶"的看法，从而使她在这件婚事上的专横更为可憎。高鹗的斧削，起了替王熙凤减轻责任的作用。

丙、宝玉在农村

　　北京的文人讨论了这部小说，指出曹霑背叛了他出生的腐朽堕落的封建社会，② 大家把注意力集中在他对这个邪恶的社会的暴露和诊断方面。但似乎没有人指出过，作者还从积极方面真的开出了抗御这种邪恶的药方。这部小说是个爱情悲剧，主人公最后遁入佛门寻求解脱，这就给人一种印象，皈依宗教是逃避人生烦恼的唯一出路和最后一着。这种消极的解决，从美学角度看也许言之成理，同作者慷慨激昂的针砭却难以协调。其实，在小说的前半部里，作者已经为这个行将崩溃的社会（贾府的败亡就是它的象征）的幸存者指明了出路。秦可卿死时给王熙凤的那个预言式的忠告就是一个明白的提示：多置祭田供子孙耕作，③ 另一提示是在警幻簿册的巧姐画册上，一位年轻女子在农舍里纺绩。④ 还有一个更为重要、也许不太显眼的提示，则包含在宝玉的一则小故事之中。当时宝玉为秦可卿送葬，途中进村打尖。

---

① 对照影京本页 1735 和《红楼梦》页 807。
② 参看本书第一章第一节末段。
③ 同上，第六章第三节第二段。
④ 参看本书第十五章第四节。作者后半部手稿的迷失，使读者对贾府除宝玉和几位姑娘以外的绝大多数成员的结局一无所知。只在秦可卿的遗言中有一模糊的暗示："各自须寻各自门。"（参看本书第六章第三节）高的续书，不但没有帮助读者，而且起了误导作用，如，巧姐最后嫁了个富家子，等等。

宝玉一见了锹、镢、锄、犁等物,皆以为奇,不知何项所使,其名为何。小厮在傍一一的告诉了名色,说明原委。宝玉听了,因点头叹道:"怪道古人诗上说,谁知盘中餐,粒粒皆辛苦。① 正为此也!"

一面说一面又至一间房前,只见炕上有个纺车……便上来拧转作耍,自为有趣。只见一个约有十七八岁的村庄丫头跑了来乱嚷:"别动坏了!"众小厮忙断喝拦阻,宝玉忙丢开手,陪笑说道:"我因为没见过这个,所以试他一试。"那丫头道:"你们哪里会弄这个!站开了,我纺与你瞧。"

……只见那丫头纺起线来。宝玉正要说话时,只听那边老婆子叫……那丫头……去了,宝玉怅然无趣。

高鹗对这段短文作了好些修改,包括把引文中加重点的文字全部删掉在内。② 对农具名称的省略,除了使乡村景色不够具体生动以外也许尚无大碍。但删去了那些打了重点的句子和短语,就从实质上改变了宝玉和那位村姑的性格,在此之前,高鹗已通过村里妇女的眼睛,把宝玉一行描写成"天人下降",可想而知,那丫头自然不该斗胆冲着宝玉"乱嚷"。但删掉"乱嚷"后,小厮们的"断喝拦阻"也就没了着落。宝玉忙丢开手陪笑,是承认自己冒失,高鹗准以为这有失"公子"尊严。那姑娘接下来所说的话,显出了她直来直往的天性,在城里势利人面前毫不畏缩。说实在的,对那些连纺车都不会摆弄的有钱人,她倒真有点儿不放在眼里呐!曹霑在这里给这位名叫"二丫头"的天真而骄傲的姑娘画了一幅肖像,根据脂评,她在后文还要再度出场。③ 但高鹗显然认为所有庄稼人在有钱人面前都得俯首贴耳,这丫头自然也不可越规,经他大笔一挥,这位个性鲜

---

① 这是公元 9 世纪诗人聂夷中《田家》中的两句,传诵极广。
② 见影京本回十五,页 311,对照《红楼梦》页 141~142。
③ 见影京本页 312,墨笔双行评语。

明的姑娘在他的本子里,被改塑成一个胆小羞怯的老套女孩模式。

后来,王熙凤一行离村时,给村姑们发了些赏钱,宝玉注意到这位骄傲的纺线姑娘不在前来叩赏者之列。车马离村时,

> 只见迎头二丫头怀里抱着他小兄弟,同着几个小女孩说笑而来,宝玉恨不得下车跟了他去,料是众人不依的,少不得以目相送。

这段话在高本中被改得面目全非。那丫头抱的是个"小孩子",身边还有"两个小女孩子","在村头站着瞅他。宝玉情不自禁,然身在车上,只得眼角留情而已"①。这里,那位姑娘变成了一位年轻的母亲,她对宝玉似已动情,而宝玉也"情不自禁",可惜只能"眼角留情"!在曹霑原稿中,姑娘本在跟自己的朋友们说笑,对宝玉上车离村并不在意,曹霑的本意是写宝玉突然对农家生活发生兴趣,想从她那里多了解点纺绩和其他田家活计。这一点,脂砚作评时早已了然于胸。如,宝玉起初问农具名称时,脂砚评道:"凡膏粱子弟,齐来着眼。"②宝玉在沉思那两句三餐来之不易的古诗时,脂评再一次强调了这个观点:"聪明人自是一唱即悟。"③关于宝玉对农家生产发生兴趣,脂砚在一条评语中一语破的,毫不拐弯抹角地说:"写玉兄正文总于此等处(即,似乎并不重要的小插曲),作者[用心]良苦。壬午季春。"④可惜高鹗似乎以为宝玉生活中的"正文"是女孩子,见一个爱一个。由于高本在读者群中长期占主导地位,文学评论家已难于从这部小说的头绪纷繁的故事中把这类"玉兄正文"一一辨明,这类正文

---

① 见影京本页 312,请与《红楼梦》页 142 对照。
② 见影京本,页 311,墨笔双行评语。
③ 同上。
④ 同上,朱笔眉批。这条评语写于曹霑死前二十一个月,可能写时得到作者的同意。

也是作者为当时的那个腐朽没落社会指的一条出路。①

丁、贾政教子

被高鹗删去的故事中,文字最长的是第七十回末,宝玉和女孩子们在花园里放风筝。这个故事不长,不到一千五百字,却被砍掉近六百字,相当于脂京本中的两个整页。② 高鹗这样大砍大削,是为他自己插进去的新篇章腾地方,紧接在放风筝的故事之后,就是这样很不协调的一段:

> 从此,宝玉的工课也不敢像先竟撂在脖子后头了,有时写写字,有时念念书,闷了也出来合姐妹们玩笑半天,或往"潇湘馆"去闲话一回。众姐妹都知他工课亏欠,大家自去吟诗作乐,或讲习针黹,也不肯去招他。那黛玉更怕贾政回来宝玉受气,每每推睡,不大兜揽他。宝玉也只得在自己屋里,随便用些工课。③

如此枯燥空洞又无脉络贯串的段落,在曹霑笔下是找不到的。实际上,这不过是把一些陈词滥调和本回前面一些段落的要点掺合一下而已。④ 而且还有两处矛盾。第一,宝玉早已攒了一大叠写好的字,可随时奉呈给他父亲看;⑤第二,姑娘们倘有吟咏之"乐",他是决不可能拉下或被他们忘掉的。高鹗认为非添上这一段不可,因为他要替他续补的第一回(即第八十一回)宝玉二进家塾开路,以便通过自己的续书,成全这位主

---

① 刘大杰先生指出,宝玉在农村的故事表现了他对农民劳苦的同情(《红楼梦问题讨论集》册3,页274)。但当他说宝玉的思想与农民的要求有基本上的一致性(页275)时,他把宝玉和曹霑混为一谈了。宝玉的思想既有"正文",也有反面(即最终遁入空门)。曹霑则通过秦可卿的遗言和巧姐的图画,始终如一地指出:正确的生活道路应该是自食其力。
② 见影京本页1681~1686,《校本》页787~790,并对照《红楼梦》页782~783。高把小丫头们跑回姑娘房里取风筝的细节删掉了,使人以为绝大多数风筝都是魔术似的变出来的。在高本中被删略的比较有趣的部分,是有关放风筝技术的描写,及其中提到了一把"西洋小银剪子"(见影京本页1685,行2)。
③ 见《红楼梦》回七十,页783。
④ 见影京本页1675~1676。
⑤ 见影京本页1676,《红楼梦》页779~780。

人公的功名（第一百十九回）。

我们知道，宝玉参加科举考试是高续的最大败笔。它和曹霑对小说的总体设计全然相反，也和主人公贯彻始终的人生哲学背道而驰。事实上，在小说中，贾政后来已经明白，他儿子的才情，不在制艺八股，而在词赋杂学。因此，他终于放弃了督促儿子应试的念头，对儿子在诗词上的才能则颇为自豪。

第七十八回，贾政把儿子宝玉、贾环和孙子贾兰叫进书房，要他们写诗纪念一位阵亡的女将。那里有一大段文字，评论宝玉的难得的诗才。全文四百四十二字，脂京本和脂戚本都有，高本却没有。① 这一段是这样结束的：

> 近日贾政年迈，名利大灰。然起初天性也是个诗酒放诞之人，因在子侄辈中，少不得规以正路。近见宝玉虽不[为应试]读书，竟颇能解此，细评起来，也还不算十分玷辱了祖宗。就思及祖宗们各各亦皆如此，虽有深精举业的，也不曾发迹过一个，看来此亦贾门之数。况母亲（贾母）溺爱，遂也不强以举业逼他了。所以近日是这等待他（即鼓励他作诗）。又要环兰二人举业之余，怎得亦能同宝玉才好，所以每欲作诗，必将三人一齐唤来对作。②

这段文字，恰好安排在作者前八十回行将告一段落之处，彻底排除了宝玉在小说后文参加科举考试的任何可能性。高鹗出于无奈，只好把它悉数删落，因为他自己1788年中了举人，便硬要书中的主人公也来获得同样的荣誉。

我们从上面摘引的那段文字中可以看到，对宝玉倾心诗词，贾政并不总是责难，他对儿子也并不动辄训斥，而高鹗却要给读者以那样的印象。

---

① 见影京本页1913～1915，《校本》页893～894，对照《红楼梦》页883。
② 见影京本页1914～1915，《校本》页894。

这段文字是小说情节发展的一个里程碑,因为,通过父子一同讨论写诗,宝玉的父亲终于对宝玉做出了最后的评价,在前八十回中,这也是最后一次他们父子俩相处较久的一段时光。也许不是巧合,小说中关于他父子共处的最初的里程碑也和他们的文学活动有关。那是在第十七回书中,当时贾政正带着一帮"清客"在逛刚刚筑好的大观园,想为那里的亭台楼阁草拟匾额对联——贾政也承认这是一件难事。① 宝玉无意中碰上了他们,便领命跟随参与。在对各种方案进行讨论和辩驳的过程中,他显得比父亲和清客们的见解都高明。贾政表面上不以为然,心中暗自期许:这孩子在题额撰联方面超过了他的朋友。

游园中每当宝玉不留情面地批评他父亲朋友们的题词时,贾政就要喝斥;但贾政在其他场合对儿子还是和颜悦色的。一到高鹗笔下,这位父亲变得严厉多了。比如,贾政否决了一座石桥的各种题名方案以后,"便笑命他也拟一个来",高鹗决定删得不让贾政"笑"。② 本来,贾政批评宝玉"是个轻薄人",因为宝玉在自己拟题之前先把别人的方案贬了一通;高鹗让贾政改称儿子为"轻薄东西"③。另一处,宝玉先被喝命"叉出去",刚出去又被喝命"回来再题",脂京本写"宝玉只得念道……",在高本中,我们看到的却是:"宝玉吓得战兢兢的,半日,只得念道……"④高鹗一定以为既然贾政生气,孩子被叫回时一定惊恐不堪。高鹗怎么也弄不明白:贾政发怒,不是真心而是做作,与其说在教育儿子,不如说是笼络门客的一种手段。作为封建家庭的父亲,他不可能允许儿子平起平坐地对他的朋友,包括花园的设计师在内,提出任何尽管有理却尖刻的批评。其实他心里高兴得不得了,正由于如此,他一看别人技穷,就唤宝玉出来表现。宝玉心里也明白得很,所以在继续游园的过程中,他对别人题词的讥讽毫不

---

① 见影京本页 351～353,《红楼梦》页 160～161。
② 见影京本页 357,行 1,对照《红楼梦》页 162,行 18。
③ 见影京本页 359,行 2,对照《红楼梦》页 163,行 17。
④ 见影京本页 364,行 9,对照《红楼梦》页 166,行 4。

收敛,全无惧色。① 孩子是被父亲召来担负重任的,贾政这样做,是要炫耀儿子的文学才华。这在故事开始时早已点明。众清客和宝玉大家都心里有数。② 谁也没有把贾政例行公事的"训斥"和"喝令"当一回事,这一点,在游园结束时也交代得清清楚楚。连小厮们都懂这是怎么一回事,因此才对宝玉说,"今儿老爷喜欢"③。由此可见,高鹗那句"宝玉吓得战兢兢的"加得多么可笑。

贾政最后叫宝玉退出书房时,在照例的"喝斥"之后加了这么一层意思:"……也不想逛了这半天日,老太太必悬挂着。快进去,疼你也白疼了。"这些文字又被高鹗删却,④从而削弱了曹霑设计的贾政作为父亲的形象。这里再一次表明,这是由于高鹗不懂得如何把握这次游览的整个气氛。中国当代的某些评论家也犯了同样的毛病,他们引用这个故事来夸大贾政的虚伪和对宝玉过于严厉。⑤ 但是,贾政毕竟是一个封建家庭的家长,如果把他写成听任儿子指手划脚地批贬父亲的朋友而不予理会,作者未免太不实际了。

原稿中写了贾政对宝玉文学爱好和品味的公正评价,可见他并不一味反对儿子的抱负,也没有坚持要儿子去受科举的磨难。宝玉不喜欢更不屑于参加这种制艺举业的考试。高鹗对第十七回和第七十八回的删改,是为了把小说的主人公纳入自己的安排,叫他跟自己在 1788 年一样,也去应试中举。

---

① 见影京本页 369,《红楼梦》页 167。
② 见影京本页 355,《红楼梦》页 162。"众客心中早知贾政要试宝玉的功业进益如何,只将些俗套来敷演,宝玉亦料定此意。"
③ 见影京本页 376～377,《红楼梦》页 170～171。
④ 见影京本页 376,对照《红楼梦》页 170。
⑤ 参看《红楼梦问题讨论集》册 4,页 184,186。文章作者还列举高鹗续书中的故事(第八十五、九十九回)作为谴责贾政的根据。

第五节　高氏删改的动机

以上说的是高鹗对某些故事进行删改的几个例子。我们可以从中看出他是遵循什么原则进行修改的,但他究竟为了什么目的要这样做仍然不太清楚。为了探讨这个问题,有必要进一步研究除上述引文之外的其他一些被删改过的段落,即作者直接抨击社会制度的段落。但曹霑极少议论社会问题,甚至对书中除男主人公之外的其他人物都不加臧否,他对社会的抨击只包含在对男主人公的性格描写之中。比如,作者在第十八回中交代贾政何以采用宝玉为大观园所拟的匾联时,借机抨击了暴发新荣之家的恶俗不堪。① 第七十八回,宝玉为祭晴雯写了一篇打破陈套的诔文。他自辩道,他的文体实属源远流长的正宗古体:

> 奈今人全惑于功名二字,将尚古之风一洗皆尽,恐不合时宜,于功名有碍之故。我又不希罕那功名,不为世人观阅称赞,何必不远师楚人之《大言》②《招魂》③《离骚》④《九辩》⑤《苦(枯)树》⑥《问难》⑦《秋水》⑧《大人先生传》⑨等法,或杂参单句,或偶成短联,或用实典,或设譬寓,随意所之,信笔而去,喜则以文为戏,悲则以言志痛,辞达意尽为止,何必效世俗之拘拘于方寸之间哉!

---

① 见影京本页387,《校本》页177。在《红楼梦》中已被删去,见页176。
② 《大言赋》,据说是宋玉的作品,见《古文苑》卷二。
③ 宋玉作,见《楚辞》卷九。
④ 屈原作,同上,卷一。
⑤ 宋玉作,同上,卷八。
⑥ 《枯树赋》,庾信(513—581)作,见《庾开府集》卷一、《古文苑》卷七。
⑦ 就我所知,没有以"问难"为题的文章。从这段引文中把文章的标题都缩成两个字推断,"问难"也许是指东方朔的《答客难》。见《汉书》卷六十五。
⑧ 见《庄子》卷六,第十七。
⑨ 阮籍(212—263)作。见《晋书》卷四十九。

写到这里,作者插入一段话,用传统文人的观点来批判主人公:

> 宝玉本是个不读书的人,再心中有了这篇歪意,怎得有好诗好文作出来。他自己却任意纂著,并不为人知慕,所以大肆妄诞,竟杜撰成一篇长文……诸君阅至此,只当一笑话看去,便可醒倦。①

这是曹霑用过不止一次的独家手法。他把对主人公的赞誉寓于来自对立观点的贬损之中。② 这种贬损表面上似乎抵消了他的不太隐晦的嘲讽,其实,这样一反衬,使嘲讽凸现得更加强烈了。作者向读者致歉,请读者把宝玉的诗文看作笑话,一句话点破作者自己归根结底抱着和主人公同样的观点。

在前面的引文中,宝玉口诛笔伐的锋芒当然直接指向钦定的八股制艺,这是当时猎取"功名"的唯一晋身之阶。高鹗本人在接受程伟元委托删削此书前三年正好通过了这样一场考试,所以,这段大逆不道的文字连同作者故作姿态的贬损和歉意,一股脑儿被这部志在"改良"的高本删掉了。

当然,还有一些异端思想散见在小说的其他部分。第三十六回发生了宝玉焚书这种惊世骇俗的事情。当时宝钗等劝他立身扬名,他一生气,不但责备宝钗"入了国贼禄鬼之流",而且"因此祸延古人,除四书外,竟将别的书焚了。"③烧掉的书,当然不会是诗词戏曲,因为在同一回的后文中,他还在读著名的戏曲《牡丹亭》;下一回书里,他又在帮他的异母妹妹

---

① 见影京本,页 1924~1925;脂戚本中删掉了最后一句"诸君……",见《校本》页 899;《红楼梦》把这一段全删掉了,见页 886。
② 如:影京本,回三,页 73;回七十八,页 1913~1914。《校本》页 32,页 892~894。《红楼梦》页 30~31,高氏把页 883 的一段也删去了。
③ 见影京本页 818,《校本》页 373。对照《红楼梦》页 368(有删节)。

探春组织诗社;被殃及的显然是八股程式和时文范例之类。① 这种大逆不道无异于向把知识分子禁锢在正统思想狭笼中的官方政策挑战,这个故事理所当然地遭到高鹗的斧削。

除了元春出宫省亲的故事外,曹霑难得一提皇帝,对当今"圣上"更少谀辞。这本来也没有什么必要,因为小说主要是写一个大家族的社会生活。但在高本里,一提到贾政做官,就一定补上颂圣歌德之辞。第三十七回开头,原著淡淡一句"贾政又点了学差"。② 短短七字无非是一种写作技巧:把这位一家之主调出去,好把故事展开:让宝玉和姑娘们不受严父的干涉,在大观园里自由自在地生活。③ 高鹗却借此机会,编了一长段不相干的情节去歌颂皇帝:

> 且说贾政自元妃归省之后,居官更加谨慎,以期仰答皇恩。皇上见他人品端方,风声清肃,虽非科第出身,却是书香世代,因特将他点了学差,也无非是选拔真才之意。这贾政只得奉了旨……④

在曹霑原著中,贾政回家本来只是草草带了一笔:"话说贾政回京之后,诸事完毕,赐假一月,在家歇息。"⑤高鹗又把这句话扩充成两段,先写贾政回京后如何"不敢先到家中"……再写"次日面圣"云云。⑥ 需要指出的是,在曹霑原著的整整八十回书中,没有提到过皇帝和书中任何人物的接触,⑦连元春这位"帝妾"和皇帝的关系,也只限于她的头衔上那个似乎

---

① 《四书》是儒家最正统的经典著作,科举试题绝大多数出自《四书》。但曹霑对《四书》还真有几分由衷的敬重,还不至于走到加以谴责的地步。如,宝玉说过,"除四书外,杜撰的太多"。(见影京本回三,页 75;《校本》页 33,《红楼梦》页 31。)
② 见影京本页 839,《校本》页 383。
③ 从第三十七回贾政离家到第七十一回回家,没有提到他的任何活动。
④ 见《红楼梦》页 379。
⑤ 见影京本,回七十一,页 1689,《校本》页 791。
⑥ 见《红楼梦》页 785。
⑦ 贾政被召进宫,只有一次,即在元春被册封之时。但到底是皇帝召见了他,还是去听别人宣诏,书里都没有说。参看影京本回十六,页 324~325,《红楼梦》页 148~149。

有点含义的"妃"字。

高鹗窜改曹霑原著的动机现在清楚了。他刻意修改曹霑在第一回神话中宣布的本书宗旨,对此提供了最好的说明。曹霑的宗旨是通过空空道人和"石头"对话的形式宣布的,那块石头上记载着它在俗世的经历,是"历尽离合悲欢炎凉世态的一段故事"。① 也就是说《石头记》不是一个单纯的爱情故事,而是一部具有社会意义的小说。高鹗先把这话删掉,接着移花接木,把小说定性为一段关于"引登彼岸的一块顽石"的故事。② 这样,使读者从一开始就把它当作一部有些宗教色彩的爱情故事。

在那场对话中,道人特意辩道:既然其中并无大贤大忠理朝廷治风俗的善政,"恐世人不爱看呢!""石头"把道人提出的其他问题驳回以后,提出自己的理由:

> 再者,市井俗人喜看理治之书者甚少,爱适趣闲文者特多。……今之人,贫者日为衣食所累,富者又怀不足之心,纵然一时稍闲,又有贪淫恋色、好货寻愁之事,哪里去有工夫看那理治之书?所以我这一段故事也不愿世人称奇道妙,也不定要世人喜悦检书(读),只愿你们当那醉淫饱卧之时……把此一玩……却也省了口舌是非之害,腿脚奔忙之苦。
>
> 再者,亦令世人换新眼目,不比那些胡牵乱扯,忽离忽遇,满纸才人淑女、子建文君红娘小玉③等通共熟套之旧稿。④

这里曹霑交代得很清楚,和那些"为写爱情小说而写爱情小说"的作家不同,他写这本书有着特定的教育目的,他甚至提醒读者他的书也许并

---

① 见影京本回一,页12;《校本》回一,页3。
② 《红楼梦》回一,页2,行14。"彼岸",佛语中的天堂,苦海的另一边,另外一个世界。
③ 曹子建,即曹植(192—252),陈王,诗人,建安文学的创立者。卓文君,成都有名的寡妇,后嫁给诗人、政治家司马相如(前179—前117)。红娘,元曲《西厢记》中的丫头。霍小玉,唐代蒋防所作传奇《霍小玉传》中的女主人公。
④ 见影京本回一,页12~14;《校本》页3~4。

不令人喜欢。① 因此,曹霑的著作和当时流行的口味正好相反。当那位想象中的道人提到"善政"时,他并没有否认政治蕴涵对这样一部小说的重要性。至于他所以宁可采用爱情故事的形式而不写"理朝廷治风俗"之书,是因为"适趣闲文"的小说比枯燥沉闷的说教对于公共大众更有意义。

听完石头这些话,道人不由的"将这《石头记》再检阅一遍"最后断定:

> 因见上面虽有些指奸责佞贬恶诛邪之语,②亦非伤时骂世之旨;③……因毫不干涉时世,方从头至尾抄录回来。④

其实,道人的这番辩解一方面确实承认作者是在抨击时弊,另一方面又承认这种抨击存在着卷入政治危险的可能性。至于力言"毫不干涉时世"。只是因为小说没有指明故事发生的朝代而已。高鹗把上述这些段落全部删尽,说明他并非不知这一可能发生的危险,何况他自己就生活在乾隆朝无休无止的文字狱的阴影之中。⑤ 很明显,高程修改曹著的动机是政治性的,并不像他们在程乙本《引言》中所宣布的那样,只是为了"便于批阅"。不妨顺便说一下,在"道人将这《石头记》再检阅一遍"处,脂砚信笔加了一条很幽默的评语:"这空空道人也太小心了,想亦世之一腐儒耳。"⑥高鹗自然读了这条评语,但他宁当脂砚讽嘲的对象,也不敢冒文字狱的危险,因为当时曹霑早已去世,高鹗自己的名字却和小说连在一起了。

第一个指出这部小说可能包含危险思想的人是弘旿。有位满洲诗人永忠,1768 年读了小说后,写了三首悼曹雪芹的诗。弘旿评永忠的诗道:

---

① 当时许多爱情故事都以喜剧收场。曹霑原稿结局的悲剧性远远超过高鹗的续作。
② 据脂残本,第一回,脂砚在此句下评道:"亦断不可少"。见《辑评》页 40。
③ 脂评:"要紧句。"同上。
④ 见影京本页 14,《校本》页 4～5。
⑤ 参看顾立奇(L. C. Gudrich)《乾隆的文字狱》(*The Literary Inquisition of Chien lung*),1935 年,巴尔的摩版。
⑥ 见《辑评》页 40,引自脂残本,回一。

"此三章诗极妙！第《红楼梦》非传世小说。余闻之久矣，终不欲一见，恐其中有碍语也。"① 永忠诗稿至今没有出版，但这三首诗和弘旿的评论，却通过侯堮先生 1932 年发表的一篇关于永忠生平的文章，为人所注意。侯先生没有说明弘旿所指是何种"碍语"，只说弘旿有道学气。② 周先生认为弘旿是在指"绮语"。③ 吴恩裕先生乃是指出弘旿所谓"碍语"意即"政治上有关碍"的第一人。④ 吴先生在其近作中进一步阐明了这一论点。他指出，乾隆统治下的文字狱，不独这类书的作者，连其读者也被严惩。⑤ 作为乾隆的堂兄弟，弘旿当然躲避唯恐不及。他大概想通过评诗对永忠提出父辈的忠告：读这类书是会惹祸的。但只要小说不"传世"，麻烦不会太大。程伟元在 1791 年大量印行，性质就不同了。

掌握了这些背景，我们就可以理解：为什么一百二十回本刻版不到三个月，程伟元就十万火急地重新刻版，又出了个修订本。⑥ 因此，他们在

---

① 弘旿，号瑶华道人（？—1811），康熙之孙，胤祕之子，乾隆的堂兄弟，永忠是他的堂侄。永忠（1735—1793），弘明之子，著有《延芬室集》。参看恒慕义（Hummel）《清代名人传》卷二，页 962。

② 参看侯堮《觉罗诗人永忠年谱》，《燕京学报》第 12 期，页 2632～2633，北平（北京）1932 年 12 月。

③ 见《新证》页 454。

④ 参看吴恩裕《永忠吊曹雪芹的三首诗》，《光明日报》1954 年 9 月 7 日《文学遗产》专栏。

⑤ 参看吴恩裕先生《有关曹雪芹八种》页 63～64，上海古籍出版社 1958 年版。这本书的图版六，收入了永忠的三首诗和弘旿的评语，均据北京图书馆所藏稿本《延芬室集》中的手迹复制。[明义读曹霑赠给他的小说"简本"时，也意识到了"石头"的故事是对当代丑恶现象的抗议。（参看本书附录二。）他的咏红第十九首诗有云："[石头]总（纵）使能言也枉然。"用的是《左传》中的典故。昭公八年，有传言说，晋国魏榆地方有一块石头突然"发言"了。晋侯向师旷请教。师旷说："石不能言，或冯（凭）焉（谓有神附体）。……今宫室崇侈，民力雕尽，怨蘁动于民，莫保其性（生），石言，不亦宜乎？"所以在明义看来，"石头记"意味着古代民谣中的抗议。]（译者附言：以上方括号中的文字是作者补记在自校本上的，原文是英文。）

⑥ 程甲本中的程序未署年月。至于 1791 年 12 月 27 日的高序，则正为俞先生在《考证》页 56 上所说，印在 1792 年的程乙本中；而不是像他后来在（校本）序言（页 30，注 28）所说，印在程甲本中。[事实上，高鹗已在这篇序文中用心良苦地向读者表示了歉疚。在提到程伟元如何要他帮助删改此书后，他说，"予以是书虽稗官野史之流，然尚不谬于名教"，因而愉快地接受了这项任务。但是，说宝玉焚书以及藐视科举等也"不谬于名教"，即使能说服读者，也难取信于乾隆的鹰犬。所以，在高鹗续书中，就有又要删掉诸如此类的"碍语"，并加上宝玉中举的情节。]（译者附言：以上方括号内的文字是作者补注在自校本上的。）

序中所说的"纰缪"①,可理解为程甲本中任何可能被乾隆的鹰犬视为政治上含沙射影的段落,未必真指文字上的差错。但若把删节仅限于"危险思想",细心的读者便一望而知,修订的动机未免太露。这样,高鹗才不得不大举删修,到处作点并无必要的改动,而以"广集"各种文本进行校勘为借口。他们这一计划的主要目的,是使小说尽可能成为一部绝对无害的爱情故事,把描写眼前贵族社会时所隐含的批判减少到最低限度。因此之故,在经过修订的1792年本即程乙本中,丫头晴雯垂死时的抗议被删掉了,王熙凤的劣迹被掩饰了,宝玉对农家生活的同情被歪曲了,贾政则被刻画得更严厉,更带道学气,更忠于"圣上"。同样因此之故,高鹗早在他此前续作的四十回里,除了男主人公不幸的婚姻以外,他还用心良苦地淡化贾府的厄运,使他们在小说的结尾处再"沐皇恩",得延世泽(第一一九回)。——其实,高鹗自己心里明白得很,这样收场是违背曹霑原意的。这一点,我们收在第十九章*中继续讨论。

---

① 参看本书本章第二节的引文。
* 译者附言:"第十九章"是作者在自校本上的改正。英文本误作"下一章"。

第十八章　后四十回的作者问题

　　当代《红楼梦》研究的主要领域是以经脂砚斋评注过的各种八十回本为基础的曹霑原著,对后四十回的研究似乎尚在视野之外。但是,既然1791年以来最流行的版本是以一百二十回"全"本的形式出现的,后四十回就成了它的一个组成部分。而且,自从1791年程甲本的出版者程伟元宣称后四十回是编纂作者原稿而成以来,对程伟元此说的真伪一直存在着争论。① 这就需要从两方面进行彻底的探讨:首先,必须对与程说有关的全部现有资料作严格的审察;第二,借助于曹霑的伏线和脂砚的评语,仔细研究后四十回中各种故事,以判断程伟元此说的可靠性。

第一节　重新估价程伟元之说

　　后四十回通常被认为是高鹗所续,这是以多种资料来源为基础的,其

---

① 中国的研究者大多认为程伟元此说是假托的。但高本汉(B. Karlgren)先生认为后四十回与前八十回出于同一作者之手。参看1952年斯德哥尔摩出版的《远东古物博物馆馆刊》第24期,页79。

中最重要的是高鹗的妻兄张问陶 1801 年送给他的一首诗。这首诗的题目是《赠高兰墅同年》，题记中注明："《红楼梦》八十回以后，俱兰墅所补。"诗的第二联是：

> 侠气君能空紫塞，艳情人自说《红楼》。①

提到后四十回是高鹗续书的，还有震钧的《天咫偶闻》。震见过高鹗诗稿上盖了一个意味深长的印章，文曰"红楼外史"。② 震钧还说：高娶了张问陶的妹妹，但她很不幸福，婚后不久就死了。③

程伟元在程甲本《序》中宣称，《石头记》正文只八十回，而原著回目却有一百二十之多，这就勾起了他访觅后四十回的念头。

> 爰为竭力搜罗，自藏书家甚至故纸堆中无不留心，数年以来，仅积有廿余卷。一日偶于鼓担④上得十余卷，遂重价购之，欣然翻阅，见其前后起伏，尚属接笋，然漶漫不可收拾。乃同友人⑤细加厘剔，截长补短，⑥抄成全部，复为镌版，以公同好。⑦

程伟元的这番话，有几点值得仔细推敲。对所谓原著有一百二十回目云云，不可轻信。关于原著中八十回以后的目录，唯一似乎有利的证据来自满洲作家裕瑞(1771—1838)，他说：

---

① 见张问陶《船山诗草》卷十六《辛癸集》。俞樾《小浮梅闲话》也引了这首诗。
② 取名"红楼外史"是仿效唐代诗人贺知章自号为"秘书外监"。
③ 见震钧《天咫偶闻》卷三，页 24。其他有关高鹗续书的资料有：李放《八旗画录》页 33 上"曹霑"条；恩华《八旗艺文编目》史部"三合吏治辑要"(这是高鹗的另一著作)条。参看《新证》，页 457。
④ 鼓担出售各种乱七八糟的旧货，从家具、衣服到书籍、首饰。在北京被称为"打鼓的"，尽管实际上不常打鼓。
⑤ 指高鹗。高在 1791 年序中说，他是受程之托。
⑥ 着重点是本书作者加的。
⑦ 见亚东版《红楼梦》"标点凡例"之前。

> 诸家所藏抄本八十回书,及八十回书后之目录,率大同小异者,盖因雪芹改《风月宝鉴》数次,始成此书,抄家各于其所改前后第几次者,分得不同。①

谈了曹霑的身世之后,他接着说:

> 余曾于程高二人未刻《红楼梦》板之前,见抄本一部,其措辞命意与刻本前八十回多有不同……较刻本总当,亦不知其为删改至第几次之本。八十回书后,惟有目录,未有正文,目录有大观园抄家诸条,与刻本后四十回四美钓鱼②等目录迥然不同。盖雪芹于后四十回虽久蓄志全成,甫定纲领,尚未行文,时不待人矣。③

这些话里,有三点是清楚的:一、1791年前的诸抄本中,有些目录包含了八十回后的一些回目;二、这些回目,数量不多,肯定到不了四十,其中有些还处在"条列"的形态,尚未形成完整的联目;三、这些回目和程刻本中的回目迥然不同。

另一方面,裕瑞这些话似乎可以用来证明,程伟元可能在某一旧稿中看到或知道八十回以后的一些题目,因此并不全是无中生有。裕瑞说得很简单,只提到了一条题目:"大观园抄家"。脂评则至少提到了六条,有些还具有联目的形式,如"薛宝钗借词含讽谏,王熙凤知命强英雄","……寒冬噎酸齑……雪夜围破毡";其他是一些不完整的题目,诸如"狱神庙","花袭人有始有终","宝玉悬崖撒手","十独吟"。④ 但这些题目没有一条出现在程刻的后四十回中。因此,程说见过一百二十回全目并不真实,说

---

① 见《枣窗闲笔》,页9~10。
② 这是高续第一回即第八十一回的标目。
③ 见《枣窗闲笔》,页26~27。
④ 参看本书第十三章第二、三节所引的脂评。并见影京本,页459、444、414、585等。

谎的目的也很清楚：他知道有过一个旧的目录，他骗读者说他这一百二十回本的后四十回目录就来自那个旧目录，这样，读者很容易接受误导，以为后四十回正文也是曹霑原作。

程还编了一套情节，说他先已积成二十多卷，后又得到十多卷，刚好凑成四十卷等，已被俞先生和胡博士斥为纯属谎言。道理很简单，这种巧合离奇得叫人无法相信。① 裕瑞则以为程、高本人大概也是受人之骗。"无处不留心搜求，遂有闻故生心思谋利者伪续四十回"。裕瑞以为程伟元真的从鼓担上买到了几回稿子，只是把赝品错当作真货。他下面的话是："不然，即是明明伪续本，程高汇而刻之，作序声明原尾，故意捏造以欺人者。"裕瑞最后针对这种鱼龙混杂的情况喟叹道，《红楼梦》恰如"庄子内外篇，真伪永难辨"！②

裕瑞是程、高二人的同时代人。当时《红楼梦》至少还有其他六种"续本"，他一一加以评论。最早着重指出后四十回较前八十回为劣，决非曹霑原著的，是他。但在后四十回出处这一重要问题上，他有点模棱两可，不知道是程、高二人在作假骗人，还是他们也上了别人的当。

程的《序》里还有一些话，也很可疑。如果这些搜集起来的稿子果真如他所说能够互相"接笋"，他为什么还要删掉其中某些手稿，"截长补短"？若买到的是残缺不全的作者原稿，他编纂时保全唯恐不及，哪能舍得再作删削？既然手稿本身可以"接笋"，整理厘定实属多余，除非作者自己把它们弄乱——而这又太不近情理。

在 1792 年本即程乙本《引言》中，对小说的前后两部分是分开说的。关于前八十回，我们被告知是在细加校勘的基础上对业已付梓的程甲本进行了修改，等等。至于后四十回，《引言》的第四段说：

---

① 参看《研究》，页 9～10；《考证》，页 64。但近来俞先生的看法变了，参看《校本》序言页 30，注 28。
② 见《枣窗闲笔》，页 10～12。

> 书中后四十回系就历年所得,集腋成裘,更无他本可考。惟按其前后关照者,略为修辑,使其有应接而无矛盾。至其原文,未敢臆改,俟再得善本,更为厘定,且不欲尽掩其本来面目也。

这一段,和程《序》一样,有自相矛盾之处。它一方面承认"略为修辑",另一方面又说没改动"原文"。最后一句实际上是在说他们干的已经"掩其本来面目",如果没有达到"尽"的程度的话,可见他们的"略为修辑",即以表面价值而论也决不在小。反正"无他书可考",他们充满了安全感,不管做些什么都不易败露。

但是,他们似乎又不甘心让读者以为他们真的对后四十回的形成没有出过力,于是在《引言》第六段中写道:

> 向来奇书小说,题序署名,多出名家。是书开卷略志数语,非云弁首,实因残缺有年,一旦颠末毕具,大快人心,欣然题名,聊以记成书之幸。

我们知道,程甲本中只有一个未署年月的程《序》,讲他得到后四十回的经过,没有提及高鹗的名字。程乙本中却有了高鹗的《序》和二人共同署名的《引言》。① 看来很清楚,开始他们想把后四十回的作者秘而不宣,使读者相信全部一百二十回都是曹霑之作。但续书的作者不能容忍自己长期被埋没无闻,于是,在从头到尾修改了原书中他认为政治上有关碍的段落以后,②便改变了初衷,决定稍稍透露一点自己和续作的关系。

这就提出了三个问题:一、程伟元也在《引言》下署了名,续书是高一人之功,还是程也参加了合作?二、这部续书,其部分或全部,是何时写作的?三、程说他从某收藏者或打鼓的手中得到了某些(即使没有四十回,

---

① 参看本书第十七章第五节末段有关程甲、乙本序年月的注;《考证》页55~58。
② 参看本书第十七章第五节。

也至少是一定数量的)原稿,此话有多少真实性?

第一个问题实际上已由前面引录的张问陶等人的话做了答复。根据现有的这些证据,我们可以说,撰写续书的实际工作,不论回数多少,肯定是高鹗干的。至于程伟元与此书的关系,我们几乎一无所知,只知道他是"全"本的出版者,也许还拥有一家大书店,因为在短短几个月内为这样一部长篇巨著两度镌版付印,没有雄厚的资金是办不到的。

第二个问题不易回答,因为资料不足。高鹗在 1791 年 12 月 27 日的《序》中说,"程伟元所购全书"的修订工作是程"今年春"交给他的。但是,《引言》的第一段透露,这部一百二十回本在出版之前就有许多人在访求传抄。显然,"1791 年春"不可能是高鹗开始写作续书的时间,而是高鹗开始实实在在为出版作准备的时间,包括他修改"全书"的工作在内。何况,曹霑花了十年以上时间才写出前八十回,高鹗也不可能在少于十个月内就完成了像后四十回那样的续书。因此,我们把高鹗写作续书的时间设定在 1788 年至 1791 年,亦即在他 1788 年中举之后和一百二十回本初版以前。①

为了回答第三个问题,必须考虑在 1791 年以前的无论哪个抄本中是否存在八十回以后的无论什么文字。最近俞先生正在研究一部由舒元炜作序的 18 世纪抄本的残篇。② 俞先生说,舒元炜"在他序上透露了一点消息。序成于 1789 年,在程高排书前两三年,已传闻全书有'秦关百二'之数,即一百二十回"。按,据一粟《红楼梦书录》所录舒序全文(页 9～11)只云:"核全函于斯部,数尚缺夫秦关,还故物于君家,璧已完乎赵舍",

---

① 参看本书第十七章关于高鹗的注。
② 参看《校本》序言,页 15。此为吴晓铃先生藏本,仅存前四十回。

未言百二。而且，*"秦关百二"，也只能理解为一百零二，①俞先生却把它解释成一百二十。俞先生进而推断说："这后四十回的来历，既不是甲辰本（1784年，即脂晋本）校者做的，又不很像程伟元高鹗做的，至今还是一个谜。"②由此，他设想：后四十回"或系真像他们（程高）序上所说从鼓儿担上买来的也说不定"③。但是，因为他把"秦关百二"解释为"一百二十回"是错误的，俞先生说到"后四十回"就无从谈起。舒序中故意用"秦关"这一含混之词，显然他自己也不知道确切数目，只是"一百左右"而已。所以，俞先生那个1791年以前的"后四十回"之"谜"并不存在。不过，舒元炜1789年说，他听说有一部百回左右的抄本，这倒是真话。当时正是高鹗写成续书初稿并准备刊行"全本"的前两年。很可能，高鹗那时已写或改出④约三十回的初稿，并放出了全书即将面世的消息。即使舒元炜的秦关真有"一百二十回"之意，也可能是高鹗一开始就想把小说续成一百二十回，而放出风声招徕读者。因此，舒元炜1789年序中包含的信息，并不足以证明后四十回中的任何部分是出自曹霑之手，或不出自高鹗之手。

问题的实质是，舒元炜的这些话，既不能证明程伟元搜集到了原稿的某些回文字，又不能证明当时的确存在着可供搜集的任何原稿。在文献不足的情况下，除非我们认可程序的字面价值，任何解决这一问题的企图只能依靠间接的证据。然而，续书人高鹗居然让程伟元在《引言》下共同署名这一事实，似乎意味着后者对续书也做出了某种贡献。这倒可以引

---

* 译者附言：上一句（按："未言百二"）是作者在《校本·序言》页15上的批语，现由译者补植于此，并酌加"而且"二字与原文连接。

① "秦关百二"一典，本《史记》卷八《高祖本纪》（亦见《前汉书》卷一，《高祖纪》六年）"秦，形胜之国，带河山之险，悬隔千里，持戟百万，秦得百二焉。"历来二书的注家解为"百中之二"以二万兵当百万兵，或说"倍之（一百）"——以百万兵当二百万兵的一种形势。但在后来的文学著作中，通常用来指一百零二。如7世纪诗人骆宾王《帝京篇》："秦塞重关一百二"，杜甫《诸将五首》之三："休道秦关百二重"（《杜少陵集》卷十六，页3）。

② 见《校本》序言，页15。

③ 同上序言，页30。注28，上面引录的俞先生的话有两处错误：(1)高鹗从来未提到过那个"鼓担"故事；(2)据程1791年序，他从鼓担上得到的是"十余卷"，不是"四十卷"。

④ 如果程伟元确曾把他搜集到的一些残稿交给高鹗的话。

起这样一种猜测,程的贡献也许在于他苦心收集到一些残稿,高则在这些残稿的启发和鼓励下写出了全部续书。这是一种假设,要证明其正确需要根据脂评中有关曹霑原著的提示,对后四十回的正文进行细致的研究。另外,假设续作中某些材料真的来自曹霑残稿,也不意味着它们被高鹗原封不动地录入了续本。我们已经研究了作者佚稿中的一些问题和作者的原定计划,也探讨了作者意欲在后半部书中讲的一些故事,①因此可以断言,曹霑原稿被采入续作的数量,即使有,也不多;若再从续作的文体上加以辨察,即使这不多的部分,也被高鹗彻底地改写过了。

第二节　续作中可能含有的原著材料

为了使后四十回能够以修复后的"全"本的一个组成部分出现,高鹗竭力把他的故事写成是前八十回故事的进一步发展。在小说的末尾,他按照前文仙曲和灯谜中某些明显的伏线,把好些女性人物打发到她们命定的归宿处:迎春受狼心狗肺的丈夫虐待,死得很早;探春远嫁;惜春当了尼姑;湘云婚后不久便守寡;巧姐嫁到农村;等等。俞先生列举好些这样的例子,证明高鹗在续作中描写这些故事时,处理得非常小心。②

然而,倘从曹霑原定计划出发,对高的故事细细考察,就会知道它们其实距曹的原意甚远。例如,在高鹗笔下,惜春一身道姑装束,在丫头们的侍奉下,留在家庙即大观园内的"栊翠庵"中;③而警幻簿册中的图画是:"一所古庙,里面有一美人在内看经独坐",题词云:"独卧青灯古佛旁"。湘云的故事很复杂,涉及两只金麒麟的重大事件;等等;④但在续书中,寥寥数行便把她打发走了,⑤连她丈夫的姓名卫若兰都未提到。巧姐

---

① 参看本书第十三、十四、十五章。
② 参看《研究》,页 16～39。
③ 见《红楼梦》,回一一八,页 1302～1303;回一一九,页 1323;回一二〇,页 1335。
④ 参看本书第十五章第五节。
⑤ 见《红楼梦》,回一一〇,页 1226。

在簿册中的图画是在荒村野店里纺线;①高鹗却把她嫁给一个农村中的富家子,而且后来跟高鹗一样中了举人。② 寡居的李纨应在她儿子贾兰功名成就之后不久死去;③但续作中,她直到小说终了依然健在,儿子则仍是个没长成的大孩子。高鹗续书中这些与曹霑原计划抵牾之处显露:要么高鹗没有读过曹霑八十回后有关这些故事的手稿,要么他虽然读过但无视曹霑原意兀自写他自己想写的故事。如高真的拥有过任何曹氏原稿而又弃置不顾,未免太不近情理。因此,程宣称他曾搜集到四十回左右旧稿之说,就越发令人生疑了。

不过,在后四十回中,也有几个故事似乎来自曹霑原著。这一估计基于两条标准:一是前文伏线中透露的曹氏的本来意图;一是故事的文字风格。此外,还有一些内证表明,这些段落看来与高氏自己的思路不符,却与曹氏原著隐含的背景暗合。

首屈一指的重大情节是黛玉之死和宝玉与宝钗成亲。这是一个完整的故事,从王熙凤玩弄手法,黛玉病情急剧恶化以致溘然而逝,直到宝玉婚后郁郁寡欢,全部发生在现在第九十六、第九十七、第九十八三回之中。我们在前面探讨过,黛玉之死当发生在第八十回以后不久;④但高鹗在原第八十回和现在的第九十六回之间早已编造了许多故事填补空缺。⑤ 王熙凤设计安排宝玉娶宝钗却使宝玉误以为将娶黛玉,黛玉夭逝的悲剧几乎与婚礼同时发生,以及那对新婚夫妇毫无幸福可言的生活,看来都合乎前文的伏线。⑥ 描写这些故事的三回文字的风格,在后四十回中也是出类拔萃的,特别是写林黛玉病榻焚诗的一段和她在弥留时刻受到残酷折

---

① 见影京本,回五,页 115。
② 见《红楼梦》,回一一九,页 1326;回一二〇,页 1335。
③ 见影京本,回五,页 124～125,《红楼梦》曲子第十一支。
④ 参看本书第十五章第一节末段。
⑤ 这些故事是"四美钓鱼","宝玉二进塾","贾政升官"之类,肯定是高鹗自己的创作。
⑥ 如《好了歌》的注,见影京本,回一,页 29;《红楼梦》曲子《序曲》以后的第一、第二支,同上,回五,页 120～121;回七〇中的词,见页 1679～1680;以及前八十回中的其他许多段落。参看本书第十四章第一节,第十五章第一节。

磨的一段,在后一段中,她的丫头被召去侍奉新娘,以便使新郎上当,把蒙着头的新娘当作自己爱的黛玉。① 这种尖锐的、深刻的文笔在续作中实属仅见。

可资证明这段故事来自曹霑原著的内证是婚礼上的"南方风俗"。前已指出,高鹗在删改前八十回时,不遗余力地剔去那些透露出小说早期背景在南方的痕迹。例如,他剔掉了轿子和手炉中的木炭等杂物,因为如正文中出现这些东西,便暴露作者心目中的这些故事是和他童年时在南京亲身经历过的事物联系在一起的;②其实不太细心的读者不可能从这种描写中察觉到什么隐藏的含义。讲到婚礼,在1791年的程甲本中本来有这样几句有趣的话:"……还有(新郎新娘)'坐床撒帐'等事,俱是按金陵旧例。"③而在1792年的程乙本里,高鹗把这些话改成:"还有'坐帐'(原文如此)等事,俱是按本府旧例。"④高鹗的"坐帐"自然是不知所云,*"本府"云云亦荒唐可笑。因为婚礼照例按照地方习俗行事,从来没有家门私俗一说。看来,高鹗起初曾不加更动地把残稿录入他的续本,后来一想,金陵旧例与小说的大背景北京矛盾。但是经他一改,这些话便文理不通了。另一方面,既然在程甲本中有过这样看来似乎矛盾的痕迹,以致高鹗在他的修订本中不得不改变仪式和略去"金陵",如同他在前八十回中删掉"轿子"和"木炭"一样,反倒可以证明程甲本中有某些段落来自曹霑原稿,婚礼的插曲便是其中之一。1791年程甲本中还有一段关于史湘云出嫁的文字,在程乙本中同样也被高鹗做了修改。当史家的仆人向贾母报

---

① 见《红楼梦》,回九十七,页1094。
② 参看本书第十七章第三节。
③ 见《校本》册四,页181,行16,引自王希廉据程甲本重印的1832年本;参看《红楼梦》册二《校记》页55,回九十七注⑤、⑥。关于这一风俗的细节,参看孟元老《东京梦华录》(1174)卷五,页31,上海古籍出版社1956年版;赵翼《陔余丛考》卷三十一,页651,上海商务印书馆1957年版。[又见《清平山堂话本》,李翠莲有撒帐歌七首。](译者附言:方括号内注,是作者补记在自校本上的。)
④ 见《红楼梦》,页1096,行11,又见页1076,行13。
* 编者附注:著者后来请教过一位满族学者,知"坐帐"乃东北婚俗,见《罗音室学术论著》卷三,页247。

告湘云的婚事时,老太太说:"咱们都是南边人,虽在这里住久了,那些大规矩(指婚丧,等等)还是从南方礼儿。"①在1792年程乙本中,高鹗把这句话压缩为:"咱们家的规矩还是南方礼儿。"②这里再次出现了"贾家"原籍金陵现住北京的暗示,看来贾母这段话似乎也来自曹霑旧稿。不过,这类素材在录入续本时,想必已被高鹗大改或重写,以便与他本人创作的其他故事相协调。连他撰写续书初稿时一度疏于删改的那些痕迹,到了程乙本中,也被删削殆尽了。

此外还有几个故事,也许暂且可以归入曹氏残稿一类,列举如下:

一、黛玉死后,宝玉到潇湘馆凭吊,寄托对她的哀思。这个故事,现在发生在第一〇八至一〇九回,排在锦衣军来抄贾府的第一〇五回之后。但此事其实发生在抄家之前,因为脂评写得很清楚,抄家之后,贾府许多人下狱,宝玉也在其内,再下去便发展到"狱神庙"等故事了。③ 这一段也被高鹗改写过,因为脂砚引录曹霑原著中那些描写景物的句子并未在续书中出现,④而且,有一小段宝玉漫步赴潇湘馆的文字,程甲、程乙两本也不相同。⑤

二、在脂砚的评语和裕瑞的评论中都提到了抄家没产的故事。——发生于1728年的金陵曹家被抄没的历史事件想必于时年十三⑥的曹霑心中留下了终生难忘的印象。续本中的第一〇五回,通篇就讲这件事,称得上是写得惊心动魄。看来,至少其中有一部分出自身历其境者的手笔,有些细节无疑被高鹗修改过,如第二位钦差北静王的出场,他是宝玉的朋

---

① 见《校本》册四,页264,行8;对照《红楼梦》册二,《校记》回一〇六,页59~60,注⑧引自王希廉的1832年本。
② 见《红楼梦》,页1179,行14。第一段引文中的"咱们",包括贾母的娘家史府在内。第二段引文中的"咱们家",只能指贾府。前一句是说贾史两家早先都在南方,略去了这一句,会使读者无法理解,为什么住在北京的贾府也要遵守南方的礼俗。
③ 见影京本,回二十,页443~444;回二十七,页622,朱笔眉批。参看本书第十四章第一节,第十五章第三节。
④ 参看本书第十五章第一节。
⑤ 见《校本》册四,回一〇八,页285;对照《红楼梦》册二,页1200,以及该书"校记"回一〇八,页61,注④。
⑥ 参看本书第十一章(上)第一节后半部分。

友,此来是伸出援手,尽可能缓解贾家的处境。高鹗插进这一段的目的,显然是为后文(第一〇七、一一九回)贾家"沐皇恩""延世泽"开路,使他们得以继续在贾府生活下去,并让薛宝钗再过个生日,等等(第一〇八回)。① 这个故事里还有一点挺有趣,连抄家的清单在程甲、程乙两本中也大不相同。看来程甲本采用了曹氏原稿中的清单,程乙本中连清单也没逃过高鹗的修改。②

至于抄家的原因,高鹗把它归结为张华控告贾琏娶尤二姐和尤二姐自杀身亡,此案又涉及贾赦"交通外官"和"包揽词讼"。③ 然而,在曹霑手稿中,贾府的问题要严重得多,而且同其他三大巨族的罪行互有牵连。④ 贾赦一案,高鹗所指显然是他得了石呆子的画扇。其实这是地方官贾雨村干的,他强夺古扇,献给贾赦,巴结贾府,奇怪的是,在高鹗的故事里,贾赦被拘流放,贾雨村依然逍遥法外。⑤ 另一方面,王熙凤的两条大罪,受贿三千两银子,逼死一对青年,以及企图谋害张华性命,⑥这本是贾府致祸之由,在高鹗续本中却根本没有提到。很明显,为了替贾府减轻罪责,高鹗已经把抄家的故事重新改写过了——倘若他曾见过曹霑原稿中这个故事的话。

三、宝玉失玉的故事——在前八十回正文中并没有任何暗示表明按照曹霑原定计划后文将有这样一个故事,但在脂砚的评论中提到了。在脂砚所见的曹氏手稿后半部中,失玉是被"误窃",后被王熙凤在"穿堂门前扫雪"拾得,最后由甄宝玉归还。⑦ 但在高鹗续作中,玉不可思议地失

---

① 曹霑的原计划是,抄家以后,随之而来是贾府败落,家人或下狱,或各奔东西。
② 见《校本》册四,页254;对照《红楼梦》册二,页1168。
③ 见《红楼梦》,页1165,行10;页1171,行18。对照《校本》册四,页251,行7;页257,行8。
④ 参看本书页第十四章第二节。
⑤ 在《红楼梦》第一〇五回抄家和第一〇七回夺扇案中,都没有提到贾雨村。
⑥ 参看本书第十五章第二节。
⑦ 参看本书第十四章第一节关于误窃玉的注;《辑评》页178,引自脂残本,回八关于误窃玉的注;本书第十五章第六节有关"失玉"一段及注;影京本,回二十三,页522,双行墨笔评语;本书第十四章第一节关于《邯郸梦》一段;影京本,回十八,页402,双行墨笔评语。

踪了,最后更加不可思议地由一位和尚送了回来。① 要是高鹗仔细研究过脂砚的评语,并把它们和他对续作的设计联系起来,这样明显的矛盾本来是不会出现的。但是,从另一个角度来看,如果他忽略了,而且很可能他真的忽略了脂砚的这些评语,那又难以解释他何以如此重视失玉在小说后半部中的位置,以致在第九十四至九十六、一一五至一一七这六回书中拿出这么多的篇幅来描写玉的失而复得,使这个故事成为贯串半部续书(第九十四至一一七回)的主线。因此有理由这样设想,高鹗从曹霑残稿中知道玉曾突然失踪,但这些零简残篇没有提到失玉的原因("误窃"),高鹗对此无法做出解释,只好简单地归之于神秘一途。但是他知道,这个故事对完成续书至关重要。它为他提供了一个绝妙的借口,使他得以回避本来无法回避的难题,即描写小说主人公不幸的青春生活。高鹗把宝玉失玉解释为丢掉了"魂",轻而易举地把他置于疯疯癫癫、神智不清的状态,从而得以放手去写他自己那些无足轻重的人物和故事,而不必经常顾及小说的这位主人公,不必去处理那些棘手的事件,如宝玉如何在"狱神庙"里受到茜雪的关心,②如何解放全部丫头,③以及宝玉与宝钗,袭人与蒋玉菡这两对夫妇间的关系④,等等。正是为了这个目的,高鹗利用失玉这个题目大肆渲染,编出一系列冗长乏味的细节,什么失玉之后贾府上下一片惊惶,明察暗访(第九十四至九十五回);什么宝玉得病,悬赏寻玉,骗子谎报(第九十五至九十六回);什么最后来了个和尚送玉上门,口口声声非索取赏银不可(第一一五至一一七回)。设计这些无聊、荒诞、可笑的神话,无非是填补空白,替代脂评透露出来的曹霑原稿中那些更悲壮、更复杂的场景。而且,高鹗那个由和尚送回"通灵玉",使主人公霍然而愈的故

---

① 参看本书第十四章第一节,第十五章第六节。
② 参看本书第十五章第三节;影京本,回二十,页 443~444,朱笔眉批。
③ 见影京本,回二十,页 447,墨笔双行夹评。
④ 曹霑原稿中有这些故事,但高鹗无意重构复原。参看本书第十三章第三节、十五章第六节。在续作中,袭人出嫁被延迟到最后一回。

事,违反了曹霑的原意,是第二十五回中一个类似故事①的拙劣的复制品。脂砚当时在第二十五回中这样评道:"通灵玉除邪全部百回只此一见,何得再言僧道踪迹虚实?"②说来也稀奇,这条评语,仿佛对未来的续书者提出了预言式的警告,请他不要再抬出和尚或道士来写类似的故事,但高鹗还是情不自禁地那样做了。

四、元春之死——前面说过,这是作者自己修改过的故事之一。作者把它从第五十八回中拿出来,意欲插在后半部中。③ 在高续中,这故事排在第九十五回,落墨不多。④ 因此,我们很难判断这段关于元春之死的文字是否出自曹霑原作。但是,这段末尾有一句话,好像来自曹霑。作者先说她死时无子,继而说她只得了一个"贤淑德妃"的谥号,然后解释道这样处理是根据"王家制度"⑤。高鹗曾对曹霑前文刻意修饰,使元春这位"妃"的形象更符合作为"皇帝之妾"的"皇妃",而不是"王爷之妻"的"王妃"。⑥ 如果这一段全都出于高鹗手笔,他肯定会写成"皇家制度",而不是"王家制度"。

此前,在第八十三回中,在元春欠安的消息传来之前,有一段王熙凤和女仆周瑞家的谈话。周瑞家的谈到外面有人议论贾府:"姑娘做了王妃,自然皇上家的东西分了一半子给娘家。"有的流言还提到了"园子里的'玉石狮子'和'金麒麟'"。这"金麒麟"三个字使王熙凤大吃一惊,尽管周瑞家的笑着解释,他们指的是曾被宝玉丢掉后被湘云捡到的小玩意儿。王熙凤的评论是:"这些话倒不是可笑,倒是可怕的。"⑦

许多评论家没注意到这段话的意义。我们知道,在曹頫被革掉金陵

---

① 评论家们已指出和尚还玉是续书中写得最糟的一段(《考证》,页66;《研究》,页54~55)。但没有人指出过这是对第二十五回中类似故事的模仿。
② 见影京本,回二十五,页584,朱笔眉批,署年壬午(1762)。
③ 参看本书第十六章第四节。
④ 见《红楼梦》,页1066~1067;《校本》,册四,页153~154。
⑤ 见《红楼梦》,回九十五,页1067,行6;《校本》,册四,页154,行2。
⑥ 参看本书第十七章第三节后半部分。
⑦ 见《红楼梦》,回八十三,页936~937;《校本》,册四,页29~30。

织造之职和曹家被抄之后,曾有过一则关于曹家"金狮子"的传说。曹頫的继任者隋赫德在雍正六年七月初三(1728年7月31日)给皇帝的奏折中说,查得"江宁织造衙门左侧万寿庵内有藏贮镀金狮子一对,本身连座共高五尺六寸。……系塞思赫①……到江宁铸就,后因铸得不好,交与曹頫,寄顿庙中。"②塞思赫,即被黜出的亲王胤禩,皇位觊觎者,雍正的死敌。寄藏这对镀金狮子可能是曹家失势的原因之一。因此,提一下金狮子或金麒麟,也会使曹家知晓底细的人为之失色。

至于"金麒麟"的流言在曹霑后文中到底又有进一步的发展,还是就此止于周瑞家的这番解释,这件事只能存疑。我们关心的是,在王熙凤和周瑞家的这段对话中,无意中提到了元春的"王妃"身份和园子里的"金麒麟",看来倒有点像曹霑在讲自己家里旧事的口气。这里,高鹗没有把"王妃"的称呼改掉,尽管后一个短语"皇上家"像是高自己的文字。

除了上面列举的几个故事以外,曹霑残稿中还有其他一些片断也可能被高鹗在续作中部分地采用。如果文字风格是判断作者为谁的可靠标准,那么,也许还可以把某些故事归到曹霑名下。例如贾母祝告天地,愿以自己的生命,来换取对儿孙罪孽的宽赦,③她拿出私蓄,分派给后辈;以及亲自到病榻前安慰王熙凤;④——虽然这些故事并不一定发生在抄家之后。不过,既然没有别的证据足以支持这种假设,倘把续作中稍有文采的段落都归于曹霑,未免对高鹗不公平。

总结本章,我们有理由认为,有些故事透露了来自曹霑原稿的迹象,它们大概就是程伟元收集到的残稿。也就是说,对程说不能全盘否定。但程、高占有这些残稿,并不意味着续作中凡有这种可以感知的迹象的部分真的都是曹霑的作品。即使是这些为数很少的遗留下来的素材,也被高鹗彻底改写过了,只留下了一点可供我们辨认的痕迹而已。因此,续书

---

① 塞思赫,满语,即猪。这是雍正给他胞弟胤禩(1683—1726)取的恶名。
② 转引自《新证》,页420。
③ 见《红楼梦》,回一〇六,页1177~1178;《校本》,册四,页262~263。
④ 见《红楼梦》,回一〇七,页1185~1188;《校本》,册四,页270~273。

实质上是高鹗这位自号为"红楼外史"的作品。程伟元宣称后四十回几乎都是他收集到的原稿,这话是不真实的。最有力的证据是:续作中的许多故事,全然违反了作者的本意和小说的中心思想。

第十九章 后四十回的评价

中国评论界对《红楼梦》的续作即后四十回的价值已经谈了很多。看来,大多数人认为总的说高鹗应该得到肯定,因为他以男女主人公和其他许多重要角色的悲剧,成功地结束了这部小说。另一方面,他也受到批评,因为写了诸如宝玉自愿应试中举猎取了他一贯鄙夷的功名之类的故事。高鹗就这样歪曲了宝玉的性格,使他的形象前后不一。高鹗那些皇恩浩荡,使贾府重获被抄没的家产,恢复被削夺的世爵,以支持摇摇欲坠的封建世家的故事,也受到了非难。① 所有这些批评,在美学或意识形态上都有根据,总体上都是有道理的。然而,正如上章所说,绝大多数角色的悲剧性的结局,特别是女主人公的夭逝,男主人公的没有幸福的婚姻,以及他最后出家为僧,都在曹霑原定计划之中,前文早有伏笔做了明确的提示。其中某些故事,甚至还可能就包含在程伟元收集到的佚稿之内。在撰写或改写这些故事的过程中,高鹗无非是沿袭了曹氏业已表明的总

---

① 如:《考证》,页 66~67;《研究》,页 50~53,74~76,123;《红楼梦问题讨论集》,册一,页 2~3,李希凡先生文;同书,册四,页 173~174,编者文。《文学遗产增刊》第 5 期有一篇文章表达了不同的观点,认为中举"符合宝玉的性格",见页 338,作家出版社,1957 年北京版。

体构思或把曹氏草稿中的这些故事编入他的续书而已。①

不过,对高鹗续著的真正价值,还可以通过一条新的途径,进行更客观的评价。这项工作可以分三方面来进行。第一,评估高续作为全书一个组成部分的价值,这就需要对高鹗的故事和曹霑的故事之间的关系进行批判的考察。这里所说的曹霑的故事,是指前八十回有关的故事或按照曹氏计划要在后半部中讲的故事。第二,重新评估高著自身的价值。这就需要把高鹗作为一位独立的小说家加以考察,以免把他的技巧和思想和曹相混。第三,把高鹗的文学成就和曹霑作一大致的比较,这将有助于我们更好地评价这两位作家各自的优点。

第一节　高鹗续作与曹氏原著故事的同异

我们研究了八十回以后的未完成的作者原稿,研究了他的总体构思和其他相关问题,②清楚地知道,除了女主人公的夭逝和男主人公的婚事等等,高鹗的续书和曹氏后半部原稿共同之处甚少,高鹗所做使这部小说的悲剧性远远没有达到原作者的意图。高鹗改动了原著中的部分故事,就必然地扭曲了连同主人公在内的许多人物的性格。他的改动,拆散了作者本来组织得极好的脉络,从而使前文故事削弱了或丧失了它们本来具有的意义。本书第十五章的钩沉,只限于在前文或脂评中都已提供了明白无误线索的几个最醒目的故事。除此以外,续作中还有相当数量的故事,粗看似是前文故事的进一步发展,其实和曹霑的设想不是一码事。全面讨论这些问题势必越出本书的范围。因此,我们只举出几个涉及次要角色但也比较重要的故事,扼要地谈谈它们如何与曹霑计划正相矛盾。

在高鹗笔下,张华告状导致贾府被抄,而张华则是受了泼皮醉金刚倪

---

① 俞先生相信"宝走黛死都是高氏编造的"(《研究》,页75)。这样的论断出于脂评专家之口出人意外。

② 请参看本书第十三至十五章。

二的挑唆。倪二此举,又是因为宝玉的远亲或"侄儿"贾芸得罪了他。倪二早先帮过贾芸的忙,后来倪二坐牢,贾芸没有出力营救。① 贾芸则早就惹恼了宝玉,因为他曾给宝玉介绍过一个姑娘,希望宝玉会同她订亲。② 贾芸还对王熙凤和巧姐怀恨在心,因为王熙凤不收他的礼物,不帮他谋差使,还因为他一次拜访王熙凤时,巧姐突然哭了起来。③ 高鹗用这些笔墨一步一步地把贾芸塑造成一个坏蛋,终于和他的狐朋狗党一起算计巧姐,把她卖给"一位郡王"当小老婆。④

为了说明高鹗编写的这些关于贾芸的故事多么不合理和不可信,我们不得不重温曹霑在前八十回中是如何刻画这位穷孤儿的性格的,脂砚又是怎样评论那些故事的。但首先得交代一下,在古代中国,一个未婚男孩(贾芸)自告奋勇为远房堂叔(宝玉)做媒是闻所未闻的。在贾府的环境下,别说贾芸这个非本府成员无权插手宝玉的婚事,连宝玉自己也无权选择自己的未婚妻。否则,宝玉早就娶了黛玉,整个悲剧也压根不存在了。何况小说的读者全都心里雪亮,倘若贾芸有可能给宝玉介绍一个"比仙女儿还好看"的姑娘,宝玉是决不会动气的。贾芸向王熙凤送礼谋事是第二十四回中同一情节的拙劣翻版,当时她欣然笑纳了贾芸的孝敬,赏了他一份肥差。⑤ 最荒唐的莫过于那个关于巧姐的故事。高鹗写道,贾芸来看凤姐时,"奶妈子一大起带了巧姐儿进来……走到凤姐身边学舌",可见她还是个幼儿,见到一个想不起在哪儿见过的生人,"便哑的一声哭了"。⑥ 隔了没几年,宝玉十九岁时,巧姐居然长大到足以被贾芸等人卖给郡王作

---

① 见《红楼梦》,回一〇四,页1156～1158。
② 见《红楼梦》,回八十五,页960～962;回一一七,页1296。
③ 同上,回八十八,页995～997。
④ 同上,回一一七,页1298～1299;回一一八,页1305～1306。
⑤ 见影京本,页547～549,552～553;《红楼梦》,页240～241,242～243。
⑥ 见《红楼梦》,回八十八,页996,关于巧姐的年龄,请参看《研究》,页63～66。

妾了！①

从曹霑在小说前半部中关于贾芸的描写，我们知道他是个聪明的有良心少年。脂砚斋似乎对这位"贾芸"的原型很熟悉，在第二十回的评语中对他深加期许。那回书里有个故事，讲他向母舅卜世仁赊购香料未成，描写得很细致。他在母舅面前分辩道：尽管自己手头拮据，从来没请舅舅帮过忙。脂砚对此评道："芸哥亦善谈，井井有理，余二人亦不曾有是气。"②在这里，脂砚是在把贾芸和他母舅卜世仁的关系同"贾芸"原型和脂砚自己的关系进行对比。可见脂砚显然与"贾芸"原型的父母同辈。③卜世仁劝贾芸同两府的佣仆交朋友以便在府里谋事，脂砚评道："可怜！可叹！余竟为之一哭！"对贾芸和他母舅分手那一段，脂砚又评道："有志气，有果断。""有知识有果断人自是不同。"④

回家路上，贾芸被邻居泼皮醉金刚倪二撞着，倪二认出是他，向他道歉，称他"贾二爷"。脂砚在此处又加了一条评语，说："如此称呼，可知芸哥素日行止是'金盆虽破分量在'也。"⑤他的意思是，贾芸虽穷，所作所为仍然受到倪二这样一位好汉的敬重。听到贾芸受他母舅冷落，醉金刚愤愤不平，主动白借给他十五两多银子。贾芸则怕这是倪二醉里行为，明日兴许向他加倍索回。这里，脂砚又加了一条评语："芸哥实怕倪二，并非'以小人之心度君子'也。"回到家中，贾芸的母亲问他到哪里去了，这少年寻思，倘知道了自己兄弟对自己儿子说的话，她会伤心的，便不提见过卜

---

① 在曹霑的计划里，后来巧姐不是被卖给郡王做妾，而是被卖到"烟花巷"（妓院），被刘姥姥救出火坑。参看本书第十五章第四节。高鹗编写贾芸坑害巧姐的故事，是为了应验《红楼梦曲子》（回五）中的预言，其中提到巧姐有个"奸兄"。但她在宁、荣二府中就有许多堂兄；相比之下，贾芸只是个住在府外的远亲。
② 见影京本，回二十四，页542，朱笔夹评。对评语中"芸哥"的称谓不能从字面上理解。在中国"哥"是成年人对男孩子表示客气的称呼。
③ 小说中的宝玉和贾芸正是"叔""侄"关系。这进一步证明，在许多场合下，脂砚是小说主人公的原型。参看本书第九章第二节。周先生把这条脂评中的"余二人"解释为脂砚和曹霑，而脂砚就是史湘云（见《新证》，页561）。这是完全错误的。那位吝啬的母舅和穷孤儿的关系，怎么能拿曹霑和他"妻子"的关系相提并论？
④ 见影京本，回二十四，页542～543，朱笔夹评。
⑤ 同上，页544，同上。高鹗修改了这段文字，见《红楼梦》，页239。

世仁一事。脂砚的评语是:"孝子可敬,此人后来荣府事败,必有一番作为。"①关于贾芸在荣府的活动,还有一条脂评是这样说的:"自往卜世仁处去,已安排下的芸哥可用。己卯冬夜。"②这是脂砚在曹霑去世前四年加的评语,可见当时脂砚已经知道曹霑计划中贾芸得要扮演的角色。从上述全部评语和作者对这位懂事、聪明但又贫穷可怜的孤儿的描写可知,作者的同情在这位男孩身上,他将是小说后半部中一位正面人物。把这样一位青年描画成反面角色,只因巧姐小时在他面前曾"哑的一声哭了",从此怀恨在心,过了几年与人合谋把她卖掉以图报复,如此处理,至少是难以自圆其说。另一方面,贾芸和红玉的关系,原作者曾在第二十四、二十六、二十七三回书中刻意描写,到了续作者手里,除了几分钟白费心机的眉来眼去之外,③再无下文。但从脂评中看,"贾府事败"后红玉在"狱神庙"中的种种举动,不可能没有贾芸出力。在荣、宁两府众多的男性人物中,贾芸只同宝玉一人交朋友,④这种描写不可能是孤立的枝节,不可能和贾府垮台后宝玉身陷囹圄和后来穷途潦倒的生活没有关系。

金刚倪二被高鹗写成是挑唆张华告发贾府致使贾家被抄的幕后人,其实他没有那么坏。他出场时,作者说他"是个泼皮,专放重利债,在赌博场吃闲钱,专管打降吃酒"⑤,但"颇颇有义侠之名"⑥。对后一句话,脂砚评道:"四字是评。难得难得,非豪杰不可当。"⑦倪二强自忍着没骂卜世仁,只因卜是贾芸母舅,脂砚评道:"侠义人岂有不知礼者乎?何尝是破落户,冤杀金刚了。"⑧脂砚在另一条评语中,把倪二和冯紫英(将军冯唐之子,贾家的亲戚)、柳湘莲(他对宁府中人不屑一顾,只"除了两只石狮

---

① 同上,回二十四,页 546,朱笔夹评。
② 见影京本,回二十四,页 548,朱笔眉批。
③ 见《红楼梦》回八十八,页 995,997。当时是红玉领贾芸进来见王熙凤,然后把他送走。
④ 如第二十六回和第三十七回所述。
⑤ 见影京本,页 543,正文;《红楼梦》,页 239。
⑥ 同上,页 545,正文;《红楼梦》,页 240。
⑦ 同上,页 545,朱笔夹评。
⑧ 同上,页 544,朱笔夹评。

子"）、蒋玉菡（他后来接济潦倒的宝玉）小说里所有这几位"义侠"人物相提并论。① 作者在第二十四回中如此描写倪二,是要他在荣府破落后发挥正面作用,决无在第二十四回为后文理下定时炸弹之意。高鹗用第一〇四回回目"小鳅生大波"来形容倪二发难导致贾府被抄,肯定不是曹霑本意。

  高鹗当然可以编撰自己的故事。重要的是要编得令人信服。高鹗说,倪二所以掀起大浪是怨恨贾芸没报他的恩。但身为近邻,倪二明明知道贾芸不是趋炎附势的荣、宁两府的成员,连那里的大多数丫头也没把他放在眼里。倪二不可能设想贾芸有能力活动以营救他出狱。而且,就是贾芸没帮他忙,他又为什么要迁怒于整个贾府？张华,那个告状的人,没有住在京里；他曾多次被贾府威逼利诱,又哪敢和有权有势的贾府对阵？即使他敢,如此一桩有关婚姻的"民事诉讼",也不至于惹得皇家动员锦衣卫出来抄家。抄家的真正原因比续作中描写的严重得多,正如作者所提示的,与贾氏的亲戚即几家豪门密切相关。② 但既然在前八十回中没有类似的故事可资模仿,若要高鹗来承担撰写这些故事的重任,未免超出了他的想象能力。③

  在曹霑的故事中,抄家的直接原因也许是无法无天的薛蟠惹事,眼下他已是宝玉的妻兄,抄家后宝玉也因此下狱。薛蟠首次出场是在第四回：他为了争夺香菱,即甄士隐被拐走的女儿,犯了打死冯渊之罪。当时,薛蟠把香菱抢来做妾。当地行政长官贾雨村,采纳了他属下,曾在贾雨村发迹前寄居在葫芦庙里当过小沙弥的建议,听任薛蟠逍遥法外,以曲意逢迎薛蟠的亲戚贾政和煊赫的王家即王熙凤的娘家。④ 正是针对故事中讲到

---

① 见影京本,回二十六,页 630,朱笔墨笔眉批。参看本书第十五章第六节。
② 同上,回四,页 87。脂残本上有关这一段落的评语已录入《辑评》页 99。参看本书,第十四章。
③ 俞先生一语破的：凡高作较有精彩之处,是用原作中相仿佛的事情做"蓝本"的。(《研究》,页 49)
④ 见影京本,回四,页 84～93；《红楼梦》,页 36～40。

的这几家豪门之间的亲密关系,脂砚在评语中指出:"早为下半部伏根。"①但在高鹗续作中,这条根上并没有结出什么果来。

这桩命案审结以后,那位当初出主意的人,被"雨村……到底寻了个不是,远远的充发了"。脂砚对此评道:"至此了结葫芦庙文字,又伏下千里伏线。〔小说〕起用葫芦字样,收用葫芦字样。"②可见在脂砚读过的曹霑原著中,在小说收场前,贾雨村还得和当年"葫芦庙"里的那个小沙弥见面。将来这两个人有可能在这样的情况下相见:在最终调查薛蟠杀人案时,贾雨村和他那来自葫芦庙的参谋对簿公堂。但在此案真相大白之前,薛蟠大概像续书(八十五至八十六回)所写那样,又犯下了别的大罪,不过高鹗的这个故事是否来自曹氏原稿,我们就不得而知了。这个故事被高鹗写成与贾府无关的一个孤立的插曲。但从曹霑的总体设计和脂砚在第四回中对薛蟠前案所下的评语中看,如由曹霑来写,薛蟠后来犯下的新罪将牵连贾氏,给贾、薛两家招来大祸。高鹗不但同情贾家,也同情薛蟠,对这个害死两条人命的人略施薄惩,科认罚金之后,便宽大释放回家了。③既然把薛蟠的第二次犯罪写成与贾府无关,高鹗就得另编一条抄家的导火线。于是泼皮倪二和穷孤儿贾芸就成为替罪羊,反正高鹗对他们毫无好感。但是,把"义侠"泼皮当作一般的歹徒,委实误解了曹霑的原意:卑贱之徒也有可能向曾经藐视过他的人伸出援助之手。

在续作中还有许多别的故事也显然与曹霑原来的计划不同。已经提到的有巧姐、王熙凤、惜春、李纨和其他一些人后来的命运。在后半部书里关于女性人物的故事中,薛蟠之妾香菱的故事与原著相去最远,根据警幻簿册(第五回)中香菱的图画所示,她在薛蟠娶夏金桂为妻以后不久,便被折磨死了。④而在续作中,夏金桂想谋杀香菱,阴差阳错,毒死了自

---

① 见《辑评》,页 99,录自脂残本和脂晋本的第四回。
② 同上,页 104,录自脂残本的第四回。
③ 见《红楼梦》,回一二〇,页 1332。
④ 参看《考证》,页 65;《研究》,页 44。

己;①薛蟠出狱后,香菱被扶为正室。②

按照脂评透露的消息,我们已经讨论过许多存在于作者的计划之中或脂砚读过的原稿之中的故事,它们在续作中都没有下文。下面再简单地点一下其他一些题目:

一、二丫头,即纺线给宝玉看的那位村姑,根据脂评,是引出后文某一故事的又一伏线。③ 脂砚对宝玉在村里小憩一段的所有评语全都指向一个事实,即宝玉未来的生活得与农家有某种关联,而二丫头则肯定要在其中扮演一个角色。高鹗对那段文字所做的改动,断送了那个故事进一步发展的任何可能。④

二、第一回《好了歌》注中有这样一句韵文:

训有方,
保不定日后作强梁。⑤

这个故事所涉及的,想必是那个心眼挺坏、头脑很蠢的贾环,即宝玉的异母弟。⑥ 脂砚在一条评语中曾经指出:贾府和其他几大豪门衰落的原因之一是"子弟不肖,招接匪人",⑦这句话想必也与贾氏失势后贾环沦

---

① 见《红楼梦》,回一〇三,页1147~1153;《校本》,册四,页235~239。
② 同上,回一二〇,页1332;《校本》,册四,页411。
③ 见影京本,回十五,页312,墨笔双行评语;《辑评》,页226。
④ 参看本书第十七章第四节丙。
⑤ 见影京本,回一,页29;《红楼梦》,页10。这里的"训",是指贾政的儒家教育。第四回末把这一点交代得很明白:"贾政训子有方,治家有法……"见影京本,页99;《红楼梦》,页43。又见下注。
⑥ 据《辑评》页55所录,在脂残本中有一条评语把这句韵文解释为指的是"柳湘莲一干人",这里肯定有误。因为首先《好了歌》注所云全部都专指贾府成员。其次,柳是优伶,而在那个时代,从儒家观点出发,从来没有人认为戏子也有家教可言。更何况柳"父母早丧",见影京本第四十七回,第1093页。(译者附言,这一句是作者补注在自校本上的。)第三,自从未婚妻尤三姐死后,柳也结束了他在小说中的角色,遁入一座不知名的佛寺。(第六十六回)毫无疑问,注中的"训有方"是指贾政平素对子女的严格管束。
⑦ 参看本书第十四章第二节。

为匪盗有关,故事当在佚稿中。

三、史湘云丈夫卫若兰的"射圃"故事可能和他后来的死有关联。在评及冯紫英打猎受伤时,脂砚把这一事件和后来卫若兰在射圃中的故事联系起来,并称为"侠文",而和那些主要谈女儿经的"金屋"故事形成对比。① 这两起事件大概有某些相似之处,卫若兰可能在射箭时因伤所致命,高鹗安排史湘云那位不知名的丈夫死于痨病②似乎太有点信口开河了。

四、发生在纯真的女伶龄官和她钟情的少年贾蔷之间的动人故事(第三十、三十六回),诚如王际真先生指出,③本应在后文继续展开。不过,对这两回书中有关龄官的段落,脂砚都没有加评。倒是第十八回讲到龄官演戏,有一条早期脂评是这样说的:"总隐后文'不尽风月'等文。"(见影京本,页 403)这类后文,与贾蔷和龄官的故事也许有关,也许无关。④

以上列出几点,只是把续作中的故事和我们所了解曹霑计划中或手稿里的故事加以比较,不是对高氏作品的评论,高鹗是在写自己的故事,不能要求他把曹霑计划中的每件事都写到续作中去。要紧的是,他的故事写得好不好,是否有说服力,以及在合理的程度内能否与前文故事的自然发展前后一贯。尽管存在着这么多的矛盾,高鹗还是写了好几段堪与曹著媲美的故事。因此,他的续作终于淘汰了其他一切结局或喜或悲的同类作品⑤而得以流传至今。在这些故事中,特别值得提到的有:关于薛蟠的妻子夏金桂和丫头宝蟾的故事(第九十至九十一回,一〇〇回,一〇

---

① 见影京本,回二十六,页 603~604,墨笔朱笔眉批。这三则评语中的两则,在脂残本中合成为一条总评,置于该回之末,见《辑评》页 436。
② 见《红楼梦》,回一一八,页 1307;《校本》,册四,页 388。
③ 《红楼梦》英译本页 XX,Twayne 出版社,纽约,1958。
④ 译者附言:以上两句("倒是……无关")是作者补记在自校本上的,原文是英文。
⑤ 胡适博士认为高氏续书"打倒了后来无数的团圆《红楼梦》"是因为它"保存了一部有悲剧下场的小说"(《考证》,页 67)。这是一个错误的判断,因为那个所谓"旧时真本"的结局比高续惨得多(参见本书第十三章第一节)。相反,高鹗借"皇恩"之助欣然恢复了贾府的荣华富贵。至于其他各种"圆"梦之所以消失殆尽,原因十分简单,它们的文笔过于拙劣,无法令人有圆满之感。

三回),关于黛玉死后宝玉悲痛欲绝的故事(第一〇八至一〇九回,一一三回),关于复生的柳五儿想在宝玉身边取代晴雯的位置的故事(第一〇九回),和关于有勇无谋的家人包勇的故事(第一一一至一一二回)。但就笔调和总体构思而言,高鹗无法与曹霑相伯仲。他对礼教道学的拘守则进一步损害了这部小说的基调,因为原书的主题和《儒林外史》一样,显然是反对道学礼教的。这也许是后四十回和前八十回之间的最大的不同。

第二节 小说家高鹗与理学家高鹗

续书作者力图保持原书作者的笔调,这未始不是一件好事。但笔调的一致并不等于亦步亦趋地模仿前文的对话,更不等于模仿前文的故事。环境变化了,故事发展了,年轻的角色长大了,他们之间谈吐所用的词汇和口气也会随之而异。高鹗使贾府或多或少仍处在前八十回的模样,从而成功地维持了对话自始至终的统一性,使续书的读者觉得这是曹霑原书的继续。俞先生对他的笔调进行了细心的研究,发现他那些写得最好的故事,在前八十回中都有同类的模型或相似的片段可资借鉴。① 最使人扫兴的是高鹗在复制这些前已有之的故事时甚至很少变换手法。除了像宝玉的"通灵玉除邪"②和贾芸二谒王熙凤用同样的手段(送礼)求她帮同样的忙(谋份差使)③以外,在续书中还有许多类似的仿作。最明显不过的是宝玉二游太虚幻境,再读警幻册子的故事。④ 曹霑关于梦的故事(第五回)中是通过《红楼梦》曲子写出了小说的主题,并令其起预示结局的作用。高鹗增加了几个"证据",提醒读者不要忘掉这些预言。这种重复,不啻是对读者的常识和品味的侮弄。

---

① 参看本书本章第一节页 319 注③。
② 参看本书第十八章第二节关于失玉故事及注。
③ 参看本书第十九章第一节第四段及注。
④ 其实,这梦在高鹗手里已是第二番复制了。高告诉我们,南京的甄宝玉也在梦中到过这个地方,翻了警幻册子。见《红楼梦》回九十三,页 1044 及回一一六,页 1279~1281;《校本》册四,页 131,362~364。

另一个是邢夫人之弟"傻大舅"的故事。此人曾在贾珍家里聚赌,与篾片们酗酒作乐,指责邢夫人吞没了他的钱财,①被贾珍的妻子尤氏发现。高鹗在第一百十七回写他阴谋坑害巧姐时,让这位"傻大舅"口吐同样的怨言,几乎重述了同样的故事。

第二十六回,宝玉正在林黛玉处,薛蟠想请他出去尝尝佳肴,怕仓猝间宝玉不会马上就来,便叫宝玉的小厮茗烟诳他说,是他的父亲贾政在找他。续作中,宝玉的丫头袭人派另一个丫头秋纹到黛玉处找宝玉,秋纹居然自作主张也照方抓药。② 对宝玉的混账表哥薛蟠来说,用这种办法赚宝玉出来吃饭是合乎身份的。但是,一个封建礼教世家的丫头,无缘无故地向她的少爷打出他父亲的旗号,未免唐突得令人无法置信,姑不说这种雷同多么愚蠢。

尼姑妙玉,生性挑剔,饮茶一道,尤为考究。第四十一回贾母等在她庵里小歇,她拿出来待客的茶是用"旧年蠲的雨水"沏的。曹霑通过这种细节描写告诉读者这位来自南国现已出家的才女,品味高雅得未免有点过分。在续作中,"去年的雨水"又被"蠲"存起来,但主人已不是妙玉,被换成为她的朋友即未来的尼姑惜春。③ 这种如法炮制,证明高鹗没有看懂曹霑笔下微妙的含意。

高鹗这位作家,有时比较马虎,常犯点粗疏草率的毛病。宝玉在前半部(第二十一、二十二回)中爱读《庄子》,高鹗想在续书中再说一遍。高鹗这样描写听到妙玉被劫消息后的宝玉:"追思起来,想到《庄子》上的话,'虚无飘渺,人生在世,难免风流云散!'不觉的大哭起来。"④《庄子》里自

---

① 见影京本,回七十五,页1814～1819;《红楼梦》页841～842,高鹗做了部分删节。
② 见《红楼梦》回九十一至九十二,页1028～1029;《校本》册四,页115～116。
③ 见《红楼梦》回一一一,页1234;《校本》册四,页318。
④ 见《红楼梦》回一一三,页1256。

然找不到诸如此类的话。① 第一句显然引自白居易的《长恨歌》。② 因为在高鹗续书中还引了那首诗中的其他两句。③ 后一句出自魏国诗人王粲(177—217)④,但后来早已成为一句成语。倘若这种观点属于道家,宝玉在回味时决不会大哭起来,因为他早年每逢这种场合,只要潜心佛道,就能冷静地达到宁静状态,⑤从未有伤感到号啕大哭过。

续作中写了贾宝玉和甄宝玉见面的故事,在高鹗笔下,后者居然把前者看成为自己的"三生石上旧精魂"⑥。这是唐代僧人圆观的一句诗,脂砚在第一回关于"三生石"畔绛珠草故事的评语中曾经引用过。⑦ 这个典故,曹霑是用来暗示林黛玉(绛珠草)和宝玉这两个旧精魂之间的关系的。高鹗乱用这个典故来比喻甄宝玉和贾宝玉,既不伦不类,又索然无味。

续书中还有许多小的凿枘脱节之处。即使列出一小部分,也会使人感到枯燥沉闷。但又不能完全忽视这类疵谬,因为它们提供了续书与原书不是出于同一作者之手的进一步的证据。高鹗对小说人物之间的称谓似乎有点糊里糊涂。在曹霑的原著中,贾琏对他的叔父贾政和叔母王夫人,历来以"老爷"、"太太"相称。一进入续书,他有时改称他们为"叔叔"⑧、"婶婶"⑨,有时则称之为"二老爷""二太太"。⑩ 在前八十回中,书中人物一律称宝玉的祖母为"老太太",作者笔下则一贯称之为"贾母";但

---

① 第三十七回诗社起号,探春为"蕉下客",黛玉取笑她是鹿:古人曾云"蕉叶覆鹿"。高改动为"庄子说的"。蕉鹿事见《列子》,高鹗不读书如此。他自己不学,而妄改原话,使读者以为雪芹亦不学,实难令人容忍。参见影京本,页843,《校本》,页385;对照《红楼梦》,页381。(译者附言,此注是作者加在自校本上的。)
② 《长恨歌》第78行,"山在虚无飘渺间"。
③ 见《红楼梦》回一〇九,页1204。引的是《长恨歌》的第67、68行。
④ 见《王侍中集》页36上,《汉魏六朝百三家集》,1879年版。
⑤ 见影京本回二十一,页472~473;回二十二,页498~501;《红楼梦》,页209~210、219~221;《校本》,页211~212、222~223。
⑥ 见《红楼梦》回一一五,页1271;《校本》册四,页355。
⑦ 见《辑评》,页44,引自脂残本。此诗句原文见本书第十一章(下)。
⑧ 见《红楼梦》回一〇五,页1164,行8;《校本》册四,页250,行5。
⑨ 见《校本》(转录自程甲本)册四,页231,行8。但到程乙本已改为"太太",见《红楼梦》回一〇三,页1145,行12。
⑩ 见《红楼梦》回一一〇,页1220;《校本》册四,页304。

高鹗有时径直把她写成"老太太",而不是"贾母"。① 贾母死时,续书把贾兰和他的两位叔父宝玉、贾环一起,都算成死者的"亲孙"。② 连贾政也弄不清贾兰是自己的孙子还是儿子,在吩咐宝玉、贾兰参加举人考试时,他说:"兰儿是孙子,服满了也可以考的。"③其实贾兰不是贾母的孙子,而是曾孙。第四十九回薛蝌首次出场时是薛蟠的堂弟,④在续书中成了"胞弟"⑤。贾蓉的继室娘家姓许,⑥在高续中,贾政告诉冯紫英,她是"胡老爷的女儿"⑦。

元春在宫中得病,她的祖母贾母,母亲王夫人等,进宫探视。高鹗借太监之口,把她们一行称为"贾府省亲的太太奶奶们"⑧。"省亲",来自"定省",只能解释为子女探望父母亲,在本书第十八回中,这个概念首次用来表示元春回家看望父母,"省亲别墅"因此得名。但若母亲或祖母去看女儿或孙女,即使后者贵为帝后,也决无称为"省亲"之理。⑨

作者对他续作中那些故事的时间顺序似乎也不大留心。他写出来的故事常和前半部的故事无法衔接。以宝钗的生日为例,最初提到时,说是正月二十一,相当于公历二月底前后。⑩ 但在续书中,贾母却说:"可怜宝丫头做了一年新媳妇,家里接二连三的有事,总没有给他做过生日(原文如此)。今日我给他做个生日。"⑪谁也不能在"一年"里过两次生日,这是

---

① 见《红楼梦》回一〇七,页1185;《校本》册四,页270。
② 见《红楼梦》回一一〇,页1218;《校本》册四,页302。
③ 见《红楼梦》回一一六,页1287;《校本》册四,页370。
④ 见影京本,页1133、1134;《红楼梦》页519;《校本》册四,页522。
⑤ 见《红楼梦》回八十六,页969,行12;《校本》册四,页60,行9。
⑥ 见影京本,回五十八,页1369;《校本》,页638。高鹗后来修改时她和其他三人的姓都被删去。见《红楼梦》,页632。
⑦ 见《红楼梦》回九十二,页1037;《校本》册四,页124。
⑧ 见《红楼梦》回八十三,页939;《校本》册四,页32。
⑨ 这里的"亲",只能理解为父母亲。参看《公羊传·庄公二十三年》;《吕氏春秋》卷十四,第一《孝行》;《礼记》,第一《曲礼》;《孝经》,第二《天子》;《庄子》,第十四《天运》。"省",在这里专指看望父母。
⑩ 见影京本,回二十二,页487;《红楼梦》,页215。
⑪ 见《红楼梦》回一〇八,页1195;《校本》册四,页280。

不言自明的道理。生日聚会上宝玉感到烦躁,信步走到被废弃的大观园。园门通常是关着的,那天却敞开着,因为"老太太要用园里的果子"。看园的婆子们告诉宝玉,如今园里不闹鬼了,她们常去摘花儿打果子。① 看来宝钗生日换到秋天来了。

  农妇刘姥姥二进荣国府发生在第三十九至四十二回。续书中,她又来过一次,高鹗说是两年多以后。在这个故事中,刘姥姥先对王熙凤说,她有"几个月不见"奶奶了。② 她对巧姐却说:"我一年多不来,你还认得我吗?"巧姐答道:"前年你来,我和你要隔年的蝈蝈儿,你也没有给我,必是忘了。"③一页之中,高鹗对刘姥姥那两次访问的间隔,给出了三个不同的说法。

  这个矛盾令人讶异,特别是它居然出现在一个十分动人的背景之中:刘姥姥会见卧病在床的王熙凤。这是续书中少有的几段写得最好的故事之一。谈话的一方是王熙凤,作者对这个惨败后的阴谋家作了深刻的心理分析;另一方是刘姥姥,她本分厚道,却充满自信,俨然以保护人自居:形成了一种与第六回她初进荣国府时完全相反,令人惊叹,但又合情合理,使人信服的对比。教人不解的是,能够写出如此出色的故事的作者,居然会犯前面分析过的那些愚蠢的错误。极有可能,这是曹霑残稿中的一个片断。也许,在曹氏的其他未完稿中,王熙凤曾在几个月前为了这样那样的原因和刘姥姥在她村里或其他地方见过面,而对刘本人来说,她上次进府已是一年多以前了。巧姐口中的前年,也许因为刘姥姥这次即第三次来是在年初,而第二次则在深秋。高鹗把这个片断插入他的续书时,把刘第三次访问的时间向后推延了,却没有把王熙凤曾在荣府以外的地方同刘姥姥会面的事交代清楚。这里,高鹗又忘了仔细校正,没有保持正确的时间顺序。

---

① 见《红楼梦》回一○八,页1200;《校本》册四,页285。
② 见《红楼梦》回一一三,页1251,行10;《校本》册四,页335,行6。
③ 见《红楼梦》回一一三,页1252,行2～4;《校本》册四,页336,行1～2。

这里还有一个类似而有趣的例子,说明他曾把两件本来发生于同一天的事件忘掉了,后来到第二年重版时才改正过来。第九十六回,林黛玉听傻大姐说宝玉将和宝钗成婚,立时失魂落魄,兀自信脚走向贾母处,很快被丫头们扶回潇湘馆,一病不起。神志清醒后,她对丫头说她一时还死不了。① 这一切都发生在个把时辰之内,但在1791年程甲本中,续书的作者解释道,黛玉神志不清是因为昨日听到了宝玉将和宝钗结婚的消息。② 到1792年程乙本中,"昨日"被改成了"今日"。③ 前已指出,宝玉结婚和黛玉之死是曹霑原稿中的一个故事,也许,风声泄漏和黛玉病倒原本是发生在两天之内,高鹗重写时做了压缩,但忽略了原稿中的"昨日"字样没有加以改动。等到1792年修订全书时,他发现了这个疏漏,才把"昨日"改为"今日"。

续书中最有争议的问题莫过于高鹗再造了主人公的个性。既然高氏意欲宝玉通过应试恪尽孝道,宝玉的个性就必须一步步地重新塑造,从而把他对许多社会问题的观点一一改变。我们知道,宝玉虽然对应付科举的正统八股文深为厌恶,他的诗才却常常受到那位道貌岸然的严父的赞许。在吟诗作赋方面,即使要他同成年人比个高低,他也从来没有退缩过。④ 然而,翻开续书,我们都看到他的祖母居然用这样的话教训他:"不记得你老子在家时,一叫做诗做词,唬的倒象个小鬼儿似的?"⑤谁能记得前八十回中有过这种事情?谁能相信贾母会用这种无中生有的话责备自己最心爱的孙儿?续书中说,宝玉一次去看黛玉,见她在弹古琴,便劝她道:"从没有弹琴里弹出富贵寿考来的。"⑥原来宝玉近来也对"富贵寿考"有兴趣了。在曹霑原稿中,当宝钗和湘云劝宝玉留意功名,宝玉只当耳边

---

① 见《红楼梦》回九十六,页1081至回九十七,页1084;《校本》册四,页167~170。
② 见《校本》册四,页170,行6。
③ 见《红楼梦》,页1084,行10。
④ 参看本书第十七章第四节。
⑤ 见《红楼梦》回八十八,页991;《校本》册四,页80。其实宝玉的父亲当时并未离家。他正在工部任职,"家人中尽有发财的"。见《红楼梦》,页994。
⑥ 见《红楼梦》回八十九,页1005,行3;《校本》册四,页94,行1。

风。宝玉承认自己喜欢黛玉,因为她从没对他"说过这些混帐话"。① 但是,既然要准备让宝玉前去赶考,高鹗便叫黛玉说些歌颂八股文的话:"内中也有近情近理的,也有清微淡远的,……况且你要取功名,这个也清贵些。"②

  但是,续书中这位主人公最不可思议的变化,是他在不知不觉中变成了一位最丑恶的道学先生。第一百一十回,贾母死了,她的大丫头鸳鸯以自杀表示她对老太太的忠心。高鹗的目的是想说明这位丫头的人品多么完美。可惜他又把这位绝顶聪明的丫头的死归因于一个愚蠢的念头:看到王熙凤无力为贾母大办丧事,她便担心自己前途不妙。更糟的是,秦可卿的亡魂也来引诱,教她如何用汗巾自缢。③ 她的自杀博得正统儒家信徒贾政赞许自是意料中事,他认为有义婢甘为自己母亲殉葬很是体面。难以置信的是,宝玉也为她自杀身亡而心里"喜欢",认为:"实在天地间的灵气,独钟在这些女子身上了,他算得了死所!"④读者也许记得,宝玉甚至对"文死谏,武死战"也表示过反对,因为,他认为,"必定有昏君,他方谏,他只顾邀名,猛拼一死。或者必定有刀兵,他方战,猛拼一死,他只顾图汗马之名。但如有善政良策,本无须死谏死战,⑤竟何如不死的好"⑥。把自杀作为效忠的表现,对死者进行表彰,是道学最丑恶的部分,即旧中国所谓"吃人的礼教",曹霑和他的同时代人吴敬梓,即《儒林外史》的作者,都曾对之痛加鞭挞。⑦ 高鹗却把曹霑笔下的主人公改造成为道学思

---

① 见影京本回三十二,页 742~743;《红楼梦》,页 330~331。
② 见《红楼梦》回八十二,页 919;《校本》册四,页 12。
③ 见《红楼梦》回一一〇,页 1228。由此可见,高鹗是读过脂评或曹霑的早期稿本的,故知秦可卿死于自缢。参看本书第十六章第四节一。
④ 见《红楼梦》回一一〇,页 1230;《校本》册四,页 314。
⑤ 译者附言:此二句据英文译出,与原书有出入。
⑥ 见影京本回三十六,页 829~830;《红楼梦》页 374 上有改动。
⑦ 高鹗续书中宝玉对鸳鸯自杀的赞语与《儒林外史》中的道学家王玉辉对他女儿殉夫的赞语是惊人的相似:"他(王玉辉)说:'他这死得好,只怕我将来不能像他这一个好题目死哩。'因仰天大笑道:'死得好,死得好!'"参看《儒林外史》第四十八回,英文本,杨宪益译,页 630~632。

想的鼓吹者。

其实,高鹗自己倒是这样一位鼓吹者。他自己对袭人的评论就是有力的证据,当宝玉出家时,袭人没有自杀,随后却嫁给了蒋玉菡。

高鹗是这样描写的:宝玉出走后,袭人很悲伤,想以死来表达对主人的忠心。但荣府待她太好,她觉得不应给贾家添乱,就准备回到自己家即她现在仅有哥嫂家里寻死。但那里正在张罗她和蒋玉菡的婚事,哥哥和嫂嫂对她未来的幸福又关心备至。因为在家里又没死成,她决定婚后再死。但一嫁到蒋家,丈夫爱她,全家人敬重她,使她感动得了不得。高鹗最后讥讽地说:"弄得个袭人真无死所了。"①

袭人的这个结局当然和曹著不同。在曹霑原稿中,袭人嫁给蒋玉菡的时间,是在宝玉结婚以后,出家以前。袭人婚后,还和她丈夫一起侍奉过宝玉和宝钗。②

但高鹗对这样讥讽袭人意犹未足。他打破了曹霑建立的他自己也遵守的不对角色评头论足的规矩,直接面向读者发表了如下意见:

> 看官听说:虽然事有前定,无可奈何,但孽子孤臣,义夫节妇,这"不得已"三字也不是一概推诿得的。此袭人所以在"又副册"也。正是前人过那桃花庙③的诗上说道:
> 千古艰难唯一死,
> 伤心岂独息夫人!④

高鹗为什么引用这两行诗,其用意很明白:从中国的封建道德来看,袭人根本就不该嫁给蒋玉菡。尽管她没有嫁给宝玉,也还是以不嫁给蒋

---

① 见《红楼梦》回一二〇,页 1335~1336;《校本》册四,页 415。
② 参看本书第十五章第六节。
③ 桃花夫人即息国的妫夫人(息妫)。公元前 683 年,息国战败,她被楚文王所俘,与之生二子。两年不言不语。楚文王问她何故,她说:"吾一妇人而事二夫,纵弗能死,其又奚言?"事见《左传·庄公十四年(公元前 680 年)》。
④ 这是清代诗人邓汉仪(?—1680)诗中的两句。全诗见《清诗别裁》卷十二,页 76。

玉菡为好,她若能在荣国府自尽,就不至如此心碎了。诚然,高鹗是在责备她的虚伪。但是,袭人的虚伪和做作是一回事,嘲笑她在宝玉弃她而去之后没有自杀则是另一回事。倘若她真的像高鹗所描写的那样几次三番想一死了之,可见她在严肃地思考这个问题。虚伪是一种表现形式。不能把没有表现出来的或没有发挥作用的内在思想称为虚伪,这种思想毋宁是个性软弱或不成熟的信号,但袭人又不是一个软弱或幼稚的角色。高鹗用来揭露袭人虚伪的手法达到了相反的目的,他在无意中成功地画出了一幅揭露"吃人的礼教"的图画。

以不得已不死为列袭人在又副册的理由,则晴雯何以亦在又副?如袭人果因不死而入又副册,则警幻仙子亦成理学家矣!* 至于袭人所以名列又副,既不因为她没有为宝玉而死,也不因为她后来对宝玉不贞,唯一的原因是在又副册上列名的全是丫头,包括对宝玉生死不渝的晴雯在内。袭人即使为宝玉自杀,如高鹗所渴望的那样,也没法"升"到副册中去,因为副册是一本留给贾家的亲戚们如香菱等人专用的册子。① 用袭人的故事作为例证来宣扬僵化的道学原则只能起到谴责这些原则的作用。高鹗在续书中编造的鸳鸯自杀和袭人想自杀而没有成功之类的故事,形象地说明了他自己和曹霑在美学品味和道德观念上多么不同。

第三节 《红楼梦》前后两部分的比较

在《红楼梦》的前八十回和后四十回之间进行比较,也许对曹霑和高鹗都不公平。理由是,第一,没有哪一位中国小说家真能和曹霑相比;第二,为这样一位大作家的作品续书,这一巨大的困难本身就足以藐视一切批评。做这种比较还有一个困难:尽管我们发现续作中的某些故事是曹

---

* 译者附言:"在无意中"四字和下段开始"以不得已不死……亦成理学家矣"两句,是作者补记在自校本上的。前者原文是英文,后者原文是中文。

① 见影京本,回五,页112;《红楼梦》,页49。

霑故事和高鹗故事的混合物,但我们并不确知这两者的比重,更难弄清高鹗在多大程度上改变了或重写了曹霑原稿中的故事。但是,既然读者只能把这两个部分当作一本书来读,舍此别无选择,那就有权知道或有权评论这前后两部分各自的价值。比较的方法很多,例如两者各创造了多少个不同类型的角色及其特征,两者各自故事的发展和具体情节的描绘,等等。这些方面的许多论点本书在讨论其他专门问题时,实际上已连带涉及,在我们有限的篇幅内,难以进行更详细的比较。因此,我们只能在这前后两部分中设法找出一块共有的地盘,这样,对两位作者都比较公允,评论也不致空泛得无从捉摸。

小说里全景式的活动,都发生在大观园和与之毗邻的荣、宁二府。无论是北京巨型的颐和园、北海,还是苏杭一带大小适度的园林,凡游览过的人都知道,中国的"花园"和西方概念中的"花园"大不相同。西方的花园或公园通常是一片平展展的地,上面植树种花,也许还有个把池子、几处喷泉,但它的主要部分是那片草地,建筑物则在一般的"花园"概念之外。任何一座像样的中国花园,哪怕具体而微,也得"山水"齐备,岩穴毕陈,架起桥梁,建筑楼榭。这些山水与各种建筑的相连、相掩、相抱、相隔,构成这座"花园"的重要部分。它真正是"三维"的。正如中国多数房子更像牛津的小"方庭"(quads),不大像普通的"独立式住宅"(detached houses)一样,中国"花园"里的各个建筑也同样是自成单元,各有自己的小花园,其中还可以另有亭榭、假山、回廊、流水之属。《红楼梦》第十七至十八回①中描写的"大观园",就是这样一座由许多小花园组成的大花园,每座小花园各有自己的住处,而从建筑艺术的观点看来,所有这些小花园又构成了那座包罗万象的大花园总体的一部分。这些建筑,从形状、大小、布置,乃至门的式样,窗棂的图案,天花板和横梁上的彩绘,都和另一个建筑不相雷同。各个庭院里的花草树木,门联题额,都必须和那个庭院特有的

---

① 这两回很重要,提供了小说中全部主要活动的导游"图"。遗憾的是大多数译本为了省力,翻译时作了删节。

风格相称。由此可见,中国园林建筑本身就是一个地道的文化缩微天地,体现着中国的造景、地理、雕塑、①绘画、诗赋,以及融会其间的自然哲学,更不用说民间习俗中的风水和典故了。

这样一座花园就是《红楼梦》的巨型舞台。四百多位剧中人在这大全景前表演,各各按照自己的社会地位、性格特征,在特定环境下扮演特定的角色。但是,对绝大多数重要角色来说,刚刚演到三分之二,便猝然中断,被搁浅在曹霑原稿的第八十回之末。

在这样的规模上把尚未完成的三分之一继续进行下去,这是高鹗面临的艰难任务。好在曹霑已经把整个画面的背景安排出来了,间或还提供了某些素描,高鹗得在画面空白处把屋宇和人物补上。前文讲到曹、高二位共有的地盘指的就是这些既有总体背景又有未勾完草图的画幅。在这里,也许可以对他们两位作一简要的比较而避免失之偏颇。

曹霑的著作活像一座中国式的大花园,个别的情节构成较小的空间,它们在结构上从属于较大的空间,进而成为建筑总体的一个部分。按言之,读者翻到任何一回的任何一段,无异被延入了一间通向另一房间的房间,或一条通向另一建筑的走廊,而所有这一切的总和,则组成为一个小"花园",即书中的一回文字。在贾府这些少男少女们的风月繁华生活之外,还有好些回文字,讲的是农夫、文士、男女优伶、僧侣、尼姑、亲王、太监、古董商、当铺主、义侠泼皮、贪官污吏、清客篾片各式人等的生活,人人都在扮演自己特定的不容混淆的角色。他们形形色色的活动,不论发生在贾府大墙之内还是之外,都直接、间接地关联到贾府腐败堕落而金碧辉煌的生活这一中心题材。形形色色的人物、事件、计谋,和兴衰变迁,统一构成小说的全局,正如山水、建筑、陈设、植被、动物,组成了大观园的统一的整体一样。这种五光十色、气象万千的壮丽的统一体,在中国小说里是无与伦比的。

---

① 除了石狮子和大理石拱门,木雕也是中国建筑的重要部分。参看影京本,回十七、十八,页374~375;《红楼梦》回十七,页169~170。

高鹗无疑很了解这一点,他大概也竭力想把续书写得多姿多彩。于是就有了这样一些故事,薛蟠在酒店里打死跑堂(第八十五回),通过这个故事揭露了地方公堂断案的黑暗;薛妻夏金桂利用丫头宝蟾勾引小叔子不成(第九十至九十一回);以及夏金桂的突然死亡,这个故事本可发展成一篇独立的侦探小说(第一〇三回)。作为独立的故事,它们都能引人入胜,文笔也好,但都和贾府的败落无关(薛蟠一案本应有关),游离于全书主题之外,以致篇幅越长,描写越细,越显出它们和小说的其他部分缺乏联系。他们像是大观园之外一座座引人注目的孤立的屋子。

　　续作中另有些故事发生在大观园之内,诸如:海棠冬天开花"必非好兆",宝玉失玉(第九十四回),王熙凤在园里撞见秦可卿的鬼魂(第一〇一回),贾府许多人中邪病倒,以及那些莫名其妙的符咒术语(第一〇一至一〇二回),秦可卿的鬼魂教鸳鸯自缢(第一一一回),赵姨娘和王熙凤离奇的死(第一一一至一一二回),神秘和尚送还通灵玉(第一一六回),以及甄宝玉、贾宝玉都在梦中游历了同一个太虚幻境(第九十三、一一六回)。这些荒诞不经的故事,和小说的中心主题或其他情节没有什么关系。这种故事,就算写得好,多了也令人厌烦。它们充斥于后四十回之中,占了如许篇幅,对原著,对读者,都是不恰当的。这些故事,好比一些奇形怪状的建筑,被人刻意塞入一个本来设计得很好的花园的三分之一的空间之内,既不实用,也不能使读者感到赏心悦目。

　　人们可以争辩说,曹霑原著中也有一些荒诞迷信的故事。现一一列举如下:(一)第一回里的神话;(二)宝玉梦游太虚幻境(第五回);(三)道士用"风月宝鉴"给贾瑞治相思病(第十二回);(四)鬼判在秦钟病榻前争辩(第十六回);(五)马道婆用巫术使王熙凤和宝玉得病,随即有和尚前来驱邪(第二十五回);(六)似乎是从贾家祠堂里传出来的悲叹声(第七十五回)。

　　这些故事,实际上都和小说的主题或其他重要故事有关。第一个神话故事,交代了男女主人公的前生事,实乃小说的楔子,不是这部人间戏剧的一部分；第一回中甄士隐的梦，亦属于这种性质。第五回宝玉的梦，透露了全书的梗概。它为书中重要人物的归宿埋下伏线，也解释了标题《红楼梦》的含义，这个梦是为小说的主题服务的。道士和他的"风月宝鉴"，则说明了小说的寓意——真的，本书早期稿本还曾以此作为书名。①秦钟临终时的那个鬼故事，显然是作者的游戏笔墨，用以抨击那些"鬼衙役"和"鬼都判"的势利。用我们今天的观点来衡量，写马道婆施魇这一段是最没有道理的，但它至少描写了专横暴虐的王熙凤，娇生惯养的贾宝玉和妒心极重的赵姨娘之间积怨甚深，后者终于买通女巫用法术来谋害她的仇人。这场冲突的恶果理应与小说后文高度关联，可惜在续作中没有发展下去。至于中秋之夜从祠堂里传出来的怪声，那些忧虑家族衰落而神经衰弱的人解释为"长叹"，与其说是鬼怪迷信，毋宁说是表达了一种沮丧。可见，在曹著中，这些故事除了本身的情节以外，都另有其意味深长之处。这些故事，正像大观园边上的祠堂和尼庵一样，和处在中心位置的那些主要建筑没有什么格格不入。它们为数不多，又分散在前八十回各处。但像高鹗所作那样，在后四十回书中密集了那么多的毫无意义的迷信故事，则是没有道理的。它们像一幅失真的图画，打乱了小说布局的协调。高鹗写这些故事时，颇想使小说放点异彩，这一点从他卖弄对占卦课象的博学，和精雕细刻地描写道士驱魔仪式（第一〇二回）中，就能看得很清楚。但是，他对全书的总体构筑似乎不大在意，他的这种异彩，破坏了而不是加强了全书的统一性，而保持统一正是续书成功与否的关键所在。

讲到贡献，高鹗在塑造新角色、编写新故事方面是成功的，为画面添上了一些斑驳陆离的杂色，弥补了他作品中的瑕疵，即那些不协调的荒唐故事。在高鹗塑造的新角色中，首屈一指的无疑是那位有勇无谋、憨厚质朴的包勇，他是甄家送到贾府来当差的。由他来看守这座废弃失修的园子再也合适不过了。他看不惯那个自命清高的尼姑妙玉，他鄙视那个忘

---

① 参看本书第七章引言。

恩负义的官僚贾雨村,他在黑夜里兀自和众盗贼混战,①这些故事,创造了前八十回没有描写过的一种新的典型。这些关于包勇的故事,是新的,前所未有的,续书中的其他故事又是互相呼应的,协调得很好。其他人物,如贾政带到江西粮道任上管门的李十儿,被宁府逐出后带着一帮贼人进荣府偷抢的何三②,都写得很好,栩栩如生。李十儿用来摆布他那位正人君子的主人贾政的手法,较之任何一部清代官僚史透出了更翔实的真情。③

至于女角,续作中没有新人出场。但有些故事一般都认为写得不错,诸如四美钓鱼(第八十一回),薛蟠之妻夏金桂和婆婆、小姑间的纠纷(第八十三、一〇〇回),以及这个唯恐天下不乱的夏金桂的其他故事(第九十、九十一、一〇三回)。特别值得一提的还有:对爱装模作样的尼姑妙玉的心理分析(第八十七回),"复活"的丫头柳五儿的故事和黛玉丫头紫鹃的故事,她们对魂销骨立的宝玉的态度很是动人的(第一〇九、一一三回),以及贾母死后,王熙凤日子不好过(第一一〇回),等等。但是,说这些故事写得好,并不等于它们符合曹霑原意,是前文故事的自然发展。它们对原作的偏离,反而说明了一个事实,高鹗在写自己的故事方面颇有才能。

在最后一回里,高鹗回到开场楔子里的那个神话故事,用以终结全书,完成"彼岸—此岸—彼岸"的大轮回。④ 这个结尾,大有助于使人相信这部"全本"红楼梦是根据作者原稿编纂出来的。因此,一个多世纪以来,大多数读者都以为后四十回真是原稿的一部分,与前八十回出自同一手笔。但在另一方面,高鹗又想在最后一回中揭开谜底,说明后半部是在很久以后才加到前半部上去的。甄士隐成仙后,带着女儿英莲(即香菱)的

---

① 见《红楼梦》回九十三,页 1044;回一〇七,页 1190~1191,回一一一,页 1233~1236;回一一二,页 1138~1139。
② 见《红楼梦》回八十八,页 994;回一一一,页 1232~1233;回一一二,页 1239,1241。
③ 见《红楼梦》回九十九,页 1111~1114,1116;回一〇〇,页 1117。
④ 参看本书第十三章第四节末段。

灵魂到太虚幻境向警幻仙子销差,再次遇见那一僧一道,①他们告诉他,那块顽石(即宝玉)已回到前生的所在。故事接着写道:

> 这一日,空空道人又从青埂峰前经过,见那补天未用之石仍在那里,上面字迹依然如旧,又从头的细细看了一遍,②见后面偈文后,③又历叙了多少收缘结果的话头。便点头叹道:"我从前见石兄这段奇文,原说可以闻世传奇,所以曾经抄录,但未见返本还原。不知何时,复有此段佳话?……不如我再抄录一番……"想毕,便又抄了……又不知过了几世几劫……方把这《石头记》〔给曹雪芹〕示看……口中说道:"原来是敷衍荒唐!不但作者不知,抄者不知,并阅者也不知;不过游戏笔墨,陶情适性而已!"

高鹗在这段结束语里讲得很清楚,小说的后半部,是在空空道人早先读了前半部之后许多年才添补上去的。至于空空道人最后那句话,高鹗无非想通过它来表明,这不过是一部无所违碍的爱情小说而已。④

---

① 甄士隐首次在梦中见过这一僧一道,事在第一回楔子中。
② 空空道人早先曾读过这篇刻在石头上的记载。见影京本,回一,页14;《红楼梦》,页3。参看本书第十七章第五节。
③ 见影京本,回一,页12;《红楼梦》,页2;《校本》,页3。
④ 参看本书第十七章第五节。

附录三 有关高鹗续作的其他问题

最近我注意到,中国又发表了很多研究《红楼梦》的新作,其中何其芳的一篇和王佩璋的一篇最为重要,都收在《文学研究集刊》中。① 何先生的《论红楼梦》,是 1954 年开始讨论《红楼梦》以来迄今最全面客观的研究文章。他对高鹗续作所持的许多观点与本书相近。例如,在批驳某些维护高鹗的论点②时,何先生扼要地指出,高编了许多迷信故事,高把宝玉写成自愿应科举试,把黛玉写成八股文的推崇者,以及高对曹霑故事的拙劣复制。他从高续中摘取的某些例证,则和本书第十八章有所不同。他的结论是,作为一个整体,续作的这种疵谬大大地损害了曹霑的原作。③

王先生的文章讨论了作者生卒年月和脂砚斋何许人也等等问题,④

---

① 《文学研究集刊》册五,页 28~148,217~257,北京大学文学研究所编,人民文学出版社 1957 年北京版。
② 同上,页 144。他提到的是《讨论集》里的一些文章,见册一,页 222;册四,页 171~172。
③ 见《文学研究集刊》册五,页 110、144、146。
④ 王先生认为,曹霑的生年"大约是康熙五十四年乙未(1715)",卒于 1763 年。他不同意俞先生等说曹霑是曹颙的遗腹子。(见同上书,页 227。)俞先生此说,见《校本·序言》,页 29,注⑥。至于脂砚斋的身份,王先生不同意胡适的作者说、周汝昌的史湘云说和王利器的曹頫说,但王先生没有说脂砚斋究竟是谁。他还认为,脂砚斋和畸笏叟是两个人(《文学研究集刊)》册五,《曹雪芹生卒年及其他》,页 241~242)。

本书大多已经论及。王文提出的新问题是1791年"全本"(即程甲本)和"甲辰本"(即脂晋本①)的关系。王先生发现,凡在程甲本前八十回中被程伟元和高鹗删节或改写的段落,在脂晋本中也大多同样被删、被改。据此,王先生认为,续作者虽一直被指为应对这些删改负责,其实是清白无辜的;他(即高鹗)在撰写小说后续部分时,无非是遵循了甲辰本(即脂晋本)的思想倾向而已。②

王先生对脂评的各种稿本、程甲本和脂晋本所做的比较很有价值,但他由此得出的结论则建立在一个假设之上,即这个所谓"甲辰本"的脂晋本真的誊录于甲辰年即1784年。事实上,所谓"甲辰",只是梦觉主人为它写序的年份,至于抄本本身,根据俞先生等考证,是后来的一个过录本。③ 序言所系的年份至多只能说明这个底本的成稿之年,而不是它的誊录之年。问题的关键是:脂晋本中对正文和评语的这些删节,究属何时所删,何人所删?④ 换句话说,它是梦觉主人1784年作序时或作序前删掉的,还是后来别人在抄录这个由梦觉作序的稿本时删掉的? 如删于1784年之前,脂晋本也许存在着成为续书作者蓝本的可能性——这种可能性现在还没有证据加以肯定。反之,如果是后来抄录时所删,那倒存在着另外一种可能性,即程甲本反而是脂晋本据以删节的蓝本——而这种可能性现在还没有证据能够否定。

另一方面,王先生的辛勤劳动,提供了大量材料,组成了一幅大不相同的图画。以脂晋本中的双行评语而论,王先生提出,每条都有删节,

> 尤其是提到雪芹八十回后佚稿的批……凡是提到八十回后的佚

---

① 参看本书第一章。
② 《文学研究集刊》册五,页245~246。
③ 《辑评》,页7~8:"真正抄写的年月不明,所附干支只是底本的年份。……现存的甲戌本并非1754年抄的,远在这个以后,余可类推。"又,请参看一粟《书录》,页8,上海古籍出版社,1958年版。
④ 脂晋本或其底本的"编者"在第十九回首的一条注里说,他故意删掉了脂砚的评语,"以俟观者凝思入妙"。见《辑评》,页297,《书录》,页8。

稿的批"甲辰本"中都没有……①

第七十八回中有个关键的段落,讲到贾政打消了逼宝玉赴乡试以博功名的念头,在脂晋本中也被砍掉了。② 这也正是高鹗编纂时从曹霑原稿中删掉的最关紧要的一段。这样做对续作是绝对必要的,因为贾政要进一步督促宝玉去赶考,宝玉也非表示同意不可,舍此就无法跟高鹗一样成为举人。只有这样,才能把曹霑计划中的大悲剧改变为高鹗续书中那个相对美满的结局。王先生假设这一段早在高鹗之前就被别人删掉了,从而得出结论:"这(指删节)对后四十回的续书是很有影响的,因为失去了许多重要的依凭"(见《集刊》,页246)。

这个结论建立在诸多先验的假设之上,例如:(1)假设高鹗在撰写续书的全过程中,所"依凭"的只有一个抄本;(2)假设高鹗拥有的这个独一无二的抄本正好是脂晋本(再加一条:假设高鹗在动手续书之前,这部脂晋本已经誊录出来了);(3)假设高鹗和程伟元都和他们的同时代人如裕瑞、戚蓼生等不同,从来没有见过任何未经删节的脂评本。事实证明,情况恰恰相反。高鹗也好,程伟元也好,在《引言》和《序》里都说,他们在开始续书之前已经收集到好几种抄本。程亲眼见到这部小说的多种抄本当时在庙会上出售。他们还抱怨各种抄本文字混乱:"即如六十七回,此有彼无,题同文异。"③这就证明,他们确实搜集到相当数量的抄本,而且大多是录有脂评的抄本,因为现存的脂配本和脂京本,都是未经删节的"脂砚斋凡四阅评过"的《石头记》,其中缺少的是第六十四回和六十七回。在删节过的"甲辰本"(即脂晋本)中,这两回是完整的;而在另一种脂评本即脂戚本中,这两回的正文与程甲本不同。如果高只见过未经删节的④脂

---

① 见《文学研究集刊》册五,页246,着重点是本书作者加的。
② 见《文学研究集刊》,页246、254。王先生认为删节是为了节省抄工。但请参看本书第十七章。
③ 见程、高《引言》第三段,1927年亚东版。
④ 指没有整回丢失。

晋本，从未见过其他抄本，就根本无法想象这第六十七回会出现"此有彼无、题同文异"的现象。何况程高二人已得意地承认自己对前八十回文字做过修订增删的工作，我们没有理由怀疑他们的声明。由此可见，既然王先生结论的前提没有一条能够成立，他所谓对程甲本的删改不应由高负责，这一结论就很难站得住脚。

现在我们可以进而讨论第二个问题：脂晋本中的删节是谁人所为？如果这是某人在高鹗续书之前所为，为什么此君在曹霑原稿中正好斧削了那些与高鹗续作互相矛盾的文字？对这个问题，存在着几种可能（或不可能）的答案：(1)"此君"早已预知高鹗将在若干年后负起赓续之责，为了帮助高，便小心翼翼地把前半部中预计将和高氏所写的故事相矛盾的正文和脂评一一删削干净。(2)"此君"也有续书之意，而他想写的故事正好和高氏后来的设想完全相同，致使他所做的删节正好和高氏此后的构思不谋而合。(3)删节和续书都是"此君"做的，高鹗只写了一篇序，并在《引言》上签署了自己的姓名，却对张问陶和别的人说，这些全是自己的作品。(4)"此君"对前八十回中的许多段落不以为然，对脂评所透露的作者在后文佚稿中的一些故事也同样持否定态度，于是进行删节，出了一个我们把它叫作脂晋本的抄本，后来落入高鹗之手；高鹗完全赞同"此君"的观点，于是把这些删节和改动所体现的思想，精确地体现到后四十回的创作中去，并把经"此君"删改过的文本即脂晋本或"甲辰本"采纳为"全本"《红楼梦》的前八十回。王先生的逻辑似乎与上述最后一条答案相合，可惜这条答案的荒谬程度并不比前面三条更小。

退一步说，姑且假定高鹗真的得到了一个删节本，但只要他把已经看到的各种未经删节的抄本置之不顾，选定这个删节本作为他一百二十回本中前八十回的底本，他就仍然要对这些删节负责任。至于他自己所写的故事和前文故事或曹霑佚稿中的故事不符，他更得负全部责任，因为他读过脂评，不是不了解情况。更有甚者，1792年重版时，他又删改了二万一千五百零六个字,其中一万五千五百三十七个字是对前八十回的删改,①使这部小说的正文更远地偏离了曹霑的原稿。

言归本题。看来,更大的可能是:这个脂晋本的底本(姑且称为脂晋底本)是高鹗或程伟元收集到的多种抄本中的一种,高鹗用它作为工作的底本,并将其中与他构思相矛盾的正文和评语一概删落。至于梦觉主人的序及其署年"甲辰"(1784),则不应先入为主地影响我们对脂晋本或晋底本年份的判断。有可能当高得到此本时就有这篇序文,②也有可能在脂晋底本上根本没有这篇序,而是被加工成删节的脂晋本后,在誊录过程中加上去的。无论属于上述哪一种可能,它的署年"甲辰"都无助于问题的解决。不过,我们最好先看看与这个问题相牵连的一些事情和序言本身的内容。

这部脂晋本的标题是《石头记》,正与其他所有的脂评本一样,不管出于哪个底本,有一部更晚出的、标有乾隆己酉(1789)年号的、由舒元炜作序的残稿本,用的也是同样的标题。③我们知道,《红楼梦》是脂残本四条凡例中提到的一个早期的(也许是最早的)书名,也是明义见过的那部早年稿本的书名。④从1754年脂砚斋再次肯定仍用《石头记》作为他评本的题目以后,到1791年一百二十回本出版以前,三十七年中这部小说一直是以《石头记》之名行世的。在第一回那个楔子式的神话的末尾,提到了小说的四个异名,⑤但《红楼梦》不在其内。连程伟元1791年作序时也称之为《石头记》,只是在高鹗对1792年版的程乙本写序(1791年12月27日)时,才恢复了《红楼梦》这个未尝问世的名字,沿用至今。因此,1791年以来"红楼梦"三字之广泛流传,完全应该归功于高鹗为他的一百二十回本重新采用了这个书名。

---

① 参看本书第十七章第二节首段。
② 这一点不大可能,下文在讨论序言作者时还要涉及。
③ 见《书录》,页9~12。
④ 参看本书第十章第二节末段及附录二。
⑤ 见本书第一章引言注①。

奇怪的是，梦觉主人为此（即脂晋本）作序时，却把原书名《石头记》撇在一边，反复称之为《红楼梦》。看来，这位为抄本作序的人，也已决定有朝一日要为小说换成这个名字。更有甚者他在序言里还反复强调"红楼"字样和"梦"的意义。序中还进一步说，白居易诗里有个"红楼富女"的典故，①而"梦"则出自庄子梦中化蝶的故事。② 这些全是牵强附会、文不对题，只能表示序文作者对这些书籍不太陌生而已。序文快结束时，作者引了"虚无飘渺"四个字来解释"梦"的含义。可见这位写序的人也把这四个字和《庄子》联在一起。我们也许还记得，在续作里，这四个字是用来描写宝玉听到妙玉遭劫后的心情的，我们已经指出，高鹗把白居易诗中的这个词错当作《庄子》里的话。③ 请看，高鹗和梦觉主人，从白居易的同一首诗中，引用同一词句，作类似的比喻，恰恰二位又犯了同样的错误，都把这个成语的出处归之于《庄子》，如果这也算纯属于巧合，未免太不可思议了！

这位序言作者的雅号"梦觉主人"也耐人寻味。看来，这个雅号是专门为新的书名《红楼梦》设计的；因为在1754年至1791年间，这部小说并未在《红楼梦》的名目下流传过。人们很自然会发生疑问："梦觉主人"是不是"红楼外史"④在"红楼"之"外"续"史"以前所用的雅号，此君先以"梦醒"自居，着手准备续书，一旦续书告成并与前八十回合成"全本"，他便把书名由《石头记》改为《红楼梦》。这一被再次应用的书名，正好包含在他的"梦觉主人"和"红楼外史"两个雅号之中。

综上所述，在目前尚无任何相反证据的情况下，我们可以这样假设，那篇署名"梦觉主人"的序极有可能是高鹗自己写的。序的年代即1784，说明他在1788年中举前就萌发了续书的念头。在准备过程中，他先把一

---

① 此序全文收在《书录》页8～9中。序中没有提到白居易的哪首诗，只说："红楼富女，诗证香山。"看来是指白居易的两句诗："红楼富家女，金缕绣罗襦。"这是白居易《秦中吟》第一首的第五联。这是一首讽刺诗，结尾说，贫家女比富家女更能成为好媳妇。该诗寓意与小说无关。
② 参看《庄子》第二篇《齐物论》。庄生梦蝶的故事在该篇结尾处。
③ 参看本书第十九章第二节及有关的注。
④ "红楼外史"即高鹗。参看本书第十八章第一节首段及有关的注。

部抄本即脂晋底本中某些涉及后文故事的正文和评语删掉,因为这些故事势必和他正在撰写或将要撰写的故事相冲突。正如前文已经指出,他删节前八十回文字和在续书中改动曹霑原设计的故事,还存在着政治上的原因。① 这部经过删节的底本,原本是一部脂评本,抄录时加上了他的序,仍题《石头记》,成为现存的脂晋本。把它错误地命名为"甲辰本",造成了一种误解,以为高鹗在删节前文和编写后文时只是奉行了这个"甲辰"即1784年本的思想倾向罢了。

1959年春,这部小说的另一种旧稿在北京一家旧书店里被发现,计一百二十回,被认为是高鹗的手订本。② 这个本子,名曰《红楼梦稿》。范宁先生写了一篇关于此稿的短文,附有两帧照片,其一是书名页,另一是第八十一回首页。后一页上有用墨笔在过录底本上作的修改。③ 书名页上有"咸丰乙卯"(1855)字样,当时高鹗早已死去。范宁先生认为,这一页可能是抄本主人杨继振添上去的,咸丰乙卯也不一定是指过录的时间。唯一能证明高鹗与此稿关系的证据是在第七十八回中有朱笔写的"兰墅阅过"四字,而兰墅是高鹗的号。据说这四个字的笔迹与北京图书馆所藏的高鹗一部手稿的字迹相近或相同。④ 高氏这四字批语也许是真的,但不能因此证明它是高氏的手订本。只能证明它誊录于高氏生前并曾经他过目。

关于这部"全"书抄本,有两点很重要:第一,它的前八十回原稿正文与脂评八十回本大致相同,但其中有墨笔所做的删改,以致修改后的正文与程乙本基本相同。⑤ 第二,后四十回的故事不如高在程甲本或程乙本

---

① 参看本书第十七章第五节。
② 我在1959年9月9日剑桥大学第十二届国际汉学研究会上宣读的论文中曾简要地论及这个稿本。在重新考察这个问题以后,我修改了原来的看法,详见下文。(作者1962年回国后,见到了原抄本,又做了进一步研究,写了《红楼梦稿的成分及其年代》一文。——编者注。)
③ 范宁:《论高鹗手订本〈红楼梦稿〉》,《新观察》,期14,页25～27,1959年7月北京版。
④ 同上,页27。北京图书馆所藏的那部手稿名为《唐陆鲁望诗钞》。陆鲁望,即陆龟蒙(卒于公元880年),唐代诗人。
⑤ 同上,页26。看来有可能更接近于程甲本。

那样详细,①并有若干改动,主要是增加了一些句子或词组,如照片所示。换言之,把这个抄本和程甲本或程乙本相比,前八十回每回的篇幅更长些,而后四十回每回的篇幅则稍短些。如果这真是高鹗的手订本,那么,只要把修改的字迹和北京图书馆所藏高鹗手稿的字迹比较一下,很容易做出鉴定。由于尚无这种验证的说明,看来还不能把它断为高鹗的手订本。

这种一百二十回稿的抄本还是第一次发现,为我们提供了新的了解高鹗续书状况的线索。第一,小说前后两部分是从不同的底本过录而来的。前八十回抄自一部删去脂评的《石头记》旧抄本,后四十回则显然抄自续书的一部旧稿。这部较早、较短的续书抄本的出现,是迄今为止这部小说历史上的一个具有特殊意义的未知数。

第二,后来加在前八十回原文中的手写,可能是过录自一个高鹗删改过的《石头记》抄本如脂晋本。② 而后来加在后四十回原文上的修改,则是根据高鹗续书的一个"修改稿"过录的。但这个修改后的后四十回仍然缺少程甲本或程乙本中的细节,可见这个"修改本"不是高氏的定本。

因此,在排除此稿是高氏手订本的可能性后,它的底本应有四个:(甲)一部《石头记》旧抄本,据以过录前八十回未改前的正文;(乙)一部删改过的《石头记》抄本,据以誊录删改的内容;(丙)一部续书的早期文本,据以过录后四十回正文;(丁)一部续书的修改本,据以誊录修改的内容。

第三,由此可见,在1792年程乙本出版以前,续书至少有四个文本,即上面提到的(丙)、(丁)、一个程甲本的底本和一个再次修改的程乙本底本。既然(丙)是上述四种中最短、最简略的本子,我们可以把它假定为高

---

① 范先生把此稿第八十一回与现行本第八十一回做了比较,发现前者有一段四十多字的文字在后者易为一段详细的约三百的文字。同上,页26。
② 《红楼梦稿》的删改与脂晋本相同,这进一步证明了我们的论点,即脂晋本的删改是续书作者干的。

氏续书的初稿。①

这些重新发掘出来的情况表明，高鹗的写作过程和他的先行者曹霑一样，是分段进行的。他续书的稿子在印行之前也改过多次。他动手写作的时间比一般公认的时间要早得多。这一结论看来支持了我们的论点，即，他早在1784年就有意赓续此书，当时他署名"梦觉主人"，为脂晋底本写了一篇序。

现在这部一百二十回本《红楼梦稿》的年代可以断在1791年以前，② 即程伟元出版第一部"全"本以前。其底本(乙)的年代可断在1784年，即对脂晋底本进行相同的删改之时。底本(丙)和(丁)则可断在1785年至1790年。

---

① 可能在底本(丙)被当作定本并与前八十回《石头记》一起抄成《红楼梦稿》之前的某个时候，高鹗就写了一些更简短的稿子。在这种情况下，(丙)就不能被视为他的初稿。但对此不宜凭空作过多的假设。
② 周春在《阅红楼梦随笔》中证明，1791年以前就出现了一百二十回的抄本。他在第一篇文章中说："乾隆庚戌(1790)秋，杨畹耕语余云：雁隅以重价购抄本两部：一为《石头记》八十回，一为《红楼梦》一百二十回，微有异同。爱不释手，监临省试，必携带入闱，闽中传为佳话。时始闻《红楼梦》之名，而未得见也。壬子(1792)冬，知吴门坊间已开雕矣。兹苕估以新刻本来。……甲寅中元(1794年8月10日)"周春在文中提到他在癸亥甲子间(1743～1744)就读家塾，如是写这篇随笔时当在六十五岁左右。见原著页1至页2上，上海中华书局1958年重印手稿。

第二十章　提要和结论

　　大家知道,传奇和故事在古代中国通常被学者贬为无用之书。从公元 2 世纪起它们一直被称为"小说",是"街谈巷议道听途说者之所造也"①。到了清朝,它们被正统学者目为不能给年轻人看的"闲书",时不时有这类禁书目录公布。② 但《红楼梦》打破了这种传统的清规和礼教,拥有极广泛的读者群,以致在近百年来形成了一门名为"红学"的新学科。其原因也许在于,它有引人入胜的故事情节足以吸引一般公众,又有很高的文学价值和丰富深刻的思想使许多正统或非正统的大学问家为之心折,大家都能根据各自的素养,在玩味这部博大精深的作品中享受乐趣。对许多鉴赏者来说,披读此书十几二十遍乃是常事,而且每次总会有新的收获,因为上次读后,人们通过更广泛地涉猎其他书籍,又提高了欣赏的水平和智慧。

---

① 参看《汉书·艺文志》中"小说家"条。《艺文志》在此条下开列了十五类一千三百八十篇书目,主要是汉皇家图书馆的藏书。"小说"这个概念最早见于《庄子》第二十六篇《外物》。
② 最后一批禁书目录由两江总督丁日昌于 1868 年 5 月 6 日公布,《红楼梦》即在其内。参看孔另境《中国小说史料》,页 263～265。

第一节　关于资料的应用

这部小说的作者问题,和中国古代许多小说一样,长期以来一直若明若暗。评者的情况也是一样。因此,尽管这部小说一直在社会上流行,有关这部小说,及其作者,及其背景等许多问题,始终没有得到满意的解决。本书根据最近公开出版的各种录有评语的旧抄本,和有关资料如作者友人的著作等,尝试对上述某些老问题和新出版物中出现的更多的新问题作出解答。在这些出版物中,最重要的是《脂砚斋重评石头记》(即脂京本)和《脂砚斋红楼梦辑评》,后者收录了其他四个早期抄本中的评语。

评语中的一部分,早在1911年就由有正书局连同一部八十回正文的旧抄本一起出版过,但评者的名字被删掉了。其实,在上述版本公开刊印之前,有几位红学家如胡适、俞平伯、周汝昌等,已经知道了其中的两个抄本,即脂残本和脂京本。以这些评语为基础的研究专著和文章业已发表,但很多存疑已久的老问题并未解决。俞先生曾无可奈何地指出:"你越研究便越觉糊涂。"[①]看来,由脂砚斋评语积累而成的大量资料尚未被充分有效地加以利用。这里的障碍似乎在于:(1)由胡适博士首创的自传说,或由周汝昌先生提出的"写实"自传说;(2)胡适和俞平伯二先生关于该书评语部分或全部出自作者本人说。胡博士后来在一篇文章中宣布脂砚和作者是一个人,实际上关死了对作者和评者之间、正文和评语之间的关系作进一步研究的大门,并且把评语的价值贬低到不外乎作者替自己做广告的地步。这种假设,对作者,对评语,都是不公正的。

不考定作者和评者的关系,便无法估量评语的价值;而离开评语,就无从解决许多最重要的问题如作者生平、小说背景、作者计划和小说结构,以及八十回后的佚稿,等等。为了探明这位评者的身份,需要对各种不同抄本中三千多条评语进行详尽的研究,并且考定各组评语的写作时

---

① 见《研究》自序,页2。

间。有些评语，记下了作者生平的重要事件，以及这些事件发生在多少年之前，却没有标明写评的时间。考定这些评语的写作年份，对弄清某些有助于确定作者生年的史实，尤为重要。但在有条件读到这些评语的专家中，似乎还没有人着手进行这种研究。这样做的先决条件之一，是对最重要、最完整的脂评本即脂京本的组成，及其不同组成部分的底本的年代进行分析。这一系列工作的过程是烦难繁复的，包括对某些细枝末节进行彻底的考察。若有一步走错，可能把全局搅乱。而且，通过研究评语得来的任何结论，还必须从小说本身得到内证，或从作者同时代人的著作中得到外证，才能成立。

第二节　第一卷提要和结论

研究的结果表明，过去把 1927 年发现的十六回残稿抄本（脂残本）称为"甲戌本"即"1754 年本"是错误的。它的年代，其实应断在 1774 年至 1863 年之间，1774 年是脂砚在这个残本的底本上最后写评的年份，1863 年是这个抄本归于它的主人刘铨福的年份。这部脂残本的底本（即脂残底本）是从经曹霑第五次增删的小说过录的。脂砚在 1754 年以前早已对这本小说评过两次，这两组早期评语在别的现存抄本中是被誊录在正文之内的，但在这个底本里却没有抄入，脂砚只好将它们抄在正文的行间或眉端。直到 1774 年，脂砚一直在这个本子上加评。1774 年后，当过录为脂残本时，小说的正文和评语都被忠实地抄入脂残本，有的用朱笔，有的用墨笔，一似脂残底本的格式。

另一个抄本，内容有七十八回，我们叫它脂京本。过去一直被称为"庚辰本"或"1760 年本"，因为在最后四个分册的书名页上有"脂砚斋凡四阅评过庚辰秋"字样。但进一步研究显示，这部抄本其实是由四个时间不同的底本集锦而成的过录本。

它的第一部分（第一至十一回）没有任何评语，却有一篇由作者之弟棠村写的三百六十一字的小序,位于第二回正文之前。我们把这一部分的底本称为"脂京底壹",它是在1754年以后不久过录的最早抄本之一。1754年是脂砚第二次为小说作评的年代。他说,出于睹新怀旧之情,他把棠村为"旧稿"作的序保留下来了。

第二部分(第十二至四十回)来自另一抄本,即"脂京底贰"。其中,脂砚的前两组评语已以双行小字形式录入正文。此外,在许多回的正文之前或之后还另有评语或小注。"脂京底贰"是其他早期抄本如脂配本和脂戚本的共同的祖本。第二十二回末有一则写于"丁亥(1767)夏"的小注,说明本回文字尚未最后定稿,作者就去世了。可见"脂京底贰"的年份不可能早于1767年,也许更晚得多。

第三部分包括第四十一至八十回(缺第六十四和六十七回),来自又一底本"脂京底叁"。这一部分装订成四个分册,每册书名页上都标有"庚辰"(1760)年份。在第七十五回前的一条评者注中,记着一个1756年6月4日*的日期,它和正文一样,也是用墨笔抄的。因此,它的底本,"脂京底叁"的年代,当在1760年之后,有可能早于"脂京底贰"。正文中的内证表明,作者对第四十回之末做了修改但对第四十一回的开头没有做相应的修改,使一件突如其来的事情没有下文。

在第二部分中,从第十二到二十八回,另有许多朱笔评语,有的写在正文的两行之间,有的写在正文眉端或回末。很多评语注了年份1759、1762、1765、或1767,并有"畸笏"、"畸笏叟"、"畸笏老人"署名。这些朱笔评语来自又一底本"脂京底肆",是由另外一位书手以较好的书法过录到这部已经装订好的抄本上的。

因此,《脂砚斋重评石头记》,即脂京本,是一部由四个底本杂凑而成的过录本,过录的时间不会早于1767年,可能更晚得多。

"脂京底肆",即有朱笔评语的那个底本,是脂砚在1767年以前使用的手批本。这个本子中的某些评语的措辞,如现存脂京本所示,与脂残本

---

* 译者附言:即乾隆廿一年五月初七。

中的不同,而且后者大多不落款,不署年。这种红笔评语,属于脂残本和脂京本共有的计一百五十四条,为脂京本独有而脂残本所无的有三百四十八条,为脂残本独有而脂京本所无的有一百三十二条。* 看来,1767 年后,脂砚斋丢失了他的手批本即"脂京底肆",只好用脂残底本继续作评。在把早年的评语过录到脂残本中时,他有时重新措辞,有时把几条分散的短评集成较长的评语,改放在回末。由于脂残本中署年最晚的评语写于 1774 年,由于脂残本中的朱笔评语少于脂京本,可见脂残本的底本是脂砚失去"脂京底肆"之后的另一手批本。

从 1754 年前他开始为小说作评到 1774 年,这位脂砚斋的主人至少用过五个本子,写下了他在下列年份中的各组评语:1754 年前,1754 年,1756 年,1759 年,1762 年,1765 年,1767 年……1774 年。

第三节　第二卷提要和结论

在 1754 年以前的两组评语中,评者自署"脂砚斋"或"脂砚"。从脂京本我们知道,在系年 1759 的二十四条评语中,只有一条署名"脂砚"。① 朱笔行间夹评大多没有系年,但有一条署名"脂砚斋",② 可断为 1756 年所写。1762 年,他停用"脂砚"之名,改署"畸笏"。1765 年,他自署"畸笏老人"。1767 年起他的笔名缩写为"畸笏叟",但在其中的一条评语里他又用了早年的斋名"脂砚"。③ 在后来的年份里,他落款和署年的习惯愈加有规律。脂京本中以"畸笏"落款的写于 1767 年的评语,在脂残本的十六回中既不落款,也不署年。但后者的题目仍是《脂砚斋重评石头记》,可证"脂砚斋"(或"脂砚")和"畸笏"(或"畸笏老人"、"畸笏叟")实乃同一评者的不同笔名。

---

* 译者附言:此数字随著者译改本书前半部而与原英文本略有不同。
① 见影京本,回二十四,页 544,朱笔眉批。
② 同上,回十六,页 342,朱笔行间夹评。
③ 同上,回二十二,页 491,朱笔眉批。

周汝昌先生认定脂砚斋即史湘云,并把评者假定为作者的继室。这个论断基于两个先验的假设:(1)小说是一部写实自传;(2)男主人公后来娶了史湘云。但两个假设都站不住:因为男主人公的原型并不固定在作者自己身上,在作者的构思和小说后半部佚稿中史湘云也未成为男主人公的续弦。脂砚在评语中承认他与梨园子弟交往的经验"很广",并且还"迷陷过乃情",又说他"卅年来得遇金刚之样人不少"。此等经验之谈决非侯门闺秀所得而有。脂砚斋还在评语中承认自己见过 1707 年康熙末次南巡的盛况,这样,他应当比作者年长十八至二十岁,而小说中的史湘云比宝玉小两岁。

宝玉的原型有时是评者脂砚自己,这一点,已在有关元春省亲的评语中泄露出来。在小说中,元春是宝玉之姐,入宫前曾像母亲般教宝玉读书。脂砚在评语中承认"批书人领至此教",并称元春为"俺先姊"。评者还在其他评语中与主人公认同。元春的原型是曹寅长女,被送到北京,于 1706 年 11 月 30 日嫁给讷尔苏郡王。因此,她有"妃"的封号,意即"王的正妻",但在小说中这个"妃"却另有解释,成了"帝妾"。她是作者的姑母。因此,她的弟弟,即评者脂砚,实为作者之叔。

小说的主人公是作者之叔,元春是作者之姑母,这一事实,有位满族作家裕瑞,在他的《枣窗闲笔》中评论这部小说时就已指出。裕瑞的父辈是作者的朋友。但裕瑞没有具体指认评者脂砚是主人公的原型,可见他的信息另有独立的来源,并不得自对评语的考证。

脂砚是曹寅的孪生兄弟曹宣的第四子。他可能名"硕",字"竹磵"。曹寅曾在一首写于 1711 年的诗中提到过这位侄子,勉励他做个"奇男"。他可能生于 1697 年或稍早。脂砚知道,小说中的许多故事是曹家真事,有些是早在曹寅时代发生的事件。他的评语使我们知道,元春省亲故事的真实背景是 1707 年康熙南巡金陵,在曹府驻跸。把相隔几十年的事件融合为一件事用两个以上的原型嫁接成一个人,作者的这种创作手法,评语中也清楚地提到了。

脂砚斋不只是作者的叔父,也是他的挚友。他写评语,不仅为了读者,也为了作者和他的亲友。脂砚对小说有赞许,也有批评,他鼓励和建议作者对某些故事进行修改。他开始作评当在1754年之前很久,即在作者进行第四次或第五次增删以前,也许在前八十回初次成稿以前。他写早期评语和作者写小说差不多是同时进行的。也许甚至可以把某些故事的著作权归诸脂砚,因为像康熙南巡和"西堂大海饮酒"都发生在曹寅时代,远在曹霑出生的以前多年;而且脂砚还常在评语中这样说:"经过,见过","今犹在耳"。

评语涉及的信息是广泛而多样的。它包括的要目有:小说的"内幕故事",曹家生活中的真事,曹家的真事和作者创作的假事的配合,作者原来的写作计划,总体构思,小说的基本主题,早期稿本与书名,他对初稿中故事的修改,等等。评语中有许多关于前后情节互相呼应的提示,也指点出埋在前文中的有关后文已佚故事的伏线。它使读者得以了解:未完稿中的一些故事和回目,被借阅人迷失的佚稿和这些佚稿的内容,主要人物的归宿和未完稿中的结尾。聪明的读者可以从评语中发掘出更多的未为人知的信息。这些信息对只知用小说消闲的人也许没有用处。但是,如果把评语说成"多数对我们无关紧要,因为其中充斥着对作者成就的赞词('奇绝','妙','细极','无人有此奇想'等等)"①,那就违反了事实,对评者很不公道。评语中只有微不足道的一小部分是"赞叹"。没有评语,我们将永远无法解决本书所探讨的各种问题,无法为八十回以后作者原稿

---

① 见王际真译《红楼梦》,《引言》页18,1958年纽约版。
  王先生说的"我们",显然是指他的译本的读者。但这些话是在对脂评与各种早期抄本的关系进行认真讨论的情况下说的。他列举的四例"赞词"也不比他的结论更有道理。因为这种赞词通常包含在具有重要信息的长评中:信息的意义显然比赞词重要得多。连王先生列出的那几个单独使用赞词的例子也帮不了他的忙。试以第一例和第二例观之:评语出现在影京本,回十二,页264行3和页265行1。"奇绝"是评贾瑞在一片漆黑中"惊愕地"发现他所期待的"心肝"母老虎王熙凤变成了他的侄子贾蓉。"妙"是评贾瑞被贾蓉讹诈写借契赎罪时再一次"惊愕地"发现"纸笔现成"。这两次"惊愕",正文都没有描写,因为处在惶恐狼狈之中的贾瑞还不能体会到这惊愕的意味深长。而脂砚的"赞词"则起了暗示真相的作用:这件事全是王熙凤设下的陷阱,而且从她和贾蓉联手施计,隐含二人关系相当暧昧。

中的故事钩沉。就连作者生卒年份的考证,也在很大程度上有赖于从评语中过滤出来的信息。

脂砚还记录了其他两位评者的名字:松斋和梅溪。松斋,现已可以确认,即白筠,他是曹霑、脂砚和满族诗人敦敏、敦诚的朋友。白松斋是白潢(1660—1737)的孙子,白潢曾位至相国。敦诚等人1774年访问过他,当时他住在通州(潞河)一座圮废的白园里。

梅溪是曹霑之弟棠村的笔名,他还有一个化名,即第一回正文中提到的"东鲁孔梅溪"。他给曹霑"旧稿"取了个《风月宝鉴》的书名,替其中的许多回写了序,每回一序。在脂残本中保存下来的,有他为第一、二、六、十三、十四、十五、十六、二十五、二十六、二十七、二十八回写的序,但被胡适先生和俞平伯先生误为"总评"或"总批"。① 在脂京本中有更多这样的序,它们是用另纸抄录,置于正文之前的。在脂戚本中,有些被错抄在回末,有些被割裂成几部分,有的部分则被置于本回乃至上回之末。② 以上脂残、脂京、脂戚三种抄本,共保存棠村小序四十九篇,*其中有些只是残文。但在通行本中,大抵只保存了第一回的小序,因它一直被误认为是作者原作的楔子。棠村死于1754年之前,当时脂砚已写完他的第二期评语。

第四节 第三卷提要和结论

曹霑(1715—1764),他更为人知的名字是曹雪芹,生于金陵一个富有的文学世家。清朝初年,即17世纪,曹氏就入了旗籍,但他们的文化背景全然是汉式的。1715年,曹霑的父亲曹頫奉敕继其堂兄曹颙(1694—1715)任江宁织造。曹颙是曹寅的独子,他袭此职直到1715年去世。曹颙之死意味着曹寅一支宗脉和曹氏世袭优缺的中断。康熙南巡时,曹寅

---

① 参看《文存》页590及以下,《辑评》页420~421、439、441、456。第二十五和二十六两回的小序都被误置于回末。
② 见《辑评》页478、480、490、491等。
* 译者附言:此数亦随著者自译修改稿而变动。

接驾，亏空极大，濒于破产。敕令曹𫖯为曹寅嗣子，这样我们的作者曹霑便成了曹寅的法定的孙子。曹寅是一位知名的诗人，传奇戏曲的作者，善本书的鉴藏家和刊印人，也是文坛的一位领袖。

1728 年，当时雍正在位，曹𫖯被革职，曹家被抄，家产被籍没。但还留下一些可赖于谋生之物。同年，举家连同曹寅藏书迁到北京。由于曹霑在南京生活到十三岁，他能记得乃父荣华富贵的盛日，浸染乃祖文采风流的余韵。他的小说也因此被友人称为"风月繁华"的"秦淮旧梦"，或"扬州旧梦"、"废馆颓楼"的旧家之"梦"，等等。1735 年乾隆即位，曹家起复，曹𫖯出任内务府员外郎。曹霑先在国子监上学，后在宗学任司业，在那里结识了敦诚、敦敏兄弟。由于我们仍不清楚的原因，曹家命运似又败落。1744 年起，曹霑在北京西郊一所茅屋里著书，家贫难以糊口。但在朋友中，他仍以放达、健谈和风趣著称。除了写小说外，他还作诗、画石，并以鬻画的钱沽酒待客。

他死于 1764 年 2 月 1 日。此前几个月，他痛失独子，因过度悲伤致病，但又无钱求医①。他留下了无生活来源的"新妇"和尚未完成的小说。敦诚为他营葬，他的墓在颐和园以西四英里处，香山脚下的健锐营。② 他的诗曾深为朋友们喜爱，但只有寥寥几行通过脂评和敦诚的作品集留存至今。他在小说中替主人公和女性人物代拟的诗，不能代表他的最佳作品。

曹霑的生卒年问题并不简单。有好几种说法：(1) 胡适"1717—1763"；③(2) 周汝昌"1724—1763"；④(3) 刘大杰"？—1763"；⑤(4) 吴恩裕

---

① 吴恩裕先生见过一部 18 世纪的敦诚的诗稿，其中第二首是悼曹霑。它的第四句是"一病无医竟负君"。敦诚为自己没有帮助他延医深自负疚。参看《有关曹雪芹八种》，页 17、85。
② 见《有关曹雪芹八种》，页 107~109。
③ 见《文存》，页 570。
④ 见《新证》，页 168。周先生对曹霑卒年的考证其实是正确的，但在换算时，他忘了"癸未"除夕是在 1764，而不是 1763 年。
⑤ 见《红楼梦思想与人物》，页 6。

"1716？—1764"；①(5)俞平伯的"1723—1763"②或"1715？—1763"。③

前两种说法发表在我写此书之前，第三种说法于1956年11月发表，但我在1957年7月应邀作评前尚未看到，当时本书前三卷已脱稿。④后面的三种说法(3)、(4)、(5)都以重印的张宜泉诗集中的一首诗为根据。⑤我的研究参考了一切可以查到的资料，特别是从脂评中筛选出来的证据，在这些评语中，脂砚提到了曹家的一些旧事以及这些旧事与他写评时的相距年数。

第五节 第四卷提要和结论

小说的大环境明显是在北京。但是，作者"旧梦"即小说中的"大观园"的背景，则是曹寅江宁织造府的"西堂"或"西池"。此园1728年落入继曹𫖯任织造的隋赫德之手。后归袁枚，易名为"随园"。在小说中，尽管"大观园"的家具和陈设都是北方款式，植被却属长江三角洲，目的是为了生动地再现它的背景。袁枚称"大观园"是他的随园的旧址，其根据是明义在题《红楼梦》人物绝句二十首中的注解。袁在写《随园诗话》中这一条时尚未读过这部小说。正好曹寅之女、讷尔苏郡王之妻是元春的模特儿，康熙在曹寅的西堂驻跸是元春省亲的蓝图，西堂乃是"大观园"的模特儿和蓝图。

小说内部也有证据表明它前面故事的背景所在。比如宝玉私自访问他丫头袭人的家，肯定是发生在南京的一段实事。高鹗在修改本中删去了轿子这一南方常用的交通工具和木炭这种南方置放在手炉中的燃料，

---

① 见《有关曹雪芹八种》，页84～85。
② 见《简说》，页10。[译者附言：正文中"1723—1763"和这一条注都是作者补记在自校本上的。而下文所说的(5)则仅指"1715？—1763"说。]
③ 见《校本》序言，页2,29～30。
④ 中国科学院的杨向奎先生1957年6月写信告诉我，北京的专家们得出和我相同的结论，认为曹霑生于1715年，其中之一是王瑶先生。但我不知道王先生曾否发表有关的文章。
⑤ 见《春柳堂诗集》，页107。参阅本书第十章。

消除了透出这些故事背景的痕迹。即使在高鹗1791年版的续作即程甲本中,某些可能来自曹霑原稿的段落也含有不容误解的痕迹,①指明这些故事发生在南京,但在高鹗的1792年版的程乙本中它们又一次被删掉。指出以上事实,无意说小说的大环境不在北京,而是为了证明一个起码的常识:在虚构的文学作品中,故事不必局限于某一特定的城市。

脂砚说:曹霑本想写一部诗剧,即传奇戏曲,后来写出来的却是一部小说,这是他在书中写了那么多的诗词歌赋的原因。不久,曹霑放弃了写戏曲的计划,转而创作小说,但"红楼梦"这个题目无疑是他最初为那部戏曲设计的,正如明代大剧作家汤显祖的四大名曲被称为"临川四梦"一样。② 现在我们知道,在1754年至1791年,在脂评《石头记》八十回以抄本形式流传之前,至少有两种旧稿:一名《红楼梦》,一名《风月宝鉴》。前者可能是一简本,作者给明义看过。从明义为它题咏的二十首诗看,主要的故事已经写完,但其中有些内容与今传前八十回不同。

在另一旧稿《风月宝鉴》中,故事有一百回。在修改时,前三分之二以上被展开成八十回,即现存的《石头记》。余下的部分,据脂砚说还有三十回,作者也准备加以展开或修改。存在于今本第四十二回里棠村的序指出它的上一回是"第三十八回",可见旧本的分回和现存八十回本不同。在现存八十回本中仍有旧本的残迹,如第十七和十八回尚未分开,第十九和七十五回尚无回目。

作者的后三十回旧稿已经遗失,但评语里保留有某些回目。有一联完整的回目是:

薛宝钗借词含讽谏

---

① 如第九十七回和一〇六回中关于婚俗的描写。参看本书第十八章第二节。
② 这四部戏曲是:(1)《紫钗记》,(2)《还魂记》,(3)《南柯记》(又名《南柯梦》),(4)《邯郸记》(又名《邯郸梦》)。前两部主旨也与梦有关,因而被合称为"四梦"。临川是汤显祖的家乡。

王熙凤知命强英雄

另有一联被脂评删节过的回目是：

　　……寒冬噎酸齑
　　……雪夜围破毡

有一单句可以重构为八字句的回目：

　　狱神庙茜雪慰宝玉①

还有一单句不是由八个字组成，而是七个字：

　　花袭人有始有终

最后一例说明，和扩写后的《石头记》前八十回不同，旧稿中的回目并非一律以八字句形式出现。脂砚提到的另一些题目则涉及以下故事："抄没"，"十独吟"，"卫若兰射圃"。作者原稿中最后一回（也许是最后两回），讲的是"宝玉悬崖撒手"（出家做和尚）和"警幻情榜"，那上面有宝玉和分列五册的六十位女子的名字，黛玉、宝钗、元春等金陵十二钗列在正册。脂砚见过"情榜"。至于宝玉的结局，脂砚听作者说过，但未读到文字，可见在作者生前尚未完稿。脂砚读过的其他故事还有"抄没"、"狱神庙"、"射圃"等，有五六回文字作者已经完稿，但在1767年以前被人借走遗失，当时作者去世已三年了。

现行的一百二十回本给了贾家以相对圆满的结局。但是，按照曹霑

---

① 参见脂京本，回十九，页443～444，朱笔眉批；回二十六，页590，墨笔眉批；回二十七，页622，朱笔眉批，均署丁亥(1767)。

原来的构思,这部小说将更为壮美,更富有悲剧性。旧稿后部,贾家的败亡和主人公的心理历程有四个转折点:(1)元春之死,(2)黛玉之死,(3)贾府被抄,(4)宝玉出家。贾家的破败起因于贾赦、王熙凤等人为非作歹,子弟结交匪人,以及贾氏与其他被指控有罪的巨室的连带关系。其结果,贾府全体成员"树倒猢狲散",宅第也在大火中烧光。

根据小说前文和脂砚评语提供的线索,有可能对作者原稿中的某些故事进行钩沉。黛玉去世,宝玉不情愿地娶了宝钗,这两件事都发生在第八十回后不久,深刻地改变了宝玉的人生观。他婚后很不快乐,夫妻之间"无可谈旧之情"。在大丫头袭人嫁与蒋玉菡之前,他解放了自己院里所有的丫头,只留下麝月——出于袭人的建议。灾难降临贾府时,他也被拘下狱。两位丫头,红玉和茜雪,早就离开了他,这时到狱中来援助和安慰他们。出狱后,他穷困潦倒,缺吃少穿。他的故友伶人蒋玉菡和妻子袭人来周济和服侍他和他的妻子宝钗,似有一段时间,他在乡间劳作,重逢过去教过他纺纱的村姑二丫头。他那块玉,先因"误窃"丢失,后被王熙凤在"穿堂门前扫雪"拾到,接着又落入甄宝玉之手。当甄宝玉最后把玉送来还给他时,他大概又经过一次心路历程,决定出家。也许,这玉曾联结着他早年的繁华生活,联结着他祖母的爱,联结着他的心上人黛玉,特别还联结着他后来那桩建立在"金玉良缘"的神秘图谶基础之上的不幸婚事。当这块具有象征意义的玉回归时,他再也忍受不住今昔悲欢之间的强烈对比。① 如禅语所示他终于"看破红尘"。这样的结局,较之高鹗续书中主人公神秘地突然失踪,显然更合理、更自然、更现实。

机关算尽的王熙凤终于自食其果。她的罪恶使她陷身囹圄。她是在丫头红玉营救下出狱的,很可能,红玉的丈夫贾芸得其好友醉金刚倪二出了力。贾家的衰败,使王熙凤和她丈夫贾琏之间,以及她和丫头平儿之间的地位倒了过来。原本怕老婆的丈夫对她施加报复。他先贬她为婢妾,

---

① 参见男主角第一次亮相时的两首词中第二首:"富贵不知乐业,贫贱难耐凄凉。"脂京本,回三,页73;《红楼梦》,页31。

并把平儿扶正。为多姑娘的头发,尤二姐饮恨自尽等往事,使王熙凤和贾琏夫妻反目,爆发了一场轩然大波。这只雌凤也曾强作英雄,但最后还是被丈夫休掉,遣回娘家,死于金陵。

她的女儿巧姐被奸舅即王熙凤的兄弟卖进妓院。幸好遇到好心的农妇刘姥姥,搭救她,带她回村。巧姐最后在村里纺纱织布,自食其力,和刘的孙子板儿结成夫妻。

宝玉的表妹史湘云后来嫁给卫若兰。他是一位侠义公子,不幸的是,他在射圃的一次事故中受伤致死,湘云后来活得很苦。所谓宝玉在宝钗死后娶了湘云,则是无稽之谈,因为直到宝玉出家时,留在家中的妻子仍是宝钗。根据前文和评语提供的线索,我们知道,其他人物如宝玉的异母妹妹探春、堂妹惜春、嫂嫂李纨的结局,也不同程度地与高续所描写的不同。

脂评提到了作者对第十三回秦可卿之死创作的修改。仔细研究后,可以从正文内部得出证据,这一修改所涉及的决不仅此一回。在原稿中,如第五回警幻册子中的图画所示,秦可卿之死是出于自缢,俞平伯先生早在1921年就指出了这一点。然而,改了第十三回,就得把此前秦可卿的不检束行为通通删掉,第十二回因此成了现存《石头记》八十回中最短的一回。脂砚在评语中承认,正是他自己"命"作者饶恕秦可卿(不要写她因荡行而致自尽),理由是秦可卿向王熙凤提出过明智的建议。其实在原稿中,这个建议,确切地说应该说是警告,乃是元春死时通过其亡魂向她父母提出来的,要他们趁盛时为子孙力田谋生早做准备。这件事,已在第五回《红楼梦》曲子第三首中讲得明明白白。元春受册封为"妃"后不久就死了,这也由她自己作的关于炮竹的灯谜和脂砚对此的评语(第二十二回)表达得清清楚楚。作者把她的忠告挪到秦可卿名下以后,元春之死便失去了原来的意义,死期被相应地推迟到第八十回以后。

然而,这样一推迟,势必打乱原定以元春之死作为其中重要的一环的整个构思。研究结果表明,在旧稿中,元春之死应发生在贾府初露败象

（第五十三回）之后，尤家姐妹到来（第六十三回）之前。尤家姐妹是应她们异母姐即贾珍之妻尤氏之邀，到宁府来帮尤氏操办她公公贾敬丧事的。正因为三个月前元春之薨，贾家大多数成员必须离开两府前往皇陵守灵，只有尤氏获准留家才成为当年夏天替贾敬治丧的唯一主事者。这样元春的死和贾府举家外出奔丧，导致尤家姐妹的悲剧，促使王熙凤犯下更多的罪行，反过来又加速了贾府的崩溃，这就是元春之死所以在作者旧稿中成为四大关键之一的缘由。推迟元春之死，贾氏家人失去了外出的理由，下面的故事便无从谈起。因此，必须设法弥补这片空白。

在修改后的《石头记》中，元春之死被改成一位不知姓名的"老太妃"死了，以便贾家仍按原计划外出，把下文有关贾敬之死、尤氏姐妹出场等故事保留下来，而对第五十八、五十九两回则不得不痛加斧削，致使第五十九回也成为前八十回中最短的章回之一。

此外，各种抄本之间还存在着一些异文。明显的一例是，除脂残本外，其他各本都略去了第一回楔子中一段四百多字的文字。男主人公某些以旁白形式出现的独白，脂残本和脂京本的文字也有所不同。它们似乎来自经作者在不同时期修改过的底本。大多数抄本缺了第二十四回和第六十七回，大概它们从原稿过录时，这两回底本被作者或评者取出去修改或批注去了。

第六节　第五卷提要和结论

脂评八十回本的传抄，终于被程伟元付梓的一百二十回本的刊行所取代，初版在1791年，修订版在1792年。高鹗续了后四十回加上前八十回，使小说有了"全"书的面貌。此后的通行本一般都以1792年的程乙本为基础，它的前八十回文字或多或少地与早期抄本不同。对前八十回异文进行对照表明，高鹗在为1791年程甲本写后四十回时，就对前八十回作了一些改动；而在1792年修订全书时，又进一步删改了曹霑的原稿。

尽管程、高在序中说，修改只是为了便于阅读；其实，高鹗的修改是实质性的，影响了故事的发展，也影响了书中主要人物的性格。高鹗试图"润色"曹霑的文字，但他所做的修改，或把对白中的京腔撇得过火，矫揉做作，或把原文改得文理不通，或使某些透露小说背景的段落变得朦胧不清。

但大量的和最要紧的修改是针对那些塑造人物性格的故事的。通过引进新的人物和使死者起死回生，高鹗改动了宝玉秘密探望奄奄待毙的晴雯的故事，这样一来，把曹霑原著中本来互有联系的情节拆成了一些互不相干的事件。他对这个故事的进一步删节，还抹去曹霑对这位蒙冤女子的同情。另一方面，通过修改那些揭露王熙凤的段落，高鹗淡化了她歹毒的性格。有个故事讲宝玉在村里小憩，高的修改大大地歪曲了他的"正面"形象，把宝玉写成一个见了女孩就失魂落魄的花花公子。为了在续书中推出他自己关于宝玉自愿赶考的故事，高鹗从原著中删掉了大段文字，内容是贾政为宝玉的诗才自豪，决定不再逼迫他为应试而学习八股。高还改动了前文关于他们父子从事文学活动的描写，为要显得前者对后者更加严厉苛刻。所有这些修改都是为了改变对没落封建社会的描写，消除隐含于其中的批判，并为在续书中插入他自己的故事做准备。

高鹗这一宗旨更明显地表露在，他在删掉那些直接抨击时弊如宝玉焚烧制艺书籍等段落的同时，添上了歌颂"圣上"的段落。曹霑在原著开头的神话故事里谈到本书主题时点明，这不是一部单纯的爱情小说，而是有特定教育作用的社会小说，不乏"指奸"、责佞、贬恶、诛邪的内容。他借石头之口说，他无意取悦世人，他还提醒读者，这部书可能使某些人不快。高鹗把这些篇幅很长的段落全部删光，随即加了几个字，移花接木赋予小说以佛教主题，变成一部绝无关碍的以悲剧告终的爱情小说。直到续书收场，高鹗还在强调，此书无非是"游戏笔墨"而已。

高鹗生活在乾隆统治下，其时接二连三发动残酷无情的文字狱。凡政治上有关碍的书籍，不仅作者将被处极刑，卖书和读书的人也会遭殃。

而《石头记》也曾被认为"恐其中有碍语",这是乾隆的堂兄弟弘旿在评论他侄子永忠为这部小说写的三首诗时说的。既然大家都知道高鹗是续书的作者和全书的编者,他当然要采取预防措施以对付可能出现的麻烦,而出版商程伟元也不得不在全书初版后不久又为修订本重新镌版。当时是1792年,各种八十回《石头记》的旧抄本仍在流传,倘在印行"全"书时,光从政治考虑出发而删节旧稿,是很容易被识破的。因此,高鹗便以校勘各种不同旧本以利阅读为由,在对原著进行删改的同时,也增加文字以窜改其他一些故事和段落。

上文只就曹霑原著中的几个故事,粗略地谈了一下高氏所做的修改,从中已可看出,两者显然并不相符。若就八十回全文进行全面的对照,原本《石头记》和经高氏修改后的《红楼梦》之间的不同自不待言。但过去绝大多数读者只读过经高氏修改后的前八十回正文和他的续作,他们对小说的印象自然或多或少地受到高氏思想的影响。但是,《红楼梦》的重要性已经达到这样的程度:当代学者正在以它的正文为基础进行文学理论、社会科学、哲学和现代汉语语法的研究,在这种情况下,把曹霑的原著和高鹗的增删区别开来就显得格外重要。以经高氏修改后的文字作为评论曹霑的依据,无疑是不公平的。把本来为《石头记》所固有的、只是被高氏删掉的内容说成是"横插"入原著,就更无公平可言。在评论小说中的人物或曹霑的思想时,有人援引高鹗续作来证明自己的观点。在语言和语法研究中,不加鉴别地使用文本,将导致错误的结论。这种引证,如果只是用来说明现代汉语的一般句法结构,如王力先生在他名作①中所做的那样,文本的选择倒还关系不大,因为当今中国的国语(普通话)已经含有其他方言的成分,和18世纪的北京方言并不严格相同。但是,如果像高本汉教授那样,研究这部小说的语法的具体目的是依据语言学的标准来

---

① 《中国现代语法》两册,413和426页。上海中华书局1955年修订本。其中汉语句法结构的例句全部引自《红楼梦》。此书的简本《中国语法概要》有俄译本,由莫斯科大学的 G. N. Rayskaya 翻译,L. D. Pozdneyeva 教授作序,1954年莫斯科版。

确定前八十回和后四十回的作者,①那么,文本的选择就会对研究结果带来重大的影响。

高鹗是这部小说第八十回以后的续书的作者,早在1801年高鹗的妻兄张问陶写给高的一首诗里就提出这一点。但知道这首诗的人不多,加以程伟元在1791年的序中宣布这后四十回是用他搜集到的作者残稿编纂而成,所以,对续书的作者问题一直有不同的看法。

为了使读者相信他的这一番话,程伟元声称在他拥有的《石头记》抄本里有一个包含着一百二十回的旧目录,借以暗示这后四十回文字也是出于同一个作者的真品。但程的同时代人裕瑞则说,旧目录倒是有一个,其中只有一些指示后文故事的"题目"而且同程刻"全本"中的回目完全不同。至于脂砚在评语中引录的曹霑自撰的八十回后回目,在续作中一条也找不到。程伟元见过的八十回后的回目,总不可能全部与脂砚所见不同。反正高鹗没有把脂砚提及的回目采入续书,续书中的大部分故事也与脂砚所知迥异。由此可见,程伟元所谓后四十回回目云云,全是假话。

到了1792年"全"书被修订成程乙本时,加上了高鹗的"序"和程、高联署的"引言",他们在其中暗示自己与后四十回并非无关。显然,在把前八十回中的"碍语"删除干净以后,高鹗再也不甘心使续书作者的姓名没世无闻了。

程伟元说他搜集到将近四十回旧稿,这不是真的;但经过认真研究后也可以看出,他的确拥有曹霑的某些旧稿,被高鹗采入为续作的一部分。对作者原计划的探索,对佚稿中故事的钩沉,对后四十回和前八十回进行文体上的比较,所有这些工作都指出了一个事实:续书中有几个故事和几个独立的片断,的确来自曹霑的残稿,但已被高鹗修订或改写过。这个结论,从正文内部也得到了证实。

---

① "New Excursion in Chinese Grammar"(《汉语语法新探》),载《远东古物博物馆馆刊》,第24期,页53~80。

续作中最重要的也是写得最好的故事是黛玉之死和宝玉之婚,两者都是王熙凤在幕后操纵。这个故事很长,有三回(第九十六至九十八回)篇幅。它是,或基本上是曹霑的原作,其痕迹在1791年程甲本中尚可找到,只是后来在1792年程乙本中被高鹗消除掉了。例如,林黛玉听到宝玉行将结婚的消息后一病不起,被高鹗写成是前后个把时辰之内的事,但在程甲本中则说是两天内发生的,露出了旧稿的痕迹,这个矛盾到高鹗改成程乙本后才得以弥合。宝玉婚仪所遵循的"金陵旧例"也被程乙本改成"本府旧例",正与高鹗在前八十回中屡次所做的修改如出一辙,凡是曹霑故意留在旧稿中的表明小说背景的印记,高鹗都不遗余力,一一擦掉。

续作中其他基于曹霑原稿的故事或段落有:(1)宝玉到黛玉旧居潇湘馆凭吊,(2)贾府抄没,(3)宝玉失玉,(4)元春之死,(5)刘姥姥与病榻上的王熙凤晤谈。但是,这些故事都被做了大幅度的修改,且散见于高氏所写的大量故事之中,现在已很难辨认出是曹霑的作品。这样一来,原著中有关黛玉死后,潇湘馆秋景的描写,脂评虽曾提及,续书已无法再现。"抄没"的起因被推到某个与贾府无关的人头上,而且被加入了从轻发落的结局,显然不符合曹霑的原意。脂砚清楚并肯定地讲到在原稿中有一个失玉、拾玉和还玉的故事,高鹗则另编一套,渲染一种虚假的神秘气氛,让主人公处在一种精神错乱的状态,借以方便续书在躲开那些难以描绘的更加复杂的场景。现在仍然留在正文中的表明有关段落确是来自曹霑残稿的痕迹已经很少了。称元春为"王妃"(第八十三回),称她丈夫家为"王家",(第九十五回)就属于这种残留的痕迹,因为它们既与曹霑提法相同,而高鹗在两个版本中的前文都做了修改。王熙凤听到"园子里的石狮子和金麒麟"的传言后不由得惊恐起来,清楚不过地表明她知道"塞思赫"即雍正的政敌,王子胤禵把镀金狮子留在金陵曹家织造府花园这件事情的内幕,这种涉及家中秘事的文字,除了曹霑之外,别人是根本写不出来的。刘姥姥三进荣国府写得非常精彩,从刘姥姥、王熙凤及其女儿巧姐三人的言谈中看,刘、王二人在此以前曾在村里或其他地方见过面,但续作中对此毫无交代,只留下了一个矛盾:对刘姥姥二进和三进荣府的时间间隔给出了三种不同的说法。

这些互不相关的段落,虽然都有说明其作者的确证,但在高鹗的续书中已不可能保持它们与曹霑原稿中的本来面目。而且,既然经过了高鹗的改写并与高写的其他故事重新组合,就不能把它们算作是曹的作品,其理由正如不能把兰姆的《莎翁乐府本事》算作莎士比亚的作品相同。因此,尽管程伟元搜集到的残稿被部分地采入续作,后四十回实质上仍然是高鹗的作品。

这部连同前八十回一起刊行的续书,现在已经成为全书不可分割的组成部分了。大多数读者接受了它,认为对曹霑的未完稿来说,它是一部使人相对满意的续作,它也确实取代了其他所有的"续"梦。它的成功主要是因为它保留了原著中女主人公的悲惨的归宿和男主人公的更加悲惨的婚事。这样一个没有流血,只有遵俗如仪的祈福和庆贺的悲剧,确实是无与伦比的。从此,小说就沉浸在笼罩一切的无助和绝望的气氛之中,一直持续到主人公最后弃家而去。为了使全书具有一种显而易见的宗教色彩,高鹗以宝玉皈依佛门作为续书的主旋律,但在把宝玉不幸婚姻的悲痛气息维持下来的同时,高鹗无视小说的社会性,放弃了曹霑在前文早已埋下伏线的故事,如封建家族的彻底崩溃,监狱和妓院中令人发指的场景,许多角色的悲惨下场,以及其他成员的最后出路:同腐朽的贵族生活决裂,到农村中去自食其力,简朴诚实地过日子,等等。相反,高鹗想通过"沐皇恩"的办法,撑住这座必将倾覆的大厦:贾家被发还了已抄没的家产,恢复了已削夺的爵禄,所有的罪犯都蒙恩得赦,奇怪的是,连业已消失的主人公也被"圣上"赏了个道家的名号——"文妙真人"。① 三位已成为妾和一位行将为妾的女性人物(平儿、香菱、袭人与巧姐),一一被扶正或

---

① 《红楼梦》回一二〇,页1355。高鹗笔下的那位"圣上"似乎弄不清楚佛、道之间的区别。高笔下的另一位人物,贾氏姐妹中的最幼者惜春,最后当了尼姑,却是"道姑打扮"。见《红楼梦》回一一九,页1323。

嫁成正妻。结局是,幸存者皆大欢喜,唯独男主人公满脸愁容。

为了创造一种异于曹霑勾画的情境,高鹗必须再造主要人物的性格,特别是改变主人公对许多社会问题的观点。因为要替宝玉中举开道,高鹗把林黛玉变成了八股文的歌颂者,敦促宝玉去参加科举考试。宝玉也对黛玉弹琴泼冷水,告诫她琴里弹不出"富贵寿考"来。宝玉的祖母则责备宝玉在写诗方面表现不佳。最后,宝玉不仅自愿攻读制艺八股,而且变成了一位最丑恶的道学先生,赞扬鸳鸯以自杀表现了她对贾母的忠心。所有这些故事都与原作者塑造的人物形象相反,并和小说的主题发生冲突。宝玉出走后,他的大丫头袭人没有自杀,嫁给了蒋玉菡,高鹗为了维护礼教,苛责袭人虚伪。在高看来,这位可怜的女子虽然内心有过宁死不嫁的了不起的念头,却没有功德圆满,贯彻实施。

第七节　曹霑为后四十回作者说之谬妄

尽管有大量的内证和外证表明高鹗是后四十回的作者,高的姻兄也毫不含糊地指明了这一点,还是有人相信小说的前后两部分出自同一作者手笔。其中最负盛名的是高本汉教授和林语堂博士。高本汉教授全然不顾与续书作者相关的各种问题,单单根据他所做的语法研究就下了结论:由于后四十回或"红楼B"中的大量的口语表达方式与前八十回或"红楼A"完全相同,"红楼B"不可能另有作者,除非

他和曹雪芹几乎是从同一个地儿来的老乡,他俩在上面特别挑出来专门研究的全部例句中讲的是完全相同的一个地儿的方言;要不然,他准是一位顶尖的语言天才,在模仿能力方面有一股几乎没听

说过的机灵劲儿。①

不幸的是,他的这个结论和他所处理的问题完全是文不对题,看来他没有把这个问题的实质弄清楚。谁也没说过曹霑和高鹗讲的是两种方言。他们二人生活在北京的时间之长足够使他们讲同一种方言,他们二人都是归化旗籍的汉人,更需要他们讲"同一个地儿"的旗人社会中的共同方言。② 这种方言的名称(汉语叫作"官话",英译 Mandarin="满大人")就指出了一个事实:这是他们非说不可的语言。虽然曹寅在南京有许多汉人朋友,但曹霑在北京的朋友,就我们所知,几乎全是满人或在旗的汉人③,他们生活在一个不与人同的社会圈子里,理所当然使用同一种方言乃至俚语。

不过,上面这些姑且不谈,高本汉教授最后结论为"前后两部全是一人所写"的根据,即"红楼 A 和红楼 B 在语法上完全相同"到底是否属实? 从 1957 年版《红楼梦》排得密密麻麻的一千三百四十页中挑出二十四个口头语,其中多数是由两三个字组成的短语作为例句,就能够为所有错综复杂的语言问题提供任何绝对的答案吗? 事实上,就是从高本汉教授挑出来专门研究的全部例句看,小说前后两部分所使用的口语也并不"完全相同"。更加不幸的是,在同"红楼 B"进行比较时,他所用的"红楼 A"选的是经程、高删改过的程乙本(亚东重印版),而没有用未经删改的戚蓼生本。④ 我们在前面已经指出,高鹗即那位所谓"曹雪芹的老乡"常在曹霑不用指小后缀"儿"字处加"儿"⑤(参看高文,例五"儿")。在讨论作为名

---

① 见"New Excursion in Chinese Grammar",载《远东古物博物馆馆刊》第 24 期,页 79。高本汉教授在页 80 的总表中列举了为此特殊目的而进行考察的二十四例短语,其中十一例却是单字:即例 1,例 4,例 5,例 6,例 9,例 10,例 20,例 23,例 25,例 28,例 29。
② 北京的大部分满族人生活在自我封闭的社区里。这种情况,直到 30 年代在北京时仍无多大变化。只有少数在旗或复籍的汉军例外。在北京郊区,满族人的村落以不同的旗命名。
③ 如敦敏、敦诚、明义、明琳、白筠、张宜泉、明诚(寅圃)、Chi Yuan(复斋)等。
④ 即脂戚本,有正书局版。《校本》据此重印。高本汉在他论文的页 53 也提到了这个版本。
⑤ 参看本书第十七章第三节。

词后缀的"儿"时,高本汉教授从"红楼A"中引了三例。第一例,

　　回一,页十七:我"这哥儿"(我的哥哥)

很可能引错了,因为在第一回中根本找不到这个例子,而且在任何情况下也不能把"哥儿"解释为"哥哥"。① 第二例,

　　回三,页十四:"说话儿"(说话)

太短,不能用作比较。不过以上两例还可视为有效。第三例,

　　回六,页四:"想个方法儿"(想法子)

此例在曹霑原稿中是"想法儿","个方"两字是高鹗加上去的。② 加上这两个字,乍看似与高本汉的话题无关,因为这里讨论的是后缀而不是前缀。其实不然。在北京的方言里,若说"法儿",重音在"法","法"前的"方"通常被略去;但如果说"方法",重点在"方",则不用后缀"儿"。"方法儿"这种表达,即使有人这样说,也非常造作,何况此例出现在刘姥姥和女婿的激烈争吵时,根本不是装模作样的场合。这个例子说明,拿高鹗改过

---

① 小说中凡称"兄",都用"哥哥",不用"哥儿"。如《校本》回十九,页192;回三十四,页351,359～360;回四十五,页482,483;回四十六,页492,495,497;回四十七,页509,511～512;回四十九,页522;回五十一,页550;回五十七,页635,且都出现在口语中。"哥儿"通常是对男孩的称呼,近似于英语中的Master。因此,在他的家仆李贵口中(回九,页94),在八十老人张道士口中(回二十九,页305～307),在七十老妪刘姥姥口中(回三十九,页417),宝玉都被称为"哥儿"。妇女或女孩也可打趣称为"哥儿",如贾母称凤姐"凤哥儿"(回三十九,页415),刘姥姥称巧姐"巧哥儿"(回四十二,页444)。小说从未在"兄弟"的意义上使"哥儿"一词。("弟弟",小说中未用。)
② 在同一句中,高鹗还做了其他的增添和改动,高本汉把它们略去了。此句的曹氏原文,请查《校本》,页61,行3,或影京本,页136,行8。

的文字和高鹗自己写的文字进行比较①是不足为据的,从这种比较中得到的结论是没有价值的。

关于"儿"的其他例句,高本汉教授只举出一种,即"某种时间副词的后缀",如"今儿"即今天,"明儿"即明天等。他说,这种用法,在"红楼 A"中"极为普遍",在"红楼 B"中则"同样普遍",他把这种现象说成是"标记二"(见高文页 61)。

尽管这种说法是合理的,但是,能否靠它来准确地判定这样一部巨著前后两部分的作者,就大成问题了。首先应该提出,高本汉教授没有注意到在小说的前后两部之中,还有一组更加"普遍"的时间副词,即:"今日"、"明日"、"后日"、"昨日"、"前日",它们的意义分别为"今天"、"明天"、"后天"、"昨天"、"前天"。其次应提出的是,"今儿"和"明儿"不一定都意味着"今天"和"明天","今儿"可指"现在,如今","明儿"可指"将来",而"今日"、"明日"等等则一定是指"今天"、"明天"等等。薛宝钗谈论宝玉的偈语时,那偈语分明是前一天晚上写的,宝钗却道:"今儿这偈语……"(第二十二回,页 223 行 7),这里的"今儿"只能理解为"眼下"。当史湘云逗宝玉说:"明儿倘或把印也丢了……"(第三十二回,页 334 行 3),她决无"明天"宝玉就会当官丢印之意。"红楼 A"在使用这两组时间副词时是遵循了一定的规则的,但"红楼 B"却并不严格遵循这些规则,这一点,恰恰为证明"红楼 B"另有作者增添了新的证据。

在"红楼 A"中,使用"今日"、"明日"等短语的频率比"今儿""明儿"要高。而且,在"一天"、"半天"、"几天"的意义上,常用的词是"日",而不是"天"。因此,在第十回的一页书中②出现的十三个时间副词,用的都不是"儿",而是"日":"今日"四次,"明日"四次,"后日"五次;还有两处用了"两

---

① 在红楼 A 中,曹霑常用"法儿",如:《校本》回六,页 61;回二十八,页 288;回三十三,页 349;回三十四,页 355;回三十五,页 364,371。高鹗却有时用"方法儿",如《红楼梦》回八十八,页 991,回九十一,页 1021。
② 见《校本》页 106 上贾珍与其妻尤氏、儿子贾蓉的一段对话。其内容多半是贾珍复述他父亲贾敬对生日寿庆的意见。参见《红楼梦》,页 103～104。

日"而不是"两天"。在第十一回起首的一页半里,如星罗棋布列有十四个这样的例子:"今日"六次,"昨日"三次,"前日"两次,"一日"两次,"半日"一次。另有两页①,"明日"出现六次,"今日"、"昨日"、"后日"各一次,"几日"三次,"一日"两次,"次日"、"日日"、"半日"各一次。上述四十六例中,有三十七例是在对话中出现的。而另一组时间副词"今儿"、"明儿",等等,在"红楼A"中的使用则未见如此频繁。在"红楼B"中,第一○八回开始几页里,"明日"连续三页出现五次,"今日"连续两页出现三次。② 在"红楼A"中,"今儿"、"明儿"等短语常出现在妇女特别是年轻妇女、小孩、佣人的说话中,男人则很少这样说。有身份的成年男子如贾敬、贾赦、贾政绝口不说这种"闲话",即使开玩笑也不这样说。③ 高鹗在"红楼B"中总的说遵守了这种规则,但时有出格违例之处。④ 在叙述故事时,曹霑严格地只使用"今日"、"明日"这一组时间副词,无一例外,而高鹗在写"红楼梦B"时则时有违反。⑤

对曹霑的"红楼A"和高的"红楼B"进行比较研究,看它们是如何使用"儿"这一关键词的,比指出作为时间副词的后缀"儿"未尝在数百年前的小说(如《水浒传》、《西游记》)或南方人的作品(《儒林外史》)中出现

---

① 见《校本》,页116～117;《红楼梦》,页113～115。后者的文字被高鹗做了一些修改。
② 分别见《红楼梦》,页1193～1195和1195～1196。
③ 参看贾政和贾赦讲的两个笑话,见《校本》页853～854。贾政用"今日",贾赦用"如今"代替用"今儿"。页853和页855上,贾政用"明日",贾赦用"将来"代替"明儿"。
④ 如《红楼梦》回八十一,页915和回九十九,页1112,贾政用了"明儿"和"今儿";回八十一,页916,教书先生贾代儒说"今儿";回九十三,页1040,回一○二,页1143,贾赦口中的"明儿"、"今儿"等。
⑤ 如《红楼梦》回八十三,页939和回一一二,页1242的"明儿",回九十二,页1030,回一○七,页1189和回一一九,页1317的"今儿";回九十四,页1058的"昨儿"。

过,①更有助于解决问题。根据语言学的观点,这一指小后缀在前后两部分某些词组中的有无,可以作为判断这两部分著作权的一个很好的标准,这比高本汉教授的方法要更准确些。

"儿"字的本义是"小儿",借以指各种小东西。它常被用作名词后缀,与法语 cigarette, coquette, vignette 中的"ette"相仿。在"红楼 A"中,这一后缀的使用是有选择的。如它在"头"字后面构成"头儿"时,指的是"领导人"或"部门首长"。若"头"本身是双字词的一部分,加上这个指小后缀后,除了略有贬义外,没有更多的变化,如"老头"—"老头儿","粉头"—"粉头儿"(妓女)。② 如果不用在人的身上,"头儿"意为"末端",如"两头儿"指"两端","线头儿"指"线的一端"。③ 但在"头"用作本义时,如"人头"则一般不加后缀"儿"。所以在曹霑原著中,摇头就是"摇头",④在高鹗续书中却成了"摇摇头儿"。⑤ 同样,点头在"红楼 A"中径作"点头"⑥,在"红楼 B"中则成了"点点头儿"。⑦ 再以另一名词"时候"为例,此词在

---

① 见前引高本汉文,页 61。高本汉还说:"在最近的作品《镜花缘》中压根儿没用过带'儿'的时间副词。"需要指出(1)同类小说中的最近作品应是 1878 年刊行的文康的《儿女英雄传》,而不是 1824 年印行的《镜花缘》。(2)《镜花缘》的作者李汝珍(1763—1830)虽是大兴(北京)人,十九岁移居江苏,在那里住到 1809 年,其间有时在河南。他的语言至多是北京和苏北方言的混合,也许江苏味更多些。(3)《镜花缘》是一部以 7 世纪为背景的历史小说,而作者又是汉语言学家,当然有意并且能够避免使用太口语化的北京方言。较为可取的方法是在"红楼 B"与《儿女英雄传》之间进行对照。
② 见《校本》回四十二,页 451 行 2;回四十六,页 495 行 2;回六十四,页 722 行 3;回六十,页 659 行 9 等。
③ 分别见《校本》,回二十四,页 240 行 14;回五十九,页 653 行 11;回三十五,页 370 行 1。
④ 同上,回七,页 72;回十七、十八,页 165,167,170,171;回三十四,页 354;回四十一,页 434;回五十,页 541。但进行式时态不在此例。如回二十九,页 301 的"播着头儿"。
⑤ 见《红楼梦》回八十三,页 932~933;回八十五,页 961;回八十九,页 1002;回九十,页 1012;回九十七,页 1090;回一一三,页 1258。"摇头儿",如回九十,页 1011;回九十七,页 1090 等。
⑥ 见《校本》回六,页 65~66;回七,页 75;回八,页 82;回十五,页 144;回十六,页 158;回十七~十八,页 164~165,182;回十九,页 189,197……回五十六,页 613;回五十七,页 624,633;回六十,页 657;回六十三,页 694;回七十五,页 853 等,在我的索引中共有五十多例。
⑦ 见《红楼梦》回八十二,页 918;回八十三,页 933,935,937;回八十七,页 981;回八十八,页 997;回八十九,页 1001,1008;回九十,页 1010,1012;回九十七,页 1086~1087,1090,1093……回一一七,页 1299;回一一九,页 1315 等。

"红楼 A"中从来不加指小后缀"儿"①,"红楼 B"中却常作"时候儿"。② 在现代北京方言中,也没有"时候儿"这种说法。高鹗这些杜撰的词,大声诵读起来,特别显得装模作样。

但是,在"红楼 B"中,这一指小后缀的最造作和最古怪的用法是把它加在某些动词和副词短语之后。在我编录的"红楼 A"和"红楼 B"所用的动词和副词短语的不完全索引中,两位作者用法迥然相异的例子要比高本汉教授列举的两者用法相同的例子多得多。现举几例:

动词用于祈使句中,"红楼 A"的通常的表达方法是把同一个字叠成双字词组:如"让他们去歇歇"③。有时还在句末加个"罢"字以缓和语气,如:"明日歇歇吧"。④ 这种例证在"红楼 A"中多得数不清,⑤但"红楼 B"把后缀"儿"加了上去,构成了"歇歇儿"这种别扭的短语。⑥ 其他叠字动词词组亦然,"红楼 A"中的"散散"、"等等"、"坐坐",到了"红楼 B"中,便变成了"散散儿""等等儿""坐坐儿"等。⑦

"红楼 A"中的副词,通常是在叠字形容词后面加个"的"字,如"悄悄的"、"细细的"。这样的词组有几十个,有的出现二十、五十甚至一百多次。也有时把"的"略去,但从来不用后缀"儿"。在"红楼 B"中,"儿"被广

---

① 见《校本》回七,页 73;回十六,页 156;回十七,页 175;回二十五,页 256 等。
② 见《红楼梦》回八十一,页 911,912;回八十二,页 925;回八十八,页 995;回九十一,页 1026;回九十二,页 1035;回九十三,页 1044;回九十四,页 1054;回九十五,页 1063;回九十九,页 1109;回一〇一,页 1130;回一〇四,页 1157;回一〇六,页 1177,1180;回一〇九,页 1205,1212;回一一一,页 1231,1237 等。
③ 见《校本》回三,页 27 行 12。
④ 同上,回十一,页 116 行 13。
⑤ 同上,回十一,页 118;回十三,页 131;回二十,页 202……回三十八,页 401;回四十一,页 441;回四十四,页 466;回四十五,页 477;回五十四,页 591;回五十五,页 604;回五十六,页 619……回七十,页 793,795,797 等。
⑥ 见《红楼梦》回八十一,页 909;回八十二,页 918,927;回八十三,页 932,942;回八十五,页 958;回八十六,页 977;回九十五,页 1065;回九十七,页 1090;回一〇七,页 1187;回一一一,页 1228 等。
⑦ 请对照《校本》和《红楼梦》,前书回四十一,页 436 和后书回八十二,页 918;前书回六,页 64 和后书回八十二,页 923,回八十九,页 1001;前书回四十一,页 437,回四十二,页 443 和后书回八十二,页 918 等。

泛使用到几乎可以成为任何副词的后缀。请看下面所举实例：

（1）"悄悄的"在"红楼 A"中用了一百多次，①全都没有"儿"字，唯一的例外是在许多抄本所缺的第六十七回中。② 高鹗的"红楼 B"则常在其后加"儿"，变成"悄悄儿的"。③ 他还改动曹霑的原文，在"红楼 A"中不用"儿"的副词后面加"儿"。

（2）"红楼 A"中作"好好的"，"红楼 B"中作"好好儿的"，或"好好儿"。④

（3）"红楼 A"中作"静静的"，"红楼 B"中作"静静儿"。⑤

（4）"红楼 A"中作"轻轻的"或"轻轻"，"红楼 B"作"轻轻儿的"或"轻轻儿"。⑥

（5）"红楼 A"中作"刚刚的"或"刚刚"，"红楼 B"则作"刚刚儿的"。⑦

（6）前者作"巴巴的"，后者作"巴巴儿的"。⑧

（7）前者作"偏偏的"或"偏偏"，后者作"偏偏儿的"。⑨

---

① 见《校本》回六，页 64；回八，页 88，91；回九，页 101；回十一，页 113；回十二，页 120；回十三，页 132；回十六，页 153；回十九，页 188～189；回二十，页 203，206……回七十三，页 821；回七十四，页 826，837；回七十五，页 842，847，849 等。
② 同上，回六十七，页 753。据程高"引言"："六十七回，此有彼无，题同文异。"
③ 见《红楼梦》回八十九，页 1006；回九十，页 1011，1018；回九十四，页 1060。参看本书第十七章第三节。
④ 见《校本》，回十，页 106；回二十二，页 220；回二十四，页 243；回二十六，页 264；回二十七，页 279；回三十，页 314（以上从回二十四，页 243 至回三十，页 314 有五例被高改为"好好儿地"）……回四十九，页 527；回五十五，页 602；回七十一，页 800 等。对照《红楼梦》回八十一，页 910；回九十七，页 1086；回一〇二，页 1141；回一〇三，页 1146，1149；回一〇四，页 1158；回一一三，页 1257；回一一五，页 1275 等。
⑤ 同上，页十，页 104；回二十五，页 25；回五十四，页 586 等。对照《红楼梦》回八十六，页 974；回八十九，页 1002～1003；回九十六，页 1077；回一〇八，页 1194 等。
⑥ 同上，回八，页 89；回二十九，页 311；回三十四，页 350……回七十六，页 858 等；对照《红楼梦》回八十九，页 1007；回一〇八，页 1193；回一〇九，页 1209，1214 等。
⑦ 同上，回三十一，页 331；回三十六，页 377；回五十二，页 571；回五十五，页 599；回五十七，页 629。对照《红楼梦》回八十一，页 910；回一一七，页 1291；回一二〇，页 1332。
⑧ 同上，回八，页 87；回十六，页 153；回二十二，页 218～219；回三十一，页 330；回三十五，页 364；回三十七，页 390～391；回五十二，页 569；回五十四，页 587。对照《红楼梦》回一〇一，页 1133；回一一三，页 1258；回一一七，页 1296 等。
⑨ 同上，回七，页 74；回十，页 102，104；回二十六，页 266；对照《红楼梦》回八十一，页 907；回一〇一，页 1132；回一〇六，页 1176 等。

(8)前者作"细细的",后者作"细细儿"或"细细儿的"。①

这类词组,还可以举出更多,如"慢慢的"与"慢慢儿的","远远的"与"远远儿的","白白的"与"白白儿的"等。② 但是,版本很重要。如果把经过高鹗修改的前八十回当作"红楼A",那就当然会发现它和"红楼B"在许多情况下是完全一致的,因为高在修改"红楼A"时已经把"儿"加了上去。于是,人们就会被误导而得出结论,以为从这些副词词组中也提供了前后两部分出于一人之手的根据。

另外,曹霑在"红楼A"中用了一百多个由三字、四字、五字组成的副词短语,都没有带上那个指小后缀"儿"。其中被高鹗用到"红楼B"中的为数很少,却偏偏被加上了那个无所不在的万能百搭——"儿"。但他几乎没有增添什么新的副词短语。很难把这样的"语言天才"形容为"有一股几乎没听说过的机灵劲儿"。

高本汉教授开的单子中还包括了代词"咱们"及其异体"偺们",用以说明"偺们"在"红楼A"和"红楼B"中出现的频率都相当高。③ 但这两者的差别微不足道,因为它们本来是可以互换的。事实上,在《校本》和1957年版《红楼梦》中印的都是"咱们"而不是"偺们"。更有意义的倒是高本汉教授所没有提到的、在前后两部分中出现的频率即使不高于至少也是等于"咱们"的另一个代词"我们"④,以及二者不同的语法功能。大家知道,在北京方言里,"咱们"包括听者,"我们"则否。"红楼A"恪守着这条规则,只有两则鬼故事和一则寓言除外。⑤ 书中人物在对话中也从

---

① 见《校本》,回三,页27;回五,页46;回七,页72;回八,页83;回十五,页142,148;回二十一,页215;回二十六,页268;回四十一,页435;回四十六,页488。对照《红楼梦》回八十二,页92;回九十四,页1051等。
② 同上,回十一,页117,对照《红楼梦》回一一九,页1323;前书回七,页79,对照后书回一〇五,页1171;前书回八,页90,对照后书回八十八,页996。
③ 见高本汉原文页72中的例25和例26。
④ 在红楼A中,按《校本》,几乎每两页就有一页出现"我们",有的一页之上出现了十次之多(如回五十二,页569)。在红楼B中出现的总次数,按比例算不到红楼A的一半。
⑤ 见《校本》回十三,页126;回十六,页160;回十九,页197。这三则例外都是故意为之,因为你不能指望鬼和动物讲北京方言。(译者附言:最后两句是作者补注在自校本上的。)

不破例。唯独荣府之主贾政,在和他的幕友——其实净是些篾片——谈话时,不用"咱们"这种亲昵的语气,而用较为庄严的"我们"。① 高鹗在续书中大体上也遵守了这一习规,但仍有不少违例之处。②

除了语法方面的研究,"红楼 B"中提到的某些社会风俗对于确定它的作者和写作时间也许具有同样重要作用。在"红楼 A"没有提到用煤取暖或做饭。"红楼 B"中则有佣人给王熙凤居所送煤。③ 妙玉夜间遭劫,第二天她的丫头说:"昨夜煤气熏着了,今早都起不来。"后来,一位道婆把这件事对妙玉的朋友惜春又说了一遍。④

曹霑对女性人物日常生活的描写真说得上是精雕细刻,特别是对她们非常考究的食品和服饰。他还记下了一些从西方进口的舶来品:钟、表、画、纺织品、药、银剪,等等。⑤ 有只鼻烟盒,他描写得很有意思:"一个金镶双扣金星玻璃的扁盒","里面有西洋珐琅的黄发赤身女子,两肋又有肉翅","盛着些真正'汪恰'洋烟"。⑥ 虽说如此,在前八十回中,没有人知道吸烟是怎么一回事,连宁府的那群赌徒也不例外。但在续作中王熙凤来看新过门的薛宝钗,后者递给她"一个烟袋",⑦也许是水烟袋吧。从曹霑开笔到高鹗续成,其间不到半个世纪,吸烟这一在曹氏笔下尚不为男子

---

① 见《校本》,回十七,页 160~164,166。
② 如:《红楼梦》回八十一,页 913,行 7,两次用错"咱们";回九十二,页 1038,行 25,用错"咱们";回一〇五,页 1171,行 17,回一一四,页 1261,行 8,"我们"用错;回一一七,页 1300,行 21、22、23,三次用错"我们"。
③ 见《红楼梦》回八十八,页 998~999。
④ 同上,回一一二,页 1244~1245。
⑤ 分别见《校本》回六,页 65;回十四,页 135;回五十二,页 564,566,562;回七十,页 789。
⑥ 同上,回五十二,页 562。要是能查明"汪恰"这个商标或公司名称就好了。唉,这个名字又被高鹗在他对"红楼 A"的修改本中抹掉了。
⑦ 这倒不是说曹霑在世时烟草尚未传入中国。早在 15 世纪它就开始进口。乾隆十五年即 1750 年,政府下令禁种烟草。曹霑写此书正在此令生效期间。中国的烟税始于 18 世纪 80 年代。

又,厉鹗(1692—1752)《樊榭山房词》有《天香·咏烟草》一首,序云:"今日伟男鬓女,无人不嗜,而好之尤至。"其词前为作于丙辰(1736)之"蕙兰芳引",后为作于丁巳之"杏花天影",则亦为丙辰之作,其时尚未禁种烟草(《清名家词》,页 39)。——译者附言:此则"又"字以下是作者补注在自校本上的,原文是中文。

所稔的时尚，到高氏续书时已经侵入了淑女的深闺。

正当此书快要写完时,* 林语堂博士关于后四十回作者的一篇论文引起了我的注意。① 林博士对于这个问题的处理方式和高本汉教授的[方式]完全不同，高的论文他似乎没有看见，因为否则他可以引它来支持他自己的结论，说最后四十回是曹霑原著。林博士的主要辩说是这样的：从1756年(乾隆丙子)前七十五回"对清"到1763年他亡故之前，曹霑有充分的时间写完下面的四十五回，所以最后的四十回(因七十六至八十回已包括在《石头记》内)一定是曹霑自己的作品。② 可是，他认识到脂砚评语中说到的回目与故事如"花袭人有始有终"、"狱神庙"、"卫若兰射圃"、"警幻情榜"，等等，在后四十回中找不到,③但他争辩道：在前八十回中，也有许多不一致的地方，大多数是关于书中女子的年龄。④ 在另一方面，他大赞"高本的后四十回"，因为，据他说，"和前八十回的许多伏线有极为细致奇妙的配合"(329页)。林博士称赞他所谓的"高本后四十回之文学伎俩及经营匠心"是慷慨大量的。他用十七页的篇幅来表示他对这样的"伎俩"与"经营"的欣赏，他用他所引述的每一个例子来努力证明：这样"神奇"的作品，除了曹霑，是任何人写不出来的。⑤

但是他必得克服两个障碍才能为他自己的理论扫清道路。第一个是高鹗妻兄张问陶的陈述："《红楼梦》八十回以后俱兰墅所补。"(补，意即

---

* 编注：自此以下至全章结束，系著者自译。

① 林语堂《平心论高鹗》(英文题：《红楼梦作者问题的再提出》)，《历史语言研究所集刊》第29期，页327～387，台北，1958。这个英文题是引人误解的，因为文中只讨论了续书的作者问题而已。我感谢香港皇仁书院的柳存仁博士在1959年2月把他自己的此文的单行本寄给我。

② 见上引之文，页328,337,385。

③ 同上，页336,363～365。

④ 同上，页366～368。他没说这些差异出现在曹的原作还是高的修改本。(译者附言：这后一句话是著者记在手校本上的，原文是英文。)

⑤ 同上，页368～385。林博士否定高氏著作权的方法比较有趣。他用"北京程伟元书局"的名义，悬赏美金1000元，征求读者在五年之内补写他所出题的书中所缺二故事之一回。其含意是：既然世界上显然没有人能写出像后四十回中任何一回那样神奇的作品，照林博士看来，高鹗是同样不可能写出后四十回续书的。(页377)

"补给"、"补其所缺"。)对于这一点林博士解释道:张问陶所谓补是"修补"、"补订",而不是说"补作"或"补足"后四十回(页330)。这是一个颇为奇怪的解释,因为,一方面程伟元和高鹗都承认对前八十回"补遗订讹"①;而在另一方面,当张问陶说到"补订"(如果他说"补"时意为"补订")时,他特别指出"八十回以后"。假使林博士注解张氏所谓"补"的意义是对的,那么张氏应该首先指出全书大部分的"前八十回",而不是"八十回以后俱兰墅所补"。看来关于续书的作者问题上,林博士比高鹗自己,比他的同事程伟元,比他的妻兄张问陶,知道得更清楚。

林博士的第二个障碍当然是大家都知道的,最初由俞平伯先生和胡适博士指出来的:高鹗是续书作者这一事实。他一面赞扬胡博士"对于这个问题的真正考据的材料"的"实事求是"的态度,没有"主观意见",同时全部驳斥俞先生指出来的所有论点,其中有许多是胡适考据文章中所已采用和推论的。② 这一段对俞先生和别人的冗长的恶骂,用一张列举俞氏"九大罪状表"来结束。③ 他这里的主要论点是:续书中的道学思想对于"礼教"的维护,以及书中主角的考中举人,都是曹霑小说中不可分割的主题大旨:所以续书是曹氏作品。④

我们不拟多谈林博士的战斗思想,因为,第一,他的大部分争辩是根据他自己对于后四十回中"神奇"故事的个人欣赏对比俞先生早在1923年发表而后经修改的意见;第二,许多与此有关的问题在本书较早的各章中已经解答。假使林博士不存偏见,彻底地研究了这些故事,并把他们与前八十回中这类故事相比较,他也许会得出这样的结论:续书中那些故事

---

① 见程乙本《红楼梦》引言,程、高合写。
② 见《考证》,页64,65。
③ 林文,页345～362。林博士在拟定九条罪状时颇费匠心,每条都用四字为句:(1)成心之言,(2)曲解原文,(3)无知妄作,(4)掩灭证据,(5)故事铺张,(6)造谣生事,(7)含血喷人,(8)无理取闹,(9)道学尖酸。
 虽然林博士毫无疑问地接受了周汝昌先生的错误结论,脂砚斋即书中主角的续妻史湘云,可是周先生和为《新证》写跋的他的哥哥,也在被骂之列,连他们已故的父母也不饶过。(页348)
④ 林文,页360～361。

可能来自曹霑旧稿,那样也许他的说法较近实情。但他为了要证明后四十回中所有的故事,包括那些与脂评和前八十回中的伏线都矛盾的故事,都是真正曹霑的作品①而作出的热忱的努力,实际上打败了他自己的官司。他对于续书中自相矛盾而又拙劣的故事,加以无条件的赞美与辩护,又把它们归之于曹霑,这就不但不能像他所希望的那样把作者抬到更高一级的神龛上去,反而使他变得前后矛盾或患了精神分裂症。在另一方面,如果我们承认后四十回不过是另一作者的续书,我们可以退一步说,尽管它有一些缺点,续书的完工是一个相当的成就。我们应该对于这位续作者的困难的工作表示适当的宽容,这样就能更好地欣赏这一不平凡事业的功绩。但如果我们把后四十回归之于曹霑,我们对于这位伟大的作家就不够公正了。

乾隆时代一位经学大师在一封信中对他的朋友说:

> 故校经之法,必以贾(公彦,7世纪)还贾,以孔(颖达,574—648)还孔……以郑(玄,127—200)还郑,各得其底本,而后判其义理之是非;而后经之底本可定;而后经之义理可以徐定。不先正注疏、释文之底本,则多诬古人;不断其立说之是非,则多误今人。②

---

① 林文,页 373～385。例如他把主角(宝玉)变为道学先生,重复梦游太虚幻境,神秘的和尚送玉回来,鸳鸯之死(胡适赞美,林表同意),测字、扶乩的胡言吃语,等等。
② 段玉裁(1735—1815)《与诸同志书论校书之难》,《经韵楼集》卷六,页 27 下,《皇清经解》第 87 种,上海书局本,1892 年。

书目甲 《红楼梦》的西文译本及论著

(一)译文部分

波维罗、黎却奥(Bovera, Clara Pirrone & Riccio, Carla)合译:《红楼之梦》(Il Sogno della Camera Rossa),有马丁·培耐狄克特(Martin Benedikter)及库恩(Franz Kuhn)两导言,改琦(1774—1829)绣像25幅。692页。爱诺地公司1958年多林诺(Torino)版。从库恩之德译本转译为意大利文。

波拉(Bowra, Edward Charles)译:《红楼之梦》(The Dream of the Red Chamber),载《中国杂志》(The China Magazine),1868年圣诞节号,页1,3,33,65,97,129;又卷1869,页1,3,65。上海版。从前八回中译为英文。

葵尼(Guerne, Armel)译:《梦在红楼》(Le Rêve dans le Pavilion Rouge)。342页。前有序及改琦绣像7幅。居勒不刺公司1957年巴黎版。从库恩之德译本转译为法文。

徐仲年译:《梦在红楼》"贾宝玉与林黛玉之戏剧性恋爱的故事"(Le Reve dans le pavilion Rouge 'Les amours dramatiques de Kia pao-yu et de Lin Tai-yu'),载《现代中国文学选集》,巴拉丛书(*Anthologie de la Littérature Chinoise des Origines à nos jours*, Collection Pallas),页171,280～284,293～302,336～337。德拉格拉夫图书公司1933年巴黎版。从原书第十七、二十七、二十八、三十二诸回中译为法文。

裘里(Joly, H. Bencraft)译:《红楼梦》或《红楼之梦》,一本中国小说(*Hung Lou Meng; or The Dream of the Red Chamber, A Chinese Novel*)。第一册,378页,有1891年9月1日序,凯来及华希公司1892年香港版;第二册,538页,商务排印局1893年澳门版。将中文前五十六回译为英文。

库恩(Kuhn, Franz)译:(1)《红楼之梦》(*Der Traum der roten Kammer*),788页,有译者导言。岛社1932年莱比锡版。从中文节译为德文,约为原书的5/12,主要故事用提要叙完。

(2)《红楼梦小说中之一回,第十五回》(Ein Kapitel aus Roman Hung Lou Mong, Fünfzehntes Kapitel),载《中国学》(*Sinica*)卷7,页178～186,1932年法兰克福大城(Frankfurt-am-Main)版。译自第十八回(非如德文题所示第十五回)。

李治华译,浩然(André d'Hormon)校订:《红楼之梦》(*Le Rêve du Pavilion Rouge*),有李及艾颠泊尔(Etiemble)两序。《东方文学》丛书(*Collection Connaissance d Orient*)巴黎盖理玛图书社(印刷中)。法文全译本,前八十回译自脂砚斋评本。

麦克休姐妹(McHugh, Florence & Isabel)译:《红楼之梦》(*The*

Dream of the Red Chamber），有库恩导言，xxi＋582页。潘蒂昂公司1957年纽约版，罗特雷基及克甘公司1958年伦敦版。从库恩德译本转译为英文。

巴那苏克（ПанасюкаВ. А.）译：《梦在红楼》（Сон в Красном Тереме），有费德体（Н. Т. Федореико）导言17页，改琦绣像2幅，上册879页，下册863页。国家出版局1958年莫斯科版。俄文自中文全书译出，是目前西文中唯一全书译本。

鲍文蔚译：《红楼之梦》（Le Rêve de la Chambre Rouge），载《法文研究》(Études Fraçaises)1943年第4号，页67～80,149～161,224～237,306～317，汉学研究所北京版，从五十七回译出，中法文对照。

路德门（Руцмаи, В. Г.）译：《梦在红楼》第一、第二回，在马玛也娃（Р. М. МаМаева）编《中国文学读本》（Китайская Литература, Хрестоматия）内，页656～683，有马玛也娃导言。教育书籍出版社1959年莫斯科版。

汤姆（Thom, R.）译：《红楼之梦》（The Dreams of the Red Chamber）载《中国话》（The Chinese Speaker）页62～89,1842年宁波版。逐字逐句直译，是为在华外国人学习中文之用。

丁文渊译：《红楼梦小说》（Aus dem Roman Hung Lou Mong,"Der Traum des Roten Schlosses"），载《中国学》卷4，页83～89,130～135,1928年法兰克福大城版，从原书第二十一、第二十二两回中节译为德文，有导言。

王际真译:(1)《红楼之梦》(Dream of the Red Chamber),有亚瑟·韦利序及译者导言,xxiii+371 页,路特来奇父子公司 1929 年伦敦版。从原书节译为英文,有故事提要。

(2)同上,有马克·范·多伦(Mark van Doren)序,xxiv+574 页,吐温出版社 1958 年纽约版。是上书的增订本,仍不全。

袁家骅、石明:《红楼梦,断鸿零雁记》,在《英译中国文学选辑》第二辑,北新书局 1933 年上海版。系选译并加注。

(二)论著部分

培耐狄克特(Benedikter,Martin):《红楼之梦导言》("Il Sogno della Camera Rossa"Introduzione),载意大利学院中东极东研究所《中国》(Cina)卷 5,页 1~4,1959 年罗马版。

柯纳培(Cornaby,W. Arthur):《红楼之秘密》(The Secret of the Red Chamber),载《新中国评论》1919 年 5 月号,页 329~339,上海版。

艾格德(Eggert,Heinrich):《红楼梦的构成》:(Die Entstehungsgeschichte des Hung-lou-mong)汉堡大学学位论文,1939 年。(参见普鲁显克条)

房兆楹:《曹霑》,在《清代名人传略》("Eminent Chinese of the Ch'ing Period",A. W. Hummel 编),卷 2,页 737~739。美国政府印刷局 1944 年华盛顿版。(参看《曹寅》,同书页 740~742)

翟理斯(Giles,Herbert A.):(1)《红楼梦,通常称为红楼之梦》(The Hung Lou Meng,commonly called The Dream of the Red Chamber),载

皇家亚西亚学会华北分会会刊(*Journal of the North China Branch of the Royal Asiatic Society*)新卷 20,期 1,页 1～20,51～52,1885 年上海版。

(2)《红楼梦》,载《中国文学史》(*A History of Chinese Literature*)卷 8,章 1,页 355～384,威廉海涅门 1901 年伦敦版。

郭实猎(Gutzlaff,K.):《红楼梦或梦在红楼》(Hung Lau mung or Dreams in the Red Chamber),载《中国文库》(*Chinese Repository*)卷 11,页 266～273,1842 年 5 月号,广州版。

赫德生(Hudson,Elfrida):《一个古老的故事》(*An Old,Old Story*),载《中国杂志》(*The China Journal*)卷 8,期 1,页 7～15,1928 年上海版。是小说中三角恋爱故事的提要。

高本汉(Karlgren,Bernhand):《中国文法新探》(New Excursions in Chinese Grammar),载《远东古物博物馆馆刊》(*Bulletin of the Museum of Far Eastern Antiquities*)期 24,页 53～80,1954 年瑞典斯笃克霍姆版。(注:这条是著者补在自校本上的,原文是英文。)

郭麟阁:《红楼梦论(十八世纪中国著名小说)》(Essai sur le Hong Leou Mong ⟨Le Rêve dans le Pavilion Rouge, celebre roman Chinois du XVIII siècle'⟩),里昂大学博士论文,176 页。波士兄弟公司 1935 年里昂版。

李辰冬:《红楼梦研究》(Hong-leou-mong Yen-kieou, Études sur Le Songe du Pavilion Rouge),巴黎大学博士论文,151 页,罗德斯丹书店 1934 年巴黎版。

鲁迅:《清代人情小说》(由杨宪益、戴乃迭译为英文),在《中国小说史略》(1924)英译本章 24,页 298～316,又附录一,页 436～441。外文出版社 1959 年北京版。

卢月化:《红楼梦派的中国少女》(La Jeune Fille Chinoise d'après Hong-leou-mong),巴黎大学博士论文,160 页。罗维敦公司 1936 年巴黎版。

吴益泰(Ou, Itaï):《爱情小说—红楼梦—曹雪芹生平等》(Romans Sentimentaux—Le Hong-leou-mong—La Vie de Ts'ao Siue-ts'in etc.) 在《中国小说》(Le Roman Chinois)章 5,页 63～78。全书 192 页,有斯屈夫斯基(Fortunat Strowski)序,维加书刊社 1935 年巴黎版。

波兹聂也娃(Пэднева, Л. дмитриевна):(1)《论红楼梦》,乃为王了一著《中国语法大纲》俄文译本(雷斯卡娅译)的导言,外文出版社 1954 年莫斯科版。

(2)《鲁迅论红楼梦》,在《鲁迅》(Цу Синв)一书中,页 224～238,459～475。莫斯科大学出版社 1959 年版。(注:此条原无题,暂加。)

普鲁显克(Prusek, Jaroslav):《有关红楼梦问题的新材料——评艾格德著〈红楼梦的构成〉》(Neus Material zum Hung-lou-meng-Problem〈Bemerkungen zu H. Eggerts' Entstehungsgeschichte des Hung-lou-meng' Hamburg,1939〉),载捷克东方研究所《东方文档》(Archiv Orientálni)卷 13,页 270～277,1942 年布拉格版。此文在胡适关于"庚辰本"论文范围的基础上引用脂砚斋评语。

伐西立也甫(Васидиев, В. П.):《论红楼梦》,在《中国文学史纲要》

(Очерк Истории Китайской Литературы Сло），页 159～160,1880 年圣彼得堡版。

魏纳(Werner,Edward Chalmers)：《论翻译中文》(The translation of Chinese)，载《中国杂志》卷 6,期 4,页 175～177。1927 年上海版。此文比较了威妥玛(Sir Thomas Wade)及裘里(H. B. Joly,见前)的《红楼梦》第一、第八回的英译文。（我未见威氏译文。未列入本书目。）

吴世昌：(1)《脂砚斋重评石头记》、《脂砚斋红楼梦辑评》（提要），载《汉学书录解题》(Revue Bibliographique de si nologie)卷 1,页 142～144。茂顿书店 1957 年巴黎—海牙联合版。

(2)《红楼梦中若干问题》(Some Problems in the Hung-lou-Meng)，1959 年 9 月在第十二届青年汉学家会议上宣读的论文,载该会会议报告,页 1～9,剑桥大学印。

俞平伯：《红楼之梦》("The Dream of the Red Chamber"，译者不详)，载《人民中国》（英文版）期 10,页 32～34,1954 年 5 月北京版。

袁水拍：《红楼之梦》("Dream of the Red Chamber"，译者不详)，载《中国建设》（英文版）卷 4,期 5,页 20～23。1955 年 5 月北京版。此文论述了近年来关于此小说主题的辩论,附图片 3 幅及木刻插图 2 幅(1832 年)。

（编者附注：本书目系按译著者姓氏的英文字母顺序排列。）

书目乙　本书使用的中文书籍

说明：这是为便于读者检阅本书涉及的中文书籍而汇集的书目，其版本及时间已在有关脚注中给出。按书名首字的字母顺序排列。

关于小说的不同版本及有关论著，可查本书目55，一粟编《红楼梦书录》（共409页）。该书罗列了1954年10月前已出的905种，包括登在报刊上的约200篇，还记录了早期版本的序，对重要论著的编者或著者有提要式的注。

1. 战国策　　　　　　刘　向（集）
2. 昌黎先生集　　　　韩　愈
3. 长生殿　　　　　　洪　昇
4. 脂砚斋重评石头记　曹　霑
5. 脂砚斋红楼梦辑评　俞平伯（辑）
6. 今古奇观　　　　　冯梦龙（编）
7. 金瓶梅　　　　　　佚　名
8. 晋书　　　　　　　唐太宗等
9. 京尘杂录　　　　　杨懋建
10. 镜花缘　　　　　　李汝珍
11. 警世通言　　　　　冯梦龙（编）
12. 敬业堂诗续集　　　查慎行
13. 经韵楼集　　　　　段玉裁
14. 清平山堂话本　　　洪楩（编）
15. 旧唐书　　　　　　刘　昫
16. 周礼
17. 楚辞　　　　　　　屈　原等
18. 劝戒四录　　　　　梁恭宸

19. 船山诗草	张问陶	46. 胡适文存三集	胡　适
20. 全唐诗		47. 桦叶述闻	西　清
21. 庄子	庄　周	48. 红楼梦人民文学出版社本	
22. 春柳堂诗稿	张宜泉		曹霑　高鹗
23. 春在堂全书	俞　樾	49. 红楼梦八十回校本	曹霑　高鹗
24. 中国现代语法	王　力	50. 红楼梦亚东图书馆本	
25. 中国小说史料	孔另境		曹霑　高鹗
26. 中国通俗小说书目	孙楷第	51. 红楼梦新证	周汝昌
27. 儿女英雄传	文　康	52. 红楼梦稿	高　鹗（?）
28. 尔雅	郭　璞（注）	53. 红楼梦考证	胡　适
29. 飞燕外传	伶　玄（?）	54. 红楼梦辨	俞平伯
30. 汉书	班　固	55. 红楼梦书录	一　粟
31. 邯郸梦（记）	汤显祖	56. 红楼梦思想与人物	刘大杰
32. 好逑传	名教中人	57. 红楼梦问题讨论集 1～4 集	
33. 后汉书	范　晔	58. 红楼梦研究	俞平伯
34. 熙朝雅颂集	铁　保（编）	59. 一捧雪	李　玉
35. 西京杂记	吴　均（集）	60. 一亭杂记	毛庆臻
36. 西厢记	王实甫	61. 儒林外史	吴敬梓
37. 孝经		62. 陔余丛考	赵　翼
38. 小说考证	蒋　瑞	63. 艮斋倦稿	尤　侗
39. 小说丛考	钱静方	64. 江宁府志	姚鼐等
40. 小仓山房文集	袁　枚	65. 公羊传	公羊高（?）
41. 新观察 1959 年 7 月号		66. 骨董三记	邓之诚
42. 续金陵琐志	陈诒绂	67. 骨董琐记	邓之诚
43. 续阅微草堂笔记		68. 古文苑	
44. 雪桥诗话	杨钟羲	69. 礼记	戴圣（集）
45. 胡适论学近著	胡　适	70. 李北海集	李　邕

71. 历史语言研究所集刊29期		95. 石头记索引	蔡元培
72. 历代名人年里碑传总表	姜亮夫	96. 书经	
		97. 四松堂集	敦　诚
73. 两千年中西历对照表	薛仲三 欧阳颐	98. 水浒	施耐庵
		99. 水浒研究	何　心
		100. 隋村先生遗集	施　瑮
74. 楝亭诗钞	曹　寅	101. 随园诗话	袁　枚
75. 骆宾王文集	骆宾王	102. 宋史	托克托
76. 吕氏春秋	吕不韦(集)	103. 唐宋传奇集	鲁　迅(编)
77. 绿烟琐窗集	明　义	甲　枕中记	沈既济
78. 论再生缘	陈寅恪	乙　霍小玉传	李　防
79. 论语		104. 天咫偶闻	震　钧
80. 懋斋诗钞	敦　敏	105. 左传	杜　预(注)
81. 明史	张廷玉等	106. 枣窗闲笔	裕　瑞
82. 牡丹亭(即还魂记)	汤显祖	107. 紫钗记	汤显祖
83. 南柯记	汤显祖	108. 资治通鉴	司马光
84. 能静居笔记	佚　名	109. 杜少陵集(详注)	杜　甫
85. 八旗画录	李　放	110. 东京梦华录	孟元老
86. 八旗艺文编目	恩　华	111. 王侍中集	王　粲
87. 八旗文经	盛　昱	112. 文心雕龙	刘　勰
88. 白氏长庆集	白居易	113. 文选	萧　统(编)
89. 朴村诗集	张云章	114. 文学遗产	
90. 圣祖仁皇帝实录	朱　轼等		光明日报(编)
91. 史记	司马迁	115. 文学遗产增刊	
92. 诗经	毛　氏(传)		光明日报(编)
93. 释名	刘　熙	116. 文学研究集刊	
94. 世说新语	刘义庆		北大研究所(编)

117. 燕京学报　　　　　容　庚（编）　　122. 玉台新咏　　　　　徐　陵（编）
118. 延芬室集　　　　　永　忠　　　　　123. 庾开府集　　　　　庚　信
119. 颜氏家训　　　　　颜之推　　　　　124. 有关曹雪芹八种　　吴恩裕
120. 玉娇梨　　　　　　张　勺　　　　　125. 阅红楼梦随笔　　　周　春
121. 玉谿生诗（笺注）　李商隐　　　　　126. 永宪录　　　　　　萧　奭

编后附记

《红楼梦探源》是吴世昌先生在牛津大学讲学期间用英文写成的专著,前三卷于1956年完稿,后二卷写于1957至1958年,次年对前三卷做了一些修改。1960年4月写"导言",牛津大学出版社于1961年出版。1962年,先生去国已十五年,在牛津大学继续挽留、北美及澳洲的大学敦聘的情况下,毅然举家归国。其时,他曾抽空将此书的前十章用中文改写,有不少增补和修正(如将原第六章第四节扩为一章等)。

先生回国后,忙于阅读掌握在国外见不到的新材料,作更深入的研究(所写论文于1980年结集为《红楼梦探源外编》),对原来在资料不足情况下得出的某些结论再次修改或补证。后来又遭十年浩劫,下放到农村种菜,当然更谈不到《探源》的改写事务了。

这个本子,是将先生的修改稿(英文本一章至十章,十七章前半,二十章结尾)和魏旸的译稿合璧而成。由于先生改写时增加了一章,故将英文本中较短又关联密切的原第十章、第十一章排序为第十一章(上)、(下),以减少变动。译者熟悉先生的思路,先生在自校本上原有许多批注,许多字迹已模糊不清,经译者仔细辨认,一一译录。过去略译的序、导言、参考书目,除只适合英文本读者部分外,都予补译。应该说,这是一个比较完整的本子。

吴令华
1999年9月

辑二 论文

我怎样写《红楼梦探源》

一　引言

在西欧,从来最畅销的书是《新旧约圣经》;在中国,自 18 世纪末年以后,最畅销的书(除了《时宪书》——即日历,和幼童教本如《百家姓》、《千字文》之外),要算是《红楼梦》。把《圣经》来比言情小说,似乎有点不伦不类。那么,我们可以说:中国的《红楼梦》,大致相当于英国的莎士比亚作品。但莎翁作品在英国一向被尊为文学宝典,是学校中主要课本,而《红楼梦》则在近年以前,常被中国道学先生认为"闲书",不宜给学生看的,虽然道学先生们自己,往往躲起来偷看。莎翁和曹雪芹在他们的作品中都创造了四百多个人物,但莎翁的人物,分配在三十多个剧本中,而且许多王、侯、侍从、男女仆人,性格大致相类;在不同的剧本中"跑龙套"的人物,原不必有多大区别。而曹雪芹的四百多个人物,却严密地组织在一个大单位中,各人的面目、性格、身份、语言,都不相同;不可互易,也不能弄错。这部小说,即使放在全世界最伟大的十部名著之中,也会突出地站在前面。

英国学童从十一二岁即开始读莎翁剧本,直到中学毕业会考,几本重要作品,至少要"读"十来次,还有在戏台上、在无线电广播和电视中"看"和"听"的机会。但在中国,至少在我的学生时代,从小学至大学研究院,《红楼梦》这书名从未列入课程表中。我第一次看《红楼梦》是在初中三年级,有一次生病,无法上学,才把它当"闲书"看着消遣的。至于研究《红楼梦》,说来惭愧,虽然也看过别人写的有关此书的论著,自己在出国以前,从未下过功夫。抗战时期,许多在昆明和重庆的朋友,在"莫谈国事"的大前提之下,觉得谈"红学"最妥当,最"卫生",于是谈得很起劲。可是我那时在桂林,不但听不到,连"红学"的文字也看不到。倒是来到英国之后,因为有的学生研究《红楼梦》,由我指导,使我不得不对此书前后两部分的作者、著作过程和版本年代这些问题重新加以考虑。接着,从1954年起,国内由李希凡、蓝翎等讨论《红楼梦》问题所引起的大辩论,受到了国际的注意。北京及各地报刊大量登载辩论的文章,"讨论集"由一册出至四册,而尤其重要的,是一部七十八回的《脂砚斋重评石头记》抄本,即高鹗未改以前的曹雪芹原稿抄本,在1955年由北京文学古籍刊行社用朱、墨二色套版照相影印出版,牛津大学买到一部。同时,由巴黎、海牙联合出版的《汉学要籍纲目》(*Revue Bibliographique de Sinologie*)的编者,要我为此书作提要。我于是把这部曹雪芹的原著和脂砚斋的数千条评语,仔细研究了一下。可是"提要"限制字数甚严,没甚可说,而从这抄本中所发现的问题,繁多而且复杂。既已发现,便不能丢开;既然复杂,就需要清理。一清理,牵连的问题就更多了。许多前人以为已解决了的,新的证据证明并未解决,或解错了。许多前人从未发现的问题,陆续出现,需要解决,等到一批问题解决了,连带的又引出另一批以前未曾注意的问题。这样,我觉得非把一切有关《红楼梦》及其作者可能得到的全部材料收集起来,加以彻底的、全面的研究,否则无法完成这两份工作。我于是开始收集材料。

我应该感谢的是国内近年大批出版这些材料。上述七十八回抄本，其实在 1933 年即在北京发现[胡适曾有一跋文，却把它误称为"庚辰(1760)"本，正如同把他自己在 1927 年买到的十六回残本误称为"甲戌(1754)"本一样，这两个误称到现在还被沿用着]。可是这些"珍本"，过去是私人的"枕中鸿宝"，是"学者"们的"血本"。"良工不示人以璞"，如果印出来，阿猫阿狗也可以研究，红学专家们便不能长久"专"下去了。说也奇怪，据说"破坏中国文化"的北京人民政府，却鼓励这个古本公开发行，连欧美的学者，也可以看到了。不但此也，胡适私人藏了三十三年（1927—1960）不公开的十六回残本，即所谓"甲戌"本，其中有许多脂砚斋评语（曾由他的学生录出），连同别的抄本的脂评，也一起由俞平伯编为《脂砚斋红楼梦辑评》，在 1954 年年底出版。此外，有许多曹雪芹友好的诗文集，如敦诚的《四松堂集》，敦敏的《懋斋诗钞》，明义的《绿烟琐窗集》，张宜泉的《春柳堂诗稿》，裕瑞的《枣窗闲笔》，等等，有些是连以前的红学专家都未见到的材料，现在都影印出版了。如果没有这些材料的公开，我的工作是无法开始的。此外，尚须提到一部重要著作，即周汝昌的《红楼梦新证》。周君书中有许多主要的结论是错的（例如脂砚斋，又署"畸笏叟"，他以为即是"史湘云"，简直是匪夷所思），但他书中搜罗了许多不易经见的材料，对于曹氏家世的研究是非常重要的。许多人对此书批评很苛，只是评他的文学观点。但如把它当作一部史料书来看，是有价值的。"采葑采菲，无以下体。"我倒受了周君不少帮助，应该感谢他的劳绩。

二 《红楼梦探源》的主旨和步骤

我写这书，本来不是批评《红楼梦》的文学价值，所以谈不到什么理论观点，也不是研究此书的"微言大义"或社会问题。这些当然都是非常重要、值得郑重研究的。而在这方面，近年国内已有许多研究论文出版，其中颇有精彩之作。但我觉得在研究这些问题之前，尚须先弄清楚若干基本问题。例如,在全书一百二十回中,哪一部分是曹氏的作品,哪一部分是高氏续作?在曹氏作品中,哪些部分是他的真正原作,哪些部分曾经高氏删改?在高氏续作中,有无曹氏原稿材料在内?如果不把这些问题弄清楚,则在批评曹雪芹思想时,会把高鹗的思想算在他的账上;在研究曹氏的文艺造就时,也会把经高鹗删改的结果,归诸雪芹。如果不先弄清楚脂砚斋是男是女,他和曹家关系如何,便不能确定他的数千条评语有何价值。在研究他的评语时,如果不能鉴定哪些评语出于脂砚斋之手,哪些是别人写的,也就无法判断这些评语有多少价值,对于了解雪芹的身世和《红楼梦》成书过程有何帮助。在鉴定了脂评以后,如果不能区别各期评语的写作年份,也就不能看出某些评语和作者生活及小说内容有何关系。但是,尤其重要的,尤其基本的,是判断分析几个重要抄本的年代。这是过去中国经学大师对于校勘学和考证学最注意的初步基本问题。不把这个基础打得正确坚实,则修造在这基础上的上层建筑,是很容易东倒西歪,甚至于垮下来的。不幸这两个抄本一出现,立刻被"有历史癖"的胡适博士加上了违反历史的名称。他那十六回残本是一个过录脂评本,并非脂砚手批本。在这过录本的底本中,明明有脂砚斋乾隆甲午(1774)八月的评语,而胡博士却硬把它叫作"甲戌(1754)"本。后来在徐星署家中发现的七十八回抄本,又是一个用四个不同底本拼凑起来的过录本,其原底本中即有乾隆丁亥(1767)的评语,而胡博士又硬把它叫作"庚辰(1760)"本。这种时代错误,不合科学的说法,使《红楼梦》考证在近三十年中,长久停留在粗疏幼稚的阶段,无法走上科学的道路。胡博士所定的这两个名称颇有催眠作用,近人许多考据文字,都盲目地沿用"甲戌"本、"庚辰"本这些名称,使读者在看到原抄本之前,已造成了"先入为主"的成见,这是任何科学性的研究所不该有的。所以在开始考察这些抄本的年代时,第一步,我首先抛弃这两个引入迷途的名称,姑且把这两个抄本称为"脂评甲本"和"脂评丙本"(另有一个次要的所谓"己卯"本则改称为"脂评乙本")。庄子说:"名者实之宾也"。用惯了错误的名称,脑筋养成了"条件反射",则对于一切有关抄本和脂评年代的判断,都会失去标准尺度,陷入错误(现在"甲本"改称脂残本,"丙本"改称脂京本)。

至于脂砚斋,周汝昌君认为是"史湘云",固然是错的;有人把他定为作者曹雪芹自己,亦即书中的"宝玉",就是"那块爱吃胭脂的顽石",则尤其荒谬。评语中有许多称赞《红楼梦》的优点和作者的天才,指出描写如何新雅,故事如何别致,古今无比,等等。如果评者即作者,那就等于说,曹雪芹在替自己肉麻地做广告。我想,曹雪芹没有在美国大学中学过广告术,大概不会有这套本领。这且不说。更重要的是,在十六回残本第一回"满纸荒唐言,一把辛酸泪"这首诗上面的眉批明明说:

> 能解者方有辛酸之泪,哭成此书。壬午(1763)除夕,书未成,芹为泪尽而逝。余尝哭芹,泪亦待尽……今而后惟愿造化主再出一芹一脂,是书何本(幸),余二人亦大快遂心于九泉矣。甲午(1774)八月泪笔。

如果脂砚即雪芹,则他不但有耶稣复活的神通,而且有孙行者化身的本领:壬午除夕死了,"隔了十年又是一条好汉",摇身一变,变成"脂砚斋",洒着一把眼泪在替自己的书写评!不料乾、嘉大师所建立的科学的考据学,在一百多年以后,反而退步到变成了神话了。

所以,我的第二步主要工作,是要考出:脂砚斋到底是谁?他和曹雪芹有何关系?这关系是朋友,还是亲戚?他为什么要评《红楼梦》,从1754年以前,一直评到1774年?他和《红楼梦》的背景有无关系?他是曹雪芹的什么人?他的年龄比曹雪芹大或小若干岁?他为什么为《红楼梦》一书这样伤感,批评得眼泪都要流尽了?他一共写了几次评语?每次是在哪一年写的?

在求出了上述各种问题的答案以后,可以帮助我们了解有关作者曹雪芹的许多问题。例如作者的生卒年,就有许多不同的说法,迄无定论。

作者的家世，与小说内容有密切关系，也有充分阐明的必要。作者何时开始写此书？那时他几岁？作者的生平事迹，朋友交往，我们也要知道得更详细些，可以帮助了解他著书的经过。要了解这些问题，主要材料依然是脂评和作者朋友们的诗文集，这是第三步工作。

其次，就要考察《红楼梦》成书的过程。作者在第一回中自己说："曹雪芹于悼红轩中披阅十载，增删五次。"这十载在他生命中占哪一段时间？在未删改以前，这部书的初稿是什么情形？在历次的增删中，主要故事有无改变？文字细节如何更动？《红楼梦》书中故事的背景，有的说在南京，有的说在北京，历来聚讼纷纭，迄无定论。袁枚在《随园诗话》中说，书中"大观园者，即余之随园也"。此话的根据是什么？这根据的来源是否可靠？作者既说"披阅十载，增删五次"，显然他的初稿已成全书，才能"披阅"；他所"增删"的，也应该是指全书而言。然则何以《石头记》只有八十回抄本？（七十八回本至第八十回止，但其中缺第六十四、六十七两回。）如果初稿已有全书后半部的故事，这些故事内容是怎样的？其中主要人物，如黛玉、宝玉、宝钗、王熙凤等，如何下场？是否和现存高氏所补后四十回内容相符？如有不同，其差异若何？要解决这一大串问题，主要的要凭原本前八十回线索。这是最可靠的内证。其次是脂评中所说到的后半部内容，这也是极可靠的同时人的证见。脂评对于《红楼梦》研究最重要的贡献，除了供给我们关于作者生平家世的材料外，要算这些有关初稿的消息，尤其是原稿后半部故事的轮廓，最为重要。因为，只有知道了雪芹全部原稿的内容——哪怕只是一个大概，我们才算看见了他的思想的全部，而不是把三分之二（八十回）的雪芹思想、三分之一（四十回）的高鹗思想混在一起，当作雪芹的全部思想，张冠李戴，叫他代人受过或无功受禄。根据现在材料，推求雪芹原稿中后半部故事的内容，是我所承担的第四步工作。

三　关于后四十回

　　以上都是关于《红楼梦》原作的抄本、评者和原稿的许多问题。但是我们现在一般读者所看的，是一百二十回的《红楼梦》，不是前八十回的《石头记》。这一百二十回中的最后四十回是高鹗的补作。关于此点，当时著名的诗人张问陶（字船山，1764—1814）在他送给高氏的诗中说得很明白。他的《赠高兰墅鹗同年》一诗题下自注说："《红楼梦》八十回以后俱兰墅所补。"此诗第二联云："侠气君能空紫塞，艳情人自说'红楼'。"高鹗是张问陶的妹夫，张氏的话当然可靠。另外还有许多清人的著作，如震钧的《天咫偶闻》，俞樾的《小浮梅闲话》，李放的《八旗画录》，恩华的《八旗艺文编目》，对此点都说得很清楚。但是刊行一百二十回本《红楼梦》的程伟元，在乾隆辛亥（1791）版的序文中，说他曾多年收集作者（雪芹）的残稿，请人拼凑编辑起来，才有后四十回。而高鹗在他的序文中，也说程伟元把一些残稿请他整理编写，才能使全书一百二十回合成全璧。这些话，过去的红学家认为，都是程氏撒谎，因为他说曾见一百二十回的回目，而现在《红楼梦》后四十回的回目，与前八十回中故事所透露的后半部内容不符。这一点很对，程氏确在造谎。他说收集了近四十回的曹氏残稿，当然也不是真话，因为后四十回故事的内容与前半部的计划和线索不符。但我们不妨追问一下，是不是可能他确曾得到少许残稿？高氏续作，有没有采用或根据这些残稿，这是一层；其次，高氏后四十回故事既与前八十回原作的计划和线索不符，则他即使见到残稿，自必经他改写过。既经改写，则必与前八十回有出入之处，则他在编合前八十回时，自不免也要东改西抹，以便和他自写的故事大致相符。这倒是他自己和程氏在引言中承认了的："书中前八十回……其间或有增损数字处。"他们说得那么轻描淡写，似乎不会有大出入，因此从来没有人认真把曹氏原文和高氏改本对照过。可是不对则已，一对问题就多了。不是间或"增损数字"，而是整段整页数百字地删削！而且在1791年冬天排印的"程甲本"中改得还少，到次年春天重排的那个宝贝的"程乙本"中，真是大刀阔斧，横砍竖劈，不但改动许多重要故事，而且一有机会，就加入一些对"当今皇上"颂圣的阿谀。在短短的三个月内，高鹗为什么匆匆忙忙要干这勾当，他的动机是什么？程伟元老板，为什么不惜工本，在三个月内又把这部大书重排一次？这是在考察今本《红楼梦》全书时，不可避免的最后一步的工作。

四　初步工作的次序

上述五步工作，构成为《红楼梦探源》的五卷。我说"五步"，而不说"五部分"或"五大门"，乃是因为这些都是研究《红楼梦》思想内容的初步工作，还没有跨进研究思想问题或文学批评的大门，更不必说登堂入室了。但这五步，却是研究思想或文学批评的奠基工作。我自知不是建筑师，只能把修造上层建筑这份工作让给比我高明的人去担承。我只是一个小工，把基石从山坳水崖找得来，放得平正，已算尽了我的能力。但我知道，修盖在这上面的雄壮的殿堂，却非要有坚实的基础不可。建立这基础也有一定的步骤，不能躐等。所以这五步的次序是：（一）"抄本探源"，（二）"评者探源"，（三）"作者探源"，（四）"本书探源"，（五）"续书探源"。卷首是一章简述"《红楼梦》研究的历史背景"，卷末是一章"提要与结论"。另有一些次要问题的讨论，则作为四章附录（已出版的英文本只有三章附录，正在准备中的中文版加一章"作者的友好及其著作"，附在第二卷末），分别以类相从，附在各卷之末。

这个次序有它的必要。因为如果不先说明各个脂评抄本的内容，评语分类和性质，则读者不知"脂评"究竟是什么。如果不先分析各抄本所根据的原底本，即不能判断任何一个抄本本身的年代，也不能推测脂砚斋当年用了几个本子来写他的评语。如果不分析脂砚所写各期评语的年份，便无法把评中所指之事，和雪芹实际生活中的事迹联系起来。胡适在

《新材料》一文中,因未能考定评语的年代,在应用时只好"折中假定"某评在某年。评语有朱笔的,有墨笔的;有些署"脂砚斋"、"脂砚",有些署"畸笏"、"畸笏叟"、"畸笏老人";有的插在正文之中,用双行小字,如古书的注解,有的写在眉端,有的夹在行间,有的用大字抄在回前或回后;有的有年月,有的无年月;也有署别人的名字,如"松斋"、"梅溪"、"绮园"之类。这三千多条评语,五花八门的复杂情形,以及在同一回中,脂残本和脂京本的评语多少不同,各条评语长短不同,都需要彻底整理:分别评者,辨析性质,统计条数,排比年月。这是一份繁重细致的工作。但是把这些复杂情况清理出眉目以后,对于解决以下各卷中的许多问题,却有无穷的帮助,以下各卷的论据,全靠这一卷的结论。这是基本的基本,所以是第一步工作。

从评语的整理中,对照两个抄本,我们知道同一条评语此详彼略,一本署"脂砚",一本署"畸笏",故知二者是一人化名。从脂砚斋评语中说到他自己亲见"南巡",而康熙最末一次南巡在四十六年丁亥(1707),则知他至迟生于康熙三十五六年左右,要比雪芹大到二十岁左右。所以周汝昌君以作者为"宝玉",比"宝玉"小一岁的"史湘云"为脂砚斋,是根本不可能的。周氏的说法先有两个假定:一是"自传说",所以作者曹雪芹即书中"贾宝玉";二是"史湘云"后来与"宝玉"结婚。但这两个假设都全无根据。其一,书中少年时代的"贾宝玉"的模特儿另有其人,并不是作者自己,这一点以后要证明;其二,"宝湘结婚"之说,出于一本冒称"旧时真本"的后人续作,其荒唐与别的续作中宝玉、黛玉又投胎再生结婚相同。据脂京本第二十一回评语,宝玉出家为僧时,其妻仍是宝钗,并不是湘云。故宝玉、湘云结婚说全不可靠。这两个前提的假设既全是错的,脂砚又及见康熙南巡,比作者大了二十岁左右,则脂砚斋即"史湘云"说,全是空想,毫不可信。林语堂在某刊物发表《平心论高鹗》一文,痛骂周汝昌,连为周书写跋文的其兄周缉堂,以及他们已死的父母,都不饶过。但对于周氏那个错误的结论,"脂砚即湘云",林博士却深信不疑。从这种论学的方法与态度,很可以看出一个人的智力与品德。

五　棠村序文的发现

《红楼梦》第一回前有一段引言说：

> 此开卷第一回也。作者自云曾经历过一番"梦幻"之后，故将真事隐去，而借"通灵"说此《石头记》一书也。故曰"甄士隐……"云云……自己又云……故曰"贾雨村……"云云。更于篇中用"梦""幻"等字，却是此书本旨，兼寓提醒阅者之意。

这段文字，向来被人认为是曹雪芹自己作的引言。其实这种看法是错的。既说"作者自云"，便是第三者口气。文中所引"甄士隐"、"贾雨村"、"梦幻"、"通灵"等字，都是第一回回目中所用的字眼。这分明是一段解释回目意义的序言。在脂残本、脂京本和有正书局的八十回本《石头记》中，第二回之前也有类似的一段用大字抄的文字说：

> 此回亦非正文本旨。只在"冷子兴"一人……其"演说荣国府"一篇者，盖因族大人多……此一回〔文〕则是虚敲旁击之文，笔则是反逆隐曲之笔。

此外，在上述两个抄本中，许多回之前尚有类似的文字。在脂京本中，这些回前附文，都用另一页纸单独分抄，字体大小与正文完全一样，但低一格抄。前人都以为这是脂砚斋的"总评"或总批，其实是猜想之词。脂砚在十六回残本第一回楔子的末了"东鲁孔梅溪则题曰《风月宝鉴》"一句话上面，有朱笔眉批说：

> 雪芹旧有《风月宝鉴》之书,乃其弟棠村序也。今棠村已逝,余睹"新"怀"旧",故仍因之。

胡适在《考证红楼梦的新材料》一文中只说:"据此《风月宝鉴》乃是雪芹作《红楼梦》的初稿,有其弟棠村作序。"他只看懂了上一句,却没有看懂下文"睹'新'怀'旧',故仍因之"是什么意思。他不知道"新"是指"增删五次"后的新稿,"旧"正是上文所说"旧有《风月宝鉴》"之"旧"稿。由于没有看懂这四个字,他便无法知道"故仍因之"一句话中"之"字正指上文棠村所写的"序"。"因"是"因袭"、"沿用"之意(《明杂剧》三集《中郎女》第一出:"章程制度,因者因,创者创,已略略可观。"正是如此用法)。知道了《脂评石头记》因袭了棠村为《风月宝鉴》所作之序,便可以认清楚在《石头记》中许多回前的短文,包括第一回前的引言,其实都是棠村的旧序,是脂砚为纪念棠村之死而保存下来的,并不是脂砚自己的"总评"。但《石头记》中并不是每一回之前都有序,这种情况正可说明:(一)旧稿《风月宝鉴》的回数与"增删"后《石头记》新稿的回数不同;(二)"增删"之后有些回中故事内容不同了,旧序便不适用,不能再因袭下去了,只好割爱;(三)棠村也许还没有回回作序;(四)在雪芹历次修改的过程中,一些有序的原稿也可能失去。

也许有人怀疑,一部书普通只在前面有一两篇序,怎么每回之前都会有序呢?其实古典文学中常有这现象,不足为奇的。《诗经》和《尚书》每篇之前都有后人作的小序。这是大家知道的。《汉书》每卷都有序,是班固自己作的,不过合在一起放在书末,称为"序传",所以有人也许不注意。弥尔顿(Milton)的史诗《失乐园》(*Paradise Lost*),每卷前面有说明性质的大纲(Argument),斐尔定(Fielding)的小说《汤姆·琼斯》(*Tom Jones*),每卷之前也有一小段扼要评语,也是作者自己写的。

在《脂评石头记》中发现雪芹之弟棠村的小序,把它从脂砚的评语中区别出来,对于研究《红楼梦》成书的过程和此书早期抄本的年代,有重要的作用。例如现在《石头记》中有序的各回，我们可以推想，其内容大致与《风月宝鉴》旧稿无甚出入。因此，根据棠村小序存于《石头记》中的情形，我们可以约略推知雪芹初稿的情况。并且由序文的内容，可以判断修改时各本分回的情形。一个抄本中所保存的小序较多，则其正文底本的年代必较早。现有四个脂评抄本，一个有正翻印抄本的石印本，保存小序的多寡不等；而最后的全书《红楼梦》，却只有在第一回之前尚保存一篇棠村小序。而且这还是因为后人把它误认为雪芹作的"引言"，才能保留到现在。可是，如果把《红楼梦》和《脂评石头记》抄本一对照，便可知道这唯一保存在《红楼梦》中的小序，也已经被高鹗删改了。

脂砚斋因为评了《石头记》多年，把此书称为《脂砚斋重评石头记》，而其中有许多回前的小序却不是他作的。他不愿掠人之美，又怀念去世了的棠村，所以在第一回评中即声明：他保存了棠村的旧序，免得读者误会，以为这是他的"总评"。但不幸连一些"红学专家"，还是这样误会了。因为研究脂评，发现了雪芹那位早死的弟弟所写的许多小序，可以说是意外的收获，对于《红楼梦》成书过程的了解是有所帮助的。

六　脂砚斋是谁

脂评既然这样重要，大家当然急于要知道脂砚斋究竟是谁。要解决这问题，只好仍从脂评入手。历来研究脂砚者都不问他的年龄，只好胡猜。所以我的工作是从他的年龄入手。在脂京本中四十三条壬午年（1762）的评语里，他有时已署名"畸笏老人"，那时雪芹还只四十多岁。上文说到他曾见康熙末次南巡（1707），假定其时他十岁左右（再小便记不清），则他生于1697年左右，到壬午已六十五岁左右，可以自称"老人"了。他比雪芹，可能大到十八至二十岁左右。康熙南巡由雪芹的承继祖父曹寅接驾，康熙即住在曹寅的江宁织造府中，府中事前修盖了行宫花园。脂砚这十岁上下的小孩子既然见到家人接驾，他也必是曹家的孩子。《红楼梦》小说中的人物,脂砚在评中透露,有许多他是认识的;其中故事,有许多是他亲自知道的。例如王熙凤在尼姑庵中受了三千两银子的贿赂,害死了一对青年男女,还说她不信什么阴司地狱。脂评说:"批书人深知卿有是心。叹叹!"又如第二十二回宝钗生日唱戏,贾母命凤姐点戏,脂评说:"凤姐点戏,脂砚执笔事,今知者聊聊(寥寥),矣(奚)不悲夫!"第二十五回马道婆向贾母骗钱,满口胡说,脂砚在评中说:"一段无伦无理信口开河的混说,却句句都是耳闻目睹者,并非杜撰而有,作者与余,实实经过。"此外,书中人物谈话,脂评常说,"亲见"、"亲闻"、"有是人"、"有是语"等等,有时他说明某事发生在"二十年前"、"三十五年前",等等。他和雪芹的关系密切,也可以从评中看出:有时他和作者开玩笑,有时自称"老朽",命他改写故事(如秦可卿之死),雪芹写完了一部分,便送给他看,请他批评。有时他的批评倚老卖老,俨然是长辈的口气。例如第五回警幻仙子出场时,作者仿《洛神赋》体描写她的美,脂评说:"此赋则不见长,然亦不可无者也。"由上种种证据,脂砚无疑是曹家人,是雪芹的长辈,而且深悉书中故事的背景。

七　脂砚斋是"宝玉"的模特儿——是曹雪芹的叔父

当然,只靠脂评来考察问题是不够的,还须要有别的客观证据互证对勘,才能求出真相。因为对于同一脂评的解释,可能有歧异,有了别的证据,可以把某种解释否定或肯定。

根据清代史料,如曹寅奏折等文件,我们知道曹寅长女嫁于镶黄旗讷尔苏郡王,所以她是贾"妃",事在康熙四十五年十月二十六日(1706年11月30日),次年即康熙最后一次南巡。脂残本第十六回记贾妃元春省亲事,棠村的序说:"借省亲事写南巡,出脱心中多少忆昔感今!"胡适看见这条,大为高兴,说:"这一条便证实了我的假设。"什么假设?即是他著名的"自传说"。在《红楼梦考证》中,他有关于"著者"的六条结论,最后一条说:"《红楼梦》是一部隐去真事的自叙。"是不是雪芹自叙曹家接驾,给这条"借省亲写南巡"的评语证实了?这位自称有"历史癖"和"考据癖"的胡博士,可惜忘记了年代。那时离雪芹出世,还有八九年哩!他有什么"昔"可"忆"?省亲故事是曹寅长女(即雪芹姑母)出嫁与康熙南巡的合写。"元春"出嫁和"南巡"二事,雪芹均未亲见,决不能想象当时堂皇气象来写省亲故事,则其材料必有个来源。脂砚亲见南巡,也见得到曹寅长女的出嫁;且嫁与郡王,其场面也必相当可观。追忆记录并供给这些场面的材料除脂砚外,当无别人。"元春"省亲时不过二十多岁,入宫以前教过"宝玉"读书,所以"怜爱宝玉与诸弟不同"①。这个"宝玉"是"自传说"中的曹雪芹吗?我们且看脂砚在这段文字旁的批语:

批书人领至(到)此教,故批至此,竟放声大哭:俺先姊先(仙)逝太早,不然,余何得为废人耶!(脂京本十七回,三八七页)

原来"元春"是批书人脂砚斋的"先姊",这里的"宝玉"是批书人脂砚自己!请普天下一切"自传说"的拥护者来看此批。第十六回提到为省亲要建大观园事,脂评说:"大观园用省亲事出题,是大关键处,方见大手笔行文之意。"这是说,雪芹用南巡资料,移花接木,用来写省亲,造别墅,好让宝玉和姐妹们以后住在里面,展开活动,这是文艺创造的杰作,但与自传无关。

少年时代的"宝玉"用脂砚为模特儿(那时雪芹尚未生),除上条批语已由脂砚自己承认外,尚有不少的证据。第二回智通寺门口有一副对联:"身后有余忘缩手,眼前无路想回头。"脂评说:"先为宁、荣诸人当头一喝,却是为余一喝。"可见脂砚在小说中是一个主要人物;在小说的背景(曹家)中,也颇有地位。下联中的"无路回头",正和雪芹原稿末回的"悬崖撒

---

① 贾珠早已夭亡,除宝玉外元春何尝又有"诸弟"可与宝玉比较?这证明当脂砚记录素材时,他正想到曹宣有四子,故曰"诸弟"。

手"(即宝玉出家)是前后映带的一对。

第三回黛玉初到荣府,作者从她眼中描写宝玉,说他"面若中秋之月,色若春晓之花"。脂评说:"'少年色嫩不坚牢',以及'非夭即贫'之语,余犹在心。今阅全此,放声一哭。"则此回所写宝玉的形貌,正是脂砚幼时情况,所以一提起来他就伤心。

第九回宝玉要去上学,"忽想起未辞黛玉,因又忙至黛玉房中来作辞"。这本是极寻常的礼貌,原没有什么可批的。但脂砚却郑重其事地批道:"妙极,何顿挫之至。余已忘却。至此心神一畅,一丝不走。"若依自传说,宝玉是雪芹,为什么脂砚一见此句,把忘却之事又记起来,"一丝不走",而且那样高兴?

上文说到一条评语说宝钗做生日"凤姐点戏,脂砚执笔"。那次看戏的都是女客,只有宝玉是男的,则为凤姐执笔的正是宝玉。

脂残本第五回第十一页下《红楼梦序曲》"开辟鸿蒙"演唱时,警幻云,"若非个中人不知其中之妙"。脂评曰:"三字要紧,不知谁是个中人?宝玉即个中人乎?然则石头亦个中人乎?作者亦系个中人乎?观者亦个中人乎?"先云"宝玉即个中人乎",下文则将石头与作者分别言之,知石头非作者,而独不言批者,则因批者即宝玉,故不必重复。

下页曲文中"谁为情种"一句旁脂评云:"非作者为谁?余又曰:亦非作者,乃石头耳。"按此条极为重要,"亦非作者,乃石头耳",则石头与作者正是二人,石头即宝玉,亦即批书人脂砚也。

又脂京本第二十一回评云"谓余何人耶,敢续《庄子》"一条,续《庄子》者乃宝玉,而曰"谓余何人",则批者之"余"即宝玉。

这样的证据,在评语中还有许多,在这里无需多举,只要说明两点就够了。一、"宝玉"不是雪芹自叙,作者用少年时代的脂砚为模特儿;二、脂砚呼曹寅长女(书中"元春")为"先姊",而雪芹为曹寅之孙,则脂砚是雪芹的叔辈。①

这两条结论是从脂砚的评语中得到的。我们还要看看有无别的证据可以确定这些结论。清室豫良亲王修龄的次子裕瑞（字思元，1771—1838），在其所著《枣窗闲笔》中说："《风月宝鉴》一书，又名《石头记》……曾见抄本卷额，本本有其叔脂砚斋之批语，引其当年事甚确。"又说："闻其所谓'宝玉'者，尚系指其叔辈某人，非自己写照也。所谓元（春）迎（春）探（春）惜（春）者，隐寓'原'、'应'、'叹'、'息'四字，皆诸姑辈也。"裕瑞的消息，据他自己说是从"前辈姻戚有与之（雪芹）交好者"得来的。他所指"前辈姻戚"，是他的舅父明义（我斋）和明琳。明义的《绿烟琐窗集》中，有《题红楼梦》绝句二十首，他看到的是雪芹给他的一个抄本。明琳也是雪芹的一个交好，《懋斋诗钞》中有一首诗说雪芹在明琳的养石轩中高声谈笑。裕瑞所说"元、迎、探、惜"四"春"，是"原、应、叹、息"四字的谐声，现存脂残本第二回评注中。但裕瑞并未指出雪芹"叔辈某人"的"宝玉"，即是写批语的"其叔脂砚斋"，可见他的消息另有来源，倒并不是研究了评语以后所得结论。他从他的舅父明义和明琳所得有关雪芹及《红楼梦》的事迹，和一些评语的内容完全符合。

八　曹氏家世和脂砚斋

雪芹的祖父曹寅，幼时曾伴康熙读书，后为康熙侍卫，历任苏州及江宁织造。他的文化修养很高，喜欢收藏古书，能诗，善画，爱好音乐、戏剧，也写过传奇剧本，刊过善本书。著名的《全唐诗》，清廷即命他主持校勘。因此，他是当时江南文人学士的领袖，彼时许多著名文人，都是他的朋友。他有两个儿子，其一叫"珍儿"的，早殇；另一个叫"连生"，名颙，在寅死

---

① 若谓脂砚（曹硕？竹磵）乃曹宣之子，而书中元春乃曹寅之女，并非亲姊弟而为堂姊弟，故与书中宝玉与元春不尽相符，则须知书中宝玉与元春亦非嫡亲胞姊胞弟。第二十八回宝玉对黛玉云："我又没有亲兄弟亲姊妹：虽然有两个（指探春、贾环），你难道不知道是和我隔母的？"（校本二八六页）可知元春与宝玉亦非同父或同母，但小说中假定二人为同父耳。

(1712)后继任织造,三年后也死了。曹寅有一个双生的兄弟曹宣,早死,其子女由他教养。曹宣有四个儿子:曹𬱖,即雪芹之父;曹颀,即曹寅诗中所指"三侄";另有一"四侄"字竹磵,却不知其名。曹颀幼时即善画梅,曹寅给他的画题了许多诗。曹寅的《楝亭诗钞》卷六有"和竹磵侄上巳韵",此时他只有十四五岁,已能诗,而且他伯父竟和他的韵,可见他的诗做得很好。这和宝玉十三四岁就能做诗也相像。曹家两代取名字都用《诗》、《书》成语,如曹寅字子清即用《舜典》:"夙夜惟寅,直哉惟清。"曹宣字子猷,用《大雅·桑柔》:"秉心宣猷(即猷),考慎其相。"𬱖字见《小雅·六月》:"其大有𬱖。"颀字见《齐风·猗嗟》:"颀而长兮。""竹磵"之"磵"字不见于六经,始见于《玉篇》。据《正字通》,是"涧"字或体。《卫风·考槃》说:"考槃在涧,硕人之宽。"则竹磵之名当是"硕"字。𬱖、颀、硕、𬱖,同辈之名都用同一偏旁"页"。"硕"和脂砚之"砚",篆文相似。二字都从"石",所以"宝玉"的故事,即"石头"的故事。雪芹题此书为《红楼梦》,而脂砚却坚持要用《石头记》。如上述推论不误,则脂砚斋是曹宣第四子,名硕,字竹磵,从小即会做诗。大概是宣子中最小而最聪明的,深为曹寅所爱。

曹寅死后,由其子曹颙继任织造,但颙任职三年后,在 1715 年又死了。曹寅更无他子,康熙命曹宣长子𬱖承继曹寅为嗣子,使他继任江宁织造之职。所以曹𬱖的儿子曹霑(字雪芹)成为曹寅的孙子,而脂砚斋却是他的亲叔父。曹𬱖任织造到雍正五年(1727)冬,被免职,次年曹氏被抄家,曹𬱖等迁往北京。

九 曹雪芹的生卒年

解决"脂砚斋是谁"这个大问题,对于雪芹身世和《红楼梦》书中许多问题,都有很大帮助。其次要考察的,是雪芹的生卒年。他的卒年有两种说法:一说"壬午除夕",一说"癸未除夕"。第一说根据 1774 年一条脂评,说他"壬午除夕泪尽而逝"(引见前)。壬午除夕是 1763 年 2 月 12 日。但雪芹好友敦敏诗集有一首诗中说请他在癸未上巳前三日（1763年4月12日）去喝酒，可见他没有死。敦诚挽雪芹的诗是甲申年（1764）初做的，诗中自注说，"前数月，伊子殇，因感伤成疾"。可见雪芹的儿子在上年（癸未，1763）秋冬之际死去，雪芹在上年得病数月，除夕去世。这个"除夕"是癸未除夕（1764年2月1日），不是壬午除夕。甲申春，敦敏也有一首吊雪芹的诗。周汝昌断定脂评中的"壬午"是误记，这是对的。照我的推算，脂砚在1774年已经八十多岁，记忆也不大好了，容易把干支的推算弄错，但"除夕"却不会弄错。胡适根据脂评，硬说敦诚的诗是隔了一年多才做的，他说："怪不得诗中有'絮酒生刍上旧坰'的话了。"胡适不认得"坰"字，他望文生义，以为即是"坟墓"。"坰"字其实只有一个意义，即《尔雅·释地》所释："林外谓之坰。""旧坰"是说"乡下那个老地方"。因为雪芹住在郊外，死在郊外。胡适也不懂得这句诗中的两个主要典故，"絮酒"、"生刍"，都是指新丧的吊唁（见《后汉书》卷八十三《徐穉传》李贤注引谢承《后汉书》），这且不说。敦诚甲申年的吊诗自注明明说"（雪芹）前数月……感伤成疾"，怎么一个人在"前数月"得病，一年多前已死了？

确知雪芹卒年以后，则其生年可以用他卒时的年龄推算。敦诚的吊诗说他"四十年华付杳冥"，因此周汝昌认为他死时四十岁，生于雍正二年甲辰（1724）。如依此说，则曹家1728年被抄后迁至北京时，他只有四岁。脂砚在甲戌（1754）抄阅再评《石头记》，他只三十岁。脂砚共评此书八次以上，每次隔两三年（从第三次起，每次隔三年，即丙子—己卯—壬午—乙酉）。依此推算至第六次。再评在1754年，则初评在1751年或1752年。彼时雪芹已"披阅十载，增删五次"，则十年以前雪芹开始写此书只有十八岁，似乎不可能。这并不是说雪芹没有这样的早慧和天才，而是书中所表现的作者的饱学，决不是一个二十岁以下的青年所能有的。从许多脂评，也可以证明这年龄是不可能的。例如第三十八回宝玉听说林黛玉要喝烧酒，"便令将那合欢花浸的酒烫一壶来"。一条1754年或更早的脂评说："伤哉！作者犹记矮𩨀舫前以合欢花酿酒乎？屈指二十年矣。"如曹雪芹生于 1724 年,则二十多年前他还不到十岁,大概不会酿酒;即使会,也是儿戏,不至于用在宴会上。又如第十三回秦可卿死时托梦给凤姐,有"树倒猢狲散"之语。脂砚在 1762 年一条评中说:"'树倒猢狲散'之说,今犹在耳。屈指三十五年矣。哀哉,伤哉!宁不痛杀!"这一句成语,是曹寅活着时常说的,后来变成了谶语。他的文友施瑮在他死后怀念他的一首诗中说:"廿年'树倒'西堂闭,不待西州泪万行。"自注说:"曹楝亭公时拈佛语对坐客云'树倒猢狲散',今忆斯言,车轮腹转……楝亭、西堂,皆署中斋名。"(《隋村先生遗集》卷六,第一六页)脂评说三十五年前是 1727 年,即雍正五年,正是曹頫被黜之年,此时曹寅已死了十五年了,但其当年"对客佛语",竟成谶语:这年曹頫免职"树倒",次年春天被抄,"猢狲散"了。雪芹生于曹寅死后,当然没有亲闻曹寅此语,必是他父亲被黜时觉得奇祸将临,才又重复说着此语,他才听到。但如依周说,他生于 1724 年,则其时他才三岁多,决不能了解此语所含惨痛的意义。再看敦敏送雪芹的诗:"燕市狂歌悲遇合,秦淮旧梦忆繁华。"又明义的《读红楼梦》诗的序文:"曹子雪芹出所撰《红楼梦》一部,备记风月繁华之盛。盖其先人为江宁织府。其所谓'大观园'者,即今随园故址。"亦指雪芹所记为南京事。如果他在 1728 年被抄家后到北京时才三四岁,则决不能记得在南京时的什么"风月繁华"。可见敦诚诗中所谓"四十年华",只举成数。事实上在诗中也不可能说明确数。我们可以推想雪芹离开南京时,年龄至少已十多岁,但不知确数。幸而在张宜泉的《春柳堂诗稿》中,有《伤芹溪居士》一首七律。题下自注说:"其人素性放达,好饮,又善诗画。年未五旬而卒。"据此,我们可以推定他卒时大概是四十八九岁,但仍不能定为四十八或四十九。

我以为他卒时年四十九,所以生于康熙五十四年(1715)。这一年曹寅的独子曹颙死了,曹寅更无他子可以继袭织造之任。曹家因历年招待康熙南巡,亏空很大,如无人继袭织造一职,势必破产。所以康熙命曹宣之子曹頫承继曹寅为嗣子,俾能继袭织造之职。雪芹名霑,是一个不常用的字。此字最初见于《小雅·信南山》"既霑既足,生我百谷",是指上天的恩泽。扬雄《长杨赋》"盖闻圣主之养民也，仁沾而恩洽"，则引申为皇上的天恩。后来这个字几乎只有这个狭义的用法。如唐李邕被任为淄州令后的《谢上表》说："雨露恩深，霑需及于萧艾。"从雪芹命名为"霑"，我们推想和这一年康熙敕令其父曹頫为曹寅嗣子，因而得袭此织造肥缺有关。其唯一解释，即雪芹之生，正在康熙敕令来到的前后，为了表示感谢皇上的恩泽，曹頫把他的新生儿子命名为"霑"。

十　结束语

在这篇短文中，我只能约略谈一谈我怎样解决有关《红楼梦》的几个基本问题，已经用起了这许多篇幅，而且每一问题牵涉的方面这样多。我虽然力求叙述得简单，但仍旧是头绪纷繁，十分复杂。许多方面，自然说得不够，读者如果仍有不明白的地方，较细的解释只好看我的原书。而且很抱歉，在中文本出版以前，此时只有一个英文本可参考。至于有关曹雪芹原稿中许多问题，如他的早期稿本中故事与《石头记》有何不同，其未完成原稿中主要及次要人物的下场与高氏后四十回有何不同，等等，只好从略。此处只能说，黛玉病死，宝钗与宝玉成婚，宝玉后来出家，大致如此，但其中有袭人婚后来侍候宝钗，蒋玉菡供奉宝玉，宝玉"解放"所有丫头，等等。最后贾家败落极惨，不但抄家，而且宝玉、王熙凤等都被捕下狱，后来由红玉（即小红）、茜雪两个丫环设法帮助救出。贾琏把凤姐休了（离婚），她回娘家，死在南京。巧姐被卖为娼，由刘姥姥救出，嫁与板儿为妻，自食其力。末了一场大火，把宁荣两府、大观园，烧得精光，"落了片白茫茫大地真干净"！全家人口四散，有的到乡下坟地边种地。只有贾兰用功读书，谋得官职。但其母李纨不久即亡。这样一个惊天动地的大悲剧，其伟大壮美，真可以比古希腊的任何大悲剧而无愧，与高氏续作的什么"沐皇恩"、"延世泽"，连杀了两个人的恶霸薛蟠，也居然用钱向官府赎了出来，贪赃枉法的贾雨村，也居然逍遥自在，完全不同。

在我写作此书三年的过程中,承国内、英国及国际间许多朋友的帮忙。有的绝版了的书,承他们把自己的藏书送给我。自然,英国朋友帮助最多,他们替我看稿子、提意见,安排出版步骤,还有一位留英的日本太太替我打字,我永远感谢他们。

1961年12月3日夜,英国牛津大学

(原载1962年6月《新华月报》)

《红楼梦》原稿后半部若干情节的推测
——试论书中人物命名的意义和故事的关系

《红楼梦》作者为书中主要人物命名时,盖有所取义①。这不是说,以前蔡元培一派的"红学家"把这书中的人名用"影射"的方法附会清初的文人学士是对的。那样做只能把《红楼梦》研究倒退到 20 年代的幼稚状态中去,重复那些不科学的胡猜,当然不会有出路的。这里所谓命名的取义,乃指书中某一个人物的名字和他(或她)本人的性格、品德、活动有何明显的、相关的意义或象征的含蓄的暗示。这些意义或暗示,又和书中(尤其是后半部)故事的发展有何关系。因此,这里所谓命名的"取义",只限于本书故事范围之内,不牵涉到任何题外的影射。

一个作者给他故事中的人物赋予有象征意义的名字,这是古今中外作品中常见的。例如《庄子》中许多寓言故事里的人物名称,其本身即含

---

① 本文暂不讨论作者用谐音方法暗示意义的人名,如脂评所指出贾氏四春——元、迎、探、惜,隐寓"原应叹息"之意;吴登新、戴良谐"无戥星"、"大量",卜世仁谐"不是人",等等。至于太明显的名字,其意义又不大者,亦从略。如大观园假山的设计人"山子野"(十六回),在园中管竹子的"祝妈",种田的"田妈"等(五十六回)。作者用谐音字取名,盖沿前人小说旧例,如《金瓶梅词话》第三十四回的光棍姓名,车淡谐"扯淡",游守、郝贤谐"游手好闲"等。

象征意义：如"罔两"（无二），"景"（影）（《齐物论》），"支离"（《人间世》），"浑沌"、"倏"、"忽"（《应帝王》）等，其名字本身即已说明了作者所要阐发的意义。至于汉赋中的"乌有先生"、"亡是公"、"子虚"、"凭虚公子"、"安处先生"等名，则不但为人所习知，甚至已成为后世文学语汇的一部分了。如唐牛僧孺《玄怪录》中有"元无有"之名，即从"亡是公"、"乌有先生"等名化出。外国作品也有这样命名的例子。最明显的是英国17世纪作家约翰·本盈的宗教小说《天路历程》，其中每一个人物的名字都象征其本人的性格、品德及其活动的情形。比这早一些的，如14世纪意大利短篇小说作家薄伽丘的《十日谈》中，有时也故意用有含义的名字①。

  曹雪芹有没有从当时的传教士那里得知像《天路历程》或《十日谈》这样的书，那很难说。但即使从中国古典作品像《庄子》、《文选》一类书中，他也可以得到启发，为他书中人物的命名赋以与故事有关的意义。书中男主角宝玉的命名，作者是有交代的。第二回《冷子兴演说荣国府》，介绍贾家人物时，说因为他"衔玉而生"，"就取名叫作宝玉"。"佩玉辟邪"是中国古已有之的迷信，至于所谓"衔玉而生"，当然只是骗小孩子的话，好叫他留心保存这佩玉，不可失去。小孩长得好看，为人喜爱，就取名"宝玉"，也是过去常有的风俗②。所以第十五回北静王初会宝玉时，称赞说："名不虚传，果然如宝如玉。"又如江南甄家的四个女仆到贾家时，贾母问他们："你这哥儿叫什么名字？"四人道："因老太太当作宝贝一样，他又生的白，老太太便叫他'宝玉'。"（第五十六回）这虽是说甄宝玉命名的意义，但

---

① 如第六日第十故事中的神父 Cipola，意为"洋葱头"，其仆人 Guccio，亦名 Balena，意为"鲸鱼"，又名 Imbratta，意为"污秽"，又名 Porco，意为"猪"。洋葱头自夸其所游之地，亦有含义。如 Truffia 为"欺哄乡"，Buffia 为"取笑国"，Menzoyna 为"谎骗州"，等等。关于这些地名，可比较《金瓶梅词话》第九十二回："这杨大郎……专一裹风卖雨，架谎凿空。他祖贯系没州脱空县，拐带村，无底乡人士，他父亲叫作杨不来……他师父是崆峒山，拖不洞，火龙庵精光道人那里学的谎。他浑家是没惊着小姐，生生吃谎唬死了。"这位兰陵笑笑生可能听说过当时意大利神父传入中国的《十日谈》中的故事。《红楼梦》第一回神话故事中的"大荒山无稽崖"，显然也是受这些地名的暗示而来的。当然，这也可能是从《庄子·逍遥游》的"无何有之乡，广漠之野"联想起来的。

② 称爱子为"宝玉"，唐人已有此风。白居易和崔侍御生子诗之二云："爱惜肯将同宝玉，喜欢应胜得王侯。"（《白氏长庆集》后集卷六）

贾宝玉既与之同名，这解释当然也可以用在他的名字上。这是当时富贵人家宠爱孩子常用的名称。但在《红楼梦》中，贾宝玉是"楔子"中女娲炼以补天的顽石下凡，也就是他所佩的通灵玉。至于林黛玉之名，作者在第三回曾借宝玉之口引《古今人物通考》上的解释，作为他送给她表字"颦颦"的理由。黛玉的名和字在雪芹原稿后四十回中可能与故事还有关系，但原稿既已失去，现在也就无从推测了。

下面我们只能就几个意义比较明显的名字，从它们在古典文学或文字学上常见的意义与本书故事的关系中试图探讨作者命名的原意。又凭这些明白无误的意义，结合脂评和前八十回故事中的暗示，推究作者在后半部原稿中的某故事应该或可能是怎样发展的。

一　宝钗的下场

宝钗之名，凡是熟悉中国古典文学中有关这个名称的含义者，大概一见就会想到这不是个好兆。这二字最早见于东汉秦嘉《赠妇诗》："宝钗好耀首，明镜可鉴形。"原诗序文说："其妻徐淑，寝疾还家，不获面别，赠诗云尔。"从此，诗人常以"钗"为分离的象征。如梁朝陆罩①的《闺怨》说："自怜断带日，偏恨分钗时。"白居易《长恨歌》："钗留一股盒一扇，钗擘黄金盒分钿。"杜牧《送人》："明镜半边钗一股，此生何处不相逢？"情人告别时分钗破镜之风，至宋犹存，这里可以举一个具体的例子：

> 绍兴乙卯（1135）春日，诸友同游西湖，至普安寺，于窗户间得玉钗半股，青蚨半文，想是游人欢洽所分授，偶遗之者。各赋诗以记其事。……明清云："凄凉宝钿初分际，愁绝清光欲破时。"……俯仰今

---

① 陆罩字洞玄，吴郡人。仕梁，为太子中庶子。大同十年（544）因母老求去。母殁后，位终光禄卿。

四十余年矣。①

　　分钗与破镜都是情人离别之征,但德昌公主的破镜有重圆之日,而杨玉环的分钗却无再合之时。可见宝钗之以钗为名,早已有生离之兆。②

　　可以再举一些唐诗的例子。韩偓《寄恨》:"秦钗枉断长条玉,蜀纸空留小字红。"《才调集》卷十录无名氏《杂诗》十七首之十:"折钗破镜两无缘,鱼在深渊月在天。"这里所说不仅是分钗而竟至"断钗"、"折钗"。词中用宝钗故实者也常象征分离。辛弃疾那首著名的《祝英台近》,一开始便说:"宝钗分,桃叶渡,烟柳暗南浦。"三句皆指离别。③ 晏叔原《蝶恋花》:"分钿擘钗凉叶下……世间离恨何年罢?"这里用《长恨歌》中典故,末句仍归结到一般离恨。王沂孙《八六子》:"宝钗虫散,绣衾鸾破。""虫散"即"凤

---

① 王明清《玉照新志》卷四,见《丛书集成》本。这个故事中游人所遗为钗与钱,而明清的诗所咏仍为钗与镜,破钱只是代替破镜而已。
② 因为钗是古代女子首饰中不可少之物,也常作象征美女的替代词。如陆游《自述》:"华灯纵博声满楼,宝钗艳舞光照席。"晏叔原《六幺令》:"宝钗瑶席,彩弦声里,拼作尊前未归客。"因此,"珠履三千,金钗十二",通常用来描写贵客和美女的众多。(参看初唐长孙佐辅《宫怨》:"三千玉貌休自夸,十二金钗独相向。")至于用作实物本义的,当然也有,那就不包含象征意义。如元稹《会真诗》:"宝钗行彩凤,罗帔掩丹虹。"李贺《美人梳头歌》:"翠滑宝钗簪不得。"《少年乐》:"陆郎倚醉牵罗袂,夺得宝钗金翡翠。"魏承班《菩萨蛮》:"宝钗摇翡翠,香惹芙蓉醉。"张泌《酒泉子》:"咸阳沽酒宝钗空。"这类用法,不在本文讨论之列。
③ "南浦"用江淹《别赋》语:"送君南浦,伤如之何。"据宋张端义《贵耳集》下,此词为吕正己之女作,"吕有女事稼轩,以微事触其怒,竟逐之"。

散"①。凤散与鸾破相对,也正是分钗之意。

以上所举例子,都是用"宝钗"来象征生离死别,明言"分钗"、"擘钗"、"断钗"、"折钗"。但也有虽不明言,甚至在全诗中的象征意义也不显著,可是因作者用它来说明"独宿美人"或"居处无郎"的情况,所以仍是暗示离别的事物。这类例子,如何逊的《咏镜》:"宝钗如可间,金钿畏相逼。荡子行未归,啼妆坐相忆。"虽未明言分钗,却从末联可知全首重在咏分离。又如《才调集》卷末所录无名氏《杂诗》十三首,都是属于美人独宿或情人久别,或不能相见这一类闺怨诗。其第八首云:"翠羽帐中人梦觉,宝钗斜坠枕函声。"由上下各首的内容,知这个"宝钗"的主人也是个独宿的美人。又如许景先的长歌《折柳篇》第五联说:"宝钗新梳髮鬒鬒,锦带交垂连理襦。"乍看这两句,似乎只是白描女子妆饰服装,没有什么象征意义。但下文接着说:"自怜柳塞淹戎幕,银烛长啼愁梦着。"则上联戴宝钗之人,正是塞外征夫的思妇(原诗见《搜玉小集》)。又如周邦彦的《秋蕊香》:"宝钗落枕梦魂远,帘影参差满院。"虽不明言离别,但从"梦魂远"三字,可知独宿情况。下句则借李商隐诗"更无人处帘垂地"之意而加以渲染,但不必也指悼亡。

《红楼梦》的作者犹恐读者也许未必熟悉"宝钗"这名词在诗词中的象征意义,那就不会了解他用这个名词来给书中一个重要女子命名之深意。

---

① 钗上的装饰常是凤凰鸟雀之类。故有"凤钗"、"钗头凤"之称。这里本应作"凤散",与下句"鸾破"相对。但凤字去声,按律需用平声字,故改用"虫散","虫"即"鸟"。宋元人俗语讳言"鸟"字(因为鸟的同音字有猥亵意义),常用"鸟"字为骂人的话,故称鸟为"虫蚁",这种俗语尚保存于话本小说之中。《水浒》第六十一回(旧本六十回)说燕青打鸟:"拿一张川弩,只用三枝箭,郊外落生。并不放空,箭到物落。晚间入城,少杀(至少)也有百十个虫蚁。"(1957年人民文学出版社排印本,第716页)同上第六十二回:"却说燕青为无下饭(副食品),拿了弩弓去近处寻几个虫蚁吃。"(第735页)《古今小说·宋四公大闹禁魂张》:"赵正吐那米和菜在头巾上……王秀除下头巾来,只道是虫蚁屎。"(影印本卷三六,第二二页)《金瓶梅词话》第二十四回,第六一八页,"你是城楼子上雀儿,好耐惊怕的虫蚁儿"。也可以简称鸟为"虫",有时称"虫蟹"。《西游记》第三十二回说孙行者在猪八戒耳根后"又变作个啄木虫儿,正是:铁嘴尖尖红溜,翠羽艳艳光明……这虫蟹不大不小的,上秤称只有二三两重"。可知王沂孙词中的"虫散",正谓"鸟散",亦即"凤散"。当然,以虫称鸟的说法也很古,《周颂·小毖》即以"桃虫"称鹪鹩,《庄子·逍遥游》称蜩与鸴鸠为"之二虫"。但普遍应用则起于宋代。

因此，他特地借书中另外两个女子的对话，索性点明"宝钗"的含义。第六十二回大观园中因姑娘们寿辰设筵，行酒令时，宝钗出了个"射覆"题，覆了个"宝"字。宝玉因为想到宝钗是用"敲断玉钗红烛冷"这句诗，便射"钗"字。这已经够不祥了。湘云却说："这用时事，却使不得，两个人都该罚。"香菱出来给宝玉解围说："不止时事，这也有出处。"并且举出了具体的例子，对湘云说：

前日我读岑嘉州五言律，现有一句说："此乡多宝玉。"怎么你倒忘了①？后来又读李义山七言绝句，又有一句"宝钗无日不生尘"②。我还笑说他两个名字，都原来在唐诗上呢。

香菱引岑参和李商隐诗，把宝玉宝钗相提并论，这样提法的含义姑且按下不表。这里先要问：她引的有"宝钗"二字的那一句，究竟是什么意思？

要弄清这个问题，当然首先得弄清楚李义山这首绝句的确切意义。此诗题名《残花》，全文如下：

残花啼露莫留春，尖发（一作"鬓"）谁非怨别人？若但掩关劳独梦，宝钗何日不生尘！

对于这首诗，历来注者都不得其解。冯浩只引了秦嘉与徐淑书及徐答书中所涉及的"宝钗"二字，对原诗意义毫无阐发。其实此诗并不难解。很显然，这也属于"闺怨"一类。首句谓春光将去，即使用残花的泪珠也留

---

① 其实，李白相和歌《登高邱而望远海》就说："盗贼劫宝玉，精灵竟何能？"怎么香菱姐姐倒忘了？
② 唐诗中用宝钗者甚多，已见上文注引，香菱偏欲举李义山诗，亦有深意，详下文。

不住它（伤心也没有用）。第二句"尖发"（或"尖鬟"）是当时流行的女子发型①。举此以代美人，正如以"蛾眉"、"红粉"代美人，乃修辞学上常见的以部分代全体的用法。"怨别"二字连读。"怨别人"不是说怨恨"别人"，而是说伤离"怨别"之"人"。此句谓那些年青时髦的妇女，哪一个不是怨恨〔与丈夫〕别离的人？所以第三句点明"独梦"。"独梦"是"同梦"的反面，是反用《诗经·齐风·鸡鸣》"甘与子同梦"的典故来衬托这里是"单栖"，不是"双宿"。既然她只能闭门（"掩关"）独自个儿劳魂役梦，平时还要什么妆饰呢？所以虽有宝钗，也无须"耀首"，天天弃而不用，当然要"生尘"了。

弄清楚了李义山原诗的意义，就更明白曹雪芹让香菱引这一句包含"宝钗"这名字在内的李诗是有深意的。香菱名义上是薛蟠之妾，实际上是宝钗的侍女和伴侣。雪芹用香菱来点明宝钗这名字在其所从出的诗中的原意，似乎也不是偶然的。

如果上文所引例子证明作者用宝钗来象征夫妇离别之说可以成立，那就不难理解雪芹用这二字来命名书中这样一个重要人物，正足以说明在作者全书计划中，她是注定要与书中的男主角先结婚而后离异的。

宝钗在后半部书中因宝玉出家而被遗弃，不仅可以从她的命名以见作者原来的计划，也可以从前八十回中的正文和脂评得到证明。第二十二回宝钗十五岁寿辰演戏，她自己点了一出"鲁智深醉闹五台山"，又把曲词念给宝玉听："没缘法，转眼分离乍。"第二十一回脂评说到后文有"《悬崖撒手》一回"，这是因为宝玉有"世人莫忍为之毒"。"若他人得宝钗之妻、麝月之婢，岂能弃而〔为〕僧哉！"剩下的问题是，宝玉出走以后，宝钗的结局如何？

当然，按照高鹗所补，宝钗已有了孕，所以宝玉"高魁"（中举人）以后，

---

① 尖发是梳的怎样的发髻，现在当然很难想象。元稹《梦游春》诗："丛梳百叶髻，金蹙重叠屦"，上句自注"时势头"，下句自注"踏殿样"。百叶髻可能就是用许多叶子形的"尖发"合成的，所以又称"尖鬟"。

又有"贵子"。此子将来也会飞黄腾达(否则就不算"贵"了)。不消说,母以子贵,宝钗也会博得个诰封之类。但雪芹原作却并不如此。不但宝玉没有去应考,连袭人之嫁也与补作不同。宝钗有否怀孕,脂评既没有说,则"高魁、贵子",似乎都没有什么根据。因此,宝玉为僧以后宝钗的下落仍待查明。不幸脂评在这问题上毫无消息,只好从别处去调查。

我们知道《红楼梦》第一回是全书带提示性的一回,虽然"真事隐"去,但既有"假语存"在,则后来的故事线索仍可追寻。当年甄士隐隔壁葫芦庙中的那个穷儒,"姓贾名化,表字时飞,别号雨村者",后来靠贾政的奥援,飞黄腾达了起来,十分得意。但当年在庙中寄寓时,甄士隐在中秋晚上去邀他喝酒,听他高吟道:

> 玉在椟中求善价
> 钗于奁内待时飞

这一联的表面意义似乎是咏他自己的境遇与抱负,这是当时的甄士隐和今日的一般读者所了解的。① 但我们知道《红楼梦》前半部的诗、词、谜语、歌曲、偈文乃至所演戏文名称,都有暗示后半部书中故事的含意,即所谓"伏线",则这二句联语的意义似乎也不仅只表示雨村主观的抱负而已。贾雨村虽然不是荣、宁两府或大观园中的主要人物,却是全书中贯穿着一些重要故事的关键人物。但在全书中说到他的名和字,只此一次。在以下各回中,除第二回封肃谈起他女婿甄士隐时说到他的姓名一次外,凡是提到他时,经常只称他的别号(雨村),而不再提他的本名(化)。至于他的表字(时飞),则以后再也不提了。这是很可注意的。可见"时飞"之字,作者只是为了要用在这一联语之中才造出来的。因为作者既定此人之名为"化",又称他为"雨村",显然是用《孟子·尽心上》的成语"有如时雨化之者"。则其人的表字中应该有"时"或"雨",而"飞"却用不上,现在

---

① 参看人民文学出版社 1957 年版《红楼梦》第一回末注⑤。

为了要把"时飞"二字作为其表字,嵌在联语之中,以为下文伏线,反而把《孟子》典故中的主要名词"雨"字掉了,因此只好再给他一个"别号雨村",才算与本人之名"化"字挂上了钩,使表字的"时"也有了着落。可见作者为此人的名字和号,确是煞费苦心,刻意安排。

　　至于他所吟联语的含意,在这回书中也没有说明或交代。如果照一般的了解,以为这联的上下两句都是指吟者自己的抱负,则是不符合联语在中国古典文学中的习惯用法的。因为凡是联语,不论是单独的或用在律诗中,上下句照例分指两事:如对方和自己,时和地,景和情,古和今,等等;即指同类之物,也必为二事,如桃和柳,风和雨,等等。因为既是"对联",上下句必须相对,否则就不"对"了。故雨村所吟之联,上下二句不会同指他一个人的抱负;而且,如果下句也是指他自己,则以男人而自比于"钗",也是决不会有的事①。再就文字本身而论,上下联相对的字应该名词对名词,动词对动词。如果照一般的解释,此联下句是说奁内之钗正在等待一个时机飞上天去,则"飞"字是动词,而上句末二字"善价"的"价"字是名词,也不能相"对"。只有把"时飞"作为一个名词用,才能与上句的"善价"相对。而上下句的第五字"求"和"待",则都是以动词相对,各领下面的两个名词:"善价"与"时飞"。很显然,雪芹写这一故事是他整个计划的一部分。贾雨村在第一回中的"亮相"和他所吟的联语,只是作为下文的伏线,其意义要在后半部的故事中才透露出来。但我们不妨先把这联语加以分析。

　　首先,这两句联语都是双关语。就字面看,"时飞"是他自己的表字。

---

① 古人以"弁"(古代男子的一种礼帽)指男子,"钗"指女子;以"须眉"指男子,"裙钗"指女子;"珠履三千"指男子,"金钗十二"指女子,从无用"钗"指男子的。

这句末二字隐藏他的字,显而易见,不须多说。① 其次,这两句首字为"玉"与"钗",以钗名者只宝钗一人,以玉名者则至少有三人,即宝玉、黛玉、妙玉。上句可能指三玉中的任何一人,下句则只能指宝钗。但下句又有"时飞",即雨村。"钗于奁内待时飞",岂不是说,宝钗所期待的正是像时飞一样的达官贵人?换句话说,在宝玉出家以后,宝钗最后的归宿,岂不是嫁了贾时飞?

贾雨村和薛宝钗在后半部书中会有密切的关系,这在脂评中也有透露:第三回说贾政为雨村谋补了金陵应天府之缺,雨村"拜辞了贾政,择日到任去了"。在此句旁脂评说:"因宝钗故及之。"这是一条极可怪的批语。雨村补了官,与宝钗又有什么相干?为什么"因宝钗"才要谈"及"雨村赴任之事?而且,书到第三回时,尚未说到薛家任何人,怎么挨得上宝钗?如果说,雨村到任与第四回薛家打死人有关,则批语应该说,"因薛蟠故及之",或"因香菱故及之",或"因葫芦案故及之",无论如何也挨不上宝钗。只能因为批者深知后半部书中雨村与宝钗会有密切的关系,才有这一条伏线于千里之外的批语。

本来,《红楼梦》"开宗明义"第一回就以贾雨村为回目下联;在开始四回中,回回提到他,而且第二回和第四回全部都是贾雨村的故事。这样一

---

① 把人的姓名藏在诗句中,前人有此用法。远的如汉末孔融的《离合诗》不用说,宋代叶梦得的《石林诗话》引王荆公诗:"老景春可惜,无花可留得。莫嫌柳浑青,终恨李太白。"《苕溪渔隐丛话》前集卷三六引唐权德舆诗:"藩宣秉戎寄,衡石崇势位。年纪信不留,弛张良自愧。樵苏则为惬,瓜李斯可畏。不顾荣官尊,每陈丰亩利……"全诗二十句,每句藏一古人名。亦有在句中藏当时人名和事情者,《东皋杂录》记苏轼自杭被召还朝,过京口,林子中做郡守,宴客,座中营伎出牒;郑容求落籍,高莹求从良。子中命呈牒东坡,坡题《减字木兰花》云:"郑庄好客,容我尊前先堕帻。落笔生风,籍籍声名不负公。高山白早,莹骨冰肤那解老。从此南徐,夜夜清风月满湖。"句首藏"郑容落籍,高莹从良"八字。(见《词林纪事》卷五)又如杨无咎《好事近》赠黄琼:"花里爱姚黄,琼苑旧曾相识。"《媂人娇》赠李莹:"偏怜处,爱他秾李,莹然风骨,占十分春意。"(叶申芗《本事词》卷下)赵师侠《浣溪沙》赠段云轻:"断云轻逐浣风归,西山南浦画屏019"宋人词中此类例子多不胜举,可看李调元《东府侍儿小名》所辑资料。小说中用这种方法隐藏姓名和事情者如《水浒》第六十一回吴用哄卢俊义题反诗,每句首字藏自己的姓名,这是大家所熟悉的。又如30年代国民党政府派罗家伦为清华大学校长。罗所著书名《科学与玄学》,请该校教授陈寅恪题词,陈素鄙其不学无术,给他题了一联:"不成家数,科学玄学。语无伦次,中文西文。"把作者名字和书名都藏在联内。

个关键性的人物,如果在全书总结时再也没有什么重要的故事把他和书中别的主要人物联系起来,则在全书结构上未免有失平衡。所以,从全书故事的完整性来看,宝钗最后嫁给雨村,不但极有可能,而且几乎断不可少。再从全书结构和故事组织的严密性来看,香菱的结局必然要与她父亲甄士隐的故友贾雨村有关。而雨村之所以能最后见到香菱,也只有通过他与宝钗结合的关系,才有可能。也只有这样安排香菱的结局,在故事的发展上才能使读者初看似乎变幻莫测,而细思却又合情合理,才不显得牵强凑合。

这样推测宝钗在宝玉出家以后的结局,有些读者一定会不同意,认为故事这样发展,未免太杀风景,曹雪芹不会把宝钗写得如此不堪。但是且慢,我们知道这位皇商的妹妹,其实也不是什么十分幽娴贞静的圣女。她从小"也是个淘气的",就爱"偷背着他们看""诸如《西厢》、《琵琶》,以及《元人百种》"这些不是"正经书"的"杂学"。这是她自己向黛玉坦白交代的(第四十二回)。她的随机应变的本领,从她偷听小红的私情话又嫁祸于黛玉(第二十七回)这些事情上,也表现得非常充分。如果说,她再嫁雨村未免太失身份,那倒也未必。因为雨村彼时已经飞黄腾达,而宝钗自己却已到了"好知运败金无彩"①的可怜地步,不再那么富贵,也不发生什么"身份"问题了。而且宝钗是个重实际而不尚理想,精通世故而又"随分从时"的人,嫁给雨村又有什么不好呢?她被宝玉遗弃时还那么年轻,只要不是道学先生,也不必认为再嫁又有什么不对。关于这一点,棠村在小序中就已指出:雪芹"明写宝钗非拘拘然一迂女夫子"(脂京本第二十七回前附页)。我们又何必倒替素性豁达大度的宝姑娘"迂"起来呢?至于嫁什么人,更不成问题。她和贾雨村虽然处境不同,但他们在思想上、在感情上却有许多共同之处:二人都是老谋深算,奸诈成性,一旦成为眷属,定能如鱼得水。所以若就思想性格而论,宝钗配雨村远远比配宝玉更为合适。

---

① 第八回作者借"后人有诗嘲"宝钗所佩金锁之句。脂残本在此句旁夹批云:"又夹入宝钗,不是虚图对的工。二语虽粗,本是真情。"

譬如说,"宝姑娘"如果在雨村面前谈起"仕途经济的学问",他决不会像宝玉似的"不管人脸上过的去过不去,就咳了一声,拿起脚来走了"(第三十二回)。所以仔细想来,宝钗如果配了雨村,实在是天造地设的"佳偶",真所谓:"得其所哉!得其所哉!"定有夫唱妇随之乐。可知第一回中"钗于奁内待时飞"一语,并不是泛泛的点缀,而正是脂砚所谓千里外的伏笔。

也许还会有人提出这样的意见:宝玉出家在他婚后不久,则宝钗年龄不会太大,至多只有二十多岁,而雨村当时至少已近五十岁①,和宝钗年龄相差一倍以上,未免太不相称②。其次,雨村早年即已娶甄士隐家丫头娇杏为妾,后来其原配死后即把娇杏扶正为妻,则雨村家中已有妻,不必再娶宝钗。

如果要合理地解决这些矛盾,在故事的发展上有两种可能的处理方法:(一)在这以前娇杏已死,雨村娶宝钗为续弦;(二)娇杏没有死,雨村娶宝钗为妾——在旧社会中娶妾照例要年轻的。

上述第二种处理方法,大概有些读者又不能同意,认为那样太委屈了宝钗。但据作者预定的计划,一方面在第八回中已写下了"好知运败金无彩"的伏笔;另一方面,贾雨村后来"补授了大司马,协理军机,参赞朝政"(第五十三回)。在后四十回中即使不再升官,其地位已远在贾政等之上。可见贾家"运败"之后宝钗嫁作雨村之妾比作为他的续弦夫人似乎更符合作者的原定计划③。再就宝钗而论,薛蟠当初打死冯渊,夺取香菱,原该抵罪。是雨村徇情枉法,放纵了凶犯,即她哥哥薛蟠,全家才能平安进京,在荣国府过了若干年富贵生活。为了感恩报德,她再嫁雨村也是应该的。

---

① 关于雨村的年龄,书中没有明文。第一回他寄居甄家隔壁葫芦庙中时,假定在三十岁以前,第四回他做了官审问冯渊命案时,据门子说"已隔了七八年",假定他为三十五六岁。从薛蟠打死冯渊以后带香菱进京到贾家至宝玉结婚,婚后出家,假定相隔十二三年,则雨村已近五十岁。

② 其实过去老夫续弦娶少女的也是常有的,如高鹗娶张问陶的妹妹张筠时,他已年过五十,而张筠仅十八岁。见本书《从高鹗生平论其作品思想》一文。

③ 凡不同意或不愿意宝钗后来嫁雨村为妾的观点,其实与"自传说"有关,相信"自传说"的人下意识中还认为宝玉即是作者自己,他怎么能使自己的遗妻嫁给一个坏官僚做妾呢。破除了"自传说"的残留观念,就不会有那样的顾虑了。

其次，从故事发展的需要而论，娇杏不能死得太早，因为她在后半部书中还得和她以前主人家的小姐甄英莲（即后来的"香菱"）相晤，才能使全书故事的前后脉络有联系，有照应。香菱之死，按照警幻仙子的册子上所说，是受了薛蟠之妻夏金桂的磨折。①但她未死之前大概跟宝钗过活，正如宝钗未嫁之前在大观园中香菱也跟她住在一起（第四十八回至七十四回），第八十回已说到香菱因"屈受贪夫棒"，薛姨妈要把她卖了，因此由宝钗领去，从此不与薛蟠夏金桂在一起。第八十回回目早期各脂本也不同，《红楼梦稿》下联"美香菱病入膏肓"是七言，显系较早的本子，有正本改为上联，且不说病入膏肓，可知原稿经修改，不能让她死得太早，以便有机会使宝钗带她去会娇杏。宝钗再嫁时薛蟠可能因旧罪被控，或已下狱，或已处刑，以致香菱也已成了孤鬼了。也可能因宝钗嫁后请香菱去做客，或香菱不堪夏金桂的虐待，自去宝钗处诉苦，使娇杏有机会再一次会见她旧主人家里早年丢失了的姑娘。

上面这些设想，当然只是有关宝钗、香菱、雨村、娇杏这几个人的最后结局的一种可能的写法。这些设想的情节，不仅在全书结构的完整性上有其必要，而且在美学上有其重要的悲剧价值。因为这样的故事发展包括双重的对比：一个是雨村的从贫贱到富贵对比着宝钗的从富贵到"运败"，另一个是娇杏的从婢女到贵夫人对比着英莲（香菱）的从小姐到婢妾，以至夭亡。这两个强烈的对比，不但有助于全书结构的完整，也增加了《红楼梦》全部悲剧的壮美感。由于宝钗再嫁为雨村之妾，使香菱又见到她幼时家中的侍女而现在已成宝钗的主母的娇杏，这也增添了在封建社会中人们在生活上的无情讽刺与沧桑幻梦之感②。这种主仆易位，人事沧桑的写法，以前小说中也有过，如《金瓶梅词话》中的春梅本来是主妇吴月娘的丫头，在西门庆死后她被月娘卖与周守备为妾，生了个儿子，周

---

① 第五回香菱的册子上题辞："自从两地生孤木，致使香魂返故乡。"
② 即在《红楼梦》中雪芹也善于写这样的沧桑变化，来衬托今昔对比。在他原计划的后半部书中凤姐和平儿也是妻妾易位，这里不能详述。参看拙著英文本《红楼梦探源》第175～178页。

妻死后春梅扶正,变成了守备夫人。后来月娘又请春梅到家中,却称她为"大德周老夫人"(第九十六回)。又如《古今小说》中的《蒋兴哥重会珍珠衫》,原来是蒋正妻的三巧儿因与陈大郎通奸被休,再嫁吴太守,蒋因命案将判重刑,其故妻求吴营救,吴发现二人原为夫妇后将巧儿遣还。但因彼时蒋兴哥已另娶陈大郎寡妇为妻,巧儿反退居妾位。

至于贾雨村自己,在娶了宝钗之后,故事似乎也没有就此了结。由于薛蟠旧案的追究,自然也揭露了雨村徇情枉法、故纵凶犯的罪恶。而这凶犯,后来又成了他的"大舅子"。并且,当年被他"远远充发了"的深知案情的门子,也就是他寄居葫芦庙时的"贫贱之交","原来是故人"的小沙弥,又一次出现作证,和他当面对质。这才是第四回脂评所谓"起用'葫芦'字样,收用'葫芦'字样"的"又伏下千里伏线"①的真实内容。其次,使雨村罪恶彰露的另一案件是为了替贾赦夺取石呆子的扇子,非法逮捕扇主,锻炼冤狱,害死良民,这里面也牵涉到雨村所最佩服"有作为大本领的"古董商人冷子兴(第二回)。而冷子兴却是王夫人陪房周瑞家的之女婿(第七回)。雨村最后"东窗事发",当然不会有好下场,自然也连累了娇杏、宝钗等人。第五回警幻仙子的册子上所谓"金钗雪里埋",除了"雪""薛"谐音以外不知是否还有其他意义。例如说,雨村处刑后家属充军,宝钗路毙,埋于雪中,等等,作为结束这个悲剧的具体内容。按第五回警幻仙子的正册上第一页"画着两株枯木,木上悬着一围玉带。又有一堆雪,雪下一股金钗"。上句指黛玉憔悴(枯)而死,下句指宝钗的下场。可是钗必须有两股,以便夹住头发。册子上说"一股",可见已拆散。白居易《长恨歌》所谓"钗留一股盒一扇,钗擘黄金盒分钿",正象征夫妇分离的情形。可见宝钗最后被埋雪中时,也只剩下她一个孤鬼了。

我们根据前半部书中的一些线索和脂评,设想雪芹在原稿中可能把宝钗的最后结局描绘成上述的大体轮廓,其中也包括雨村、娇杏、香菱等几个次要人物的下场。可以看出,即使是这样粗略的大纲,如果写成故

---

① 见脂残本《石头记》第四回第八页上朱笔夹批。

事,也要包含若干久别重逢,悲欢离合的场面,经历多少世态炎凉、沧桑变幻的酸辛。要把这些错综复杂的情节,写成哀感顽艳的故事,其间穿插接榫,要安排得乍看似突然而可惊可愕,细思却自然而入情入理,这确实不是容易的事。在雪芹的原有计划中,因为他早已胸有成竹,这些故事当然了若指掌。而在高鹗的笔下,则不独因为他思想庸俗,见不到此;即使有线索可寻,残稿可据,他也无此魄力与匠心来完成这一大悲剧中哪怕是一小部分的结局。他那热中、庸俗的头脑,只能把宝钗写成抚养"贵子"以便将来功名顺利,母以子贵;把香菱写成继夏金桂而被"提升"为薛蟠的正妻,公然把警幻仙子册子中有关香菱结果的原案翻过来,把她的悲剧的结局写成一个小小的喜剧的终场。

既然上文所重建的宝钗的下场是根据第一回中雨村所吟联语的下句,则读者必然要问:联语的上句"玉在椟中求善价"又暗示书中何人何事呢?

上面已经说到,《红楼梦》重要人物中以"玉"名者共有三人:除宝玉外,十二钗中占两人,即黛玉与妙玉。要解答这一问题,先要考察两点:其一,这句联语的确切含义是什么?其二,在以"玉"为名的三人中,根据前八十回中故事的发展趋势和线索,哪一人与这联语所暗示的情节较其余二人为适合?换句话说,三人中必有二人,由其前八十回中的故事情节,推测其在后四十回的发展结果,势必与这联语的含义不能相符,则此联语必指其余的一人。

在封建时代,一个男子学了什么本领,准备出而用世,往往比作商贾准备了货物等好价格而出卖,即所谓"待价而沽"。这句话源出于《论语·子罕》:"子贡曰:'有美玉于斯,韫椟而藏诸(之乎)?求善贾(价)而沽诸?'"后世所谓"学成文武艺,货与帝王家"也是这个意思。由此引申,在封建时代买卖婚姻制度下,女子出家也可以称为出售。例如刘向《列女传》卷六:"钟离春行年四十,炫嫁不售。……乃拂拭短褐,自诣宣王,谓谒者曰:'妾,齐之不售女也。'"沈约《丽人赋》:"狭邪才女,铜街丽人……凝情待价,思尚衣巾。"因此,所谓"待字闺中"的女子也可说是"待价而沽"。

在前八十回中,宝玉对于"待贾(价)而沽"的人物如贾雨村之流是深恶痛绝,经常骂他们为"国贼禄蠹"的。在八十回以后,从前八十回曹雪芹原作的种种伏线以及故事发展看来,宝玉也绝不会走"学而优则仕"的孔孟之"道"。即使是热中利禄的高鹗在他补作的后四十回中让宝玉"两番入家塾",考中了举人,但也没有让他做官,就出家为僧。因此,我们可以肯定说,"玉在椟中求善价"这句话,决不可能暗示宝玉在后四十回中的故事情节。

其次,我们来看这句话是否适用于黛玉。很可能有人认为"贾"和"价"本来是一个字,"价"借用为"贾",而在贾家子弟中,宝玉是最"善"的。所以,"玉在椟中求善价",是指黛玉"待字闺中",期待宝玉来娶她。这一说法乍看很合适,其实不能成立。因为第一,所谓"待价而沽"通常不问买者为谁,只问谁能出最高价钱。其次,如果一个买者不能出"善价",沽者是可以不同意出售的。这两种情况都不适用于宝玉和黛玉的关系。首先,宝玉黛玉从小"耳鬓厮磨",情投意合,黛玉根本不须"期待",因此,即使"善价"是指贾宝玉,对于黛玉来说,早已是既成事实,根本不是"待"不待的问题。所谓"待价",本来有"选择"一个最善价格的意义。对黛玉而言,她早已选中了宝玉。这一结论,不但她自己,连前八十回的读者,都认为早已定局。至于八十回后的故事,高氏续作虽有许多与雪芹原意不符,但在处理宝玉婚事与黛玉死去这一问题上,大致与原作相符。"玉在椟中求善价"这句话既是指八十回后的情节,显然与黛玉的结局不符。总之,黛玉对宝玉之爱,完全由于思想上志趣上的共同性,绝对不是"待价而沽"的封建社会买卖婚姻的关系所可比拟的。因此,此句与黛玉无关。

剩下来以"玉"为名的重要人物只有妙玉了。据警幻仙子册子上的题辞,宝钗的称"金钗",黛玉的称"玉带"(带字谐"黛"字音),单用"玉"字的,正是妙玉册子上的题词。但是妙玉既然是个出家人——或者,照她自己的说法,是个"槛外人",怎么会"在椟中求善价"呢?其实,曹雪芹对于这位"太高人愈妒、过洁世同嫌"的"妙公",早已看穿了她的变态心理。而此人的结局,在第五回警幻仙子的画册与曲子中,也早已安排得确切无疑:"可怜金玉质,终陷淖泥中"。在曲子中说得更明白:

> 可叹这青灯古殿人将老,辜负了红粉朱楼春色阑。到头来,依旧是风尘肮脏违心愿,好一似无瑕白玉遭泥陷,又何须王孙公子叹无缘?(第五回)

从雪芹原著前八十回的故事中,尚看不出妙玉的下场何以会如此之惨。唯一可以看出"妙公"的"云空未必空"的苗头是她对宝玉的矛盾的心理状态。一方面,她在栊翠庵中对宝玉那样矫情撇清(第四十一回);另一方面,在宝玉的生日,她竟给他下了个"僧不僧,俗不俗,女不女,男不男"(邢岫烟语)的自称"槛外人"的寿帖(第六十三回),这正是"云空未必空"的最好注解。按理说,既然是出家人,就应该万缘皆空,与世无争。然而据她的老邻居邢岫烟说,她当初在苏州玄墓蟠香寺修炼时,"因不合时宜,权势不容",才"投到这里来"(第六十三回)。这就说明她在苏州曾一度"待价",没有结果,才到贾府来卖弄她的"高""洁"。她在大观园的栊翠庵中,对于常见的十二钗中的才女和后来加入的宝琴、李氏姊妹、邢岫烟、香菱等能诗"慕雅"的女子,都不在她眼下,甚至于连最为清心寡欲、与世无竞的李纨,也说"可厌妙玉为人,我不理他"。但她知道妙玉对宝玉却还肯赏脸,所以想要栊翠庵的红梅,还得派宝玉去才弄得来,尽管"也不知费了"他"多少精神"。而宝玉的《访妙玉乞红梅》诗,称栊翠庵为蓬莱,称妙玉为"嫦娥",又称梅花离开庵中为"入世"(第五十回),表明他对于妙玉的心境也是有所了解的。这位善作西昆艳体的少年公子,显然想到了李商隐的"嫦娥应悔偷灵药,碧海青天夜夜心"那种寂寞情味。宝玉也知道妙玉也赏识他"是个些微有知识的"——换句话说,是了解她的心境的,才赏他一页寿帖。邢岫烟听了这话,又"细细打量了"宝玉一番,也恍然大悟道:"怪不得妙玉竟下这帖子给你,又怪不得上年竟给你那些梅花。"(第六十三回)

这些都是前八十回中的情节,已经可以隐隐约约看出"宝"、"黛"、"妙"三"玉"之中,究竟是谁"在椟中求善价"。但这一联所暗示的情节显然是在八十回以后。因此,句中的"善价"究何所指,"待"的实际情况如何,仅就现有材料,都无法求得"悬解"。我们只知道她的结局是极惨的:"欲洁何曾洁……终陷淖泥中","到头来,依旧是风尘肮脏违心愿"。"待善价"的结果如此,从她的曲子《世难容》的末句"又何须王孙公子叹无缘"来看,似乎在这"待善价"的过程中,曾有过一些王孙公子向她求亲,遭她拒绝。如果如此,则其事应在贾家败落,栊翠庵被焚或被封,她被迫还俗或流寓他处之后。而所谓"风尘肮脏",应该是说她"堕落风尘"。这话在旧社会中的意义是沦为娼妓,所以说她是"白玉遭泥陷",这当然要比被"王孙公子"娶去不幸得多。雪芹写这位表面上冰清玉洁、高雅无比的才尼,其实是一个矫揉造作、虚伪矛盾的变态心理的典型。以"风尘肮脏"来结束这个"嫦娥"的故事,又是雪芹全书中大大小小的无数今昔对比、盛衰悬殊的例子之一。妙玉故事的首尾都有了轮廓,只有她"在椟中求善价"这一段情节,以及怎么在这一过程中会流落为妓,这一故事无从重建。是否有这样的可能:她还俗以后有许多王孙公子向她求婚,她却高不成、低不就,都看不上眼,最后她挑中了的(或有大势力者迫她出嫁的),却是个流氓坏人,不久把她卖入"烟花巷"。这当然比嫁给任何王孙公子坏得多,所以曲子的结论是:"又何须王孙公子叹无缘?"

雪芹无疑知道,明末许多沦为名妓的才女如卞玉京、马如玉、柳如是等后来都削发为尼或嫁后又削发。前人小说中也有许多女主角因身世不幸而遁入空门的故事。妙玉则先已遁入空门,却又待价而沽,末了又堕落风尘。雪芹这种一反旧传统的写法,不但是前所未有的创造,也讽刺了"色空"观念的虚伪性。

本节附记

脂评十六回残本第一回在"玉在匮①中求善价,钗于奁内待时飞"两句之间加夹批云:

表过黛玉则紧接上宝钗。

在这句批语下面空两三字以后又批道:

前用二玉合传,今用二宝合传,自是书中正眼。

这里所谓"二玉合传",乃指上文神话故事中绛珠仙草(黛玉)与神瑛侍者(宝玉)的故事。而所谓"二宝合传",则是认为此联各句上的第一字"玉"与"钗"乃是指"宝"玉与"宝"钗。这两条批语是自相矛盾的。前一条说上句"玉在椟中"如果是说黛玉,则下一条"二宝合传"一语又明明把上联"玉在椟中"的玉指宝玉。至于前一条批说,"表过黛玉则紧接上宝钗",也不可索解。第一回中只"表过"黛玉的前生绛珠仙草,并未说到黛玉;而宝钗则任何地方也没有说到,更不用说"紧接上"了。如果说这条批语中的"黛玉"、"宝钗"即分指此一联的上下句,则不但与下条"二宝合传"明指上句为"宝玉"相矛盾,而且黛玉不可能有"在椟中"待价而沽的故事,已如上述。因此,我们认为这上一条批语,可能是评别处之文误录在此,或《风月宝鉴》初稿中有适用此条批语的文字,雪芹重写时已删去,以致批得不对头了。这个残本的第一回中别处也有批得不对头的情形,如甄士隐对《好了歌》的注解,批语把"如何两鬓又成霜"指为"黛(原误作'贷')玉,晴雯一干人",而谁都知道书中这两人死得最年轻,都不到二十岁,如何能说"两鬓成霜"? 又如前面第八页下面眉批都不在所指正文之上,"若云雪芹披阅增删……"一条,应在第八页上面;"甲午八月泪笔"一条眉批,则竟写

---

① 按应作"匵",乃用《论语》文字,残本作"匵",显然是错的。

到下页去了。可知此残本批语内容虽可贵,但因过录时位置错误,或原文已有删改而与原批所指情节不同,在应用脂评时亦不可拘泥。如果批语与正文内容有歧异或矛盾,则当然要以正文为准。其歧异或矛盾的原因可能说明原文增删改变的经过,则是属于版本学上的另一种问题。有的矛盾则仅仅是由于过录时抄错了文字或放错了地位,那是可以用校勘学来解决的。

二 袭人
——怡红院中两派斗争的主角,王夫人的特务

在怡红院的侍女之中,最重要的是袭人和晴雯,其次是麝月。袭人、晴雯并见于第五回警幻仙子的画册和题词中,其意义和她们的终生结果,都已略有暗示。在宝玉的日常生活中,袭人和他接触最多最久,似乎她比晴雯重要。但以人品而论,以宝玉所钟情的对象而论,则晴雯远在袭人之上。所以在警幻的《又副册》中,晴雯的画幅和题词在袭人之前。晴雯二字声谐"情文"。《世说新语·文学》记孙子荆除妇服作诗,以示王武子,王曰:"未知文生于情,情生于文?览之凄然,增伉俪之重。"宝玉为晴雯所作《芙蓉女儿诔》是全书韵文中最重要的一篇,远远超过孙楚追悼其妇的《除服诗》①。诔晴雯而暗用"增伉俪之重"的典故,可见作者对于晴雯的重视,不同婢妾。麝月在后半部书中也很重要,仅次于袭人,当另为文论之。但在第五回警幻的册子中则并未透露。

袭人命名之由来,早在第三回她初次"亮相"时,作者已有了交代:她本名珍珠,原是贾母的丫头。给了宝玉以后,"宝玉因知他本姓花,又曾见前人诗句有'花气袭人'之句,遂回明贾母,即更名袭人"。第二十三回贾政也问起过:"是谁这样刁钻,起这样的名字?"宝玉便解说道:因见前人有

---

① 《世说》注引《孙楚集》云:"妇胡母氏也,诗曰:'时迈不停,日月电流。神爽登遐,忽已一周。礼制有叙,告除灵丘。临祠感痛,中心若抽。'"

"花气袭人知昼暖"之句,"这个丫头姓花,便随口起了这个"名字。这个解说当然可信,但也可以从这二字看出此女之性格。"袭人"者,乘人不备时暗中对人袭击也。其实,花气固然可以袭人,恶狗也可以袭人,因为它也往往从后面袭来,令人防不胜防。

《红楼梦》的读者,早在第六回中就看到,在宝玉所有的侍女之中,只有袭人和他有男女关系。正因为她自己暗中做了这些不干不净的事,越是心中有鬼,在这些事上也就越敏感,越妒忌。所以她以己度人,猜疑别人也和她一样下流,一有机会就贼喊捉贼,诬害别人。她乘宝玉被贾政毒打受伤,王夫人痛惜儿子的机会,调唆王夫人令宝玉搬出大观园。理由是:

> 如今二爷(宝玉)也大了,里头姑娘们也大了。况且林姑娘、宝姑娘又是两姨姑表姊妹,虽说是姊妹们,到底是男女之分……由不得叫人悬心。……倘或不防前后,错了一点半点……二爷一生的声名品行岂不完了?(第三十四回)

这里她虽也提到"宝姑娘",却只是陪衬,主要的攻击对象是"林姑娘"——其实连所谓让宝玉搬出大观园,也只是一个借口,借以发挥她毁谤黛玉的主要意图。袭人最恨宝玉和黛玉相好,在第二十一回中已表露出来。一天早上宝玉去看黛玉,恰好宝钗来到宝玉房中,问起宝玉哪儿去了,袭人便说:

> 姊妹们和气也有个分寸礼节!也没个黑夜白日,闹的……①凭人怎么劝,都是耳旁风。

---

① 这里袭人故意把这句话的下面半句吞下去了,否则大概是"太不像样"、"太不成体统"之类。现行许多本子的标点把"白日闹的"连在一起作一句,后面不加省略号,不但把文字弄得不通了,而且把袭人说话时故意吞吞吐吐的神情也抹煞了。各本"黑夜"均作"黑家",此句成为:"也没个黑家白日闹的!"意义不明,唯王雪香据程甲本作"黑夜白日,闹的……",改对了。

宝钗抓住了这个机会,起意勾结这个"听他说话,倒有些见识","言语志量,深可敬爱"的丫头。脂评本在这一段下有评语,说宝钗和袭人从此"渐成知己"。可以证明上文所引袭人挑拨王夫人的谈话中,其攻击对象只是黛玉一人,和她早已成了"知己"的宝姑娘,只是借以陪衬而已。袭人在这一段话中所欲暗示的是什么,再也明白不过了。因此,吓得王夫人"如雷轰电掣一般,正触动了金钏儿之事,心内越发感爱袭人不尽"。作者在这里写王夫人"触动了金钏儿之事",也是一个讽刺的对比。金钏儿不过和宝玉玩笑说:"你往东院子里拿环哥同彩云去"(第三十回),王夫人把她打了还不够,立刻叫她妈来,把她撵走,逼得她跳井自杀。然而对于早已和宝玉试过"云雨情"的袭人,听了她几句旁敲侧击的毁谤别人的话,王夫人竟感动得对袭人说出这样不伦不类的又肉麻又愚蠢的话来:

难为你成全我娘儿两个名声体面。真真我竟不知道你这样好。……你今既说了这样的话,我就把他交给你了。

这个愚蠢可怜而又刚愎的女人,自己被袭人骗得成了她的俘虏,还要把宝玉"交给"她,使她变成他的监视者。作为报酬,王夫人每月从她自己的月钱内分出二两银子给袭人,与赵姨娘、周姨娘一样待遇(第三十六回),这明明是把袭人当作宝玉之妾了。

王夫人自从有了这个埋伏在怡红院的女特务之后,对于宝玉日常生活中的一举一动便了如指掌。后来她亲自到大观园中查人,可以对四儿夸口说:"可知道我身子虽不大来,我的心耳神意时时都在这里?"(第七十七回)她的"心耳神意",其实即袭人。

在前八十回中明白记录袭人为王夫人立的"功劳",最重要的当然是因她的告密而使王夫人把害重病的晴雯撵出去死在外面。宝玉在晴雯去后质问过袭人:"咱们私自顽话,怎么〔王夫人〕也知道了?又没外人走风的,这可奇怪!"袭人还想把这事赖在宝玉身上,说可能是他自己不小心漏出口的。宝玉便追问说:"怎么人人(指晴雯、芳官、四儿等)的不是太太都知道,单不挑出你和麝月、秋纹来?"这一问问得她"心内一动,低头半日,无可回答"(第七十七回)。从这一段话中,也可知怡红院中的侍女早就分为两派:袭人、麝月、秋纹,以及大概还有一些次要人物,都是袭人"陶冶教育"出来的,而且通过袭人,得到王夫人的信任,又和薛宝钗勾结在一起,是走王夫人路线的"当权派"。晴雯、芳官、四儿等比较聪明伶俐,长得模样儿好些,而为宝玉所喜欢的,是受嫉妒、监视、排挤、毁谤的另一派。这一派口舌尖刻而胸无城府,为当权派所深忌,为当权派所暗算告密而茫无所知。连宝玉都没有想到袭人等对她们的仇恨之深。直到她们被撵出大观园之后,宝玉才如梦初醒,认识了袭人等当权派的真面目,但已太迟了。晴雯死后,宝玉在祭她的《芙蓉女儿诔》中说:"钳诐奴之口,讨岂从宽?剖悍妇之心,忿犹未释。"这里指的也正是他所讥讽为"头一个出了名的至善至贤之人"花姑娘和她的同党王善保家的之类(第七十七回)。

袭人知道宝玉属意黛玉,而黛玉精明尖刻,不好对付;也知道薛宝钗"貌厚情深"(庄子语),虽不为宝玉所爱,却是二王(王夫人、凤姐)所属意的人。她的战略是一方面在背地里旁敲侧击地毁谤黛玉,引起王夫人对她的猜疑;一方面则竭力拉拢宝钗,使她成为自己的同党。宝钗也觉察到以袭人在怡红院的地位,可以在宝玉的婚姻问题上起一定的作用,所以也不惜降低身份,和袭人交好,甚至于在睡着的宝玉身旁代袭人刺绣(第三十六回)。可知在后来宝玉的婚姻问题上,王夫人、凤姐等决定取宝钗而舍黛玉,在雪芹后半部的原稿中也肯定与袭人的特务工作有关。

袭人这一只安插在怡红院的看家狗,尽管她在紧要关口是善于从背后袭来咬人的,但平时却显得是一匹无害而逗人喜欢的哈巴狗。这在前八十回中也是有明文记录在案的。第三十七回:秋纹因为王夫人给了她衣服而十分得意,晴雯便说她不稀罕给了别人剩下来的东西。秋纹说,"那怕给这屋里的狗剩下的,我只领太太的恩典"。下文接着说:

众人听了都笑道:"骂的巧,可不是给了那西洋花点子哈吧儿了!"袭人笑道:"你们这起烂了嘴的,得了空,就拿我取笑打牙儿。一个个不知怎么死呢!"秋纹笑道:"原来姐姐得了,我实在不知道。我赔个不是罢。"

　　这虽然是开玩笑的话,但可见这个姓"花"的是一条王夫人的忠实走狗,是怡红院中"众人"皆知,连她自己也承认了的"哈吧儿"。

　　警幻仙子的《又副册》上袭人的判词说:"堪羡优伶有福,谁知公子无缘。"在高鹗所续的百二十回本中,袭人是在宝玉出家以后才嫁给蒋玉菡的。但脂砚斋所见的雪芹后四十回原稿却并不如此。第二十回脂评说:"故袭人出嫁后云:'好歹留着麝月',宝玉便依从此话。"可见在宝玉尚未出家,但已穷困时,花姑娘已另有所欢,别抱琵琶了。这里有一个问题:即袭人之嫁,是她自己因见"二爷"穷了,下堂求去,还是宝玉恨她陷害晴雯,破坏黛玉的婚姻,因而不愿再留她在身边?这两种可能都是有的。凡是狗,不管是忠实的看家狗,或好玩的哈吧儿,都有"饥来就食,饱则远飏"的特性。这只当年在怡红院全盛时代当权的"西洋花点子哈吧儿",作者在第三回初次介绍她时便作了绝妙的刻画:"这袭人亦有些痴处:伏侍贾母时,心中眼中只有一个贾母。今与了宝玉,心中眼中又只有一个宝玉。"可以想象,后来她嫁了蒋玉菡,心中眼中当然又只有一个蒋玉菡了。宝玉后来穷得"寒冬噎酸齑,雪夜围破毡"①,这位"温柔和顺、似桂如兰"的花姑娘,怎么受得了呢?当然终于不免落得个"公子无缘,优伶有福"了。但如果是因为宝玉衔恨她对晴雯被逐和破坏黛玉婚姻之事所起的作用,所以不愿再留她,则在原稿后四十回中,她还要更充分地表演从背地里"袭人"的伎俩:即在晴雯被逐这一事上,她以前暗中曾向王夫人挑拨调唆的事情可能在后半部的故事中还会有更多的透露。在破坏黛玉婚姻这一事上,她所起的作用可能是决定性的。在后半部书中有关袭人的这些重要故

---

① 见脂京本《石头记》第十九回评文引雪芹原作后半部稿回目残文。

事,正好和茜雪、小红在"狱神庙慰宝玉"的故事(详下文),成为强烈的有讽刺性的对比。其讽刺性在于:袭人是宝玉从小就亲近信赖的实际上的侍妾,而茜雪、小红却和宝玉只是一般主仆关系,而且是早已离开怡红院的女子。

贾政奇怪为什么"袭人"这名字起得这样"刁钻",他不知道这个人比她的名字更为刁钻。

三 麝月
——唯心主义的反映

上文论袭人时,曾引宝玉质问她的话,为什么王夫人不挑袭人、麝月和秋纹的错。又说麝月、秋纹是袭人"陶冶教育"出来的。袭人、麝月二人往往并举。如第七十四回王夫人说到宝玉房中丫头,"只有袭人、麝月这两个笨笨的倒好"。后来派人去叫晴雯时,她又说,"留下袭人、麝月伏侍宝玉不必来"。晴雯来了,回王夫人的话,说宝玉的事"只问袭人、麝月两个",又说,"至于宝玉饮食起居,上一层有老奶奶、老妈妈们,下一层有袭人、麝月、秋纹几个人"。第七十七回王夫人查园到怡红院时,"因又吩咐袭人、麝月等人"。可见宝玉虽然喜欢晴雯,而实际上在怡红院中掌权的,袭人以下便是麝月。据脂评,在雪芹原作后半部的计划中,袭人嫁后,麝月仍留着侍候宝玉夫妇。但麝月二字又何所取义呢?

《红楼梦》第二十回记元宵节晚上袭人病了,宝玉房中别的丫头都出去赌钱了,只有麝月不放心,要留着看家,不肯出去。宝玉便说,有他在家,她可以去顽(赌钱)。麝月说:"你既在这里,越发不用去了,咱们两个说话顽笑岂不好?"(脂评:"全是袭人口气,所以后来代任。"再看下文脂评,知道这里所谓"后来",指袭人出嫁以后;所谓"代任",指代袭人而为宝玉之侍妾。)不久晴雯赌输了回来拿钱,见宝玉正在替麝月梳头,晴雯冷笑

道:"哦,交杯盏还没有吃,倒上头了。"①作者写这一故事,着重的是从镜中反映出来的活动:

> 宝玉在麝月身后,麝月对镜,二人在镜内相视,宝玉便向镜内笑道:"满屋里就只是他磨牙。"麝月听说,忙也向镜中摆手,宝玉会意。

在这一段前面,写了袭人生病,后面还有一些晴雯与麝月开玩笑的话,但脂评却说:

> 闲闲一段儿女口舌,却〔只〕写麝月一人。在②袭人出嫁之后,宝玉宝钗身边还有一人……故袭人出嫁后云(有?)"好歹留着麝月"一语。宝玉便依从此话。

从这两条脂评,可知雪芹在后半部原稿中,并不是像高鹗续书那样,宝玉出家后袭人才嫁蒋玉菡,而是在宝玉出家前,袭人已先离宝玉而去。而在昔日一大群丫头中,最后留在宝玉身边的,只有麝月一人。上文所引第二十回中这几段小故事,若非脂评明白指出,读者决不会想到这些都是作者预埋的伏笔。但一经指出,则后半部这些故事的轮廓便十分清楚,无可歪曲。所以像高鹗那样硬把袭人留到宝玉出家以后才嫁蒋玉菡,而麝月则毫无下落,完全是无视《红楼梦》作者的原意,随心所欲地写他自己的故事。

---

① 吃"交杯"酒和"上头"(梳头妆饰)都是封建时代婚前仪式的一部分。上头,男女均有,即古代的冠礼和笄礼。《南齐书·孝义传》:"华宝,晋陵无锡人也。父豪,义熙末成长安,宝年八岁。临别,谓宝曰:'须我还,当为汝上头。'长安陷房,豪殁。宝年至七十,不婚冠。"此指男子。韩偓《香奁集》卷下《新上头》诗云:"学梳蝉鬓试新裙,消息佳期在此春。"花蕊夫人《宫词》云:"年初十五最风流,新赐云鬟使上头。"此指女子。陶宗仪《辍耕录》卷十四"上头入月"条云:"今世女子之笄曰上头",并引花蕊《宫词》为证。
② 脂评过录时"在"字讹作"有"字。这样讹伪尚有其他例子。(参看作者的《残本脂评〈石头记〉的底本及其年代》——编者)

但脂评所说,也只是简略的轮廓而已。麝月的下场如何?她侍候宝玉究竟到什么时候?在宝玉出家以后她如何生活?还是在宝玉出家以前就离去了?这些问题,除非靠将来发现雪芹原稿,否则将永远无法解答。但有几点可以研究一下:为什么在宝玉身边的许多丫头之中,作者单单留下一个麝月?麝月这个名字又有什么意义?为什么上引麝月的故事,主要是与宝玉相对于镜中?我们不妨再引一段麝月和宝玉有关的插曲。

第五十六回记宝玉因在大镜子前的床上睡着,梦到另一个大观园,遇见另一些丫环,把他自己"涂毒"(侮辱)了一顿。梦中又见另一个宝玉,自己一身化而为二。梦中的另一个宝玉大叫"宝玉快回来,快回来!"袭人听他梦中自唤,忙把他推醒。麝月便说:"怪道老太太常嘱咐说,'小人屋里不可多有镜子。人小魂不全,有镜子照多了,睡觉惊恐作胡梦。'……自然是先躺下照着影儿顽的。一时合上眼,自然是胡梦颠倒,不然,如何得看着自己,叫自己的名字?不如明儿挪进床来是正经。"

这里又是从镜子上生出许多文章,到头来却是一场梦境,而最后还是麝月出主意改变环境,把镜子和床分开,免得再引起宝玉的"胡梦"。

麝月似乎与镜有缘,但这二字又何所取义?

在中国古典文学中最早出现这两个字的,大概是徐陵的《玉台新咏》序:"金星将婺女争华,麝月与常娥竞爽。"①"婺女"是星②,"常娥"是月。古代镜子都是圆的,常以比月。徐序既以"婺女"代星,"常娥"代月,而"金星"指灯③,则"麝月"显然指镜。上句说,错落的灯光与明星争华,则下句正谓团圞的妆镜与满月争明。二句均指美人晚妆时的情景。④ 古人以镜比月,甚至于咏镜台的诗中也可以证明。如谢朓诗云:"对凤临清水,垂龙挂明月。"陈叔达咏空镜台诗云:"姮娥与明月,相共落关山。"这是说照镜

---

① 爽即明。如云"昧爽",即天色将明未明之际。
② 婺女即女宿,见《礼记·月令》"孟夏之月"及《史记·天官书》。
③ 古代贵族用的灯一干上有许多分枝,每枝上各有一盏灯,故称"九微灯"或"九华灯"("九"是许多之意,见汪中《释三九》),远望如群星灿烂。
④ 参看庾信《镜赋》:"临水则池中月出。"正谓镜可当月。

的美人和镜子都不在了。李白《赠嵩山焦炼师》："萝月挂朝镜，松风鸣夜弦。"白居易《以镜赠别》："人言似明月，我道胜明月。"(《白氏长庆集》卷十，第四页)

前人词中用此名词者，如宋周密《天香》"咏龙涎香"："麝月双心，凤云百和，宝钏佩环争巧。"这里用"麝月"、"争巧"等语，显然是受徐序的暗示。"双心"似指美人对镜，也许是从温庭筠的"照花前后镜"一句联想出来的。清初李雯《风流子》说："芳心谢，锦梭停旧织，麝月懒新妆。""新妆"必须对镜，所以这句中的"麝月"正以代镜。李舒章是替多尔衮起草《答史可法书》的大名家，他的词雪芹不会不熟悉。比李雯略后的彭孙遹的《鹧鸪天》说："麝月才分一寸弯，长鬒短晕浅深间。""一寸弯"是从周邦彦的《南乡子》"两点春山满镜愁"一语化出，亦指临镜画眉，以"麝月"代镜。即以《红楼梦》本书而论，第二十三回宝玉的《夏夜即事》诗说："窗明麝月开宫镜，室霭檀云品御香。"这二句如果用杜牧《阿房宫赋》的笔调改成散文："窗明麝月，开宫镜也；室霭檀云，品御香也"，意义就更加清楚。下句"檀云"就是御香缥缈之状，可证上句"麝月"即指宫镜灿烂之形。又第七十八回的《芙蓉女儿诔》说："愁开麝月之奁。""麝月"之奁就是镜奁。① 这是作者自己把麝月当作镜子的证据。可见麝月是镜的别名，殆无疑义。②

据上文所引脂评，可以推知在雪芹后半部的原稿中，袭人嫁后宝玉要把所有丫头都解放出去，只因袭人的劝告，才最后留下一个麝月。宝玉要解放她们，这主意他早就打定了。第六十回一开始，春燕就对她妈说：

> 宝玉常说，将来这屋里的人——无论家里外头的一应我们这些人——他都要回太太，全放出去与本人父母自便呢。你只说这一件，

---

① 奁即匲字，《说文》匲字条，桂馥《义证》："《一切经音义》引《仓颉篇》：'盛镜器曰匲，谓方底者。'《三苍》：'盛镜器名也'。"《后汉书》卷十上《和帝阴皇后纪》："帝视太后镜奁中物"，已写作"镜奁"。
② 按古代铸镜以月为象，《黄帝内传》说帝与王母善，"乃铸大镜十二面，随月用之"(《事物纪原》卷八引)。可知每镜正代表一月。

可好不好?

这些话,可以与脂砚所见雪芹后半部原稿的有关部分互相印证。

原稿第二十二回是残缺的或未写完的一回。脂砚斋在回末的一条眉批说:"此后破失俟再补。"①在一百二十回本中此回末了有宝玉自制的一个谜语:"南面而坐,北面而朝。象忧亦忧,象喜亦喜。"谜底是镜。(这个谜语从文字和思想上看,都可能是雪芹残稿中的原作。)《石头记》本来是从《风月宝鉴》改写发展出来的,而"鉴"即是镜,作为书中主角(宝玉)的象征(谜语)是镜,他的不愿要的妻子是宝钗,他最后留着的唯一侍女是麝月——镜的别名(或代称)。但脂砚却说:

> 宝玉之情,今古无人可比,固矣。然宝玉有情极之毒,亦世人莫忍为者,看至后半部则洞明矣。……宝玉有(原误作"看")此世人莫忍为之毒,故后文方能(有)《悬崖撒手》一回,若他人得宝钗之妻、麝月之婢,岂能弃而〔为〕僧哉!②

但宝玉终于弃宝钗、麝月而为僧。这真是所谓"折钗破镜两无缘"。麝月若不是镜,即无从破。既是镜矣,则即使不破,而以镜对镜,其中纵有无穷影像,也只是虚影空像,如梦似幻而已。一旦悟彻梦幻,便什么都不存在了。既不存在,便无所执着;无所执着,即是"撒手"。也即是黛玉所谓"无立足境,方是干净"(第二十二回)。——这是宝玉因受佛教思想影响而得出的唯心主义的解脱方法。

宝玉和麝月的故事,最初是"镜中相对"。最后呢,似乎应该是"以镜对镜",因之而悟彻梦幻,"悬崖撒手"。"镜中相对"是真实情节,写来亲切动人。"以镜对镜"是象征的比况,它会引导到什么样的故事结局?袭人

---

① 影印脂京本第五一〇页。
② 影印脂京本第四七二页。评中〔有〕字〔为〕字原缺,今以意校补。

临去时虽曾劝告宝玉说,"好歹留着麝月",而宝钗则早在二十二回就借惠能的偈语预言说:"菩提本非树,明镜亦非台。"因此,即使留下了麝月,也挡不住他"弃而为僧"。

四 狱神庙
—— 贾芸、小红、茜雪后传

《红楼梦》后半部书中有一重要故事,即"狱神庙",脂砚斋曾见到,但不久即为借阅者迷失。《红楼梦》中有一重要人物,不在大观园内,而为作者所精心设计极力描写者,即书中主角宝玉的"义子"贾芸。曹雪芹写贾芸,一出场就同时写两个极不相同的人物给他作陪:一个是他的邻居,破落户、泼皮、醉金刚倪二;一个是先在怡红院,后来被凤姐看中了,向宝玉要去的大丫头红玉(即小红)。第二十四回竟可以看作《贾芸、倪二、小红列传》。这一回中的其他人物只起陪衬、联络的作用,可以说,都是为这三个人服务的①。

作者写贾芸,开始时是宝玉无意中与他在路上邂逅相逢,但立即引起了宝玉的注意:"这人容长脸,长挑身材……生得着实斯文清秀。"宝玉看得如此忘情,竟顺口说,"倒像我的儿子"。作者又说贾芸"最伶俐乖觉"。接着写他向其舅卜世仁赊买香料不成,无意中撞着醉金刚倪二,后者自动借给他十五两银子。作者又从贾芸心中,估量倪二之为人:"素日倪二虽然是泼皮无赖,却因人而施,颇颇的有义侠之名。"倪二怪贾芸平日不屑与之交友,贾芸便申辩说:"我见你所相与交结的,都是些有胆量的、有作为的人。像我们这等无能无为的,你倒不理我。"这些话都是和作者后半部原稿中故事大有关系的线索。脂京本在第二十四回前面有棠村小序说:"夹写醉金刚"是"书中必不可少之文,必不可少之人。今写在市井俗人身

---

① 当然,贾芸等三人的故事,第二十四回所叙述的远远没有完,这一回只能算他们的列传卷上,还有卷中、卷下放在后半部书中,看下文自明。

上,又加一'侠'字,则大有深意存焉"! 在贾芸辞别卜世仁出来一段,脂评赞他"有志气,有果断","有知识有果断人,自是不同"。在倪二称他为"贾二爷"一句旁脂评说:"如此称呼,可知芸哥素日行止,是'金盆虽破分量在'也。"这是说贾芸虽穷,但平日行止正直,能为邻居——甚至流氓泼皮——所尊敬,是很不容易的。贾芸回家后不肯告知他母亲他舅舅对他如何刻薄,怕他母亲难过。脂评说:"孝子可敬! 此人后来荣府事败,必有一番作为。"这是指明在第二十四回中着力写贾芸,正是为后文伏笔。

脂砚对倪二的为人也有好评。当倪二听了贾芸说卜世仁对他如何刻薄,便说:"要不是令舅,我便骂不出好话来。"脂评说:"仗义人岂有不知礼者乎? 何尝是破落户? 冤杀金刚了!"又在作者叙述时说倪二有"义侠之名"句下,脂评说:"四字的评。难得难得,非豪杰不可当。"脂砚所了解的贾芸和倪二是这样两个正面人物,——这也是符合曹雪芹在整部书中的计划的。而在高鹗的续书中,贾芸竟被写成阴谋出卖巧姐的大坏蛋;倪二则因为自己下狱后贾芸没有设法救他,他便迁怒于整个荣国府,暗中使人告发,以致贾家被抄。高鹗认为:凡是穷人,都是坏蛋。

至于红玉①,读者大概都记得,正因为她很能干,才被凤姐看中调去。她本来有心侍候宝玉,却被秋纹、碧痕等人所排挤,巴结不上,宝玉也看不到她。作者写宝玉第一次碰见她,就把她作为一个重要人物,着意描绘:"一头黑鬒鬒的好头发,挽着个纂。容长脸面,细巧身材。却十分俏丽干净。"②第二十五回又写宝玉第二天早上还惦记着她,一早就出房去找她,"装着看花儿",正发现小红倚在游廊栏杆上出神,"却恨有一株海棠花遮着,看不真切"。脂砚在这儿引用了一句《西厢记》的曲文来评道:"此非

---

① 红玉姓林,与林黛玉全名只差一字,第二十四回末了说:"只因'玉'字犯了林黛玉、宝玉,便都把这个字隐起来,便叫她小红。""红玉"二字见《西京杂记》"赵飞燕"条:"赵后体轻腰弱(按:也是'细巧身材')……女弟昭仪弱骨丰肌……二人并色如红玉。"以前女子以"红"名者,有红拂、红线、红娘、红儿(《比红儿》一百首中的歌咏对象)。名"小红"者有姜白石的歌女,白石所谓"小红低唱我吹箫"是也。白石死前小红已出嫁,所以苏泂吊白石诗云:"赖是小红渠已嫁,不然啼碎马塍花。"马塍是白石葬地。

② 比较上文所引作者关于贾芸的描写:"这人容长脸,长挑身材……生得着实斯文清秀。"

'隔花人远天涯近'乎？"用这样一个"特写镜头"来突出小红，当然也不是脂砚对她的偏好，而是因为他知道在雪芹后半部的故事中，她是一个重要的正面人物。但在宝钗眼中她却是一个"头等刁钻古怪的东西"①。

过去的所谓"红学家"们，也注意到作者在第二十四回极力写小红，后文必有发展，但他们只对于她和贾芸的儿女私情方面有兴趣。至于那个泼皮无赖醉金刚倪二，谁也不认为他对贾家会有什么帮助，更没有想到贾芸和倪二之间的关系在后文的故事中有什么发展。但若果真如此，则雪芹在第二十四回中这样极力写倪二，岂不是浪费笔墨？脂砚在评语中常说《石头记》无闲文闲笔。雪芹文字前后均有照应，组织严密，伏线在千里之外，等等。不仅脂砚，棠村在第二十四回的小序中也指明倪二以"市井俗人"而作者誉之为"侠"，"大有深意存焉"。脂评又盛赞倪二为"仗义人"、"义侠"、"豪杰"，可知在雪芹原稿中，不但小红、贾芸，就是这个醉金刚，也必然要在下文故事中大显身手，起重要作用。在全书的完整计划和严密组织中，倪二的故事也必然有它的特殊地位。正因为在下文的重要故事中小红、贾芸、倪二都是活跃分子，所以作者先在第二十四回中给他们三人写了"合传"，使读者在心理上有所准备。

关于后半部《石头记》中有红玉、贾芸、倪二等共同参加的这个重要故事，雪芹本已写了一些初稿，评者也曾看到。我们可以从下引的评语中推知一些梗概。

第二十回宝玉的乳母李嬷嬷说到茜雪从怡红院出去一段，眉批说："茜雪至《狱神庙》方呈正文。"又说："余只见有一次誊清时，与《狱神庙慰宝玉》等五六稿，被借阅者迷失，叹叹！"第二十六回眉批又说："《狱神庙》有茜雪、红玉（即小红）一大回文字，惜迷失无稿，叹叹！"红玉在第二十七回已被凤姐调用，怎么她后来又和茜雪去"慰宝玉"呢？第二十七回末的

---

① 第二十七回，宝钗偷听了小红与坠儿在滴翠亭中的对话，又嫁祸于黛玉，故意使小红了解是黛玉偷听，让小红恨黛玉，而她自己却把小红当作"头等刁钻古怪的东西"。由此亦可见宝钗品格。

一条"总评"(其实是棠村小序的残文)说:

> 凤姐用小红,可知晴雯等①埋没其人久矣,无怪〔其〕有私心私情。且红玉后有宝玉大得力处,此于千里外伏线也。②

由此可知小红跟凤姐去,是有关后半部书中一个重要故事的转折点,所以脂砚又把这事联系到"狱神庙":脂残本第二十七回的一条评语提到小红跟凤姐去这一事,说:"且系本心本意,《狱神庙》回内〔方见〕。"③脂京本同回又有一条眉批指小红为"奸邪婢",但接着赶紧补加一条,用抱歉的口气解释道:"此系未见《抄没》、《狱神庙》诸事,故有是批。"把这几条和上引各条评语及棠村小序所谓"红玉后有宝玉大得力处"联系起来看,可以想见这一重要故事的一部分轮廓。同时也可以解释为什么在第二十七回以后,第八十回之前,再也不提起小红、茜雪等人;而这暂不提起,并非表明以后就没有她们的作用了,正是要作为以后更重要的故事的悬记。

这里有一点须要说明:小红既已早跟凤姐去了,怎么下文又说她去"狱神庙慰宝玉"? 可以设想凤姐必然也在狱中,小红去探监只能以凤姐的丫头身份去看她女主人,而不能以别人的丫头身份去探一个以前的男主人宝玉。所以上引脂评说她跟凤姐去后,要到《狱神庙》回内方见。但要了解这个故事,必须先弄清楚狱神庙是怎么回事。

封建时代的监狱中有狱神庙,起源甚古,到清代还保存着。庙里供的祖师爷(狱神)是萧何④,所以狱神庙又称"萧王堂"。据熟悉掌故的前辈说:封建时代重要监犯刚押入狱中,狱吏就叫他祭狱神。这是一种变相的剥削。流刑在启程(起解)之前,死囚在被处刑的前夕,都要祭狱神。狱吏

---

① 按第二十四回叙事,嫉妒小红者为秋纹、碧痕,与晴雯无关。
② 影印脂残本,第二二三页下。
③ 参看:《残本脂评〈石头记〉的底本及其年代》,1964 年《文学研究集刊》第一册第 255~256 页注①。
④ 萧何是汉高祖的丞相,相传汉代法律是他订制的,所以有"萧何造律"这一传说。陈穆衡《水浒传注略》三十九回,以青面圣者为萧何,盖未读《范滂传》。

在得到这笔贿赂之后,可以使犯人在被解途中,死囚在被杀以前,少受些痛苦。其实因犯一进狱就得祭狱神,这也是古已有之的风气。《后汉书·范滂传》说:

> 滂至狱,狱吏谓曰:"凡坐系者,皆祭皋陶。"滂曰:"皋陶贤者,古之直臣,知臣无罪,将理之于帝(指天帝)。如其有罪,祭之何益?"众人由此亦止。

据此则东汉已有此恶风。又如《水浒》第四十回写江州"劫法场"的故事,说到宋江、戴宗被判斩刑。临刑之前把二人"驱至青面圣者神案前,各与了一碗'长休饭'、'永别酒'。吃罢,辞了神案"。这个"青面圣者"显然是当时的狱神。但他又是谁呢?从他的脸色看来,正是皋陶。荀子在《非相》篇中描绘了十八个古人的相貌,只有"皋陶之状,色如削瓜"。杨倞注:"如削皮之瓜,青绿色。"难怪后世不熟悉古史的人,看了他的塑像或画像,就称他为"青面圣者"。上引《后汉书·范滂传》证明初入狱时要祭狱神,《水浒》这一条说明死囚被杀前要祭狱神。

由上述二事,可知自东汉至宋代或《水浒》成书的明代,狱神一直是皋陶。后来萧何接任,大概已在清初。旧京戏《玉堂春》苏三起解前辞别"萧王堂",即辞狱神。清代雍正时,御史谢济世因劾河东总督田文镜而下狱。他的《次东坡狱中寄子由韵寄从弟佩苍》一诗说:"敢愁弓剑趋戎幕,已免银铛礼狱神。"①可见清初祭狱神的罪犯犹带刑具铁链。

既然小红和茜雪是在狱神庙中会见宝玉(凤姐)的,可知在雪芹的后半部原稿中,不但在"荣府事败"(脂评语)之后有许多人被捕入狱,而且宝玉和凤姐竟被判了死刑(或流刑)。小红、茜雪去探监是在临刑之前借"祭狱神"的名义去贿赂狱吏,所以能和宝玉等在狱神庙相见。但为什么她们在狱神庙会见宝玉是在第二次而不是在第一次初入狱时呢?这是因为在

---

① 谢诗见《随园诗话》卷八引。

初入狱时,小红等未必已经知道门路,结识狱吏,以进入狱神庙与宝玉等相会,所以假定在第二次祭狱神时,即临刑(或起解)前夕,设法进入庙中,较为符合情理。如果如此,则在雪芹原稿中,宝玉已被判死刑(或流刑),所以有再祭狱神的必要①。或问宝玉等何至于被判这样重刑,则此中可能包含复杂的情节;但主要原因,作者在第四回中早有交代,即贾、薛、王、史"四家皆连络有亲,一损皆损,一荣俱荣"。脂评所谓:"总因子弟不肖,招接匪人……从此放胆,必②破家灭族不已。"宝玉下狱可能受妻兄薛蟠杀人之累,也可能受贾环从匪之累③。而王熙凤则她自己手上就有好几条命案,贾赦为夺取石呆子的扇子,勾结雨村,也有命案。这些都是在前八十回中早已说到了的。

但是小红、茜雪又有什么办法能进狱神庙呢?这就不能不令人想到为什么在第二十四至第二十六回中,作者要极力写小红与贾芸的私情和贾芸与倪二的友谊了。照这些故事发展下去,小红肯定会嫁贾芸。因此,也就不难理解小红、茜雪之所以能探监,是通过贾芸的侠义朋友倪二——因为他"所相与交结的,都是些有胆量的、有作为的人"。这其中也包括狱吏刽子手之类——甚至倪二后来可能自己做了狱吏,也不稀奇。宝玉、凤姐(也许还有别人)后来居然还能出狱,一个去做和尚("悬崖撒手"),一个被休回娘家("哭向金陵"),则可见被判之刑没有执行,他们设法逃出来了。果真如此,又是谁帮他们设法越狱呢?当然又只有"义侠"、"豪杰"的醉金刚和他的"有胆量的、有作为的""相与结交"之人,例如狱神庙的狱

---

① 关于此点,下文论到茜雪的命名的含义和第十八回脂评指出的伏线时还要详细说明。
② "必"似应作"不至"。
③ 参看第一回《好了歌注》:"训有方,保不定日后作强梁。"上句指贾政,下句指贾环。"作强梁"即"招接匪人"。参看第四回末:"虽说贾政训子有方……子弟们竟可以放意畅怀的闹。"参看上文423页注①引李白诗:"盗贼劫宝玉,精灵竟何能?"

吏、禁子之类①。茜雪是一个早已从宝玉屋子里出去的侍女②,小红是被怡红院当权派的丫头们所排挤的人。而在"荣府事败",宝玉、凤姐都已进了狱神庙的时候,却是她们二人冒了很大的危险入监慰问她们旧日的主人;又通过市井豪侠和有胆量的狱吏之类,把他们从监中救出。这中间的关键人物是宝玉的"义子"贾芸。而作者在第二十七回把小红从怡红院调到凤姐那儿去,其用意也直到《狱神庙》这一回才显露出来。脂评说红玉"身在怡红,不能遂志,看官勿错认为芸儿害相思也",正是说她是有大志的人,与芸儿的"私情"不过是为她将来"遂志"的导线而已。如果没有下半部贾芸在救宝玉、凤姐于狱神庙这一大事中所起的作用,则上半部书中有关贾芸和宝玉的故事③都成为"闲文"废话了。所以脂砚对于贾芸真是倾倒备至,赞不绝口,说"此人后来荣府事败,必有一番作为"。这些当然都是脂砚所见过而后来"迷失"的雪芹原稿中故事,与高鹗续作丝毫没有共同之处。

贾芸在后半部书中既然这样重要,作者在开始把这人物写入书中之时,有没有考虑到为他命名的象征意义呢?我以为是有的。

《说文解字》在"芸"字下引淮南王说:"芸草可以死复生。"段玉裁注:"淮南王,刘安也。'可以死复生',谓可以使死者复生。盖出《万毕术》、《鸿宝》等书,今失其传矣。"

关于段注,需要说明两点:其一,这位乾嘉大师解说许君原文,说"可以使死者复生",大意虽没有错,但犯了乾嘉大师们所最忌的"增字为训"的禁例。其实,段氏对许君原文也只通其大意,并没有逐字了解。他把原

---

① 宝玉等出狱,当然也有可能是由于在临刑前有人代他们说情,或临期减刑,或经赦免。但似乎他们设法逃出来的可能性大些,否则倪二和他的"有胆量的、有作为的"朋友的作用就不能发挥出来了。所以宝玉出家,也不能排除逃刑这一原因(以前有因逃刑而出家者,我知道有具体的例子)。
② 茜雪在第八回离怡红院后,也有可能嫁了一个"有胆量的、有作为的"什么人物,所以她也能设法进狱神庙。
③ 如第二十五回宝玉病中,贾芸被派坐更守夜,第二十六回贾芸到怡红院探访宝玉,第三十七回贾芸送宝玉两盆白海棠。

文的"可以"二字连读,当作一个词。殊不知"可"即后世的"可以",古人但说"可",不说"可以"。① "可"字和下面的"以"字要分开,"以"是动词,用也。② 其次,段玉裁不知在汉代"死"字当作名词用,即"屍首"的"屍"字③,不是生死之死,所以不能也不必解作"死者"。《汉书·酷吏尹赏传》引民歌:"安所求子死?垣东少年场。"④上句谓:"哪儿去找儿子的屍首?"可证"死"即"屍"字。这位文字学家甚至忘了"葬"字从"死"而不从"尸","死"在茻(葬)中为"葬",则"死"即后世"屍"字。所以许君原文:"芸草可以死复生",只是说,"芸草可用屍首来恢复生命",或"芸草可借屍还魂","芸草有起屍体而使之复活之效。"最后,还须指出,《说文解字》的作者许慎引刘安的话是有根据的,因为他本来是东汉研究《淮南子》的专家。他的《说文解字》序文说苍颉造字使"天雨粟,鬼夜哭",即是用《淮南子·本经训》"昔者苍颉作书,而天雨粟,鬼夜哭"的神话。《隋书·经籍志》著录:"《淮南子》二十一卷,许慎注。"《宋史·艺文志》也有同样的记载。可知许慎注的《淮南子》到宋代还存在。所以许慎关于芸草的说法,必有所根据。

"芸草可以死复生。"许慎所引刘安旧说也许只是汉代的迷信⑤,但雪芹用"芸"字为宝玉的"义子"命名,却因为此人在"荣府事败"之后,对宝玉等人有救命之恩,有"起死回生"之功。且不说茜雪、小红、贾芸在"被借阅

---

① 如《论语·八佾》:"是可忍也,孰不可忍也?"不说:"是可以忍也,孰不可以忍也?"
② 如《史记·项羽本纪》"以舒屠六",谓用舒城之兵去屠杀六安之敌。同上《韩非传》:"以为儒者用文乱法,而侠者以武犯禁。"可证"用"、"以"互文,意义全同。
③ "屍"字后世简写为"尸"。其实"尸"字在古代是指活人,不是屍首。"尸"是人斜卧形,甲骨文"后"字从"尸"从倒"子"(王国维说),可证。在周代"尸"作名词用,是祭祀时装作被祭鬼神的神主。《庄子·逍遥游》"尸祝不越樽俎而代之矣"的"尸",则为职业的装神主的巫。《仪礼·士虞礼》"祝迎尸"的"尸",则是孝子的亲属装的。"尸"字作动词用则是占据的意思,《尚书·五子之歌》"太康尸位"、《汉书·朱云传》"皆尸位素餐"的"尸"字,即此用法。
④ 《汉书》卷九十《尹赏传》颜师古注:"安犹'焉'也,'死'谓'屍'也。"又《景十三王传·广川王去传》:"与〔陶〕都死并付其母。""求〔其〕死。"师古注此两"死"字,并云:"死者'尸'也。"
⑤ 《淮南万毕术》有孙冯翼和茆泮林两个辑本,在《问经堂丛书》和《十种古逸书》中。但两本都未收许慎所引这一条。《万毕术》中有些条文是有科学根据的,如:"削冰令圆,举以向日,以艾承其影(焦点),则生火。"(《御览》七三六引)"慈石提棋"(同上)。"磁石拒棋"(同上九八八)。"乾鹊一名鹦鹉,断舌可使言语。"(《艺文类聚》九一)芸草在医药方面有何作用,尚待试验。不知它是否像人参一样有强心的作用,可以在人临死时增强心脏的搏动以延长生命。

者迷失"的雪芹原稿中有怎样动人心弦的故事,单就这命名所透露的曹雪芹的博学,似乎也不是后世俭腹的"红学家"所能设想的。

《狱神庙》回故事中须得有小红、贾芸,这是因为前者是凤姐的侍女,后者是倪二的朋友;必须通过这二人,才能和"有胆量的、有作为的"人联系起来,入监探视。但何以又需要有茜雪?而且脂评第二十六回眉批说:"《狱神庙》有茜雪、红玉一大回文字。"把茜雪放在红玉之前,似乎在这一回故事中,茜雪的作用比小红更为重要。第二十回脂评说:"茜雪至《狱神庙》方呈正文。"又说《狱神庙慰宝玉》有"五六稿"之多,可见茜雪在书中的主要活动在狱神庙,这一故事以茜雪为主角。小红当然也在内,但她是去探望凤姐的,或以探凤姐为名而进监的。作者在前半部书中写茜雪,只是为后半部《狱神庙》故事预下伏笔,所以着墨不多。一共只有三处,每处只有寥寥几笔:

1. 第七回周瑞家的从薛姨妈处去宝玉房中,说起宝钗病了。宝玉说他自己从学里回来,也着了凉,问谁能代他去问宝钗之病,"茜雪便答应去了"。这个故事中有黛玉在宝玉房中,所以他不愿离开她而去看宝钗;当时袭人、麝月等没有答应去,所以茜雪答应去了。作者着墨不多,却有深意。

2. 第八回宝玉从薛姨妈家半醉归来,要早上沏的枫露茶喝,茜雪说已给他的乳母李嬷嬷喝了。宝玉本来已生乳母的气,听说她又喝了他的茶,就把手里的茶碗打碎,"泼了茜雪一裙子的茶",还要撵走他乳母,为袭人劝止。

3. 第二十回追述茜雪离开宝玉,只从生气的乳母李嬷嬷口中附带说到一下:"将当日吃茶,茜雪出去,与昨日酥酪等事,唠唠叨叨,说个不清。"第四十六回鸳鸯也追叙"去了的茜雪"。

从此以后,作者再不提起茜雪,一直要到《狱神庙慰宝玉》这一回中才写她的"正文"。

仅仅为了一盏茶,茜雪怎么就得离开宝玉而去,这是不容易解说的。

是不是和她上回自动答应代表宝玉去问宝钗的病有关,因而引起袭人的嫉妒,变个法儿把她弄走?① 第八回中宝玉生气,只说要撵走乳母,没有说要撵走茜雪。第二十回中李嬷嬷也只说"茜雪出去",没有说她被"撵走",可知她的出去另有原因,作者故意存此疑案,以便后文补叙。如果上文说得太呆了,下文故事的发展便受了一定限制,失去叙述的自由了。但读者却因此更不容易推测茜雪后来是怎么去狱神庙安慰宝玉的。

上文谈到贾芸之名时,我们知道雪芹用了有"起死回生"之功的芸草的意义,借以暗示贾芸在后半部书中的重要作用。同一故事中的另一重要人物茜雪之名是不是也有特殊的含义呢?"茜雪"二字连用,有一个现成的例子。南宋词人周密的《清平乐》说:"一树缃桃飞茜雪,红豆相思渐结。"这仅以"落花如雪"状暮春的景物,无甚深意,似乎也不是雪芹采用此名的来历。茜草以前用作红色染料,有一定的经济价值。所以《史记·货殖列传》谈到"素封"之家时说:"若千亩卮茜,千畦薑韭,此其人皆与千户侯等。"又说:"若卮茜千石……此亦千乘之家。"关于"茜"字的意义,《说文》也有一些颇不平常的说法。茜即蒨字,茜草又名茅蒐、茹藘。许君解说此字道:"人血所生,可以染绛。"②"人血所生"一句,除段注外,历来无解说。段氏以为这是解说"蒐"字,"所以从'鬼'也",则完全是望文生义。而且许君原文是"人血"而不是鬼血,这个"义"也"生"错了,只落得个穿凿附会。③ 茜草古名"茹藘",见于经籍者如《诗·郑风·东门》:"东门之墠,

---

① 宝玉为了茜雪给李嬷嬷喝茶而闹事,很可能被袭人作为借口,说她不会侍候宝玉,惹他生气,挑拨王夫人把茜雪弄走。
② 二徐本《说文》此八字在"蒐"字下,云:"蒐,茅蒐、茹藘。人血所生,可以染绛。""蒐"下即"茜"字,文曰:"茜,茅蒐也。"按慧琳《一切经音义》卷五十八、玄应《众经音义》卷十五及《玉篇》引《说文》,"人血所生,可以染绛"八字皆在"茜"字条下,可证二徐本次第显误。桂馥《说文义证》也说此八字当在"茜"字条下。
③ 许君说:"蒐,从艸,从鬼。"桂馥《说文义证》说:"从鬼者,当云'鬼声'。"王筠《说文句读》同意这一说法。朱骏声《说文通训定声》也说,"此字从艸,鬼声"。其实,按照《说文》解说形声字的体例,应该说,"从艸,从鬼,鬼亦声",段注因"从鬼"以解"人血",全是附会之谈。

茹藘在阪。"① 墠是古代"除地以祭"的场所,《左传》中说到"用人"之祭,则墠也可用作杀人的刑场。墠旁之阪生茜(茹藘),正足以说明它是"人血所生"。由于茜草可以染绛,也使人想到血色,所以又名"地血"。虽然说起人血有点怕人,但由于它作为染料的实用价值,前人仍把茜草当作"嘉草"。② 段注《说文》又引陈藏器说:"茜与蘘荷皆《周礼》攻蛊嘉草之最。"③ 段氏未言陈氏之说见于何书。今按这是《证类本草》所引。④ 茜草除了可以染色以外,还能"攻蛊"解毒,与蘘荷同为"嘉草之最",则可知茜雪之命名亦有所取义,而其义中所攻之蛊当亦有所指。

茜草(茹藘)可以出现在用人以祭的墠旁之阪,故有"人血所生"的传说。茜雪出现于狱神庙,是否也与"人血"有关?

至于宝玉之所以下狱,当然有一些可能的原因。其中之一是为贾环所牵连。贾环自己,虽然有个"训子有方"的父亲贾政(第四回),但也"保不定日后作强梁"(《好了歌注》)。宝玉为贾环所劫持,他的通灵玉也帮不了他的忙,正如李白的诗所谓"盗贼劫宝玉,精灵竟何能"!第二十五回脂评说,"通灵玉除邪,全部只此一见",可证以后它再也不灵了。至于劫宝玉的盗贼为什么是贾环而不是别的什么人,则也显而易见:一则他和宝玉最接近,也最仇恨宝玉。这从他想用滚烫的蜡烛油烫瞎宝玉的眼睛一事即可以看出来(第二十五回)。二则据贾赦预言,将来荣府中"世袭的前程",竟落在贾环身上(第七十五回)。他夺了荣府的权,当然可以为所欲为了。脂砚在第二回的一条评语说:

---

① 陆德明《释文》解释"茹藘"说:"蒨艸也。"孔颖达疏:"茅蒐,一名茜。"又《尔雅·释艸》:"茹藘,茅蒐。"郭注:"今之蒨也。"《释文》:"蒨,本或作'茜'。"
② 如清初陈淏子《花镜》在引《货殖传》中的话之后,接着说,"则诚嘉草也"(卷五,藤蔓类考,"茜草"条)。
③ 见《周礼·秋官司寇》"庶氏"条,"庶氏掌除毒蛊,以攻说禬之(用祈神的话除祟),嘉草攻之。凡驱蛊则令之比之"。参看"翦氏"条。
④ 关于蘘荷能解蛊毒,见《神农本草经》:"白蘘荷主中蛊。"又见干宝《搜神记》:"今世攻蛊多用蘘荷根,往往验。"

> 盖作者实因鹡鸰之悲,棠棣之威,故撰此闺阁庭帏之传。
>
> (脂残本第二回,第一一页下,眉批)

"棠棣"和"鹡鸰"都是指兄弟,见《诗经·小雅·棠棣》。"棠棣之威"就是指受兄弟的威胁。这也可以说明宝玉之被劫持,正是素日仇恨他的兄弟贾环。因此宝玉入狱,最大可能是受贾环的陷害。

狱神庙这个故事相当复杂。单看其中出场的人物,除了宝玉、凤姐等已在狱中之人以外,有"荣府事败,必有一番作为"的贾芸,起着"可以死(尸)复生"的作用;有早已见到"千里搭长棚,没有个不散的筵席"的红玉(小红);有以"人血所生,可以染绛"、又能"攻蛊"的嘉草命名的茜雪;有"颇颇有侠义之名"的"仗义人"、"豪杰",绰号"醉金刚"的泼皮无赖破落户倪二,以及他的"有胆量的、有作为的"而我们不知其名的朋友。——生、旦、净、丑、副、末似乎色色俱全了,但这出戏到底是怎样演出的呢?

这使人想到《红楼梦》里在别处演出的戏和它所提供的线索。第十八回元春省亲时点了四出戏:第一出是《豪宴》,脂评在戏名之下注道:"〔在〕《一捧雪》中,伏贾家之败。"《豪宴》不过是《一捧雪》全剧中前面的一出,正如同元春省亲也正是《红楼梦》前半部中登峰造极的豪华气象,但脂砚却说"伏贾家之败",则显然是指后半部书中的故事有和《一捧雪》中的结局相似之处。《一捧雪》中主角莫怀古因为舍不得他的无价之宝名叫"一捧雪"的白玉杯,当豪家恃势强夺时,他的仆人莫成出主意另外仿制一杯献给豪家,被奸徒汤某指出不是原杯,因此得罪。莫怀古被判死刑。临刑前莫成通过狱吏,把自己乔装成莫怀古,代主受刑①。莫怀古一家因贪爱古玩而弄得败家破产,赖义仆代死而幸存逃亡。《红楼梦》的读者却记得贾赦为了要强夺石呆子的名人字画扇子,不惜通过贾雨村陷害石呆子下狱,

---

① "义仆代死"这种封建社会中压迫奴仆的野蛮道德,是《一捧雪》这类旧戏剧中最恶劣的糟粕,应该严格批判,这里只用以说明问题,不是要肯定它。

把他的扇子没入官产,送与贾赦(第四十八回)。

但是,贾雨村夺取石呆子扇子的事,只是从平儿口中叙述贾琏被打的原因时才说到。至于贾赦何从得知石呆子有这些扇子,平儿当然不会知道,所以在第四十八回中也就无法说明,但在后半部有关的故事发展中必须补叙。按情理推测,《一捧雪》故事中陷害莫怀古的小人是识古董的汤某,《红楼梦》中也正有这样一个人物:他是做古董生意的冷子兴,正是雨村旧日在都的老朋友,被雨村赞为"是个有作为大本领的人"(第二回),又是对于贾家荣、宁两府的情形十分熟悉的"冷眼旁观人"。他的丈母娘是王夫人的伴房周瑞家的。有一次"因多吃了两杯酒,和人分争起来,不知怎的被人放了一把邪火,说他来历不明,告到衙门里,要递解还乡"。急得他老婆——周瑞女儿找她妈觅人求情。但在周瑞家的眼里,这又有"什么大不了的","这没有什么忙的"(第七回),可见这个"来历不明"的古董商人,自有他的靠山。这样的人之所以能回旋于达官贵人之间,就靠他的古董知识:不仅认得古董的真伪好坏,而且知道谁家有些什么珍玩,他可以向豪家富户通风报信,以便有权势者强取豪夺。莫怀古的玉杯,石呆子的扇子,就是因有这类小人从中拨弄,才造成悲剧。① "将来荣府事败"而许多人下狱,会不会和当年石呆子的扇子有关呢?本书作者早在第十八回就从《一捧雪》这个剧本中挑出《豪宴》这一出来象征贾家全盛时代最豪华最热闹的一个场面,却只是用这场面来对比莫怀古后来的悲惨结局,借以暗示贾家后来的结局也是这样悲惨的。所以脂砚在《豪宴》的戏名之下注明"伏贾家之败"。这岂不是明白无误地指出《红楼梦》后半部的"狱神庙"故事正是属于《一捧雪》这一类型的悲剧吗?这岂不是暗示雨村的好友,

---

① 在前八十回中,冷子兴这人只出场一次,即第二回在酒店中向革了职的贾雨村介绍宁荣两府的男女人物。除此以外,他的名字只在第七回中又出现一次,作者介绍他就是周瑞的女婿,因卖古董和人打官司,叫他老婆来贾家求情帮他,以后即再未出现。但他是个坏蛋,则可以从脂评中看出来。第二回中他阿谀贾雨村说:"荣国府贾府中,可也不玷辱了先生的门楣了?"脂评说:"刻小人之心肺,闻小人之口角。"(第六页上)下文他自夸和江南甄家有来往,脂评说:"说大话之走狗毕真。"(第十页下)可知脂砚深知此人,恨极此人,则一定因为脂砚知道后半部原文中,此人于贾府之败也是主要祸根之一。

"有作为大本领"的冷子兴要在造成这《一捧雪》型的悲剧的过程中大显身手,发挥作用么?但是,必须指出,茜雪、红玉的探监,和莫成的"代主受刑"是不能相提并论的。而且,就脂评所透露的《狱神庙慰宝玉》这一回目残文看来,似乎茜雪或小红也不可能像莫成那样代主而死。曹雪芹也不会在全书最后极重要的情节中重复前人已写过的故事。可是所谓"人血所生"这一"茜"字的含义又该怎样理解呢?

从作者在第十八回中用《一捧雪》中故事预埋的伏线以及贾芸、茜雪命名的含义看来,《狱神庙》这一回的内容是惊险、恐怖、悲壮、惨切而又凄婉、细腻、缠绵、熨帖的。有这样回肠荡气、动人心魄的故事而又令人无从想象其情节于万一,恨不得起雪芹、脂砚于九泉而问之!

此外,还有元春、王熙凤等人在后半部原稿中的遭遇,也和高鹗续书的故事不同,当另为文论之。

曹雪芹与《红楼梦》的创作

一　不平凡的经历使他深识"世人真面目"

鲁迅先生在《呐喊》的自序中说:"有谁从小康人家而坠入困顿的么?我以为在这途路中,大概可以看见世人的真面目。"

文艺创造的主要条件之一是认识"世人的真面目"。然而这种经验,只有通过对比,而且往往是痛苦的对比,才能深切地体会到。有了这种体会,才能理解生活,乃至进一步理解造成这种生活的社会因素。对比不外两种:由盛到衰,或由坏到好。"从小康坠入困顿",是一个家庭没落的过程;但家庭只是社会组织中的一个细胞,不能孤立存在,所以这过程必然显示出社会的变动。如果这家庭在它的社会中是有代表性的,则它的没落正表示这个社会的衰退。对个人来说,盛衰越悬殊,对比越强烈,则他所见到的"世人的真面目"越显著,他的感受也越敏锐,越深刻。

《红楼梦》的作者曹雪芹生长在号称盛世的清代早期,而实际上已是"水旱不收,鼠盗蜂起,无非抢田夺地,民不安生"(《红楼梦》第一回)的时代,而他自己"赫赫扬扬"的家族,也已经到了"末世"。在少年时即遭到抄没家产,"历尽离合悲欢,炎凉世态"。若以"对比"而论,则他所感受的生活上的盛衰悬殊,远较"从小康坠入困顿"的经验为显著。他少年时代尚未没落的家庭,代表当时典型的封建官僚社会,尤为突出。因此,我们可以想象,当他的家庭不久衰败以后,从惨痛的切身经验中体会到"世人的真面目",以及造成这些痛苦的各种社会因素,用文艺方式表达出来,自然也是十分深刻的。

为了更好地了解构成曹雪芹文艺思想的生活背景,我们有必要简述一下他的家世。

曹家上世住在辽东,满人入关时以汉军旗身份同时进来,即所谓"从龙"人物。曹雪芹的承继祖父曹寅(1658—1712)和清帝康熙(1654—1722)年龄相差不远,幼时曾伴康熙读书,又做过康熙的侍卫,因此康熙对他很信任,命他继任苏州和江宁(南京)织造的肥缺,有时又兼任更肥的两淮巡盐御史。康熙五次南巡,有四次到南京时住在曹寅的织造府中。他平时又是康熙派在南京的情报人员——从当地官吏的好坏到每月天气的晴雨,苏、扬粮价的涨落,都得经常向康熙密奏。他为人也还正直,例如他不惜忤江苏总督满人阿山及太子允礽,冒险救护一个平日与他不和,然而清廉爱民,反对加税的江宁知府湘人陈鹏年,因此颇得清廷及地方人士的敬仰。曹家素有文化修养。曹寅自己能诗能画,爱好戏剧,也写过传奇剧本,收藏善本书和字画,精刻罕见的书籍;除了他自刻的《楝亭十二种》以外,著名的《全唐诗》,清廷即命他主持校勘。由于上述种种原因,他隐然成为当时江南文人的领袖,一时名士如诗人陈维崧、朱彝尊,剧作家尤侗,乃至山西的考据家阎若璩等,都是他的朋友。曹寅的长女嫁与平郡王讷尔苏,次女嫁与康熙的一个侍卫,后来也袭了王爵。在这样富贵的家庭背景中,平常生活自极豪华奢侈,一方面既有高度文化修养的良好传统,另一方面又过着极端荒淫放荡的腐败生活,而供给这一大家族浪费挥霍的,自然是靠对于民间的剥削:"江宁织造"这官衔,用现在的话说,是南京全市丝织厂的总经理,受他剥削的大部分是女工。曹雪芹在十四岁以前尚在南京,有机会看到丝织厂中的劳动妇女,他小说中特别同情女孩子,很可能是由他儿童时的实际生活中的体验而来。曹家也是大地主,在后来雍正把他们抄家的单子上,他们有田十九顷多,房四百八十三间。

曹雪芹在少年时代,就是生长在这样一个既有高度文化传统,又极端荒淫腐败的家庭之中。曹寅死后不久,寅子曹颙也死了,雪芹的父亲曹頫由康熙敕命承继曹寅为嗣子,以袭织造之职。雍正即位后五年(1727),曹頫被免去任职十三年的织造,次年春天被抄家,大部分财产籍没,曹家便移住北京。后来曹雪芹在北京以贡生出身,曾任右翼宗学的"司业"(又称瑟夫,大概是教员)。宗学是专教清宗室子弟的学校,因此雪芹在那里认识了宗室诗人敦敏、敦诚兄弟。后来他穷了,住在北京西郊村子中写《红楼梦》,二敦兄弟还常去看他,并且接济他。

从这些简略的事迹,可以看出雪芹一生的经历是极不平凡的。可以说,历史上很少有这样的作家,亲历过从极盛到极衰的生活。雪芹虽未及见其嗣祖曹寅,但他的流风余韵在曹氏家族中影响很大很久;而雪芹尤其深受此影响,则可以从许多方面看出来。就他的一生经验而论,从一个祖上曾接驾四次,皇帝常到那里做客的煊赫家庭,突然坠入困顿,甚至于穷到"满径蓬蒿老不华,举家食粥酒常赊"的地步,而就在此时,他的近亲如表兄福彭(讷尔苏之子,1726 年袭平郡王),表叔昌龄(曹寅之甥,傅鼐之子),依然是王公贵族,则他所看到的"世人的真面目",是十分清楚的。一部《红楼梦》,正是凭他独有的极不平凡的人生经验,从他祖父的藏书所获得的渊博的知识和文艺修养,用他卓越的艺术天才所写出来的封建时代的"世人的真面目"。

二 前八十回与后四十回

根据上述曹雪芹的家庭背景和生活经验,如果《红楼梦》真是他凭这些背景和经验写出来的,则和现在我们看到的一百二十回本小说内容应该很不相同,这就很自然地要引起两个问题。第一,我们知道现有百二十回本中的后四十回是高鹗补作的,因此前后并无明显的盛衰"对比"。如果按曹雪芹原来的意思,则全书是否应有这样的"对比"?第二,如果上面问题的答案是肯定的,则此书是否有自传的性质?

关于第一个问题,我们现在根据脂砚斋的评语,知道高氏所补的后四十回内容,与雪芹原来的全书计划和他后三十回原稿中的一些故事,颇有不同。具体说来,只有黛玉之死,宝玉被迫与宝钗结婚这个主要故事,与原稿大致相符,并且我们有理由相信这一部分故事是高鹗根据曹雪芹原稿零札改写而成。但宝玉二次入学,贾政升官为粮道,宝玉中举,"沐皇恩","延世泽",等等,则显然非雪芹原意。照脂砚斋所见原稿,贾氏被抄家后,有许多人,包括贾赦、宝玉、王熙凤等,都被捕下狱,以前怡红院中的两个丫头,小红和茜雪,到狱神庙中去安慰宝玉,可能也是她们设法营救宝玉和王熙凤出狱。袭人嫁与蒋玉菡是在宝玉出家之前,且得宝玉的同意,同时他还解放了所有的丫环,因袭人的苦劝,才留下麝月一人。他们后来穷得"寒冬噎酸齑,雪夜围破毡"(十九回脂评),倒是蒋玉菡和袭人来"供奉"他们。宝玉最后出家,雪芹称之为"悬崖撒手"。书末警幻仙子又再度出现,并且她公布了《金陵十二钗》正册、副册、再副、三副、四副共六十名书中女子的名单,却以宝玉为"贯",称为"警幻情榜"。

至于书中别人的结局,也有许多与高氏续作不同。最重要者是作恶多端的王熙凤,她后来被原先惧内的丈夫贬为妾妇。虽然从原稿后文的一联回目"薛宝钗借词含讽谏,王熙凤知命强英雄"(二十一回脂评),可以推知她还努力挣扎了一阵,但贾琏终于把她休了,她哭哭啼啼回到金陵娘家,不久就死了——可能是横死的。她的女儿巧姐被"狠舅奸兄"卖了,"流落在烟花巷",被刘姥姥碰着救出,与她的外孙板儿为妻。

最后,一场大火把大观园和宁荣两府烧光,"落了片白茫茫大地真干净"。当然是"家亡人散各奔腾",正应了曹寅常说的禅语:"树倒猢狲散"。

这样的一个与高氏续书大不相同的结局,其悲惨情况,正好和前半部的"风月繁华",形成强烈的"对比"。

关于第二个问题,我们现在可以指出,曹雪芹在原来的计划中尽管把贾家从极盛写到家败人散,房屋烧光,却并不足以证明《红楼梦》是他的自传或曹家的真实故事。首先,我们知道这毕竟是小说而不是曹氏家传或历史。作者在第一回中所用人名,即已显示他把"真事隐"去,只把"假语存"①下,我们不必强作聪明,以为小说所记全是真事。其次,我在别的地方早已指出,贾宝玉并不是作者自己的写照,而是以其叔父脂砚斋为模特儿。② 因为脂砚斋在他的评语中屡次公开承认"批书人"即书中宝玉,我们也有许多证据,知道有关贾宝玉的许多故事的素材,其发生的时间远在曹雪芹生前七八年。而这些素材,有极大可能是脂砚斋记录下来供给作者的。最后,也是最重要的,应该指出,写故事并不是作者的最后目的。书中有些故事即使以曹家旧事作为背景,如用康熙南巡来写"元妃省亲"的场面,然其目的仍只是借此缘由修造大观园,作为宝玉及其中主要女子展开活动的舞台,借以描写人物的个性,叙述故事的发展。而整部书中的主要故事,却又服从于作者在思想意识上和艺术创造上的更高要求,即既要暴露封建社会中荒淫、腐化、虚伪、残忍的大家庭生活,又要创造出在作者理想中高尚、优美、真诚、纯洁的爱情。这两种思想上的"对比",较之由盛到衰的物质上的"对比",更为显著,其矛盾也更深。而作为封建社会道德台柱的旧礼教,则当然要庇护那种腐败、虚伪的大家庭,来摧残有高尚理想而不肯向它低头的青年男女。作者在原著中又巧妙地把封建社会中荒淫、腐败、贪污、残忍种种罪恶变成了自毁自灭的种子,变成了由盛到衰的主要原因。在破坏了宝玉和黛玉的爱情,黛玉病死以后,即在"吃人的礼教"暂时得胜,吃掉了黛玉,伤害了宝玉以后,由它自己孕育出来的封建

---

① 第一回前面的棠村小序把贾雨村说成"假语村言",是不正确的。贾雨村与甄士隐为对,"隐"为动词,则"村"乃"存"的谐音,亦为动词。
② 见牛津大学版英文本《红楼梦探源》,第89～97页。

社会中必然有的上述种种罪恶,终于也毁灭了这大家庭本身,甚至于当年"风月繁华"的世界,也给一把无情火烧得精光。这些轮廓,以及由之而重建起来的曹雪芹的思想体系,在高鹗所补的"沐皇恩"、"延世泽"的后四十回中是看不出来的。在前八十回中,为了要适应后四十回中他自己写的某些故事,高鹗也做了若干删改。

三 "披阅十载,增删五次"

上文既已约略谈到《红楼梦》高鹗所补后四十回内容与作者原稿不同,因此其所透露的作者思想也自不同,而我们今日所有关于曹雪芹原作后半部的内容,又只能从脂砚斋的评语中钩沉而得,则对于雪芹前后两部分的原稿,还须略做介绍,以免和今日一般读者所常见的高鹗全部修改过的百二十回《红楼梦》相混淆。

我们现在所能看到,最接近于曹雪芹手稿的部分,只有前八十回的抄本,它们流行于1791年程伟元刻行高氏改补的百二十回本之前,其中有脂砚斋的好几次的评语,故即名为《脂砚斋重评石头记》。在现有的四个脂评抄本中,最重要也是最早的,是北京大学藏七十八回本(下简称脂京本),其次是胡适旧藏的十六回残本(下简称脂残本)。从各抄本中的各种脂砚斋评语,和脂砚斋所保存下来的雪芹之弟曹棠村为旧稿《风月宝鉴》所写的若干小序看来,我们知道雪芹写此书用了十多年时间,改易了好几次稿子,而直到他癸未除夕去世时,还没有把全书改完毕,只有前八十回经脂砚斋评过"对清",以抄本方式流传。

先说雪芹著作此书的大略过程。此书第一回"楔子"末了,各本都说:"曹雪芹于悼红轩中,披阅十载,增删五次,纂成目录,分出章回,则题曰《金陵十二钗》。"据此,则雪芹似乎是根据别人的稿子来加工的。但脂残本在这段文字上面有一条眉批说:"若云'雪芹披阅增删',然后(则)开卷至此这一篇'楔子'又系谁撰?足见作者之笔狡猾之甚……观者万不可被作者瞒弊(蔽)了去,方是巨眼。"但据我看来,既然书中有些故事的素材发生在雪芹生前的曹家,由脂砚记录,则单就那些故事而论,若说雪芹在这稿子上做了些"披阅增删"的加工,是与事实相符的。当然,并不是全书都有成稿,雪芹仅作加工,所以脂砚这条眉批,警告读者不要误会,也是必要的。据我最近的看法,《石头记》前二十多回中有些回可能原出于脂砚的初稿,其中还有些夹文夹白的写法,未经雪芹删净。例如在脂残本第十六回前有一段棠村的小序说,"借'省亲'事写'南巡',出脱心中多少忆昔感今"。康熙最后一次南巡在1707年,即雪芹生前八年,他当然不能"忆"南巡之"昔",故此文必为脂砚所写。这个初稿,也还是第一回"楔子"中空空道人向石头说的:

  石兄,你这一段故事,据你自己说,有些趣味,故编写在此,意欲问世传奇。

今既知"石兄"即书中宝玉,而其模特儿则为"批书人"脂砚,则在雪芹未增删改写以前的一些原稿出于"石兄"脂砚之手,自极可能。但雪芹对石兄所写的这些材料,又何至要"披阅十年"之久,"增删五次"之多?这就可见他并不仅仅是加工,而是几乎全部改写,并且从二十几回中间以后,就全部是雪芹的创作了。

  上文说"披阅十载",这可以假定为雪芹工作的第一段时间。脂残本在下文五言诗后有一条被抄手误作正文的脂评说:"至脂砚斋甲戌抄阅再评,仍名《石头记》。"我们从北大藏七十八回脂评本中各期评语的年份(丙子1756—己卯1759—壬午1762—乙酉1765—丁亥1767)看来,脂砚大约每隔三年写一期评语,如假定曹雪芹在"增删五次"完工后脂砚斋立即写初评,而再评则在初评三年后所写,则可推知雪芹开始工作在甲戌(1754)之前十三年,即1741年(乾隆六年辛酉),那时雪芹约二十六岁。

  事实上,这部大书的创作过程要比上述情形复杂得多。在残本的第

一回"东鲁孔梅溪则题曰《风月宝鉴》"这一异名上端,有一条眉批说:

> 雪芹旧有《风月宝鉴》之书,乃其弟棠村序也。今棠村已逝,余睹"新"怀"旧",故仍因之。

这一条批说明:(一)"孔梅溪"实即雪芹之弟曹棠村化名;(二)棠村不但为雪芹之"旧"稿题名为《风月宝鉴》,且为它写了些小序;(三)棠村早死。脂砚为纪念他,特保存他为《风月宝鉴》"旧"稿所写的一些序,如现有各本的第一回前引言,各脂本第二回前小序,北大藏本有些回前附页上用大字抄的短文都是。① 由此可知《风月宝鉴》是雪芹的一本"旧"稿,改后的《石头记》或《金陵十二钗》(这个名称始终未用)则是他的"新"稿。实则雪芹不止有一本"旧"稿。他在"楔子"中已明明说"增删五次",同时,又提出了五个不同的书名:《石头记》、《情僧录》、《红楼梦》②、《风月宝鉴》、《金陵十二钗》——至甲戌年脂砚斋仍用最早的《石头记》之名,实即与《金陵十二钗》同为在雪芹生前此书所用的最后之名。因此,我们不妨假定这五个书名即暗示雪芹在"增删五次"的过程中五个不同的稿本。其最初的《石头记》中则有一部分是脂砚斋所写的素材。因脂砚自己即是宝玉幼时的模特儿,所以他坚持要把雪芹最后改定的本子仍名为《石头记》。

四 既非"情场忏悔",也不是"自然主义的杰作"

曹雪芹的一个朋友明义在其《绿烟琐窗集》中,有二十首《题红楼梦》

---

① 这里不能详述有关棠村所写小序的各种问题,读者可参看英文本《探源》第63~71页。日人伊藤漱平在"《东京支那学报》"(1962年6月号)著文论《红楼梦回前冒头的作者》,对拙著有所辩驳,我已另文辩之,刊于"《东京支那学报》"1964年第10号,兹不赘。
② 据脂残本第一回:"至吴玉峰,题曰《红楼梦》。"有人以为脂砚斋即吴玉峰,其说不确。脂砚斋在本回"楔子"之末已明明说"至脂砚斋甲戌抄阅再评,仍名《石头记》",为什么又要化名"吴玉峰",又主张用《红楼梦》这名称? 在短短数十字内,矛盾如此,可知上文"至脂砚斋抄阅甲戌再评"云云,决非雪芹书中原文,乃脂评被误抄入正文。

七言绝句。诗前的序文说雪芹给他一个抄本,他的诗即题书中人物。这些诗透露出明义在这个稿本中所读到的故事,虽然大部分在今本《石头记》中可以查对出来,如宝钗扑蝶、玉钏尝羹等,但细按其内容,又似与今本不尽相符;有的故事则很不相同,甚至有在现存任何本子中都没有的故事。① 而就这二十首诗的全部而论,可以推断明义所见者是内容不尽相同而全书故事完整的一个早期稿本。这个本子,按上文所排见于脂残本楔子中的五个不同书名的次序,要比《风月宝鉴》更早,但它已称为《红楼梦》,而不是《金陵十二钗》或别的异名。明义在第十九首诗中说:

> 石归山下无灵气,总(纵)使能言亦枉然。

据此,我们一方面可见故事中的宝玉已回到太虚幻境中的青埂峰下,全书已有结束;另一方面,明义公然用"石""能言"三字,看似平常,却是着重地指出了这书的思想性。此典见于《左传》昭公八年:

> 春,石言于晋魏榆。晋侯问于师旷曰:"石何故(一作"能")言?"对曰:"石不能言,或冯(凭)焉;不然,民听滥也。抑臣又闻之曰:作事不时,怨讟动于民,则有非言之物而言。今宫室崇侈,民力雕尽,怨讟并作,莫保其性(生),石言,不亦宜乎?!"于是晋侯方筑虒祁之宫。

唐人用此典者:(一)李商隐《明神》:"莫为无人欺一物,他时须虑石能言。"(二)白居易《青石》:"青石出自蓝田山,兼车运载来长安,工人磨琢欲何用,石不能言我代言。"可见"石兄"之言,其意义正如师旷之谏。这个典故,清初诗人是常用的。例如陈维崧(其年)序董元恺的《苍梧词》也说:"石何言于晋国?鹤无语于尧年。"赵翼《闻心余京邸病风却寄》之二:"木

---

① 如第六首云:"晚归薄醉帽颜欹,错认猧儿唤玉狸。忽向内房闻语笑,强来灯下一回嬉。"第七首所咏故事亦不尽与今本相同,第八首中说宝玉为之梳头的是小红,今本则为麝月。

有文章原是病,石能言语果为灾。"明义用这个典故来评宝玉故事的结束,可见他完全了解雪芹之作此书,并不如后人所说的什么"自传性"的"自然主义的杰作",也不是什么"感叹身世"、"情场忏悔"的"演色空"的小说,而是有它深刻的批判社会的意义的。其实这一点在《脂评石头记》中也还很清楚。例如在第一回"楔子"中,各脂评本均有石头对空空道人解说为什么在它上面所记的不是一本正经的"理朝廷治风俗"之书,而是小说:

> 市井俗人喜看"理""治"之书者甚少,爱看适趣闲文者特多……今之人贫者日为衣食所累,富者又怀不足之心;纵一时稍闲,又有贪淫、恋色、好货、寻愁之事,那里去有工夫看那理治之书!所以我这一段事,也不愿世人称奇道妙;也不定要世人喜悦检读……(据脂评残本第一回,通行百二十回本中已被删去)

下文空空道人又说:"因见上面虽有些指奸、责佞、贬恶、诛邪之语,亦非伤时骂世之旨。"其实既是"指奸、责佞、贬恶、诛邪之语",当然是"伤时骂世",否则程伟元和高鹗在他们重编的百二十回本中,也不会连上面石头所说的话都删光了。由程、高之大删此书,亦可见得他们也知道这在当时是一部包含危险思想的书。在随时可以兴文字狱的乾隆朝,如果不删去书中的"违碍"字句,连他们也要倒霉的。因此高氏不但在书中大加删改,并且特别将在原本第一回"楔子"中说石上所记乃"历尽离合悲欢、炎凉世态的一段故事",改成"携入红尘,引登彼岸的一块顽石"。又在第一百二十回末了说此书"既是假语村言",自然也"不过是游戏笔墨,陶情适性而已"。这样,便把《红楼梦》说成是一部与"理""治"无关,完全是"适趣的闲文"之书。在脂评本未发现之前,一百多年以来大部分读者既然看的完全是高鹗修改过的百二十回本,则其思想自然也不免要受高鹗改本的支配,不易看出其中"理""治"的意义。有些读者如王梦阮、蔡元培等,虽知其中必有社会意义,但因彼时没有可靠的材料,于是推测它是记清帝顺治"出家为僧"之事。或谓此书有反满的民族的意义,又以书中人物比附康乾时代的文士、政客。那些说法都已证明是错的。但他们能看出此书不是纯粹言情,其中也有社会意义这一点,仍不失为有眼光的。我们现在既有许多脂评本和别的材料,又有正确的文艺思想作为研究的指南针,因此,对于《红楼梦》一书思想内容的了解,自然比前人更加正确、清楚了。

(此文原为北京中国新闻社为海外华侨刊物组稿而作,刊于香港《文艺世纪》及建文书局1963年10月版《散论红楼梦》。1974年11月扬州师范学院中文系评红小组资料室编《红楼梦研究参考资料选编》收此文。)

综论曹雪芹卒年问题

一 问题之再提出

关于曹雪芹卒年,向有"壬午除夕"(1763 年 2 月 12 日)和"癸未除夕"(1764 年 2 月 1 日)二说。《光明日报》摘刊拙作《曹雪芹的生卒年》一文①,其中已略述"壬午"之说乃脂砚斋年老误记。依敦敏癸未(1763)年的《小诗代简寄曹雪芹》约他去饮酒,及敦诚甲申(1764)年春挽雪芹诗,则以雪芹卒于癸未除夕为是。但我此文写于 1961 年冬,它在《光明日报》刊出时,虽较吴恩裕、陈毓罴两先生之文②为迟,而在写作时实未尝见吴、陈二位的新观点。陈先生在文中先提出"脂评之可信"和《懋斋诗钞》中存诗的"编年有问题"两点,而后者尤为重要。因为如果陈氏之说可信,则可以根本否定《小诗代简》作于癸未,从而取消"壬午除夕"雪芹未死这一有力

---

① 见《光明日报》1962 年 4 月 21 日《东风》。
② 吴文指《曹雪芹的卒年问题》,刊《光明日报》1962 年 3 月 10 日《东风》。陈文指《有关曹雪芹卒年问题的商榷》,刊 1962 年 4 月 8 日《文学遗产》第 409 期。

证据。陈先生在这里提出的是考证学上的一个根本问题,不可忽视。我们必须加以仔细考察。此外,在敦诚挽雪芹诗中尚有若干与其卒年有关之点,亦有加以阐明的必要。

二 脂评可信,但非绝对无误

陈氏之文,乃针对吴恩裕氏一文而作。因欲推崇"壬午除夕"说,他一开始即着重论述脂评之可信;仿佛凡信"癸未除夕"说者,即为不信脂评。其实第一个提出"癸未除夕"说的周汝昌先生及最近重提此说的吴恩裕先生,都早已指出脂评的重要性。① 但看重脂评,并不是说脂砚斋的话决不会错;更不是说他的记忆是照相机式或录音机式的正确,他的笔记是打字机式或印刷机式的复制,绝不舛误。如果这样地迷信脂评,那就不是把它当作史料研究,而是把它当作什么《圣经》了。那显然不是科学的研究态度。

陈先生看重脂评,在引了脂砚甲午(1774)八月那一条伤感的评语之后,接着就用许多感叹词和惊叹号表示对他同情,加以赞叹:"多么重大的打击!""心灵上的创痕多么深!""何等的激动!"等等。因此他结论说:脂砚之评此书,"是认真严肃的工作",决非"游戏笔墨"。这些话都令人同意,但不能同时证明脂砚的"严肃工作"中绝对没有疏忽或错误。我们即使再多用几个惊叹号,也不能证明他的一生记忆,自幼至老,绝对正确,无丝毫之误。因为脂评的价值在史料方面,而不在感情方面,所以要理解和利用脂评,必先考订评者的年龄、辈分,及其评语的次数、年代等与史料有关的问题,而不是研究他在写评语时感情"何等的激动"一类问题。一个人太"激动"时,反而容易记错事情的。我在《脂砚斋是谁》一文中②指出他在甲午年写此评时年已八十以上。以如此高龄,记十余年前之事(雪芹

---

① 周著《红楼梦新证》有专章论"脂砚斋"(第533～583页),全书引脂评不可胜计。吴著《有关曹雪芹八种》亦指出脂评的重要,而致慨于研究者之少(第121页)。
② 见《光明日报》1962年4月14日,《新华月报》1962年6月号。

之卒),偶尔排错了一个干支是毫不足怪的事。关于此点,周汝昌和吴恩裕两位说得都很通达合理①。至于卒于"除夕"这个节日当然容易记得。例如我们很少记得古人的生日,但读过《史记》的都容易记得孟尝君的生日。并不是因为我们和孟尝君关系特别亲切,而是因为他生于"端午"这节日,不容易记错②。但若问孟尝君生于哪一年的端午,连战国史专家也不易记清;如再要排出那一年的干支,就更不简单。陈先生说,因"民间流行'鼠儿年'、'牛儿年'……的讲法",所以干支反而容易记。殊不知凡易记的干支纪年,必因此年有重大的社会事件,为人所共知,常常说到如"中日甲午之战"、"戊戌政变"、"辛亥革命",或某地的水旱之灾,某年特别丰收之类。若在私人,则生年的干支易记,因本人可以常说到"某是'×儿年'生的";卒年的干支不易记,因死者不会自道卒年。所以民间只有"生肖"(即生于"鼠儿年"或"牛儿年"之肖)而无"死肖"。旧俗家祭每年举行,故必须记得祖先卒时月日(即所谓"忌辰");但并不举行五周年或十周年的特别纪念,故祖先卒年的干支,往往须查历本才能弄清。陈先生欲以民间"鼠儿年"、"牛儿年"……的讲法,来间接证明脂砚不会记错雪芹卒年的干支,也不能令人信服。

三 《懋斋诗钞》编年不误——《四松堂集》的"付刻底本"并不"严格编年"

雪芹的卒年既与敦敏(1728—1796 以后)、敦诚(1734—1791)兄弟的赠诗有关,我们就有必要把现已影印的他们的诗集简单地说明一下。敦

---

① 见周氏《新证》第 168 页,吴文见《光明日报》1962 年 3 月 10 日《东风》。
② 关于古人生卒月日之适逢节日,或易记者,还可以举许多,例如汉窦婴死于十二月晦(被弃市渭城);南唐后主生于七月七日,南宋贾似道和清初黄宗羲均生于八月八日。即以《红楼梦》中人物而论,元春生于元旦,巧姐生于七夕,这些日子都易记难忘,但是谁记得了这些人生卒年的干支?

敏的《懋斋诗钞》是旧抄本；据我在北京图书馆所见原本的情形如下：此本抄者不详，但有作者亲笔加抄的三首诗贴在末页。抄本的眉端又有其弟敦诚亲笔批示"抄"、"选"、"入"、"选入"、"选抄"、"选一"等语；又有一些评赞，如"感慨系之矣"（第二八页），"婉而多风"（第三○页），"恰是村柳，移他处不得"（第三一页），"不必细细刻划而自佳"（第三六页），"得琴中趣"（第四一页），"真见得身外长物，悉可弃捐"（第九二页），等等。此外，有二首题为《戏赠敬亭山居》（敬亭为敦诚之字），上有眉批云"谑我亦佳"（第七六页），其草书字迹与其他眉端评赞及圈"选"批示相同，故知这些眉批是敦诚所写，而且是写给他老兄敦敏看的。诗句旁的圈点，与眉批相应，也是敦诚所加，可知此抄本原为敦敏请乃弟敦诚评选之本。据此情形，则陈毓罴先生认为此本"很有可能是在作者死后由他的亲属或朋友加以剪贴"云云，殊不可信。陈先生忘了敦诚死在敦敏之前。如果《懋斋诗钞》是在敦敏死后剪贴而成，敦诚如何能加眉批、圈选？近人王佩璋君因此稿有剪贴痕迹，颇疑其编年次序是否正确。其实所谓"剪贴"，只是用一些小纸片，贴盖一些抄错之字，加以改正，全书共贴十四片，共三十七字。抄时凡在手稿中原有而未抄入者，则留下空白，自数行至一二页不等，全书共二十八处。陈氏在文中说有五十多处，不确。后来胡适在其重印十六回残本《脂评石头记》的跋文中，对雪芹卒年的说法，作第三次的反复，又说他卒于"壬午"除夕，即袭用王氏误说，并没有什么新证据。

《懋斋诗钞》在一些页上虽有剪贴迹象，但并不足以减少其版本价值。因此书既为作者及其弟用作"抄选"的底本，当然要比他人或后人的编抄本或刻本如《四松堂集》更可靠、更真实。并且，清代抄本的文集中有些剪剪贴贴，是极平常的现象，毫不足奇。（清代殿试进士，也准许与试者把剪刀浆糊带上文华殿，可以剪贴改动文字的。）只有平常很少见到有剪贴情况的抄本的人，偶见这样一个本子，才会大惊小怪，替那个本子造出许多奇妙的说法。下文要说到所谓"付刻底本"的《四松堂集》抄本，其剪贴情况，远较《懋斋诗钞》为甚。却有人要用后人编的《四松堂集》，来纠正作者兄弟自批自"选"的《懋斋诗钞》中的"错误"!

为什么对《懋斋诗钞》这样不满？因为这书中有癸未(1763)年春天敦敏请雪芹喝酒的诗,使雪芹在上年("壬午除夕")死不了,这是"壬午"说者最大的头痛。陈氏之文,目的即在说明《懋斋诗钞》中的编年有问题,用以间接证明雪芹不是卒于"癸未"除夕而卒于"壬午"除夕。但他又不得不承认:"《懋斋诗钞》……现在看来,诗的排列次序是按春夏秋冬,可以承认它大致是编年。"但因它犯了"剪贴"的错误,因此陈氏认为书中凡与雪芹卒年有关之诗,其编年均可疑。① 他举出"三处显著的错误":两处"误差一年","一处错排了好几年"。但用什么尺度来衡量《懋斋诗钞》的编年有无错误呢？陈先生即用他所认为"严格编年"的《四松堂集》。

陈先生举《懋斋诗钞》中"误差一年"之例,断定其中列入癸未(1763)的《题画四首》,乃敦敏"壬午"(1762)之诗,理由是敦诚所作同题之诗,在《四松堂集》中编在"壬午"。但我们看到的影印的《四松堂集》嘉庆刻本,各诗并未注明年份。陈先生又何以知道敦诚哪首诗作于"壬午"呢？他说,"据付刻底本"。

我在考察了各种情形之后,现在不得不告诉读者:(1)陈先生实际上并没有看到那个"付刻底本";(2)他所用的是另外一个本子;(3)在这两个抄本中,在敦诚那首题画诗下都没有注明"壬午"这年份。

所谓"付刻底本",一般指北大所藏《四松堂集》抄本。此本前面有胡适1922年4月25日的一篇序,说它是《四松堂集》"当时付刻的底本",因其中凡诗题上有"刻"字墨印者,即见于蔡元培先生借给他的《四松堂集》刻本。我曾把此本和文学研究所所藏另一早年抄本及影印的《四松堂集》参互校对,不仅是逐首逐篇对过,而且是逐字逐笔对过。现在先简要地说明我考察的结果三点:

(一)因为此抄本已有嘉庆丙辰(1796)的纪昀序文及同一年的敦敏所

---

① 奇怪的是,凡与雪芹卒年无关之诗,陈先生即不认为其编年可疑了。仿佛当时他们哥儿俩故意和二百年后的"壬午"说者捣乱,把与雪芹卒年有关之诗编错年代。

作《敬亭小传》,所以其年代远在《懋斋诗钞》之后。因《诗钞》有敦诚生前手批(如"谑我亦佳"),而此"付刻底本"则最早是在敦诚死(1791)后五六年才抄集的。

(二)这个本子大量剪贴和涂改的情形,远较《懋斋诗钞》为甚。① 而过去辩论雪芹卒年问题者,自王佩璋起,一味拿"剪贴"问题来贬损《懋斋诗钞》的史料价值,而只字不提这个抄本的大量剪贴涂改情况,这种隐瞒证据的办法是不应该的。我在这里还须指出诗题之中加注一事,以见此"付刻底本"剪贴以外,又有涂改到什么程度。在我约略统计的大部分诗题和一些诗文中的四十八条小注中,有二百五十七字是后加的,大都挤在行边的栏线上,有些是剪贴上去的。

(三)但是最重要的,也是最令人惊诧的,是陈先生所谓敦诚题画诗《东轩雅集……》在"付刻底本"中编在"壬午"年,事实真相是,不但这首诗题下根本没有"壬午"二字,在整部诗卷中,即使从封面查到封底,也没有"壬午"这条"严格编年"的注文!

原来陈先生所见到的,并不是北大藏的那个所谓"付刻底本",而是文学研究所藏的另一抄本。此本第十六页下有一首七律,题为《住"移情泉石"堂,拙庵伯父命为小诗,走笔却呈》,下注"壬午"。此诗在题画诗之前第七首。陈先生既把这个残抄本说成是"付刻底本"(仿佛即是北大藏本),又假定它是"严格编年"。其实,两者都不是的。第一,刻本诗有二百八十一首,此残本连剪贴后补的也只共有二百五十八首。其中有些诗为刻本所无,但有更多为刻本所有而抄本所无的。第二,刻本中诗题下和一些诗文之中的小注,在这个抄本中根本没有。第三,两本诗文的字句也有些出入,抄本尤多误字,其中眉批也不见于刻本。第四,残抄本只有诗,没有刻本上的文和《笔麈》。这当然不是什么"付刻底本"。

---

① 据我初步约略统计,《懋斋诗钞》贴纸十四小片,其中两片无字,十二片有三十七字,末页的三首题画诗从作者亲笔原稿剪下,每行分贴,连题共六十六字。《四松堂集》底本上二卷"诗"部分共贴三十三片,上有三百二十七字,被贴盖的有二百一十字,另有一页半,无法计字数。

再说，北大藏本也不是全本。在诗的部分，它的末一首是《六月下浣同人集松堂池上，次谦斋韵》，而刻本在此首以后还有《元日试笔题老僧携童图》等三十一首。此外，抄本前面还有嵩山永憲的"乾隆强圉协洽（丁未，1787）清和月望后一日"的序文，和刘大观的"乾隆壬子（1792）闰四月中浣"的序文，均不见于刻本。再以此本诗题中的注文多系后加而论，是此抄本也另有较详的底本。那才是刻本的最后来源。

其次，陈先生所见的抄本是否"严格编年"呢？这在抄本中有许多证据说明并不如此，但下面的一例比较突出。

这个本子第五十五页下至第五十六页上有诗题《苓庄过草堂命酒联句……》，下注"庚子"（1780）；第五十八页下有一首五古，题为《佩斋墓上同人哭酹》。若依"严格编年"说，佩斋至迟死于庚子，可能更早些，但在第六十五页上，有《癸卯正月初十日乾清宫预宴恭纪二首》，下面一首七绝，题为《三月十四日夜与佩斋、松溪、瑞庵、雨亭至黑山饮西廊看月》。这当然也是癸卯（1783）之诗。诗中第二句云"四十八年三月游"，而癸卯正是乾隆四十八年。抄本第六十八页下，有《上巳后一日同佩斋、瑞庵、雨亭饮钓台》一诗，题下注明"甲辰"（1784）。怎么1783年和1784年还同敦诚、瑞庵等朋友饮酒看月、登台吊古的佩斋，四年之前敦诚和"同人"已经到他"墓上哭酹"去了？！陈先生所据"付刻底本"、"严格编年"的说法是否能成立，现在只好请他自己回答了。

因此，我们认为这个抄本中某些诗题下所注年份，只指被注那首的作年，例如第二十四页下《挽曹雪芹》一诗下注"甲申"（1764），可以确定此挽诗为1764年所写。至于那些不注年份的诗，却不能以"严格编年"说类推或排比出来。可能有些诗是顺次编的，但也不能以偏概全。倒是在《四松堂集》刻本中，《佩斋墓上同人哭酹》一诗（影印本第一一九页）远远编在《上巳后一日同佩斋、瑞庵、雨亭饮钓鱼台》（多一"鱼"字）一诗（第一一二页）之后，证明佩斋死在甲辰上巳与敦诚等游赏之后，也可见刻本编时是经过一番审查年份的工作的，则刻本的编年比陈氏所见抄本正确。而且刻本中许多敦诚自加之注,如"时随先大人司榷山海关","乾隆壬寅冬宗室无职者蒙特恩均赏戴四品冠顶",以及某人是他什么亲戚,等等(当然是从另外一个底本补抄来的),为陈先生所见的"付刻底本"所无者,都可以证明刻本比那抄本不但好,而且史料价值更高。可见即使在版本问题上,一味厚古薄今也是不妥当的。陈先生要据"严格编年"的所谓"付刻底本"来证明《懋斋诗钞》的编年有问题,不料所得的是相反的结果:即《懋斋诗钞》没有编错,而《四松堂诗钞》抄本却错了。由此而欲转弯抹角地旁证曹雪芹不卒于"癸未"除夕而卒于"壬午"除夕,自然全无是处。

陈先生用以攻击《懋斋诗钞》最有力的证据,即他认为"排错了好多年"的例子,"要算壬午年所作"的那首《小雨访天元上人》诗(影印本第七七页)。陈先生说:

> 实际情况却表明这位天元上人早在己卯年已经去世了。《四松堂集》在己卯年的编年下收有一首诗,题目是《一月中闻罗介昌(即西园)李迂甫(情)两先生、天元上人,皆作古人,感而有作》。(影印本第三二页)①

陈先生肯定说此诗在《四松堂集》中编在己卯(1759),故认为天元上人己卯年已死,遂判定在《懋斋诗钞》中敦敏《访天元上人》之诗编在壬午(1762)是"排错了好多年"。我必须在这里着重指出:北京大学藏《四松堂集》的"付刻底本"中,在《一月中闻罗介昌李迂甫两先生天元上人皆作古人感而有作》和《东轩雅集主人出所藏旧画数十轴同人分题得四首》二个诗题之下,都没有注明年份。

在图版贰吊诗之前的《送易堂南归》一诗题下原注"己卯",已被贴去。因为诗中的"江天一雁迟"是秋景,而下首吊诗有"初逢寒食"、"棠梨春雨"之句,是春景。若如陈先生所谓"严格编年",则己卯年先秋后春,矛盾太

---

① 重点是我加的,下同。

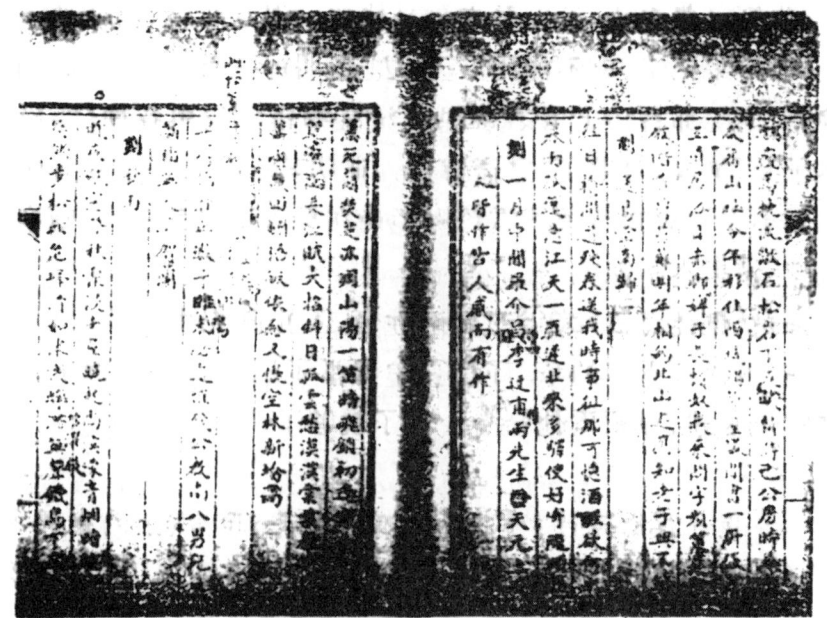

壹 《四松堂集》付刻底本书影之一

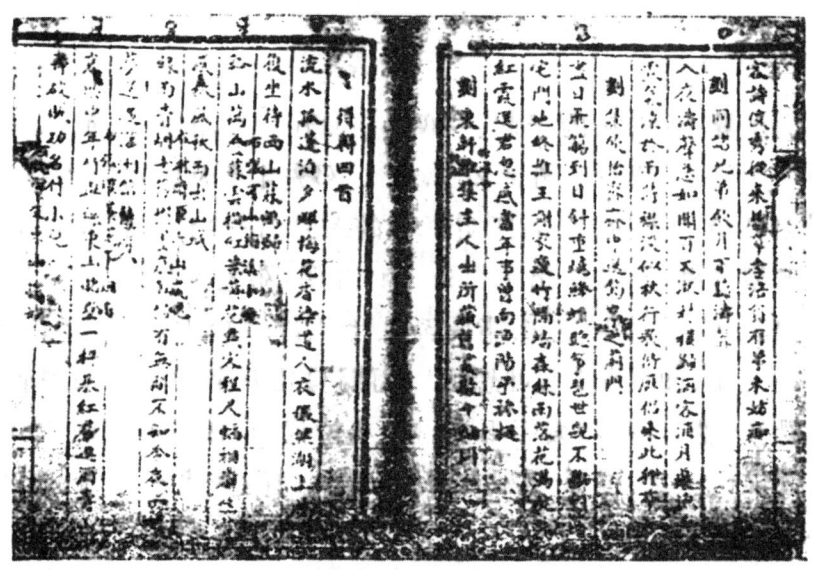

贰 《四松堂集》付刻底本书影之二

大了。故即使认为《送易堂南归》一诗的"己卯"编年不误,也不能证明下一首也作于同一年。至于那四首题画诗,在它前面的任何一诗题下也没有注明"壬午"年份。

陈先生径说这首吊诗在《四松堂集》(甚至不说是抄本)中编在"己卯",全非事实。他甚至于用这个自己推论出来的"己卯"年为根据,断定了《懋斋诗钞》的"编年错误",于是把敦敏嘲笑一顿说:"他弟弟早为死者写了挽诗①,他还去访什么呢?这岂不太可笑了吗?……他在那里和这位和尚谈得很投机。"就这样,陈先生把这位只活了二十多岁的天元上人,又减了四年寿命。

原来这位天元上人之死,敦诚在《鹪鹩庵笔麈》中说得很清楚:

> 姑苏天元上人年二十余,颀然鹤骨,工诗解禅。记戊寅(1758)夜宿法公禅房,与上人联床茶话,彻夜不寐。其秀淡清腴,令人对之尘心俱尽。癸未(1763)再过禅房,而上人示寂矣!(影印本《四松堂集》第二九二页)

我们且不说"示寂"是"示现圆寂"的省文("圆寂"是"涅槃"的意译),故有文法上现在式的意义。即以此条全文而论,敦诚自从戊寅(1758)年和他别后,有五年未见到他。直到癸未(1763)年而再过禅房去访他,才发现他已示寂,怎么在四年前"己卯"已经替他预做了"挽诗"?反过来说,如果他在"己卯"年已经和罗介昌、李迂甫在一个月中同时死了,敦诚还替他们三人做了悼诗,怎么四年以后,敦诚又用惊讶的口气说,发现他在禅房"示寂"了?敦诚如在四年之前早知他已死,还要"再过禅房"去访他,大惊说"而上人示寂矣"吗?敦诚自己告诉读者,他发现天元上人卒于癸未(1763),则《懋斋诗钞》中敦敏访上人之诗排在上一年壬午,根本没有错。"实际情况"是,敦诚悼念刻本的《四松堂集》中罗、李及天元上人之诗在现

---

① 其实敦诚那首纪念三个亡友之诗,不是"挽"诗。古时挽诗与平常哀悼诗有别,详见第六节。

有各种抄本,均未注明年代,但它绝不能早于癸未(1763),即上人"示寂"之年。我相信陈先生大概没有注意这一条《笔麈》,而不是已见此条因不合己说而故意不提它。但我们必须注意一点:天元上人的卒年,应以敦诚自己的记录为准。不能根据自己或别人排错了的年份,来证明《懋斋诗钞》中某些诗编年错误,更不能用类推方法,间接证明敦敏的另一首诗《小诗代简寄曹雪芹》编在癸未也是错的。退一步说,即使那首《访天元上人》诗编错了,也不能用"连坐法"证明另一首《小诗代简》必然同时编错,何况那首访上人之诗根本没有编错!我用各种《四松堂集》的本子及《笔麈》对勘了《懋斋诗钞》,证明其中与雪芹卒年有关之诗,其编年不误。故知敦敏请雪芹喝酒确在癸未上巳前三日,则卒于"壬午除夕"说根本不能成立。

怀疑《懋斋诗钞》编年的正确性者,不止陈先生一个人。邓允建先生在《再谈曹雪芹的卒年问题》中即举了三个错误的例子,我们不能在这里复述,只须看他第一个例子就够了:

> 例一,《懋斋诗钞》四三页有一首诗,题为《上元夜同人集子谦潇洒轩征歌,回忆丙子上元同秋园徐先生、妹倩以宁饮潇洒轩,迄今已五阅岁矣……》,按古人对"五阅岁"的算法,这诗应作于庚辰,但被抄入辛巳。①

让我们来算一下,从丙子起:一阅岁,丁丑;二阅岁,戊寅;三阅岁,己卯;四阅岁,庚辰;五阅岁,辛巳。邓先生要从《诗钞》中找内证来证明它排错了年份,结果证明了错的不是《诗钞》,而是邓先生自己。这个典型的例子,又作出了另外一种证明:邓先生只排"五阅岁"的干支,尚且排错了一年,怎么脂砚斋在十年以后排十年以上的干支,偶然排错一年,便认为"不可想象",而要写几万字的文章来刺刺辩论?我们既知《懋斋诗钞》编年不误,则《小诗代简》作于癸未确切不可移。而脂砚误记一年,也只与邓君误

---

① 《光明日报》1962年6月10日《文学遗产》第418期。

记一年一样,其事极平常,正不必大惊小怪。

四　刻本《四松堂集》中各诗的年份

敦诚的《四松堂集》,吴、陈二氏均以为"严格编年"。据我所知,以刻本而论,此集中的三部分——诗、文、笔麈,只有诗大体上编年;文则以类(如论、序、跋……哀辞、祭文)相次,并不能破类而"严格编年"。《笔麈》八十一则,其编年也不严格。① 诗虽编年而集,但也并未在每个题下系年。我将同年之诗依次列于某年的总标年干支之下,今为考证其诗中与雪芹有关各首的确实年份,不得不分别列出敦诚在雪芹生前及死后所作各诗年份之确实可考者。刻本《四松堂集》中注明年份之诗虽甚少,但我们可兼用内证和外证方法,由某些诗的内容或别的相关材料考出。此集第一卷诗断至甲午(1774)年止,已在雪芹死后十年,所以我们不必进入第二卷。第一卷中各诗年份确切可考者如表(见下页)。

该表选列九首诗(据影印本页数)。其中(2)《寄怀曹雪芹》一诗,据敦敏所作《敬亭小传》:"丁丑(1757)二月,随先大人権(管税务)山海,住喜峰口。有《松亭纪游》一卷。"而敦诚在诗中自注"时余在喜峰口",诗末有"黄叶村"之语,可知此诗为丁丑秋冬之际所作。敦诚于是年十二月至一片石,而此诗排在(3)《腊月二十五日夜宿一片石》之诗之前,亦可证其为腊前之作。吴恩裕氏《有关曹雪芹八种》定此诗为"乾隆二十七年(1762)秋……敦诚在喜峰口……寄给曹雪芹"的一首诗(第三七页),殆未对勘《敬亭小传》,以致错算了五年。又如上文已由《笔麈》考出(4)诗中之"天元上人"卒于癸未,故其后之(5)题画诗四首,经陈先生断为"壬午",而指《懋斋诗钞》为排错年份者,其实不能早于癸未,从而证明敦敏之题画诗在《懋斋》中编年亦不误。

---

① 如本集末所附手稿前封面上有致"桂圃弟"一札,说:"此册数条系末年所作也。"但在刻本中此数条却排在前半部,即第二十五至三十四各则,而又删去其中三条。

	页数	诗题	年份	证据
(1)	二一	《朝阳洞》	丁丑(1757)春	题下自注及《敬亭小传》。
(2)	二二	《寄怀曹雪芹》	丁丑(1757)秋	诗中自注:"时余在喜峰口。"参看《敬亭小传》。
(3)	二七	《腊月二十五日夜宿一片石》	丁丑(1757)冬	本集第二八七页"一片石"条。
(4)	三二~三三	《一月中闻罗介昌(即西园)李迂甫(情)两先生天元上人皆作古人感而有作》	癸未(1763)春	本集第二九二页《笔尘》:"姑苏天元上人"条。本诗有"寒食"、"春雨"、"新塔"诸语。
(5)	四三~四四	《东轩雅集主人出所藏旧画数十轴同人分题得四首》	癸未(1763)夏	此二首均在上列悼诗之后,必在本年或下年。但雪芹已卒于是年除夕,故不可能在下年。
(6)	四七	《佩刀质酒歌》(有序,赠答雪芹)	癸未(1763)秋	
(7)	五七	《秋日卧病止酒》	壬辰(1772)秋	本诗:"我亦忽忽三十九。"
(8)	六六	《秋晚过嵩山蕉石庵同周立翁》	癸巳(1773)秋	本诗:"去年卧病如囚缒。"
(9)	六九	《宜闲馆落成上巳日同人集饮其中抵暮小雨分得绘字》	甲午(1774)春	本诗:"岁甲午暮春……小筑初落成。"

五　雪芹卒年的新证据

上表所透露的最重要事实,当然是(6)《佩刀质酒歌》的著作年份。此诗原序云:"秋晓遇雪芹于槐园,风雨淋涔,朝寒袭袂。时主人(敦敏)未出,雪芹酒渴如狂,余因解佩刀沽酒而饮之。雪芹欢甚,作长歌以谢余。余亦作此答之。"自胡适于1921年从铁保的《熙朝雅颂集》中录出此诗后,引用者虽多,却从无人查考其著作年份。胡适在其《红楼梦考证》中引此诗时,排在《寄怀曹雪芹》一诗之前,①可见他对于此二诗之年份,全无所知。我在1956年起草《红楼梦探源》一书时,推定此诗作于壬午(1762)秋②,实误早了一年。今因考知天元上人在癸未(1763)示寂,则敦诚悼念上人之诗不能早于癸未,而此诗在集中编于悼念上人诗之后,则绝不可能作于癸未之前。然亦不可能作于癸未之后,故只能定为癸未年之诗。

有人认为雪芹若果卒于癸未除夕,而其得病又由于悲痛子殇,似不可能在秋天还那样高兴,饮酒作歌。但第一,我们不能确定此诗必作于子殇之后。第二,即使假定如此,又安知雪芹之"酒渴如狂",不正是因子殇悲痛,而进城找朋友遣闷,借酒浇愁?第三,即使雪芹痛惜子殇,但在碰到老友,而又为他解刀买酒的情况之下,倏尔开颜,放怀痛饮,也并非不可能,而且是很可以理解的。所以二者并无矛盾。

既如《四松堂集》中敦诚答谢雪芹原作的《佩刀质酒歌》作于癸未,则除了《懋斋诗钞》中敦敏约雪芹在癸未上巳前饮酒的《小诗代简》外,我们又多了一条有关雪芹卒年的新证据。既然癸未秋天雪芹尚在太平湖侧敦敏的槐园中"度假期",敦诚为他解刀买饮,互相唱和,则即使这年上巳敦敏没有约他喝酒——换句话说,即使《懋斋诗钞》中那首《小诗代简》排错了年份,不能算作癸未,雪芹也决不会在上年"壬午除夕"已经"泪尽而逝"。敦诚此诗,可证雪芹之卒不能早于癸未(1763)秋季。敦诚甲申(1764)年初的挽雪芹诗,可证雪芹之卒不能迟于甲申年初。二者之间,"癸未除夕"是唯一可信的日期。

---

① 《胡适文存》第一集,第三卷,上海亚东书局1925年版,第214页。
② 《红楼梦探源》,英文本,第128页。

六 敦诚挽诗笺释①

上文已说到,由敦诚《挽曹雪芹》一诗下的小注"甲申",可以确定此诗作于是年(1764)春,因此亦可证明雪芹卒于上年癸未除夕(1764 年 2 月 1 日)。但持"壬午"说者不是说此诗在雪芹死后一年多才作(胡适),便是说他死后隔年而葬(陈毓罴)。这些说法,完全不管本诗的内容;有的把"坰"字读成"坟"字,有的硬冤枉敦诚用错了典故,以证明"我"说之正确。因此,简单地说一下挽诗中一些证明雪芹卒于癸未除夕的重要证据,还是必要的。

挽雪芹诗共三首,除见于北大藏抄本的那首七律外,另有《鹪鹩庵杂诗》中两首七律②,其中第一首之第三联与抄本七律第三联相同。这些诗中内证可以证明其在雪芹初丧时所写者如下:

1. 有两首诗中均有注说:"前数月,伊子殇,雪芹因感伤成疾。"这"前数月"是绝对时间,即甲申作挽诗前数月,并不是指雪芹"死前数月"的相对时间。在行文或对话中,若是指相对时间,则必须说出相对之事,如"死前数月","战后三年"。这是基本常识。

2. 挽诗说:"新妇飘零目岂瞑?"若雪芹已死了一年,则其遗妻甚至已不能称为"新寡",如何还能称"新妇"? 有人强辩说,《世说新语》中也有久婚之妻可称"新妇"之例。殊不知王浑之妻钟琰自称"新妇"乃是开玩笑时自谦之称。③ 敦诚在挽诗中,难道也开玩笑,也在自称? 周绍良先生在《关于曹雪芹的卒年》一文④中说,对这首诗的"文字作最后的润饰",应在

---

① 此节作为一单篇,已刊《文学遗产》(1962 年 6 月 17 日《光明日报》),此处只略述要点。
② 参看吴氏《八种》第 17 页所录《鹪鹩庵杂诗》中这两首挽诗。第 31 页亦载此二首,其第一首"原注"中多"雪芹"二字。
③ 参看《晋书》卷九六《列女传·钟琰传》,《世说新语》卷下,"排调"第二十五。许允妻自称"新妇"见《魏志》卷,又东汉称儿媳为"新妇",见《后汉书》卷一一四《周郁妻传》及《孔雀东南飞》,亦与敦诚诗中文义无关。
④ 上海《文汇报》,1962 年 3 月 14 日。

"乾隆三十九年(1774)以后，直到五十六年(1791)敦诚卒之间"。彼时已在雪芹卒后十年至二十七年，他的寡妇还可以称为"新妇"吗？

3. 挽诗说"絮酒"、"生刍"，二典俱出《后汉书·徐穉传》及李贤注引谢承《后汉书》，皆指初丧之吊，均不可强解为一年以后的挽诗。（挽诗根本不能在一年以后补作，说详下。）

4. 挽诗中说："晓风昨日拂铭旌。"据胡培翚《仪礼正义》解释《士丧礼》"为铭"一条，说写旌文时"尸尚未殓于柩，盖预书以表之"。《红楼梦》第十四回秦可卿出丧时，也有"一班六十四名青衣请灵，前面铭旌上大书，'……贾门秦氏宜人之灵柩'"。可见"铭旌"至迟在殓时即已写好，为初丧所用，自汉至清，此风未变。挽诗中说到"昨日"，难道也是"去年的昨日"？假使这个"昨日"不是"去年的昨日"的相对时间，为什么同一首诗中的作者自注"前数月"，变成了"雪芹上一年死'前数月'"的相对时间？这样强词夺理的说法，也算是研究学问的态度么？

5. 上述两诗相同的一联，"牛鬼遗文悲李贺，鹿车荷锸葬刘伶"①，"伶"字"九青"韵，在第一诗中与其余四个"八庚"韵不合。但敦诚为保存这两句，宁可牺牲其余六句而另作一首，却不肯牺牲这两句；因为此联下句说明是他为雪芹营葬。他故意用刘伶之仆荷锸葬伶的典故，自谦为雪芹之仆，以减少"布施"、"善举"的印象。敦诚念念不忘这两句，又引在《鹪鹩庵笔麈》中（影印本第二八五页），表示他不愿掩没为雪芹营葬之事。

6. 挽诗说："故交零落散如云。"从敦诚诗集看来，当时与敦诚、雪芹同时的朋友，并未散亡，故知此语只是感叹没有几个人来吊丧，这自然也是指初丧。

7. 挽诗说："一病无医竟负君。"决不能解释为雪芹死了一年多，敦诚才忽然想起他病时没有帮他请医生，以致不治，才觉心中负疚起来。大概雪芹初病，敦诚以为无甚要紧；及闻其死，心中才大为痛悼后悔，故曰"竟

---

① 胡适最早买到《四松堂集》抄本，发现敦诚挽诗，但对于"鹿车荷锸葬刘伶"一句，始终不得其解，亦无评述。

负君"。这种痛悔之情,和开会或请客不同,决不能叫它"延期"到一年以后才开始。

8. 挽诗之二的末联说:"他时瘦马西州路,宿草寒烟对落曛。"尤为确指初丧之典。《晋书·谢安传》说安死后,外甥羊昙不忍重经谢安病舆所经的"西州路"有一年多。敦诚说"他时",乃预想将来一年后的情形,故下句有"宿草"①之句。若此诗是雪芹卒后一年多所写,则在那时雪芹去世的情景早已成陈迹,坟上早已有宿草,岂有再作"预言"之理?即使真的再经"西州路",也只能直说"此时",更不能预言"他时"了。

以上随便从敦诚挽诗中检出八条证据,无一不指明此诗乃初丧时所写。"壬午"说者考证这些诗的年代可以写到上万字,却不屑看一看这些诗的内容。如果看了内容,发现它与"我的说法"不合,便说古人用错了字句或典故。但又苦于没有直接证据来证明古人之误,于是只好借用另一古人的错误来证明这一古人也必然犯同一错误。这等于说,既然某甲可以杀人,某乙当然也可以杀人了,因此便证明了某乙杀人。按照这个巧妙的考证法,因为某一古人误把"絮酒"、"生刍"用在追念亡故已久的朋友的诗中,所以敦诚也必须犯同样的错误。他如果没有用错这两个典故,那就太可恶,因为他违反了"我"的"壬午说"。

胡适在1928年《考证红楼梦的新材料》一文中,因信雪芹卒于"壬午除夕",硬说"敦诚的挽诗作于一年多以后"②,其后因周汝昌氏指出敦敏癸未所作《小诗代简》,他已承认"壬午除夕"雪芹未死,到1961年他为影印脂残本写跋文时又反复了,说"雪芹已死了近两个月了",可能"敦敏兄弟都还不知道"③。但雪芹在癸未秋还在敦敏的槐园中写《佩刀质酒歌》,是不是"死了十个月"又复活了?胡适以为敦诚甲申年的挽诗乃雪芹死了一年多后所写,最为荒谬,而三十多年来竟无人予以驳斥。绩溪胡氏世以

---

① 《礼记·檀弓》:"朋友之墓,有宿草而不哭焉。"孔疏谓:"宿草,陈根也,草经一年而根陈。"此谓朋友死后一年则不哭,即上句预计一年后再经"西州路"可不哭之意。
② 《胡适文存》第三集,第五卷,第570页。
③ 影印十六回残本《脂评石头记》胡适跋文第3页。

《三礼》名家①,而诸胡之后有胡适者竟不知道"挽诗"之"挽"原是丧礼中"执绋者"挽柩之"挽","挽歌"乃用于"送终之礼"②,而竟以为可以在人死了一年多之后才开始给他"送终",为他写"铭旌",作"挽诗"。而且,据说连雪芹已"死了两个月""还不知道"消息的敦诚,竟能写出"晓风昨日拂铭旌"的句子。胡适一生所自夸的"历史癖"、"考据癖"、"教人一个思想的方法",大抵如此!

七　总　结

要考证曹雪芹的卒年及其病死前后家属状况、丧葬情形,目前最正确而比较详备的材料,是敦诚的挽诗。此诗无论在胡适早年所得的《四松堂集》抄本中,或在吴恩裕氏1956年所发现的《四松堂诗钞》抄本(即文学研究所藏残抄本)中,均确切注明作于甲申(1764)。吴氏在1957年发现的《鹪鹩庵杂诗》中二首挽雪芹诗初稿③,提供了更多的消息。这些诗的内容,不论其用典、叙事、抒情、预言,句句都指明新丧送葬的情景,故可确定为敦诚葬雪芹的挽诗。"挽"即"送葬"。此诗敦诚自注中说到雪芹得病的"前数月",乃指从当时算起的上几个月,不能曲解为"一年多前雪芹死之前的'前数月'"。挽诗既为甲申年初所写,则雪芹之卒在癸未除夕而非"壬午除夕"。

敦诚《鹪鹩庵笔麈》明说天元上人死于癸未(1763),而《四松堂集》中悼念天元上人之诗(第三二～三三页)排在《佩刀质酒歌》(第四七页)之前,则后者亦为癸未年之诗。敦诚此诗乃是年秋天在槐园中为雪芹买醉,答其原题之作,故雪芹不可能卒于上年"壬午除夕"。

由于考出刻本《四松堂集》编年诗中悼念天元上人及题画诗(第四

---

① 上引作《仪礼正义》的胡培翚,即为绩溪胡氏先人。
② 参看《晋书》卷二〇《礼志》中,"惠帝太安元年"条下引汉魏故事。
③ 参看吴氏《八种》第17页所录《鹪鹩庵杂诗》中这二首挽诗。

三～四四页)之真实年代,知在《懋斋诗钞》中同类之诗,其编年均正确不误。据此则《小诗代简寄曹雪芹》一诗确为癸未上巳前所作,故雪芹不可能卒于上年"壬午除夕"。至于《懋斋诗钞》一书在别的地方有没有经作者自己或别人粘贴过一些个别字句,或剪接残页,并不影响《小诗代简寄曹雪芹》一诗的著作年份。因为标明"癸未"之诗《古刹小憩》就在上页(影印本第九〇页),而两页之间的诗题和诗文内容衔接,并无剪接粘贴情形。

脂砚甲午(1774)八月写评语时已是八旬老人,且当时"激动"太过,把干支计算错了一年,是极平常、极可理解之事。承认脂评偶尔有错,正如同承认我们自己的写作偶尔有错一样,并不是说脂砚的工作不严肃认真,或其评语不可信或无价值。不肯承认脂砚偶尔记错或误排了一个干支,反而要抹杀十多条客观的坚证,硬说那个本子编错了年代,或某些诗句用错了典故,以支持"壬午"说,则是主观的、不科学的考据。因此,我们不如老老实实承认雪芹卒于癸未除夕,即1764年2月1日。不必再作无谓的争辩。

【后记】1962年4月底我接《文学遗产》编辑同志来信,征询关于雪芹卒年问题的意见,我正因病在近郊医院疗养中。当时勉为此文,其中涉及脂砚斋的年龄及其他问题。但在起草过程中,先后得见《光明日报·东风》已摘刊拙作《脂砚斋是谁》及《曹雪芹的生卒年》两短篇,则有关脂砚的许多话已不必再说,故原稿大删两次,再行重写如上。近闻周汝昌先生在上海《文汇报》亦有长篇论雪芹卒年,原作未见,故不知此文有无与之雷同之处。海外图书寂寞,见闻寡陋,但凭有限材料,苦思力索而成此文。诚知不免错误,请读者及专家指正。

吴世昌记于英国牛津大学,1962年5月17日

跋 文

此文于1962年5月17日自英国牛津寄至《文学遗产》编辑部后,因

故未能刊出全文,只摘载其中第六节《敦诚挽曹雪芹诗笺释》,作为一单篇刊出(1962年6月17日)。我在9月底回国后,承一些同志们告知《四松堂集》另有"付刻底本",其中材料可能对此文内容有益,参考后或须删补此文。我很感谢这些指教。最近我把北大藏的《四松堂集》抄本,和另一个只有诗的残抄本,对照影印的刻本《四松堂集》详校几次后,在第三节中增写了"所谓'付刻底本'"以下十小段文字,把旧稿作了一些删削,并在第三节题下增加一条次题:《四松堂集》的"付刻底本"并不"严格编年"。其他古本如《懋斋诗钞》等,我也在北京图书馆查对了原文,对此文做了些必要的补正。

近几个月中我也曾多次和各专家商讨曹雪芹的卒年问题,领教不少。但持"壬午"说者,其论据仍未能使我信服。前些时又读了一些资料,其中有曾次亮先生在1954年即已发表的一篇虽然短,然而极端重要的科学性论文:《曹雪芹卒年问题的商讨》[①]。他在文中用天文和气象学上的证据,证明《懋斋诗钞》中《小诗代简寄曹雪芹》一诗,不可能作于"壬午",确定作于癸未。其说大要如下:

敦敏原诗约雪芹于"上巳前三日"(即二月底)去喝酒,上巳是三月三日,则此诗必作于农历二月底之前数日,姑假定为二月二十五日。但此诗一开始就说,"东风吹杏雨,又早落花辰",则其时已是"落花时节近清明"。乾隆壬午(1762)二月小,二月廿五日春分;三月大,三月十二日清明。癸未年则二月小,二月二十二日清明。故写此诗时杏花已落,只能在癸未二月二十五日,即清明后三日。若在壬午二月二十五日作此诗,则在春分这一天,其时北京冰雪未融,杏花未开,怎能有"落花"?此诗既为癸未二月下旬所作,则雪芹"壬午"除夕去世之说,完全不可信。

这样坚强的天文学上的证据,应该可以使任何一个相信科学的学者信服。过去帝国主义者因为自己的文化历史短,不肯相信中国有久远的文化,说中国的一些古史都是假造的。但当他们看到《诗经》和《春秋》中

[①] 《光明日报》1954年4月26日《文学遗产》。

关于日食、月蚀及其他天文现象的记载,用现代天文学上的表格来核对无误,也只好承认中国的文化久远,古史可信。但持"壬午"说者,连曾先生的天文学上的证据也不肯相信,而发出了这样的妙论:

> 按照字面解释,"上巳"一词是指三月里第一个"巳"日,根据时宪历的推算,壬午年三月初一是甲午,癸未年三月初一是戊午,这两年第一个"巳"日都在十二那天……敦敏的"上巳前三日",应为三月初九。①

如果真的要"按照字面解释","阳"应解释为"九",则"端阳"应该是五月初九,而不是五月初五!我们知道,从古以来,"上巳"一直是农历三月初三日,与正月初一的"元旦",五月初五的"端阳",七月初七的"七夕",九月初九的"重阳"一样,从来没有什么专家把它搬过家。现在却变成了"三月十二日",而且可能上年与下年不同。这真是研究曹雪芹卒年问题中意外的"收获"!事实是这样的吗?我们且看文献上的证据:

1.《周礼·春官·女巫》条下说"掌岁时祓除衅浴",郑玄注:"岁时祓除,如今三月上巳如水上之类。"②贾公彦疏:"今三月三日水上戒浴是也。"③

2.《晋书》卷二一《礼志》下,引《汉仪》:"季春上巳,官及百姓皆禊于东流上,洗濯祓除去宿垢。"下文说:"自魏以后,但用三日。"下文又说:"赵王伦篡位,三日会天泉池。"

3. 同书卷五一,《束皙传》:"武帝尝问挚虞三日曲水之义。虞对曰:'汉章帝时,平原徐肇以三月初生三女,至三日俱亡,村人以为怪,乃招携

---

① 上海《文汇报》1962年3月14日,《关于曹雪芹的卒年》。
② 《四部备要》本,卷二六,第六页。
③ 《周礼注疏》卷二六。

之水滨洗祓,遂因水以泛觞。① 其义起此。'帝曰:'必如所谈,便非好事。'皙进曰:'虞小生,不足以知,臣请言之。昔周公成洛邑,因流水以泛酒,故逸诗云:羽觞随波。又秦昭王以三日置酒河曲,见金人奉水心之剑。'"挚虞和束皙对于上巳风俗起源的解说虽未必对,但上巳是三月三日之风起源甚古,则无可疑。

4. 魏晋以来文人集子中常有些上巳诗,又称为"三日"诗。《文选》中即有颜延年和沈休文的"曲水"诗和"三月三日"诗。即使懒得查上列各书,那位《文汇报》的投稿者至少总应该记得王羲之的《兰亭集序》中有"暮春之初"一句话,"暮春"是三月,"之初"决不会是指中旬的"十二"。

上列四条证据,大概很可以说明至少"自魏以后","上巳"这个节日不曾离开过它的农历三月三日的"岗位"。即使某先生现在要把它改成"三月十二日",也不能跳到二百年前去改动它,则敦敏请雪芹喝酒之诗,还是癸未(1763)二月下旬写的。"壬午"说者如果还要坚持雪芹卒于"壬午除夕",那就不但要有"燮理阴阳"的本领,还要使"时光倒流"二百年,才有可能。

持"壬午"说者对于上述的各种理由,除了采取视而不见的"不承认主义"外,他们又同时不准和他们持不同意见的人用"癸未除夕"的说法。他们说,这是"东拼西凑,折中为癸未除夕",因此"这新说便站不住了"②。仿佛"除夕"二字,是"壬午"说者的"专利品",你们"癸未"说者要么就全部承认"壬午除夕"说,要么就在癸未年另定一个日子,不能用"我们"的"除夕"二字来"凑成""癸未除夕"。甚至说,用"癸未除夕"的说法是对"壬午除夕"一语"割裂文义"。这使我不能不指出,对于我国文化遗产应该批判地继承这一重要原则,在一切研究工作中都不可忘记。在上文第二节中我们已说过,"除夕"这个日子不易忘记,也不会弄错;因此,我们不怀疑脂

---

① 按《后汉书》卷一四《礼仪志》上,李贤注则作:"后汉郭虞三月上巳产二女,二日中并不育……"。
② 《红楼梦参考资料》第50页,上海华东作家协会1954年版。

砚斋说雪芹死于除夕这个日子。而且，敦诚甲申年第一首诗即是《挽曹雪芹》，也证明雪芹死于年底，不至有误，不必为雪芹"另选"死期。另一方面，谁也不能把"除夕"作为"专利品"或"注册商标"，不准别人在考证时批判地接受它。再者，"壬午"是干支年份，"除夕"是节日，二者本非一词，怎么相信"除夕"不误，便说是"割裂文义"？我曾在别处指出，即使是同一个词，例如《尧典》中"光被四表"一语中的"光被"，戴震也可用科学的考证法，只认"被"字是对的，断定并证明"光"字乃"横"字之误。① 若是对于古籍中的记载或字句的订误、补阙、判断是非这些工作都说成是"割裂文义"，则在我们看来，清代学者运用科学方法较有成绩的几部大著作，如《读书杂志》、《经义述闻》、《诸子平议》等，都要被指为"割裂文义"的作品了。

我们研究脂评，正如同研究别的史料一样，必须先冷静地做好订误、补阙、判断是非等基本工作，然后再研究其内容，得出结论。我们既不因脂砚"感情激动"而自己也激动起来，用惊叹号代替说理，也不把它当作《圣经》或法典，不敢怀疑其中的片言只语。我们说雪芹卒于"癸未除夕"，乃是一方面批判地接受了脂砚斋评语，一方面详细查考了敦敏、敦诚兄弟每一首有关雪芹的诗，这些诗的年代，和诗中每一句的内容文义，并结合当时的客观情况而得出的结论。我们欢迎百家争鸣，但同时认为争鸣的方法，必须遵循科学的轨道，严守逻辑的规律，并须维持一定的学术道德，如不掩没相反的证据，不厚诬古人，不捏造日期，不否认对方的理由，等等。如果连这些最低限度的条件都不能遵守，那样的争鸣是不会得出可靠的结论的。

自 1927 年发现在十六回残本《石头记》中的那条脂评之后，三十六年以来，"壬午"说者在积极方面，尚未提出半个字的新证据来，只能扣住这脂评中的四个字不放；在消极方面，用以反驳"癸未"说的理由，不是与事实不符，就是牵强附会。当然，他们如能提出新的证据，写出科学性的、足

---

① 参看《光明日报》1962 年 8 月 9 日《东风》所刊拙文。

以说服人的论文,则主"癸未"说者自当择善而从。否则,仅就现有证据而论,我们只能认为雪芹卒于癸未除夕,即1764年2月1日。到明年2月1日是他逝世二百周年纪念日。

1963年3月9日

附　录

关于曹雪芹的卒年,近又得新证二则,原为曾次亮先生和周汝昌先生所提出。因本文既为综论,谨一并录下,略加疏证,以供参考。

在一次讨论曹雪芹卒年的座谈会中,范宁先生提出了一个很好的意见。他说据敦诚《挽曹雪芹》诗自注,雪芹既因子殇感伤得病数月而死,则如能考出其丧子之年,即可知雪芹之卒年。

雪芹何年丧子,至今尚未发现任何直接记录。但曾次亮先生曾指出雪芹好友敦敏、敦诚兄弟和张宜泉的家中,在一次痘疫中死亡幼儿很多。如《懋斋诗钞》第一○六页有《哭小女四首》,其第四首云:"汝弟才亡未十日,汝姑先去只三朝。夜台相见须相护,莫似生前太恃骄。"此诗即在癸未年《小诗代简寄曹雪芹》一首后面,排在两首"九日"诗之后,一首在他的生日《十月二十日谒先慈墓感赋》诗之前。此诗第一句说"古稀岁月半相侵",说明是年他正满三十五岁,按敦敏生于雍正六年戊申(1728),则此年正是癸未(1763)。又诗中第五句"七年哀隔松邱冷"自注:"先慈丁丑见弃,迄今七载。"按敦敏为其弟所作《敬亭小传》,他们的母亲死于丁丑(1757)二月,至癸未(1763)十月二十日为七年差三个多月,诗句只能举成数,故说"七年"。则此诗正是癸未年作,可知其丧女亦在癸未。

敦诚《四松堂集》卷四,第二五四至二五五页有《哭妹、侄、侄女文》,其中"妹"即《懋斋》哭女诗中的"汝姑"(据此文她死时仅四岁),"侄女"即敦敏之女,其"侄"则名阿卓,即敦敏之子。三个孩子均在旬日内死去。此篇下文说:"初,阿卓患痘,余往视之。途次见负稚子小棺者,奔走如织,即恶之。而三人竟罹此厄：阿卓先，妹次之，侄女继之。"但二敦家中死者尚不止此三人。此文之前尚有一篇《哭芸儿文》说："会汝病之先，燕中痘疹流疫，小儿疹此者几半城，棺盛、帛裹、肩者、负者，奔走道左无虚日。而一门内如汝姑、汝叔、汝姊、汝兄，相继而殇。"则此次痘疫他们家中共死五人（"汝姊"、"汝兄"，似即指敦敏之女及阿卓）。

雪芹另一好友张宜泉的《春柳堂诗稿》第六三页有《哭子女并丧》诗，自注云："余生二女一子，因出痘仅存一焉。"张诗以分类编排，无法定其年份。但其子女亦出痘致亡，则此次痘疫情况之严重可知。

关于此疫年份，周先生曾提出一条确证：

蒋士铨（1725—1785）的《忠雅堂诗集》（存仁堂刻本）卷一一"癸未"下，第二页上有一篇《痘殇叹》说："三四月交十月间①，九门出儿万七千。郊关痘殇莫计数，十家襁褓一二全。"《忠雅堂诗集》才真是"严格编年"的，每卷卷数的后面即是编年行，其年份干支用大字刻一专行，比所有诗题提高一格；诗多者其干支下面又注明"上"或"下"，以区别上半年或下半年的诗。

由蒋士铨之诗，更可证明痘疫确在癸未十月，与《懋斋》哭女之诗排在癸未十月二十日之前，若合符节。据蒋诗，城内小儿死一万七千，而郊区城关外则更多。以人口密度而论，当时城内人口何止郊区的十倍；而郊区儿童死者比城内反而更多，死了十分之八九。可见郊区痘疫之严重普遍，十倍于城中还不止，而雪芹一家则不幸正住在郊外。据此，我们虽然不知曹雪芹的幼子确实死于何年，但如认为即死于这次广泛流行而郊区又特别严重的痘疫中，即癸未（1763）十月上下，其可能性比任何一年为大。这不仅因为在逻辑上，此种客观情况所造成的盖然性已接近必然性，也因为

---

① 此句意义不明，似谓此年三四月间及十月有两次痘疫，"三四月交"之"交"字，谓"日交食"，按汉成帝河平元年四月己亥晦，日有食之，刘向对曰"四月交于五月，月同孝惠，日同孝昭，其占恐害继嗣"，胡注《通鉴》云："孝惠七年五月丁卯，先晦一日，日食，今四月己亥晦而日食，故曰'四月交于五月，月同孝惠'。孝昭元年七月己亥晦，日食，故曰'日同孝昭'，二帝寻皆晏驾而无嗣。"

他既和敦氏兄弟及张宜泉交好，则他们的孩子在一起玩，自然容易传染痘疫。此外，由于敦敏哭女诗在《懋斋》中的编排，亦可兼证其前面春天所作《小诗代简寄曹雪芹》，决为癸未年之诗，则雪芹不可能已在"壬午"除夕去世。

至于那首《小诗代简》，据周先生最近考证，也不是随便约雪芹喝酒消遣之诗，而是敦敏为乃弟敦诚祝寿的一个请帖。据《爱新觉罗总谱》，敦诚为英亲王阿济格五世孙，雍正十二年甲寅（1734）三月初一日生。至乾隆癸未适为三十初度（虚岁）。敦敏故意"以诗代"请帖（"简"）约雪芹喝酒，仿佛请他来及时赏花，实则意在避免说到乃弟生辰，省得客人知道了送礼。此番原是寿辰家宴，也请至好参加。《忠雅堂诗集》卷一六第一〇页《天镜楼家宴》一诗中，即有"寿觥举处慈颜悦"之句，可知清初风气，家宴即寿筵。此由敦诚的年龄及生辰，证明敦敏的《小诗代简寄曹雪芹》在《懋斋诗钞》编在癸未年，本来不误。周氏此说，我也为他找到一条佐证：即在《小诗代简》后第三首五古中，此诗长题为《饮集敬亭（敦诚）松堂（四松堂）同墨香叔汝猷、贻谋二弟暨朱大川、汪易堂即席以杜句蓬门今始为君开分韵得蓬字》，诗中有"阿弟开家宴，樽喜北海融……中和连上巳，花柳烟濛濛"，更可证《小诗代简》正是请雪芹赴敦诚寿辰"家宴"，敦诚不便自请雪芹来贺寿，故由其兄"代简"，且不说明是寿筵，敦诚寿辰实际上是"上巳前二日"，但寿酒却早一天就开始，喝到第二天正式寿辰。所以这诗末联说"卜昼更卜夜，拟宿松堂中"。但诗中没有提及雪芹，可知他没有去，大概他知道敦诚寿筵，也许他送不起礼物，或许他不愿意作应酬的寿诗，因为雪芹虽喜喝酒，但作寿诗是有点无聊的。

由上面提出的两项新证据，其一，即雪芹之子死于癸未十月之痘疫，则雪芹不可能死于"壬午"除夕，而敦诚挽诗中"一病无医竟负君"一语，亦可理解：即雪芹因子殇悲痛成疾，而敦诚家中也死了弟、妹、儿子、侄儿、侄女一大堆，悲伤得自顾不暇，自然没工夫去替朋友请医生买药；其二，是年二月下旬敦敏以诗约雪芹于上巳前喝酒，既为敦诚寿辰之宴，则此诗即不可能写于"壬午"或任何别的年份。再结合上文所引曾次亮先生所提供的天文学上的证据，只有在癸未年(1763)上巳之前杏花已谢，则《小诗代简》自必作于癸未。何况此诗上页所注"癸未"二字，据专家审定确为敦诚亲笔，则一切客观证据皆证明雪芹卒于癸未除夕，即1764年2月1日，绝无可疑。

(原载《新建设》1963年6月号)

宁荣两府"不过是个屠宰场而已"吗?
——论《红楼梦》英译本的"出版说明"

1979年5月8日,《人民日报》刊载新华社的一条消息,报道《红楼梦》英译本已译成,由外文出版局分三册陆续出版,并介绍了译者杨宪益同志和他夫人英国专家戴乃迭对于这一工作认真严肃的态度。为了挑选接近曹雪芹原著的版本,"经过慎重研究,译本前八十回依据北京图书馆珍藏的抄本'脂京本',后四十回依据'程甲本'(即1791年初排本)……"

这一报道,除了"北京图书馆"应作"北大图书馆"外,基本上是正确的。新华社的消息采自译者本人,当然可靠,只是在记录时错了一个字,或漏了"大学"二字。

但是,英译本第一册卷首的一篇冠冕堂皇的"出版说明"最后一段讲到所用版本,却作了如下完全不同的"说明":

> 这部小说的版本可分为两类:八十回的早期手抄本和一百二十回的排字本。我们的前八十回是用北京人民文学出版社1975年9月影印上海有正书局大约1911年的石印本;……后四十回则用北京

> 人民文学出版社 1959 年据 1792 年活字本（按即程乙本）的重印本……（p. ix）

这就怪了。译者明明告诉新华社记者说，他们根据北大图书馆的"脂京本"译出前八十回，而出版者却偏偏说是用"有正本"的复制本译出前八十回。译者明明说，后四十回是据"程甲本"译出，而"出版说明"偏偏说是据"程乙本"。读者不免要问：究竟谁说的对？很显然，"出版说明"的作者不是译者，他所指的版本是他主观愿望所赞成的版本，不是译者放在桌上据以翻译的本子。英译本的读者如果根据"出版说明"，用"有正本"对照译文，他会发现很多不同的段落（因为"有正本"文字有不少删改），因此会责怪译文不忠实；①这样，不但有损于译者的名誉，也连累出版者的名誉同受损害。"出版说明"的作者对此应负法律责任。

不但此也。"出版说明"还告诉国外的英文读者说，"这书是中国封建时代阶级矛盾和阶级斗争的产品"。甚至说：

> 这部小说描写了四大家族对于劳动群众的野蛮的政治压迫。贾府外面，他们通过地方官把人民追逐至死。贾府之内，连奴隶也不如的丫头们一个一个被踩在脚下活活弄死。……这个被称为花柳繁华之地，快乐光荣之家，不过是一个屠宰场而已！(p. v)

我不知道这位"出版说明"的作者是不是认为《红楼梦》的外国读者只读他的大作"说明"而不读小说本身，真的会相信宁荣两府"不过是一个屠宰场而已"，因此，他可以借此机会宣传阶级斗争，借以输出"革命"？

这位"出版说明"的作者又说：

---

① 我曾把前八十回的译稿对照"脂京本"逐句逐字审核过。我敢说这是目前几个英译本中最完备最正确的译本。我也曾把"有正本"和"脂京本"互校，发现"有正本"改动不少，将另为文讨论，此处不赘。

>　在〔荣宁两府的〕围墙之内，他们自己的奴隶们造他们的反，使他们的男主人、女主人不得安宁。

　　我虽然也读过几遍《红楼梦》，也许由于我的警惕性不高，却还没有发现宁荣两府中有哪一个小厮或丫头贴过谁的大字报，造过谁的反。是鸳鸯造了贾母的反，还是平儿造了凤姐的反？是紫鹃揭发了黛玉的罪行，还是茗烟贴了宝玉的大字报？我想英译本的读者也很难在任何一回中发现这样的故事。

　　这位"出版说明"的作者不但评论《红楼梦》，还给英译本的读者补中国历史课，他说康、雍、乾三朝的文字狱，为的是要

>　虐待和杀害有进步思想的封建知识分子。同时，假装编辑《四库全书》，借以查禁较早的反对封建统治的书籍。(p. ii, 重点为笔者所加)

　　这真是千古奇闻。康、雍、乾三朝之前，竟有"反对封建统治的书籍"，以致引起清代皇帝要查禁这些书。这位先生讲的是哪一国的历史？关于清初的文字狱，除了这位"出版说明"的作者外，谁都知道是为了要根除汉人反对清朝统治的民族思想，所以要禁止有这类思想的书籍和言论。借编集《四库全书》而检查前代史书中有无反对少数民族统治的思想，也是其动机之一端，如宋人著作中反金反元的文字往往被删改，也是有的。但清廷这些措施，决不是查禁什么"反对封建统治的书籍"。封建时代的知识分子，在当时的条件下，怎么会写出反对本阶级统治的书籍来呢？文字狱的目的是要杀害"有进步思想的封建知识分子"吗？清初三朝有不少文字狱，试举一个较早的例子：康熙二年(1663)庄廷鑨的《明史辑略》案，因书中用南明的年号，被人告发，不但庄氏一家，凡写序者，列名参订参校者，刻印传播者，购藏者，知情不报者——所有这些人家，男子十五岁以上一律处斩，妇女小孩充发满族家中为奴，共杀七十多人。这些人与"进步

思想"有什么关系？这部《明史辑略》当然已被禁毁，没有流传下来；但它的节本《明史钞略》（据说是吕葆中抄本）却保存在《四部丛刊》三编中，不妨看看其中有无"反对封建统治"的"进步思想"，以致引起七十多人被斩首的文字狱。我们这位革命的"出版说明"的作者自己不了解清初文字狱的情况，还假定英译本的读者和他一样无知，一片好心地要为他们补课。殊不知对《红楼梦》有兴趣的外国读者也许比他更了解清初的历史。例如关于文字狱的问题，我们很难在国内找到一本扼要的专著，但美国的汉学家顾立奇（L. C. Goodrich）早在 1935 年就发表了他的《乾隆的文字狱》一书①，对于这一问题的了解远比这位"出版说明"的作者清楚。

这篇"出版说明"虽然不太长，但诸如此类的谬论却层出不穷，而且前后文字自相矛盾。例如，上一段说：

> 康熙（1662—1722）最后的几十年统治期间，不但农业已恢复，并且相当兴旺。同时在雍正（1723—1735）和乾隆的最后统治年份中，不但在农业方面，并且在矿产、纺织、陶瓷、印刷和其他工业方面，都有了新的进展，实际上超过了 16 世纪工业的最高点。商业和对外贸易也发展了。

但就在接着的下一段，却叙述了劳动人民怎样困苦，"结果是人民反攻，拒不付税，夺取了土地来耕种"。

这些说法——农、矿、工、商业都有发展以后人民反而困苦得起来造反夺地——是否符合历史事实是另一问题，我们不想在这里讨论。只要指出一点：农民"夺取"来的"土地"，封建统治的地主阶级能容许他们长久保住、耕种吗？

这篇"出版说明"显然是"四人帮"统治时代写的，也可能是由"四人帮"授意这样写的。例如关于版本问题，据说江青就"指示"过外文局要用

---

① 此书内容不限于乾隆一代，兼及康、雍两朝。

"有正本"作为英译的底本。但早在"四人帮"被揪出来之前,译者已改用"脂京本"为底本,而"出版说明"的作者,根本不理会译者的工作状况,直到此书英译本第一册在1978年初印行时,这位仁兄的耳畔还缭绕着江青"指示"的袅袅余音,而不问译者所用是什么本子。甚至于在1978年初有人看了样本指出这一错误时,当事人仍拒绝改正。

即使在"四人帮"最猖獗的时代,土八股、洋八股、党八股、帮八股一直发展到红楼八股,也不过说说什么"四大家族的兴衰史、罪恶史"啦,"几十条人命"啦,等等,却还没有"飞跃"到把宁荣两府描绘成"不过是个屠宰场而已"这样的极"左"革命高度。

尤其令人惊诧的是这个"出版说明"出版的时间。如果这是1976年或更早时期内出版的,虽然"说明"中迎合"四人帮"的谬论照样令人看了恶心、齿冷,但犹可说是当时风气使然。可是,英译本第一册的样本是1978年初印出来的。我在1978年1月7日收到此书样本,看完"出版说明"以后,立即写一信给译者杨宪益同志,用朋友间闲谈的方式,问他:

> "出版说明"是谁的大笔?其实这样的文章,随便把初澜、梁效、柏青或《学习与批判》中有关《红楼》的文章翻翻,是谁都可以拼凑起来的……红楼八股。
>
> "出版说明"变成了"撒谎说明",外国读者会作何感想?这个译本不是给公社书记、车间主任、中小学教师看的,这是对国外读者的宣传品。在F.格林的来信当作文件传达以后,在去年10月11日耿飚同志对全国新华社分社负责人讲话以后,居然会出现这样的"出版说明",作者究竟注意不注意中央的政策?照这个"出版说明",此书应改名为《红楼罪恶史》才切题。
>
> "说明"末了又把戚本吹捧一顿,还说前八十回据戚本译出。这是当初"半个红学家"的"指示",现在还要遵守她的"指示"吗?"四人帮"揪出后我有信给H. Y.(或W. T. T.)同志,在说明采用版本问题

上引起他们注意,看来他们很不在乎。其实你们的译文所据已不是戚本而是"脂京本"。例如第三回凤姐出场时的佩玉是"双衡皆玫瑰珮"(脂京、梦稿同。"上有双衡,下有双璜",见《大戴礼记·保傅篇》。"衡"即"珩"字),而戚本妄改为"双鱼比目玫瑰珮"。尊译采用"脂京",不听"半个红学家"的"指示"用戚本,则"出版说明"何必颠倒是非乎?……

杨宪益同志收到我这封信后看出它的重要性,立即转给英文组。我当时考虑到,如果我直接去信外文局英文组的负责人指出这些错误,未免使他们难堪,所以采用和宪益朋友之间通信闲谈的方式,使他转达此意,也许可以使他们不太难堪而乐于改正。但是我错了。他们看到我给宪益同志的信以后的反应是:"已经印好了,再版时再说罢。"

当时的形势是,国内:"四人帮"揪出后已过十四个月,人心振奋,对于"四人帮"颠倒是非,陷害忠良的罪行,人人痛恨。一场批判"四人帮"的大是大非的辩论正在全国范围内进入高潮。国外:苏修在越南的傀儡已拉下面具,公然反华,用以换取苏修的"嗟来"之食。苏修和它在东方的古巴正联合反华,在国际上对我肆意诬谤,而我国则因为被"四人帮"封闭了十多年,对国际宣传情况全不了解,往往只凭教条主义的主观推测作为对外宣传的主要论点,以致结果正如格林信中所说,甚至于像"珍宝岛事件"这样明显的苏修对我的侵略,也由于我们宣传方法之拙劣,使英国观众竟相信苏修电影的宣传,而不信我们放映的电影。当时我国在国际范围内正在三方面的论坛上和对方展开辩论:

1. 中苏之间长久的论战;

2. 中越之间爆发不久的辩论;

3. 中阿(阿尔巴尼亚)之间在意识形态上的争论。

这些论战或辩论都是敌对性的,不但要陈述自己的理由,还要揭露和批驳对方的虚伪、夸张、歪曲、谎骗等,才能在国际上取得信服。如果争论的一方自己先犯了夸张、歪曲等错误,怎么还能证明自己理由之正确,驳斥对方,取信于人呢?不难想象,当时苏修和越霸所最渴望、最急需的在论坛上用的"军火",正是我们可能犯的任何错误——这种错误,他们既可用以证明他们有理,又可用以证明我们的不可信,可以说是对付我们的致命武器。

不幸,《红楼梦》英译本的"出版说明"正好为苏修越霸出色地完成了供给他们这种"军火"的任务!这篇"出版说明"真正是上帝赐给他们的最好礼物。他们可以指着这篇妙文对全世界人民说:

> 请你们看看,中国官方的宣传有几分可信?我们不必说,请看他们自己的表演罢。这部《红楼梦》已流传了两百多年,是中国人民最爱读、最熟悉的小说;外国译本也有不少,书中故事是众所周知的。但是现在中国的官方"说明"告诉读者说:这部言情小说里面所叙述描写的,原来不是爱情故事而是"一个屠宰场"里"阶级斗争的产品"。中国官方对于他们自己的伟大作品,尚且如此诬蔑歪曲,谎话连篇,可见他们平时反苏反越的宣传,有几分真实,有几分可信?

不要以为上文是空想出来的耸听的危言。笔者在外国十多年,什么亲华反华、或亲苏反苏的言论没有听过见过!而如果是反华言论,则往往是我们自己拙劣的宣传授人以柄。在"文化大革命"期间"四人帮"搞的丑剧、闹剧,干的蠢事、脏事,《真理报》往往一字不改,也不加评语,原文照登,当作"趣闻",以博读者一笑。① 但是这篇"出版说明"却不是笑料,而是供给敌人反攻我们的军火弹药。在国际范围内发表这样的"文件",用李斯的话说,这叫作"藉寇兵而赍盗粮"。亦即装备敌人来攻击自己,自己挨饿去养胖盗贼。

---

① 见英国最近出版:Kolakowski 著《马克思主义的主流》(*Main Currents of Marxism*)第三卷,有关中国部分。此书第一卷为 Founders,第二卷为 Golden Age,第三卷为 Break Down。

或问:既然这篇"出版说明"如此荒唐,译者怎么把它照译,不加更正呢?

回答是,这不是自由职业者的自由选择。根据制度,中文由"上级"定稿后,译者只有一字不改地照译的义务,却丝毫没有表示异议的发言权。他是领工资的雇员,无权参与"上级"的大计。说得更明白一点,他是有血肉的一架翻译机器或电脑。即使是绝对违反事实的文字(如所据以翻译的版本问题),译者也只能眼睁睁看着它错到底,绝对无权改正,只能作"违心之译"。

另一方面,英文读者最注意的作者的年代、家庭状况、生活情形、亲朋交游等情报,"出版说明"一清二白,只字不提,甚至于连作者的生卒年也没有。因为"说明"的作者忙于阶级斗争,输出革命,哪里顾得到这些在他看来无足轻重的空话呢!

最后,除了"出版说明"以外,这个英译本的出版者(?)在第一卷扉页上书名下面标明著者姓名道:

第一卷 曹雪芹和高鹗

读者不禁要问:高鹗在这第一卷四十回中写了哪几回?这个可笑的、令人难于置信的错误又在第二卷的扉页上重复一次。然而,"出版说明"却讲到"小说的后四十回是高鹗的作品"(p. vii),这岂不是又和头两卷扉页上标明的著者闹矛盾吗?

(原载《读书》1980年第2期)

论明义所见《红楼梦》初稿

和曹雪芹交往的诗友中,现知除敦敏、敦诚兄弟及张宜泉外,尚有明义。明义的兄弟明琳也和雪芹相识,但尚未发现有任何赠曹之诗。明义的《绿烟琐窗集》有《题红楼梦》七绝二十首,题下自注云:

> 曹子雪芹出所撰《红楼梦》一部,备记风月繁华之盛,盖其先人为江宁织府。其所谓"大观园"者,即今"随园"故址。惜其书未传,世鲜知者。余见其钞本焉。

这条注文之重要,不下于其二十首绝句本身。首先,明义明白无误地肯定说:《红楼梦》是"曹子雪芹所撰"。书名《红楼梦》,不是《石头记》或《风月宝鉴》或《金陵十二钗》。其次,书中所记"风月繁华之盛"的故事,发生在雪芹先人的"江宁织府"内,或根据"江宁织府"中的事迹而编写。第三,"大观园"在南京,其故址即"随园"。这些话当然都是雪芹自己告诉明义的。否则住在北京的明义怎能知道曹家上世在南京的事。最后,明义说雪芹所撰《红楼梦》稿子并未传出来,很少人知道,不像后来的《石头记》

似的,钞本陈列在"庙市"中可以索价"数十金"。上述四个要点,下文在谈到有关问题时还要详论,现在姑作提要式说明如上。

二十首七绝的内容,除第一首作为总冒,末两首谈到全书结局,略加评论外,其余十七首则每首说明书中一段情节或一个故事。这些故事,一、有的为今本《石头记》中所有;二、有的则今本所无;三、有的虽有而情节不同;四、有的则因诗句意义不够具体,不易对出所指为哪一个故事。很明显,上述第二种情况,即今本所无者,已被删去;第三、第四种情况,指明原稿已被改动。

但是,这二十首诗中所透露的初稿内容固然重要,它所未说到的而今本所有的重要情节,在研究《红楼梦》成书过程中更有意义。例如,像元春省亲这样重要的故事,在明义的诗中竟丝毫未提及,不但省亲事未提及,连可卿之死,以及由此而引起的王熙凤在尼庵弄权贪贿,害死一对青年;又愚弄贾瑞,引诱他"正照风月鉴",磨折而死;其他如刘姥姥进荣国府;宝玉梦游太虚幻境,看警幻的"十二钗"正副册子,听演《红楼梦》曲子等重要情节,都没有反映在这二十首七绝之中。① ——总之,今本《石头记》二十三回以前的故事,明义的诗一句也没有触及。

但为什么要以二十三回为分界线呢?

明义的诗开宗明义第一首就谈大观园,而今本《石头记》或《红楼梦》把宝玉和姐妹们放进大观园中去活动是在元春省亲以后传旨让宝玉等住入园中的。此事发生在二十三回。在这以前,除了元春省亲和因此而修盖此园外,书中男女主角的活动都在荣国府内。而明义的诗没有一首涉及荣国府,一开始即从大观园说起,可见雪芹给他的《红楼梦》钞本,故事全在大观园内;不但没有"甄士隐"、"贾雨村"、"太虚幻境"、"一僧一道"等寓言神话故事,连"荣国府"、"刘姥姥"、"秦可卿"以及"风月宝鉴"的关键人物"贾瑞"都不在内。明义诗中没有说到的情节比他说到的更引人注意。但明义见到的钞本虽然似乎缺少《石头记》中前二十多回的故事,但

---

① 第七首诗说到《金钗正幅图》,但下文说到"题诗"而无太虚幻境。

末了的结局却已具备,不像传世《石头记》八十回以后全无下文,成了断尾巴蜻蜓。而从这个钞本的结局看来,则大观园故事之前显然也还有一些故事,包括"通灵宝玉"的来历等,所以明义二十首诗内容之中所缺情节,也不能即认为钞本中也无此情节。但今本《石头记》二十三回前所有故事均付缺如,则不能不令人认为他所见钞本显然是一个比较简略的初稿。

这个初稿《红楼梦》的约略内容,据明义的题诗,我们可以极其简单地,真正是"挂一漏万"地试测如下:

第一首:

> 佳园结构类天成,"快绿""怡红"别样名。长槛曲栏随处有,春风秋月总关情。

这首一开始就讲大观园,连"快绿"、"怡红"的名称都已定下来了。在明义所题的组诗中它是开场白,则可知在雪芹的钞本中故事也是从大观园开始。尽管书中主角从大观园里出场亮相之前还须交代一下各人的背景历史,但那是可以由作者用第三身的地位来补叙的。园中人物所关心的无非是"春风秋月",这就为书中主要故事定下了调子。

第二首:

> 怡红院里斗①娇娥,娣娣姨姨笑语和。天气不寒还不暖,瞳眬日影入帘多。

这是第一首讲到具体人物的诗,而又一次指明"怡红院"。故事一开始即为大观园中人物活动情形。传世《石头记》中的大观园要到第十八回才造成,宝玉和姐妹们要到第二十三回才搬进去住。而且怡红院是宝玉独住之处,并不是"娣娣姨姨"、"斗娇娥"的地方。诗中绝不提起最重要的

---

① 这个"斗"字是姑娘们互相争艳斗俏之意。

"元春省亲"故事,可见雪芹的初稿《红楼梦》中尚无这一故事。因此事是借以写康熙南巡、驻跸曹家(1707年)的盛况,而南巡事在雪芹生前八年,自不可能由他记述此事。这可证明雪芹初稿中无"省亲"故事是完全合情合理的。明义的题诗证明了我在别的文章中屡次提到:"省亲"故事是由脂砚斋提供素材,再由雪芹编写,并入《石头记》中的。① 由此也可以见雪芹给明义的钞本《红楼梦》是一部比较早的稿子。其内容情节大都是雪芹的创作,即脂砚斋在七十一回评语中所指"真事欲显,假事将尽"的"假事"。②

由第二首的内容看来,似乎在初稿中"怡红院"本来是好几个姐妹住的地方,故有"娣娣姨姨"、"斗娇娥"的情节,但好景不长,恍如一梦。《红楼梦》的"红"字,似即从"怡红院"的"红"字而来。在后来增删本的《石头记》中,为了展开更广阔的活动场面,使姐妹们各有住处,较大的怡红院改由宝玉去住。

就明义的全部题诗来看,这第二首也只是说一般情形,没有指明具体的人物和情节,所以仍可以视作这二十首组诗的总冒。试看以下各诗,就更清楚了。

第三首:

> 潇湘别院晚沉沉,闻道多情复病心。悄向花阴寻侍女,问他曾否泪沾襟。

从此诗开始,咏书中具体故事。知道林黛玉已住入潇湘馆。(原名"潇湘别院"?)宝玉(诗中省主语)听说她病了,晚上去看她。在未见她之前,先问她的侍女(紫鹃?雪雁?)今天林姑娘有没哭过?宝玉去看黛玉,

---

① 参看《新华月报》,1962年6月号,124页。又见《红楼梦探源外编》之《我怎样写〈红楼梦探源〉》、《曹雪芹与〈红楼梦〉的创作》、《论〈石头记〉的"旧稿"问题》诸文。
② 参看拙作《论〈石头记〉的"旧稿"问题》,《红楼梦研究集刊》第1期,亦已收入《红楼梦探源外编》。

在今本二十六回、二十九回、三十回中都有此事,但都在白天,不像诗中所咏为"晚沉沉"。第三十回前段宝玉到潇湘馆问紫鹃:"妹妹可大好了?"紫鹃说:"身上病好了,只是心里气不大好。"……只见林黛玉又在床上哭。——这大概是此诗内容的根据。初稿与今本的不同只是把"晚沉沉"改为"毒日头地下",把向侍儿问哭改为问病。这样的修改可以说基本上没有改变情节。

第四首:

> 追随小蝶过墙来,忽见丛花无数开。尽力一头还雨(两?)把,扇纨遗却在苍苔。

这首咏"宝钗扑蝶",明白无误。但据诗中所咏,则与今本颇有不同:如此钞本说宝钗用"纨扇"①,今本则说她"向袖中取出扇子来",则显然是折扇,因纨扇藏不进袖中。题诗说"小蝶",而今本则改为"一双玉色蝴蝶,大如团扇"。但最大不同是明义所见钞本有"过墙"、"遗扇",而无今本中她到滴翠亭边听小红的私情话,又假装追寻黛玉的重要情节。明义题诗二、三句似乎说:宝钗见花,努力折了两把,因此把扇子忘在地下了。却没有说她听见小红与坠儿的对话,急智中使个"金蝉脱壳"的法子,嫁祸于黛玉。宝钗遗下的纨扇不知在钞本中如何发展成别的情节,在今本中已被删改了。再者,今本"宝钗扑蝶"事在第二十七回,钞本《红楼梦》则在三十回的故事之后。

第五首:

> 侍儿枉自费疑猜,泪未全收笑又开。三尺玉罗为手帕,无端掷去复抛来。

---

① 因平仄改为"扇纨"。

此首咏黛玉。在今本中,情节与所咏内容相近者为三十回前半宝玉去访黛玉——两人对泣,宝玉用衫袖拭泪,黛玉将一方绡帕摔给宝玉。但今本无"三尺玉罗"、"掷去抛来"之文,显然已删改。

第六首:

> 晚归薄醉帽颜(檐?)欹,错认猧儿唤玉狸。忽向内房闻语笑,强来灯下一回嬉。

这首所咏情节全不见于今本,亦无类似故事可以比附。一种可能是,在初稿中"猧儿"和"玉狸"是怡红院中某两个丫头的绰号,正如今本第三十七回怡红院的丫头们把袭人叫作"西洋花点子哈吧儿"。"猧"是小犬,"哈吧儿"也是小犬,则"猧儿"即是袭人。"玉狸"是猫,但不知指哪一个丫头。这些绰号,在今本中都已不用了(袭人的绰号只一见)。①

第七首:

> 红楼春梦好模糊,不记金钗正幅图。往事风流真一瞬,题诗赢(嬴)得静工夫。

今本宝玉梦游太虚幻境早在第五回,所见《金陵十二钗图》名为正册副册,而此钞本则名为"正幅"。末句旨意不明。是不是说宝玉梦中阅图时警幻(或别人)命他"题诗",因而"赢得静工夫"?

第八首:

---

① 玉狸可能指晴雯。第一句说宝玉某晚在人家喝得醉醺醺回来,错认袭人为晴雯,向她诉说衷情,因此引起了袭人妒意,向王夫人告密。今本已把宝玉诉情对象改为黛玉,宝玉误以袭人为黛玉,故有三十七回袭人向王夫人离间黛玉之语。此诗后两句似指怡红院中另有袭人的朋友,所以袭人出来挡住宝玉,但宝玉早已听见里面(袭人的房内?)男女笑语声,故袭人引导他到"灯下一回嬉",以便使房内客人散去。

> 帘栊悄悄控金钩,不识多人何处游。留得小红独坐在,笑教开镜与梳头。

今本第二十回:春节期间晚上宝玉屋子里的丫头晴雯等都出去赌钱了,只有麝月留着照看屋子,不出去玩,宝玉替麝月篦头。当时宝玉等尚未搬入大观园。钞本《红楼梦》初稿中"梳头"故事在"扑蝶"诸事之后,似发生在怡红院中。留在房中梳头者原为小红而非麝月。此一故事在脂京本中极重要,占了两页,包括十多条评语,其中最长的一条双行小字墨评长达三百十八字,透露出不少下半部的故事。如长评开始说:

> 闲闲一段儿女口舌,却(只?)写麝月一人。有(在)袭人出嫁之后,宝玉、宝钗身边,还有一人,虽不及袭人周到,亦可免微嫌小敝等患,方不负宝钗之为人也。故袭人出嫁后云(有)"好歹留着麝月"一语,宝玉便依从此话。可见袭人虽去,实未去也。(1975年影印本第443页。)

在这之前,正文有"宝玉听了(麝月)这话,公然又是一个袭人",句旁有朱批云:"岂敢"。下面正文麝月说:"咱们两个说话顽笑岂不好?"句旁朱评云:"全是袭人口气,所以后来代任。"接着是写宝玉为麝月篦头,被晴雯进来撞见,冷笑道:"哦!交杯盏还没吃,到(倒)上头了。"这些都是八十回后的伏线。这个故事在明义所见初稿中写在宝玉等已搬入怡红院的较后文字中,雪芹在改写时把它提前到二十回中。这一回中还有别的情节也引起脂评透露八十回后文字。如"宝玉正和宝钗顽笑,忽见人说史大姑娘来了",下面双行小字墨评云:"凡宝玉、宝钗正闲相遇时,非黛玉来即湘云来……若不如此,则宝玉久坐忘情,必被宝卿(钗)见弃,杜绝后文成其夫妇时无可谈旧之情。"(第449页)这一回的下半回文字有一部分显然是从《石头记》旧稿中合并过来的。证据是评黛玉、宝玉口角时一段文字:

"宝玉……打叠起千百样的软语温言来劝慰,不料自己未开口……"句旁一条朱评说:"石头惯用如此笔仗。"(第450页)这是明明点出这段文字出于"石头"之"笔"。另外有一条脂评,证明"梳头"故事在《红楼梦》初稿中确实出现得较后,即已在大观园中。上文说到晴雯讥讽麝月"交杯盏还没吃,到上头了",句旁有朱批道:"虽谑语亦少露怡红细事。"(第443页)在这一回中宝玉还没有搬进怡红院,怎么"梳头"斗嘴是"怡红细事"呢?可见写此批时,脂砚斋脑中只记得雪芹此段故事是写宝玉已住入怡红院的活动,却忘记这一故事已并入《石头记》的二十回中,以致在"大观园"尚未向宝玉和姑娘们开放之前,竟忘乎所以地把宝玉在荣国府的活动评为"怡红细事"了。

由上述证例,似乎在《红楼梦》的成书过程中,最初有曹雪芹的《红楼梦》和脂砚斋的《石头记》(或《风月宝鉴》)。后经雪芹把二书合并,"增删五次",不断加工,遂有传世的八十回之书。明义的这一首诗证明宝玉为麝月篦头的故事原发生在他迁入怡红院之后,后来被提前合并在二十回中;并且显然有所补充、有所发展,使与八十回后袭人嫁后留下麝月的情节前后呼应,故不得不把"小红"改为麝月,但亦可见旧稿中小红和宝玉原是很亲近的,所以在后半部书中她到狱神庙去救他出来。

第九首:

> 红罗绣缬束纤腰,一夜春眠魂梦娇。晓起自惊还自笑,被他偷换绿云绡。

这和今本二十八回"蒋玉菡情赠茜香罗"的情节基本相同。只是明义所见故事中袭人的"自惊还自笑",今本中已经删去,改为宝玉笑他"夜里失了盗也不晓得"。据题诗,似乎袭人也认识蒋玉菡。若和他毫不相干,又何至"自惊自笑"呢?

第十首:

入户愁惊座上人,悄来阶下慢逡巡。分明窗纸两珰影,笑语纷絮(拿)听不真。

此诗咏林黛玉到怡红院而未能进去之事。今本在二十六回。故事大致相同,分析心理则与今本《石头记》不尽一致。此诗首句似说黛玉不愿惊动宝玉已有的客人而故意不进去,且已来到院内,在阶下徘徊。初稿还描写黛玉在窗外看见映在窗纸上一双耳坠子的影子,可见客人坐窗边,灯在人的里面,写得极真、极细,决不是明义写诗时杜撰出来的。与今本二十六回不同之处是:今本中她看见关了怡红院院门,两次打不开,晴雯还说是二爷吩咐,不许放人进来。后来又见开门送出宝钗来,使她更为感伤。

这个故事在明义所见《红楼梦》初稿中在袭人系蒋玉菡的茜香罗汗巾之后,而在今本中则在二十六回,即在"茜香罗"之前两回。"宝钗扑蝶"是在明义组诗的第四首,即在此诗之前六首,而今本"扑蝶"故事在二十七回,即在此诗所咏黛玉被拒之后一回。这些前后秩序之不同,说明雪芹在增删加工的过程中做了大量剪裁配合的工作,使读者觉得全书是无缝的天衣,而不知作者是集锦而成此百衲啊!

第十一首:

可奈金残玉正愁,泪痕无尽笑何由?忽然妙想传奇语,博得多情一转眸。

第十二首:

小叶荷羹玉手将,诒(给)他无味要他尝。碗边误落唇红印,便觉新添异样香。

这两首所咏其实是一个故事,即今本第三十五回"白玉钏亲尝莲叶羹"的故事。第十一首的"金残"指金钏儿投井而死,"玉正愁"指其妹玉钏因此而伤心并迁怒宝玉。但三、四两句所咏情节不符合玉钏儿送饭来与宝玉时的一段会话:宝玉当时并无"妙想奇语",只是说些温存体贴的话以安慰玉钏。倒是第二十八回开始两页黛玉误会昨晚宝玉不叫丫环开门请黛玉进去,第二天在园中她总不理他,宝玉叹道:"既有今日,何必当初!"黛玉才回头接口。明义此诗所咏,倒像是这一情节。但对玉钏当然不必说那样的话,则原文的"妙想奇语"在《石头记》中显已改去。

第十二首诗中所咏情节和今本三十五回所叙大致相同,唯第三句为今本所无,可能改写时被删去了,也可能是明义想当然耳的增益。

第十三首:

> 拔取金钗当酒筹,大家今夜极绸缪。醉倚公子怀中睡,明日相看笑不休。

这首咏怡红院夜宴,在《石头记》六十三回。但第一句与今本所写情节稍异,今本行酒令用竹筒抽签,签上刊有旧诗句,适合得签者身份。明义诗首句套用白居易诗"醉折花枝作酒筹"。第三句则指芳官醉后被袭人扶在宝玉榻上睡了,次早袭人笑她不拣地方乱挺下了。今本中最重要的当然是各人签上的谶语,暗示八十回后故事的线索。如探春签文有注说:"得此签者,必得贵婿。"大家说她:"你也是王妃不成?"后半部书中探春亦嫁为"妃"。又如麝月签文为"开到荼蘼花事了",意为群芳之殿,与二十回脂批所显示的后半部情节相符:"故袭人出嫁后,有'好歹留着麝月'一语,宝玉便依从此话。"(参看上文)又如脂评中透露末回《警幻情榜》上宝玉的考语是"情不情",黛玉的考语为"情情",却从不提宝钗的考语。此回中宝钗抽得签文是:"任是无情也动人。"可以推测:这"无情"二字,便是《警幻情榜》上宝钗的考语。当然,明义所见的钞本中只有"拔金钗当酒筹"的简单情节,而没有掷骰抽签、签文暗示后文伏线等种种细节,可见这正是雪芹后增部分,而"拔金钗"故事则属于后删的部分。

第十四首:

> 病容愈觉胜桃花,午汗潮回热转加。犹恐意中人看出,慰言今日较差些。

此诗首句以桃花比病容,在今本《石头记》第三十四回有此描写:黛玉在宝玉送她的旧手帕上题了三首绝句后,"觉得浑身火热,面上作烧。走至镜台,揭起锦袱一照,只见腮上通红,自羡压倒桃花。却不知病由此萌"。黛玉写此诗已在黄昏掌灯时,故明义诗第二句说"午汗"又不相当。下面两句,似乎说宝玉去问病,黛玉安慰他说好些。这些情节书中随时可有,但前八十回中却没有一处有这样具体的描绘。因此可以认为:此诗所咏内容已在八十回以后。

第十五首:

> 威仪棣棣若山河,还把风流夺绮罗。不似小家拘束态,笑时偏少默时多。

这首大概是咏凤姐。但全诗只写她的性格容态而没有说具体情节,不易确定是指某回某事。

第十六首:

> 生小金闺性自娇,可堪磨折几多宵?芙蓉吹断秋风狠,新诔空成何处招?

这首咏晴雯,绝无可疑。在《石头记》中,《芙蓉诔》文见于七十八回,已接近八十回钞本之末。但在明义的题诗中,后面还有四首,而且末两首所咏内容不见于前八十回,可见明义所见的钞本不止八十回——实际上,明义已见全书的初稿。

第十七首:

锦衣公子茁兰芽,红粉佳人未破瓜。少小不妨同室榻,梦魂多个帐儿纱。

这一首所咏是第三回黛玉初进荣国府的情形。当时宝玉、黛玉都还小,贾母把黛玉安置在碧纱橱里,宝玉要求"就在碧纱橱外的床上",贾母答允了。可见诗中的"帐儿纱"即是碧纱。但这首诗何以排得这样后,不可理解。可能这一组诗誊清时次序搞乱了,初钞时不见此诗,钞到第十六首以后才发现,才补钞上去。

第十八首:

伤心一首《葬花词》,似谶成真自不知。安得返魂香一缕,起卿沉痼续红丝?

此诗所咏已是八十回后黛玉重病垂危情形。《葬花吟》是谶语,曹棠村在二十七回的小序中早已点明"《葬花吟》是大观园诸艳之归源小引"(脂京本),"埋香冢葬花乃'诸艳归源',《葬花吟》又系诸艳一偈也"(脂残本)。此诗后面两句指黛玉已垂危,似乎宝玉去探病,见她已无望了,故有末句。

第十九首:

莫问金姻与玉缘,聚如春梦散如烟。石归山下无灵气,总(纵)使能言亦枉然。

在这二十首组诗之中,这是最重要的一首。第一,它说明雪芹给明义的《红楼梦》钞本已把全书写完,青埂峰下的顽石已回到原处,故事已经结束;第二,诗中藏"石"、"能言"三字,用《左传》昭公八年传"石言于晋魏榆"的典故,暗示这是一部批评政治的书。前人用此典故者,如李商隐诗:"他时须虑石能言。"白居易诗:"石不能言我代言。"赵翼诗:"石能言语果为灾。"陈维崧文:"石何言于晋国?鹤无语于尧年。"①都有政治教育意义。明义在当时即已看出《红楼梦》不只是谈情之书,实有政治意义,颇有卓识。

第二十首:

> 饾玉②炊金未几春,王孙瘦损骨嶙峋。青蛾红粉归何处?惭愧当年石季伦。

以全部组诗的排列次序而论,这一首既然列在最后,则应该是全部组诗的总结,也即是所咏故事的结束。但从以前各诗所咏故事情节而论,第十九首既已说到"石归山下",似乎主角宝玉已完成了他在尘世活动的任务,回到警幻仙子那儿销了差,早已脱离人间,所以"纵使能言亦枉然"了。而此第二十首绝句却还在谈人世间的荣辱存亡,则其所指情节自应在第十九首中情节之前。可知最后这两首的次序应该对调。

这首诗第一句说书中人物的富贵生活好景不长,也即是所谓"天下没有不散的筵席"。次句说"王孙瘦损",当然是指宝玉后来穷困的情形,即第十九回脂评谓"寒冬咽酸齑,雪夜围破毡"。第三句的"青蛾红粉"可以泛指美人,但在这里"青蛾"指黛玉。因古人以"蛾眉"代女子,③而"黛"和

---

① 1963年初,中国新闻社向我组稿,我在《曹雪芹与〈红楼梦〉的创作》一文中,初步指出明义这首诗的重要性,说明他暗用《左传》昭公八年的典故。见《红楼梦探源外编》。编者按:茅盾先生1963年底为文指出:"石能言"典故乃吴世昌先生首先查获。
② 李白《将进酒》:"钟鼓馔玉不足贵,但愿长醉不用醒。""馔玉"亦作"玉馔",言食珍美可比于玉。
③ 如白居易《长恨歌》:"六军不发无奈何,宛转蛾眉马前死。"

"颦"都是"眉"的代词。"红粉"指一般女子,这里当指宝钗。虚设一问"归何处",可见黛、钗均已不与宝玉在一起了。在上面第十八首绝句中已咏黛玉之死,第十九首中指明"金姻"也和"玉缘"一样如梦如烟,则宝钗也已脱离"瘦骨嶙峋"的宝玉,消逝于淡梦轻烟之中。末句"惭愧当年石季伦",乃是套用苏东坡的两句诗:"惭愧当年邴曼容"①和"强把先生拟季伦"②。明义套用这两句诗,似乎指宝玉虽也像石崇那样为了美人的缘故而被捕入狱,但还能侥幸保全性命,没有像石崇那样与绿珠"白首同归"③。果真如此,则明义所见的《红楼梦》钞本中,书末宝玉之被捕,可能有牵涉到书中女子的复杂情节,可惜永远失传了。但也很有可能这末首绝句,是指宝玉自狱神庙出来时,只落得群芳消散,瘦骨仅存,虽然侥幸未死,而生趣已薄,也就只好像甄士隐、柳湘莲一样逃入空门了。

  明义的这一组七绝和诗前的自注(可视作小序)提供了不少有关雪芹所著《红楼梦》初稿的材料。他帮我们解决了长久存在的问题,也提出了一些新问题。首先,如果他这二十首七绝是按所咏故事的前后次序排列的,而抄录这些绝句时没有颠倒了次序,则反映了雪芹初稿《红楼梦》中的故事和今本《石头记》的内容的安排不同。其次,这部小说究竟应该称为《红楼梦》抑或《石头记》? 我们如果结合全部脂评来看,称它为《石头记》似乎是有道理的。但"石头"是谁?"记"者又是谁?《石头记》中故事,是否全是"石头"所"记"? 曹雪芹如果不是"石头",他在这部大书中的贡献占多大比例? 仅仅是"披阅十载,增删五次"而已吗? 他所"增"的材料从何而来? 所"删"的部分是谁的作品? 这种种复杂的情形,再加上各期脂评所透露的此书成书的过程、执笔的作者和素材的来源,难道只要用一个

---

① 《次韵刘景文西湖席上》。按邴曼容名丹,《汉书·儒林传》说他传《易经》,著清声。苏诗上句云:"吾今官已六百石"。苏轼好用"惭愧",乃侥幸之意,如《山村五绝》之三:"老翁七十自腰镰,惭愧春山笋蕨甜。"《东坡集》卷四。又《浣溪沙》云:"惭愧今年二麦丰"。参看张相《诗词曲语词汇释》"惭愧"条。
② 《书王晋卿画"山阴陈迹"》。按原诗末句云:"聚蚊金谷本何人?"亦指石崇故事。
③ 戚蓼生的《石头记序》说黛玉"笃爱深怜,不啻桑娥石女"。"桑娥"指"采桑城南隅"的罗敷。"石女"指石崇家的舞女绿珠,殉石崇,坠楼而死。

耸人听闻的"谜"字就可以哗众取宠、一举成名吗？"成名"也许可以，但对于《红楼梦》的研究，究竟是解决了什么问题，还是增加了一些思想上的混乱？——更不要说拿别人早已发表的说法作为自己的"创见"，乃至捏造无稽的谣言（如云"到国外撰文去和……争论"）作为攻击别人的靶子了。

我们如果假定明义的二十首诗中除第十七首被抄错了地位，第十九第二十两首应互易次序外，其余十七首所咏故事都是按雪芹《红楼梦》钞本内容次序排列，则可推知雪芹这个初稿内容和经他增删的《石头记》有许多情节不相同。这个初稿所叙述的，如以明义题诗为根据，对比传世《石头记》，可以测知有下列各回的故事：

题诗次序	《石头记》回次	故事情节
一	二十三回	总叙大观园的活动背景
二	二十三回以后	怡红院中姐妹活动
三	二十六回、三十回	宝玉至潇湘馆问黛玉病
四	二十七回	宝钗扑蝶，细节不同
五	三十回	宝玉往访黛玉，二人对泣
六		今本无此故事："错认猢儿"
七	五回	与今本细节很不同
八	二十回	宝玉与小红梳头（今改为麝月）
九	二十八回	蒋玉菡的茜香罗给袭人系腰
十	二十六回	黛玉到怡红院，未进去，宝钗先在
十一	三十五回	金钏投井后，玉钏恨宝玉
十二	三十五回	宝玉哄玉钏共尝荷叶汤
十三	六十三回	怡红院夜宴
十四	三十四回	黛玉添病，情节不同
十五	不能确指	笼统咏凤姐，无具体情节

十六	七十八回	晴雯夭亡，宝玉写《芙蓉诔》
十七	三回	黛玉初到贾府与宝玉共同生活
十八	八十回后	《葬花词》成谶，黛玉垂危、亡故
十九	末回	故事结束，宝玉返归青埂峰下
二十	末前一回	宝玉从狱神庙出来，黛死钗去

从上表看来，曹雪芹给明义的初稿《红楼梦》钞本，其中主要故事发生在第二十三回以后，即宝玉和姐妹们迁入大观园居住以后，直至全书结束。故事发生的前后次序，也与《石头记》有所不同。今本第三十五回以后，直到七十八回，除六十三回的怡红夜宴外，共四十二回书的故事，在明义的题诗中全无反映。当然，明义可能只挑一些他有兴趣的故事加以题咏，并非为主要情节作提要。也有可能明义做的诗本来不止这二十首，抄存时做了选择。尽管把这些可能性都考虑进去，仍不能不令人觉得雪芹这个初稿是比较简略的，并且在把这些故事编入《石头记》时，雪芹作了精细的加工增删，作了前后次序的调整。至于八十回以后的情节，虽然只有最后三首七绝说到，却透露了雪芹已把全书故事大体上写完（石归山下）而且点出了此书宗旨："石能言。"

但是明义的诗对于二十三回以前的故事，尤其是像"元春省亲"这样重要故事的毫无反映，却不能用"可能这样"、"可能那样"的偶然理由来解释开去。那只能是在雪芹生前亲见"省亲"故事的"蓝本"（即康熙南巡驻跸曹家）的人才能"借"以写此故事，而雪芹之生也晚，见不到南巡，自不能凭空想以写此事，故可知雪芹给明义的《红楼梦》钞本中根本没有写"省亲"故事，不是有此故事而明义未加题咏，也不是明义已写题咏而没有收入《绿烟琐窗集》中。"省亲"故事究竟是谁所写，《石头记》中本有内证。脂京本、戚序本第十八回写元春在大观园内，"只见园中香烟缭绕，花彩缤纷……说不尽太平气象，富贵风流"以后，忽然插入下列一段作者自白：

此时自己回想：当初在大荒山中，青埂峰下，那等凄凉寂寞！若不亏癞僧跛道携来到此，又安能得见这般世面？本欲作一篇《灯月赋》《省亲颂》，以志今日之事……即不作……观者诸公亦可想而知矣……且说正经的为是。

这段正文下面有双行小字脂评说：

自"此时"以下，皆石头之语，真是千奇百怪之文。（第382页）

然后正文接下去叙述贾妃游园情形：即上文所谓"且说正经的为是"。可见此回作者，亦即"回想当初在大荒山中……"的那块"石头"。故脂评点出"自'此时'以下，皆石头之语"，实则夫子自道，评者即是"石头"。下文讨论各处匾灯题词，为何用宝玉所作者，正文中又插入作者口气道："诸公不知，待蠢物将原委说明……"以下即叙元春未入宫前教过宝玉念书，在句旁朱批即说"批书人领至（到）此教"，证明宝玉即为"批书人"。上面正文中的"蠢物"下有双行小字评云："石兄自谦，妙！可代答云：'岂敢！'"又上文"此时自己回想当初"一段正文上面有眉批云："如此繁华盛极，花团锦簇之文，忽用石兄自语截住，是何笔力！"——综合上面正文、评语、客观叙述、作者自白、批书人语、蠢物自谦等一切情况合起来看，可见作者即石头，自称"蠢物"，人呼"石兄"。石即宝玉，来自大荒山中，领过贾妃此教。既"说正经"故事，又写旁观评语。借省亲事写南巡，雪芹所未见、未经，当然未能，则此十八回省亲故事，决非雪芹所写，十八回的作者"自己回想"，竟想到"大荒山中，青埂峰下"，则非石头而谁？"省亲"故事，"石头"所"记"，《石头记》者，脂砚所评。《石头记》的评者亦即《石头记》的作者。这个作者不是曹雪芹。雪芹是《红楼梦》的作者，又是把"石头"所"记"的材料与《红楼梦》合在一起以后的加工者。这份工作曹雪芹足足做了十年。《石头记》的素材在雪芹花了十年重写的全书中所占比例不太大。这一部分素材大都在二十三回以前。这部书中的人物在进入大观园以后的故事情节是雪芹《红楼梦》初稿中的内容。书中故事有的以南京曹家的生活经验为蓝本,大部分是雪芹的创造。

《石头记》的作者有时既自承是"石头"、"蠢物",又自承是"宝玉"、"批书人",又化作批者称作者为"石兄"。他把根据曹家经验写的故事称为"甄事"即真事,把雪芹创作的故事称为"假事"。(见七十一回脂评)所以七十一回之前既是"假事",亦即证明是雪芹的创作。

批书人经常指出宝玉即"石头","石头"即他自己。除上文第十八回写"省亲"故事时一再透露外,前面第八回中早已点出。这一回宝玉到梨香院探宝钗病,她要看他的佩玉。宝玉从项上摘下佩玉,"宝钗托于掌上",句下有双行小字朱评云:

试问石兄:此一托比在青埂峰下猿啼虎啸之声何如?

这一行上有朱笔眉批云:"余代答曰:遂心如意。"下面正文描绘这佩玉如何莹润以后,接着大书特书道:

这就是大荒山中,青埂峰下那块顽石的幻相。
(脂残本,卷八,第4页上)

这里又一次说明宝玉佩的通灵玉即是"那块顽石",亦即前批的"石兄",下页又有一条眉批自承笔墨狡猾,还劝看官"做人要老诚,作文要狡猾"。

批书人似乎生怕看官忘记了通灵玉即是那块"顽石",在当晚宝玉睡时,袭人把玉用手帕包好塞在褥下,有一条双行小字朱评说:

试问石兄:此一渥比青埂峰下松风明月如何?

从上引材料看来,这第八回也正是这位念念不忘自己是顽石的石头所记。

今本《石头记》七十一回的脂评在"江南甄家"这句下说:"好一提甄事。盖真事欲显,假事将尽。""欲显"其实是未显,"将尽"也还是未尽。但在七十一回以后所写的事,有的是当年实情。如第七十四回鸳鸯把贾母的东西"偷"出来借与别人抵押银子使,贾母其实暗中许可,明装不知。脂评说:"盖此等事作者曾经,批者曾经。实系一写往事。"(第1800页)这里作者与批者是二人,因没有"石兄"在内缠夹,作者雪芹与批者脂砚,看官看得很清楚。又如七十五回写中秋夜宝玉因贾政在座,推说不会讲笑话。脂评说:"实写旧日往事。"(第1859页)这又牵涉到"石兄"往日经验,可归入"真事"一类。脂批未提及"作者、批者",很可能是批者自己的经验。但由谁执笔,就不好决定了。

总之,由明义题《红楼梦》二十首七绝的序言,可知《红楼梦》确实为"曹子雪芹所撰"。这样明白的证据都要闭着眼睛装作不见,却提出"《红楼梦》作者之谜"这么一个大问题来惊世骇俗,而居然有刊物为之宣扬,也是学术界的怪事。至于书中另有别人的材料合并在内,那是有内证可查的。但这种内证,决不是两种方言或两地情况之类,而须是科学性的证据,如雪芹不可能写他生前之事,不可能"忆"生前之"昔"以"感今"。这才是过硬的、科学的证据,任何人也不能歪曲、否认。

附带要说到的一个问题是,明义诗序中明明说"大观园者,即今随园故址"。这话当然是雪芹自己告诉明义的。接曹頫织造之任的是隋赫德,曹家花园变成了隋家花园,简称"隋园"。袁枚买得此园时旧称"隋园",他把"隋"字改为"随"字,声音未变而意义不同。袁枚与明义也是朋友,时常通信,互寄诗文。《随园诗话》引述明义题《红楼梦》诗(卷五),即第十四、十五两首。袁枚并没看过《红楼梦》原文,他竟说"红楼中某校书尤艳",误以"红楼"为妓院,以书中人物为妓女(校书)。所以有人说,袁枚看了小说才说自己的随园即大观园,不是事实。袁枚对此书的无知,证明他不会捏造以自夸。明义可能在信中告诉他雪芹之言,他觉得可以证实他的随园前身即大观园,所以他说:戊辰秋,余初得隋织造园,改为"随园"。陶西圃(诗)云:"荒园得主名仍旧。"戊辰是乾隆十三年,公元 1748 年。彼时雪芹的小说还没写成,他如何会看到此书?所以由他主编的《同人集》中不提到"大观园"即随园等语,也是当然的。明义在诗序中加上"所谓'大观园'者,即今随园故址"一语,也正要告诉读者:《红楼梦》里故事的背景是在南京,不在北京。有人说"大观园"搬了家。我们雪芹纵然有"挟太山以超北海"的大力气,也不会干这傻事的——并且,有这个必要吗?

(原载《红楼梦学刊》1980 年第 1 辑)

《石头记疏证》小引

"太阳底下没有新的东西"。文学创作也并非例外。一切所谓创作，无非是旧材料的新配合而已。作品的高下，就看作家选择材料的眼光与标准，配合手段的巧妙或笨拙，所集材料的丰富或贫乏，创作理想的高远或浅近，乃至构思抒情的新颖或陈腐——这一切决定了作品的高下。

旧材料的新配合，有时可以比原来的材料更高明，昔人对这种情形，称之为"或沿浊而更清，或袭故而弥新"（陆机《文赋》）。这也许可以认为是怎样继承文化遗产的问题。既然在文明社会中没有一个人能遗世而独立，则任何一个作家的作品都免不得是他生活环境的产品，而他的生活环境又必须是他所经验过的文明社会的一部分。这一部分的环境和另一部分在文化积累和艺术传统方面可以很不相同，这也就是为什么每一个作家所受的文化教育和艺术修养可以和别的作家很不相同的客观理由。

曹雪芹的童年是生长在一个有高度文化教育和艺术修养的富贵环境之中的。他祖父传下来的丰富的藏书在当地可以说是首屈一指的。在他从童年进入成年的时期遭逢家庭大变，这正是每个人一生中最能记事，而又"易知难忘"的年龄。《红楼梦》比起别的明清长篇小说来即使我们不谈什么"四家罪恶"、"阶级斗争"啦,或"艺术构思"、"描写技巧"啦等滥熟的话题,仅就曹雪芹怎样继承前人的文化遗产,加以独出心裁的新配合和再创造而论,他不但古为今用,乃至洋为中用,而尤其突出的是诗为文用:因为他往往用前人的诗、词、韵文中的材料,巧妙地点化为书中的情节,使故事本身充满了诗的意境、诗的气氛、诗的情味。脂评说,雪芹写此书"亦有传诗之意",如果把这话仅仅理解为书中包括《大观园题咏》、《葬花词》、《五美吟》、《菊花诗》等韵文作品,那就所见不广了。我以为《红楼梦》中散文往往有诗意,故事往往有诗意,即在于雪芹运用前人诗材为素材,再在上面用别的诗加以雕绘。"绘事后素",而雪芹采用的"素"和"绘"既来自前人之诗,化旧诗为新的散文,故其所传者是诗的精神,而不仅仅是指大观园中姑娘们的逢场作戏的吟咏。

脂砚斋说,雪芹写此书亦有传诗之意,曾受到误解。俞平伯先生在《红楼梦八十回校本》序言中说:

> 有人以为《红楼梦》有传诗之意,这种看法是不正确的。我们可以明白看出《红楼梦》里人物的诗是作为小说的有机组成部分之一,这类诗作也是服从于作者笔下的人物的性格的。

俞先生显然认为脂评中"传诗"之"诗"是指书中宝玉和姑娘们的具体吟咏。其实在《石头记》第一回的楔子中,作者已借"石头"之口讥讽了当时才子佳人书的作者:不过"要写出自己的那两首情诗艳赋来,故假拟出男女二人名姓……"他又何至于自己也搞那一套呢?残本《石头记》第二十五回第一页写宝玉早晨出去想看小红,因她"前面有一株海棠花遮着,看不真切"。脂评说:"余所谓此书之妙,皆从诗词句中泛出者,皆系此等笔墨也。试问观者:此非'隔花人远天涯近'乎?"这条脂评最好说明"有人以为""传诗"的真意。至于书中人物的诗词必须合乎他们各人的年龄、身份、性格、志趣,等等,自不待言。(参看《红楼梦探源外编》之《〈风月宝鉴〉

的棠村序文》一文）

本文所欲疏证者不限于书中点化诗意的例子。作者不仅是作家和诗人，也是中国文学史上罕见的博极群书的学者，[①]他所采取的旧材料之丰富与范围之广泛是可惊的。必要时本文也将加以引证和讨论。一个作家在一部大著作中采入前人已有的素材，加以改造或重新配合，这不能算是抄袭，历史上许多著名的故事是写了又写、出蓝胜蓝的。从荷马的史诗到阿拉伯的《一千零一夜》，从《十日谈》到莎士比亚，其中故事有不少是前人的传说，但伟大的作家都可以取而代之，使流传到后世的是大作家的改写本，而原来的传说反而被遗忘，只成为文学史研究者的专题论文了。

下文我们选择《红楼梦》原稿《石头记》第一回中几则故事引证其起意的来源和曹雪芹是怎样采用、改造的。

从"还泪说"说起。

大家知道林黛玉爱哭，哭的原因多半是和宝玉怄气。作者为林黛玉的多泪设想了一个先天的、隔世的原因，即"还泪说"。在第一回甄士隐夏天午睡时梦游太虚幻境，所见一僧一道谈论"风流冤家"要投胎入世去"造历幻缘"。其中有黛玉的前生绛珠仙草所修成的女体和宝玉的前生神瑛侍者。仙草曾受侍者以甘露灌溉之恩。当警幻仙子问她如何偿还这甘露旧债时，她说：

"他是甘露之惠，我并无此水可还。他既下世为人，我也去下世为人。但把我一生所有的眼泪还他，也偿还得过他了。"

在这句右边有朱笔夹批说：

观者至此，请掩卷思想：历来小说，可曾有此句千古未闻之奇文？

[①] 我在推测原稿后半部情节一文中曾约略谈及此问题，见《红楼梦探源外编》之《〈红楼梦〉原稿后半部若干情节的推测》一文，兹不赘。

下面正文接着说：

"因此事，就勾出多少风流冤家来赔（陪）他们去，了结此案。"那道人道："果是罕闻。实未闻有'还泪'之说。"

脂评十六回残本前面的"楔子"说到空空道人抄录石头上所记文字之前，"再检阅一遍"。脂砚斋在这句话旁加一条夹批说："这空空道人也太小心了，想亦是世之一腐儒耳！"就是这位空空道人，现在却说，"实未闻有'还泪'之说"。我们不妨仿脂评的口气批道："这空空道人也太孤陋寡闻了，想亦世之一大老粗耳！"

原来"还泪"之说，古今多有；雪芹不过撷拾故说，赋以新意而已。先说在《红楼梦》以前的。宋代理学家邵雍的孙子邵博所著《闻见后录》有一条说：

元和中，处士唐衢，闻乐天（白居易）谪，大哭。后衢死，乐天有诗云："何当向坟前，还君一掬泪？"

按《白氏长庆集》卷一收《伤唐衢》诗，其第二首云："终去哭坟前，还君一掬泪。"与邵博所记略异，但意义是一样的。

南唐诗人冯延巳的《南乡子》二首之一："斜阳。负你残春泪几行？""负"即"欠"。如云"负债"即"欠债"，现在还有这种用法。所以柳永的《忆帝京》说："系我一生心，负你千行泪。"这也正是"欠泪"说。既欠了别人的泪，当然也得用泪来还。作者说，绛珠仙子欠了神瑛侍者的甘露，她既无露，只好还泪。白居易欠唐衢的是泪，自然还的也是泪。

从前在学生时代读苏曼殊诗，有"还君一钵无情泪，恨不相逢未薙（剃）时"一联。初看上句，似乎也是从白居易或绛珠仙子那里套来的；再不,就是柳三变的"千行泪"汇成一"钵"。可是看到下句,才知苏曼殊套的是张籍的《节妇吟》:"还君明珠双泪垂,恨不相逢未嫁时。"下句只改一个字。张籍假想中的节妇的追求者只送了她一双明珠,她没有欠他眼泪(或甘露),所以她只消还他明珠,用一双眼泪作陪衬,也就够了。而苏曼殊这和尚却赚了那日本姑娘不少眼泪,他只好还她一钵。钵这件"道具",本来是苦行僧用来乞食的,而苏曼殊这个风流多情的和尚却用来贮泪,难怪当年陈独秀和章士钊都情不自禁要吟诗相赠了。

据医生说,一个人的化学成分(不是政治成分)有百分之七十以上是H_2O(水),但眼泪所占的百分比却不大,因此要贮满一钵之泪,也许要超过柳永所欠的"千行"。不过文学作品从来不必严格地按照科学的公式来写作。科学中最严格的当然是数学。但即使是数学家,如果他要写文学作品,也可以不管科学的禁律和限制。即如英国的数学家道奇孙,笔名路易·卡洛尔,写了一本儿童文学作品:《阿丽丝奇境历险记》[①]。在第二章中说她流的眼泪汇成了一个池子,后来这池子又扩大成为海,她和许多别的动物从这个海中游回家去。眼泪多得汇成海这个想法很特别,但别人也有过类似的构思。仍以《石头记》为证,作者在第三十六回中借宝玉之口对姑娘们谈生死问题道:

> 趁你们在,我就死了,再能够将你们哭我的眼泪流成大河,把我的尸首漂起来,送到那鸦雀不到的幽僻之处,随风化了,自此再不要托生为人,就是我死的得时了。

在这里,曹雪芹比卡洛尔早一百多年就幻想出姑娘们的眼泪汇成河流来漂他的尸首。但是,想象眼泪多得可以漂浮尸首,也不是雪芹凭空发明的。早在雪芹之前近一个世纪,著名词人毛先舒(驰黄,1620—1688)在一首《苏幕遮》中就说过:

---

① 此书在20年代有赵元任的中文译本,名《阿丽丝奇境游记》,但现在已不易找到了。

靥销红,眉敛翠,便到沉身,总是多情泪。

曹雪芹想象贾宝玉要姑娘们的眼泪漂浮他的尸首,多半是从这首词里悟出来的。一个人如果被情人的相思泪淹死(沉身),把他的尸首漂走或埋葬了,这对于痴情种子如贾宝玉其人也者大概也可以认为这是人生幸福的收场了。①

以上算是《石头记疏证》的"楔子"。下面是《石头记》正文和《疏证》。这里所谈的不仅是有关书中故事的传统,也包括作者怎样点化前人诗、词、成语,收入书中,溶化无迹。引原文先回次,顶格;次正文,每段首行低二字,以下顶格;次《疏证》;资料低二格。

第一回

原来女娲氏炼石补天之时,于大荒山、无稽崖炼成高经十二丈,方经二十四丈顽石三万六千五百零一块。(二页,指八十回校本,下同,不再注)

《庄子·逍遥游》:"何不树之于无何有之乡,广漠之地?"(卷一)

《金瓶梅词话》:"他祖贯系没州脱空县拐带村无底乡人士……他师父是崆峒山拖不洞火龙庵精光道人。"(第九十二回)

〔疏证〕 "大荒山"即"广漠之地";"无稽崖"即"无何有之乡",亦即"脱空县","无底乡";总言荒唐之话、无稽之谈、没有的地方(没州)。

《西游记》:"海中有一座名山,唤为'花果山'。……那座山,正当顶上,有一块仙石,其石有三丈六尺五寸高,有二丈四尺围圆。三丈六尺五寸高,按周天三百六十五度;二丈四尺围圆,按政历二十四节气。"(第一回)

---

① 类似的更早例子还有刘后村《齐人少翁招魂歌》:"卧闻秦王女儿吹凤箫,泪入星河翻鹊桥。"

第一回(续)

　　娲皇氏……单单的剩下一块未用……此石自经锻炼之后,灵性已通……(二页)

　　《西游记》(接上文):"盖自开辟以来,每受天真地秀、日精月华,感之既久,遂有灵通之意。"

　　〔疏证〕　石头可以通灵。《西游记》里的仙石,《石头记》里的顽石,一个因感"天真地秀、日精月华",一个因受娲皇锻炼,都能"通灵"。《石头记》里的"楔子"接受《西游记》的传统,不言可喻。

第一回(续。宝玉等下凡造劫历世去一段,第3～6页)

　　此石听了,不觉打动凡心,想要到人间去享一享这荣华富贵。(二页)

　　"你且同我到警幻仙子宫中将这蠢物(石头)交割清楚。待这一干风流孽鬼下世已完,你我再去。如今虽已有一半落尘,然犹未全集。"(六页)

　　〔疏证〕　宋明以来小说戏剧中主角生旦为天上神仙(或星宿)下凡历劫,然后又回天上是作家常用的手法。如元曲《张生煮海》中的男主角张羽,女主角龙女琼莲即是"瑶池会上金童玉女"。因有思凡之心,罚往下方,投胎脱化。金童者在下方潮州张家托生男子身……作一秀士;玉女于东海龙神处生为女子。(第一折)这还是剧本作者的说明。明代梁辰鱼的《浣纱记》则竟由剧中人自己陈述前生身份。

　　《浣纱记》:〔生〕范蠡自白:"我实〔灵〕霄殿金童,卿乃天宫玉女。双遭微谴,两谪人间。故鄙人为奴石室,本是夙缘;芳卿作妾吴宫,实由尘劫。今续百世已断之契,要结三生未了之姻,始豁迷途,方归正道。"(第四十五出《泛湖》)

　　〔疏证〕　《张生煮海》第二折,张羽遇见一个仙姑,与他三件法宝:银锅一只,金钱一文,铁杓一把,用以煮干海水,以逼龙王将女配他,这个仙姑也像警幻仙子一样爱管闲事。第四折全剧结束前,有东华仙上场说明因果:

龙神,听俺吩咐……那张生非是你女婿,那琼莲也非是你女儿。他二人前世乃瑶池上金童玉女。则(只)为他一念思凡,谪罚下界。如今偿还凤契,便着他早离水府,重返瑶池,共证前因,同归仙位去也。

〔疏证〕《石头记》末回有警幻仙子的《情榜》,开列第一回中思凡下世的"蠢物"和"一干风流孽鬼",经僧道"度脱"后又回到"太虚幻境"的名单。明义咏《红楼梦》诗的第十九首有"石归山下"之语,可见《石头记》全书结束时其中主要人物也都上登仙界,和《浣纱记》、《张生煮海》中的男女主角差不多。旧小说中这个根深蒂固的传统,甚至连历史人物都被视作神仙下凡。如《水浒·楔子》说宋太祖"乃是上界霹雳大仙下降",宋仁宗"乃是上界赤脚大仙"。《水浒》的好汉都是天罡地煞下凡。

第一回(续)

今之人,贫者日为衣食所累;富者又怀不足之心,纵一时稍闲,又有贪淫、恋色、好货、寻愁之事。(第4页。此段及下文均为高鹗删去)

《典论论文》:"贫贱则慑于饥寒,富贵则流于逸乐。"

〔疏证〕 这是本书作者第一次运用他本家祖训写入书中。曹丕这两句名言——上句同情贫民无力学习文化,下句批判富有者自暴自弃不肯上进,已传世一千多年,但很少有人引用发挥。在程高本的《红楼梦》中竟被删去,亦可见其不学无知而妄加删改。我常说,越是无知越狂妄。这里也是一个适当的例子。

第一回 (续)

一日,炎夏永昼,士隐于书房闲坐,至手倦抛书……梦至一处。(五页)
宋蔡确《水亭》:"纸屏石枕竹方床,手倦抛书午梦长。"

第一回 (续)

士隐正欲细看时,那僧便说已到幻境……与道人竟过一大石牌坊,上

书四个大字,乃是"太虚幻境"。两边又有一副对联,道是:

假作真时真亦假,

无为有处有还无。(第7页)

韩偓《寄禅师》:"从无入有云峰聚,已有还无电火销。销聚本来皆是幻,世间闲口漫嚣嚣。"

〔疏证〕 韩偓以聚销为幻;亦即以有无为幻;用"幻"来否定客观世界,亦即本书第二十二回引惠能偈语"本来无一物,何处染尘埃"之意。

第一回 (续)

士隐……只见从那边来了一僧一道:那僧则癞头跣脚,那道则跛足蓬头,疯疯颠颠,挥霍谈笑而至。(第7页)

《西游记》(第八回):"观音菩萨与惠岸,师徒们变作两个疥癞游僧,入长安城里,早不觉天晚。"

第一回 (续)

士隐只得与妻子商议,且到田庄上去安身。偏值近年水旱不收,鼠盗蜂起,无非抢粮夺食①,鼠窃狗偷,民不安生,因此官兵剿捕。(一一页)

《潜研堂诗集续集》卷二《道傍》诗:"逃荒人户官道傍,十十五五纷成行。肩驮背负去故乡,儿与釜甑同一筐。日食溢米才充肠,昼无庐舍夜不床。幕天席地无周防。人离乡贱计非臧,饥驱奚暇虑久长?但愿盎有斗粟藏,生生世世无逃荒。"

〔疏证〕 这是钱大昕在乾隆三十九年(1774)赴广东学政之任,途次安徽宿州,目击灾情之作。这位朴学大师的诗毫无雕饰夸张,写得朴质无华,因此令人读来更觉可悲。所谓乾隆盛世,老百姓也未见丰衣足食。前有甄士隐,后有钱大昕,都是见证。

---

① 戚本改此句为"抢田夺地",又删去下句。

第一回 （续）

忽见那边来了一个跛足道人……口内念着几句言词，道是：

世人都晓神仙好

惟有功名忘不了

古今将相在何方

荒冢一堆草没了

……

世人都晓神仙好

只有姣妻忘不了

君生日日说恩情

君死又随人去了（第12页）

《警世通言》卷三十九《福禄寿三星度世》有诗为证："万人多慕神仙好，几时身在蓬莱岛？由来仙境在人心，清歌试听《渔家傲》。此理渔人知得少，不经指示谁能晓？君欲求鱼何处觅，鹊桥有路通仙道。"（第585页）

《醒世恒言》卷十七《张孝基陈留认舅》："世人尽道读书好，只恐读书读不了。"

〔疏证〕《好了歌》只劝人做神仙，和全书的主题思想不合。下文紧接甄士隐的注解，用形象化的具体描写解说世道兴衰，较为切题。

第一回（续。《好了歌注》）

陋室空堂，当年笏满床；衰草枯杨，曾为歌舞场。

〔疏证〕 洪秋蕃《红楼梦抉隐》（再版改名《红楼梦考证》）说："《好了歌注》即刘基《论卜篇》：'碎瓦颓垣，昔年歌台舞馆。'"其实这类兴废对比的写法，是中国文学中早有的传统。《梅溪词·临江仙》："自来箫鼓地，犹见柳婆娑。"《桃花扇》中第四十出《哀江南曲》：

俺曾见金陵玉殿莺啼晓，秦淮水榭花开早。谁知道容易冰消。眼看他起朱楼，眼看他宴宾客，眼看他楼塌了。这青苔碧瓦堆，俺曾睡风流觉。

将五十年兴亡看饱。……

这首曲子可以当作《好了歌注》的注解。

择膏粱,谁承望流落在烟花巷;

柳永《鹤冲天》:"烟花巷陌,依约丹青屏障。"

《水浒》第三十二回:"只为杀了一个烟花妇人(指宋江杀阎婆惜)变出得如此之苦。"又三十三回:"听得兄长杀了一个泼烟花,官司行文书各处追捕。"

可知"烟花"即妓女,"烟花巷"即花街柳巷或妓院。

到头来,都是为他人做嫁衣裳。

秦韬玉《贫女》:"苦恨年年压金线,为他人做嫁衣裳。"

〔疏证〕 此句总括全书。乍看好像只是随便引用一句唐诗,实则此语双关:百年织造,尽是为他人做衣裳材料,到头来抄家籍没,绮罗锦缎尽属他人。第一回为全书纲领,《好了歌》又是第一回纲领,《好了歌注》以"为他人做嫁衣裳"作结,亦即全书作收场时以此语为总结也。

(原载《读书》1981 年第 11 期)

《红楼梦》后半部的"狱神庙"

《红楼梦》的读者,现在大都已知道此书的后四十回是高鹗所补,由此很想知道曹雪芹原来的故事是怎样的。我在一篇推测这些故事的文中曾说到其中有"狱神庙"的故事。① 这是根据脂评所透露的消息。评者提到"狱神庙"在三回书中前后有五次之多。

(一)第二十回眉批:"茜雪至《狱神庙》方呈正文。"

(二)同上:"余只见有一次誊清时,与《狱神庙慰宝玉》等五六稿,被借阅者迷失,叹叹!"

(三)第二十六回眉批又说:"《狱神庙》回有茜雪、红玉(即小红)一大回文字,惜迷失无稿,叹叹!"——以上均见脂京本。

(四)第二十七回眉批:"且系本心本意,《狱神庙》回内〔方见〕。"——残本,指小红被凤姐调去。

(五)同回眉批:"此系未见《抄没》、《狱神庙》诸事,故有是批。"——脂京本,指上一条批文指小红为"奸邪婢"错了,故有此更正。

由这些批语,可知《狱神庙》故事之重要,第二条批语所谓"五六稿",

---

① 参看《红楼梦探源外编》之《〈红楼梦〉百二十回本中的问题》一文。

可能指五六回,则故事之长亦可知。其中所牵涉到的人物,除茜雪、小红外,还有小红的爱人(?)贾芸,以及他的邻居醉金刚倪二、倪二的"有作为有胆量"的朋友——如狱吏之类。我在文中说到"狱神庙"起源甚古,现所知者,《后汉书·范滂传》中即说到狱吏使囚犯祭狱神皋陶的制度。《水浒》(四十回)说到宋江和戴宗将被斩之前辞别"青面圣者",也就是皋陶。因据《荀子·非相篇》,皋陶"面如削瓜",青绿色,故后世俗呼他为"青面圣者"。可见直至明代或《水浒》成书时,狱神还是皋陶。清初雍正时,御史谢济世因劾河道总督田文镜而下狱,他在狱中作诗,透露囚犯祭狱神时带着刑具脚镣。但未知当时狱神是谁。旧京戏《玉堂春》苏三在起解前辞别萧王堂,知当时狱神已改为萧何,因民间久有"萧何制律"的传说。

　　根据以上材料,我们所知狱神庙的情况极为简略。狱神庙内的具体情况以及它在监狱中的位置,上列各条都没有说明,其他书籍说到的也很少。清代吴语弹词小说《果报录》,俗称《倭袍》,描述囚犯的家属探监时,有五次说到萧王殿,一处说到"萧王老爷",一处说到"狱神"。因为这类材料比较少见,不妨详细录下,以供参考。

　　　　王文妻徐氏贿赂狱吏得进监中,禁牌(狱吏)说:"娘娘进来哉!相公(指王文)拉朵(在)萧王殿浪(上)。王伯伯(指王家老仆)同子(了)进来,等我关上子(了)故(这)扇牢门。"〔唱〕苍头(指上文的"王伯伯")引路前边走,好一似月殿嫦娥把十殿游。行过外监弯曲转,早望见披枷带锁许多囚。阿唷唷!蓬头散发真堪怕,秽气阴风如暮秋。行来早到萧王殿,只见带罪儿夫低了头。两足伤痕行不动,胡桃大链锁咽喉。

　　　　　　　　　　　　　　　　(第六十六回《探监》,第21~22页)

　　据这段描写,萧王殿在"外监"之内。先要经过外监,"弯曲转"进去。未到之前,殿外已有披枷带锁的囚犯,殿中也住着囚犯,王文即在内。由

下文狱卒的叙述,殿上似无门窗,不蔽风雨。狱卒在收了王妻徐氏五十两银子贿赂以后说:

个(这)个萧王殿里风吹日晒,也勿是王相公安身个(的)场化(地方)。东边有几间新房子,幽静勿过(得很)。……王伯伯倍(你)来扶子(了)王相公,等吾来开子(了)门拉,等大娘娘几里(这里)来走。

(同上第 22 页下)

后来王文就不再住萧王殿。只有无银子行贿的囚犯还在那里受罪。

女犯刁刘氏的乳母许婆到女监去探望当年她的"小姐",也先经过男犯所在地,再到萧王殿。女监则在殿后。

许婆在未进监之前,先从门"洞中递进包中物",然后:

〔唱〕里边是钥透三簧开锁看,外边是挨身而进把头摇。喝唷!日间尚且阴风惨,夜里还防鬼哭号……尘埃扑面穿弯曲,只见囚徒成群铁链牢,蓬头垢面身难动,只为手肘长枷绊脚镣。无知犯了王家法,田园妻妾尽皆抛……行来已到萧王殿。炉内香烟淡淡飘。
〔白〕噫!监牢里也有神道个,让我许个个愿心介……保佑小姐平安离狱底,愿得香烛殿前烧。是个个道理吓。介末萧王老爷保勿及多化(许多)。再进去——〔唱〕重将殿侧行将去,却是深藏妇女牢。
〔白〕:"是哉!倍(你)立一立,让吾开子女监勒(了)介。"

(第六十七回《许探》,第 27~28 页)

徐氏第二次去探夫时,王文已不住在萧王殿而住在殿后为他另行安排的屋子里,但仍要经过狱神庙以及庙中的囚犯拘处才能进去。这次她注意了庙里的一些塑像:

> 见那些垢面蓬头囚犯,一个个俠(夹？挟？)枷带锁横眠。狱神端坐拉(在)中间,旁边狰狞鬼判。走进后牢里面,阴风凛凛凄然。但闻铁索响声连,号痛呼疼真惨。
>
> （第七十一回《后探》,第54页上）

后来王文等被处决前押出牢狱:

> 行来一过萧王殿,只见监门外势(外面)闹哄哄,闲汉似潮涌来。
>
> （第七十四回《处决》,第13页上）

可见萧王殿离监门不远,过殿即可望得见监外街上的情景。据此,则可知小红、茜雪、贾芸、倪二等从狱神庙劫宝玉等越狱而逃,似乎并不太困难。

从上述描写,可知:

（一）清代狱神庙即在监中。在南方一般称为"萧王殿",当然因为庙中所供奉的塑像是萧何,俗呼"萧王老爷"。这和旧京戏《苏三起解》中所说的"萧王堂"也大致相符。殿中"狱神端坐在中间",两旁是"狰狞鬼判"。王妻第一次经过萧王殿时,作者说她好像月殿嫦娥游"十殿"。这句话意义不明。因为"十殿"指阴司里的"十殿阎罗",每一殿都有残酷凶残的刑罚,如割舌、锯顶、下油锅、抱火柱、开膛、剖肚,等等。这可能是说狱神两边也塑着这些酷刑的形象（正如江南各地的城隍庙两廊以前都塑有这些地狱形象）。但也可能是说徐氏所见狱神庙中的囚犯悲惨情况,有如"十殿阎罗"施刑后的鬼囚一样。但不论作者指的是哪一意义,总之是当时封建统治阶级残酷压制人民的写照。

（二）狱神庙里关的犯人大都是死囚,这可以从他们所戴的刑具看出来:这些囚徒都是"披枷带锁","胡桃大链锁咽喉","两足伤痕行不动"。这些"囚徒成群链锁牢",即若干人一组锁在一起,因为有"手肘长枷(连头颈和双腕一起扣住的枷)绊脚镣",所以"身难动"。在监里还要用刑具锁住,使他们不能动,显然是判了死刑的因犯。他们夜里还听见"鬼哭",可知有些囚犯不待被处死刑已被打死在萧王殿上了。这也和前文引谢济世诗中所说罪犯在"礼狱神"时还身带刑具的情况相符。

(三)女犯的监狱在里面,但进去时也要经过萧王殿,然后从殿侧进去。这是有意让女犯也看看殿中"鬼判"、"十殿"刑狱的惨酷形象,施加威吓。

此书有半痴子序,说作者是梅兰溪。故事发生于明正德年间(1506—1521),但书中已说到"西洋景"和"雅片烟",可见其成书已在 19 世纪后半。此书在 20 世纪初在吴语区流行颇广。作者在清末著书还能如此详细说到萧王殿,可知这一制度直到清末还存在。清初康、雍、乾三朝对汉人知识分子大兴文字狱和科场案,其残酷压制远较清末为甚,则雪芹所见所闻有关狱神庙的情况自然更为触目惊心。而在后半部《红楼梦》中,竟有"五六稿"叙述狱神庙情节。平日锦衣玉食、姬妾如云的贾宝玉,作威作福、虐待婢仆的王熙凤,乃至诬害良民、强取豪夺的贾赦之流,也去尝尝身为狱神庙囚徒的滋味。这种对比,也是前人小说中所未见,非大手笔而又身历其境、洞察世故者是写不出来的。高鹗明知后半部有此故事而无所措手足,遂只好"顾左右而言它"耳。

狱神庙的故事,大率已如上述,虽简略,但无大误。其事发生在贾家被"抄没"以后,已应了"树倒猢狲散"的谶语。

近来谈"红学"者越来越多,海外的博士们也提供了不少煞费苦心的海外奇谈。美国的赵冈教授在狱神庙问题上也有他的创见。请看他对于狱神庙的解说:

狱神庙不是家庙,不可能随贾府宅第同被籍没。再说,既(原文)

令是家庙,按例是不被抄没的,此点在可卿的托梦中已言明,① 显然没有"抄没"狱神庙之事。脂批中"抄没"两字,应是"抄清"两字被抄手误写,其意等于"誊"清。……认为宝玉入狱,红玉、茜雪探监,则更是不合理。宝玉没有理由入狱,而丫头探监尤其令人难于相信。

(《红楼梦新探》上篇第255页,香港文艺书屋1970年版)

赵冈的妙文尚不止此。第二页以后他说:

至于宝玉又如何跑到狱神庙中,据我们推想,不外两途:第一,宝玉在狱神庙中乞讨;第二,宝玉在庙中执某种贱役,以资糊口。其中以第二种可能性更大。……如果当时宝玉是在乞讨,则茜雪可能是在一次类似庙会的场合下发现了宝玉。如果他是在执贱役,则茜雪可能是在上香的场合碰到他的。……

(《红楼梦新探》上篇)

原来赵教授笔下写的是有关狱神庙的文章,脑中想的则是嶽神庙的形象,所以有许多讨饭的和乐于布施的善男信女在逛庙会或"类似庙会",而茜雪则在"庙会的场合下发现了宝玉"——"宝玉是在乞讨",竟讨到茜雪面前了!旧时监狱中有狱神庙或萧王殿,监禁死囚,而狱神庙中竟有"类似庙会的场合",岂非千古奇闻?看来中国封建时代的监狱比今日美国的监狱要文明得多,好玩得多,富有人情味得多,尽管其中也有贾宝玉式的"乞讨"之人。

至于赵教授上一段的妙文,什么"狱神庙不是家庙,不可能随贾府宅第同被籍没"云云,更是妙不可言。又说"既(原文)令是家庙,按例是不被抄没的"。曹家或贾家怎么会弄个狱神庙来当作"家庙"呢?把一些死囚

---

① 按第十三回开始时,可卿托梦王熙凤,只说"这祭祀产业连官也不入的"。并没有"言明"什么"既令是家庙,按例是不被抄没的"。"家庙抄没"云云,完全是赵教授凭空想象的。

养在"家庙"中是为谁服务?原来这位威斯康辛大学的教授没有看懂"抄没"、"狱神庙"这简单的五字脂评,把两个不同的故事"打成一片",把"抄没"当作动词,"狱神庙"当作这个动词的宾词(object),于是乎大作文章,说"抄没"是"抄清"之误,殊不知古人"抄家"之"抄"和"钞书"之"钞"是有区别的,他所冤枉的钞手没有钞错,他自己的"抄清"二字,即使照他的说法,倒错了,应写作"钞清"。脂评中的"抄没"是"抄"贾家而籍"没"其财产,正如隋赫德奉雍正之命"抄"曹家而籍"没"其财产,怎么会瞎缠到"家庙"不家庙上去?乃至牵三挂五叫巧姐、袭人、刘姥姥、村姑一齐出场,化庙庵为"烟花"(原文)。其他说法还很多,令人眼花缭乱,什么"巧相逢","比狱神庙事件多几分凶险"。又因为靖本脂评有"伏芸哥仗义探庵"等语,他说:

> 这个庵并不是普通的庵,而是一种变相的烟花①,否则逛逛庙,甚至访问一下尼庵都谈不到有何"仗义"和凶险可言。

在这里,他又一次把"狱神庙"比作可以进去"逛逛"的"嶽庙"之类,或可以去"访问一下"的尼庵,因而"推想"为"一种变相的烟花"(原文)。但即使如此,男人去逛逛"烟花",岂不正该受烟花鸨母的欢迎?为什么既要"仗义"而又冒"凶险"呢?

赵教授《新探》一书出版后,早有人约我写评论;我因为要把时间花在更需要的地方,一搁遂逾十年。兹因谈到后半部书中这个失去了的重要故事,不得不略述"狱神庙"的来源和沿革,乃至清代狱庙中的情况。这个问题在国内还罕见谈到,而赵君的《新探》中却用很多篇幅,而其错误荒谬之处,令人无法卒读。除上文已论及者外,还有"宝二爷带着一妻一婢狼狈逃回北京,便与任何人均失去了联系……几与乞丐无异"。宝玉是从何

---

① 照此逻辑,贾家的"家庙"竟是个"变相的烟花"(妓院),贾家不但供狱神,还养"烟花",岂不热闹!

处"逃回北京"?《红楼梦》中提到"北京"吗？赵君这种猜测,在《红楼梦》本文和脂评中都无根据。本文不是专评赵书,故只涉及有关"狱神庙"部分,不及其他,以后有机会当再梳理。

1981 年 2 月 18 日于北京

（原载《红楼梦学刊》1981 年第 3 辑）

红楼碎墨[1]

小引

我现在所住的宿舍,有人称它为"红楼"。这名称很好。在红楼中读《红楼梦》时,偶尔联想到与别的古典文学或历史故实有关的材料;有时颇为零碎,尚不足以写成简短的考证文字。但如果不记下来,则日久遗忘,也觉可惜。记下来,积得多了,也许对于《红楼梦》及其作者的了解,有些帮助。这样的札记,本来应该用《读红楼梦随笔》一类标题,但前人用此类题文者已多,为避免重复,力求简单计,姑且用上面的拟题。在动笔时,有话即长,无话即短,与其长也宁短;或多或少,时断时续,少亦不以为病:故曰"碎墨",聊当披沙。

一 《红楼梦》和别的古典文学

在一个类似的题目之下,有人早已指出,《红楼梦》作者得力于某些古

---

[1] 编者按:本文据手稿整理。

典作品，如《庄子》、《楚辞》、《西厢记》、《水浒》、《金瓶梅》等。这些书，有的是在《红楼梦》本书内显而易见的，如第五回仿《洛神赋》描写警幻仙子之类，第二十一回宝玉模仿《庄子》写了一段"焚花散麝"的文字，第二十三回点明《西厢记》、《牡丹亭》等戏曲，第十七回宝玉在蘅芜院引用了许多《楚辞》和《文选》中的香草名词，第七十八回《芙蓉女儿诔》完全是仿《楚辞》体裁。有的是脂砚斋的评语特别指出的，如第十三回说作者"深得《金瓶》'壶奥'"。第二十八回也提到《金瓶梅》，第二十四回脂评提到《水浒》杨志卖刀的故事。另外有些古典作品，在诗的方面，如第四十八回黛玉与香菱论做诗方法，兼及各家优劣，又如第十八回用钱翊芭蕉诗的典故："冷烛无烟绿蜡干。"（脂评说："此等处便用硬证实处，最是大力量。"）在戏剧方面，第十八回元春所点的四出戏，脂评指出是在《一捧雪》、《长生殿》、《邯郸梦》、《牡丹亭》中。又有《相约》、《相骂》二出，在《钗钏记》（明王玉峰作）中，则比较不为人知。至于第六十三回芳官所唱《赏花时》是《邯郸记》中曲文，则早已由周汝昌先生指出。另外一些作品，雪芹原文中曾经引述，但在程乙本中已被删去。例如第七十八回宝玉在考虑采用什么文体来作《芙蓉女儿诔》时，列举《楚辞》中的《离骚》、《招魂》、《九辩》，《古文苑》中所收宋玉的《大言赋》，庄子的《秋水》，庾信的《枯树赋》，阮籍的《大人先生传》等，作者只举篇名，未举书名，高鹗先生看得不顺眼，全给删去了。

但本文所要特别指出的，是一些在《红楼梦》书中既未引述，脂评也未说到，但却可以用文句内证对出来的古典作品。第二十三回说到茗烟替宝玉在书坊内，"把那古今小说并那飞燕、合德、武则天、杨贵妃的外传与那传奇脚本买了许多来"。此句所说的"古今小说"并非泛指一般小说，乃是专指明代天启初年冯梦龙所编的《古今小说》，其中"一刻"后来改称《喻世明言》，"二刻"、"三刻"改称《警世通言》和《醒世恒言》。正如《飞燕外传》等一样，也是个别的书名。这可以用第一回《好了歌》的文体作为证明。此歌每首头两句说："世人都晓神仙好，惟有××忘不了。"《警世通言》卷三十九，《福禄寿三星度世》有诗为证说："万人多慕神仙好，几时身在蓬莱岛?"(排印本,第 585 页)《醒世恒言》卷十七《张孝基陈留认舅》的"一篇长话"首两句说:"世人尽道读书好,只恐读书读不了。"(331 页)《好了歌》的体裁措辞,显然是受了这些当时流行小说中谚语的影响,毫无可疑。①

脂评本第六回回末有诗联一副,概括地描述刘姥姥初进荣府的情况说,"得意浓时易(一作'是')救济,受恩深处胜亲朋"。《清平山堂话本》卷十《张子房慕道记》(第 4 页)"张良辞驾出朝吟诗一首",其第二联说:"受恩深处宜先退,得意浓时便可休。"《醒世恒言》卷三十二《黄秀才徼灵玉马坠》有一联说,"休言事急且相随,受恩深处亲骨肉"。(648 页)

由上引诸例,可知曹雪芹对于宋明话本,"三言"、"二拍",读得透滚烂熟,其中成语、诗谚,奔凑笔下,不必有意模仿,而沛然莫之能御。容我再举一条宋人笔记,以见雪芹读书之博。

宋人笔记中有这样一条:"张元……本华阴布衣,使气自负,尝再以诗干魏公,公不纳,遂投西夏以用事,迨王师失律于好水川,元题诗于界上寺云:'夏竦何曾耸,韩琦未必奇。满川龙虎辈,犹自说兵机。'"比较《红楼梦》第五回金陵十二钗册子中妙玉的判词:"欲洁何曾洁,云空未必空,可怜金玉质,终陷淖泥中。"可知后者的文体渊源有自,亦如铜山西崩,洛钟东应也。

这些材料都很零碎。但如有人愿作《红楼梦引用书考》,则以上各条也许有参考的价值。

二 宝玉婚礼中的"坐床撒帐"

《红楼梦》后四十回中最重要,也是写得最成功的故事,当然是黛玉之死和宝玉与宝钗的结婚。我有许多理由相信续书者高鹗手中,确有程伟元多年搜得的雪芹残稿,高氏即据以重写。此事说来话长,当另为文论

---

① 参看《红楼梦新证》,第 511~512 页,新索隐"好了歌"条,所引景梅九、邓之诚说皆非。

之。现在只说宝玉婚礼中的一种风俗,由于程甲、程乙两本内容之不同,也可以证明其故事原在雪芹残稿之中。

程甲本第九十七回说婚礼毕后,把新夫妇送入洞房,"还有坐床撒帐等事,俱是按金陵旧例"。

"坐床撒帐"是古风。《东京梦华录》卷五"娶妇"条说:"扶入房讲拜,男女各争先后对拜毕,就床,女向左,男向右坐,谓之'坐床'。妇女以金钱、彩果散(撒)掷,谓之'撒帐'。"

赵翼的《陔余丛考》卷三十一"撒帐"条引《知新录》云,"汉京房之女……自是以来,凡新人进房,以麻、米撒之,后世撒帐之俗起于此"。赵翼认为此话不对,另引汉武帝"迎李夫人于帐中,令宫人遥撒五色同心花果"及"唐中宗嫁睿宗公主,铸'撒帐钱',重六铢"二事以为证。实则贫民用麻、米,富贵人家用花果、彩钱,二者并无矛盾。民间实际"撒帐"情况,《清平山堂话本》卷七《快嘴李翠莲》的出嫁故事说得最详细逼真。李翠莲嫁与张狼,拜诸亲,合家大小俱相见毕,先生(赞礼员)念诗赋请新人入房"坐床撒帐"……张狼在前,翠莲在后。先生捧着五谷随进房中。新人坐床,先生拿起五谷念道:

"撒帐东,帘幕深围烛影红。佳气郁葱长不散,画堂日日是春风。"

以下是"撒帐西"歌,接着有"南"、"北"、"上"、"中"、"下"、"前"、"后",共九首歌。因为翠莲脾气大,先生唱到末首加以讽劝说:

"撒帐后,夫妇和谐长保守。从来夫唱妇相随,莫作河东狮子吼。"

可知"撒帐"有歌,赞礼的"先生"可以临时编造;他一面唱,一面撒五谷。李翠莲听了此歌当然大怒,用一条面杖把先生打走,一面唱道:"豆儿、米、麦满床上,仔细思量像甚样!"这个话本开始时说:"昔日东京有一员外姓张名俊",其中又有"河东狮吼"的典故,可知至早是南宋作品。而平民家中"撒帐"用"豆儿、米、麦",则与《知新录》所云用"麻、米"并无大异。此事传至南宋,因为国都在杭州,以后即相沿成江南风俗。所以程甲本说"俱按金陵旧例",可以反映这是雪芹原稿中语。不但"坐床撒帐"之事本身为南方风俗,并且明言"金陵",正是再一次暗示这故事的背景地点(如第二回冷子兴与贾雨村对话,即已明指"金陵",第五回之"金陵十二钗"等,也是明指)。但《红楼梦》全书背景为北京,这里忽然回到开始时的"金陵",在高鹗看来很不统一。他本来没有注意这问题,但不久发现不但点明"金陵"很不妥当,连采用"坐床撒帐"的南俗也不适宜,因此在程乙本中即改成:

还有坐帐等事,俱是按本府旧例。

一切婚丧礼俗,都以地区为范围,决不能按某府一家的"旧例"。如某府自甲地迁至乙地,仍用它的"旧例",那也仍是甲地风俗,而不能算是该府自己的什么风俗。所以高鹗这一改,表面上解决了一个矛盾,实际上却把文义反而弄得不通了。至于"坐帐",乍看是在"坐床撒帐"一语中丢了中间"床撒"二字,似乎也不通。但我向一位满族学者请教了之后,才知这是东北的婚礼风俗。新郎、新娘同坐炕上,称为"坐帐",此时新娘把闺女的双髻改梳成妇女的后髻。这使我得到一个启示:高鹗是满洲铁岭人,他当然依照他的"本地旧例"写故事。但曹雪芹的故乡是南京,他的故事是按"金陵旧例"写的,当然要有"坐床撒帐"的南方婚俗。如果这个宝玉与宝钗结婚的故事完全系高鹗所作,一无依傍,则他决不会在初稿中误把南方风俗写进去,而且还明说这是"金陵旧例"。正唯因为其初稿乃根据曹雪芹的残稿而作,虽已改了大部分,却没有删尽原稿的痕迹,所以在程甲本中尚保留着"坐床撒帐"的"金陵旧例",到程乙本中则变成了"坐帐"的"铁岭旧例"了。我们应该感谢高鹗先前的疏忽,替我们留下了一条雪芹残稿的痕迹;也要谢谢他后来的修改,反映了他自己对于小说中故事背景的看法。

调查香山健锐营正白旗老屋题诗报告

1971年5月13日（星期四）上午，中国人民解放军驻原哲学社会科学部毛泽东思想宣传队的张一彬同志，到一号楼三〇一三室的学习组来说：他接到民盟中央高山同志的电话，谈到香山健锐营正白旗四十四号住户，因拆建老屋，把一堵墙上的外层泥灰剥下之后，发现里层白灰上有许多题诗。据传说是曹雪芹题的。住户怕坏了古迹，不敢再拆墙了。高山同志请学部《红楼梦》研究工作者前去调查一下，看是否真是曹雪芹的题诗。当时我们学习组搞《红楼梦》业务的何其芳同志在另一组参加党员学习，只有平伯和我二人。平伯年老行动不便，只有我一人能参加这个调查工作。

当日下午三时我到原学部大楼，三时半与张一彬同志乘车出发，经过考古所时，约赵君同去考察这个古屋的年代。赵君在车中说，他的工作范围是商周古代的考古工作，清代太近，他不能判断老屋年代，决定不去了，就在西四附近跳下了车。因此，只有张一彬同志和我二人去香山考察，司机同志离不开车，没有参加。

我们所调查的老屋，在香山碧云寺下，植物园以北的健锐营正白旗四十四号，住户舒老先生，满洲人，他本人不在，由他哥哥接待。据舒老说：这房子从他爷爷时就住着，至今已一百多年。在他家搬来以前，已是百年老屋，所以这墙上的字有两百多年了。有题诗的那堵墙在西边向南的偏屋中，墙下半原有泥炕，已塌毁，炕以上的墙靠近窗的三分之一，已把外层泥灰剥去，露出墨笔题诗，因久经掩盖，有的墨色保存得很好。靠里边的三分之二墙面，从其剥蚀处，可见内层也有题诗。但住户怕损坏，没有敲剥外层泥灰，故仍被掩盖着。已经敲剥下来的泥灰中，也有连里层的泥灰一起掉下来的，上面也有破碎文字。这些碎片石灰，住户也保存着。

现在可以辨认的题诗，我抄录了下列几首，其中包括有一副对联。式样除(六)外也照原形，有的字不可辨认则照描，误字亦照录。

（一）

```
地 岂 荒 知 几 花 落 乐 吴
无 惟 台 片 人 落 歌 洲 王
花 世 畔 片 但 年 吹 边 在
看 少 日 堕 见 年 □ 来 日
   看 暮 行 枝 春 □ 吴 百
偶 花 黄 尘 枝 前 洲 王 花
录 人 鹂 年 映 后 寂 去 开
锦 从 肠 年 流 看 寞 后 画
帆 来 欲 风 水 花 花 百 船
泾 此 断 雨 不 应 开 花 载
```

（二）

```
            远
         富 近
      贫 以 礼
   相 交 天 下
少 疏 亲 慢 友
因 财 而 散
世 间 多
真 不
错
```

（三）
有花无月恨茫茫
有月无花恨更长
人临月境
照花香

（四）
鱼沼稻蓉
放生池畔摘湖船
夹岸芙蓉照眼鲜
旭日烘开鸾绮障
红云裹作凤雏缠
低枝亚水翻秋月
从□含霜弄晚烟
更□赤栏桥上望
文鳞花低织清涟

（五）
六桥烟柳
疏柳条烟远
自迷□北带
六桥
沙提
乱分雌霓连
蜷卧娇莺自
深蔽处
红出夭桃销
薄处
翠愁芳草望
中低
赤栏杆外青
阴满
曾见苏公过
马蹄

（六）
蒙挑外差实可怕
惟有住班为难大
往返程途走奔驰
风吹雨洒自喷嗟
借的长服难合体
人都穿单我还夹
赴宅画稿犹可叹
途穷受气向谁发
学题拙笔

(七)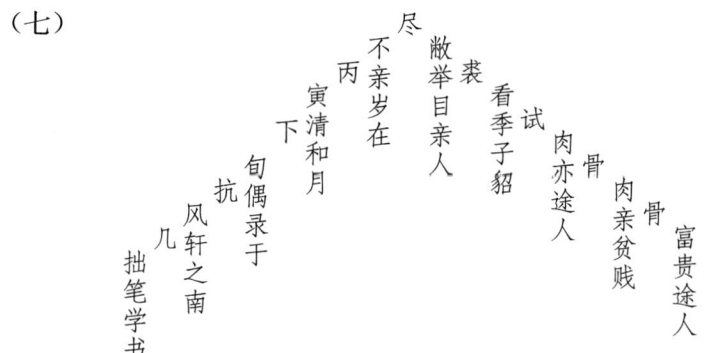

(八) 困龙也有上天时
　　甘罗发早子牙迟

(九) 未醒元鹤偏热老龙眠
　　骊宫
　　月吟玉塔微□句
　　然

以上第(六)亦写作扇形,如第(七)状。各首误字,如第(四)原题应为"秋容",末句"花低"应是"花底";第(五)"提"应是"堤",末第二句"青阴"应是"清阴";第(六)"犹可叹"应是"尤可叹"。

题诗者并不署名,只写"偶录"、"学书"、"学题",可知是抄录他人的诗。从其抄错的字,可知他并不懂得做诗的技巧——平仄(例如"底"误写为"低"),他本人文理亦不甚通顺,他所欣赏选录的"诗"都很低劣。他的书法是当时流行的所谓"台阁体",软媚无力,俗气可掬。录者大概是一个不得意的旗人。

这些题诗,一看即知与曹雪芹无关。但也许仍有人出于怀念曹雪芹之心,认为这些诗中可能有曹的作品,为祛除疑虑,现在再就有关各点,加以说明如下。

一、关于曹雪芹的诗风:曹雪芹诗在当时他的友好之中颇负盛名,但可惜流传下来确实可靠的只有他题敦诚《琵琶行》传奇的两句:"白傅诗灵应喜甚,定教蛮素鬼排场。"即使从这两句,也可以看出,他的诗自有他独特的风格,和当时流行的王渔洋派的神韵体很不相同。敦诚说他"诗追李昌谷","爱君诗笔有奇气,直追昌谷破篱樊"。"昌谷"是唐代诗人李贺,诗以奇峭瑰丽著称。所以敦诚又说他"诗胆如铁","堪与刀颖交寒光"。他又不常作诗,张宜泉说他"君诗曾未等闲吟"。从这些评价看来,曹雪芹的诗和破墙上题的所谓"诗",丝毫没有共同之处。

二、关于曹雪芹的字:现在流传的,只有魏宜之旧藏,现归吴恩裕氏的尺幅一页,上有"云山翰墨冰雪聪明"篆文八字,署名"空空道人"(见吴恩裕《有关曹雪芹十种》插图四)。这页尺幅的纸经邓之诚(故北大历史系教授)鉴定为乾隆纸,篆文不甚佳,但行书"空空道人"四字却清挺健拔,写得颇有功力。据张伯驹所见雪芹题《海客琴樽图》之字,和这四字"都是那个路子",可信这幅尺页为雪芹之字,这与破墙题诗之字优劣相差也极远。

三、关于题诗中的对联:题诗中有对联一副(见上文所录),却不用大字写作对联形式,而把它排列成菱形,联语共二十二字,排成菱形缺三字,他就添上自己的赞语"真不错"。关于这对联,我在 1963 年 3 月与吴恩裕、周汝昌等同志往访香山正黄旗张永海老人,曾听他说过,这是曹雪芹的朋友鄂比送给曹的,但文字稍有不同。据吴恩裕同志的记录如下:

远富近贫以礼相交天下有　疏亲慢友因财绝义世间多(《十种》109 页)

二者比较，似乎墙上题的较近原作。上联末字"少"对下联末字"多"，下联"而散"对上联"相交"也更工整。题诗的墙既是"二百年的老屋"可知这联语确实是二百年前就流传出来的。至于是否鄂比自撰，专为送给曹雪芹的，当然是另一问题。由老屋墙上也题此联这一事实，也可证明1963年张永海老人的传说是有根据的。

四、关于曹雪芹在西郊的故居：雪芹晚年住在北京西郊，这是从敦诚、敦敏、张宜泉的诗中，我们早已知道了的。至于确切地址，则历来传说大都说是香山健锐营（一作箭瑞营）。据吴恩裕《有关曹雪芹十种》所记：早在1930年曹未风即从当地人得知"曹雪芹晚年住在那里，死在那里"(136页)。1950年，刘宝藩在那里参加土改，正蓝旗住户满人德某也说"曹住在健锐营镶黄旗，死后即葬于附近，盖曹氏于该处有小块墓地"(148页)。1954年10月，满洲镶红旗赵常恂老先生从承德函告吴恩裕，说他清末在京读书时有一同学家住健锐营，说"曹雪芹就住在那里，他的旧屋还有痕迹可指"(133页)。1963年3月，据住在香山的蒙族张永海老人说："曹雪芹在正白旗住了四年，……乾隆二十年(1755年)春天雨大，住的三间房子塌了，不能再住下去。曹家是被抄家的人，平时人家拿他当'坏人'，房塌了也没人给他收拾。鄂比帮他的忙在镶黄旗营北上坡碉楼下找到两间东房。"(109页)

五、关于墙上题诗的年代：上文所录破墙上扇形题诗（七）记有"岁在丙寅清和月下旬"字样。按百年以前的丙寅，最近者为同治五年(1866)，其时舒家祖上已迁入，墙诗既非舒家之人所题，当再上推一甲子，即嘉庆十一年(1806)丙寅。再早为乾隆十一年(1746)丙寅，当时传说中鄂比赠雪芹的对联尚未出现，雪芹也还没有移居郊外。墙上题诗的丙寅，可以定为1806年，其时雪芹已死了四十多年。

结　论

根据以上情况，可得初步结论并建议如下：

一、老屋墙上题诗,从其内容与字迹判断,与曹雪芹无关。题者抄别人的诗,这些诗很劣,有的是"顺口溜",不能算"诗"。抄者文化程度不高,有抄错的字,抄的年份丙寅,是嘉庆十一年(1806)。

二、据传说,曹雪芹晚年住在健锐营,先住正白旗,后住镶黄旗。这一传说大致可靠,当地住户都知道。因此,有人怀疑老屋墙上的诗与曹有关,但曹原住正白旗旧屋已被雨冲塌,此屋与他无关。

三、靠里边三分之二的墙上,内层也有题诗,可以把外层的灰剥下来,看看其中有无较有价值的文字(例如确切年份的记录)。

四、已发现的墙上题诗,包括那对联,虽与曹雪芹无关,但确是舒家搬入以前住户的字,以及当时在旗人中流行的诗和联语,写于1806年。如果当地人要保存,也可以保存;若要拆盖,可以先把墙上题字照相,以供必要时参考。

1971年5月27日

附

我没有能去西山实地考查,读了吴世昌同志的报告,非常清楚。壁上的诗肯定与曹雪芹无关。虽是"旗下"老屋,亦不能证明曹氏曾经住过。吴的结论,我完全同意。如另有字迹发现,用摄影保存,无碍于拆建。

俞平伯附书
1971年6月9日

(原载《红楼梦研究集刊》第1辑,1979年10月,上海古籍出版社)

与钱锺书书(节录)

　　日前枉驾，因论曹雪芹卒年问题，涉及曾次亮先生考出乾隆壬午为闰五月，敦敏二月下旬约雪芹"上巳前三日"小饮之诗，正为春分，其时决不能有"东风吹杏雨，又早落花辰"之象，故敦敏诗不可能作于壬午。癸未上巳则为清明，与诗中所述自然景象相合。敦敏约雪芹诗既作于癸未，则雪芹决不能卒于"壬午除夕"。足下乃谓古人诗句不足以证史实，并举杜甫五月诗"红绽雨肥梅"为证，盖兄以"梅"为梅花。弟则仓卒中但忆周邦彦"夏日溧水作"《满庭芳》"风老莺雏，雨肥梅子"正用杜诗，而以"梅"为梅子。足下深不以为然，以为"红绽"显指梅花，以证杜甫之误。然美成此句明言梅子，殆不可易。即不明言，如范石湖之"梅肥朝雨细，茶老暮烟寒"，亦指初夏梅子，其语亦本杜诗。可知宋人了解此句，从不以此"梅"字为梅花也。因检杜集，其原诗题为《陪郑广文游何将军山林十首》（兄谓"五月诗"，想系误记）。兄所引句见于第五首。其第二首有"千章夏木清"，明为夏日作。又云："卑枝低结子，接叶暗巢莺"，周词"风老莺雏"之语，正受此二句暗示。仇兆鳌释此诗中两联："绿垂风折笋，红绽雨肥梅。银甲弹筝用，金鱼换酒来"，谓"烹笋摘梅，园中佳品；弹筝换酒，将军豪兴"。仇云

"摘梅",明是梅子。若梅花则应言"折",言"采"矣。盖花则言折言采,果则言摘也。言"佳品",正谓食品,若梅花则称清供矣。仇注乃以三四两句为蔬果,五六两句为乐与酒,是深得杜诗章法之言。足下第以梅子不应言"红绽",遂以杜老为用错。实则一切果子皆由青而黄,黄久则红,红久则紫;梅亦非例外。弟牛津故居园中苹果秋日不摘,尽成深紫。不得因北京香蕉苹果作蜡黄色,遂谓以"紫苹果"入诗者必是误用也。杜老此诗下文又言"荷叶"、"绨衣",明是夏天作,当不至糊涂得以为夏天竟开梅花。("江城五月落《梅花》",指乐调,与此无涉。)亦不得谓不仅杜老一人,连周邦彦、范成大亦随之一并错误也。仇注第八首末又有笺云:"诸章言鲜鲫、香芹,言绿笋、红梅,言生菜、食单……"上以鱼芹对举,下以笋梅对举,知四者皆食品,不可能在"笋"下接以非食非果之梅花也。以足下赡博,故不惮缕述所见,以求教正。窃尝谓"五四"以后,"疑古"之风作,而古书之不伪者鲜矣。近年以来,"罪古"之风起,而古人之不误者鲜矣。疑古者尚意在求真,罪古者则唯求古人之非,以证"我"之是。在讨论雪芹卒年问题时,敦诚甲申年初挽雪芹诗三首为重要证据。诗中所有用典、隶事皆指初丧,而"壬午说"者则谓敦诚每事皆错。甚至敦诚指雪芹寡妻为"新妇",竟有人引晋时王浑妻钟氏自称"新妇",以为久婚亦可称"新妇"之证,而不知此为汉魏以后妇人自谓之谦词。更有改"上巳"为三月十二日以证壬午上巳前七八日杏花已谢。百家争鸣在求学术之进步,而竟有借以发挥不合逻辑、不顾事实之怪论,诚为不幸。以足下原不预此事,较为客观,因偶及杜诗,故为兄言之,以资谈助耳。

附录

吴世昌的治学道路及贡献

刘扬忠

　　1930年初冬,现代学术文化界的一颗新星在古都北京西郊的未名湖畔灿然升起——燕京大学英文系二年级学生吴世昌的第一篇学术论文《释〈书〉〈诗〉之"诞"》在《燕京学报》第八期上发表了。这是该学报第一次刊登本科学生的论文。此文一出,迅即轰动学界。它立刻被译成德文,以后又被译成俄文。当时在文史领域执牛耳的胡适读到这篇论文之后颇为震惊,发表了《我们今日还不配读经》一文加以称赞和引述。胡适文中先引王国维致友人的信,承认经书中许多字句还不懂得,接着又引当代研究古代经书有成绩的三人:杨树达、丁声树、吴世昌,并单独介绍吴世昌的研究成果道:

　　又如《诗》、《书》里常用的"诞"字,古训作"大"固是荒谬;世俗用作"诞生"解,固是更荒谬;然而王引之《经传释词》里解作"发语词",也还不能叫人明白这个字的文法作用。燕京大学的吴世昌先生释

"诞"为"当",然后我们懂得"诞弥厥月"就是当怀胎足月之时;"诞寘之隘巷"、"诞寘之平林",就是当把他放在隘巷平林之时。这样说去,才可以算是认得这个字了。①

紧接着,吴世昌以《〈诗经〉语词研究》为总题,陆续在《燕京学报》上发表系列论文:《〈诗〉三百篇字新解》、《"即""则""衹""只""且""就"古训今义通转考》、《释〈诗经〉之"于"》等。就这样,这位自幼父母双亡、靠半工半读起家的江南贫民的儿子,这位以英文专业的学历闯入中国古代文史研究领域的不速之客,以他第一批坚实的成果为基石,在学术界站定了脚跟。他从传统"国学"中难度较大的基础工作之一经籍训诂入手,以中国古典文学作为主攻方向,旁及文史研究的许多学科,使自己成了既"专"且"博"的杰出学者。就在他刚从哈佛燕京学社国学研究所获取硕士学位之后不久,他就赢得了国际学术界的推崇和赞誉。日本汉学家桥川时雄在1936年编著、次年在东京发行的《中国文化界人物总鉴》一书中,专为吴世昌和他的哥哥、历史学家吴其昌立传,在"吴世昌"条下说:"吴氏就学期间以来,尝试多方面的著述,文、史无所不通"(第126页)。从吴世昌成名至今,六十个春秋转瞬消失了,他本人也已于四年前溘然长逝。然而,他的几百万字的著作还在影响着古典文学研究界,他的独特的治学道路对于后来者也无疑地具有一定的启示作用。看一看他的特殊的履历,是很耐人寻味的。自幼孤贫失学、靠当学徒工和工读生自学入门的艰辛历程,养成了他认真倔强的个性、一往无前的进取心和炽烈的求知欲,而这种绝无师承、在多方摸索中闯出治学路子的曲折经历,恰好助成了他综合性的知识结构和博通文史、不专主文学一科的广泛治学兴趣。从训诂学、古文字学起步的良好开端又使他较之一般从文学到文学的研究者更能适应古典文学学科的特殊性,避免了如当今我们所习见的那种读不懂原料书、只能凭啃"别人嚼过的馍"来发空论的浅薄浮滑倾向。再有,吴世昌从教会

---

① 胡适:《胡适论学近著》,第一集,下册,第546页,商务印书馆1935年版。

中学入教会大学、再从英文专业转向攻入中国文史之门的独特学历以及旅居英伦十五载、长期执教于世界名牌大学——牛津大学的海外生涯,使他有较多机会接受西方文化的熏陶,从而大开眼界,借鉴一些先进理论和方法来研究中国文学,并取得引人注目的成果。总此数端,已可见吴世昌的经验和贡献中值得探讨和汲取者甚多。遗憾的是,由于他长期旅居国外,60 年代才返国,中华人民共和国成立以后才成长起来的人们多不了解他,社会上仅据他归国后发表的一些有关《红楼梦》的研究文章而称其为"红学家"。影响所及,连他逝世以后中央主要报刊所发的讣告也只冠以"著名《红楼梦》研究专家"的称号。实际上,吴世昌的学术成就远非"红学家"三字所能概括。恰如一位学者的挽诗所说:"钻研究碧落,成就岂红楼!"①有鉴于此,本文特择其要者,对吴世昌的贡献与经验做一综合性的探讨。

一　为文学史研究建立牢固的基础

提到这个问题,人们很容易想起吴世昌在许多场合发表的呼吁重视考据的激烈言辞。他一再强调做学问要"读原料书",不满意"有了文学史以后,许多人不看原著,人云亦云",感叹在文献资料的整理和考证方面"很多工作没有人去作"。他甚至直言指斥自己的工作单位文学研究所里存在"讨厌考据,讨厌研究"的现象,并且有点危言耸听地警告说:不要把文学研究所办成"文学评论所"。② 他的这些言论加上他的一些考据成果,给一部分并不全面了解他的人们留下"考据家"的印象。红学界甚至有人将他称为"考证派红学"的"大将"。③ 但实际上,对于吴世昌的全部学术工作来说,考据仅仅是他的文学研究和其他学科研究的一项基础工

---

① 宋谋玚:《挽吴世昌先生》,载《红楼梦学刊》1986 年第 4 辑,第 339 页。
② 参见众生:《访吴世昌先生》,载《文学研究动态》1984 年第 4 期,第 22~23 页。
③ 刘梦溪:《考证派红学的危机与生机》,载《红楼梦学刊》1986 年第 4 辑,第 153 页。

作,他决不是标榜考据和为考据而考据,他从来没有、也并不打算把研究工作停留在文献整理上。他的某些激烈言辞,毋宁说是一种有所感而发的纠偏补弊之论。他对于考据的意义及其在整个研究工作中的位置,曾做过实事求是而较有分寸的论述。在《我怎样写〈红楼梦探源〉》一文中,他在介绍了自己考察今本《红楼梦》全书所作的五步考据之后,很动感情地打着比方说:

> 我说"五步",而不说"五部分"或"五大门",乃是因为这些都是研究《红楼梦》思想内容的初步工作,还没有跨进研究思想问题或文学批评的大门,更不必说登堂入室了。但这五步,却是研究思想或文学批评的奠基工作。我自知不是建筑师,只能把修造上层建筑这份工作让给比我高明的人去担承。我只是一个小工,把基石从山坳水崖找得来,放得平正,已算尽了我的能力。但我知道,修盖在这上面的雄壮的殿堂,却非要有坚实的基础不可。①

自称为建屋基的"小工",当然未免过谦。事实上吴世昌除了考据学上的成就之外,"研究思想问题或文学批评"的成果亦复不少(这一点下文将详细评述)。不过这段话却简练而形象地阐明了文学遗产研究工作中相互依存的两个主要部门——古籍整理与文献考据、研究思想与文学批评之间的辩证关系。长期以来,我国古典文学研究界的相当一部分人对于这个问题有着各执一端的两种偏颇认识。有些专门标榜考据的人认为:只有考据才是真学问,而理论总结与审美批评没有什么永恒价值,犯不上去下功夫。而某一些游谈无根的缺乏旧学根基者则走向另一极端,他们鄙薄考据,认为考据算不上文学研究,只有理论概括与审美批评才是文学研究之真谛。吴世昌却以深知此中甘苦的长者之言,向我们说明:鄙薄和厌恶考据不行,因为它是研究工作的坚实基础,没有"奠基"之功,"上

---

① 吴世昌:《红楼梦探源外编》,上海古籍出版社1980年12月版,第8页。

层建筑"无从谈起;但是仅仅止于考据也不行,因为辛辛苦苦把这些"基石"垫好,并不是研究工作的目的,我们的目的是要在这牢固可靠的基础之上修盖"研究思想或文学批评"的"雄壮的殿堂"。吴世昌这种通达精辟之论,不但是对学术界这一长期争论的正确回答,而且对于后来者从事古典文学工作也具有启发和指导意义。

吴世昌对于考据之学不但有理论上的明确认识,而且更有令人惊叹的实绩。他作考据之时,并不卖弄学问,更不矜奇炫博以哗众取宠,而是以彻底弄清研究对象——古代文史材料的真实面貌和背景为目的,踏踏实实、不厌其烦地进行诸如排比材料、校正文字、诠释词义和阐明背景等琐细繁杂的工作。前面提到的吴氏成名之初的几篇关于《诗经》的专论,就是以诠释词义为主的考据与解诂的力作。其中的许多考释,纠正了古训的谬误,在30年代是一鸣惊人的创见(参见胡适等人的评介),后来遂成为定论,为《诗经》和上古文献研究者所引用。他的两本关于《红楼梦》的大书英文版的《红楼梦探源》和中文版的《红楼梦探源外编》,其中就有更多确凿不移的考据实绩,为学界所公认,这里不再赘举。值得强调的是,这位以"考据家"闻名的严肃学者,并不搞那种缺乏明确而专一目的的繁琐考据,而力主以弄清古代作品面貌为目的,来进行有意义的考证与研究。他曾以《红楼梦》研究为例来针砭时弊道:"现在有些人不搞《红楼梦》,搞的是'红外线'。搞《红楼梦》研究的人甚至可以不涉及这部书,只去考证曹雪芹的爷爷的家谱、社会关系,甚至跑到更远的地方去。其实,《红楼梦》是大有研究余地的,很多工作没有人去做。"[①]由这些议论我们可以感觉得到,吴世昌对于考据工作具有与旧式考据家不同的较为明确的现代意识。只可惜我们还没有找到他在这个问题上的具体论述。为了有助于说清吴氏考据成果的意义,我们不妨参考一下他的某些同时代的学界巨子的观点。比吴世昌年长九岁的闻一多在《楚辞校补·引言》中说:

---

① 众生:《访吴世昌先生》,载《文学研究动态》1984年第4期,第22页。

较古的文学作品所以难读,大概不出三种原因:(一)先作品而存在的时代背景与作者个人的意识形态,因年代久远,史料不足,难于了解;(二)作品所用的语言文字,尤其是那些"约定俗成"的白字(训诂家所谓"假借字"),最易陷读者于多歧亡羊的苦境;(三)后作品而产生的传本的讹误,往往误人不浅。《楚辞》恰巧是这三种困难都具备的一部古书,所以在研究它时,我曾针对着上述诸点,给自己定下了三项课题:(一)说明背景,(二)诠释词义,(三)校正文字。

对此,郭沫若在《闻一多全集·序言》中引申阐发说:"凡是古书,这三种困难都是具备着的,事实上并不限于《楚辞》,因而他所规定的三项课题,其实也就是研究古代文献上的共通课题;尤其是第一项,那是属于文化史的范围,应该是最高的阶段。"文学史家的主要任务,当然是描述和阐明文学的历史发展过程,从中总结或提取规律性的东西,以作后世之借镜。但鉴于我国古代文学的特殊性,要达到这一终极目的,必须先从"校正文字"、"诠释词义"等看似非文学性的阶段入手,进而"说明背景",真正弄清了最直接的研究对象——文学作品的本来面貌之后,才能进入审美观照与理论批评的过程。这个工作的全部程序看起来十分迂曲和麻烦,但实在是缺一环而不可的。舍弃了整理与考据,文学史研究必然只能是架设空中楼阁。闻一多和郭沫若的解释,使我们明白了古籍整理与文献考据的主要课题和工作意义。这项工作的期望值很高。从闻、郭二氏的论述中我们知道,现代意义上的考据学,其全盘工作都是朝着"说明背景"这一文化遗产整理的最高目标前进的。要达到这一属于文化史范围的最高目标,真是谈何容易!它不但要求具备传统"小学"的根底,而且还须淹贯历史学、宗教学、民俗学、人类学等多种学科的知识。清代朴学大师们成果累累,但大多属于"诠释词义"和"校正文字"二项。我们当代的考据工作,不用说也是成就斐然的,但就单个的学者来说,能够三项课题都做好、从而成功地把工作引入"最高目标"范围的,在学界只是少数。吴世昌的考据工作之所以值得单独提出加以总结,就在于他在某种程度上超越了传统考据学,通过扎扎实实地"校正文字"和"诠释文字",进而运用自己掌握的一些现代人文学科知识,把问题提高到了"说明背景"的高级阶段。

这里不妨略举二例来说明问题。

让我们先看一个属于文化史的大范围的例子。1956 年,吴世昌在英国牛津写成了著名的《殷墟卜辞"多介父"考释》一文。① 作者鉴于不少专家(包括现代的杨树达、吴其昌、饶宗颐等)对于殷墟卜辞"多介父"一语做了错误的理解,从而连带影响了对于一些文史古籍的诠释,遂广征古代文字材料,综合古音学与文化人类学的成果而做出正确的考释。全文共 11 章。首先运用古音学的原理详细论证了甲骨卜辞中"多介父"即"多个父"("介"与"个"古语通假),也就是"多父"或"诸父"。然后再从人类学的角度,用这一正确结论印证《周易·归妹》所反映的殷周婚姻制度,确认"多介父"即后世之"诸父"无疑。文章指出:《归妹》卦是记录殷王帝乙归妹于周的故事。"归妹以须,未当也。"说明这次婚姻不合制度,即让阿姊(须)去充小妹的媵(陪嫁丫头),"未当"。所以,送亲的队伍被打发回娘家。"此卦透露了古代社会中一个婚姻问题的'个案',是古代文献中说到周朝以前的父系社会中一群少女嫁于另一个国家或部落的婚姻制度。"文章进而注明:"这种制度,在人类学上称为外婚制(exogamy)。"作者令人信服地推论道:"从'归妹'的古注看来,似乎只嫁于一个'君子'。这表示当时社会已从群婚制进化到一夫多妻制——尽管嫡妻以外的女子在名分上都只是媵妾而不是妻。如果一群少女(包括'妹'、'须'、'娣')嫁于一群兄弟,则是各原始民族都经历过的群婚制。……但从古代保存下来的亲属称谓看来,中国古代显然也有过群婚制;而卜辞中的'多介父'正好提供充分的证据。"这样的考释,不仅说清了一个古代语词的实际含义,也不仅仅

---

① 此文原为《顾颉刚先生纪念论文集》而作,后收入《罗音室学术论著》第一卷《文史杂著》,中国文艺联合出版公司 1984 年版。

是对一个卦名的科学诂解，而是超越了传统考据的"诠释词义"、"校正文字"等范围，利用现代人文科学成果展开了广阔的思维空间，解决了属于文化史领域的问题。利用这样的成果，我们在研读古代文学、历史、哲学等作品(尤其是上古作品)时，就会在需要"说明背景"的地方得出可靠的结论。

再看一个纯属文学问题的敦煌学方面的例子。我们这里所指的，是吴世昌1937年发表的一篇考据文章《敦煌卷〈季布骂阵词文〉考释》①。当时，敦煌学处于起步阶段，许多敦煌材料尚未刊布，研究者不多，许多重大问题，包括基本材料的整理、考订和诠释问题有待解决。当时，敦煌残卷存于法国巴黎国家图书馆及英国伦敦大英博物馆者，在国内只有两个录本流传。一个是罗振玉印行的《敦煌零拾》，其中材料多半为伯希和及狩野直喜抄来寄给罗氏的。这是海外唐卷流播国内的最初本子。另一个是刘半农从巴黎国家图书馆录回，中央研究院为之刊布，名《敦煌掇琐》。《敦煌零拾》卷三有《季布歌》残文。《敦煌掇琐》卷五为《季布歌》，卷六所载者亦名《季布歌》，卷七为《季布骂阵词文》。这四卷文字颇有脱落，且分录于两个集子里，读者看不出它们之间有什么关系，两个录本的辑印者和当时的学者也没有研究和说明它们之间是什么关系。吴世昌将狩野直喜抄的一卷《季布歌》、刘半农抄的二卷《季布歌》和一卷《季布骂阵词文》合起来仔细紬校，终于得出结论说："这四卷实在是一整卷的《季布骂阵词文》，所缺无几，讹脱的部分也有许多地方可以臆校臆补。"这样认定的重要依据有二：一、《掇琐》卷六前段的末节，与《零拾》卷三的首段完全相同；二、从文体和韵脚上看，这四卷残文也实在是一篇东西。吴世昌的这篇考据文章，在详述了以上考证经过之后，进而分析了这四个残卷"把人弄糊涂了"的原因，指出：最大的原因是伯希和那种不科学的编目方法。此文的中心部分，则是将罗氏、刘氏两书的录文"衔接凑合，并为校点分段，重予迻录；其脱讹落讹，并为校注紬释"。在吴世昌的辛勤努力和细心工作下，《季布骂阵词文》这篇故事曲折、铺叙详赡，长达三百二十韵、四千四百

---

① 原载国立北平研究院《史学集刊》第3期，今收入《罗音室学术论著》第一卷《文史杂著》。

多字的唐代通俗文学珍品,大体上恢复了它的本来面目。与前一个例证相近的一点是:吴世昌的这篇长文,也是超越了一般考据只重校正文字和诠释词义的狭窄范围,而把课题任务上升到了"说明背景"的高层次。在文章的最后一部分,作者在恢复原作的真实面目之后,进而分析了这首长篇叙事诗的故事来源、写作方法以及文学语言风格、描写技术上的优长和缺点,等等。特别指出了:"这一首词文把'真''文''元'三韵通押已开后代词韵打破诗韵拘束的先例"等"在文学史也是可注意的"规律性现象。作者还根据自己所掌握的古代文化、民俗和语言等方面的广博知识,论证了两个饶有兴味的问题:一、从这首长歌中,"可以知道许多唐人的习语和风俗";二、"本文虽述汉代故事,而社会背景却仍是唐代的"。这样的考释和说明,实在已经兼有了古典文学研究中整理材料和理论批评两个阶段的内容,在一定程度上向我们启示了现代考据学应该遵循的高远目标。这篇有价值的论文,作为一个研究阶段的杰出成果,已被收入周绍良先生编的《敦煌变文论文录》。吴世昌自己对于此文的历史地位和意义有着中肯的评论,他在《罗音室学术论著》第一卷《文史杂著》的《前言》中说:

> 我写《敦煌卷〈季布骂阵词文〉考释》,只求把已经流传的材料(即刘复和罗振玉印行的书)复其原状,通其文义。以后敦煌材料的陆续刊布,当然后来居上。然而"椎轮为大辂之始",拙文正是当时许多椎轮之一。在我治学的过程中,此文也标志着敦煌学的一个初步阶段。

吴世昌的考据工作的过人之处还在于:他具有明确的现代意识,把这项工作看成现代中国文化大系统的有机组成部分,用自己的扎实过硬的考据成果来为现实社会服务。比如他把考据运用到翻译工作中,使这项专长不但促进国际文化交流,而且为我国的对外斗争贡献了有用的材料。最能说明这一点的是:十年动乱期间,他和哲学研究所的温锡增合作,克服种种困难翻译了《菲律宾共和国——历史、政府与文明》一书。吴世昌不仅仅译书,而且还查考了《明史》、明代地方志、明人笔记和中国方面的其他史料,撰写了几万字的考释,作为注脚分注在有关各页之下。这些可靠的考证文字,驳斥了西班牙殖民主义者对我国在菲律宾的华侨的诬蔑与毁谤。又如,在日本军国主义者侵占了我东三省,炮制了伪"满洲国"之后的1934年,吴世昌愤于日本侵略者多年来别有用心地称我东三省为"满洲",而欧美人或因传统的关系,或因受日本宣传的影响,也顺口呼"满洲利亚"的混乱情况,撰写了《地域正名》一文①。此文从强烈的爱国心出发,从历史地理的角度考证了东三省的历史,正确结论道:"东三省本来是中国的土地,自古代到唐都是的,以后为辽金所居,但'满洲'这名词却是清初才有的。并且'满洲'这名词本来是部落名而非地名(见《满洲源流考》卷一),清太宗始采为国名,……南满、北满的名词起的更晚,……这些都是逊清作下来的孽。满洲这名称既由清室而兴,当然应随之而亡,却不料因为过去二十几年政治的窳败,竟使这逊清的尸居余气,居然还能荡漾于人间,被日人资为宣传,乘'九一八'事变借尸还魂,成为满洲伪国!"从吴世昌这些文章可见,考据之为用亦大矣哉! 当然这类考据已远远超出了古典文学与一般文史研究的领域,并不能用以要求一般的文史工作者的,但从吴世昌这方面的工作实绩我们至少可以明白,考据工作具有远比人们的估计大得多的价值。我们应该在明确的现实目标的指引下扎扎实实地搞好古典文学和有关的文史资料的考据、整理工作,为新的历史时期撰写更充实、更科学的文学史著作打下牢固的基础。

二　多方面的大胆探索

有了坚实的考据学的基础和长期接触西方文化所获得的理论修养,吴世昌在几十年治学生涯中遂披荆斩棘,多方开拓,锐意创新。同其他科

---

① 此文原载1934年10月26日大公报《史地周刊》第6期,今收入《罗音室学术论著》第一卷《文史杂著》。

学研究领域一样,古典文学研究的重大目标就在于创新。吴世昌终生保持着一种强烈而执着的求新意识。他多次要求自己的学生:"不要做别人已经做过的题目,要敢于披荆斩棘,打开新局面。"并说:"你所写的论文,如果是在现有的一百篇当中,再加上一篇,成为一百零一篇,那就没多大意思;你所写的论文,应当是某一方面的第一篇。"①他是这么主张,同时又是一辈子身体力行的。当今古典文学和古代文化研究界,人们多致力于扩展思维空间,开拓研究领域,并尝试运用多种新理论、新方法来解决问题,一个创立新学科、开展综合性研究和进行科际整合的潮流正方兴未艾。这种酝酿新变的可喜势头决不是从天而降的,它是若干先行者辛勤探索的涓涓细流在新的历史时期的大汇合。而吴世昌,就是一个早在30年代就得风气之先的前辈学人。就在他还是燕京大学的一位初露锋芒的青年学生的时候,他的大胆创新的第一批学术成果中就赫然有开拓研究领域、尝试运用新方法的杰出篇章在。让我们先来看一看《诗与语音》这篇长文。② 据作者回忆,此文是"被郑振铎先生逼出来的急就章"(见《罗音室学术论著》第一卷《前言》)。不过我们今天重读它,可以发现其中的内容是积学有素、考虑已久的。此文探讨的,是当时诗坛的一个新课题——诗的声音和读者读后所受的感动的关系。要解决这个问题,除了运用语音学的原理之外,还必须掌握心理学、物理学等学科的知识和分析方法。吴世昌以为,说清这个问题的关键是两点:一、"分析人类发音器官所能发的各种声音的种类,和各类声音所能代表、所能引起的感情";二、"研究我们读诗时所必须经历的心理历程(Mental process),和在这历程中的种种现象"。关于第一条,作者主要引用本国古语音学的成果;关于第二条,作者则引进了英国心理学家吕恰慈(I. A. Richards)③的理论。

---

① 施议对:《读书常不寐,嫉恶终难改——吴世昌先生小传》,见《人物》1987年第3期;另参见拙著《辛弃疾词心探微》一书《自序》,齐鲁书社1990年版。
② 原载1933年10月《文学季刊》创刊号,今收入《罗音室学术论著》第一卷《文史杂著》。
③ 据作者在《罗音室学术论著》第1卷《前言》中的回忆,他在燕大读书时,曾到邻校清华大学西洋文学系听吕恰慈的课;又,作者曾撰《吕恰慈的批评学说述评》,载《中山文化教育馆季刊》1936年夏季号。

作者致力于将本国成果与外来理论加以融会贯通，归纳出有关的字音和它们所引起的情感的关系，并用来阐释诗学上的重要课题。在文章的第三部分，作者考察了我国古语音学的历史，综合了近代学者刘师培《原字音篇》和潘尊行《原始中国语试探》等著作中的成果，把古汉语语音的起源分作三大类：

一、纯客观的，基于听觉的摹拟；二、比较客观的，基于作态的摹拟；三、基于人类主动的表情。对于第三类，作者又把它分为两小类：甲、依据表情状态发音（这类声音大抵是人类对于某种刺激来时表示快感、不快感或其他态度而发）；乙、纯以发音器官部位的改变来表示动作的意义。作者指出，这种分类，当然是粗浅的，所举例子也是最原始、最直接的，但这正有助于下文引证说明问题，因为："无论怎样繁复的诗文，它所构成的原子总是基本、单纯的字句。我们要分析原子的性质，正不妨从基本、单纯处入手，才能透彻。"紧接着，作者在文章的第四部分介绍了吕恰慈有关读诗时所必须经过的心理历程的六步分析法：I. 视觉的感觉，白纸上的黑字（visual sensation）；II. 由视觉连带引起的"相关幻像"（tied imagery）；III. 比较自由的幻像（images relatively free）；IV. 所想到的各种事物（references）；V. 情感（emotions）；VI. 意志的态度（attitudes）。作者指出：吕恰慈所列六步中，"比较重要的是所引起的情感和态度。因为这最后两项是我们读诗的最后结果，也可以说是读诗的目的"。他引证吕恰慈《文学批评原理》（Principle of Literary Criticism）一书第 125 页说明：读者心中默读和默听字句时产生的"相关幻像"，能给读者以新的刺激，"这些新的刺激，扩大和增加读者感情的震动。正当这些感情震动的时候，每一个受感动的神经系统中更会有新增的感应（new reinforcement）发生"。也就是说："白纸上的黑字能激动人类心神全部的能量（energy）。"接着，作者根据文字的功用的双重性能，即其意义所激动的是思想，其声音所激动的是感情的道理，指出："思想是字义的直接产物；但思想也能激动情感，所以字义同时还有一种间接产物——情感。字音没有间接产物，它只有直接产物，也就是情感。"作者举"蟋蟀"一词为例。此词的字音是浅齿音，这浅齿音的产生，是基于听觉的摹仿，形容这种小虫在草间跳动的声响。从"蟋蟀在草间跳动的声音"这回事上，我们可以引起直接或间接的一大串思想，这些思想的每一项都附着我们的感觉、感情和态度。在读者，本来读"蟋蟀"二音时声气的流出和舌尖的闪动，不一定会引起特殊的情感，但因为读这二音的经验太多了，凡是声气这样的流出，舌尖这样的闪动，一定是暗伴着这样的感觉和情感；以后读"蟋蟀"的字音，即便没有"蟋蟀"的思想，也能有这样的感觉和情感；与这样的字音大同小异的发声，也就有这大同小异的感觉和情感。

在运用古语音学和外国心理学说相结合来阐述清楚诗的语音和它所引起的情感二者之间的关系之后，吴世昌用这些原理来剖析诗学上的一些疑难问题时就有如庖丁解牛，十分得心应手了。比如对古典诗歌中流传千年之久的贾岛做诗为"推"、"敲"二字苦恼的故事，吴世昌精辟地论说道：

> 比如"僧推月下门"、"僧敲月下门"的问题，不但诗人自己无法解决，他的知己韩愈没法替他解决，好像永远是诗学上没法解决的问题似的。我们假使用现在的方法来替他分析一下，"推"字"tā"平舌音，不仅他原来的意义是，并且他字音的象征也是一种迟缓而延续的动作。"敲"字"kō"（唐音）空颚音，字义和字音都是指一种急遽而间断的动作。我们弄清楚这些字音所引起的感觉和情绪的不同，再看当时的诗境，也许做诗的时候下字更能正确一点，或者不至于像贾岛那样推到韩愈身上去，虽然有这样的故事流传下来也顶好玩儿。

又如秦观《踏莎行》词里的名句："可堪孤馆闭春寒，杜鹃声里斜阳暮"，王国维《人间词话》对它评价甚高，认为境界"凄厉"。但究竟为什么给人以"凄厉"之感，王国维说不出道理来。吴世昌分析说：

据我看,"可堪孤馆"四字都是直硬的"k—"音,读一次喉头哽住一次,最后"馆"字刚口松一点,到"闭"字的"p—"又把声气给双唇堵住了一次,因为声气的哽苦难吐,读者的情绪自然给引得凄厉了。

再如李商隐《无题》的"刘郎已恨蓬山远,更隔蓬山一万重",古今读者都觉得有无限不尽的情意。唐以后用同样方法写情的句子如欧阳修"平芜尽处是青山,行人更在青山外",《西厢记》的"当初那巫山远隔如天样,听说罢又在巫山那厢",我们总觉得不及李诗的深挚。这是为什么?前人没有说出理由。吴世昌却抓住语音给人心理上的作用进行了别开生面的解析:

他的关键全在"更隔"二字上。这二字都是"k—"音收声的元者,又都有深近喉部的"ǔ"音,这二个音碰在一起读时就得异常使劲。"使劲"是艺术欣赏中很重要的一个条件……能使我们对于所要欣赏的事物注意力更加集中,使我们的欣赏更有意义。……我们读完了"刘郎已恨蓬山远"已经预备好了一种怅望的心境,再读下去的"更隔"便有格格不能吐的感觉,这种感觉最能暗示上句恨的心境。惟其因为他格格不能吐,便得"使劲",要使劲,读者对于这首诗的感觉更亲切,对于诗中情绪的了解,已经不是被动,而是处于主动的地位了。这是读者的"入神"(Empathy)。

在这篇长文中,吴世昌对于"字音不但能够暗示各种不同的情调,有时一首诗的意义境界都能从声音中表现出来"这一原理进行了反复而深入的论证,所举精彩例子除上述三条之外,还有聂胜琼《鹧鸪天》,王昌龄《从军行》,陶渊明《饮酒二十首》之五,李清照《声声慢》,陆游《长相思》、《破阵子》《好事近》,晏几道《清平乐》,纳兰性德《鹧鸪天》,等等,材料丰富,说服力强,这里无须备引。较为引人注目的,还有文章的第五部分单独论证清人周济《宋四家词选》的《序论》中所说的声韵问题。周济那篇扬名词史的专论中论词的声韵时说:"东真韵宽平,支先韵细腻,鱼歌韵缠绵,萧尤韵感慨。"又说:"阳声字多则沉顿,阴声字多则激昂;重阳间一阴,则柔而不靡;重阴间一阳,则高而不危。"这些论断,已为千年词史证明是正确的。但究竟为什么会是这样子,周济由于缺乏如现在我们所掌握的物理学和语音学知识,未能作理论说明,而只是积累填词经验进行一种判断和总结。用他自己的话说,叫作"酝酿日久,冥发妄中"。吴世昌则从科学的发音原理出发,分析了周济所说的若干韵部和字音的发音情况以及读者念这些韵时口腔各部的具体感觉与感情上的不同反应,从理论上说出了周济这些极有意义的判断的所以然。此段之末,作者还引用西方语音学家奥托·杰斯珀森(Otto Jesperson)的理论与周济相印证,说明了后者的说法"确有理由",并有很大的"客观价值"。这就建立起中西方有关理论的联系,使问题的讨论有了更大的意义。

需要说明的是,吴世昌这篇文章所进行的综合研究,尚处于试验和探索的阶段。它的启示来者的理论意义大于它本身取得的学术实绩。作者自己非常清楚这种开拓性、尝试性研究的"初始阶段"性质和为后来者铺路的作用,他在文末恳切地说:"如其我的文章能引起同行的兴趣,使他们来纠正和完成这类研究工作,那是我意外的收获。我愿意把我的文章算作铺路的砖石,让这方面的学者踏着走到更远的目标。"吴世昌在这里做的,是一项前人没有做过的工作。由于可参考的资料不够,许多方面的知识准备还不充分,加上作者从燕京大学毕业以后即因抗日战争而南北迁徙,没有系统做学问的条件,因而吴世昌在诗与语音之关系这个极有意义的新课题上的探讨从此中断。这是一件十分可惜的事。但是这种筚路蓝缕的开创毕竟在若干年之后引起了空谷足音似的可贵反响。据作者在《罗音室学术论著》第一卷《前言》中的追述:原北京大学英籍教授燕浦生(William Empson)在50年代初回国后,任歇菲尔大学英文教授,曾有《莎士比亚与语音》一书问世;60年代,香港有人翻印吴氏此文;前几年,香港中文大学叶维廉教授来北京访问,谈起他的研究工作,说是因受此文启发而从事此项研究。可以预料,吴世昌为诗学研究开辟新路的努力,将会得到更多的回应。

在古典文学研究中,跳出就文学论文学的狭小天地,打破学科畛域,闯出综合性研究的新路子,其目的在于找寻作为社会意识形态之一的文学与时代环境、与其他意识形态部门之间的相互关系,摸索出文学发展的规律。在这一方面,鲁迅先生是一个伟大的先行者。鲁迅一贯认为:文学风格的形成,和作家的生活环境、政治态度及思想信仰等因素往往发生不可分割的联系。他自己的《中国小说史略》就是一部以时代为经、以作家作品为纬,寻求古代政治、社会风气、宗教信仰与文学创作之间的关系,探索其中相互制约规律的开山之作。在鲁迅研究古典文学的单篇论文中,《魏晋风度及文章与药及酒之关系》更是一篇视野广阔、角度新颖、立论坚实可靠的绝妙文章。此文致力于将魏晋作家及其文学活动与特定历史时期的政治、宗教、社会风俗及各阶层人物的生活习惯、心理状态等联系起来进行考察,理出其间的相互关系,使人看清了文学发展的脉络与文化演变的某种规律。鲁迅此文,不但对于魏晋文学和古典文学研究,而且对于整个文史研究领域都具有昭示未来方向的典范意义。而吴世昌恰恰就是鲁迅本人还健在时就对他的创新积极地承流嗣响的少数学者之一。这里我们仅举他的长达二万五千多字的专题论文《魏晋风流与私家园林》[①]为例。关于这篇文章的写作缘起和论题的意义,作者在文章的末尾写道:

> 这篇文字原意是要考证私家园林的起源,因为要说到这个问题,非连带说明魏晋的人物的性格思想不可,便写成这样一篇东西。魏晋是一个极有趣味的时代,当时人的性格有许多和现在的国人很相像。近来治中国史者好弄古史,始者非三代两汉之书不敢读,今则非钟鼎甲骨之文不足贵矣。但我想魏晋这时代是很重要的。尤其是在

---

① 此文原载《学文》月刊1934年第2期,今收入《罗音室学术论著》第一卷《文史杂著》。

了解现在中国人的性格上，了解唐以后各时代的文化上。这时代可以说是从古代中国到近代中国文化上的一个转捩点。现在是又要转到另外一个新时代的关键了。关于近人研究这时代的著作我还只见过鲁迅先生一篇论魏晋文学及药酒的讲稿，此外没有了。我希望我的文章能引起当代学者的兴趣，整理一下中国艺术史的部分，虽然我是做得那样简陋潦草。

本篇所接触的园林问题，是我国古代艺术史上的一个重要问题。园林艺术，是中国传统民族艺术中的一个门类。我们的古代园林艺术，有着几千年的发展史，相关的文字和图画材料很丰富；要弄清它的发生、发展和演变的漫长历程，涉及的各种专门学科的知识也很多。遗憾的是，现代研究艺术史的人们，多致力于音乐史、绘画史、书法史等较为"热门"的分支，注意园林史者极少。在这里，吴世昌发挥了他考据学上的专长，从对浩瀚的文字材料的整理入手，寻源溯流，弄清了古代园林的发展过程是：上古帝王宫殿和苑囿→魏晋私家园林→唐宋公、私园林→明、清以江南山水和园囿为主要蓝本的众多园林。作者确认：中国古代园林中最美、最有艺术个性的是保存了自然山水之美的私家园林，而私家园林的起来，只能追溯到魏晋时代。是那个特殊时代的文化氛围，催生了私家园林这朵中国古代艺术史上的奇葩。作者生动而又准确地概括描述那个时代环境道：

中国的魏晋六朝，和欧洲的中古时代差不多，是一个不大容易被人了解，有宗教热忱而又浪漫意味很重的时代。"浪漫"是近代人的说法，用古时的话来说，是"旷达"，"风流"。杜牧之所谓"大抵南朝都旷达，可怜东晋最风流"。一般的说，这时代的人喝酒、服药、清谈、放诞、狂狷、任性、好山水、好艺术，穷奢极侈的享乐和自暴自弃的颓废。中国私家园林的起来，也是在这个时代。

就这样,问题由园林史本身转移到了"是什么样的文化背景孕育出了魏晋私家园林"这个属于文化史课题的更高阐释层次上。文中的大量考证,都是为这一点服务的。如文章的题目所标示的,作者的中心意图,是论证"魏晋风流"——魏晋六朝时代文人士大夫特有的浪漫恣肆的文化风度与生活方式——与作为这一时代的特殊艺术杰作的私家园林之间的内在关系。魏晋私家园林的设计者、建造者和酷爱者如石崇、王羲之、王献之、竹林七贤、谢灵运父子兄弟、孙绰、陶渊明等,多半是名彪史册的诗人和文学家,其中不少人还是文学家而兼书画或音乐艺术家。关于这些文化名人同当时的政治、学术、社会风俗之间的关系以及他们独特的习惯、嗜好等,鲁迅在《魏晋风度及文章与药及酒之关系》一文中已作了许多精彩的论述。不过,要完成吴世昌所拟定的这个别开生面的新课题,单是利用鲁迅的成果还远远不够。于是吴世昌在占有丰富的原始材料的坚实基础上,扩展思维空间,以文学史和艺术史为主要立脚点,融合了美学、心理学和思想史、宗教史、文化史方面的多学科知识,进行了综合性的探究与论证。他首先从美学的角度出发,挖掘出了私家园林之所以在魏晋时代产生的重要根由。文中说:

> 私家园林的起来,原因很多,最重要的却是对于山水之美的认识和欣赏。在魏晋以前,知识分子都聚在陕洛;江南秀丽的山水,在当地土人看来是熟视无睹的。一直到魏晋,这一带的自然风景才被人发现。说起来似乎不可信,在魏晋以前我们几乎找不到一本描写自然风景的书。一到此时便不同,我们读王羲之、献之的杂帖,如同读英国前浪漫主义时代诗人葛莱(Thomas Gray)在欧游途中写给Walpole和West的书札一样,渐渐透露出作者对于自然景物的爱好,预示一个艺术上新时代的到临——实际上也的确替唐代预备了浪漫主义文学的基础。中国文人爱好山水的习惯,盛起于此时。

文章接着举王羲之父子、顾恺之、谢安、阮籍、嵇康、陶渊明、谢灵运、谢鲲、宗炳等人物爱好山水、欣赏自然之美的著名事例，证明这一时代的知识分子"对于自然之美有这样深刻的欣赏和了解，那是前人所未有的。他们对自然界有种种的爱好，不仅山川而已"。作者还论证了爱好山水不仅仅是少数名流的专利，而且是广及全体知识分子的一代士风。他依据文献记载判定："在当时不仅以栖幽见知的人是如此，一般士大夫，大都以爱好山水自负，傲人。"这，就是魏晋私家园林赖以产生的广博而深厚的社会基础。既然爱好山水，必须想方设法欣赏、表现和保留山水的美。这在当时有三种途径：一、用文学的手段反映它（于是山水诗、赋和游记开始兴盛了）；二、用美术的手段来描摹和再现它（于是山水画萌芽了）；三、依山傍水建筑房屋和苑囿，将自然之美部分地据为己有（于是私家园林大量兴起了）。事情就是这样地顺理成章。但是，问题到这里才算解决了一半，而且只是并不十分重要的一半。因为爱好山水仅仅是山水文学、山水画和私家园林兴盛的直接的、表层的原因，进一步追究魏晋时代崇尚自然美的深刻的历史、政治、宗教等方面的原因，才是本文的主要意图和重心所在。作者着重指出："魏晋人物好游山水，直接是受道教思想的影响，间接却是受政治的影响。"关于前者，文章回顾了秦汉以来的学术思想史，指出：老、庄思想之畅行于士林，起于东汉末年。那时天下大乱，战争不断，一部分知识分子对政治感到厌恶，于是近乎无政府思想的老庄便合了他们的胃口。同时政府当局穷于应付军政急务，无暇提倡正统思想，那些类乎"反动"的书籍——《老》、《庄》——就传播得格外快。恰巧佛教又乘虚而入，佛经的许多思想又和"无政府"、"出世"的老庄思想气味相投，推衍而至魏晋，便产生了所谓"玄学"，崇奉黄、老、庄、列及《易》成了时代风气。佛教徒好老庄者亦不乏其人。作者指出："和这些玄学思想连带发生的，便是养性、服食、辟谷、求仙的那一套。魏晋名士最初深入重山的目的，许多是为求仙采药。"吃了药——如鲁迅文章中说的五石散之类——之后又得走路散发，这又促成他们去爬山。"所以吃药和爬山，是相互为用的。"

入山采药和服药后又爬山发散的结果之一,便是自然山水美的大量发现。而指导这些行动和造成爱好山水的兴趣的,便是魏晋名士们从老庄思想中引发出来的一个基本原则——返乎自然。

至此,作者的论述渐渐接近了问题的本质。他紧接着分析出"返乎自然"这一基本主张的两方面的含义:"舍去人事的扰攘,回复到大自然的怀中,欣赏各种自然之美是一方面。用率真坦白的态度处世,任自己的性情,爱说什么话就说什么,爱怎么行动就怎么行动,不顾传统的礼教,当代的俗套,后世的毁誉是另一方面。"作者认为:"魏晋风流中最可爱的一点,便是他们率真坦白的任性。"这种促成了魏晋时期文学与艺术大繁荣的"率真坦白的任性",实与当时黑暗政治对文人心态的作用间接相关。作者引用典型事例,有力地证明了,魏晋名士之所以放纵任性,基于两个互为关联的动机:"一是因为反对汉儒的拘守礼教,局促虚伪;有意提倡率真任性的思想行为:既是矫枉,势必过正。二是因为生当乱世,放纵一点可以分散不利于他们的人的注意力,可以遮盖他们的愤怒。换句话说,是以'玩世'来代替'嫉世'。"弄清了这些背景之后,作者的关于社会文化环境与文人心态同文学艺术之间关系的可靠结论就自然出来了:

> 因为他们看透了自己对于社会的无能为力,又不愿与社会妥协,于是只好逃避现实,需要刺激,求一时的痛快来沉醉自己。喝酒是一种方法。吃药又是一种。此外是爱好自然界的景物——山水、草木、鸟兽、星辰;爱好艺术,除了字画以外,音乐和雕塑在这时候特别发达。……他们把人生看得极透彻,但也看得极认真。"生死亦大矣,岂不痛哉!"他们越看见当时名士的脑袋一个个被砍下来,越感得自己生命的可贵。这可贵的生命是很短促,很没把握的,那就不能让它平淡的过去。他们的精神生活要有所寄托,要紧张,要不平凡。这可以说是魏晋人物各种性格的总原因。

这段文字，当得上一篇简练概括而又生动准确的魏晋文艺家创作心态论。文章写到这里，已经把魏晋时代为什么会产生那么样的一些诗赋、文章、绘画、雕塑、书法、音乐及园林艺术的"总原因"阐述清楚了。于是吴世昌在此文的后一部分从一般到特殊，具体探讨"魏晋风流"之所以能"直接产生"中国私家园林的"最大原因之一"——宗教的影响。作者指出，当时人们的宗教热忱"和欧洲中古时相仿"。道教徒为要采药炼丹，往往徒步千里，穷搜名山。佛教大师为要建立清静梵刹，非到深山择地不可。既要入山采药、炼丹或修行，当然不能在山中露宿，必须在山中建房屋庭院。在山中建修行之所，有三个条件：一、为方便取水，须靠近泉水或瀑布；二、为就近伐木取材，得靠近树林；三、为防风雨及山洪，必须找有岩石的地方好作为屏障。近泉水、近树林而又靠近岩石山崖的地方，风景一定很好。作者举例说明："许多大刹的禅房佛殿，又极讲究曲折幽邃，于是山刹的起来，他本身便成为绝好的园林。"文章继而论证了：当时的许多道教、佛教徒都是文化修养极高并富于美学趣味的知识分子，"选择风景是他们的特长"，他们还是"最好的园林布置家"，这些人走南闯北，选择佳山水以建殿阁园林，于是中国境内尤其是东南地区一大批名山被他们开辟出来了，第一批可作艺术品欣赏的私家园林也随之诞生了！

吴世昌这篇长文，虽以私家园林为论题，但具体论说和考证中却处处注意对当时文艺家们的心理习尚和美学趋向的探究和分析，这种别开生面的写法，使此文成了一部浓缩的断代文艺风格发展史和审美思想史。最能体现作者对于古代艺术的审美把握能力的，莫过于文章最末一部分对于魏晋时代北方园林和南方园林的不同风格的比较分析。作者拈出河南金谷园和会稽兰亭这两个典型，将从西晋到北魏的洛阳寺宇园林归入"金谷园系统"，将东晋南朝的南方园林归入"兰亭系统"，详细征引史料以资对比，做出了江南园林优于北方园林，比后者更有美学价值和艺术特性的正确判断。关于两种园林不同风格的成因，文章在最末一段做了画龙点睛的归纳描述，指出：南方园林之所以富于自然美，在于江南山水本就复奥幽美,文人士大夫的别业大都依山傍水而筑,可以不必像北方富豪那样大兴土木,便能延致自然之美。由此而导致"北部的园林以楼台建筑胜,江南则以丘壑点缀胜"。还有因气候和土质关系所种植物不同,也影响到园林建筑的风格差异,大致说来,北方的和松柏相配的建筑自必浑雄壮大,而南方的以竹菊点缀的便较幽雅清秀。不过,造成风格差异的最重要的原因,还在于南北文人心理习尚、生活追求和审美趣味的迥然不同。文章的最后几句结论,重人文因素的分析、重艺术旨趣的辨异,对人们争论已久的关于南北朝时期南北文艺风格异同问题,贡献了自己深钻有得的精辟见解:

> 他们对于园林之好的旨趣也不同。北部园林中的主人穷奢极欲,正是富贵气极重的享乐,江南士人却以园林作为退隐的处所。他们说:"朱门何足荣,未若托蓬莱。""结庐在人境,而无车马喧。"北部的园林中有的是歌舞女乐,椒房崇台,而江南名士的园宅则"门无乱辙,室有清弦"。就拿金谷的豪华,来比兰亭的并无丝竹管弦之盛,只有"一觞一咏",便可以看见两种全不相同的风趣了。

我们举以上例子,目的在于说明吴世昌治学善于创新。所谓"新",其要义在于有现代思想意识和治学观念,有对国内外先进理论方法的吸收和融会,更有在这二者相结合的基础上干出来的开拓新领域、推出新结论的实绩。要达到这个目标,并不排斥对于学术传统的吸收和利用,恰恰相反,真正扎实的创新成果往往得力于对学术传统的继承。比如现代有学者常用的社会历史学研究,即是承接我国旧学中文史不分的传统而加以更新发展而成的治学途径。这种治学方法把历史看作一个整体,在这个整体中审视文学的个性特征和发展变化规律。上引的几个例子,特别是《魏晋风流与私家园林》一文,便是成功使用社会历史学方法的证明。大家知道,在中国的学术传统里,文史本来不分家。现代以来,为了学科划分的需要,文、史分开了,这当然有其进步和合理的一面。但"分疆而治"的结果,产生了一个严重的偏向:搞文学研究的人往往只注意文学自身,对于政局的变化、社会思潮的起伏消长、宗教与哲学的发展、社会心态与地域风情等一概不予理睬。而抛开了这些综合的历史因素,实际上就等于将文学拔离了它赖以生长的土壤,再也无法理解与解释文学发展的若干重大问题。吴世昌从青年时代开始,便走的是兼治文史的宽广路子,他从不以"文学家"自囿,写文章时常常能跳出就文学论文学的圈子,善于从历史、文化和社会等广阔的背景下来解说包括文学在内的一系列问题。这样的成果往往具有更高的科学价值和较为久远的参考意义。《魏晋风流与私家园林》发表后,就曾几十年不断地受到国际学界的青睐。论文发表之初,正在研究中国园林的燕京大学美籍教授包贵思(M. Grace Boynton)就发函给刊登此文的《学文》月刊编者闻一多,请求允许她将此文译成英文。后来她在作者的帮助下译出一个节译本,刊在上海的英文刊物《中国艺术与科学学报》1935 年 7 月号。此文后来又有美国韦尔斯莱大学教授窦维丝小姐的一个节译本。到 1960 年,英国则有了牛津大学德效骞(Homer H. Duds)教授的英文全译本。从此文盛传海外的情况可以想见,是它十分切实科学的社会、历史、文化的考证与论述,使人们获得了对我国中古艺术史上若干重要问题的可靠认识。80 年代,我国古典文学界曾兴起过一个讨论山水诗为何在魏晋南北朝兴起的小小热潮,人们列述的许多观点其实是早经吴世昌在此文中论证过的。目前古典文学界许多人都在思考研究工作既继承传统又开拓创新二者之间的正确关系。我们认为:既不能简单地回复到文史混沌不分的状态,也不要绝对地分疆划界,应该根据课题的需要和科际整合的趋向,在先进理论和方法的指导下开展更高层次的综合性研究。在这一方面,上面说到的吴世昌的一些大胆而又踏实的做法,无疑至今还有一定的借鉴意义。

吴世昌中年以后,由于环境和个人条件的改变而把主要精力投入了红学和词学两个部门。打那时起,他除了在红学和词学研究中继续贯彻自己的创新和开拓的宗旨之外,在其他课题上的综合性、开创性工作明显地减少了。但这并不等于说他淡忘了这种有意义的工作。事实上直到他生命的最后十来年中,还不时有这方面的精彩文章问世。比如《罗音室学术论著》第一卷中写作年代最晚(1982年)的论文《〈礼记·檀弓〉篇对后世文学的影响》,虽然并没有标榜什么新方法,但娴熟地运用原型批评、比较文学和心理分析几种方法,探讨了古代某些文学母题在从先秦典籍到元代戏曲这漫长历史中的承传、发展和演变的情况。在70年代末曾引起学术界轰动的另一篇文章《条件反射是谁先发现的》①,更是别开生面地打破学科界限的力作。此文利用我国古代文学作品和公私史乘提供的丰富材料,通过若干典型事例的征引和论述,填补了自然科学史中的一个空白,令人信服地证明:远在俄国科学家巴甫洛夫创立"条件反射"学说之前一千多年,中国人就已发现了动物的"条件反射"现象,并一直不断地在实际生活中加以运用。文中引用的事例,来自《世说新语》、《太平广记》等小说集和元曲《赵氏孤儿》等文艺作品,还有正史、野史的很多记载,论述生动有趣,亦文学史、亦科学史,二史融而为一。吴世昌从青年时代就大力开拓新领域、尝试新方法,到了七十多岁高龄还乐此不疲,思路丝毫也没有退化和保守,他的创新思想的一贯性和实际做出的许多富有启示性的成果,的确值得今天酝酿研究工作新突破的后辈学人认真学习和借鉴。

三 探本求源的《红楼梦》研究工作

吴世昌的文史研究,面广、意新,成果多,但其中实绩较彰、较显个性而且影响也较大的,仍当推"红学"与词学二项。四川大学的缪钺教授在一首挽诗中概括吴世昌一生的学术成就曰:"深研红学超群类,更向词坛张一军。"②可以说代表了研究界对他的主要建树的认可。现在让我们先

---

① 原载《徐州师范学院学报》1979年第2期,今收入《罗音室学术论著》第一卷《文史杂著》。
② 见《子臧先生治学生涯片断》,载南京师范大学《文教资料》1987年第1期。

来回顾一下他的红学研究。比起国内同年辈的红学专家来,吴世昌的《红楼梦》研究是起步较晚的。据他在《我怎样写〈红楼梦探源〉》一文的《引言》中自述,他年轻时读《红楼梦》,只是当作"闲书"看看消遣的,虽也连带看一些别人写的研究此书的论著,但在出国以前,从未下过功夫。50 年代在英国牛津大学执教时,一些看似偶然而实为当时工作环境的必然要求的因素,促使他开始了全面而彻底地研究《红楼梦》一书的工作。原因之一是牛津有的学生研究《红楼梦》,由他指导,使他不得不对此书前后两部分的作者、著作过程和版本年代这些问题重新加以考虑。原因之二是 1955 年北京文学古籍刊行社影印出版了七十八回的《脂砚斋重评石头记》抄本(即高鹗未改前的曹雪芹原稿抄本),此书牛津大学买到了一部。适逢由巴黎、海牙联合出版的《汉学要籍纲目》的编者请吴世昌为此书作提要,于是他把这部曹雪芹原著和脂砚斋的数千条评语仔细地进行了研究。这一来竟使他后半生与"红学"结下了不解之缘。关于当初自己为何不期然而然地走上此路,他曾有如下回忆:

> 可是"提要"限制字数甚严,没甚可说,而从这抄本中所发现的问题,繁多而且复杂。既已发现,便不能丢开;既然复杂,就需要清理。一清理,牵连的问题就更多了。许多前人以为已解决了的,新的证据证明并未解决,或解错了。许多前人从未发现的问题,陆续出现,需要解决,等到一批问题解决了,连带的又引出另一批以前未曾注意的问题。这样,我觉得非把一切有关《红楼梦》及其作者可能得到的全部材料收集起来,加以彻底的、全面性的研究,否则无法完成这两份工作。我于是开始收集材料。①

这种以彻底、全面弄清有关《红楼梦》原书及其作者的若干基本问题为目标的研究工作,决定了吴世昌《红楼梦》研究的第一部巨著——英文

---

① 《红楼梦探源外编》,第 4 页。

版《红楼梦探源》的主旨、步骤和主要内容,也大致左右了他的整个红学研究以多方面的材料考据做实证的独特路子。《红楼梦探源》一书写了三年才告完成,1961年2月由英国牛津大学出版社出版。这是60年代国际红学研究中的重要著作,在西方国家的《红楼梦》读者和研究者中有很大的影响。鉴于原书用英文写成,作者曾在国内报刊著文介绍了这本专著的写作缘起和成书过程,以使国内众多的看不到原著的读者大致能了解全书的主干与轮廓。这部吴世昌红学研究的代表作计5卷20章,391页。作者在《我怎样写〈红楼梦探源〉》一文中谦称,他写《红楼梦探源》一书,"不是批评《红楼梦》的文学价值,所以谈不到什么理论观点。也不是研究此书的'微言大义'或社会问题",虽然这些都非常重要、值得郑重研究。作者认为:"在研究这些问题之前,尚须先弄清楚若干基本问题",例如:在全书一百二十回中,哪一部分是曹雪芹的作品,哪一部分是高鹗续作?在曹氏作品中,哪些部分是他的真正原作,哪些部分曾经高氏删改?在高氏续作中,有无曹氏原稿材料在内?脂砚斋到底是谁?他跟曹家及曹雪芹本人有何关系?《石头记》的几个重要抄本的年代如何?《红楼梦》成书的过程如何?此书几经删改,在未删改前,初稿是什么情形?在历次的增删中,主要故事有无改变?文字细节如何更动?等等。解决这一大串问题,是研究《红楼梦》一书的思想内容和进行文学批评之前必须先完成的"奠基工作"。进行这一"奠基工作"有一套整然有序的系统工程,这就是作者所称的"五步工作",它们是:(一)"抄本探源",(二)"评者探源",(三)"作者探源",(四)"本书探源",(五)"续书探源"。这就是《红楼梦探源》一书的中心内容和主干部分。此书卷首有一章"简述",主要谈"《红楼梦》研究的历史背景",卷末有一章"提要与结论",另有一些次要问题的讨论,则作为四章附录,分别以类相从,附在各卷之末。

《红楼梦探源》一书通过如上所述的五步"探源",解决了有关《红楼梦》一书的若干基本问题。它以考证为主,兼带论证了思想内容和艺术上的一些问题。总起来说,作者以其广博的学识和严谨细致的考证,精辟地论述了中国古典文学的不朽巨著《红楼梦》的抄本流传、脂评作者的生平和思想、曹雪芹的家世和其作品的思想艺术成就。作者并从《红楼梦》的内容和脂评所提供的线索等多方面的证据出发,有力地批评了红学史上影响颇大的"自传说"的缺点和错误。此书还用相当的篇幅证明了高鹗其人平庸谫陋,无论思想境界与艺术才华都与曹雪芹相去甚远;比较了脂本正文与程高本的差异,严正指出:程高本大大削弱了《红楼梦》原本的反封建的锋芒。此书还首次提出了曹雪芹之弟棠村为《风月宝鉴》所写"小序"的问题,引起了《红楼梦》研究者的注意和讨论。使人更感兴趣的是,作者著成此书之后,为了点明著述之深意,还仿古人论诗绝句的成例,题五首七言绝句于卷首。这五首诗,绝非一般的文人遣兴之作,而是特殊形式的文学理论批评。它实际上概括了《探源》一书的主要内容,并表达了当时他对于曹雪芹及其《红楼梦》的总的看法。诗曰:

> 一往深情到太虚,千秋伟业托华胥。
> 原知此梦人多有,若个醒来肯著书?

> 朱墨琳琅满纸愁,几番抱恨注红楼。
> 脂斋也是多情种,可是前生旧石头?

> 风月繁华记盛时,欲将宝鉴警顽痴。
> 棠村小序分明在,红学专家苦未知。

> 残稿迷亡不可寻,程高缀补见深心。
> 将倾大厦终难挽,何必皇恩说到今!

> 大义消沉二百年,高潮争论薄云天。

张皇幽眇诚余事,莫道无人作郑笺。①

吴世昌为人,好学深思,做学问一贯主张发前人所未发,解决文学史上的悬案、错案。他的《红楼梦探源》一书,就集中地表现了他读书细、思考勤和辨析问题精密的治学特点。联系《红楼梦》研究史,我们认为《探源》一书的一连串考证成果中有如下几点是应该单独予以介绍的。

(一)关于几个重要抄本的年代及其称呼问题。吴世昌认为:应该改变《红楼梦》版本考据中沿用下来的胡适关于"甲戌(1754年)本"、"庚辰(1760年)本"的错误称呼。因为"他那十六回残本是一个过录脂评本,并非脂砚手批本",其中"明明有脂砚斋乾隆甲午(1774年)八月的评语",怎么能硬把它叫作"甲戌(1754年)本"?那七十八回(即八十回缺两回)是一个"用四个不同底本拼凑起来的过录本,其原底本中即有乾隆丁亥(1767年)的评语",为什么硬称之为"庚辰(1760年)本"?吴世昌尖锐地批评说:"这种时代错误,不合科学的说法,使《红楼梦》考证在近三十年中,长久停留在粗疏幼稚的阶段,无法走上科学的道路。胡博士所定的这两个名称颇有催眠作用,近人许多考据文字,都盲目地沿用'甲戌'本、'庚辰'本这些名称,使读者在看到原抄本之前,已造成了'先入为主'的成见,这是任何科学性的研究所不应该有的。"因此《探源》一书在论证版本问题时的"第一步",就是"首先抛弃这两个引入迷途的名称,姑且把这两个抄本称为'脂评甲本'和'脂评丙本'",把另一个所谓"己卯"本改称为"脂评乙本"。② 60年代作者回国定居之后,又发表了探讨《红楼梦》古抄本来源问题的系列文章《残本脂评〈石头记〉的底本及其年代》、《论脂砚斋重评〈石头记〉(七十八回本)的构成、年代和评语》,等等,继续对有关问题进行更深入、更细致的考证和议论。这些文章在国内红学界发生了很大的影

---

① 此五绝句,国内学者引用时稍有异文,本文系据《罗音室诗词存稿》(香港商务印书馆1984年版)引录。
② 《红楼梦探源外编》,第4页。

响。① 在新的文章中，作者为避免某些误会，把"脂评甲本"改称"脂残本"，"脂评乙本"改称"脂京本"。尽管吴世昌为这些抄本起的新名并未得到学术界的一致认可，有些专家对于他的观点也有不同意见，但无可否认的是：吴世昌是对所谓"庚辰本"《石头记》进行全面和细致考证的第一人；庚辰本、甲戌本，都是过录本，不能代表各自底本的实际年份，吴世昌首先发现和指明了这一点，不同意以庚辰、甲戌等干支作为版本的名称，②是很有道理的。这无疑为《红楼梦》版本研究廓清了迷雾，使之走上了科学的道路。还值得特别一提的是，"甲戌本"卷首的一篇"凡例"，吴世昌认为不仅不是曹雪芹所作，和脂砚斋也没有什么关系。其观点与论证都有极强的说服力。③

(二)关于脂砚斋是谁以及《红楼梦》中贾宝玉的模特儿是谁的问题。吴世昌认为：周汝昌关于脂砚斋即"史湘云"的考证是错误的；而有人认为脂砚斋即是曹雪芹自己，就是"那块爱吃胭脂的顽石"，"则尤其荒谬"。吴世昌对脂砚斋身份的考证，仍从脂评入手，从其人的年龄入手。在脂京本(指红学界习称之"庚辰本")四十三条壬午(1762年)年的评语中脂砚斋有时已署名"畸笏老人"，那时曹雪芹四十多岁，而脂砚斋曾亲见康熙皇帝末次南巡(1707年)，假定其时他十岁左右，则脂砚生于1697年左右，到壬午已是六十五岁左右，可以自称"老人"了。从这一点出发，吴世昌再对脂评的种种情况加以研究，证明"脂砚无疑是曹家人，是雪芹的长辈，而且深悉书中故事的背景"。继此之后，他又引用清代史料，将其与《红楼梦》故事情节以及脂评结合起来进一步分析探究，举出大量证据，终于证明了以下两点：

1."宝玉"不是雪芹自叙，作者用少年时代的脂砚为模特儿；2.脂砚呼曹寅长女(书中"元春")为"先姊"，而雪芹为曹寅之孙，则脂砚是雪芹的叔

---

① 这组文章均编入《红楼梦探源外编》一书。
② 《红楼梦探源外编》，第96～97页。
③ 参见《红楼梦探源外编》，第136～138页。

辈。得出这两条结论之后,吴世昌又引清室豫良亲王修龄的次子裕瑞(思元斋)《枣窗闲笔》中谓"《石头记》抄本卷额本本有其叔脂砚斋之批语,引其当年事甚确",及"闻其所谓'宝玉'者,尚系指其叔辈某人,非自己写照也"等语加以佐证,证明脂砚斋确是曹雪芹的叔父。这一考证,发前人所未发,在红学考据史上值得大书一笔。关于脂砚斋具体名号,吴世昌又分析推断说:曹寅有一双生的兄弟曹宣,早死,其长子曹頫即是雪芹之父,而最小的儿子曹硕字竹磵者,即是雪芹的亲叔父,也就是脂砚斋。①

吴世昌关于脂砚斋身份的考证,不但说清了事实本身,而且对理解《红楼梦》的形象塑造和思想内容有重大意义。众所周知,自从胡适提出《红楼梦》是曹雪芹的"自叙传"以后,许多红学家,包括不赞成自传说的红学家,都认为贾宝玉的模特儿是曹雪芹。吴世昌以历史材料为依据,另立新说,在仔细辨别脂评的基础上得出雪芹是用少年时代的脂砚斋为贾宝玉的模特儿的结论。虽然坐实脂砚斋为曹宣第四子,名硕,字竹磵,似嫌证据尚不足,但这一考证成果从总体上言之成理、持之有故,纠正了"自传说"之误。

(三)关于棠村小序问题。据吴世昌的考证,《红楼梦》第一回前面自"此开卷第一回也。作者自云曾经历过一番'梦幻'之后,故将真事隐去,而借'通灵'说此《石头记》一书也",至"更于篇中用'梦''幻'等字,却是此书本旨,兼寓提醒阅者之意"的那段著名的引言,"向来被人认为是曹雪芹自己作的引言。其实这种看法是错的"。他认为:这段文字"分明是一段解释回目意义的序言",它和第二回前面"此回亦非正文本旨"的那段文字,连同"许多回之前尚有类似的文字",其实都是曹雪芹的早死的弟弟棠村所作的。吴世昌主要是根据对十六回残本(即所谓"甲戌本")第一回"东鲁孔梅溪则题曰'风月宝鉴'"一句上的朱笔眉批②的分析,并批评胡

---

① 此段所述,均据《我怎样写〈红楼梦探源〉》,参见《红楼梦探源外编》第9~18页。
② 眉批原文为:"雪芹旧有《风月宝鉴》一书,乃其弟棠村序也。今棠村已逝,余睹新怀旧,故仍因之。"

适《考证红楼梦的新材料》一文只看懂了此批上句、没有看懂下句之后,得出这一结论的。他认为,所谓"东鲁孔梅溪",其实就是棠村的化名。他自己阐明发现这一问题的意义道:"在《脂评石头记》中发现雪芹之弟棠村的小序,把它从脂砚的评语中区别出来,对于研究《红楼梦》成书的过程和此书早期抄本的年代,有重要的作用。"吴世昌还正确解释了脂砚斋为什么要写那段眉批的用意,并且从棠村小序的发现与《风月宝鉴》旧稿内容的关系出发,说明:"一个钞本所保存的小序较多,则其正文底本的年代必较早",否则该钞本的年代就较迟。① 上述的论证让人明白了:吴世昌把棠村小序从脂评中鉴定和区分出来的这一创获,对于《红楼梦》版本与内容研究具有很大的帮助和促进作用。

此外,《红楼梦探源》一书值得重视的考证成果还有诸如曹雪芹的生卒年问题、高鹗删改曹雪芹原稿问题等,限于篇幅,不能备举。吴世昌关于《红楼梦》的一系列考证成果及其学术观点,探本求源,以弄清版本和成书过程为主攻方向,功夫下得深,立论靠得住,自成体系,红学界无论赞成还是反对其说者都承认其为言之成理、持之有故的一家之言,在国内外影响很大。他的红学研究分为旅英时期与归国之后两段,但两段之间具有一贯性。即是说,归国以后的研究工作仍是继续探讨《红楼梦探源》中涉及的若干重大问题。这些新成果已结集为四十万字的《红楼梦探源外编》一书。作者在此书的前言中谦称,这些新成果是"英文版的《红楼梦探源》付印之后的剩墨余渖"。实际上,新作中有不少媲美旧作的新发现、新创获。具体例子除前已述及的探讨《红楼梦》古抄本来源问题的系列文章之外,另如《〈红楼梦〉原稿后半部若干情节的推测——试论书中人物命名的意义和故事的关系》这篇三万四千字的长文,即是《红楼梦探源》中"本书探源"部分的有力的续作。此文根据书中有关人物命名的意义,结合脂评和前八十回故事中的若干伏笔与暗示,推究曹雪芹在后半部原稿中的某些故事应该或可能是怎样发展的以及有关人物的下场应该或可能是怎么

---

① 以上据《我怎样写〈红楼梦探源〉》,见《红楼梦探源外编》第 10~12 页。

回事。这篇文章旁征博引、妙趣横生、考证精密、情理兼具,充分体现了吴世昌严谨的治学态度和勇于追求真理的战斗精神。还值得一提的是,这篇文章是十年动乱中作者在干校劳动的余暇所撰的,发表于1974年。这么做在当时要冒很大的风险。文章发表的次年,"四人帮"操纵的某文艺刊物即发表署名文章《警惕〈红楼梦〉研究中的沉渣泛起》,以造谣、谩骂和无限上纲的手段,对吴世昌进行猛烈攻击,把吴文定性为"地主资产阶级红学"的代表作。吴世昌毫不畏惧,曾致函发表他的文章的《文教资料简报》编辑部,要求答辩和反击。① 在《红楼梦探源外编》的《前言》中,吴世昌还以这个历史事件为例,很带感情地揭发批判了"四人帮"在十年浩劫中借评"红"所玩弄的种种阴谋。

  与这种严肃的科学精神和学术勇气相关联的一点是:吴世昌研治《红楼梦》时,坚持把它作为一部文学作品来进行考察和评价,坚决反对现实社会中某些人为了一时的政治需要,给这部文学名著强加种种实用主义的解说。这里简单叙说一件事。"四人帮"覆灭后,"红楼八股"一时还没有消除。英译本《红楼梦》"出版说明"仍坚持文革"评红"时的"左"的观点,向外国读者说什么:"这书是中国封建时代阶级矛盾和阶级斗争的产品",并称:"这个被称为花柳繁华之地,快乐光荣之家,不过是一个屠宰场而已"。吴世昌1978年1月见到英译本第一册样本,看完"出版说明",即向译者杨宪益发信,指出这是个"撒谎说明",如照这个"出版说明",此书应改名为《红楼罪恶史》才是。他是想以朋友通信的方式,向有关部门转达此意。不料得到的答复是:"已经印好了,再版时再说吧。"吴世昌认为这是个重大原则问题,不能不辩。为了让外国读者不受"四人帮"那套"评红"昏话的蒙骗,他立即发表《宁荣两府"不过是个屠宰场而已"吗?》一文②,对这个"出版说明"进行了毫不留情的批驳。这种嫉恶如仇的态度,

---

① 参见赵国璋、姚北桦《十二年前红学界的一桩公案——忆吴世昌与〈文教资料简报〉》,载《文教资料》1987年第1期。
② 载《读书》1980年第2期。

集中反映出吴世昌平日治学不趋时媚俗、坚持真理和实事求是的可贵精神。他曾在一首《鹧鸪天》词中感叹道:"情知乡愿浑难学,怎与时贤竞短长?"①他之所以能在红学和其他文史领域取得很多扎实可靠的成果,可以说是与这种方正不阿、唯真理是从的真学者风度密切相关的。

四　唯真唯实的词学研究

如果说,吴世昌的《红楼梦》研究主要是一种以文献考据为中心的"奠基"工作的话,那么他在词学领域则是直接切入词论研究与艺术批评的"上层建筑"层次,为当代新词学贡献了独具异彩的理论成果。

吴世昌学词和研究词,有自己的一段独特经历。自清代以来,词学十分讲究师承。近代词学名家中,龙榆生受业于朱孝臧,赵尊岳师事况周颐、唐圭璋、任中敏、万云骏等出于吴梅门下,俞平伯则有父祖三代的家学渊源,如此等等。即使主要靠自学入门的夏承焘等,亦曾遍访名师,广交词友,并有一段长时间专门治词的经历。吴世昌则与众不同。据他在《我的学词经历》②一文中回忆:"学生时代,我不曾正式学过词,也不像夏承焘、唐圭璋先生他们那样,有一段专门的学词经历。对于词学此道,我是自己摸索出来的。"关于如何"摸索",此文详细介绍了如下一段经历:他初中时读词,曾经上当受骗,即:上了索隐派的当,受了某些注家的骗。他读的第一部词书是张惠言的《词选》。张惠言论词专主"寄托",喜在说词时牵强附会地外加政治含义。这样的选注本让吴世昌越看越糊涂,越不知其所以然。后来再也看不下去了。进入高中,忙学外文,也就不再读词。进入燕京大学后,他读英文系,读词都是在课余零零碎碎地读,没有什么系统。但这时读书摸到了正确的门道——读原料书。先抛开选本注本之类,自己动脑筋,读懂原著,然后来思索词学的有关问题。他规规矩矩地

---

① 见《罗音室诗词存稿(增订本)》,香港商务印书馆,1984年9月版,第71页。
② 载《文史知识》1987年第7期。

靠自己动脑筋读完的第一部词作原料书,是汲古阁本《清真词》。读的办法是自己找出韵脚,学会断句,查阅典故,彻底弄懂原文。读完此书,取得经验之后,再扩大范围,渐次读了其他宋词名家的集子。这样大致了解宋词的真正面貌之后,他"才大彻大悟,真正认识到:词作本身是清楚的,是可以读懂的。外加的政治意义不对头。张惠言骗人,常州派的评语都是骗人的。读者受政治解释的骗,并不是受词的骗"。由此吴世昌认定:"要读原始书,少读或不读选集和注本,才不至上当受骗。同时,还应当独立思考,要有自己的见解。"由于有这种在自我摸索中走弯路的痛切体会,由于有上了当以后自己用"笨"办法慢慢读懂那些形式特殊、美学意蕴复杂的唐、宋词的接受过程,因此,吴世昌走上把词当成一门学问来研究的道路以后,从来不轻易地相信一些颇为流行的词学理论,也反对给作为一种历史遗产的词外加种种"时髦"的解说,而极力主张把词作为一种地地道道的抒情文学来进行审美把握,破除历代沉积的云山雾海,还词以清真秀丽的本来面目,探究出它真正的艺术内蕴。由于他自学阶段主要是受了清代中期以来势力最大的常州词派理论的迷惑,因此他痛感词学研究中有必要对有关的理论来一番重新审视与清理。又由于自清代以来词学(尤其是宋词)要籍的整理、编辑、考订、辑佚与汇刻工作已有前辈与时贤大力着手,并已有极为丰硕的成果,这个领域更要紧的任务是词史的撰写和词学理论的梳理、改造或重建。因此,吴世昌的词学研究,径以理论批评方面的是非辨析和推陈出新为务,这就是可以理解的了。

吴世昌既洞悉词的创作自南宋中期以后逐渐衰落、词人缺乏真情、雕琢伤气和巧为缘饰的不良倾向,又愤于明清以来研究者中不少人不顾历史真实、违背美学规律而各以己意任意注词解词的恶劣风气,因而他对词进行审美把握和艺术剖析时,首标一个"真"字。他的词学理论和主张,可以说是以"真"为神髓的。他曾说:

  填词之道,不必千言万语,只二句足以尽之,曰:说真话;说得明白自然,切实诚恳。前者指内容本质,后者指表达艺术。《易》曰"修辞立诚",要不外此。论古今人词,亦不必千言万语,只此二句足以衡之:凡是真话,深固可贵,浅亦可喜。凡游词遁辞,皆是假话。"岂不尔思?室是远而!"伪饰之情,如见肺腑。故圣人恶之。①

这是他早年的见解。逮乎晚年,他又重申己意,高揭一个"真"字。1983 年他作《论诗绝句》云:

> 因病成妍贵率真,乱头粗服见丰神。
> 东施未必无颜色,只为效颦笑杀人。②

这两段文字,都是对"真"字的注脚,也集中地反映了他的诗学、词学观。准此原则,他主张论词时要注意词这种纯粹的抒情样式的"本色",直探古人幽微之"词心",而不要被一些似是而非的词论、词法所干扰和迷惑。对吴世昌这种注重词的本文、注重审美特征的词学观,我们可以借用他自己的一首《题黄永玉君玉簪长卷二十韵》诗中的两句来概括,叫作"铅华不御见本色,六法三昧徒纷纭"③。这是一种看似简单朴素,却符合艺术科学原理,因而并不是轻易能把握好的审美观。从这个审美观出发,吴世昌构建了自己的词学思想,并发为一系列的论词专著和文章。他的治学思想和风格,与他率直倔强的个性是一致的。由于他论事常带锋芒,说话不留情面,因而他的一系列有破有立的论词文章发表之后,除了赢得不少赞同者之外,也引来了某些误解、不理解甚至反对的意见。不过,我们只要能懂得他的理论出发点,并理解他的为学与为人的个性之后,对他在词学上的作用和贡献就会看得清了。

---

① 《罗音室诗词存稿(增订本)·词跋》,香港商务印书馆,1984 年 9 月出版。
② 《罗音室诗词存稿(增订本)》,第 45 页。
③ 同上,第 38 页。

吴世昌治词，分为两个遥相悬隔的阶段。第一阶段，从燕京大学就读期间至 1948 年出国之前，断断续续有十余年。这一阶段的词学成果主要有：做燕京大学本科生时发表的《辛弃疾》（传记）（连载于《新月》3 卷 8、9 期）；做燕京大学研究生时以《罗音室读书偶记》为题在天津《益世报》的《读书周刊》上发表的读词笔记；做中央大学教授时应罗根泽之约在《中央日报》的《文史周刊》上连续发表的论词系列文章，即《论词的句读》、《论名物训诂隶事之类》、《论词的章法》、《论读词须有想象》等。其中尤以后一组文章为具有词学基本理论建设意义的力作。这组系列文章，从探讨、阐明和掌握词的艺术形式与美学品格的明确目的出发，结合自己长期自学摸索出的经验，提出和论证了一整套既符合鉴赏规律、又切实可行的读词、评词理论。其基本点是：先通句读，次解文义，再明故实，进而参悟章法结构，最后借助想象力，用还原的方法体味出作品所暗示的境界和情调。《论读词须有想象》一文，尤有理论创造价值，其观点和方法与现代西方某些理论如英美新批评、接受美学等有相通或暗合之处。此文强调通过长短句歌词的内在联系，从词篇本身所创造的形象和意境出发，实事求是地探寻其真正的含义，以取得"真切的了解"。作者一方面主张读词须有想象，在理解、领会和探求其内在联系之时，可以加上适当的想象与联想，重建其"结构"，并挖掘出其艺术奥秘；另一方面又反对主观臆断，反对牵强附会，尤其强调与词学研究中的新老"索隐派"划清界限。吴世昌的熔新知与旧学为一炉的词学观，在这组系列文章中已初具规模。他原想以此为基础，编纂一部《词学导论》，后因应聘赴英国执教而中止（参见《我的学词经历》一文）。他晚年重萌写作此书的念头，并已做了相当的准备工作。可惜天不假人以时，他的猝然辞世使得此项计划竟然无缘成为现实。这实在是当代词学史上的一件憾事。不过，这组论读词的文章于 70 年代末以讲义的形式印发给了中国社会科学院研究生院的部分研究生和人民文学出版社青年编辑进修班的学员；部分篇章 80 年代在《文史知识》等刊物上重新发表，对年轻人产生了很大的影响。吴氏 40 年代的研究成果如此具有生命力,以致沾溉了改革开放时期的新一代古典文学研究者和读者,这对已经去世的原作者也算幸事了!

吴世昌1947年出国之后,直至70年代末,三十余年间中止了词学研究。等到他晚年重操此业时,个人的思想与词学界的情况都有了很大的变化。他根据长期观察所得,将拨乱反正与正面建树相结合,锐意创新,为词学贡献了自己的最后一批成果。吴世昌本人是当代著名的旧体诗词创作家,创作过大量当行本色的诗词,其《罗音室诗词存稿》曾两次由香港商务印书馆出版。以本色作家的身份来研究词,他自然十分重视词本来具有的作为音乐文学的艺术特性,牢牢抓住其"本色"来立论,来分析和解决问题。他曾介绍自己填词是"取径二晏(晏殊、晏几道)以入清真(周邦彦)、稼轩(辛弃疾),独不喜梦窗(吴文英)、玉田(张炎)"。① 其实他研究宋词也是取这种重真切自然、重本色,反对藻绘晦涩的观点和门径。从以上指导思想出发,他晚年一方面指导自己的硕士、博士生写出论词与音乐关系、论清真词、稼轩词的专著,让他们以扎实的成果在词学上站稳脚跟;另一方面身体力行,对他认为是"全部词中较好的那一半"的唐五代北宋词进行了深湛的研究,于80年代前期陆续公开发表了关于花间词,关于柳永、晏殊、晏几道、苏轼、周邦彦等北宋代表词人的专论多篇。除以上种种之外,吴世昌晚年词学研究工作中理论意义最大、社会反响也最强烈的一点是:他从"讲真话"和探求古代文学发展的真实面貌的原则出发,以极大的勇气和决心,向词学领域的某些风行甚久的传统观念和理论提出了有力的挑战。他的新观点和理论,牵涉面较广,本文不能面面俱到,只能择取其重要的几点评介于下。

(一)吴世昌对宋词发展的实际情况进行了深入的重新考察之后认为:以所谓"豪放"、"婉约"两大派来划线,用这种粗略、含混和削足适履的"二分法"来研究、评论宋词是极不科学的,对宋词风格流派论中这种因相沿已久而习非成是的传统框框,亟须予以破除。吴世昌这个看法是深思

---

① 《罗音室学术论著》第一卷《文史杂著·自传》。

熟虑已久的。1979年,他在为中国社会科学院的研究生讲授词学专题时就明确指出:豪、婉二派说"很不全面,不准确","无法包括全部宋词"(参见《我的学词经历》)。1982年秋在日本讲学时,他做了题为《有关词学若干问题》的学术报告。在这个报告中,他提出北宋词人中没有"豪放派",苏轼绝大多数词并不"豪放",不能称为"豪放派"的新见解。他的见解轰动了日本汉学界,日本《朝日新闻》称:吴世昌创立新说,向传统词论观挑战!这个学术报告后来略做修改,改名为《有关苏词的若干问题》,发表在《文学遗产》1983年第二期上。之后他又发表《宋词中的"豪放派"与"婉约派"》一文(《文史知识》1983年第九期),详细考察分析词从唐五代到北宋的发展实际,对"豪放"、"婉约"两个概念的具体含义进行考辨,指出:"北宋的词人根本没有形成什么派,也没有区别他的作品为'豪放'、'婉约'两派",论者"这种机械的划分法并不符合北宋词坛的实际,很难自圆其说"。这两篇代表性的文章发表以后,引起了国内词学界的热烈讨论与争鸣。有些人赞同他的意见,有些人部分地赞同他的意见,还有些人完全不赞成他的观点,并发表文章进行了反驳和论辩。反对的意见之所以产生,除了各人在学术上所持观点大不相同之外,无可讳言地还因为吴世昌的文章中对自己的意见一时未能阐发得十分周到严密,有些具体提法稍嫌过头,留下了可商榷的余地。但是,从大处着眼来公正地看待问题,我们不难发现吴世昌的新见解对于改进和深化词学研究的积极意义。就总体和主流而言,吴世昌的观点具有很大的真理价值。因为宋词作为一代文学之冠冕,是千姿百态、异彩纷呈的。无论是辨体、析派和认识个人风格,都须从这几百年发展史的种种错综复杂情况出发,做艰苦细致的科学分析。而长期流行的简单化的"豪"、"婉"二派说,无论如何也不能笼盖百家,更不用说概括洋洋大观的两宋词坛全貌了。吴世昌慎重提出的新观点,至少是撼动了以浅层次的简单风格划分来代替科学的风格流派研究的沉闷局面,启发人们对宋词的风格流派及相关的其他问题进行更为细致深入的探讨。从这个意义上来讲,这场争论反而能帮助吴世昌打破传统框框的初始目标加速实现。

吴世昌关于宋词风格流派的新说,其积极意义不单在于还原了人们长期忽略的基本文学史实这一点,还在于它可以纠正近代以来、特别是1949年以来相当长一段时间词学研究中的一种根深蒂固的偏颇。应该承认,词史上"豪放"、"婉约"二派说由来已久,而宋词在发展中的确也存在过豪放、婉约两种影响较大的创作趋向。不过,后人划宋词为"豪放"、"婉约"二派,究其始是沿用明人张綖评价苏轼、秦观的说法。张綖的原话,是论"体"而不是论"派"。张綖说:宋词中有豪放、婉约二体。这种说法是前人论诗文的"阳刚阴柔"那一套的翻版,任何一种文体大概都可以这么大而化之地划分,你一定要说它十分荒谬倒大可不必,但如果真正要说明宋词中百花齐放的艺术风格和众多流派,这种简单化的划分就显得十分苍白无力。姑且不论苏轼是一个风格多样化的大家,他的词随物赋形、因宜应变,决非"豪放"二字所能概括;而秦观的不少词(尤其是情词)写得很露骨,一点儿也不"婉约"。就算这两个人的主导风格可用"豪"、"婉"概之,他们的创作倾向也远远没有规范宋词的发展方向,其风格类型更无从笼盖宋词百家。因此,自宋至近代,除个别之外,大多数词话和论词文字在谈宋词风格流派时都不取此说;有时一些人在很"宏观"地论词体时使用"豪放"、"婉约"的概念,也只是取便说明,而不是严密的风格辨析。但20世纪20年代以来,情况有了变化。新文化运动中影响很大的领袖人物胡适编《词选》,划分什么"歌者之词"、"诗人之词",明确地标榜苏、辛而批判柳永、姜夔等人。胡云翼先生继承胡适的观点,先是将词分为女性、男性二种,接着明确地将词划分为"豪放"、"婉约"二派。他的那部在特殊政治文化背景的支持下发行量极大的《宋词选》,对豪、婉"二分法"的迅速推广起了关键作用。在五六十年代我国极"左"思潮支配一切的时期,研究界将几千年的古典文学武断地划为"现实主义"和"反现实主义"两个流向。于是有些词学工作者望风落笔,将宋词中所谓"豪放派"誉为"现实主义"的"主流",将所谓"婉约派"的众多词人打成"反现实主义"

的"形式主义逆流"。新旧两种偏差联姻的结果,形成了长时期的简单以豪放、婉约划线和"言必称苏、辛,论必批柳、周"的不正常风气。那时几乎每一部文学史和大多数论词专著、文章都这么说、这么做;一般读者人云亦云,形成一种几乎牢不可破的习惯势力。这样,问题已经不单在两派说本身,而更在于多种因素酿成时代谬误了。60年代才回国的吴世昌敏锐地看清了国内人们习焉不察的这种谬误。到70年代末,他发觉虽然"左"的思想已经落潮,但"豪放"、"婉约"二派说由于是古已有之的传统,仍有很大惰性,于是以在学术上正本清源为己任,发表了上述的文章。现在,词学工作者已经逐步舍弃了原先的旧框框。相信随着研究工作的深化,吴世昌的观点还会赢得更多的赞同。

(二)对词学"索隐派"的批驳。美刺比兴,本是古代诗歌中的一个传统。词虽为后起之诗体,但一则受传统影响,二则词人中亦确有借此体以寓政治、人生大感慨者,以故词学研究中探讨所谓"寄托"是一个应有的专题。但晚近以来,这个问题被弄得十分混乱。其源盖出于清代常州词派。以张惠言为代表的常州派,力崇词体,论词专重意格,倡言比兴,他们的词论,在词学理论批评史上自有其一定的地位。但这一派理论家有着经学家的迂腐和偏执,其"寄托"说显然有穿凿生硬之弊。他们谈创作和评论作品,虽一草一木之微,也刻意求其有无寄托与其寄托之所在,大有非寄托不足以言词之概。常州派的"寄托"说扬波衍流,在清中期至近代形成了一个势力颇大的"索隐派",对词的创作与批评造成了极坏的影响。云山雾海,有待澄清。吴世昌从自己初学词时上当受骗的痛切感受出发,力斥此谬说,主张回到写真性情、真境界的正路上去。在《罗音室词存·跋》中,他雄辩地批驳积弊很深的索隐派词论道:

> 自寄托之说兴,而深涩之论作。推而衍之,则曰沉郁,曰重拙。于是言情者曲讳其情,感事者故掩其事。倡是说者……亦未尝无斐然可诵之篇。然辄巧为缘饰,不欲以真情相见。甚至前人之作,亦被

曲解。如正中《蝶恋花》明言闲情,而皋文既解作忠爱,又斥其大言;卒乃指为排间异己。竹垞《金缕曲·初夏》明言"簸钱",显用欧阳永叔故事,坦率可爱,而复堂乃谓"人才进退,所感甚深"。此皆不惜强古人就我,以自圆其说。于是世之好为模棱两可之语者,竟趋于乡愿之途,以为不尔则不成其寄托、深涩、沉郁、重拙之功。古人所谓比兴美刺,言近旨远者,岂如是哉!乡愿之词起,而清朗、秀逸、慷慨、率真之气,遂不易见于吟咏性情、抚时感事之作,此近世词风之所以不振也。

在《论读词》系列文章的《余论》中,他更力斥穿凿之风曰:"明明是美妙的抒情诗,硬要把它解成支离而不高明的笨谜,又是对于诗神最大的侮辱。"强调鉴赏和批评时一定要"凭自己理解,不必信前人所贡献的'微言大义';而常州派的胡说,尤不可信"。吴世昌直至生命最后几年,尚不忘与"索隐派"做斗争。在他去世后才由其学生整理发表的《罗音室词札》中,有这样一段讨伐"索隐派"的话:"《红楼梦》研究者有索隐派,早为人所诟病,已不齿于士林。词学亦有索隐派,肇源于张惠言之常州派,其说较红学索隐尤为无稽悠缪,毫无佐证,更不科学,而学术界极少批评,甚至浅学者随口附和,以示自己亦得此'精辟'之见解,实则自欺欺人。"[①]在其他一些论词文章中,他还常常通过对具体作品的审美鉴赏,批评不顾词作的真性情、真境界而外加深文周内之注的"寄托"论。通过大量正本清源的论辩,澄清了词学批评史上的一些重要问题,为科学的批评理论的建设贡献了他的一份力量。

(三)为端正词学理论批评而做材料清理和辨伪工作。吴世昌认为:理论批评中之所以产生谬误,其中一个重要原因是材料来源不可靠,许多人读书不认真,竟将一些代代相传而实际上漏洞百出、荒诞无稽的故事接过来作为立论的依据,导致曲解作品和厚诬古人。比如宋人笔记爱对本

---

① 载《文学遗产》1990年第3期。

朝作家编造"本事",用一些道听途说的风流韵事来挂在词人及其词篇之下。后世论者信以为真,以之作为论据,其结果掩盖了文学史的真相。这一方面,他的《有关苏词的若干问题》一文对于有关东坡词的几则传说的虚假性的辨析和痛斥,早为学界所欣然认可。这里再举一个关于周邦彦的例子。多少年以来,人们"论必批柳、周",认定周邦彦是浪子文人和周词是"品格不高"的"艳词"的重要论据之一,是南宋人张端义《贵耳集》中的一段记载。那故事说:宣和年间宋徽宗和周邦彦同狎东京名妓李师师。一次徽宗临幸师师家,适值周已先在,周仓促中躲到床下,因而尽悉徽宗与师师欢会的情景,写成《少年游》一词。徽宗见词后大怒,将周邦彦革职,立即押出国门。"隔一二日"之后徽宗又去李师师家,看了周邦彦与师师相别离京所作《兰陵王》词,才转怒为喜,下令召回周,任命他为"大晟乐正"。对这个故事,王国维《清真先生遗事》已指出其严重失实。他的证据是:(1)宣和年间周已为六十多岁老人,且位至列卿,不至有狎妓之事;(2)所记周的官衔不合事实,宋代无"大晟乐正"之类的官;(3)据史书,徽宗微行是坐轿子,《少年游》说"马滑霜浓",不适用于他。这几条证据当然过硬,但多是外证。吴世昌在这个问题上比王国维读书更细、思辨更精。他在《周邦彦和他被错解了的词》一文(《文史知识》1986年11期)中,通过比较故事中涉及的两首词的内容,指出:《少年游》写的是冬夜留客之景,而《兰陵王》则是春日分别的情景,二词各自独立,并无故事情节联系;接着简明而精辟地驳斥道:"我们来看:《少年游》事在冬夜,'隔一二日',恼羞成怒的徽宗捏造一项罪名,把它的作者周邦彦'押出国门'。李师师这时到城外送周时,怎么已经是'梨花榆火催寒食','斜阳冉冉春无极'的春天?伪造'本事'的人连词中时令都没有弄清楚,可见对两首词的内容并不理解,只是瞎猜,以为《兰陵王》词中送客即是李师师送周邦彦,殊不知周邦彦在《兰陵王》中所咏者完全是另一回事。"遗憾的是,1949年以来若干论著和文章竟都引用了《贵耳集》中这则荒谬故事作为批周词的证据。由此亦可见吴世昌的辨伪工作决非可有可无了。吴世昌曾说:"除了破除豪放、婉约'二分法',我还准备将宋人笔记小说中胡编乱造的词'本事'来一番总清算,免得年青一代再次受骗。"虽然他未了此愿就离开了人间,但是我们可以预期:他探索了几十年所开出的将扎实的材料考据和文献整理与具有现代意识的理论批评相结合的路子,将给予后继者以有益的启示,使他们在词学乃至整个古典文学研究中获得更多、更好的科学成果。

1990年12月13日完稿于北京